GOLDMANN

W0354197

Buch

Tiefster Winter in Ohio. Wie jedes Jahr an Silvester sind der clevere Hank und sein etwas schwerfälliger Bruder Jacob auf dem Weg zum Grab ihrer Eltern. Diesmal werden sie noch von Hanks Freund Lou begleitet, und keiner der drei ahnt, daß dieser Ausflug ihr gesamtes Leben verändern und sie auf Gedeih und Verderb aneinander ketten wird. Schuld daran ist ein unglaublicher Fund, den sie unterwegs machen: Abseits der Straße entdecken sie in einem abgestürzten Flugzeug einen Sack mit 4,4 Millionen Dollar. Als sich die Frage stellt, was mit dem Geld geschehen soll, entwickelt Hank einen ganz einfachen Plan: Falls nach dem Geld gefahndet wird, verbrennt er es. Falls nicht, werden sie es untereinander aufteilen. Bis dahin wollen sie abwarten und strengstes Stillschweigen bewahren. Aber genau dieses Schweigegelübde ist die fatale Schwachstelle des Plans ...

Autor:

Ein ganz einfacher Plan ist das sensationelle Romandebüt von Scott Smith. Er wurde 1965 in Summit, New Jersey, geboren und studierte am Dartmouth College und an der Columbia University. Heute lebt er als freier Schriftsteller in Cutchogue, New York. Sein Roman erregte in Amerika sofort nach Erscheinen immenses Aufsehen und erhielt enthusiastische Kritiken. Die Verfilmung ist in Vorbereitung.

SCOTT SMITH

Ein ganz einfacher Plan

Roman

Ins Deutsche übertragen
von Lutz-W. Wolff

GOLDMANN VERLAG

Die Originalausgabe erschien unter dem Titel
»A Simple Plan«
bei Alfred A. Knopf, New York

Umwelthinweis:
Alle bedruckten Materialien dieses Taschenbuches
sind chlorfrei und umweltschonend.
Das Papier enthält Recyclinganteile.

Der Goldmann Verlag
ist ein Unternehmen der Verlagsgruppe Bertelsmann

Genehmigte Taschenbuchausgabe 2/96
Copyright © der Originalausgabe 1993 by Scott B. Smith, Inc.
Copyright © der deutschsprachigen Ausgabe 1994 by
Blanvalet Verlag, München
Umschlaggestaltung: Design Team München
Druck: Elsnerdruck, Berlin
Verlagsnummer: 43208
AB · Herstellung: Heidrun Nawrot
Made in Germany
ISBN 3-442-43208-1

3 5 7 9 10 8 6 4 2

Niemand wählt das Böse, weil es böse ist, sondern weil man es für das Glück, für das Gute hält, das man sucht.

Mary Wollstonecraft

I

Meine Eltern starben bei einem Autounfall im ersten Jahr nach meiner Hochzeit. An einem Samstagabend versuchten sie, eine Ausfahrt der Interstate 75 in falscher Richtung hinaufzufahren und stießen dabei frontal mit einem Viehtransporter zusammen. Mein Vater war sofort tot, die Motorhaube seines Wagens riß ihm den Kopf ab. Meine Mutter lebte erstaunlicherweise noch anderthalb Tage mit Hilfe der Apparate im Städtischen Krankenhaus Delphia, obwohl ihr Hals und ihr Rückgrat gebrochen waren und ihr Herz in den Brustkasten blutete.

Der Fahrer des Sattelschleppers kam mit ein paar Hautabschürfungen davon. Sein Truck allerdings hatte Feuer gefangen, und die an Bord befindlichen Rinder wurden gegrillt; nach dem Tod meiner Mutter klagte er deshalb auf Schadensersatz. Er gewann den Prozeß, konnte aber keinen materiellen Nutzen daraus ziehen. Mein Vater hatte seine Farm total überschuldet und stand kurz vor dem Bankrott, als er starb.

Die Lieblingstheorie meiner Frau Sarah war die, daß er Selbstmord begangen habe, getrieben von der quälenden Last seiner Schulden. Ich widersprach ihr damals, war allerdings selbst nicht ganz überzeugt. Im Rückblick schien es nämlich, als habe er gewisse Vorbereitungen getroffen. Eine Woche vor dem Unfall war er mit seinem Pick-up bei mir vorbeigekommen, die Ladefläche voll Möbel. Wissen Sie, Sarah und ich konnten nichts davon brauchen, aber er war sehr hartnäckig und drohte, alles auf den Müll zu fahren, wenn wir es nicht nahmen. Also half ich ihm, jedes Stück einzeln in den Keller zu tragen. Von uns aus fuhr er zur Wohnung meines Bruders Jacob und schenkte ihm den Pick-up.

Und dann war da noch sein Testament, dessen erste Klausel Jacob und mich verpflichtete, in Gegenwart des jeweils anderen zu schwören, das Grab unseres Vaters alljährlich an seinem Geburtstag zu besuchen. Danach ging es noch seitenlang weiter, es war ein seltsam detailliertes Dokument, das jedes einzelne Zimmer des alten Farmhauses abhandelte und über jeden Gegenstand mit Namen verfügte, egal wie unwichtig und nebensächlich er sein mochte – das Rasierzeug, ein Besen und eine alte Bibel für Jacob, ein kaputter Mixer, ein Paar Arbeitsstiefel und ein schwarzer Briefbeschwerer in Form einer Krähe für mich. Es war natürlich vollkommen witzlos, vergebliche Liebesmüh. Wir mußten alles von Wert verkaufen, um seine Schulden zu tilgen, und für die wertlosen Dinge hatten wir keine Verwendung. Wir mußten auch die Farm, das Haus unserer Kindheit, verkaufen. Ein Nachbar nahm sie uns ab. Er schluckte das Land wie eine große Amöbe, riß das Haus ab, füllte die Fundamente wieder mit Erde und pflanzte Sojabohnen darauf.

Mein Bruder und ich hatten uns nie nahegestanden, nicht mal als Kinder, und je älter wir wurden, desto größer wurde der Abstand. Zum Zeitpunkt des Unfalls hatten wir außer unseren Eltern nicht mehr viel gemeinsam, und ihr plötzlicher Tod verminderte das damit verbundene Gewicht auch noch.

Jacob war drei Jahre älter als ich. Er hatte die Highschool nicht zu Ende gemacht und wohnte jetzt in einer kleinen Wohnung über der Eisenwarenhandlung in Ashenville, der Stadt, wo wir aufgewachsen waren. Ashenville war eine Straßenkreuzung mit gelben Blinklichtern im nördlichen Ohio, wo es am ländlichsten ist. Im Sommer arbeitete Jacob auf dem Bau, den Winter überlebte er mit Arbeitslosenhilfe.

Ich war aufs College gegangen, als erster in der Familie, und hatte ein Betriebswirtschaftsexamen von der *University of Toledo* nach Hause gebracht. Ich hatte Sarah geheiratet, die mit mir zusammen studiert hatte, und war nach Delphia gezogen, dreißig Meilen östlich von Ashenville, direkt außerhalb von Toledo. Wir kauften ein unverhohlen spießiges Einfamilienhaus mit fünf Zimmern – dunkelgrüne Aluminiumverkleidungen für die Außenmauern und schwarze Rolläden, Doppelgarage, Kabelfernsehen, Mikrowellenofen und jeden Abend die *Toledo Blade* mit sanftem *Plop!* vor der Haustür. An allen Wochentagen pendelte ich nach Ashenville rauf, wo ich in *Raikley's* Futtermittelhandlung als Prokurist und Oberbuchhalter arbeitete.

Es gab keine Feindseligkeiten zwischen Jacob und mir, kein böses Blut, wir fühlten uns bloß in der Gegenwart des jeweils anderen nicht sonderlich wohl, hatten uns nicht viel zu sagen und machten keine großen Anstrengungen, das zu verbergen. Wenn ich nach der Arbeit auf die Straße trat, sah ich ihn mehr als einmal hastig in einen Hauseingang treten, damit er mir nicht über den Weg lief, und jedesmal war ich weniger gekränkt als erleichtert.

Das einzige Band, das uns nach dem Tod meiner Eltern zusammenhielt, war unser Versprechen gegenüber unserem Vater. Jahr für Jahr an seinem Geburtstag begaben wir uns auf den Friedhof, wo wir schweigend, steif und verlegen neben dem Grab standen und jeder darauf wartete, daß der andere zu verstehen gab, die angemessene Zeit sei verstrichen, wir könnten wieder gehen und in unsere getrennte Leben zurückkehren. Es war deprimierend, einen Nachmittag so zu verbringen, und wir hätten es wahrscheinlich schon nach dem ersten Mal aufgegeben, wenn wir nicht beide das Gefühl gehabt hätten, wir könnten irgendwie bestraft oder von jenseits des Grabes verflucht werden, wenn wir nicht zu unserem Wort standen.

Der Geburtstag unseres Vaters war der 31. Dezember, der letzte Tag des Jahres, und der Besuch an seinem Grab wurde rasch genauso zum Ritual wie die anderen Ereignisse während der Feiertage, eine letzte Hürde, die vor dem neuen Jahr überwunden werden mußte. Es war die einzige wesentliche Gelegenheit der Kontaktaufnahme zwischen uns. Wir erkundigten uns nach den Veränderungen in unserem Leben, sprachen über unsere Eltern und unsere Kindheit, machten vage Versprechungen, uns häufiger zu sehen, und verließen den Friedhof im Bewußtsein, eine eher unangenehme Pflicht relativ schmerzlos hinter uns gebracht zu haben.

So ging das sieben Jahre.

Im achten Jahr, am 31. Dezember 1987, holte Jacob mich bei mir zu Hause ab. Er kam gegen halb vier, eine halbe Stunde zu spät, mit seinem Hund und seinem Freund Lou im Pick-up. Sie waren zusammen beim Eisfischen gewesen, ihrer Hauptbeschäftigung im Winter, und ehe wir zum Friedhof fahren konnten, mußten wir Lou noch zu Hause absetzen, ganz am anderen Ende von Ashenville.

Ich hatte Lou nie gemocht, und ich glaube nicht, daß er mich je gemocht hat. Er nannte mich *Mr. Accountant*, so als müßte ich mich meines Berufes, seiner Gewöhnlichkeit und seiner Stabilität schämen. Er schüchterte mich irgendwie ein, obwohl ich nie recht wußte, warum eigentlich. Es war keine physische Drohung. Er war klein, Mitte Vierzig, und begann Speck anzusetzen. Sein blondes Haar war so schütter, daß man die schuppige rosa Kopfhaut durchschimmern sah. Er hatte krumme Zähne, die ihm eine gewisse komische Qualität gaben, eine zweidimensionale Pseudo-Brutalität wie bei einem Bösewicht aus einem Comic. Er sah aus wie ein alter Boxer, ein Schläger oder ein Knastbruder.

Als ich aus dem Haus kam, stieg er aus dem Pick-up, um mich zu begrüßen, so daß ich in der Mitte sitzen mußte.

»*Howdy*, Hank«, sagte er grinsend, und Jacob lächelte hinter dem Lenkrad. Sein Hund, ein riesengroßer, fetter Köter, größtenteils Schäferhund, aber mit einem kräftigen Schuß Labrador, saß hinten auf der Ladefläche. Es war ein Rüde, aber Jacob nannte ihn Mary Beth, nach einem Mädchen, mit dem er mal in der Highschool gegangen war, seiner ersten und einzigen Freundin. Er bezeichnete ihn auch als »sie«, so als ob ihn der Name für das Geschlecht des Hundes blind gemacht hätte.

Ich stieg ein, Lou folgte, und wir rollten rückwärts die Auffahrt hinunter zur Straße.

Mein Haus stand in einer Siedlung mit Namen »Fort Ottawa«, nach einem ehemaligen Außenposten im Westen, dessen Bewohner kurz vor dem Unabhängigkeitskrieg in einem Schneesturm umgekommen waren. Es war ehemaliges Ackerland, erbarmungslos flach, aber so hergerichtet, als wäre es anders. Die Straßen kurvten um imaginäre Hindernisse herum, und die Leute hatten kleine Hügel aufgeschüttet in ihren Vorgärten, die mit Sträuchern bepflanzt waren und ein bißchen wie Grabhügel aussahen. Die Häuser waren klein und standen dicht beieinander – Einsteigerhäuser hatte sie der Makler genannt. Sie waren voll von Jungverheirateten, die auf dem Weg nach oben waren, und Rentnern auf dem Weg nach unten. Die einen planten Karrieren und Babys und wollten in attraktivere Gegenden umziehen, die anderen warteten darauf, daß ihre Ersparnisse sich aufzehrten, ihre Gesundheit eine plötzliche

Wende zum Schlechteren nahm und sie von ihren Kindern ins Altersheim geschickt wurden. Es war eine Zwischenstation, eine Sprosse am unteren Ende der Leiter.

Sarah und ich gehörten natürlich zur ersten Gruppe. Wir hatten ein Sparkonto bei der *Ashenville Savings Bank*, das attraktive Zinsen trug. Bald würden wir wegziehen, einen Schritt nach oben in der Welt machen, den ersten von vielen. Das zumindest war unser Plan.

Wir fuhren nach Westen aus Delphia heraus, und die gekrümmten Straßen, die Gruppen von einstöckigen Häusern mit umlaufenden Auffahrten, Hollywoodschaukeln und Picknicktischen im Garten verschwanden bald hinter uns. Die Straßen wurden gerade und gleichzeitig schmaler. Zum Teil wehte Schnee in dünnen Schlangenlinien darüber hin und sammelte sich an den Rändern. Die Häuser zerstreuten sich, waren jetzt schon von richtigen Feldern umgeben statt von einfachen Grasflächen. Die Bäume verschwanden, der Horizont wurde weiter, Wind fegte über grau-weißes Ödland. Immer weniger Autos begegneten uns.

Es war eine ungemütliche Fahrt. Jacobs Laster war elf Jahre alt, und sein Alter war in allen Teilen zu merken. Irgendwann war er tomatenrot gestrichen worden, das war die Lieblingsfarbe meines Bruders, aber das grelle Rot war mittlerweile zu einem rostübersäten Burgunderton verblaßt. Die Stoßdämpfer waren hinüber, und die Heizung funktionierte nur, wenn sie wollte. Das Rückfenster fehlte und war durch ein Stück Plastikplane ersetzt worden. Das Radio war kaputt, die Scheibenwischer abgerissen, und im Fußboden klaffte ein baseballgroßes Loch, durch das ständig eiskalte Luft hereinfegte und mein rechtes Hosenbein hochfuhr.

Jacob und Lou unterhielten sich über das Wetter. Wie kalt es war, wann es wieder schneien würde, ob es letztes Jahr zu Silvester geregnet hatte oder nicht. Ich schwieg und hörte bloß zu. Während ich sonst nur verlegen war, wenn ich mit Jacob allein war, fühlte ich mich jetzt, in Gegenwart von Lou und Jacob zusammen, sowohl verlegen als auch ausgeschlossen. Sie hatten eine aggressiv private Art, miteinander zu reden; ihre Sprache war verschlüsselt, vertraulich, ihr Humor war schuljungenhaft und obskur. Lou sagte »Ananas« mit einem Extra-Akzent auf der »Anna«, Jacob muhte wie eine Kuh, und dann fingen beide an hektisch zu lachen. Es war sehr irritierend – ich hatte ständig das Gefühl, daß sie sich über mich lustig machten.

Wir kamen an einem zugefrorenen Teich mit ein paar Schlittschuhläufern vorbei, Kindern in bunten Jacken, die hin und her flitzten. Wettergegerbte, dunkle Scheunen säumten den Horizont. Es überraschte mich jedesmal wieder: Wir waren bloß zehn Minuten von meinem Haus weg und schon von lauter Farmen umgeben.

An Ashenville fuhren wir südlich vorbei, ganz am Stadtrand, so daß die Häuser selbst nie in Sicht kamen. Schnurgerade fuhren wir auf dem State Highway 17 dahin, bis zur Burnt Road. Dort bogen wir rechts ab, Richtung Norden, und dann nach links in die Anders Park Road. Wir überquerten eine lange, niedrige Betonbrücke über den Anders Creek, deren Geländer so dick mit beiseite gepflügtem Schnee überhäuft waren, daß sie irgendwie falsch aussah, wie eine Lebkuchenbrücke aus einer Weihnachtserzählung.

Jenseits des Flusses begann das *Anders Nature Preserve*, ein dichtbewaldetes Gelände, das die nächsten zwei Meilen rechts neben der Straße herlief. Es war ein Naturschutzgebiet des Bezirks. In der Mitte lag ein kleiner See, der mit Fischen besetzt war. Auf der Wiese rings um diesen See machten die Leute aus Toledo im Sommer Picknick. Sie warfen ihre Frisbee-Scheiben, spielten Ball und ließen Drachen steigen.

Das ganze Gelände hatte ursprünglich zum Anwesen von Bernard C. Anders, einem frühen Automobilmagnaten aus Detroit, gehört. Er hatte das Land in den zwanziger Jahren gekauft und eine große Villa darauf gebaut, deren Fundamente immer noch erkennbar waren, neben dem See. Als er starb, während der Depression, ging der Besitz auf seine Frau über. Sie zog in das Haus ein und lebte dort die nächsten vierzig Jahre. Sie verließ die Villa erst, als sie begraben wurde. Da sie und ihr Mann keine Kinder gehabt hatten, hinterließ sie das Land dem Bezirk, unter der Bedingung, daß ein Naturschutzgebiet daraus gemacht und nach ihrem verstorbenen Gatten benannt würde. Es war ein ungewöhnlicher Platz für ein Naturschutzgebiet, irgendwo in der Mitte von gar nichts, auf allen vier Seiten umgeben von Äckern und Farmen, aber der Bezirk war scharf auf die staatlichen Zuschüsse und akzeptierte das Erbe. Das

Haus wurde dem Erdboden gleichgemacht, Picknicktische reingekarrt, Wanderwege angelegt, und das *Anders Nature Preserve* war fertig.

Etwa eine Meile hinter der Brücke flitzte plötzlich ein Fuchs vor uns über die Straße.

Es geschah alles sehr schnell. In dem schneebedeckten Feld links von uns sah ich eine rasche Bewegung, auf die ich mich eben noch schnell genug einstellen konnte, um zu erkennen, daß es ein großer, rötlicher Fuchs war, gesund und geschmeidig, dem ein totes Huhn aus dem Maul hing. Er schoß mit gespanntem Körper vor uns über die Straße und schmiegte sich dabei so dicht auf den Boden, als ob er hoffte, ungesehen passieren zu können. Jacob trat zu fest auf die Bremse, und der Wagen fing an zu schleudern: Das Hinterteil ging nach links, das Vorderteil ging nach rechts, und die Stoßstange bohrte sich mit lautem Knirschen in den Schneewall neben der Fahrbahn. Ein Scheinwerfer zersprang mit kristallenem Klirren, und dann blieb der Pick-up stecken. Wir wurden nach vorn geschleudert, und der Hund kam durch die Plastikplane über dem Rückfenster in die Fahrerkabine geflogen. Seine Beine zappelten in wilder Panik. Er blieb aber nur eine Sekunde: Ich spürte sein kaltes Fell im Genick, dann sprang er zurück durch das Loch, das er gemacht hatte, über die Bordwand des Wagens, und rannte dem Fuchs hinterher in den Wald.

Jacob war der erste, der wieder sprach. »Scheiße«, sagte er leise. »Scheiße, Scheiße, Scheiße.«

Lou kicherte ein bißchen und stieß seine Tür auf. Wir kletterten alle auf die Straße hinunter. Der zerschmetterte Scheinwerfer war der einzige Schaden; wir standen im Halbkreis davor und starrten ihn eine Weile an.

Jacob versuchte, seinen Hund zurückzurufen. »Mary Beth!« brüllte er und stieß einen schrillen Pfiff aus.

Keiner, der uns da stehen sah, hätte uns jemals für Brüder gehalten. Jacob ähnelte meinem Vater, ich dagegen mehr meiner Mutter, und der Unterschied war dramatisch. Ich habe dunkle Haare und braune Augen und bin mittelgroß. Jacob war fast einen Kopf größer als ich, hatte blaue Augen und sandfarbenes blondes Haar. Außerdem war er fett. Er hatte gewaltiges, fast groteskes Übergewicht. Er sah aus wie die Karikatur eines Fettwanstes. Er hatte große Hände, Füße und Zähne, trug eine Brille mit dicken Gläsern und hatte eine teigige, blasse Haut.

Wir hörten den Hund bellen. Er rannte immer weiter davon.

»Mary Beth!« brüllte Jacob.

Die Bäume standen zwar ziemlich dicht, aber Unterholz gab es wenig. Die Fuchsspuren waren zwischen den Stämmen der Ahornbäume, Eichen, Kastanien und Platanen gut zu erkennen. Die Pfotenabdrücke von Mary Beth liefen meist parallel. Sie waren dunkler und runder, wie eine Reihe von Eishockeypucks lagen sie unter den Bäumen im Schnee. Der Boden war vollkommen eben.

Das Gebell des Hundes drang immer schwächer an unsere Ohren.

Auf der anderen Seite der Straße lag ein schneeglatter Acker. Auch dort sah ich die Fuchsspuren, die schnurgerade vom Horizont kamen, als wäre das Tier im Schutz des Schnees eine Furche heruntergekommen. In einiger Entfernung erkannte ich im Osten Dwight Pedersons Farm: eine Baumgruppe, eine dunkelrote Scheune, ein paar Getreidesilos und ein zweigeschossiges Haus, das in der Schneelandschaft grau wirkte, obwohl ich wußte, daß es hellblau war.

»Er hat sich eins von Pedersons Hühnern geholt«, sagte ich.

»Gestohlen«, Lou nickte. »Am hellichten Tag.«

Jacob pfiff immer noch seinem Hund hinterher. Nach einiger Zeit schien er sich nicht mehr weiter zu entfernen. Das Bellen wurde weder lauter noch leiser. Mit zum Wald geneigten Köpfen hörten wir zu. Es war kalt, ein frischer Wind wehte über die Felder, und ich wäre gern wieder in den Wagen geklettert.

»Ruf ihn doch noch mal«, sagte ich.

Jacob ignorierte mich. »Sie hat ihn gestellt«, sagte er zu Lou.

Lous Hände steckten tief in seinen Taschen. Er trug eine alte Armeejacke, weiß, zur Tarnung im Schnee. »Klingt so«, sagte er.

»Wir werden hinmüssen, um sie zu holen«, sagte Jacob.

Lou nickte, nahm eine Wollmütze aus seiner Tasche und zog sie über seinen rosa Schädel.

»Ruf ihn noch einmal«, sagte ich, aber Jacob ignorierte mich wieder.

Ich versuchte es selbst. »Mary Beth!« brüllte ich. Meine Stimme klang jämmerlich dünn in der kalten Luft.

»Der kommt nicht«, sagte Lou.

Jacob schlurfte zum Lastwagen und machte die Fahrertür auf. »Du brauchst ja nicht mitkommen, Hank«, sagte er. »Du kannst ja hier warten.«

Ich hatte keine Mütze dabei und trug auch keine Stiefel – ich hatte schließlich nicht damit gerechnet, daß ich im Schnee herumlaufen müßte. Aber ich spürte, daß Jacob und Lou erwarteten, daß ich zurückbleiben würde. Sie dachten, ich würde wie ein alter Mann im Lastwagen warten, und ich wußte, sie würden über mich spotten, wenn sie in den Wald gingen und wenn sie wieder zurückkamen.

Deshalb sagte ich wider Willen: »Ich komme mit.«

Jacob beugte sich in die Fahrerkabine, wühlte hinter den Sitzen herum. Als er wieder zum Vorschein kam, hatte er ein Jagdgewehr in der Hand. Er nahm eine Patrone aus einer kleinen Schachtel und lud das Gewehr. Dann stellte er die Schachtel wieder zurück.

»Hat doch keinen Sinn«, sagte er. »Du würdest bloß frieren.«

»Wofür brauchst du denn das Gewehr?« fragte ich. Aus den Augenwinkeln sah ich Lou grinsen.

Jacob zuckte mit den Achseln. Er nahm das Gewehr in den Arm und schlug den Jackenkragen hoch bis zu den Ohren. Sein Parka war leuchtend rot und, wie alle seine Kleider, eine Nummer zu klein.

»Das ist ein Schutzgebiet«, sagte ich. »Hier kannst du nicht jagen.«

Jacob lächelte. »Es geht um Schadensersatz: Für den kaputten Scheinwerfer muß mir der Fuchs seinen Schwanz geben.« Er warf Lou einen Blick zu. »Ich nehme nur eine Kugel mit, wie der Große Weiße Jäger. Ist das fair?«

»Absolut«, sagte Lou und betonte die erste Silbe.

Dann lachten sie beide. Jacob kletterte ungeschickt auf den Schneewall neben der Straße, balancierte dort einen Moment lang, als ob er gleich rückwärts wieder hinunterfallen wollte, dann fing er sich und stapfte zwischen den Stämmen hinein in den Wald. Lou folgte ihm, immer noch kichernd, und ließ mich auf der Straße stehen.

Ich zögerte, hin und her gerissen zwischen den Zwillingssünden von Bequemlichkeit und Stolz. Am Ende trugen mein Stolz und der Gedanke an Lous hämisches Kichern den Sieg davon. Fast angeekelt sah ich mir dabei zu, wie ich über die Böschung kletterte und durch den Schnee hastete, damit der Vorsprung der beiden anderen nicht zu groß wurde.

Der Schnee im Wald war mehr als knöcheltief, und unter seiner glatten Oberfläche waren alle möglichen Hindernisse verborgen, umgestürzte Stämme, Steine, abgerissene Äste, Löcher und Baumstümpfe, was das Vorwärtskommen viel schwerer machte, als ich gedacht hatte. Lou hatte die Führung übernommen und huschte flink wie eine Ratte durch die Bäume, als ob er gejagt würde. Ich folgte ihm dicht auf den Fersen, und Jacob bildete mit einigem Abstand die Nachhut. Vor Anstrengung, seinen mächtigen Körper durch den Schnee zu schieben, war sein Gesicht rot angelaufen.

Das Bellen des Hundes schien aber nicht näher zu kommen.

So setzten wir unseren Weg ungefähr eine Viertelstunde lang fort. Dann wurde der Wald plötzlich lichter, und das Gelände fiel zu einer breiten Mulde ab, die aussah, als wäre dort vor Millionen Jahren ein Meteorit niedergegangen. Parallele Reihen von verkrüppelten, kränklich aussehenden Apfelbäumen zogen sich durch die Senke – die Überreste des Obstgartens von Bernard Anders.

Lou und ich waren am Rand der Schüssel stehengeblieben, um auf Jacob zu warten. Wir redeten nicht miteinander, waren beide außer Atem. Jacob schrie irgendwas durch die Bäume und lachte, aber keiner von uns verstand ihn. Ich suchte den Hund zwischen den Obstbäumen, verfolgte seine Spur mit den Augen, aber sie verschwand einfach in der Entfernung.

»Da drin ist er nicht«, sagte ich.

Lou horchte auf das Bellen des Hundes. Es schien immer noch weit entfernt. »Nein«, sagte er. »Ist er nicht.«

Ich ließ meine Augen einmal rundum wandern und musterte sowohl die Obstbäume als auch den Wald hinter uns. Das einzige, was sich bewegte, war Jacob, der sich aggressiv durch den Schnee kämpfte. Er hatte immer noch fünfzig Meter zu gehen und kam entsetzlich langsam voran. Seine Jacke stand offen, und selbst aus dieser Entfernung hörte ich seinen keuchenden Atem. Sein Gewehr benutzte er wie einen Krückstock, stieß den Kolben tief in den Schnee und zog sich am Lauf vorwärts. Hinter ihm blieb eine breite Spur tiefer Stolperschritte zurück, die aussah, als wäre er gegen seinen Willen durch den Wald geschleift worden und hätte dabei wild um sich geschlagen.

Als er uns endlich eingeholt hatte, war er schweißgebadet, und seine Haut dampfte. Lou und ich sahen zu, wie er wieder zu Atem zu kommen versuchte.

»Jesus«, keuchte er. »Ich wünschte, wir hätten etwas zu trinken dabei.« Er nahm seine Brille ab, wischte mit seinem Jackenärmel über die Gläser und blinzelte auf den Boden, als erwarte er, dort im Schnee einen Krug Wasser zu finden.

Wie ein Zauberkünstler wedelte Lou mit der Hand durch die Luft, schnappte mit den Fingern und zog eine Büchse Bier aus der Tasche. Er riß den Verschluß auf, schlürfte den Schaum vom Dekkel, lächelte und reichte sie Jacob.

»Allzeit bereit«, sagte er.

Jacob nahm zwei hastige Schlucke, mit einer kleinen Pause dazwischen, um Atem zu holen. Als er fertig war, gab er die Büchse zurück. Lou nahm einen langen, langsamen Schluck, mit weit zurückgelegtem Kopf. Sein Adamsapfel ging wie ein Kolben in seinem Hals auf und nieder. Dann hielt er mir die Büchse hin. Es war Budweiser; ich roch das süße Aroma.

Ich schüttelte fröstelnd den Kopf. Als ich durch den Wald rannte, hatte ich zu schwitzen begonnen, aber wo ich jetzt stillstand, wurde meine feuchte Haut kalt. In meinen Beinen zitterten die Muskeln.

»Na, komm«, sagte er. »Trink 'nen Schluck. Kann dir nicht schaden.«

»Ich mag nichts, Lou. Ich hab' keinen Durst.«

»Und ob«, stichelte er. »Du hast doch geschwitzt.«

Ich wollte gerade noch einmal etwas energischer ablehnen, als Jacob uns unterbrach.

»Ist das ein Flugzeug?« fragte er.

Lou und ich starrten in den Himmel, suchten nach einer Bewegung in den niedrigen Wolken und spitzten die Ohren, um das

Motorengeräusch aufzufangen, ehe wir merkten, daß Jacob in den Obstgarten zeigte. Wir folgten seinem ausgestreckten Finger mit den Augen bis in die Mitte der Senke, und richtig, zwischen den Reihen verkrüppelter Apfelbäume, tief in den Schnee eingebettet, fast völlig vor unseren Blicken verborgen, lag tatsächlich ein kleines, einmotoriges Flugzeug.

Lou und ich erreichten es zuerst, Seite an Seite.

Das Flugzeug lag vollkommen flach auf dem Bauch wie ein Spielzeug, das eine große Hand vom Himmel geholt und direkt unter die Äste der Bäume gelegt hatte. Beschädigungen waren erstaunlich wenige zu erkennen. Der Propeller war verbogen, die linke Tragfläche war ein bißchen nach hinten gedrückt worden und hatte den Rumpf ein Stück aufgerissen. Aber die Umgebung war ziemlich intakt; es gab keine umgerissenen Bäume und keine schwarzen Furchen im Boden, die gezeigt hätten, aus welcher Richtung der Aufschlag erfolgt war.

Lou und ich umkreisten das Wrack, ohne es zu berühren. Das Flugzeug war erstaunlich klein, kaum größer als Jacobs Lastwagen, und es wirkte äußerst zerbrechlich: viel zu zart, um das Gewicht eines Menschen zu tragen.

Jacob kam sehr langsam in die Senke herunter. Hier hatte sich mehr Schnee abgelagert, und es sah aus, als wate er darin oder rutsche auf seinen Knien. In der Entfernung bellte Mary Beth noch immer sporadisch.

»Jesus«, sagte Lou. »Seht mal die ganzen Vögel.«

Zuerst sah ich überhaupt keinen, sie saßen so still in den Bäumen, aber dann, als ich einen entdeckt hatte, sah ich sie plötzlich alle. Hunderte und Aberhunderte von schwarzen Krähen hockten reglos in den kahlen, schwarzen Ästen der Apfelbäume, erfüllten den ganzen Obstgarten.

Lou machte einen Schneeball und warf damit nach den Vögeln. Drei Krähen erhoben sich in die Luft, drehten einen langsamen Halbkreis über dem Flugzeug und setzten sich mit sanftem Flattern auf einen anderen Baum. Eine von ihnen krächzte, einmal, und das Echo hallte in der Senke wider.

»Verdammt unheimlich ist das hier«, sagte Lou fröstelnd.

Jacob kam heran, keuchend und schnaufend. Seine Jacke stand

immer noch offen, und sein Hemd hing ihm aus der Hose. Er brauchte ein paar Sekunden, um wieder zu Atem zu kommen.

»Jemand drin?« fragte er.

Keiner von uns gab ihm Antwort. Ich hatte noch gar nicht darüber nachgedacht, aber natürlich mußte jemand drin sein – ein toter Pilot. Ich starrte das Flugzeug unsicher an. Lou warf einen weiteren Schneeball in Richtung der Krähen.

»Habt ihr nicht nachgesehen?« fragte Jacob.

Er drückte Lou sein Gewehr in die Hand und trat an das Flugzeug heran. Es war eine Tür an der Seite, unmittelbar hinter dem beschädigten Flügel. Jacob packte die Klinke und zerrte daran. Der ganze Rumpf knarrte laut, Metall polterte gegen Metall, dann öffnete sich die Tür ungefähr zehn Zentimeter und blieb wieder stecken. Jacob zog erneut und legte sein ganzes Gewicht hinein. Diesmal schaffte er weitere fünf Zentimeter. Er packte die offene Türkante und zerrte so heftig daran, daß die ganze Maschine vor- und zurückschaukelte. Der Schnee fiel herunter, und blankes Metall kam zum Vorschein. Nur die Tür hatte sich kein bißchen weiter geöffnet.

Ermutigt von seiner Angriffslust trat ich ebenfalls an das Flugzeug heran. Ich versuchte durch die Windschutzscheibe zu blicken, konnte aber nichts erkennen. Das Glas war mit einem Spinnennetz von feinen Sprüngen und einer dicken Schicht Eis überzogen.

Jacob zerrte immer noch an der Tür. Als er aufhörte, ging sein Atem wieder hastig und stoßweise.

Lou hielt sich abseits. Mit Jacobs Gewehr im Arm sah er aus wie ein Wachtposten. »Scheint verklemmt zu sein«, sagte er, und es klang erleichtert.

Jacob spähte durch den Spalt, den er gemacht hatte, dann zog er seinen Kopf wieder zurück.

»Und?« fragte Lou.

Jacob schüttelte den Kopf. »Viel zu dunkel. Einer von euch muß reinkriechen und nachsehen.« Er nahm seine Brille ab und wischte sich mit der Hand übers Gesicht.

»Hank ist der Kleinste«, sagte Lou rasch. »Er paßt am ehesten durch die Luke.« Er zwinkerte Jacob zu und grinste mich an.

»Ich bin kleiner als du?«

Lou patschte sich auf den Bauch. »Dünner vor allem. Das zählt.«

Ich warf Jacob einen hilfesuchenden Blick zu, sah aber gleich, daß da nichts zu erwarten war. Er zeigte mir lächelnd die Zähne, und tiefe Grübchen schnitten sich in seine Wangen.

»Was meinst du, Jacob?« fragte Lou.

Jacob lachte ein bißchen, unterbrach sich aber gleich wieder. »Ich kann mir nicht vorstellen, daß du da reinpaßt, Lou«, sagte er ernsthaft. »Nicht mit deiner Wampe.« Sie drehten sich zu mir um, beide mit unbewegtem Gesicht.

»Warum sollen wir denn überhaupt rein?« fragte ich. »Was hat das für einen Sinn?«

Lou fing an zu grinsen. Eine Handvoll Krähen flog schwerfällig auf und wechselte den Baum. Es sah so aus, als ob der ganze Schwarm uns beobachtete.

»Warum holen wir nicht einfach den Hund«, fragte ich, »und fahren dann in die Stadt, um die Sache zu melden?«

»Hast du Schiß?« Lou nahm das Gewehr von einem Arm in den anderen.

Und ich sah mir dabei zu, wie ich nachgab. Ein Schauspiel, das mich anwiderte. Eine Stimme in meinem Kopf analysierte die Situation sehr genau. Sie sagte mir, daß ich mich benahm wie ein Halbstarker, der etwas Sinnloses, womöglich Unkluges machte, bloß um diesen Männern, die ich beide nicht respektierte, meinen Mut zu beweisen. Die Stimme redete immer weiter, vernünftig und mit guten Gründen, und ich hörte ihr zu, stimmte mit allem überein, was sie sagte, während ich gleichzeitig wütend um das Flugzeug herumging, auf die offene Tür zu.

Jacob trat zurück, damit ich mehr Platz hatte. Ich schob meinen Kopf in die Luke und wartete darauf, daß sich meine Augen der Dunkelheit anpaßten. Innen schien das Flugzeug noch kleiner als von außen. Die Luft war feucht und warm, wie in einem Gewächshaus. Ein beklemmendes Gefühl ergriff mich. Ein dünner Lichtstrahl fiel durch das Loch in der Verkleidung des Rumpfes herein, schoß wie der schwache Strahl einer Taschenlampe quer durch die dunkle Kabine und bildete einen kleinen Halbmond auf der gegenüberliegenden Wand. Der hintere Teil war fast vollkommen dunkel, schien aber leer: ein kahler Metallboden, der immer schmaler wurde zum Heck hin. Direkt hinter der Tür lag ein Seesack. Wenn ich mit der Hand hineingelangt hätte, hätte ich ihn herausziehen können.

Im grauen Licht, das durch die Windschutzscheibe hereinsikkerte, waren vorne zwei Sitze zu sehen. Der eine war leer, aber auf dem anderen hing der Körper eines Mannes, dessen Stirn auf dem Armaturenbrett ruhte.

Ich zog meinen Kopf aus der Luke zurück.

»Ich kann ihn sehen.«

Jacob und Lou starrten mich an. »Ist er tot?« fragte Jacob.

Ich zuckte die Achseln. »Wir hatten keinen Schnee mehr seit Dienstag, er muß also schon mindestens zwei Tage hier liegen.«

»Du willst das nicht überprüfen?« fragte Lou.

»Laßt uns einfach den Hund holen«, sagte ich ungeduldig. Ich wollte nicht in das Flugzeug. Es schien idiotisch, daß sie mich dazu bringen wollten.

Lou grinste. »Ich finde, wir sollten das überprüfen.«

»Hör schon auf mit dem Scheiß, Lou. Er kann gar nicht mehr leben.«

»Zwei Tage ist doch gar nicht so lang«, sagte Jacob. »Ich habe schon von Leuten gehört, die länger als das überlebt haben.«

»Vor allem, wenn's kalt ist«, sagte Lou. »Das ist wie mit Lebensmitteln im Kühlschrank.«

Ich wartete auf das Augenzwinkern, aber es kam nicht.

»Nun geh schon rein und sieh nach«, sagte Jacob »Was ist schon dabei?«

Ich verzog das Gesicht. Ich hatte das Gefühl, in der Falle zu sitzen, schob den Kopf noch einmal ins Flugzeug, zog ihn aber gleich wieder heraus. »Kannst du wenigstens das Eis von der Scheibe abkratzen?« fragte ich Jacob.

Er stieß einen tiefen, theatralischen Seufzer aus, mehr für Lou als für mich, trottete dann aber doch zur Nase des Flugzeugs.

Ich begann mich durch den Spalt in der Luke zu zwängen. Dazu drehte ich mich auf die Seite und schob zunächst Kopf und Schultern hinein, aber als ich zur Brust kam, schien sich die Öffnung abrupt zu verengen und packte mich wie eine Hand. Ich versuchte, wieder herauszukommen, mußte aber feststellen, daß mein Hemd und meine Jacke festhingen – sie klumpten sich unter meinen

Armen zusammen, und die Haut über meinem Hosenbund war plötzlich der kalten Luft ausgesetzt.

Jacobs massiger Körper verdunkelte die Windschutzscheibe, und ich hörte, wie er anfing, mit seinem Handschuh das Eis abzukratzen. Ich sah ihm zu und wartete, daß es im Inneren hell würde, aber nichts dergleichen geschah. Er begann mit den Fäusten auf das Eis einzuschlagen – dumpfe, wuchtige Schläge, die wie ein Herzschlag im Flugzeugrumpf widerhallten.

Ich atmete so weit wie möglich aus und warf mich nach vorn. Der Türhebel wanderte von meinem Brustbein zu meinem Nabel hinunter. Ich wollte es gerade noch einmal versuchen, weil ich hoffte, beim nächsten Anlauf würde ich doch noch in die Kabine gelangen, um den Toten untersuchen und dann so rasch wie möglich wieder verschwinden zu können, da entdeckte ich etwas Merkwürdiges. Der Pilot schien sich zu bewegen. Sein Kopf, der auf dem Armaturenbrett lag, schien sich ein klein bißchen vor und zurück zu bewegen.

»He«, flüsterte ich. »He, Kumpel. Alles in Ordnung?« Meine Stimme hallte von den Metallwänden wider.

Jacob hämmerte weiter gegen die Scheibe. Wumm, wumm, wumm.

»He«, sagte ich noch einmal lauter und schlug mit dem Handschuh gegen den Rumpf.

Ich hörte, wie Lou von hinten zu mir herantrat.

»Was ist?« fragte er.

Wumm, wumm, wumm – donnerte Jacobs Hand.

Der Kopf des Piloten war reglos, und ich war mir nicht mehr so sicher. Ich versuchte vorwärts zu kommen. Jacob hatte aufgehört zu hämmern.

»Sag ihm, daß ich's nicht abkriege!« schrie er.

»Er steckt fest«, sagte Lou fröhlich. »Sieh dir das an.«

Ich spürte, wie er mich um die Taille packte und mir die Finger ins Fleisch bohrte. Ein grober Versuch, mich zu kitzeln. Wütend trat ich mit dem rechten Bein nach hinten, traf aber nur Luft und verlor meinen Stand. Lediglich der Türhebel hielt mich noch aufrecht. Lou und Jacobs Gelächter drang gedämpft wie aus großer Entfernung herein.

»Hilf doch mal, Jake«, sagte Lou.

Ich strampelte vorwärts und rückwärts und wußte schon gar nicht mehr, ob ich eigentlich rein oder raus wollte. Ich wollte mich nur noch befreien. Meine Füße wühlten den Schnee auf, das Gewicht meines Körpers ließ den Flugzeugrumpf hin und her schaukeln, und plötzlich zuckte vorn eine Bewegung.

Erst konnte ich gar nicht erkennen, was es war. Der Kopf des Piloten schien zur Seite gestoßen zu werden, dann explodierte etwas, erhob sich und schlug wie wild von innen gegen die Frontscheibe. Das heißt, es schlug eigentlich nicht, sondern flatterte, wurde mir allmählich bewußt. Es war ein Vogel, eine große schwarze Krähe, genau wie die, die draußen auf den Apfelbäumen saßen.

Sie ließ einen Augenblick ab von der Scheibe und setzte sich auf die Rückenlehne des Pilotensessels. Ich beobachtete, wie ihr Kopf hin und her ruckte. Vorsichtig versuchte ich, den Rückzug aus der Tür anzutreten. Aber dann flog der Vogel plötzlich erneut auf, krachte wieder gegen die Scheibe, prallte ab und schoß direkt auf mich zu. Ich erstarrte bei seinem Anblick, sah ihn einfach nur auf mich zustürzen. Erst im allerletzten Moment, kurz vor dem Aufprall, zog ich den Kopf ein.

Er traf mich mit großer Wucht genau auf die Stirn, mit dem Schnabel, wie es mir schien. Ich hörte mich aufschreien; ein kurzes, hündisches Jaulen drang aus meiner Kehle. Ich zuckte zurück, warf mich dann wieder nach vorn, rutschte jäh durch den Türspalt und stürzte ins Innere des Flugzeugs. Ich fiel auf den Seesack und versuchte gar nicht erst, mich zu erheben. Der Vogel kehrte nach vorn in die Kanzel zurück, prallte dort gegen die Scheibe, wendete und schoß auf die offene Tür neben mir zu, drehte aber vorher nach rechts ab und steuerte das kleine gezackte Loch im Rumpf an. Dort verharrte er einen Moment, zwängte sich wie eine Ratte hindurch und verschwand.

Ich hörte Lou lachen. »Ach, du Scheiße. Ein Vogel. Hast du das gesehen, Jake?«

Ich faßte an meine Stirn. Sie brannte ein bißchen, und mein Handschuh war blutig danach. Ich rutschte von dem Seesack herunter, der sich hart und eckig anfühlte, als wäre er voller Bücher, und setzte mich auf den Fußboden. Durch die offene Luke fiel ein rechteckiger Lichtfleck auf meine Beine.

Jacob streckte seinen Kopf herein und blockierte mit seinem Körper das Licht.

»Hast du den Vogel gesehen?« fragte er. Ich spürte, daß er lächelte, auch wenn ich sein Gesicht nicht sehen konnte.

»Er hat mich gebissen.«

»Er hat dich gebissen?« Er schien mir nicht glauben zu wollen. Er zögerte einen Moment, dann zog er seinen Kopf aus der Luke. »Der Vogel hat ihn gebissen«, sagte er zu Lou, und Lou kicherte.

Wieder verdunkelte Jacob den Eingang. »Alles in Ordnung?«

Ich gab keine Antwort. Ich war wütend auf beide. Nichts von alledem wäre passiert, wenn sie mich nicht dazu gedrängt hätten, mich durch die Luke zu quetschen. Gebückt kroch ich nach vorn in die Kanzel.

Schwach hörte ich, wie Lou fragte: »Glaubst du, Vögel können Tollwut haben oder so etwas?«

Jacob gab keine Antwort.

Der Pilot trug ein Flanellhemd und Bluejeans. Er war ein kleiner, schlanker Mann, ziemlich jung, Anfang Zwanzig. Ich näherte mich von hinten und tippte ihm auf die Schulter.

»Leben Sie noch?« flüsterte ich.

Seine Arme hingen herunter, die Fingerspitzen streiften den Fußboden. Seine Hände waren geschwollen und sahen wie aufgeblasene Gummihandschuhe aus, die Finger nach innen gekrümmt. Seine Ärmel waren aufgekrempelt, und ich sah die schwarzen Haare auf der geisterhaft weißen Haut seiner Arme. Ich packte ihn an den Schultern und zog ihn vom Armaturenbrett weg. Sein Kopf schlug schwer auf den Sessel, und ich zuckte bei seinem Anblick so heftig zurück, daß ich mir den Schädel an der niedrigen, metallenen Decke des Flugzeugs stieß.

Seine Augen hatte der Vogel gefressen. Die schwarzen Höhlen starrten mich an, als sein Kopf nach rechts rollte. Das ganze Fleisch rings um die Augen war weg. Die Backenknochen schimmerten im matten Licht, blaß und durchscheinend wie Plastik. Ein blutiger Eiszapfen hing aus seiner Nase, bis hinunter zum Kinn.

Ich trat zurück und kämpfte meine Übelkeit nieder. Aber gleichzeitig fühlte ich mich eigenartig angezogen. Es war so etwas wie Neugier, aber noch stärker: Ich hatte das absurde Bedürfnis, meine Handschuhe auszuziehen und das Gesicht des Mannes zu berühren. Es war eine starke Anziehung, die ich nicht zu benennen vermochte. Ich wehrte mich dagegen, indem ich einen weiteren Schritt zurücktrat, und dann noch einen, und als ich meinen vierten Schritt getan hatte, war das Gefühl überwunden, und ich spürte nur noch Ekel. Das Gesicht des Piloten starrte hinter mir her, als ich mich zur Luke zurückzog. Aus der Entfernung sah es irgendwie flehentlich aus, traurig wie das eines Waschbären.

»Was, zum Teufel, machst du?« fragte Jacob. Er stand immer noch in der Luke.

Ich gab keine Antwort. Mein Herz pochte mir in den Schläfen. Ich stolperte rückwärts gegen den Seesack, drehte mich um und stieß ihn mit einem Fußtritt in Richtung des Ausgangs. Er war überraschend schwer, als wäre er voller Sand, und sein Gewicht brachte die Schwindelgefühle zurück.

»Was ist los?« fragte Jacob. Ich bewegte mich auf ihn zu und schob den Sack dabei vor mir her. Mein Bruder wich etwas zurück.

Ich stemmte meine Schulter gegen die Tür und dank der verbesserten Hebelwirkung gelang es mir, sie noch zehn Zentimeter weiter zu öffnen. Jacob und Lou sahen mir neugierig zu und schienen zwischen Belustigung und Sorge zu schwanken. Der Tag schien heller als zuvor, aber das lag nur an meinen Augen. Ich quetschte den Sack durch die Luke, dann folgte ich ihm hinaus in den Schnee.

»Du blutest ja, Hank«, sagte Jacob. Er hob die Hand an seine Stirn und wandte sich zu Lou um. »Der Vogel hat ihn gebissen.«

Lou untersuchte meine Stirn. Ich spürte, daß mir Blut in eine Augenbraue lief. Es fühlte sich kalt auf der Haut an.

»Er hat ihm die Augen rausgefressen«, sagte ich.

Jacob und Lou starrten mich fragend an.

»Der Vogel. Er hat auf dem Schoß des Piloten gesessen und seine Augen gefressen.«

Jacob zog eine Grimasse. Lou warf mir einen skeptischen Blick zu.

»Man kann die Schädelknochen sehen«, sagte ich, hockte mich hin und hielt mir etwas Schnee an die Stirn, was heftig brannte.

Der Wind war stärker geworden und brachte die Apfelbäume zum Knarren. Die Krähen mußten ab und zu ihre Flügel heben, um das Gleichgewicht in den schwankenden Ästen zu halten. Das Licht wurde schwächer, und mit ihm ließ auch das bißchen Wärme nach, das der Tag gebracht hatte.

Ich nahm mir den Schnee von der Stirn. Das Blut hatte ihn rostbraun gefärbt. Ich zog meinen Handschuh aus und berührte die Wunde mit meinem Finger. Sie war kalt vom Schnee und empfindlich. Eine große Beule wuchs unter der Haut, als hätte man eine Murmel oder ein kleines Ei darunter gepflanzt.

»Du hast eine Beule«, sagte Jacob. Er trug das Gewehr jetzt über der Schulter, und seine Jacke war zugeknöpft.

Lou hockte neben dem Seesack. Er war mit einem fest verknoteten Strick zugebunden, und Lou mußte seine Handschuhe ausziehen, ehe er ihn aufmachen konnte. Jacob und ich sahen ihm zu. Als der Knoten gelöst war, zog er den Sack auf.

Er blickte hinein, und sein Gesicht machte eine bemerkenswerte Veränderung durch. Am Anfang sah er einfach verblüfft aus, seine Brauen hoben sich, und seine Augen öffneten sich, als ob er die richtige Brennweite einstellen müßte; aber dann folgten rasch Zeichen der Freude und Aufregung, sein Gesicht wurde tiefrot, seine Lippen wichen lächelnd zurück und enthüllten seine schiefen Zähne. Als ich das sah, war ich mir sicher, daß ich auf keinen Fall wissen wollte, was in dem Sack war.

»Ach, du liebe Scheiße«, sagte er, griff ins Innere und berührte zögernd, was immer darin war. Er tätschelte es, als ob es lebendig wäre und er Angst haben müßte, gebissen zu werden.

»Was ist?« fragte Jacob und bewegte sich schwerfällig durch den Schnee auf ihn zu.

Mir sank das Herz in die Knie. Ich erinnerte mich an das Gewicht des Sacks und war plötzlich fest überzeugt, er müsse einen Toten oder Leichenteile enthalten.

»Es ist Geld«, sagte Lou und lächelte zu Jacob hinauf. »Schau«, er ließ den Sack ein Stück weit nach vorn kippen.

Jacob beugte sich vor und blinzelte, sein Unterkiefer klappte herunter. Ich sah ebenfalls hin. Der Sack war voller Geldscheine, die in dicken Bündeln darin lagen.

»Lauter Hundertdollarscheine«, sagte Lou. Er nahm eins der Päckchen heraus und hielt es sich vors Gesicht.

»Nicht anfassen«, sagte ich und stand auf. »Du machst Fingerabdrücke drauf.«

Er warf mir einen säuerlichen Blick zu, schob das Päckchen aber zurück in den Sack. Dann zog er sich wieder seine Handschuhe an.

»Was glaubst du, wieviel da drin ist?« fragte Jacob. Sie wandten sich beide mir zu, rechneten offenbar mit meiner Erfahrung als Buchhalter.

»Zehntausend pro Päckchen«, sagte ich, maß den Sack mit den Augen und versuchte abzuschätzen, wie viele Päckchen hineingingen. »Wahrscheinlich an die drei Millionen Dollar.« Als ich das gesagt hatte, schien es mir völlig absurd. Ich glaubte es selbst nicht.

Lou holte ein weiteres Päckchen heraus, diesmal mit Handschuhen.

»Faß es nicht an«, sagte ich.

»Ich hab doch Handschuhe an.«

»Die Polizei wird Fingerabdrücke von den Paketen nehmen wollen. Die verwischst du jetzt, wenn du sie anfaßt.«

Er runzelte die Stirn, ließ das Päckchen aber zurückfallen.

»Ist es echt?« fragte Jacob.

»Natürlich ist es echt«, sagte Lou. »Sei doch nicht blöd.«

Jacob ignorierte ihn. »Glaubst du, daß es Drogengeld ist?« fragte er mich.

Ich zuckte die Achseln. »Es kommt direkt von der Bank. Die sortieren ihr Geld so. Immer hundert Scheine im Bündel.«

Plötzlich erschien Mary Beth am anderen Ende des Obstgartens und kämpfte sich durch den Schnee zu uns heran. Er sah niedergeschlagen aus, so als hätten wir ihn im Stich gelassen bei seiner Fuchsjagd. Wir sahen ihm alle zu, aber niemand machte eine Bemerkung über seine Rückkehr. Eine der Krähen stieß einen warnenden Schrei aus, der eine Sekunde lang laut und klar wie ein Trompetenstoß in der trockenen Luft hing.

»Das ist doch verrückt«, sagte ich. »Der Kerl muß eine Bank ausgeraubt haben.«

Jacob schüttelte ungläubig den Kopf. »Drei Millionen Dollar.«

Schwanzwedelnd kam der Hund um das Flugzeug herum und

warf uns einen traurigen, müden Blick zu. Jacob hockte sich hin und tätschelte ihm gedankenlos den Kopf.

»Ich nehme an, du willst es abliefern«, sagte Lou.

Erschrocken sah ich ihn an. Bis zu diesem Augenblick hatte ich gar nicht daran gedacht, daß wir die Wahl haben könnten. »Willst du es behalten?«

Er warf Jacob einen hilfesuchenden Blick zu und wandte sich dann wieder zu mir. »Warum behalten wir nicht jeder ein Päckchen? Zehntausend für jeden, und den Rest liefern wir ab?«

»Zunächst einmal ist das Diebstahl.«

Lou grunzte verächtlich. »Diebstahl? Und wer wird bestohlen? Der da drin?« Er zeigte in Richtung des Flugzeugs. »Dem ist das egal.«

»Es ist eine Menge Geld«, sagte ich. »Irgend jemand weiß, daß es fehlt, und wird danach suchen. Das garantiere ich dir.«

»Willst du damit sagen, daß du mich anzeigst, wenn ich etwas einstecke?« Er zog ein Päckchen aus dem Sack und hielt es mir hin.

»Das brauche ich gar nicht. Wer immer das Geld sucht, weiß auch, wieviel es ist. Wenn wir zuwenig abliefern, und du fängst an, mit Hundertdollarscheinen um dich zu werfen, dann brauchen die Leute nicht lange, um dahinterzukommen, was los ist.«

Lou wischte das mit der Hand weg. »Das Risiko nehme ich auf mich«, sagte er und lächelte zu Jacob hinüber. Jacob lächelte zurück.

Ich ärgerte mich über die beiden. »Mach keinen Quatsch, Lou.«

Lou grinste weiter. Er schob sich das Paket in die Jacke, nahm dann ein zweites heraus und reichte es Jacob. Der nahm es, schien sich aber nicht schlüssig zu sein, was er damit tun sollte. Er hockte am Boden, sein Gewehr in der einen, das Geld in der anderen Hand, und sah mich erwartungsvoll an. Mary Beth wälzte sich zu seinen Füßen im Schnee.

»Ich glaub' nicht, daß du mich anzeigen würdest«, sagte Lou. »Und daß du deinen Bruder nicht anzeigen würdest, weiß ich genau.«

»Laß mich in die Nähe eines Telefons, Lou, dann wirst du schon sehen.«

»Du würdest mich anzeigen?«

Ich versuchte mit den Fingern zu schnipsen, aber da ich Handschuh anhatte, machten sie kein Geräusch. »Genau so.«

»Aber warum denn? Es schadet doch niemand.«

Jacob hockte immer noch mit dem Geld in der Hand da. »Leg's zurück, Jacob«, sagte ich. Aber er rührte sich nicht.

»Für dich ist es anders«, sagte Lou. »Du hast deinen Job in der Futtermittelhandlung. Jacob und ich haben so etwas nicht. Für uns würde das Geld einen großen Unterschied machen.«

Seine Stimme hatte einen leicht weinerlichen Ton angenommen, und als ich das hörte, erkannte ich jäh meine Macht. Die Dynamik unserer Beziehung hatte sich plötzlich verändert. Jetzt hatte ich die Kontrolle, ich war der Spielverderber, ich würde entscheiden, was mit dem Geld geschah. Ich lächelte Lou an.

»Es wäre auch mein Problem, wenn ihr welches nehmt. Ihr würdet die Sache vermasseln, und ich würde als euer Komplize betrachtet.«

Jacob machte Anstalten aufzustehen, dann hockte er sich wieder hin. »Warum nehmen wir nicht einfach alles?« fragte er und sah erst Lou und dann mich an.

»Alles?« sagte ich. Der Vorschlag schien ungeheuerlich, und ich wollte schon zu lachen anfangen, aber davon tat mir die Stirn weh. Ich stöhnte und tastete mit der Hand nach der Beule. Die Wunde blutete immer noch etwas.

»Wir nehmen den Sack mit«, sagte er, »lassen den Toten da drin und tun so, als wären wir nie hiergewesen.«

Lou nickte und stürzte sich auf die Idee. »Und teilen dann alles durch drei.«

»Wir würden doch geschnappt, sobald wir es ausgeben wollen«, sagte ich. »Stellt euch mal vor, was passiert, wenn ausgerechnet wir drei in den Läden mit Hundertdollarscheinen bezahlen.«

Jacob schüttelte den Kopf. »Wir könnten eine Weile warten, dann aus der Stadt weggehen und ein neues Leben anfangen.«

»Jeder eine Million«, sagte Lou. »Stell dir das doch mal vor.«

»Mit so was kommt man einfach nicht durch«, seufzte ich. »Irgendwann macht man einen Fehler, und dann wird man geschnappt.«

»Verstehst du denn nicht, Hank?« fragte Jacob und hob dabei ungeduldig die Stimme. »Wir tun so, als existierte das Geld gar nicht. Niemand weiß etwas davon außer uns.«

»Es sind drei Millionen Dollar, Jacob. Die fehlen irgendwo. Du kannst mir nicht erzählen, daß niemand danach sucht.«

»Wenn danach gesucht würde, hätten wir schon davon gehört. Es wäre in den Nachrichten gekommen.«

»Das ist Drogengeld«, sagte Lou. »Schwarzes Geld. Die Regierung hat keine Ahnung davon.«

»Ihr könnt doch nicht...«, sagte ich, aber Jacob schnitt mir das Wort ab.

»Wozu willst du es überhaupt abliefern? Es schadet doch niemandem, wenn wir es nehmen. Es wird nie jemand erfahren.«

»Es ist Diebstahl, Jacob. Genügt das nicht?«

»Das ist kein Diebstahl«, sagte er fest. »Es ist wie ein verlorener Schatz, wie eine Kiste voll Gold.«

In gewissem Sinn war das richtig, was er da sagte, das sah ich wohl ein, aber gleichzeitig schien es mir, als seien wir dabei, etwas Wichtiges zu übersehen. Mary Beth jaulte, und ohne seine Augen von meinem Gesicht abzuwenden, begann Jacob, sie zu tätscheln. Die Krähen saßen stumm in den umgebenden Bäumen, mit hochgezogenen Schultern wegen der Kälte, wie kleine Geier. Rasch brach die Dunkelheit über uns herein.

»Komm, Hank«, sagte Lou. »Mach uns das nicht kaputt.«

Ich sagte immer noch nichts, sondern zögerte weiter. Ich schwankte. Ich genoß zwar meine Macht über Jacob und Lou, aber ich wollte auch nicht, bloß um ihnen zu widersprechen, etwas tun, was ich später womöglich bereute. Ohne es zu merken oder zu wollen, begann ich nach Mitteln und Wegen zu suchen, um das Geld zu behalten. Und die Leichtigkeit, mit der die Lösung mir einfiel, grenzte an Zauberei. Ein Göttergeschenk: ein einfacher Plan, das Geld zu behalten und doch nichts befürchten zu müssen. Ich würde es einfach verstecken, bis jemand das Flugzeug entdeckte. Wenn das Wrack gefunden wurde und niemand die drei Millionen erwähnte, würde ich mir das Geld mit Jacob und Lou teilen, und wir konnten uns trennen. Wenn ich aber den Eindruck hatte, daß jemand die drei Millionen suchte, würde ich sie einfach verbrennen. Der Seesack und das Geld selbst waren die einzigen Beweisstücke, die gegen mich sprachen. Bis zu dem Augenblick, wo ich Jacob und Lou ihre Anteile aushändigte, würde ich alles unter Kontrolle haben. Ich konnte mein Versprechen von einem Augenblick zum anderen wieder auslöschen.

Heute, im Rückblick, wo alles vorbei ist, scheint es verrückt, wie furchtlos ich diesen Weg wählte. Ich brauchte nur zwanzig Sekunden, ein Drittel einer Minute nur lag ich im Widerstreit mit mir selbst. Einen kurzen Augenblick hatte ich alles völlig unter Kontrolle, das Schicksal des Geldes, mein eigenes und das Schicksal von Jacob und Lou, aber ich war mir dessen überhaupt nicht bewußt, hatte kein Gefühl für das Gewicht der Entscheidung, spürte nicht, daß ich innerhalb der nächsten Sekunden eine Folge von Ereignissen in Gang setzen würde, die unser aller Leben auf radikale Weise ändern mußte. In meiner Unwissenheit erschien mir meine Wahl ganz unzweideutig und geradlinig: Wenn ich den Geldsack jetzt aufgeben würde, wäre es ein unwiderruflicher Schritt – ich würde ihn beim Sheriff abliefern, und damit wäre er weg. Wenn ich ihn, nach meinem Plan, dagegen behielt, konnte ich die Entscheidung hinausschieben, bis wir mehr Informationen besaßen. Es wäre ein Schritt, aber kein unwiderruflicher.

»Okay«, sagte ich. »Steckt das Geld wieder rein.«

Keiner von beiden rührte sich.

»Behalten wir's?« fragte Lou.

»Ich werd's behalten.«

»Du willst es behalten?« fragte Jacob. »Was soll das heißen, du willst es behalten?«

»Wir machen es folgendermaßen: Ich behalte es für sechs Monate. Wenn bis dahin keiner kommt, der danach sucht, dann teilen wir's uns.«

Lou und Jacob starrten mich an und versuchten, es zu begreifen.

»Warum willst gerade du es behalten?« fragte Lou.

»Ich bin der Zuverlässigste. Ich hab' einen Job, ich habe Familie. Ich hab' am meisten zu verlieren.«

»Warum teilen wir's nicht gleich?« fragte er. »Und jeder bewacht seinen eigenen Anteil?«

Ich schüttelte den Kopf. »Wir machen es so, wie ich gesagt habe.

Wenn euch das nicht paßt, können wir's gleich abliefern. Das sind die Alternativen, die ich euch anbiete.«

»Du traust uns nicht?« fragte Jacob.

»Nein«, sagte ich. »Wahrscheinlich nicht.«

Er nickte, sagte aber nichts.

»Sie werden das Flugzeug finden, ehe die sechs Monate vorbei sind«, sagte Lou. »Wenn das Frühjahr kommt, wird es rasch entdeckt werden.«

»Dann werden wir merken, ob jemand weiß, daß es die drei Millionen an Bord gehabt hat.«

»Und wenn es jemand weiß?« fragte Jacob.

»Dann werd' ich es verbrennen. Wir behalten es nur dann, wenn absolut keine Gefahr besteht, daß man uns schnappt. Sobald es so aussieht, als kriegten wir Ärger, wird es vernichtet.«

»Du willst es verbrennen?« sagte Lou voller Abscheu.

»Genau. Bis auf den letzten Schein.«

Keiner von beiden sagte ein Wort. Wir starrten alle den Sack mit dem Geld an.

»Wir sagen niemandem etwas. Nicht einmal Nancy«, sagte ich und sah Lou an. Nancy war seine Freundin. Sie arbeitete in einem Schönheitssalon in Sylvania. Sie lebten zusammen.

»Früher oder später wird sie's erfahren«, sagte er. »Sie wird ja wissen wollen, wo das Geld herkommt, das ich ausgebe.«

»Sie kann's erfahren, wenn wir beschließen, daß es sicher ist, das Geld zu behalten. Keinen Augenblick früher.«

»Dann gilt aber dasselbe für Sarah«, sagte er.

Ich nickte, als wäre das selbstverständlich. »Wir werden weiterleben wie bisher. Ich verlange ja nur, daß ihr sechs Monate stillhaltet. Das Geld wird die ganze Zeit dasein und auf euch warten. Ihr werdet wissen, daß es da ist.«

Sie waren beide stumm, dachten nach.

»Okay?« fragte ich, sah erst Lou an, dann Jacob. Lou zog ein Gesicht, als ob er ärgerlich auf mich wäre. Er sagte nichts. Jacob zuckte die Achseln, zögerte eine Sekunde, dann nickte er und warf sein Geldbündel in den Sack.

»Lou?« fragte ich.

Lou rührte sich nicht. Jacob und ich starrten ihn abwartend an.

Schließlich, mit einer Grimasse, als ob es ihm weh täte, zog er das Geldbündel aus seiner Jacke, starrte es einen Augenblick an und schob es ganz langsam zurück in den Sack.

»Wir zählen es, ehe du's mitnimmst«, sagte er mit leiser Stimme. Es klang wie ein Knurren.

Ich lächelte ihn an, grinste beinahe. Es schien mir komisch, daß er mir nicht traute.

»Okay«, sagte ich. »Das ist wahrscheinlich eine gute Idee.«

2

*E*s war schon ziemlich dunkel geworden, deshalb beschlossen wir, zum Lastwagen zurückzugehen und das Geld dort zu zählen. Während wir zur Straße zurückwanderten, fingen Jacob und Lou an, darüber zu reden, was sie mit ihrem neuen Reichtum anfangen würden. Jacob wollte ein Schneemobil, einen Großbildfernseher und ein schönes Boot zum Angeln, das er *Hidden Treasure* nennen wollte. Lou sagte, er würde die Hälfte des Geldes an der Börse anlegen und den Rest in ein Strandhaus in Florida stecken, mit Sauna, Veranda und Hausbar. Ich hörte ihnen zu und wollte sie dauernd warnen vor solchen Plänen, weil ja keineswegs sicher war, daß wir das Geld behalten konnten, aber aus irgendeinem Grund blieb ich stumm.

Lou und ich trugen den Seesack gemeinsam. Jeder hatte ein Ende gefaßt, und das Gewicht behinderte uns so sehr, daß Jacob Schritt halten konnte. Er redete ununterbrochen, plapperte die ganze Zeit wie ein Kind. Man konnte seine Begeisterung spüren, er verströmte sie wie einen Geruch.

Sobald die Sonne sank, fiel die Temperatur und auf dem Schnee bildete sich eine eisige Haut, durch die wir bei jedem Schritt einbrachen. Es gab wenig Licht unter den Bäumen. Äste sprangen uns aus der Dunkelheit an, tauchten plötzlich vor unseren Gesichtern auf, so daß wir uns abrupt ducken und ausweichen mußten wie ein Trio von Boxern.

Fast eine halbe Stunde brauchten wir bis zur Straße. Als wir den Lastwagen endlich erreichten, packte Jacob sein Gewehr hinter den Vordersitz und begann seine Taschenlampe zu suchen, während Lou und ich das Geld auf der Ladeklappe ausbreiteten. Ich glaube, wir waren beide fasziniert von der Anzahl der Päckchen, die aus dem Sack quollen, magnetisiert von dem Anblick dieses Reichtums, und das war wohl auch der Grund, weshalb wir den Wagen des

Sheriffs zu spät bemerkten. Wahrscheinlich hätte ich anders gehandelt, wenn wir ihn früher gesehen hätten, als die Scheinwerfer noch am Horizont waren. Mit etwas mehr Zeit zum Nachdenken hätte ich die Alternativen in Ruhe geprüft, und als der Wagen schließlich nahe genug war, daß ich das Blinklicht auf dem Dach erkennen konnte, wäre ich vielleicht soweit gewesen, Sheriff Jenkins von dem Flugzeugwrack zu erzählen. Ich hätte ihm das Geld gezeigt und gesagt, wir hätten ihn gerade über Sprechfunk anrufen wollen. Auf diese Weise wäre die Sache gleich an Ort und Stelle zu Ende gewesen. Ich hätte sie dem Sheriff als hübsches, sauberes Paket übergeben und wäre sie losgewesen, bevor das Knäuel sich auflösen konnte und wir uns alle darin verfingen.

Aber so war es nicht. Der Wagen des Sheriffs war nur noch zweihundert Meter entfernt, als wir ihn bemerkten. Zuerst hörten wir ihn, sein Motorengeräusch und das Knirschen der Reifen auf der gefrorenen Straße. Lou und ich sahen zur gleichen Zeit auf. Eine halbe Sekunde später hob auch Jacob den Kopf.

»Scheiße«, hörte ich ihn sagen.

Ohne nachzudenken, rein instinktiv, wie ein Tier, das seine Nahrung vergräbt, schlug ich die Ladeklappe hoch. Das Geld flog mit sanftem Klatschen auf die Ladefläche des Lasters. Den Seesack hatten wir auf die Straße geworfen, als er leer war, jetz hob ich ihn wieder auf und breitete ihn, so gut es ging, über dem Geld aus.

»Setz dich vorne zu Jacob«, flüsterte ich Lou zu. »Das Reden übernehme ich.«

Lou trabte eilig mit gesenktem Kopf davon. Und dann war der Sheriff da. Mit quietschenden Bremsen kam er auf der gegenüberliegenden Straßenseite zum Stehen, lehnte sich über den Sitz und drehte das Fenster herunter. Ich trat heran, um ihn zu begrüßen.

Carl Jenkins war eigentlich gar kein richtiger Sheriff, auch wenn ihn alle so nannten. Den Posten eines Sheriffs vergab der Bezirk, und Carl war bei der Stadt angestellt. Er war Ashenvilles einziger Polizist, und das seit fast vierzig Jahren. Die Leute nannten ihn schon deshalb Sheriff, weil es keinen anderen Titel gab, mit dem sie ihren Respekt zum Ausdruck bringen konnten.

»Hank Mitchell!« sagte er und lächelte, als ich auf ihn zukam. Man hätte glauben können, er sei nur deshalb unterwegs gewesen, weil er gehofft hatte, er würde mich treffen. Ich kannte ihn nicht sonderlich gut, wir nickten uns meist nur freundlich zu, aber ich hatte immer den Eindruck, daß er sich ehrlich freute, wenn er mich sah. Ich glaube, das ging allen Leuten so, auch vollkommen Fremden; er hatte diese Begabung, eine entwaffnend ungeschützte Onkelhaftigkeit, ein Lächeln, das einen jedesmal neu überraschte.

Er war ein zierlicher Mann, kleiner als ich. Sein Gesicht war vollkommen rund, er hatte eine breite, glänzende Stirn und einen kleinen, dünnlippigen Mund. Er wirkte immer sehr adrett, ja, fast elegant: Seine Khaki-Uniform war gebügelt, seine Nägel geschnitten, sein weißes Haar gekämmt und gescheitelt. Er lächelte viel und war stets von einem sauberen Geruch umgeben, einer Mischung aus Talkum und Schuhwichse.

Einen Meter vor der Beifahrertür blieb ich stehen.

»Probleme mit dem Motor?« fragte er.

»Nein«, sagte ich. »Probleme mit dem Hund.« Ich fühlte mich erstaunlich ruhig. Das Geld war nur noch ein ganz kleiner Hintergedanke in meinem Kopf. Ich wußte, er würde nicht aus dem Wagen aussteigen und wir würden keinen Ärger haben. Ich erzählte ihm von dem Fuchs.

»Hat er ihn gestellt?« fragte Carl.

»Das dachten wir erst, aber wir sind kaum hundert Meter weit in den Wald gegangen, da kam er schon wieder zurück.«

Carl musterte mich besorgt über sein halb heruntergelassenes Fenster. »Was ist mit deinem Kopf passiert?«

Ich berührte die Beule mit meiner Hand und winkte dann in Richtung der Bäume. »Bin gegen einen Ast gerannt«, sagte ich. Es war das erste, was mir einfiel.

Er starrte mich eine weitere Sekunde lang an, dann wanderten seine Blicke zu Jacob und Lou. Sie hatten ihm beide kurz zugewinkt, als er gestoppt hatte, waren inzwischen aber in die Fahrerkabine geklettert. Ihre Gesichter waren dicht beieinander, berührten sich praktisch, und die Art, wie sie redeten, wirkte äußerst konspirativ. Lou führte das große Wort und gestikulierte wild mit den Händen, Jacob nickte zu dem, was er sagte. Mary Beth saß auf Jacobs Schoß und starrte uns durchs Fenster an.

»Haben die beiden getrunken?« fragte Carl leise.

»Noch nicht«, sagte ich. »Jacob und ich waren heute zusammen auf dem Friedhof.«

»Auf dem Friedhof?«

Ich nickte. »Wir haben das Grab meiner Eltern besucht. Heute ist der Tag für den alljährlichen Besuch.«

»Silvester?« Sein Gesicht hellte sich wieder auf. Die Vorstellung schien ihm zu gefallen.

»Ich hab' mir den Tag freigenommen«, sagte ich.

Carl griff zum Armaturenbrett und stellte seine Heizung höher. Man hörte, wie das Gebläse die warme Luft in der Kabine herumwirbelte. »Ist Jacob immer noch arbeitslos?« fragte er.

»Er sucht«, log ich, und wie immer überkam mich ein Gefühl der Verlegenheit, wenn davon die Rede war, daß mein Bruder arbeitslos war.

»Hat Lou einen Job?«

»Nein. Glaube nicht.«

Carl schüttelte traurig den Kopf, starrte dann über die Straße zu ihnen hinüber. »Ist das nicht eine Schande? Zwei erwachsene, arbeitswillige Männer. Dieses Land wird bald...« Er verstummte gedankenverloren.

»Tja«, sagte ich, »es wird Zeit –« Aber Carl unterbrach mich.

»Lou war früher Baseballtrainer in einem Sommerlager in Michigan oben«, sagte er. »War ein erstklassiger Shortstop. Wußtest du das?«

»Nein«, sagte ich. »Das ist mir neu.«

»Würde man auch nicht glauben, wenn man ihn jetzt sieht. Aber zu seiner Zeit...«

Man hörte ein knirschendes Geräusch, als Jacob die Fahrertür seines Wagens aufstieß. Carl verstummte, und wir sahen beide zu, wie mein Bruder sich auf die Straße hinauszwängte, die Wagentür wieder hinter sich zuschlug und über die Fahrbahn herankam.

»Hallo«, sagte Carl. »Ich dachte schon, du wolltest mir aus dem Weg gehen.«

Jacob lächelte schafsmäßig. So sah er immer aus, wenn er mit Autoritäten zu tun hatte – sobald ich diesen Gesichtsausdruck sah, erinnerte ich mich an ihn aus unserer Kindheit. Wenn ein Lehrer Jacob aufrief, hatte er auch immer so ausgesehen.

»Mir war bloß kalt«, sagte er. »Wollte mich ein bißchen aufwärmen im Wagen.«

»Hank hat mir erzählt, ihr hättet heute das Grab eurer Eltern besucht.«

Jacob warf mir einen Blick zu und nickte dann zögernd.

»Das ist schön«, sagte Carl. »Das ist wirklich schön. Ich hoffe, daß meine Kinder das auch tun, wenn ich einmal tot bin.«

»Mein Vater hat uns dazu gezwungen«, sagte Jacob. »Es stand im Testament.«

Carl tat so, als hätte er nichts gehört. »Ich erinnere mich an euren Vater«, begann er, schien sich aber plötzlich wieder anders zu besinnen, so als sei er sich plötzlich unsicher, ob es wirklich unser Vater gewesen war, an den er sich erinnerte, und nicht irgendein anderer verstorbener Einwohner von Ashenville. Er schüttelte seinen Kopf. »Ein guter Mann«, sagte er. »Ein ungewöhnlich guter Mann.«

Weder Jacob noch mir fiel eine Antwort darauf ein. Es entstand eine Pause, und in die Stille hinein fragte mich Jacob: »Hast du ihm von dem Flugzeug erzählt?«

Erschrocken sah ich ihn an. Er hatte ein großes Grinsen in seinem Gesicht, mit tiefen Grübchen in den fetten Backen, zurückgezogenen Lippen und blanken Zähnen. Er warf mir einen Blick zu, und ich befürchtete eine Sekunde lang, er würde mir auch noch zuzwinkern.

»Was war das?« fragte Carl und schaute von Jacob zu mir.

»Als Hank und ich am Dienstag hier vorbeigefahren sind, haben wir Geräusche gehört, die sich anhörten, als wollte ein Flugzeug hier landen.«

»Ein Flugzeug?«

Jacob nickte. »Es hat ziemlich geschneit, und man konnte nichts sehen, aber es klang genau wie ein Flugzeug mit Motorschaden.«

Mit hochgezogenen Augenbrauen sah ihn Carl an. Er schien auf etwas zu warten. Ich überlegte verzweifelt, was ich sagen könnte, um das Thema zu wechseln, aber es fiel mir nichts ein. Ich stand bloß wütend da und wünschte, Jacob würde den Mund halten.

»Hat es irgendwelche Berichte über vermißte Flugzeuge gegeben?« fragte er.

»Nein«, sagte Carl langsam. Er kaute regelrecht auf der einen Silbe herum, als wolle er zeigen, daß er ernsthaft über Jacobs Mitteilung nachdachte. »Könnte nicht sagen, daß ich was gehört habe.« Wieder warf er mir einen Blick zu. »Ihr habt bloß den Motor gehört? Keinen Aufprall?«

Ich zwang mich zum Nicken.

»Das kann ja alles mögliche gewesen sein. Ein Motorrad, ein Schneemobil, eine Kettensäge.« Er wedelte mit der Hand Richtung Südwesten über die Felder. »Vielleicht war's auch etwas, womit Dwight Pederson herumgewerkelt hat.«

Wir drehten uns alle um und sahen zur Farm von Pederson rauf. In den unteren Fenstern war Licht, aber die Scheune und die Außengebäude waren in der Dunkelheit verloren.

»Wenn Sie doch etwas hören«, sagte Jacob mit seinem dümmlichen Lächeln, »können Sie uns ja anrufen. Dann können wir Ihnen zeigen, wo es genau war.«

»Ich bin sicher, das wäre gemeldet worden, inzwischen«, sagte Carl. »Flugzeuge fallen nicht einfach vom Himmel, ohne daß irgendwo Leute sie vermissen.«

Ich warf einen Blick auf die Uhr und versuchte Jacob das Wort abzuschneiden, ehe er noch mehr daherfaselte. »Sie haben es sicher eilig, nach Hause zu kommen, Carl. Es ist schon nach fünf.«

Er schüttelte seufzend den Kopf. »Das wird ein langer Tag für mich heute, schon wegen Silvester. Da werden wieder einige Betrunkene in der Gegend herumfahren.« Er sah Jacob an. »Ich hoffe, daß du nicht dazugehörst.«

Jacobs Lächeln verschwand aus seinem Gesicht. »Nein, wegen mir brauchen Sie sich keine Sorgen zu machen.«

Carl starrte ihn an, als erwarte er, daß er noch etwas hinzufügte. Dann drehte er sich zu mir um. »Wie geht es denn Sarah? Sie ist doch bald soweit, nicht wahr?«

»Ende Januar«, sagte ich. Meine Frau war im achten Monat schwanger mit unserem ersten Kind.

»Du mußt ihr ein gutes neues Jahr von mir wünschen«, sagte Carl. Er fing an, seine Fenster wieder hochzudrehen. »Und Lou könnt ihr sagen, er soll nicht so schüchtern sein, nächstes Mal. Ich werd' ihn nicht beißen.«

Carl fuhr davon, während wir in den Lastwagen stiegen. Richtung Westen.

»Fahr ein Stück von hier weg, Jacob«, sagte ich. »Aber nicht hinter ihm her. Fahr zurück in Richtung Stadt.«

Jacob ließ den Motor an. Er brauchte eine Weile, um den Wagen auf der engen Straße zu wenden.

»Ganz langsam«, sagte ich. Wenn er zu schnell fuhr, fürchtete ich, würden womöglich ein paar von den Geldbündeln von der Ladefläche geweht werden.

Niemand sagte etwas. Erst als wir auf der Brücke über den Anders Creek waren, fragte ich: »Wessen Idee war denn das, nach dem Flugzeug zu fragen?« Ich beugte mich etwas vor, um sie beide sehen zu können. Lou saß in der Mitte, mit dem Hund auf dem Schoß. Er hatte den Arm um den Körper des Tieres geschlungen und preßte ihn sich an die Brust. Keiner gab Antwort.

»War das deine Idee, Lou?« Ich hatte ganz ruhig fragen und ihnen vernünftig erklären wollen, wie gefährlich das war, was sie getan hatten, aber meine Stimme verriet mich. Sie war gepreßt und voller Wut.

Lou zuckte die Achseln. »Wir haben es uns gemeinsam ausgedacht«, sagte er.

»Wozu?« fragte ich.

»Um zu erfahren, ob das Flugzeug gesucht wird«, sagte Jacob. Seine Stimme war voller Triumph, so als hätte er das Gefühl, diesmal schlauer gewesen zu sein. »Und nicht nur das. Wenn jetzt jemand nach dem Flugzeug sucht, wird Carl uns erst anrufen. Dann können sie uns nicht überraschen.«

»Ihr habt euch gerade entschlossen, drei Millionen Dollar zu stehlen, und das erste, was ihr tut, ist, den Sheriff danach zu fragen. Kommt euch das nicht selbst ein bißchen blöd vor?«

»Wir wissen jetzt, daß niemand das Flugzeug sucht«, sagte Jacob. »Das hätten wir nie erfahren, wenn wir nicht gefragt hätten.«

»Es war blöd, Jacob. Wenn sie das Flugzeug jetzt finden und merken, daß das Geld fehlt, dann weiß er sofort, wer es hat.«

»Aber das ist ja gerade der Trick: Wir hätten die Sache doch nie erwähnt, wenn wir diejenigen gewesen wären, die das Geld geklaut haben.«

»Versprecht mir, daß ihr so etwas nie wieder tut!«

Jacob lächelte mich an. »Begreifst du nicht, wie raffiniert das war? Damit, daß wir gefragt haben, haben wir uns auf seine Seite gestellt.«

»Es ist ein Risiko«, sagte ich. »Es war dämlich.«

»Aber es hat sich gelohnt. Wir haben herausgefunden –«

»Es handelt sich hier nicht um ein Spiel, Jacob. Wir haben ein Verbrechen begangen. Es kann uns ins Gefängnis bringen, was wir heute getan haben.«

»Ach, komm, Hank«, sagte Lou. »Kein Mensch schickt uns ins Gefängnis deswegen. Wir sind doch keine Verbrecher, keiner von uns hat eine Vorstrafe. Jeder hätte getan, was wir getan haben.«

»Willst du damit sagen, wir hätten gar kein Verbrechen begangen?«

»Ich will damit sagen, niemand schickt uns dafür ins Gefängnis. Selbst wenn wir verurteilt werden, kriegen wir Bewährung.«

»Vor allem, wenn wir das Geld noch nicht ausgegeben haben«, sagte Jacob. »Ich glaube –«

»Es ist mir egal, was du glaubst«, sagte ich und hob meine Stimme, so daß ich fast brüllte. »Wenn ich das Gefühl habe, daß ihr unnötige Risiken eingeht, werde ich das Geld verbrennen.« Ich sah erst Jacob an und dann Lou. »Versteht ihr?«

Keiner von beiden sagte etwas.

»Ich habe nicht die Absicht, im Knast zu landen, bloß weil ihr zwei Idioten irgendeinen Schwachsinn verbrochen habt, ist das klar?«

Erschrocken über meinen Ausbruch starrten die beiden mich an. Mary Beth winselte in Lous Armen. Ich sah zum Fenster hinaus. Wir waren auf der Burnt Road, von Feldern umgeben, und fuhren nach Osten.

Ich holte tief Luft, um mich zu beruhigen. »Ich will bloß, daß ihr vorsichtig seid«, sagte ich.

»Wir werden vorsichtig sein, Hank«, sagte Jacob rasch. »Natürlich werden wir vorsichtig sein.«

Lou sagte nichts, aber auch ohne meinen Blick vom Fenster abzuwenden, spürte ich, wie er Jacob angrinste.

»Halt an«, sagte ich. »Hier können wir zählen.«

Jacob fuhr an den Straßenrand, und wir kletterten in die Kälte hinaus. Wir waren ungefähr drei Meilen westlich der Stadt. Schneebedeckte Felder lagen zu beiden Seiten der Straße, und es waren keine Häuser und keine Lichter in Sicht. Sollte sich ein Auto nähern, würden wir es in beiden Richtungen schon meilenweit sehen, ehe es uns erreichte.

Lou und Jacob zählten das Geld: ich stand hinter ihnen mit der Taschenlampe. Mary Beth war in der Fahrerkabine geblieben und schlief auf dem Sitz. Sie legten die Bündel so übereinander, daß in jedem Stapel zehn lagen. Sie zu zählen schien ewig zu dauern. Ich teilte meine Aufmerksamkeit zwischen dem Geld und dem Horizont und achtete auf etwa sich nähernde Scheinwerfer.

Die Nacht war sehr ruhig. Der Wind pfiff über die leeren Felder, gelegentlich knisterte der Schnee leise, der sich am Straßenrand setzte. Überlagert wurde das alles von einem sanften, aber durchdringenden Rascheln. Es klang, als ob Karten im Casino verteilt würden, und rührte vom Geldzählen her.

Als sie fertig waren, lagen vierundvierzig Stapel hintereinander auf der Ladeklappe des Lastwagens. Es waren vier Millionen und vierhunderttausend Dollar.

Wir brauchten eine Weile, um das zu verdauen. Erst einmal standen wir einfach da und starrten das Geld an. Lou zählte die Stapel noch einmal, wobei er das jeweils oberste Bündel mit seinem Zeigefinger berührte.

»Wieviel ist das für jeden?« flüsterte Jacob.

Ich mußte einen Augenblick nachdenken. »Fast anderthalb Millionen.«

Wir starrten das Geld an, gelähmt.

»Pack es weg«, sagte ich schließlich und zitterte in der Kälte. Ich gab meinem Bruder den Seesack und sah zu, wie er wieder prall und fest wurde, als Jacob ihn füllte.

Als alles drin war, trug ich den Sack zur Kabine.

Lou wohnte südlich von Ashenville, genau entgegengesetzt von mir, und zu ihm fuhren wir zuerst. Es wurde immer kälter, und am oberen Rand der Windschutzscheibe wuchsen schon Eisblumen. Das zerissene Rückfenster aus Plastik knatterte im Wind und schickte einen ständigen eiskalten Luftstrom herein. Mary Beth saß hinten, drängte sich aber halbwegs in die Fahrerkabine, so daß ich ihren Atem am Ohr spürte. Den Sack mit dem Geld hatte ich mir zwischen die Beine geklemmt und hielt ihn mit der linken Hand zu.

Es war Viertel vor sieben, als wir bei Lou ankamen.

Im Haus brannte Licht, und Nancys Wagen stand auf dem Hof. Es war eine große, heruntergekommene Farm, eines der ältesten überlebenden Häuser in der Umgebung. Lou und Nancy hatten es von Sonny Major gemietet, dessen Großvater einmal alle Felder ringsum gehört hatten. Sonnys Großvater hatte Mais und Kohl angebaut und in der guten alten Zeit vor der großen Repression zu den besseren Leuten der Gegend gehört. Seitdem war es ständig bergab gegangen. Sonnys Vater hatte im Lauf der Jahre praktisch alles Land verkauft, bis auf zwei schmale Grundstücke neben der Straße. Auf einem davon stand das Haus, auf dem anderen, das noch kleiner war und einen Kilometer südlich lag, stand ein großer, verrosteter Wohnwagen. In dem lebte Sonny, allein, in Sichtweite des Hauses, in dem er aufgewachsen war. Er nannte sich Schreiner, lebte aber wesentlich von der Miete, die Lou und Nancy ihm zahlten.

Jacob hielt in der Einfahrt und ließ den Motor laufen. Lou machte die Tür auf und kletterte hinaus. Ehe er sie wieder hinter sich zuschlug, zögerte er einen Moment.

»Ich finde, wir sollten jeder gleich ein Päckchen mitnehmen«, sagte er. »Nur, um ein bißchen zu feiern.« Er lächelte mich an.

Ich rutschte zur Tür hinüber. Den Seesack behielt ich fest zwischen den Beinen. Der Hund kletterte durchs Fenster in die Kabine, sein Fell roch frisch und kalt. Er schüttelte sich und setzte sich auf den Sitz. Jacob legte den Arm um ihn, und Mary Beth schmiegte sich an ihn.

»Vergiß das Geld, Lou«, sagte ich.

Er wischte sich mit der Hand über die Nase. »Was soll das heißen?«

»In den nächsten sechs Monaten ändert sich gar nichts in deinem Leben«, sagte ich.

Jacob klopfte gegen Mary Beth's Brustkorb, ein Resonanzboden mit einem hohlen Klang. Rings um Lous Haus standen große

Bäume mit grauen Stämmen, die sich hell vor dem Nachthimmel abzeichneten. Die Äste schwankten sachte im Wind, und die Zweige schlugen dabei aneinander. Sonnys Wohnwagen war vollkommen dunkel. Er war nicht zu Hause.

»Alles, was ich verlange...«, sagte Lou, aber ich schüttelte den Kopf und schnitt ihm das Wort ab.

»Du hörst mir nicht richtig zu, Lou. Du sollst überhaupt nichts verlangen.«

Ich beugte mich vor und knallte die Tür zu. Er starrte mich durchs Fenster einen Augenblick an, dann wechselte er einen raschen Blick mit Jacob, ehe er sich umwandte und langsam die Einfahrt hinaufging.

Von Lous Haus zu meinem brauchten wir vierzig Minuten. Den größten Teil des Weges legten wir schweigend zurück, Jacob genauso in Gedanken versunken wie ich. Ich rief mir noch einmal meine Begegnung mit Carl vor Augen. Ich hatte ihn angelogen; es war leicht gegangen, ganz natürlich, was mich überraschte. Andere zu täuschen war bisher noch nie meine Stärke gewesen. Schon als Kind konnte ich nicht lügen, es fehlte mir einfach das Selbstvertrauen dazu, die notwendige Kaltblütigkeit, und am Ende hatte ich mich immer durch irgend etwas verraten oder gleich freiwillig alles gestanden. Aber als ich jetzt mein Gespräch mit Carl noch einmal überprüfte, entdeckte ich keine Schwachpunkte, keine Löcher in meiner Geschichte. Jacob war eindeutig zu weit gegangen, als er nach dem Flugzeug gefragt hatte, aber ganz so kompromittierend, wie ich zunächst gedacht hatte, war die Sache dann doch nicht. Vielleicht hatte er ja recht, und es konnte uns sogar helfen.

An das Geld dachte ich überhaupt nicht. Ich hatte mir noch nicht erlaubt, es als meins zu betrachten. Es war eine viel zu große Summe, als daß ich sie mir bewußt hätte aneignen können. Sie schien abstrakt, eine bloße Zahl, und mehr nicht. Ich spürte durchaus den Reiz der Gesetzlosigkeit, das ist wahr – ein kaltes, freches Gefühl, in dem die Angst, erwischt zu werden, vibrierte, aber es rührte mehr von meinen Lügen gegenüber dem Sheriff her, als von der Einsicht in das Ausmaß unseres Diebstahls.

Jacob hatte sich aus dem Handschuhfach einen Schokoriegel

geholt, auf dem er jetzt während der Fahrt herumkaute. Der Hund saß mit gespitzten Ohren neben ihm auf dem Sitz und sah ihm beim Essen zu. Wir waren jetzt auf dem Highway 17 und fuhren durch die Außenbezirke von Delphia. Links und rechts der Straße tauchten Bäume auf. Häuser klumpten sich zu Siedlungen zusammen. Der Verkehr wurde dichter. Ich war fast zu Hause.

In einem kleinen Anfall von Panik kam mir plötzlich der Gedanke, daß Lou schuld wäre, falls wir geschnappt würden.

»Lou wird es Nancy erzählen, nicht wahr?« sagte ich zu Jacob.

»Wirst du es Sarah erzählen?« fragte er mich.

»Ich hab' euch gesagt, daß ich's nicht tue.«

Jacob zuckte die Achseln und biß in seinen Schokoriegel. »Und Lou hat gesagt, er wird Nancy nichts sagen.«

Ich runzelte verstört die Stirn. Ich wußte genau, daß ich Sarah von dem Geld erzählen würde, sobald ich zu Hause war – ich konnte mir gar nicht vorstellen, daß ich es nicht tun würde –, und dieses Bewußtsein bestätigte meine Bedenken. Lou würde es Nancy erzählen, und einer von beiden würde die Sache vermasseln.

Ich griff nach dem Rückspiegel und stellte ihn so ein, daß ich meine Stirn sehen konnte. Jacob machte die Deckenbeleuchtung für mich an. Als ich sie berührte, fühlte die Beule sich hart und glatt an wie ein Kiesel. Die Haut darüber glänzte weiß und gespannt, während die Umgebung allmählich blaurot wurde, eine schmerzhaft wirkende Dunkelheit annahm, während das Blut in dem beschädigten Gewebe gerann. Ich machte den Daumen meines Handschuhs mit der Zunge naß und versuchte einen Moment lang, die Wunde zu säubern.

»Was glaubst du, woher das Biest wußte, daß er da drin war?« fragte Jacob.

»Der Vogel?«

Er nickte.

»Sie sind wie Geier. Sie wissen es einfach.«

»Geier sehen dich aber. Sie sehen dich in der Wüste herumkriechen. Daher wissen sie, daß du stirbst. Sie beobachten, ob du noch herumkriechst oder bloß daliegst. Das Biest konnte doch in das Flugzeug nicht reinsehen.«

»Vielleicht hat ihn der Vogel gerochen?«

»Gefrorene Dinge riechen nach nichts.«

»Er hat's eben einfach gewußt, Jacob.«

Er nickte, drei rasche, kurze Bewegungen mit dem Kopf. »Genau«, sagte er. »Das meine ich ja.« Er biß erneut in seinen Schokoriegel, dann gab er den Rest seinem Hund. Mary Beth schien den Bissen ohne Kauen herunterzuschlucken.

Wir bogen in die Einfahrt meines Hauses. Ich blieb noch ein paar Sekunden sitzen und starrte durch die Windschutzscheibe hinaus. Die Lampe über der Haustür war eingeschaltet und beleuchtete die Bäume im Hof, deren bereiften Äste im Licht schimmerten. Die Vorhänge im Wohnzimmer waren zugezogen, und aus dem Schornstein kam Rauch.

»Gehst du aus heute abend?« fragte ich. »Feierst du mit Lou Silvester?«

Es war kalt in der Fahrerkabine, und unser Atem stand in der Luft, sogar der des Hundes. Der Himmel war sternlos, bedeckt.

»Glaub schon.«

»Mit Nancy?«

»Wenn sie will.«

»Werdet ihr trinken?«

»Hör mal, Hank. Du brauchst nicht auf Lou rumzuhacken. Du kannst ihm vertrauen. Er ist genauso interessiert an der Sache wie du – vielleicht sogar noch mehr. Er macht bestimmt keinen Mist.«

»Ich sag ja nicht, daß ich ihm nicht vertraue. Aber ich halte ihn für dumm, und außerdem trinkt er.«

»Also, Hank...«

»Nein, laß mich ausreden.« Ich wartete, bis er mir das Gesicht zuwandte. »Ich verlange von dir, daß du für ihn die Verantwortung übernimmst.«

Er legte seinen Arm um den Hund. »Was meinst du damit, Verantwortung?«

»Was ich damit sagen will, ist folgendes: Wenn er die Sache vermasselt, bist du schuld. Dann mach' ich dich verantwortlich.«

Jacob wandte sich ab und starrte nach draußen. In den Nachbarhäusern brannte überall Licht. Die Leute saßen beim Abendessen, standen unter der Dusche oder zogen sich festlich an für Silvester.

»Und wer übernimmt für mich die Verantwortung?« fragte er.

»Das werde ich tun«, sagte ich. »Ich kümmere mich um uns beide. Ich werde der Hüter meines Bruders sein.«

Es kam raus wie ein Witz, aber ich meinte es gar nicht so. Unsere ganze Kindheit und Jugend hindurch hatte uns mein Vater gesagt, wir sollten immer für den anderen dasein, wir könnten uns auf sonst niemand verlassen. »Die Familie«, sagte er immer, »das ist das einzige, was zählt am Ende: die Bande des Bluts.« Jacob und ich hatten es aber nie geschafft, so zusammenzuhalten, schon als Kinder hatten wir uns immer wieder im Stich gelassen. Wegen seines Übergewichts wurde er in der Schule grausam verspottet und geriet dauernd in Prügeleien. Ich wußte, daß ich ihm hätte helfen müssen, aber ich wußte nie, wie ich das anstellen sollte. Ich war schwach und klein für mein Alter, ein dünnes, knochiges Kind, und so stand ich immer bloß mit den anderen im Kreis um meinen Bruder und seine Peiniger herum und sah stumm dabei zu, wie sie ihn wieder einmal verdroschen. Das wurde zum Grundmuster für unsere Beziehung, und während wir älter wurden, wiederholten wir es immer wieder: Jacob versagte bei irgendeiner Sache, und ich stand hilflos, verlegen und verächtlich daneben und schaute bloß zu.

Über den Kopf des Hundes hinweg versetzte ich Jacob einen ermunternden Schlag mit der Faust auf den Arm. Es kam mir selbst albern vor, dieser ungeschickte, forcierte Versuch zu brüderlicher Kameradschaftlichkeit. »Ich passe auf dich auf«, sagte ich, »und du paßt auf mich auf.«

Jacob gab keine Antwort. Er sah mir dabei zu, wie ich die Wagentür aufstieß, den Sack aus dem Fahrerhaus zerrte und auf meine Schultern packte. Und während ich vorsichtig durch den Schnee zum Haus ging, rollte er rückwärts die Auffahrt hinunter und fuhr davon.

Ich trat leise ein und stellte den Sack gleich im Flur in den Wandschrank. Dann legte ich meine Jacke darüber.

Links und rechts des Flurs führten Schiebetüren auf der einen Seite ins Wohnzimmer und auf der anderen ins Eßzimmer. Beide waren geschlossen. Die Tür zum Eßzimmer stand ohnehin selten offen; denn abgesehen von den sporadischen Gelegenheiten, wo wir Besuch hatten, aßen wir in der Küche. Die Tür zum Wohnzimmer wiederum war nur dann zugezogen, wenn das Kaminfeuer brannte.

Weiter hinten teilte sich der Flur links in eine Treppe und rechts in einen langen schmalen Korridor. Die Treppe führte ins obere Stockwerk hinauf, der Korridor in die auf der Rückseite des Hauses gelegene Küche. Korridor wie Treppe lagen im Dunkel.

Ich schob die Tür zum Wohnzimmer auf. Sarah saß mit einem Buch in der Hand am Kamin. Als ich eintrat, sah sie aus dem Sessel auf – eine hochgewachsene, zartgliedrige Frau mit dunkelblondem, schulterlangem Haar und großen braunen Augen. Sie hatte etwas Lippenstift aufgelegt, ein helles, freundliches Rot. Eine Haarspange hielt ihr Gesicht frei. Sowohl der Lippenstift als auch die Spange ließen sie verletzlicher und jünger erscheinen, als sie eigentlich war. Sie trug ihren weißen flauschigen Bademantel, in den über ihrem Herzen mit blauer Seide ihre Initialen eingestickt waren, und die üppigen Falten verhüllten die Wölbung ihres Leibes ein wenig, so daß man denken konnte, sie hätte ein Kissen auf ihrem Schoß. Auf dem Tisch neben ihr stand eine halbgegessene Schüssel mit Müsli und Milch.

Als sie merkte, daß ich die Schüssel ansah, sagte sie: »Ich hatte auf einmal Hunger. Ich wußte nicht, wann du zurückkommst.«

Ich wollte sie auf die Stirn küssen, aber als ich mich vorbeugte, rief sie: »Oh!« und packte meine Hand, um sie unter ihrem Bademantel auf den nackten Bauch zu legen. »Spürst du's?« fragte sie und lächelte verträumt.

Ich nickte. Das Baby trat mit den Füßen. Es fühlte sich an wie erratischer Herzschlag: zwei heftige Stöße und dann noch ein leichter. Ich haßte es, wenn Sarah mich das fühlen ließ. Ich fand es unbehaglich, daß da etwas Lebendiges in ihr wuchs und sich wie ein Schmarotzer von ihren Lebenssäften ernährte. Ich zog meine Hand zurück und zwang mich zu lächeln.

»Willst du etwas essen?« fragte sie. »Ich könnte uns ein Omelett machen.« Sie machte eine vage Handbewegung in Richtung der hinteren Ecke des Raumes, wo eine offene Tür zur Küche hinausführte.

Ich schüttelte den Kopf. »Nein, danke. Ich brauch' nichts.«

Ich setzte mich in den Sessel auf der anderen Seite des Kamins. Ich überlegte, wie ich ihr das mit dem Geld am besten beibringen könnte, und während ich noch daran herumgrübelte, wurde mir plötzlich bewußt, daß sie meinen Plan vielleicht gar nicht gutheißen, sondern verlangen würde, daß ich es ablieferte. Diese Vorstellung führte zu einer beunruhigenden Entdeckung. Zum ersten Mal merkte ich, wie sehr ich das Geld haben wollte. Bis dahin – gegenüber Jacob und Lou – hatte ich immer damit gedroht, auf das Geld zu verzichten, und das hatte mir die Illusion erlaubt, ich sei an seinem Schicksal nicht sonderlich interessiert: Ich würde es zwar behalten, aber nur, wenn bestimmte strenge Bedingungen dabei erfüllt wurden. Jetzt, wo ich mich selbst mit der Möglichkeit konfrontiert sah, das Geld zurückgeben zu müssen, begriff ich, wie künstlich meine Bedingungen waren. Ich wollte das Geld, und ich würde fast alles tun, um es zu behalten.

Sarah saß da, mit dem Buch auf dem Schoß. Sie hatte die Hand auf ihrem Bauch und einen verträumten Gesichtsausdruck. Sie kehrte nur langsam zurück.

»Na?« fragte sie. »Wie ist es gegangen?«

»Ganz gut«, sagte ich. Ich grübelte immer noch.

»Habt ihr die ganze Zeit auf dem Friedhof verbracht?«

Ich gab keine Antwort. Der Raum war dunkel, nur das Feuer im Kamin und die kleine Leselampe auf dem Tisch neben ihr brannten. Ein Bärenfellteppich lag vor dem Kamin, und eine Pendeluhr stand auf dem Sims, beides Hochzeitsgeschenke von meinen Eltern. Der Teppich war falsch, ein Bär aus dem Märchenbuch lag da auf dem Boden, mit weißen Plastikzähnen und Glasaugen. An der gegenüberliegenden Wand hing ein fenstergroßer Spiegel in einem Holzrahmen, der den ganzen Raum widerspiegelte, und auf diese Weise sah ich mich selbst mit Sarah vor dem Kamin sitzen.

Plötzlich beugte sie sich zu mir herüber. »Was hast du denn da auf deiner Stirn?«

Ich berührte die Beule. »Ich hab' mich gestoßen.«

»Gestoßen? Woran?«

»Sarah«, sagte ich. »Jetzt machen wir mal ein Spiel. Ich erzähle dir eine Geschichte, und du mußt mir sagen, was du tun würdest.«

Sie legte ihr Buch mit dem Gesicht nach unten auf den Tisch neben sich und griff nach ihrer Schüssel. »Okay. Fang an.«

»Es geht um Moral«, sagte ich.

Sie aß zwei Löffel Müsli, wischte sich den Mund ab und schmierte sich dabei Lippenstift auf den Handrücken.

»Also, sagen wir mal, du gehst spazieren und findest einen Sack mit viel Geld.«

»Wieviel Geld?«

Ich tat so, als müßte ich nachdenken. »Vier Millionen Dollar.«

Sie nickte.

»Würdest du es behalten, oder würdest du es abliefern?«

»Gehört das Geld jemand anderem?«

»Natürlich.«

»Es wäre also Diebstahl, wenn ich's behielte?«

Ich zuckte mit den Schultern. Das war nicht die Richtung, in die ich sie zu lenken gehofft hatte.

Sie dachte überhaupt nicht richtig darüber nach, wie mir schien. »Ich würde es abliefern«, sagte sie.

»Du würdest es abliefern?«

»Natürlich. Was sollte ich anfangen mit vier Millionen? Kannst du dir vorstellen, wie ich mit soviel Geld nach Hause komme?« Sie lachte und schlürfte ein bißchen beim nächsten Löffel mit Müsli.

»Aber stell dir doch mal vor, was du mit den vier Millionen Dollar anfangen könntest. Du könntest ein ganz neues Leben anfangen.«

»Es wäre Diebstahl, Hank. Am Ende würden sie mich erwischen.«

»Und wenn du sicher wärst, daß man dich nicht erwischt?«

»Wie könnte ich dessen sicher sein?«

»Vielleicht weil du weißt, daß niemand das Geld sucht.«

»Aber wie sollte ich meine veränderte Lebensweise erklären? Meine schicken Kleider, meine Reisen in die Karibik, meine Juwelen, meine Nerzmäntel? Die Leute würden anfangen, Fragen zu stellen.«

»Du könntest ja wegziehen. Du würdest irgendwo hingehen, wo dich die Leute nicht kennen.«

Sie schüttelte den Kopf. »Ich hätte immer Angst, daß sie mich doch schnappen. Ich könnte nachts nicht mehr schlafen.« Sie starrte ihre Fingernägel an. Sie waren grellrot bemalt, fast dieselbe

Farbe wie Jacobs Jacke. Sie wischte sich die Lippenstiftspuren von ihrer Hand. »Nein, ich würde es abliefern.«

Ich sagte nichts. Sarah hob das Müsli an die Lippen, trank etwas von der Milch ab und warf mir über den Schüsselrand einen Blick zu.

»Würdest du das Geld nehmen?« fragte sie, das Gesicht halb hinter der Schüssel verborgen.

Ich zuckte die Achseln, bückte mich und lockerte meine Schnürsenkel.

Sarah stellte die Schüssel beiseite. »Kommt mir so vor, als wäre es ziemlich riskant.«

»Sagen wir mal, das Problem, erwischt zu werden, wäre gelöst«, sagte ich und machte eine abschließende Geste. »Das kann absolut nicht passieren.«

Sie runzelte die Stirn. »Wem gehört denn das Geld?«

»Wie meinst du das? Es gehört dir.«

»Aber wem hab' ich es weggenommen?«

»Einem Drogenboß. Einem Bankräuber.«

»Wenn es ein Bankräuber wäre, gehörte das Geld ja der Bank.«

»Na schön, dann war es eben ein Drogenboß.«

»Ach, Hank«, sagte Sarah. »Du willst ja bloß, daß ich sage, ich würd' es behalten.«

»Aber ist es denn gar nicht vorstellbar, daß du das tust?«

»Ich glaube, unter bestimmten Bedingungen würde ich länger darüber nachdenken, ehe ich's abliefere.«

Was ich dazu sagen sollte, wußte ich überhaupt nicht. Es war nicht das, was ich erhofft hatte.

Sie warf mir einen Blick zu. »Warum fragst du mich das?«

Plötzlich war ich überzeugt, daß ich einen Fehler gemacht hatte. Hypothetisch, das wurde mir klar, hätte ich das Geld auch nicht behalten. Ich stand auf und ging hinaus in den Flur.

»Wo gehst du hin?« rief Sarah hinter mir her.

Ich winkte kurz mit der Hand. »Wart's ab!«

Ich holte den Sack aus dem Schrank, schleifte ihn über die Fliesen und dann über den Boden ins Wohnzimmer. Sarah hatte ihr Buch wieder genommen, aber als sie mich kommen sah, schlug sie es zu.

»Was ist –?« begann sie.

Ich zerrte den Sack bis direkt vor sie hin, knüpfte die Schnur auf und kippte ihr den Inhalt mit dramatischem Schwung vor die Füße.

Es war ein großer Haufen Geld. Einzelne Bündel glitten bis auf den Bärenfellteppich.

Erschrocken starrte Sarah sie an. Sie legte ihr Buch auf den Tisch. Ihr Mund begann sich zu öffnen, aber sie sagte kein Wort.

Ich stand vor ihr mit dem leeren Sack in der Hand. »Alles echt«, sagte ich.

Sie starrte das Geld an. Ihr Gesicht war schmerzlich verzogen, als hätte ihr jemand einen Schlag vor die Brust versetzt.

»Keine Sorge«, sagte ich und bückte mich, als wollte ich das Geld wieder in den Sack zurückschaufeln. Aber statt dessen berührte ich es bloß mit der Hand. Die Scheine unter meinen Fingerspitzen fühlten sich kühl an, aber das Papier war weich und biegsam wie Stoff. Die Scheine waren alle gebraucht, und ich dachte an all die Hände, durch die sie gegangen sein mußten, ehe sie meine erreicht hatten. Tausende von Menschen hatten diese Scheine besessen, in Portemonnaies, Brieftaschen und Tresoren aufbewahrt und herumgetragen – und alles, damit sie jetzt hier vor mir lagen, zu einem Haufen aufgetürmt auf dem Fußboden meines Wohnzimmers.

»Hast du das aus der Futtermittelhandlung?« fragte Sarah.

»Nein, ich hab' es gefunden.«

»Aber es gehört doch jemandem. Bestimmt suchen die Leute danach.«

Ich schüttelte den Kopf. »Danach sucht keiner.«

Es schien so, als hätte sie nichts gehört. »Vier Millionen Dollar sind das?«

»Vier Komma vier.«

»Hast du es mit Jacob zusammen gefunden?«

Ich nickte, und sie runzelte die Stirn.

»Wo denn?«

Ich erzählte ihr von dem Fuchs und Mary Beth, von der Wanderung durch den Wald und der Entdeckung des Flugzeugs. Als ich ihr von der Krähe erzählte, warf sie einen quälenden Blick voller Mitleid auf meine Stirn, ohne allerdings etwas zu sagen.

Als ich fertig war, saßen wir einen Moment lang schweigend da. Ich hob eins der Geldpäckchen auf und hielt es ihr hin. Ich wollte, daß sie es anfaßte, das kleine feste Geldpaket in ihrer Hand spürte, aber sie wollte es nicht nehmen.

»Du wirst es behalten, nicht wahr?« fragte sie.

Ich zuckte die Achseln. »Ich glaube schon. Ich meine, ich wüßte nicht, warum wir es nicht tun sollten.«

Sarah sagte nichts. Sie legte die Hand auf ihren Bauch und sah unglücklich darauf hinunter. Das Baby strampelte wieder.

»Wenn wir's behalten«, sagte ich, »brauchen wir uns um Geld nie wieder Sorgen zu machen.«

»Wir haben doch jetzt auch keine Geldsorgen, Hank. Du hast einen guten Job. Das brauchen wir nicht.«

Ich starrte in den Kamin und dachte darüber nach. Das Feuer war heruntergebrannt, die Flammen züngelten nur noch schwach. Ich stand auf und legte Holz nach.

Sarah hatte natürlich recht; im Gegensatz zu Jacob und Lou – oder auch meinen Eltern, wenn sie noch gelebt hätten – konnten wir nicht behaupten, daß wir das Geld dringend brauchten. Wir konnten auch ohne dieses Geld leben. Unser Leben war kein Kampf dieser Art. Wir gehörten fest zur Mittelklasse; wenn wir uns Gedanken machten wegen der Zukunft, dann ging es nicht darum, wovon wir leben sollten, wie wir unsere Rechnungen und die Ausbildung unserer Kinder bezahlen sollten oder dergleichen, wir überlegten allenfalls, was wir tun müßten, um uns ein größeres Haus, ein größeres Auto und raffiniertere Haushaltsgeräte leisten zu können. Aber daß wir das Geld nicht unbedingt brauchten, hieß noch lange nicht, daß wir es nicht begehren und als Verheißung ganz anderer Art betrachten konnten, um die es sich lohnte zu kämpfen.

Als ich aufs College gegangen war, hatte ich Rechtsanwalt werden wollen und diesen Plan erst aufgegeben, als ich die entsprechenden Noten nicht schaffte. Jetzt war ich Buchhalter in der Futtermittelhandlung meiner Heimatstadt, aus der ich meine ganze Kindheit und Jugend hindurch hatte rauskommen wollen. Ich hatte mich mit weniger abgefunden, als ich mir vorgenommen hatte, und mir dann eingeredet, das sei genug. Aber es war nicht genug; das merkte ich jetzt plötzlich. Es gab Beschränkungen in Sarahs und meinem Leben, wir konnten nicht alles tun und nicht überall hingehen, und der Haufen grüner Scheine, der zu meinen Füßen lag, zeigte mir diese

Grenzen unserer Bewegungsfreiheit überdeutlich, warf ein grelles Licht auf die Banalität unserer Bestrebungen und die Dürftigkeit unserer Träume. Er eröffnete uns die Aussicht auf mehr.

Ich suchte nach einem Weg, um das auch Sarah zu vermitteln.

»Mein Job bietet keine großen Aussichten«, sagte ich und stocherte mit dem Schürhaken im Feuer herum. »Irgendwann werd' ich Geschäftsführer werden, wenn Tom Butler in Rente geht oder stirbt, aber viel älter als ich ist er nicht, also wird es noch lange dauern, bis eines von beiden passiert, und wenn es dann soweit ist, werde ich selbst schon ein alter Mann sein.«

Ich hatte mir das in den vergangenen Jahren schon oft überlegt, aber ich hatte über diese deprimierenden Sondierungen in die Zukunft nie laut gesprochen, und ich war überrascht, daß ich es jetzt tat. Es war, als hätte jemand anders die Worte gesprochen, und ich mußte mich selbst einen Augenblick unterbrechen, um sie zu verkraften.

Sarah nickte mit ruhigem, ausdruckslosem Gesicht, und das schockierte mich gleich noch einmal: Sie war kein bißchen überrascht über das, was ich gesagt hatte. Sie hatte meine Chancen genauso eingeschätzt wie ich selbst. Ich wartete darauf, daß sie irgendwie protestierte, aber sie schwieg.

»Denk doch mal, was wir dem Baby bieten könnten«, flüsterte ich. »Die Sicherheit und die Privilegien.«

Ich warf ihr einen Blick zu, aber sie sah mich nicht an. Sie sah auf die grünen Scheine hinunter. Ich stocherte weiter im Feuer herum.

»Es ist... verlorenes Geld, Sarah. Niemand weiß etwas darüber. Es gehört uns, wenn wir wollen.«

»Aber es ist doch Diebstahl. Wenn du erwischt wirst, kommst du ins Gefängnis.«

»Es tut niemandem weh, wenn wir's behalten. Ein Verbrechen ist es doch nur, wenn es jemandem schadet, nicht wahr?«

Sarah schüttelte den Kopf. »Es ist ein Verbrechen, weil es gegen das Gesetz ist. Es kommt nicht darauf an, ob es jemandem schadet oder nicht, du wirst trotzdem verhaftet. Ich habe keine Lust, unser Kind am Ende alleine großziehen zu müssen, weil du eine Dummheit begangen hast und deshalb hinter Gittern sitzt.«

»Aber wir können es doch für eine gute Sache tun«, sagte ich.

»Wir können es doch so einsetzen, daß etwas Gutes dabei herauskommt.« Ich geriet ins Schwimmen. Ich wollte das Geld, und ich wollte, daß sie es auch wollte.

Sie seufzte wie vor Abscheu. Als sie wieder sprach, klang ihre Stimme etwas höher. Es war klar, daß sie ärgerlich wurde. »Es geht mir nicht um die Moral, Hank. Ich hab' nur Angst, daß ich erwischt werde. Das ist das einzig Reale. Alles andere ist bloß Gerede. Wenn du geschnappt wirst, kommst du ins Gefängnis. Ich würde dich's ja behalten lassen, wenn dieses Risiko nicht wäre. Aber da es nun einmal da ist, werde ich's nicht tun.«

Verblüfft hielt ich inne. Ich hatte von vornherein angenommen, irgendein Widerstand von ihrer Seite würde moralisch begründet sein. Das hatte mich hilflos und fatalistisch gemacht – ich wußte ja, gegen moralische Skrupel konnte man mit Argumenten nichts ausrichten. Aber jetzt sah ich, daß es viel einfacher war. Sarah wollte das Geld behalten, aber sie hatte Angst, daß wir erwischt wurden. Das hätte ich mir gleich denken können. Sarah war eine Pragmatikerin – das schätzte ich am meisten an ihr –, sie setzte sich mit allen Dingen konkret auseinander. Zwei einfache Bedingungen mußten in ihren Augen erfüllt sein, wenn sie sich entscheiden sollte, das Geld zu behalten. Die erste hatte ich schon erfüllt: Sie wollte sicher sein, daß niemand geschädigt wurde durch unser Verhalten. Die zweite war, daß wir nicht in Schwierigkeiten gerieten. Alles andere war, wie sie gesagt hatte, bloß Gerede und Ablenkung von dem, worauf's ankam.

Ich erzählte ihr von meinem Plan.

»Das Geld ist der einzige Beweis dafür, daß wir was Verbotenes getan haben«, sagte ich. »Wir können in aller Ruhe drauf sitzen und sehen, was passiert. Wenn jemand danach sucht, verbrennen wir's einfach, und damit ist die Sache erledigt.«

Sarah schürzte die Lippen. Als ich das sah, wußte ich, daß ich eine Basis für alles Weitere hatte.

»Es ist gar kein Risiko«, sagte ich. »Wir werden alles unter Kontrolle behalten.«

»Es gibt immer ein Risiko, Hank.«

»Aber wenn du sicher wärst, daß es keins gibt? Dann würdest du es doch tun?«

Sie gab keine Antwort.

»Würdest du?« drängte ich.

»Ihr habt schon jede Menge Spuren zurückgelassen«, sagte sie.

»Spuren?«

»Zum Beispiel Fußspuren. Sie führen direkt von der Straße zum Flugzeug und wieder zurück.«

»Für morgen ist Schnee angesagt«, erwiderte ich triumphierend. »Bis morgen abend sind alle Spuren verschwunden.«

Sie zuckte die Achseln und nickte. »Den Piloten hast du auch angefaßt.«

Ich runzelte die Stirn, weil ich daran denken mußte, daß Jacob den Sheriff nach dem Flugzeug gefragt hatte. Jetzt schien es mir doch wieder recht blöde zu sein und gar nicht mehr raffiniert.

»Wenn du aus irgendeinem Grund unter Verdacht gerätst«, sagte Sarah, »können sie sehr leicht feststellen, daß du im Flugzeug gewesen bist. Alles, was sie brauchen, ist ein einziges Haar oder ein Fäserchen von deiner Jacke.«

Ich hob die Hände. »Warum sollte mich jemand verdächtigen?«

Sie antwortete sehr rasch, obwohl es nicht nötig gewesen wäre. Ich wußte genau, was sie sagen würde. »Wegen Jacob und Lou.«

»Jacob ist in Ordnung«, sagte ich, glaubte es aber selbst nicht so richtig. »Er wird tun, was ich sage.«

»Und Lou?«

»Solange wir das Geld haben, können wir Lou kontrollieren. Wir können ihm jederzeit damit drohen, daß wir alles verbrennen.«

»Und wenn wir das Geld verteilt haben?«

»Dann wird er unser Risiko sein. Damit müssen wir leben.«

Sie runzelte nachdenklich die Stirn.

»Scheint mir ein relativ kleiner Preis«, sagte ich.

Sie sagte immer noch nichts.

»Wir können das Geld ja immer noch verbrennen. Bis zum letzten Augenblick. Aber es kommt mir albern vor, es schon jetzt aufzugeben, bevor irgendwas schiefgegangen ist.«

Sarah schwieg, aber ich spürte, daß sie zu einer Entscheidung gelangt war. Ich hängte den Schürhaken wieder zurück an seinen Platz und hockte mich vor das Geld. Sarah sah mich nicht an, sondern starrte auf ihre Hände.

»Du mußt noch mal zum Flugzeug zurück«, sagte sie. »Du mußt einen Teil des Geldes wieder zurückbringen.«

»Zurückbringen?« Ich begriff nicht, was sie meinte.

»Nur einen Teil. Du mußt gleich morgen früh gehen, damit deine Spuren verschwinden, wenn es am Nachmittag schneit.«

»Wir behalten es also?« fragte ich und fröstelte ein bißchen vor Aufregung.

Sarah nickte. »Wir bringen fünfhunderttausend zurück und behalten den Rest. Dann werden sie, wenn das Flugzeug gefunden wird, annehmen, daß vor ihnen noch niemand da war.«

»Das ist eine Menge Geld.«

»Fünfhunderttausend. Nicht mehr und nicht weniger.«

»Eine halbe Million.«

Sarah nickte. »Dann haben wir hinterher eine Summe, die sich gut durch drei teilen läßt.«

»Das gilt auch für zweihunderttausend.«

»Das wäre zu wenig. Fünfhunderttausend sind genau richtig. Kein Mensch würde eine halbe Million liegenlassen. Das befreit uns von jedem Verdacht.«

»Ich glaube nicht –«, sagte ich, aber sie schnitt mir das Wort ab.

»Fünfhunderttausend, Hank. Entweder das, oder wir geben es alles zurück.«

Verblüfft über die Entschiedenheit ihres Tonfalls sah ich sie an.

»Wenn es etwas gibt, weshalb wir geschnappt werden, dann ist es die Gier«, sagte sie.

Ich dachte einen Augenblick darüber nach, dann fügte ich mich. »In Ordnung«, sagte ich. »Fünfhunderttausend.«

Gleich an Ort und Stelle legte ich fünfzig Pakete beiseite, als hätte ich Angst, sie könnte ihre Meinung noch einmal ändern. Ich stapelte sie zu ihren Füßen wie auf einem Opferaltar und packte den Rest zurück in den Sack. Sarah saß auf ihrem Sessel und sah mir dabei zu. Als der Sack voll war, zog ich die Schnur zu, verknotete sie und lächelte zu ihr auf.

»Bist du glücklich?« fragte ich.

Sie machte eine unverbindliche Geste mit der Hand, als wollte sie eine Fliege vertreiben. »Wir werden nicht erwischt«, sagte sie. »Darauf kommt's an.«

Ich schüttelte den Kopf und beugte mich über den Sack mit dem Geld, um ihre Hand zu ergreifen. »Nein«, sagte ich. »Wir werden nicht erwischt.«

Sie warf mir einen besorgten Blick zu. »Versprichst du mir, daß du es verbrennst, wenn die Dinge außer Kontrolle geraten?«

»Ja, das werde ich tun«, flüsterte ich und zeigte auf den Kamin. »Genau da drin werd' ich's verbrennen.«

Den Sack mit dem Geld versteckte ich unter unserem Bett, ganz hinten an der Wand, und schob noch zwei leere Koffer davor, damit man nichts sah.

Wir blieben lange auf in dieser Nacht und sahen uns die Silvester-Show im Fernsehen an. Als das Orchester *Auld Lang Syne* spielte, sang Sarah mit. Ihre hohe, leicht zitternde Stimme war unglaublich schön. Wir tranken perlenden Apfelwein – praktisch ohne Alkohol, wegen des Babys –, und um Mitternacht stießen wir auf das neue Jahr an.

Ehe wir einschliefen, liebten wir uns noch, langsam und zärtlich. Sarah hockte auf mir, und das ganze Gewicht ihres Leibes ruhte auf meinem Bauch. Ihre Brüste pendelten voll und schwer in der Dunkelheit über meinem Gesicht. Als ich das hörte, dachte ich an das Baby, wie es, eingeschlossen in seiner großen wässerigen Blase darauf wartete, geboren zu werden, und bei diesem Gedanken erfaßte mich eine so starke sexuelle Erregung, daß mir ein Schauder über die Haut lief.

Danach legte Sarah sich neben mir auf den Rücken und hielt meine Hand auf die gespannte Haut ihres Bauchs. Wir lagen unter der Decke dicht aneinander. Im Schlafzimmer war es kalt, und am Rand der Fensterscheiben bildete sich Eis.

Ich lauschte auf ihren Atem und versuchte zu erraten, ob sie schon schlief. Ihre Atemzüge waren langsam und regelmäßig, was darauf hindeutete, daß sie eingeschlafen war, aber ihr Körper war so gespannt, als warte sie darauf, daß etwas geschah. Ich streichelte sie so sanft ich nur konnte. Sie reagierte nicht.

Ich dämmerte langsam weg und dachte dabei an den Sack mit dem Geld, der unter dem Bett lag, und an den toten Piloten in der Dunkelheit draußen in seinem Flugzeug, an das Eis auf den Fenstern und die Krähen rings auf den Bäumen, als Sarah sich zu mir umdrehte und mir etwas zuflüsterte.

»Was?« fragte ich und kehrte mühsam in den Wachzustand zurück.

»Wir sollten es einfach verbrennen, nicht wahr?« sagte sie.

Ich stützte mich mit dem Ellbogen hoch und blickte in der Dunkelheit auf sie hinunter. Ihre Augen waren weit offen.

»Mit so etwas kommt man nicht durch«, sagte sie.

Ich strich ihr die Haare aus dem Gesicht. Ihre Haut war so blaß, daß sie zu leuchten schien. »Wir kommen durch«, sagte ich. »Wir wissen genau, was wir tun.«

Sie schüttelte den Kopf. »Nein. Wir sind bloß ganz gewöhnliche Leute, Hank. Wir sind nicht schlau, wir sind nicht gerissen.«

»Schlau sind wir schon«, sagte ich. Ich fuhr ihr mit der Hand übers Gesicht und zwang sie auf diese Weise, die Augen zu schließen. Ich legte mich neben sie aufs Kopfkissen, kuschelte mich an ihren warmen Körper und flüsterte: »Die erwischen uns nicht.«

Ich weiß nicht, ob ich das wirklich geglaubt habe: daß wir unangreifbar waren. Natürlich muß ich schon damals gewußt haben, was für Gefahren es gab. Und die Schwierigkeiten, die es zu überwinden galt, haben mir sicher auch Sorgen gemacht. Jacob und Lou und der Sheriff, das Flugzeug und hundert andere Dinge, die ich bis dahin nur ahnte, konnten das Unheil zu unserer Tür führen. Auf der untersten Ebene muß ich einfach deshalb schon Angst gehabt haben, weil ich ein Verbrechen beging. Das war etwas, was ich zuvor nie in Erwägung gezogen hatte und womit ich so wenig Erfahrungen hatte, daß ich mich schon deshalb ein wenig verloren gefühlt haben muß, mal ganz abgesehen von der Gefahr der Bestrafung, die über allem hing wie eine Aura. Aber ich glaube nicht, daß mich diese Gedanken damals schon so belastet haben wie heute, im Rückblick. Ich glaube, ich war damals glücklich. Ich glaube, ich fühlte mich sicher. Es war Neujahr, ich war dreißig, glücklich verheiratet, und mein erstes Kind sollte bald auf die Welt kommen. Meine Frau und ich lagen zusammengekuschelt im Bett, wir hatten uns gerade geliebt, und unter uns lagen vier Millionen vierhunderttausend Dollar wie ein vergrabener Schatz. Es war noch nichts schiefgegangen, es war noch alles neu und voller Verheißung.

Heute kann ich zurückblicken und sagen, daß dies der absolute Höhepunkt meines Lebens war. Der Punkt, zu dem alles hinaufführte, was vorher gewesen war, und nach dem es nur noch bergab ging. Daß wir jemals bestraft werden könnten, vermochte ich damals gewiß nicht zu glauben. Ich nehme an, dazu wäre ich gar nicht in der Lage gewesen. Unser Vorgehen erschien viel zu klein und banal, unser Glück zu gewaltig.

Sarah blieb lange Zeit stumm. »Versprich es mir«, sagte sie schließlich, nahm meine Hand und legte sie zurück auf ihren Bauch.

Ich beugte den Kopf zu ihr hin und flüsterte ihr ins Ohr: »Ich verspreche dir, daß wir nicht erwischt werden.«

Dann schliefen wir ein.

3

*I*ch wachte am nächsten Morgen um acht auf. Sarah war schon aus dem Bett; ich hörte sie im Bad duschen. Ich kuschelte mich schläfrig unter die warme Decke und lauschte dem Pfeifen der Wasserrohre von nebenan.

Die Rohre im Haus meines Vaters hatten ähnliche Geräusche von sich gegeben, wenn jemand einen Wasserhahn aufdrehte. Als wir noch Kinder waren, hatte mir Jacob erzählt, das wären Geister, die in den Wänden heulten, weil sie herauswollten, und ich hatte ihm das geglaubt. Einmal kamen mein Vater und meine Mutter nachts betrunken nach Hause und fingen an, in der Küche zu tanzen. Ich war damals sechs oder sieben. Aufgeschreckt von dem Lärm kam ich gerade rechtzeitig, um zu sehen, wie sie engumschlungen über einen Stuhl stolperten, wobei mein Vater mit dem Kopf ein faustgroßes Loch in die Wand schlug. Zu Tode erschrocken stürzte ich mit einem Bündel Zeitungspapier in die Küche und versuchte, das Loch zuzustopfen, ehe die Geister herauskonnten, und als meine Eltern mich sahen – einen mickrigen, ängstlichen kleinen Jungen mit zerzausten Haaren im Schlafanzug, der verzweifelt versuchte, die Wand mit Zeitungen zuzustopfen –, brachen sie in hysterisches Gelächter aus. Es war das erste Mal in meinem Leben, daß ich mich richtig schämte, aber als ich an diesem Neujahrsmorgen an diese Beschämung zurückdachte, spürte ich keine Bitterkeit mehr, sondern nur noch eine Art merkwürdiges Heimweh und Sehnsucht nach meinen Eltern. Immer noch im Halbschlaf wurde mir plötzlich bewußt, wie sehr ich sie vermißte. Meine Gedanken wanderten, halb träumte ich noch, so daß meine Eltern in meinem Unterbewußtsein Sarahs und meinen Platz einnahmen – meine Mutter, jung und schwanger, wusch sich im Bad, und mein Vater lag bei heruntergezogenen Jalousien im Halbdämmer unter der Decke, während in der Wand über seinem Kopf die Wasserrohre sangen.

So versuchte ich, mir meine Eltern immer vorzustellen: jung, so wie Sarah und mich, am Anfang ihres gemeinsamen Lebens. Es war mehr eine Erfindung als eine Erinnerung: Ziemlich bald nach meiner Geburt hatte der Verfall meines Elternhauses begonnen, und die tatsächlichen, ungebetenen Erinnerungen an meine Eltern stammten aus der Zeit, als sie beide schon alt wurden und zuviel tranken, während die Farm hinter ihrem Rücken verkam.

Als ich meinen Vater zum letzten Mal sah, war er betrunken. Er rief mich eines Vormittags im Geschäft an und fragte mit schüchterner und verlegener Stimme, ob ich mal vorbeikommen könnte, um einen Blick in seine Bücher zu werfen. Ich gab gern meine Einwilligung, war zwar selbst etwas schüchtern, fühlte mich aber auch geschmeichelt, denn er hatte mich noch nie zuvor um Hilfe gebeten.

Direkt nach Feierabend fuhr ich hinaus zur Farm. Mein Vater hatte ein kleines Arbeitszimmer neben der Küche, und dort, an dem kleinen Kartentisch, den er als Schreibtisch benutzte, verbrachte ich die nächsten fünfzig Minuten damit, seine Finanzen zu prüfen. Er protokollierte seine Einnahmen und Ausgaben in einem großen, ledergebundenen Hauptbuch, das eine Überfülle von hastig hingekritzelten Zahlen enthielt. Die Kolonnen gingen ineinander über, die Ränder waren mit unleserlichen Nebenrechnungen bedeckt. Die meisten Aufzeichnungen waren in Tinte, so daß er nichts ausradieren konnte, sondern alles durchstreichen mußte, wenn er sich mal irrte, was offenbar ziemlich häufig vorkam. Aber trotz dieser chaotischen Unordnung war mir sofort klar, daß meine Eltern ihre Farm verlieren würden.

Daß sie in Schwierigkeiten waren, hatte ich immer gewußt, aber ich hatte mir nicht vorgestellt, daß die Dinge so weit außer Kontrolle sein könnten. Sie schuldeten so gut wie allen Leuten Geld – der Elektrizitäts- und der Telefongesellschaft, den Wasserwerken, der Versicherung, dem Arzt und der Regierung. Es war ein Glück, daß sie kein Vieh hatten, sonst hätten sie *Raikley's* auch Geld geschuldet. Sie schuldeten Geld für Reparaturen an ihrem Mähdrescher, für Treibstoff, Saatgut und Dünger. Das waren aber nur die Rechnungen. Es war schlecht, wenn man damit in Rückstand geriet, und irgendwann mußten meine Eltern sie zahlen, aber deswegen verlor man noch nicht seine Farm. Wenn einem jemand sein Eigentum wegnahm, dann war es die Bank, und der schuldete mein Vater am meisten. Er war überschuldet und hatte die Farm schlecht geführt. Er hatte sowohl sein Haus als auch sein Land mit Hypotheken belastet, und jetzt würde er in ein paar Wochen alles verlieren.

Ich arbeitete eine Weile, ehe ich etwas sagte, ordnete die Zahlen zu passenden Kolonnen, trennte die Aktiva von den Passiva und zählte alles zusammen. Mein Vater saß hinter mir auf einem Hokker und sah mir über die Schulter. Sie hatten schon zu Abend gegessen, und er trank Whiskey aus einem Saftglas. Die Tür stand offen, und in der Küche konnten wir meine Mutter spülen hören. Als ich schließlich meinen Bleistift weglegte und mich zu meinem Vater umdrehte, lächelte er. Er war ein großer, schwerfälliger Mann mit einem erheblichen Bauch und blonden, stark gelichteten Haaren. Seine Augen waren blaßblau und wirkten in seinem Gesicht ziemlich klein. Sie tränten ein bißchen, wenn er zuviel trank.

»Und?« fragte er.

»Sie werden die Zwangsvollstreckung beantragen«, sagte ich. »Ich glaube nicht, daß sie dir eine längere Frist als bis zum Jahresende lassen.«

Er hatte erwartet, daß ich das sagen würde, das merkte ich gleich. Er mußte gewußt haben, was auf ihn zukam – die Bank hatte ihn bestimmt schon monatelang mit Drohungen überzogen, aber ich glaube, er hatte gehofft, ich würde ein Schlupfloch für ihn finden, das er übersehen hatte, weil er sich mit den bilanztechnischen Feinheiten nicht so auskannte. Er stand von seinem Hocker auf, ging zur Tür und machte sie zu. Dann setzte er sich wieder hin.

»Was können wir tun?«

Ich hob die Hände. »Ich glaube, wir können überhaupt nichts tun. Es ist viel zu spät.«

Mein Vater runzelte die Stirn und dachte darüber nach. »Willst du damit sagen, du hast diese ganze Rechnerei veranstaltet und dabei doch keinen Ausweg gefunden? Soll das heißen, du kannst uns auch nicht helfen?«

»Du schuldest vielen Leuten Geld, Vater. Es besteht keinerlei Aussicht, daß du deine Schulden zurückzahlen kannst, und wenn du es nicht tust, nehmen sie dir die Farm weg.«

»Die Farm nimmt mir keiner weg.«

»Hast du mit der Bank gesprochen? Haben die nicht –«

»Banken!« schnaubte mein Vater. »Denkst du, ich überlasse meine Farm einer Bank?«

In diesem Augenblick merkte ich, daß er betrunken war, nicht ernsthaft betrunken, aber doch so weit, daß er den Alkohol spürte. Er floß wie ein warmer Strom durch seine Adern, wie ein Beruhigungsmittel, das seine Wahrnehmung dämpfte und seine Reaktionen verstärkte.

»Du hast gar keine andere Wahl«, sagte ich, aber das wischte er weg.

»Ich habe durchaus die Wahl«, sagte er, stand auf und stellte sein Glas auf den Hocker. »Alles, was du siehst, sind diese Zahlen, aber das ist noch nicht mal die Hälfte der Wahrheit.«

»Vater«, sagte ich, »du mußt –«

Er schüttelte den Kopf und schnitt mir das Wort ab. »Ich muß überhaupt nichts.«

Ich verstummte.

»Ich geh ins Bett«, sagte er. »Ich bin bloß aufgeblieben, weil ich dachte, du findest vielleicht etwas, wie ich diese Quälgeister loswerden kann.«

Ich folgte ihm aus dem Raum und überlegte, was ich ihm sagen könnte. Es gab einige Probleme, die meine Eltern jetzt lösen mußten, unter anderem mußten sie sich eine neue Wohnung suchen, aber darüber zu reden, konnte ich mich nicht entschließen. Er war schließlich mein Vater, und es schien mir, als könnte ich ihn nur beleidigen mit meinen Ratschlägen.

Meine Mutter war immer noch in der Küche. Das Geschirr war abgewaschen, und sie putzte die Spüle. Ich glaube, sie hatte darauf gewartet, daß wir fertig wurden, denn sobald wir aus dem Arbeitszimmer kamen, ließ sie den Schwamm fallen und wandte sich uns zu. Mein Vater ging einfach an ihr vorbei auf die Treppe zu, und ich schickte mich an, ihm zu folgen.

»Nein, Hank«, flüsterte meine Mutter. »Dein Vater kommt schon zurecht. Er braucht nur etwas Schlaf.«

Sie faßte mich am Ellbogen und zog mich zur Haustür. Sie war klein, aber stark, und wenn sie etwas von einem wollte, dann machte sie es ihm klar. Jetzt wollte sie, daß ich heimfuhr.

Wir redeten noch einen Augenblick im Eingang. Es war kalt draußen, ein feiner Nieselregen fiel. Meine Mutter knipste die Außenbeleuchtung an und alles fing an zu glitzern.

»Du weißt Bescheid?« fragte ich.

Sie nickte.

»Habt ihr darüber gesprochen, was ihr tun wollt?«

»Wir schaffen das schon«, sagte sie leise.

Ihre Gelassenheit beunruhigte mich fast noch mehr als die Weigerung meines Vaters, die Dinge zur Kenntnis zu nehmen. Panik stieg in meiner Brust auf. Es schien, als wüßten sie gar nicht, wie groß die Gefahr war, in der sie schwebten. »Aber die Sache ist wirklich sehr böse, Mom«, sagte ich. »Wir müssen unbedingt –«

»Schon gut, Hank. Wir werden es überstehen.«

»Sarah und ich können euch ein paar Tausend geben, vielleicht können wir uns auch was leihen. Ich kann mit der Bank reden.«

Meine Mutter schüttelte den Kopf. »Dein Vater und ich werden ein paar Opfer bringen müssen, aber das geht schon in Ordnung. Mach dir keine Sorgen.« Sie lächelte und hielt mir die Wange für einen Abschiedskuß hin.

Ich küßte sie, und sie machte die äußere Tür auf. Ich merkte, daß sie nicht darüber reden wollte, daß sie mich nicht helfen lassen wollte. Sie schickte mich weg.

»Sei vorsichtig bei dem Regen«, rief sie mir nach. »Die Straße wird glatt sein.«

Ich rannte durch den Nieselregen zu meinem Wagen. Als ich einstieg, erlosch hinter mir das Licht über der Haustür.

Am nächsten Tag rief ich meinen Vater aus dem Büro an. Ich wollte, daß er in die Stadt kam und mit mir zur Bank ging, damit wir mit dem Geschäftsführer sprachen, aber er weigerte sich. Er bedankte sich für meine Fürsorge und sagte, wenn er Hilfe brauche, werde er mich darum bitten. Ansonsten könne ich davon ausgehen, daß er alles im Griff habe. Dann hängte er ein.

Es war unser letztes Gespräch. Zwei Tage später war er tot.

Sarah stellte die Dusche ab, und ich hörte in meinem Kopf eine Stimme, die sagte: *Ihr habt vergessen, zum Friedhof zu gehen.* Es war, als hätte sie auf die plötzliche Stille gewartet.

Heute hatten wir Neujahr, und das hieß, daß Jacob und ich ein volles Jahr hatten verstreichen lassen, ohne das Grab zu besuchen. Ich überlegte, wie bedeutsam das war. Mir schien, daß der Gedanke hinter dem Ritual, der schlichte Akt der Erinnerung, eigentlich wichtiger war als der Besuch selbst. Ich konnte nicht erkennen, was in unserer körperlichen Anwesenheit auf dem Friedhof noch für ein Gewinn liegen sollte. Außerdem war ja nur ein Tag versäumt worden. Wir konnten immer noch heute nachmittag gehen, vierundzwanzig Stunden später als versprochen. Ich war sicher, angesichts der Umstände würde uns mein Vater unsere Verspätung vergeben.

Aber gleichzeitig wurde mir auch bewußt, daß die Bedeutung der Besuche auch auf der strengen Beachtung unseres Versprechens beruhte, auf der Tatsache, daß wir gezwungen waren, einen bestimmten Nachmittag eines jeden Jahres für diesen Zweck freizuhalten und ganz der Erinnerung an unsere Eltern zu widmen. Gerade die kleine Unbequemlichkeit gab dem Besuch sein Gewicht. Das neue Jahr bildete eine Grenze, ein Ultimatum, das wir hatten verstreichen lassen.

Ich fing an, darüber nachzudenken, wie ich dieses Vergehen wiedergutmachen könnte, aber etwas Besseres, als im neuen Jahr einfach häufiger zum Friedhof hinauszufahren, fiel mir nicht ein. Ich war gerade bei zwölf Besuchen angelangt, also einem pro Monat, als Sarah aus dem Bad ins Schlafzimmer zurückkam.

Abgesehen von einem gelben Badetuch, das sie sich um den Kopf geschlungen hatte, war sie nackt. Ihre Brüste waren so prall geworden, daß sie geradezu komisch an ihrem schmalen Körper aussahen, so wie die pornographischen Kritzeleien eines pubertierenden Knaben. Die Brustwarzen waren grellrot, wie blutiger Schorf auf ihrer schneeweißen Haut. Ihr Bauch stand weit vor, und sie hielt ihn mit beiden Armen, als wäre er ein Paket, das sie vor sich hertrug, und keine natürliche Erweiterung ihres Körpers. Sie sah ungeschickt aus und schwerfällig. Jetzt, im achten Monat, besaß sie nur noch in Ruhelage eine gewisse animalische Anmut und Würde. Ich sah ihr zu, wie sie zum Fenster watschelte und nacheinander die Jalousien hochzog.

Das Zimmer füllte sich mit grauem Licht. Der Himmel war

bedeckt und sah kalt aus, kahl und schwarz standen die Bäume hinter den Scheiben.

Sarah warf einen Blick zum Bett herüber, schien aber nicht zu bemerken, daß ich schon wach war. Sie löste das Badetuch von ihrem Kopf, bückte sich und rubbelte sich das Haar trocken. Ich sah ihr zu, betrachtete ihren vom Fenster umrahmten Körper und den blassen Winterhimmel dahinter.

»Wir haben den Besuch auf dem Friedhof vergessen«, sagte ich.

Erschrocken blickte Sarah auf. Dann rubbelte sie weiter an ihren Haaren herum. Sie rieb so energisch, daß ich den Stoff auf ihrer Haut herumraspeln hörte. Als sie fertig war, richtete sie sich auf und wickelte sich das Badetuch um die Brust.

»Das kannst du heute nachmittag machen«, sagte sie. »Nachdem du beim Flugzeug gewesen bist.«

Sie setzte sich auf die Bettkante, rücklings auf die Hände gestützt, die Beine breit auseinander. Ich richtete mich auf, um sie besser im Blickfeld zu haben. Sie sah mich an und hielt sich erschrocken eine Hand vor den Mund.

»Oh, Gott«, sagte sie. »Du bist ja ganz blutig.«

Ich faßte mir an die Stirn und berührte die Beule. Sie war so gut wie verschwunden, aber ich spürte überall verkrustetes Blut.

»Es hat geblutet in der Nacht«, sagte ich.

»Tut es weh?«

Ich schüttelte den Kopf und betastete die Wunde vorsichtig. »Scheint fast weg zu sein«, sagte ich.

Sarah nickte, ohne etwas zu sagen.

»Stell dir vor, der Vogel hätte mich am Auge erwischt«, sagte ich.

Sarah betrachtete meine Stirn mit einem geistesabwesenden Blick. Ich spürte, daß sie an etwas anderes dachte.

»Du solltest Jacob Bescheid sagen, daß du noch mal zum Flugzeug zurückgehst«, sagte sie. »Vielleicht sollte er sogar mitgehen.«

»Warum?«

»Scheint mir klüger. Wir wollen schließlich nicht, daß er oder Lou dein Auto in der Nähe des Parks sieht, ohne zu wissen, was vorgeht. Am Ende denken sie noch, du wolltest sie reinlegen.«

»Das Auto sehen die nie. Ich werde hin und zurück sein, ehe sie überhaupt aus dem Bett sind.«

»Es ist nur eine Vorsichtsmaßnahme, Hank. Wir müssen von jetzt an sehr vorsichtig sein. Wir müssen immer vorausdenken.«

Ich überlegte einen Moment, dann nickte ich halbherzig. Sarah beobachtete mich, als erwarte sie, daß ich zu streiten anfinge. Als ich es nicht tat, legte sie ihre Hand unter der Decke auf meinen Oberschenkel und preßte ihn zärtlich.

»Daß wir das Geld zurückbringen, sagen wir ihm allerdings nicht«, fuhr sie fort. »Du mußt es unter der Jacke verstecken, und in das Flugzeug mußt du allein gehen.«

»Denkst du, er würde es stehlen?«

»Vielleicht. Jacob ist auch nur ein Mensch. Es wäre absolut natürlich. Oder daß er Lou davon erzählt. Lou würde es sich bestimmt holen.« Sie fuhr sich mit der Hand durchs Haar. Wenn es naß war, sah es dunkler aus, beinahe braun. »Solange du ihnen nichts sagst, brauchen wir uns keine Sorgen deswegen zu machen. Wir wissen ja, daß es da ist, und daß wir sicher sind, solange es da ist.«

Sie massierte meinen Fuß. »Abgemacht?«

Ich nickte. »Okay.«

Lächelnd glitt sie zu mir ins Bett und küßte mich auf die Nase. Ich roch den Zitronensaft ihres Shampoos. Ich küßte sie zurück auf den Mund.

Ich stand auf, um zu duschen, und Sarah ging in ihrem dunkelgrünen Umstandskleid nach unten, um Frühstück für uns zu machen.

Ich stellte den Boiler an, damit das Wasser warm wurde, dann ging ich zum Spiegel und untersuchte meine Stirn. Genau in der Mitte war ein kleines Loch, nicht größer als eine Akne-Narbe. Getrocknetes Blut umgab es auf allen Seiten, so daß es wie der Mittelpunkt einer Zielscheibe auf meiner Stirn stand.

Ich starrte mein Spiegelbild an, bis der Spiegel beschlug. Einen Teil des Blutes kratzte ich mit dem Daumen ab, dann zog ich meinen Schlafanzug aus. Ich fühlte mich aufgedunsen und war so benommen, als produzierte mein Körper automatisch alle Symptome von Alkoholmißbrauch, bloß weil wir gestern Silvester gehabt hatten.

Als ich unter die Dusche gehen wollte, stellte ich fest, daß keine

Handtücher im Bad waren. Ich machte die Tür zum Schlafzimmer auf und fand Sarah auf dem Bett sitzend vor. Sie drehte mir den Rücken zu, der Seesack stand neben ihr auf dem Boden, auf dem Teppich lagen Dutzende Geldbündel.

Sie fuhr auf, als ich eintrat, blickte über die Schulter und lächelte schuldbewußt, wie mir schien. Als ich das Lächeln auf ihrem Gesicht sah, überlief mich ein kurzer, flackernder Schauder von Mißtrauen. Ich wußte sofort, wie unberechtigt es war, wußte sofort, daß es nur meine Überraschung war, sie hier mit dem Geld vorzufinden, statt unten in der Küche. Ich hatte sofort ein schlechtes Gewissen, als hätte ich sie zu Unrecht einer Verfehlung beschuldigt.

»Ich brauche ein Handtuch«, sagte ich lahm. Ich stand nackt in der Tür und kam mir recht blöd dabei vor. Ich lief nicht gern unbekleidet herum, auch nicht vor Sarah. Mein Körper – seine physische Gegenwart, der Raum, den er einnahm, und die Farbe seiner Haut – waren mir peinlich. Sarah war da ganz anders. Vor allem an heißen Sommertagen hielt sie sich gern splitternackt im Haus auf.

»Oh, Hank, tut mir leid«, sagte sie. »Ich wollte dir welche hinhängen.« Sie stand aber nicht auf.

In jeder Hand hielt sie ein Geldbündel. Ich machte einen Schritt in Richtung Flur, blieb dann aber stehen. »Was machst du da?« fragte ich.

Sie nickte in Richtung Seesack. »Ich wollte mich nur überzeugen, daß sie nicht numeriert sind.«

»Numeriert? Natürlich sind sie numeriert.«

»Ja, aber nicht fortlaufend. Bei einem Bankraub sind die Scheine oft fortlaufend numeriert. Dann hätten wir sie nicht ausgeben können.«

»Ja, und?«

Sie schüttelte den Kopf. »Die Scheine sind alle alt.«

Ich starrte auf die am Boden liegenden Geldbündel. Sie waren ordentlich in Fünferpaketen gestapelt. »Wollen wir es wieder einpacken?« fragte ich.

»Nein«, sagte sie. »Ich zähle es gerade.«

»Du zählst es?«

Sie nickte.

»Aber das haben wir doch schon getan. Jacob und Lou haben es gestern abend gezählt.«

Sarah zuckte die Achseln. »Ich wollte es auch zählen«, sagte sie. »Sonst ist es irgendwie nicht so wirklich.«

Als ich aus der Dusche zurückkam, war Sarah schon unten. Ich hörte sie in der Küche hantieren. Ich hockte mich neben das Bett, zog einen Koffer beiseite und schaute dahinter. Der Seesack lag direkt an der Wand, alles sah wieder genauso aus wie gestern abend.

Ich schob den Koffer wieder an Ort und Stelle, zog mich rasch an und ging nach unten zum Frühstück.

Als wir damit fertig waren, rief ich Jacob an und sagte ihm, daß wir noch mal zum Flugzeug zurück müßten.

»Zum Flugzeug zurück?« sagte er. Er klang ziemlich groggy, so als wäre er noch nicht richtig wach.

»Wir müssen überprüfen, ob wir nicht irgendwas liegengelassen haben«, sagte ich. Wir waren immer noch in der Küche. Sarah saß auf ihrem Stuhl und strickte ein Jäckchen für unser Baby. Sie hörte aufmerksam zu, was ich sagte. Das Geld, das ich am Tag zuvor abgezählt hatte, lag neben ihr auf dem Tisch.

»Was sollten wir denn dagelassen haben?« fragte Jacob.

Ich konnte mir vorstellen, wie er in seinem Apartment im Bett lag: unrasiert, fett, immer noch in denselben Kleidern wie gestern abend, die schmuddelige Bettdecke zu seinen Füßen verknäult, bei heruntergezogenen Jalousien, während das Zimmer nach schalem Bier stank.

»Wir waren nicht besonders vorsichtig«, sagte ich. »Wir müssen noch einmal zurück und alles genau überprüfen.«

»Denkst du, du hast etwas verloren?«

»Lou hat seine Bierbüchse dagelassen.«

Die Stimme meines Bruders nahm einen gelangweilten Ton an. »Seine Bierbüchse?«

»Und ich hab' den Piloten bewegt. Wir müssen ihn wieder so hinsetzen, wie er ursprünglich war.«

Jacob seufzte ins Telefon.

»Außerdem habe ich auf den Boden der Kabine geblutet, glaube ich.«

»Geblutet?«

»Von der Stirn. Aus so einem Blutstropfen können die unglaubliche Rückschlüsse ziehen. Das ist schlimmer als Fingerabdrücke.«

»Meine Güte, Hank, so ein paar Tropfen sieht doch kein Mensch.«

»Wir dürfen kein Risiko eingehen.«

»Ich habe keine Lust, den ganzen Weg noch mal zu machen ...«

»Wir gehen noch mal hin«, brüllte ich. »Wir werden die Sache nicht deswegen vermasseln, weil du zu faul bist, sie richtig zu machen.« Meine Stimme kam noch wütender heraus, als ich geplant hatte, und das hatte einen unmittelbaren Effekt auf meine beiden Zuhörer. Sarah schaute verblüfft hoch, und Jacob verstummte.

Ich lächelte Sarah beruhigend zu, und sie strickte weiter. »Ich hole dich ab«, sagte ich zu Jacob. »Und wenn wir fertig sind, können wir gleich noch zum Friedhof rausfahren.«

Er gab ein Stöhnen von sich, das erst allmählich zu einem Wort wurde. »Oookay!« sagte er.

»In einer Stunde.«

»Soll ich Lou Bescheid sagen?«

Ich überlegte einen Moment. Sarah strickte an der kleinen gelben Jacke, und ich sah ihr dabei zu. Ich hatte keine große Lust, den Vormittag in Lous Gegenwart zu verbringen, besonders nicht, wenn er verkatert war. »Nein«, sagte ich. »Lou braucht nicht mitkommen.«

»Aber ich kann es ihm sagen?«

»Na klar«, sagte ich. »Wir sitzen alle in einem Boot. Irgendwelche Geheimnisse voreinander zu haben, wäre das letzte, was wir jetzt brauchen.«

Wie ich das Geld an mir verstecken sollte, ohne daß Jacob was merkte, wußte ich überhaupt nicht. Es waren fünfzig kleine Pakete, und es kam mir so vor, als versuchte ich fünfzig kleine Taschenbücher zugleich einzustecken. Wir füllten die Innen- und Außentaschen der Jacke, schoben Geld in die Ärmelaufschläge, in den Hosenbund und in die Socken; aber bald hingen Teile der Kleidung verdächtig herunter und auf dem Tisch lagen immer noch Geldbündel, für die wir keinen Platz fanden.

»Ich glaube, so geht das nicht«, sagte ich schließlich.

Ich stand in meiner dicken Jacke in der Küche, mir war heiß, und allmählich wurde ich wütend. Die Pakete in meinen Taschen machten mich unbeholfen und schwerfällig; jede meiner Bewegungen war so ungeschickt wie die eines Roboters. Sowohl Sarah als auch ich trugen Handschuhe.

Sarah trat zwei Schritte zurück und musterte mich von oben bis unten. Es war an ihrem Gesicht abzulesen, daß sie nicht zufrieden war mit dem, was sie sah. »Vielleicht solltest du es einfach in einer Tüte mitnehmen.«

»In einer Tüte?« sagte ich. »Ich kann doch keine Tüte mit Geld mit mir rumtragen. Was soll ich denn Jacob erzählen?« Ich zog den Reißverschluß meiner Jacke auf, und prompt fielen drei von den Päckchen heraus und klatschten nacheinander auf den Boden. Ich sah zu, wie Sarah sich hinhockte, um sie wieder aufzuheben.

»Vielleicht sollten wir nicht soviel zurückbringen?« sagte ich.

Sarah ignorierte das. »Ich weiß, wie wir's machen«, sagte sie und verließ mit raschen Schritten den Raum.

Ich wartete in der Küche auf sie wie eine fette Vogelscheuche, die Arme steif nach links und rechts weggestreckt. Als sie zurückkam, hatte Sarah einen kleinen Umhängesack in der Hand.

»Der ist für das Baby«, sagte sie und hielt mir den Tragesack hin. Er war aus rotem Nylon, mit einem Comicstrip-Dinosaurier vorn drauf. Sarah schien sehr stolz zu sein, daß sie ihn hatte. »Hab' ich nach Katalog bestellt.«

Ich zog meine Jacke aus, und sie streifte mir den Tragesack über die Schultern. Nachdem sie die Träger gelockert hatte, hing er gemütlich auf meinem Zwerchfell. Sarah wickelte das Geld in einen schwarzen Müllsack aus Plastik, damit ich es gut verpackt im Flugzeug zurücklassen konnte, und steckte dann das ganze Paket in den Sack. Als sie damit fertig war, zog ich den Reißverschluß meiner Jacke hoch. Mein Bauch wölbte sich deutlich vor, aber die Falten des Parkas verhüllten ihn hinreichend.

»Du siehst ein bißchen dick aus«, sagte Sarah und patschte mir auf den Bauch. »Aber Jacob ist bestimmt der letzte, der Grund hätte, darüber etwas zu sagen.«

»Ich sehe schwanger aus«, sagte ich. »Das ist es. Ich sehe genauso aus wie du.«

Ashenville war eine häßliche kleine Stadt. Es bestand eigentlich nur aus zwei Straßen, Main Street und Tyler, deren Kreuzung ein gelbes Blinklicht markierte. Die vier Eckgebäude enthielten die wichtigsten Institutionen der Stadt: das Rathaus, *Raikley's* Futtermittelhandlung, die Episkopalkirche *St. Jude* und die *Ashenville Savings Bank*. Der Rest der Stadt, eine buntscheckige Ansammlung von ein- und zweistöckigen Häusern, war locker an beiden Seiten der Tyler und der Main Street aufgereiht: das Postamt, das Spritzenhaus der Freiwilligen Feuerwehr, ein kleiner Lebensmittelladen, eine Tankstelle, eine Apotheke, ein Restaurant, ein Eisenwarenhändler, ein Waschsalon, zwei Bierlokale, ein Jagdwaffengeschäft und eine Pizzabude.

Ein merkwürdiger Grauschleier lag über allen Gebäuden, eine einförmige Baufälligkeit, die mich jedesmal deprimierte, wenn ich sie sah. Die Farbe blätterte in langen Streifen von den bretterverkleideten Häusern, als wären sie in der Mauser; gesprungene Fensterscheiben waren mit vergilbten Zeitungen abgedichtet; Regenrinnen hingen herunter; Fensterläden klapperten im Wind und große schwarze Flecken auf den Dächern zeigten die Stellen, wo der Sturm die Schindeln mitgenommen hatte. Es war eine arme Stadt, ein Marktflecken, der seine besten Zeiten vor über sechzig Jahren gesehen hatte, in den Jahren vor der Depression. Die Bevölkerung war seit der Volkszählung von 1930 ununterbrochen geschrumpft. Wie ein altersschwacher, absterbender Blutegel hing die Stadt an ihrer ländlichen Umgebung, aus der sie gerade noch genug Kraft saugte, um sich mühsam am Leben erhalten zu können.

Als ich vor der Eisenwarenhandlung hielt, über der Jacob wohnte, war es halb zehn. Es war still in der Stadt, die Bürgersteige vollkommen leer. Das blasse Licht, das durch die Wolken sickerte, gab der Stadt ein müdes, farbloses Aussehen, als wäre sie genauso verkatert wie die meisten ihrer Bewohner, als stünde sie am Neujahrsmorgen auf genauso wackeligen Beinen und hätte einen genauso trockenen, klebrigen Mund. An den Lichtmasten neben der Straße waren Weihnachtsdekorationen befestigt: grün-rot-weißer Flitterkram und dazwischen Schneemänner, Nikoläuse, Rentiere und Zuckerstangen aus Pappe, die alle so schlapp herunterhingen wie Sachen auf einem Flohmarkt.

Jacob wartete schon mit Mary Beth auf der Straße, er lehnte an einer Parkuhr vor seinem Haus. Ich war sehr erleichtert, als ich ihn sah, denn sonst hätte ich in seine Wohnung hinaufgehen müssen, und ihr Anblick bedrückte mich immer sehr, weil sie sein materielles Scheitern in dieser Welt so deutlich zeigte. Jacobs Apartment war die Wohnung eines armen Mannes, völlig verwahrlost, schlecht beleuchtet und schmutzig, voller kaputter Möbel und Essensreste, und die Vorstellung, wie er darin hauste, wie er aufwachte, aß und trank und sich abends wieder zum Schlafen hinlegte, erfüllte mich mit einer unangenehmen Mischung von Verachtung und Mitleid.

Ich hatte mehrfach versucht, Jacob zu helfen, aber es hatte nicht funktioniert. Das letzte Mal war vor sieben Jahren gewesen, kurz nach dem Tod meiner Eltern. Ich hatte ihm angeboten, in Teilzeitarbeit den Lieferwagen der Futtermittelhandlung zu fahren. Als wir noch Kinder waren, hatte diesen Job ein geistig Behinderter gehabt, ein Riese mit mongoloiden Gesichtszügen, der sich ungeheuer langsam bewegte, eine schrille Kinderstimme hatte und beim Sprechen dauernd kicherte und nickte. Niemand verstand, was er sagte. Das alles war Jahre her, und ich hatte es längst vergessen, nicht aber Jacob. Er war beleidigt und zornig. Ich hatte ihn noch nie so wütend erlebt. Einen Augenblick lang sah es so aus, als wolle er auf mich losgehen.

»Ich wollte dir doch bloß helfen«, sagte ich.

»Mir helfen?« sagte er höhnisch. »Laß mich in Ruhe, Hank. Damit hilfst du mir am meisten. Halt dich raus aus meinem Leben, verflucht.«

Daran hatte ich mich seither gehalten.

Jacob schob Mary Beth auf den Rücksitz und setzte sich neben mich. Er hatte den Mund offen und keuchte so heftig, als wäre er gerade zwei Treppen heraufgerannt. In der Hand hielt er einen Styroporbecher Kaffee, und nachdem er die Wagentür zugeknallt hatte, zog er aus seiner Jackentasche ein Sandwich, das in eine fettige Serviette eingepackt war. Es war ein Eiersandwich mit viel Ketchup, und er begann unverzüglich zu essen.

Ich fuhr los und verschaffte mir aus den Augenwinkeln einen Eindruck von seinem Zustand. Er trug seine rote Jacke, deren grelle

Farbe noch unterstrich, wie bleich sein Gesicht war. Er hatte sich nicht rasiert, und seine Haare hingen ihm fettig und wirr um den Kopf. Seine Brillengläser waren voller Flecken.

»Bist du gestern abend mit Lou ausgewesen?« fragte ich. Der Baby-Tragesack lag mir wie ein großer, schwerer Ball auf dem Magen. Mein Parka bauschte sich mächtig darüber auf und kam unten gegen das Lenkrad. Ich hatte das Gefühl, daß es lächerlich auffällig war, und mußte der Versuchung widerstehen, dauernd darauf hinunterzusehen.

Jacob nickte, den Mund mit Ei, Ketchup und Toast vollgestopft.

»War's lustig?« fragte ich.

Er nickte noch einmal und wischte sich den Mund mit dem Handrücken.

»Wo seid ihr gewesen?«

Er würgte den Bissen herunter und nahm einen Schluck Kaffee aus seinem Styroporbecher. Mir fiel auf, daß der Becher nicht dampfte, der Kaffee war kalt. Beim Gedanken daran wurde mir flau.

»Im *Palace*«, sagte er. »In Metamora.«

»Du und Lou und Nancy?«

Er nickte, und eine Weile fuhren wir schweigend. Mary Beth hatte seinen Kopf neben Jacobs Schulter auf die Lehne des Vordersitzes gelegt. Wir waren jetzt aus der Stadt heraus und fuhren nach Westen. In einiger Entfernung stand eine windschiefe alte Scheune mit eingestürztem Dach und einer Handvoll schwarzbunter Kühe dahinter. Der Tag war still und grau, weder besonders warm noch sonderlich kalt, mit Temperaturen knapp unter Null. Wenn es, wie vorhergesagt, schneien würde, mußten wir mit nassen, weichem Schnee rechnen.

Ich räusperte mich und wollte sprechen, ließ es dann aber doch. Jacob verzehrte den Rest seines Sandwichs, knüllte die Serviette zusammen und legte sie auf meinem Armaturenbrett ab. Ich betrachtete sie voller Abscheu.

Ich wollte ihn etwas fragen, wußte aber nicht, wie ich es anfangen sollte. Er würde es bestimmt in den falschen Hals kriegen. Schließlich fragte ich doch. »Glaubst du, Lou hat es Nancy erzählt?«

Er zuckte die Achseln. »Laß ihn in Ruhe«, sagte er.

Ich blickte zu ihm hinüber, um seinen Gesichtsausdruck sehen zu können, aber er hatte sich abgewandt, starrte auf die Felder hinaus, die draußen vorbeiglitten. Die Haltung seiner Schultern schien mürrisch.

Ich stoppte den Wagen und fuhr an den Rand. Mary Beth verlor das Gleichgewicht und rutschte zappelnd vom Sitz. »Er hat's ihr erzählt, stimmt's?«

Wir waren jetzt ungefähr an der Stelle, wo wir am Abend zuvor das Geld gezählt hatten. Es waren weder Häuser noch Autos in Sicht. Das Land war baumlos und weiß.

Jacob hatte sich nach vorn umgedreht. Sein Gesicht war müde und faltig. »Komm, Hank. Bringen wir's hinter uns.«

Ich ging in den Leerlauf. Der Hund kämpfte sich wieder auf den Sitz hoch und winselte leise. Wir ignorierten ihn beide.

»Irgendwann mußte er's Nancy ja sagen«, knurrte Jacob. »Wie soll er seinen Anteil nehmen, ohne ihr was zu sagen?«»

»Willst du damit sagen, daß sie Bescheid weiß?« fragte ich und holte tief Luft. Selbst ich hörte einen Unterton von Panik in meiner Stimme.

»Willst du etwa behaupten, daß du Sarah nichts erzählt hast?«

»Genau das.«

Er betrachtete mich, als warte er darauf, daß ich's mir anders überlegte.

»Hat er's ihr gesagt oder nicht?« fragte ich.

Er starrte mich weiter an. Eine Sekunde lang schien er etwas zu überlegen, dann schob er es wieder beiseite und starrte zum Fenster hinaus.

»Ich weiß nicht«, sagte er.

Ich wartete ab. Natürlich hat Lou es erzählt, dachte ich. Genau, wie ich es Sarah erzählt habe. Und Jacob weiß es. Ich überlegte, wie wichtig das eigentlich war, daß Jacob mich angelogen hatte und daß ich ihn angelogen hatte und daß wir beide wußten, daß der andere log. Eine Sekunde lang schien es beinahe komisch, und ich mußte lächeln.

Jacob zeigte die Straße hinunter. »Bringen wir's hinter uns«, sagte er müde.

Wir überquerten die niedrige Betonbrücke über den Anders Creek und näherten uns dem Naturschutzgebiet von derselben Seite wie gestern. Auf der einen Seite lag Dwight Pedersons Farm, auf der anderen der Wald. Am unteren Ende der Einfahrt zu Pedersons Farm saß ein Hund. Es war ein großer Collie, und als wir vorbeifuhren, stand er auf und bellte uns an. Ein tiefer Ton aus voller Brust. Mary Beth erschreckte uns damit, daß er kläffend zurückbellte. Mit hochaufgestelltem Schwanz sah er zu, wie der Collie im Rückfenster kleiner wurde.

Ich parkte an derselben Stelle wie gestern. Die Bresche, die Jacobs Lastwagen in die Schneewand neben der Straße gemacht hatte, war gut zu erkennen. Über die Spuren, die wir hinterlassen hatten, war ich entsetzt. Unsere Fußstapfen bildeten einen breiten, unregelmäßigen Trampelpfad in den Wald. Jeder, der vorbeifuhr, mußte sie unweigerlich sehen. Auf der linken Seite führte die Fuchsspur übers offene Feld hinauf zu Pederson's Farm, eine Kette kleiner schwarzer Punkte im Schnee, schnurgerade. Ich folgte ihr mit den Augen.

»Willst du etwa hier parken?« fragte Jacob. »Einfach so im Freien?«

Ich dachte kurz darüber nach. Er hatte natürlich recht, aber eine Alternative fiel mir nicht ein. »Siehst du irgendwo ein Versteck?« fragte ich.

»Wir könnten zum Eingang des Parks fahren und den Wagen drinnen abstellen.«

Ich schüttelte den Kopf. Das hatte ich schon geprüft und verworfen. »Das Tor ist bestimmt verschlossen«, sagte ich. »Außerdem ist die Straße im Inneren nicht geräumt, und wenn wir nicht unsere Spuren als Anhaltspunkt haben, finden wir das Flugzeug wahrscheinlich nicht.«

Jacob warf einen Blick zur Brücke zurück. »Es kommt mir bloß so riskant vor, den Wagen hier stehenzulassen.«

»Der Lastwagen stand gestern auch hier.«

»Aber gestern wußten wir noch nicht, was da im Wald ist.«

»Ist schon in Ordnung, Jacob. Wir müssen uns eben beeilen. Rein und raus.«

»Vielleicht sollten wir's einfach abblasen.«

Ich merkte, daß er heftig schwitzte. Stechender Katerschweiß, der wie vergorenes Obst roch. Er machte sich keine Sorgen, daß jemand das Auto sehen könnte, sondern weil er in den Wald mußte.

»Letzte Nacht hast du zuviel getrunken, nicht wahr?« sagte ich.

Er ignorierte meine Frage und wischte sich mit dem Jackenärmel übers Gesicht. Der Schweiß färbte den Stoff dunkel. »Gestern mein Pick-up«, sagte er. »Heute dein Wagen. Kann schon sein, daß die Leute sich wundern.«

Ich öffnete meinen Sicherheitsgurt und machte mich bereit, aus dem Wagen zu klettern. Wieder spürte ich den Tragesack mit dem Geld schwer auf meinem Bauch liegen. Wenn Jacob nicht mitkam, erkannte ich plötzlich, würde alles viel einfacher sein. Ich drehte mich zu ihm um. Sein Kinn war mit Ketchup verschmiert.

»Paß auf, ich weiß, was wir machen«, sagte ich. »Du bleibst hier. Ich geh allein, bring die Dinge am Flugzeug in Ordnung und komme so schnell wie möglich zurück. Wenn jemand vorbeikommt, solange ich weg bin, kannst du ja so tun, als müßtest du am Wagen was reparieren.«

»Und wenn sie anhalten, um mir zu helfen?«

»Dann kannst du ja mit ihnen reden.«

»Mit ihnen reden? Worüber, zur Hölle, soll ich denn mit ihnen reden?« Seine Stimme klang dünn und eng. Ich wußte nicht, ob es seine Müdigkeit war oder sein Abscheu.

»Sag ihnen, daß es okay ist. Sag ihnen, du hättest die Sache schon selber geregelt.«

»Und was ist mit den Fußspuren?« Er zeigte in Richtung des Waldrands.

»Ich nehm den Hund mit«, sagte ich. »Wenn jemand fragt, kannst du ja sagen, Mary Beth sei weggelaufen, und Lou und ich seien hinterher.«

»Am Ende gibt es doch Ärger, wenn jemand vorbeikommt«, sagte er. »Wenn sie das Flugzeug entdecken, werden sich die Leute daran erinnern, daß wir hier waren.«

»Ehe irgend jemand das Flugzeug entdeckt, ist es Frühjahr. Bis dahin erinnert sich kein Mensch mehr daran, daß wir mal hier waren.«

»Und was ist, wenn der Sheriff wieder vorbeikommt?«

Ich runzelte die Stirn. Carl hatte ich ganz gezielt aus meinem

Bewußtsein verdrängt. »Der kommt schon nicht«, sagte ich übertrieben selbstsicher. »Der mußte letzte Nacht lange arbeiten. Der liegt garantiert noch im Bett.«

»Und wenn nicht?«

»Wenn er wirklich vorbeikommt, kannst du ihm sagen, wir hätten gestern abend etwas verloren. Sag ihm, ich wollte meine Mütze im Wald suchen.«

»Gestern hast du mich wegen der Risiken angeschnauzt, die ich angeblich eingehe. Wenn ich das richtig sehe, ist das hier ein viel größeres Risiko.«

»Das ist ein notwendiges Risiko, Jacob. Das ist ein Unterschied.«

»Ich verstehe nicht, was daran so notwendig ist.«

Ich zuckte die Achseln und täuschte Gleichgültigkeit vor. »Wenn du willst, können wir das Geld auch gleich verbrennen. Das spart mir den Weg.«

»Ich will das Geld nicht verbrennen. Ich will bloß hier weg.«

»Ich geh jetzt da rein, Jacob. Du kannst entweder mitkommen oder hierbleiben und auf den Wagen aufpassen.«

Es entstand eine lange Pause, während er nach einem Ausweg suchte. Er fand keinen. «Ich bleibe hier«, sagte er schließlich.

Ich setzte eine Wollmütze auf, die genauso dunkelblau wie mein Parka und meine Handschuhe war. Dann zog ich den Zündschlüssel ab und steckte ihn in die Tasche.

Mary Beth lief voraus und verschwand im Wald, dann kehrte er schneebestäubt wieder zurück. Das Namensschild und die Steuermarke an seinem Hals klingelten fröhlich. Er drehte ein paar enge Schleifen um mich herum und stürmte wieder davon. Ich stapfte gutgelaunt hinter ihm her. Die kalte Luft erfrischte mich und machte mich hellwach.

Ich brauchte ungefähr eine Viertelstunde bis zum Rand des Obstgartens. Dort blieb ich erst einmal stehen, um mir einen Überblick zu verschaffen. Das Flugzeug lag in der Mitte der flachen Senke. Seine Aluminiumhaut schimmerte silbern unter den dunklen Zweigen der Apfelbäume. Es war umgeben von unseren Fußspuren, Dutzenden von schwarzen Löchern im Schnee.

Es war ein Wind aufgekommen, der in den Bäumen über mir

rauschte, und eine leichte Feuchtigkeit, eine Ahnung von Veränderung mitbrachte. Ich warf einen Blick zum Himmel hinauf. Er war von einem dunklen, langsam sich verschiebenden, Schnee versprechenden Grau überzogen.

Die Krähen saßen immer noch in den Obstbäumen. Vom Rand der Senke aus konnte ich sie nicht sehen, aber als ich hinabstieg, schienen sie plötzlich überall zu sein. Sie bewegten sich ruhelos in den Ästen und krächzten ununterbrochen, als stritten sie miteinander.

Ich ging auf das Flugzeugwrack zu, die Hände vor dem Bauch verschränkt, um das Gewicht des Tragesacks abzustützen. Der Hund folgte mir auf den Fersen.

Die Tür stand noch genauso offen, wie wir sie zurückgelassen hatten. Den Abdruck, den der Seesack hinterlassen hatte, als ich ihn aus der Luke gestoßen hatte, konnte ich auch gut erkennen: eine lange, tiefe Rinne im Schnee. Mary Beth umkreiste das Wrack und schnupperte in der Luft.

Ich steckte den Kopf in die Luke, wartete einen Moment, bis sich meine Augen dem Dämmerlicht angepaßt hatten, und schob dann meinen ganzen Körper hinein. Ich hatte es eilig. Ich dachte an Jacob, der draußen auf der Straße in meinem Auto saß, und an all die Dinge, die deswegen schiefgehen konnten. Dann spürte ich wieder die unnatürliche Wärme auf meinem Gesicht, die ich schon am Tag zuvor bemerkt hatte, dieselbe schwere Stille in der Luft, und die Erinnerung an den Vogel schoß mir durch den Kopf.

Ich hockte mich auf den Boden, ziemlich genau an der Stelle, wo der Seesack gewesen war, stützte mich mit der Hand an der Wand ab, um das Gleichgewicht nicht zu verlieren, und spähte in Richtung der Kanzel.

Der Pilot saß immer noch in seinem Sessel, in der gleichen Haltung, in der ich ihn zurückgelassen hatte. Sein Kopf hing nach hinten über die Lehne, die leeren Augenhöhlen schienen in den Laderaum zu starren, während seine Arme links und rechts herunterhingen, als hätte man ihn gekreuzigt. Sein Gesicht zeigte immer noch denselben traurigen Ausdruck. Die weißen Knochenringe um die Augenhöhlen ließen ihn wie einen Clown aussehen, der blutige Eiszapfen aus seiner Nase ragte zum offenen Mund hoch, aus dem die dunkle, geschwollene Zunge heraushing.

Ich schlug mit der Hand an eine der Streben.

»Hey!« brüllte ich. »Hau bloß ab, du!«

Meine Stimme verhallte. Ich wartete. Mary Beth kam an die Luke und schnüffelte lautstark. Er winselte, machte aber keinen Versuch, den Kopf in die Luke zu stecken. Aus der Kanzel kam keine Bewegung.

»He!« brüllte ich noch einmal und stampfte mit dem Fuß auf den Boden.

Ich wartete, aber wieder geschah nichts. Schließlich war ich hinreichend überzeugt, daß ich das einzige, lebende Wesen an Bord war, stand auf und musterte den Boden, um zu sehen, ob am Tag zuvor irgendwo Blut hingetropft war. Als ich keins fand, machte ich mich zentimeterweise auf den Weg nach vorn zur Kanzel. Gleichzeitig öffnete ich den Reißverschluß meiner Jacke.

Leise und gebückt näherte ich mich dem Piloten, während ich die ganze Zeit überlegte, wo ich das Geld hintun sollte. Ich hatte die Absicht gehabt, es auf den Sitz des Kopiloten zu legen, aber jetzt wurde mir klar, daß das nicht ging: Es wäre beim Aufprall heruntergefallen. Ich würde es dem Toten vor die Füße legen und so weit wie möglich in die Nase des Flugzeugs hineinschieben müssen.

Ich zog die Plastiktüte mit dem Geld aus dem Tragesack, wischte sie mit den Handschuhen ab, um etwaige Fingerabdrücke zu beseitigen, hockte mich hin, schob das Paket an den beiden Sitzen und den Stiefeln des Piloten vorbei und preßte es an die vordere Wand der Kabine. Dabei brach mir auf dem Rücken der Schweiß aus, es war ein kaltes, klammes Gefühl. Ich hielt den Atem an, und mir wurde schwindlig.

Als ich das Geld so weit wie möglich nach vorn geschoben hatte, stand ich auf, packte den Piloten an den Schultern und zog ihn nach vorn. Er bewegte sich mit erstaunlicher Leichtigkeit in den Hüften. Seine Füße glitten nach hinten. In letzter Sekunde kippte auch der Kopf nach vorn und schlug mit einem dumpfen Geräusch auf dem Armaturenbrett auf. Der blutige Eiszapfen in der Nase des Piloten brach ab, fiel auf den Boden und zersplitterte dort.

Ich holte tief Luft, trat zwei Schritte zurück und richtete mich auf. Prompt stieß ich mit dem Kopf an die Decke. Ich verharrte eine Minute in dieser Haltung und hakte ab, was ich mir vorgenommen hatte: Ich hatte nach Blutspuren gesucht, ich hatte das Geld deponiert, ich hatte den Piloten wieder in die ursprüngliche Haltung gebracht. Es gab nichts weiter zu tun.

Ich zog den Reißverschluß an meiner Jacke wieder zu, drehte mich um und erstarrte. In der Luke hockten zwei Krähen und sahen mir zu. Es war ganz merkwürdig – irgendwie hatte ich geahnt, daß sie dasein würden. Ihr Bild stand mir schon vor Augen, als sich mein Körper noch gar nicht umgedreht hatte: zwei Schatten in der Dunkelheit des Flugzeugs, die mich beobachteten. Es war unheimlich; es war, als hätte sie mein eigener Wille erzeugt.

Ich starrte sie an, und sie rührten sich nicht.

Ich fuchtelte mit den Armen. »Haut ab!« brüllte ich.

Einer der Vögel rückte etwas näher zum Ausgang. Der andere blieb, wo er war.

Ganz langsam machte ich einen Schritt vorwärts. Der erste Vogel trippelte hastig davon und hockte sich abflugbereit in den Türrahmen, musterte mich aber nach wie vor. Das von draußen hereinströmende Licht glänzte an seinem Gefieder. Der zweite Vogel spreizte die Flügel und bewegte den Kopf hin und her, als ob er mich einschüchtern wolle. Dann reckte er den Hals und krächzte. Das Geräusch hallte an den Wänden wider. Der Vogel faltete seine Flügel wieder dicht an den Körper und machte einen Schritt auf mich zu.

»Raus!« brüllte ich.

Die eine Krähe stieß einen Schrei aus und verschwand mit einem schnellen Sprung durch die Tür. Ich hörte das Rauschen ihrer Flügel, als sie davonflog. Aber die andere blieb einfach sitzen und wandte mir erst das eine Auge zu, dann das andere.

Ich machte einen weiteren Schritt und stampfte mit dem Fuß auf den Boden.

Der Vogel bewegte sich rückwärts, von der Tür weg. Wieder hob er die Flügel.

Ich wartete ab und beobachtete ihn. »Ich gehe jetzt«, sagte ich wie ein Idiot. Ich schob meine Füße zwei Schritte vor und näherte mich damit der Tür noch weiter.

Der Vogel zog sich mit aufgestellten Flügeln ins Heck des Flugzeugs zurück. Jetzt kam die Stelle, wo ich mich bücken mußte, um an den Ausgang zu kommen. Meine Stiefelsohlen kratzten auf dem Metallboden.

Als ich die Luke erreicht hatte, schob ich mich rückwärts hinaus, um ja die Krähe nicht aus den Augen lassen zu müssen. Sie spreizte die Flügel noch etwas höher und drehte den Kopf, um mich ebenfalls im Auge behalten zu können.

»Ich gehe jetzt«, sagte ich noch einmal und zwängte mich hinaus in den Schnee.

Genau wie am Tag zuvor schien die Welt draußen plötzlich viel heller. Ich stemmte mich gegen die Tür und schob sie zu. Sie schloß sich mit einem lauten metallischen Kreischen.

Mary Beth war verschwunden. Ich folgte seinen Spuren mit den Augen. Sie führten in Richtung der Straße. Zweimal rief ich seinen Namen, halbherzig, dann gab ich auf. Ich nahm an, daß er schon wieder bei Jacob im Wagen war.

Als ich den sanften Abhang zum Waldrand hinaufging, hatte ich das Gefühl, daß sich, abgesehen von der vermeintlich größeren Helligkeit, noch etwas verändert hatte. Aber erst als ich den Rand der Senke erreicht hatte, wurde mir bewußt, was es war. Das jaulende Motorenbrummen eines Schneemobils hing in der Luft. Es kam aus Richtung der Straße.

Ich blieb in angespannter Haltung stehen, lauschte und überlegte, was das wohl bedeuten konnte. Der Wind hatte sich gelegt, der Tag war wärmer geworden, und als ich zum Himmel aufsah, stellte ich fest, daß statt des angekündigten Schneesturms offenbar schöneres Wetter bevorstand. Im Süden war schon ein großes Stück blauer Himmel zu sehen.

Das Brummen des Schneemobils nahm an Lautstärke zu. Es war immer noch weit entfernt, schien sich aber zu nähern. Die Krähen in den Apfelbäumen begannen zu krächzen.

Ich warf noch einen letzten Blick auf das Flugzeug, das düster auf dem Grund der Senke schimmerte, dann drehte ich mich um und trabte in Richtung der Straße.

Ich versuchte, das Motorengeräusch im Ohr zu behalten, während ich durch den Wald rannte, aber ich hörte nur meinen keuchenden Atem, das Reiben meiner Arme an meinem Parka und das Stampfen meiner Stiefel im Schnee, während links und rechts die Bäume vorbeiflogen. Der Boden war rutschig, meine Stiefel waren schwer, und ich ermüdete rasch. Nach zwei, drei Minuten konnte ich nur noch im Schritt gehen, und da hatte ich noch nicht mal die Hälfte des Rückwegs zur Straße bewältigt. Sobald ich aufhörte zu rennen, hörte ich den Motor wieder. Das Geräusch war jetzt sehr nahe. Es klang, als wäre das Schneemobil direkt vor mir, nur durch ein paar Bäume verdeckt. Außerdem hörte ich Mary Beth bellen. Ich lauschte, ging zwanzig Schritte langsam, damit mein Herz sich beruhigen konnte, dann holte ich noch einmal tief Luft und begann wieder zu rennen.

Als erstes sah ich das Auto, meinen dunkelgrünen Kombi, am Rand der Straße. Es erschien wie ein Schatten zwischen den Bäumen. Dann erkannte ich meinen Bruder, der wie ein riesiger, roter Leuchtturm davorstand. Neben ihm stand ein viel kleinerer Mann, und zwischen dessen Beinen tuckerte das Schneemobil im Leerlauf und stieß dabei große blaue Benzinwolken aus.

Es war ein alter Mann in einer leuchtend orangefarbenen Jagdjacke. Dwight Pederson. Ich hatte ihn gleich erkannt. Über der Schulter trug er sein Gewehr.

Als ich sah, wer es war, ging ich langsamer. Ich hatte zwar immer noch etwa dreißig Meter vor mir, aber es war offensichtlich, daß ich jeden Schaden, den Jacob bei seiner Unterhaltung mit dem alten Mann womöglich angerichtet hatte, nur vergrößern würde, wenn ich wie ein Verrückter aus dem Wald gerannt kam. Ich mußte es langsam angehen, durfte nicht vorpreschen, sondern allenfalls reagieren. Ich steckte die Hände in die Taschen und suchte mir in aller Ruhe den bequemsten Weg durch die Bäume. Ich wollte gelassen und beiläufig wirken.

Der alte Mann sah mich zuerst. Er starrte mich unsicher an, schien nicht zu wissen, wer ich war, dann hob er die Hand etwa brusthoch zur Begrüßung. Ich winkte lächelnd zurück. Jacob redete ziemlich hastig. Ich hörte nicht, was er sagte, aber er schien mit Pederson zu streiten. Er fegte mit dem Arm durch die Luft und schüttelte dabei heftig den Kopf. Als er sah, daß mir der alte Mann zuwinkte, warf er einen erschrockenen Blick in den Wald, hörte aber nicht auf zu reden. Pederson schien ihn zu ignorieren. Er ließ den Motor des Schneemobils aufheulen, sagte dann etwas zu Jacob und zeigte auf den Schnee vor ihnen.

Was dann kam, geschah sehr schnell.

Jacob machte einen Schritt auf den alten Mann zu, holte weit aus und schlug ihn mit einem gewaltigen Hieb an die Schläfe zu Boden. Pederson fiel zur Seite, sein Körper sank leblos in sich zusammen, sein Kopf lag am Straßenrand, sein linkes Bein hing noch zur Hälfte über dem Sattel. Das Gewehr war ihm von der Schulter gerutscht und schlitterte über die Fahrbahn. Jacob hatte ebenfalls das Gleichgewicht verloren, wurde vom eigenen Schwung über das Schneemobil gerissen und landete schließlich direkt auf dem alten Mann.

Mary Beth begann zu bellen.

Jacob versuchte, sich von Pedersons Körper zu lösen. Aber seine Handschuhe rutschten im Schnee ab, und er schien nicht so recht auf die Beine zu kommen. Er hatte seine Brille verloren und noch im Liegen patschte er mit den Händen im Schnee herum, bis er sie gefunden hatte. Er setzte sie auf und machte einen neuerlichen Versuch aufzustehen. Als er es glücklich bis auf die Knie geschafft hatte, machte er eine Pause und ruhte sich einen Augenblick aus, ehe er sich mit einer offenen übermenschlichen Anstrengung aufraffte und wieder aufstand.

Der Motor des Schneemobils tuckerte weiter im Leerlauf, ein sattes, üppiges Knattern. Der Hund näherte sich Jacob vorsichtig und wedelte zögernd mit dem Schwanz.

Jacob blieb bewegungslos stehen. Er berührte sein Gesicht mit dem Handschuh, nahm die Hand weg und starrte sie an und legte sie dann wieder zurück.

Ich hatte mich die ganze Zeit nicht gerührt. Ich hatte wie erstarrt dagestanden und entsetzt zugesehen. Erst jetzt löste ich mich allmählich aus meinem Schock. Ich machte einen Schritt in Richtung der Straße.

Jacob holte mit dem Fuß aus und gab dem alten Mann einen Tritt. Er trat ihn zweimal mit aller Kraft, einmal in die Rippen und einmal gegen den Kopf. Danach hörte er auf. Er trat zurück, legte die Hand wieder an sein Gesicht und wandte sich zu mir um.

Mary Beth fing erneut an zu bellen.

»Ach, Jacob«, sagte ich ganz leise, als spräche ich zu mir selbst.

Dann begann ich wieder durch den Schnee zu rennen und kam meinem Bruder rasch näher.

Jacob stand da, den Handschuh vor Mund und Nase, und sah mir zu, wie ich herankam.

Der Motor des Schneemobils hustete und drohte abzusterben. Als ich endlich die Straße erreichte, drehte ich als erstes den Zündschlüssel um und stellte ihn ab.

Jacob weinte. Das hatte ich, seit wir Kinder waren, nicht mehr erlebt, und ich brauchte eine Sekunde, um zu akzeptieren, daß es tatsächlich so war. Er schluchzte nicht und jammerte nicht, es war nichts Dramatisches oder Gewaltsames, er vergoß einfach Tränen. Sie liefen ihm übers Gesicht, und sein Atem ging ein wenig rascher als gewöhnlich, ein Zittern und Zögern war darin spürbar. Seine Nase blutete – er hatte sich bei seinem Sturz gestoßen –, und jetzt versuchte er die Blutung zu stoppen.

Ich sah auf Pederson herunter. Der alte Mann lag auf der Seite, das linke Bein hing immer noch über dem Sattel des Schneemobils. Er hatte Jeans und schwarze Gummistiefel an. Seine orangefarbene Jacke war ihm hochgerutscht bis über die Hüften; ich konnte seinen dicken, dunkelbraunen Gürtel sehen und darüber einen Streifen Thermo-Unterwäsche. Jacob hatte ihm die Mütze vom Kopf geschlagen, und man sah das dünne, fettige graue Haar. Das Gesicht wurde größtenteils von einem orangefarbenen Wollschal verdeckt. Die Stelle, wo ihn Jacobs Stiefel getroffen hatte, unmittelbar über dem linken Ohr, war deutlich zu sehen. Die Haut war aufgeplatzt, und rings um die Wunde begann ein großer Bluterguß sich tiefrot zu verfärben.

Mary Beth hörte endlich auf zu bellen. Er schnupperte eine Sekunde an Jacobs Stiefeln und wich dann zurück auf die Mitte der Straße.

Ich hockte mich neben Pederson hin, streifte einen Handschuh ab und hielt ihm die Hand vor den Mund. Er schien nicht mehr zu atmen. Ich zog den Handschuh wieder an und stand auf.

»Er ist tot«, sagte ich. »Du hast ihn umgebracht, Jacob.«

»Er hat den Fuchs verfolgt«, sagte Jacob. Er stotterte etwas. »Er hat ihm ein Huhn nach dem anderen gestohlen.«

Ich rieb mir das Gesicht mit der Hand. Ich wußte nicht recht, was ich tun sollte. »Mein Gott, Jacob. Wie konntest du so etwas tun?«

»Er wäre direkt beim Flugzeug vorbeigekommen. Er hätte es bestimmt gefunden.«

»Jetzt ist alles aus«, sagte ich und spürte, wie sich meine Brust zusammenzog vor Wut. »Du hast es versaut.«

Wir starrten beide auf den alten Mann herunter.

»Dafür stecken sie dich ins Gefängnis«, sagte ich.

Mit einem Blick voller Panik sah er mich an. Seine Brille war naß vom Schnee. »Ich mußte es tun.« Er schluchzte. »Sonst hätten sie uns geschnappt.«

Seine kleinen Augen flackerten wild in der weißen teigigen Fläche seines Gesichtes; seine Wangen waren immer noch tränenfeucht. Er hatte Angst, er war verwirrt, und als ich ihn so sah, brach mein Ärger zusammen. Eine Welle von Mitleid überflutete mich. Ich konnte ihn retten, wurde mir bewußt, meinen älteren Bruder. Ich konnte ihm die Hand reichen und ihn aus seinem Elend herausziehen, und ich würde mich dabei selbst auch retten.

Rasch sah ich die Straße hinauf und hinunter. Sie war leer.

»Irgendwelche Autos vorbeigekommen?« fragte ich.

Jacob schien mich nicht zu verstehen. Er nahm die Hand von der Nase und wischte sich die Tränen aus dem Gesicht. Blut war auf seiner Oberlippe verschmiert und gab ihm ein beinahe komisches Aussehen, so als hätte er einen falschen Schnurrbart.

»Autos?« fragte er.

Ungeduldig zeigte ich auf die Straße. »Sind Autos vorbeigekommen, als ich im Wald war?«

Er starrte zum Horizont, dachte einen Augenblick nach und schüttelte den Kopf. »Nein. Da war nichts.« Er hielt sich wieder die Hand vor die Nase.

Ich sah hinauf zu Pedersons Farm. Das Haus war sehr klein und weit weg. Ich glaubte Rauch aus dem Schornstein aufsteigen zu sehen, war mir aber nicht sicher. Die Spur des Schneemobils lief parallel zur Fährte des Fuchses mitten über das Feld.

Jacob fragte: »Was sollen wir jetzt machen?« Er weinte immer noch und wandte sich Mary Beth zu, um es zu verbergen. Der Hund hockte in der Mitte der Straße.

»Wir lassen es wie einen Unfall aussehen«, sagte ich. »Wir fahren ihn ein Stück weg und lassen es aussehen wie einen Unfall mit dem Schneemobil.«

Jacob warf mir einen ängstlichen Blick zu.

»Das geht schon in Ordnung«, sagte ich. »Das merkt keiner.« Aus irgendeinem Grund wurde ich ruhiger, als ich sah, daß Jacob panische Angst hatte. Ich war überzeugt, daß ich alles im Griff hatte.

»Sie werden die Spuren verfolgen«, sagte er. »Sie werden hierherkommen. Sie werden unsere Fußspuren finden und bis zum Flugzeug verfolgen.«

»Nein«, sagte ich. »Bald wird es schneien.« Ich zeigte zum Himmel, der allerdings im Gegensatz zu meinen Worten immer heller zu werden schien. Ich tat so, als ob ich das nicht merkte, und fuhr einfach fort: »Jeden Augenblick kommt ein Schneesturm und deckt das alles hier zu.«

Jacob runzelte die Stirn, als hätte er Zweifel, widersprach aber nicht. Er hob wieder seine Faust ans Gesicht, und ich sah, daß der Handschuh blutig verschmiert war.

»Du hast ihn doch nicht mit Blut vollgetropft?« fragte ich.

»Blut?«

Ich bückte mich, um Pedersons Kleidung zu untersuchen. Auf der Jacke war ein bräunlicher Schmierfleck. Ich nahm eine Handvoll Schnee und rubbelte daran herum. Es ging nur zum Teil ab.

Jacob sah mir resigniert zu. »Es hat doch keinen Sinn, Hank«, sagte er. »Die schnappen uns, da kann man nichts machen.«

Ich rieb einfach weiter an dem Blutfleck herum. »Das ist doch keine große Sache. Das fällt keinem auf.«

Jacob hielt seine Hand vor sich hin und betrachtete den Handschuh. »Du hast gesagt, Blut wäre schlimmer als Fingerabdrücke«, sagte er. Seine Stimme war hektisch geworden, man hörte die Panik heraus.

»Jacob«, sagte ich fest. »Verlier nicht die Nerven.« Ich stand auf und berührte ihn am Arm. »Okay? Wir schaffen das, wenn wir ruhig bleiben.«

»Hank, ich hab' ihn getötet.«

»Ja«, sagte ich. »Aber das läßt sich jetzt nicht mehr ändern. Jetzt müssen wir fertig werden damit. Wir müssen die Sache vertuschen, damit du nicht erwischt wirst.«

Er schloß die Augen und legte sich die Hand wieder über die Nase.

Mir wurde klar, daß ich ihn da wegkriegen mußte. Ich zog die Wagenschlüssel aus der Tasche. »Nimm Mary Beth mit und fahr zurück an die Brücke.« Ich zeigte in Richtung Anders Creek. »Wir treffen uns dort.«

Er riß verwirrt die Augen auf. »An der Brücke?«

Ich nickte. »Ich werde Pederson auf dem Schneemobil hinfahren. Wir stoßen ihn von der Brücke, so als hätte er einen Unfall gehabt.«

»Das klappt nie.«

»Doch, das klappt. Wir sorgen dafür, daß es klappt.«

»Was soll er denn an der Brücke gesucht haben?«

»Jacob«, sagte ich. »Ich mach' das für dich, ja? Du mußt mir vertrauen. Dann wird alles gut werden.« Ich hielt ihm die Zündschlüssel hin. Er starrte sie ein paar Sekunden lang an, dann streckte er die Hand aus und nahm sie.

»Ich werde durch den Wald fahren«, sagte ich. »Außer Sichtweite der Straße. Du wirst lange vor mir an der Brücke sein, aber ich will nicht, daß du anhältst. Fahr weiter, mach einen Bogen und komm dann wieder zurück. Ich will nicht, daß dich da jemand herumstehen sieht.«

Er sagte nichts.

»In Ordnung?«

Er holte tief Luft und ließ sie langsam wieder entweichen. Dann wischte er sich über die Wangen. Die Zündschlüssel klingelten in seiner Hand. »Ich glaub' einfach nicht, daß wir damit durchkommen.«

»Wir kommen bestimmt damit durch.«

Er schüttelte den Kopf. »Man muß dabei so viel bedenken. Da sind bestimmt massenhaft Sachen, an die wir noch gar nicht gedacht haben.«

»Zum Beispiel?«

»Sachen, die wir nicht in Betracht ziehen. Die wir glatt übersehen.«

Ich verlor die Geduld. Die Zeit verging. Jeden Augenblick konnte ein Wagen am Horizont auftauchen und auf uns zukommen. Wenn man uns hier so sah, war alles verloren. Ich faßte Jacob am Ellbogen und schob ihn zu meinem Auto. Wenn ich ihn dazu bringen konnte, daß er wegfuhr, war alles in Ordnung, dachte ich. Wir traten auf die Straße hinaus. Der Hund stand auf und streckte sich.

»Wir übersehen nichts«, sagte ich und versuchte aufmunternd zu lächeln. Aber ich hatte das Gefühl, daß es eher flehentlich aussah. Ich gab ihm einen Schubs.

»Jacob, du mußt mir einfach vertrauen«, sagte ich.

Etwa zehn Sekunden, nachdem Jacob den Motor angelassen hatte und davongefahren war, gerade, als ich mich Pederson zuwandte, um ihn wieder auf das Schneemobil zu heben, entwich der Brust des alten Mannes ein langes, schmerzliches Stöhnen.

Er war noch am Leben.

Erschrocken starrte ich auf ihn hinunter, und in meinem Kopf begann sich alles zu drehen. Pedersons Bein zuckte und glitt aus dem Sattel. Als er auf den Boden fiel, machte sein Stiefel ein schweres, dumpfes Geräusch. Ich blickte die Straße hinunter. Jacob war nicht mehr zu sehen.

Pederson murmelte etwas in seinen Wollschal, was ich nicht verstand. Dann stöhnte er wieder. Einer seiner Handschuhe ballte sich zur Faust.

Ich stand über ihn gebeugt, und mein Hirn raste. Mit fürchterlicher Klarheit sah ich zwei Wege vor mir. Wenn ich den ersten einschlug, konnte ich alles gleich hier beenden. Ich brauchte Pederson bloß auf sein Schneemobil zu packen, zu seinem Haus raufzufahren und Carl anzurufen. Ich würde ihm alles erzählen und das Geld zurückgeben. Wenn ich dem Sheriff gegenüber ganz ehrlich war und Pederson überlebte, hatte ich gute Aussichten, daß ich ohne Gefängnisstrafe davonkam. Jacob allerdings nicht. Carl würde jemand zur Brücke runterschicken, um ihn zu verhaften. Er würde wegen Körperverletzung oder versuchtem Mord angeklagt werden. Er würde ins Gefängnis kommen, wahrscheinlich für lange Zeit. Und das Geld wäre weg.

Dann gab es aber noch den anderen Weg. Er war schon vorbereitet, schon halbwegs beschritten. Es stand in meiner Macht, Jacob und das Geld zu retten. Und das war dann vermutlich, warum ich es tat: Weil es möglich schien, weil es so aussah, als würde ich nicht erwischt. Es war derselbe Grund, aus dem ich das Geld genommen hatte, derselbe Grund, weshalb ich auch alles andere getan hatte, was noch kommt. Ich dachte, wenn ich nur noch einen einzigen bösen Schritt machte, könnte ich damit alles gutmachen.

Pederson ächzte. Er schien den Kopf heben zu wollen.

»Ich bin ...«, sagte er deutlich, aber nichts weiter. Dann ballte er wieder die Faust.

Ich hockte mich neben ihm hin. Die Bewegung war zweideutig: Wer uns aus der Entfernung beobachtete, hätte annehmen können, daß ich dem alten Mann zu helfen versuchte.

Die untere Hälfte seines Gesichts war fest in den Schal eingehüllt. Seine Augen waren geschlossen.

Als Jacob ihn niedergeschlagen hatte, war alles so schnell gegangen, daß es mir beinahe natürlich vorkam. Es schien vorhersehbar zu sein. Ich war überrascht, aber nicht wirklich schockiert. Ich hatte es sofort akzeptiert. Jacob, sagte ich mir, hat ihn getötet. Von da an war Pederson für mich tot. Und das sagte ich mir auch jetzt, als ich neben ihm hockte: *Er ist schon tot*, sagte ich. *Er ist schon tot.*

Zuerst hatte ich geplant, ihn erneut zu schlagen, so wie es Jacob getan hatte, vielleicht auf die Kehle, weil ich die für einen besonders empfindlichen Körperteil hielt. Aber als ich seinen Hals betrachtete, sah ich den grell orangefarbenen Schal und überlegte es mir anders.

Ich warf einen Blick auf die Straße hinauf und hinunter, um mich zu überzeugen, daß kein Auto kam, drehte den Schal ein bißchen zusammen, beugte mich vor und preßte dem alten Mann das Wollknäuel mit aller Kraft auf den Mund. Mit der anderen Hand hielt ich ihm die Nase zu.

Rückblickend kommt es mir so vor, als hätte da eine Barriere aus Skrupeln und Hemmungen sein müssen, die es zu überwinden galt. Oder wenigstens ein atavistischer Abscheu, Angst, das Bewußtsein, etwas eindeutig Böses zu tun. Nicht nur, weil es die Gesellschaft, in der ich lebte, so nannte, sondern weil es das Ur-Verbrechen war: Mord. Aber es gab nichts dergleichen. Und das ist vielleicht gar nicht so überraschend. Wahrscheinlich ist es ziemlich romantisch, so eine Offenbarung zu erwarten, wenn die Wege des Schicksals sich teilen, wenn man zögert, sich zu entscheiden. Im wirklichen Leben geht die Ungeheuerlichkeit solcher Augenblicke immer unbemerkt vorbei. Auch bei mir war sie eine spätere Zutat, die im Rückblick hinzugefügt wurde, bis dahin aber tief begraben war unter aktuellen Details. Zum Beispiel: Wie der Wollschal sich anfühlte unter dem Handschuh, ob ich Pedersons Nasenflügel nicht zu sehr quetschte, und ob das bei der Autopsie später festgestellt werden könnte.

Ich hatte nicht das Gefühl, daß ich böse war. Angst hatte ich, und nervös war ich, sonst nichts.

Pederson kämpfte nicht lange. Einmal bewegte er seine Hand, fuhr damit über den Boden, als wolle er etwas wegwischen, aber das war auch schon alles. Seine Augen blieben geschlossen. Es gab keinen Lärm, kein Todesröcheln, keinen letzten Seufzer. Ich preßte ihm den Schal lange Zeit auf den Mund. Der Himmel hatte sich so weit aufgehellt, daß die Sonne herauskam und mir den Rücken wärmte. Ich sah einen Wolkenschatten langsam über das Feld zur Straße vorrücken. Dann begann ich zu zählen. Vor jeder Zahl machte ich eine Pause, ließ den Klang, den sie in meinem Kopf machten, ausschwingen. Als ich bei zweihundert war, ließ ich den Schal los, zog den Handschuh aus und tastete behutsam nach Pedersons Puls.

Es war keiner mehr da.

Ich fuhr nach Osten durch das Naturschutzgebiet. Die Straße blieb rechter Hand außer Sicht. Den Badesee erreichte ich nach ungefähr einer Minute. Er war fast zugefroren. Picknicktische standen aufs Geratewohl darum herum. Alles war tief verschneit.

Hinter dem See war der Wald dichter, und ich mußte mir einen Weg durchs Unterholz suchen. Die Äste kratzten an meinem Parka, als ob sie mich zurückhalten wollten.

Pedersons Leiche hatte ich rittlings vor mir auf dem Sattel. Genau wie der Pilot im Flugzeug war er vornübergebeugt und zusammengesunken. Um den Lenker und den Gashebel erreichen zu können, mußte ich mich dicht an ihn pressen.

Ich versuchte ausschließlich über meinen Plan nachzudenken. Ich spürte, daß es nur Angst und Verwirrung hervorrufen würde, wenn ich meine Gedanken zu dem zurückkehren ließ, was schon geschehen war. Der sicherste Weg war nach vorn, in die Zukunft, wo sich die Dinge noch ändern ließen.

Ich wußte, daß ein Schneepflug die Brücke geräumt und links und rechts dicke Schneewälle aufgeworfen hatte. Wenn Pederson über die Brücke hatte fahren wollen, ohne die Kufen und Ketten seines Schneemobils auf dem Beton der Fahrbahn zu beschädigen, hätte er über einen dieser Schneewälle fahren müssen. Sie waren breit genug, um das Schneemobil zu tragen, und hoch genug, um die Fahrbahnbegrenzung und das Geländer verschwinden zu lassen.

Die Leute würden sich vielleicht fragen, was Pederson auf der anderen Seite der Brücke gewollt hatte, aber sie würden deswegen nicht mißtrauisch werden. Es würde ein Rätsel sein. Die Leute würden die Köpfe schütteln, mehr nicht. Es sei denn natürlich, daß irgend jemand das Flugzeug entdeckte, ehe es schneite. Dann würde man die Spuren des Schneemobils finden, und die Fußstapfen, die in den Wald führten. Man würde die Spuren eines Kampfes am Fahrbahnrand finden.

Ich warf einen Blick zum Himmel hinauf. Die Wolken hatten sich mit verblüffender Geschwindigkeit aufgelöst. Strahlendes Blau erstreckte sich über mir, die Luft war frostig und trocken, und heller Sonnenschein flutete durch die Zweige herunter. Lediglich ein paar lockere, weiße Schönwetterwolken waren geblieben. Es gab keinerlei Zeichen, daß Schneefall bevorstand.

Je näher ich an den Rand des Naturschutzgebietes kam und je klarer mir wurde, daß ich gleich an der Brücke sein würde, desto schwerer fiel es mir, nur an meinen Plan zu denken. Immer wieder schlichen andere Gedanken sich ein. Das fing schon damit an, daß ich die körperliche Nähe von Pedersons Leiche an meiner Brust spürte. Sein Kopf lag unter meinem Kinn, und ich konnte sein Haarwasser riechen, durch seine Mütze hindurch. Sein Körper war kompakt und fest. Es fühlte sich ganz anders an, als ich gedacht hatte. Er fühlte sich an, als wäre er noch lebendig.

Und sobald ich das gedacht hatte – daß Pederson tot war, daß ich ihn getötet, sein Leben mit meinen eigenen Händen erstickt hatte –, stieg mir das Herz in die Kehle. Es wurde mir klar, daß ich eine

Grenze überschritten und etwas abscheulich Grausames getan hatte, von dem ich nie geglaubt hätte, daß ich fähig dazu sein könnte. Ich hatte einem anderen Menschen das Leben genommen.

Der Gedanke stürzte mich in Verwirrung, mein Gehirn raste vorwärts und rückwärts, versuchte zu leugnen, zu erklären, zu rechtfertigen, und nur mit äußerster Willensanstrengung brachte ich mich wieder unter Kontrolle. Ich legte mein Gehirn still, zwang es, sich nur auf das zu konzentrieren, was in den nächsten fünfzehn Minuten geschehen würde. Ich lenkte das Schneemobil im Zickzack durch die Bäume auf den Ostrand des Parks zu. Mit den Armen stützte ich Pederson Leiche. Die eine Hälfte meines Gehirns war mit Gedanken an die Brücke, Jacob und den Sheriff beschäftigt, die andere Hälfte war verzweifelt bemüht, ein merkwürdig drohendes Gefühl abzuwehren – das Gefühl, in der Falle zu sitzen, unrettbar verloren zu sein. So, als müßte mein ganzes restliches Leben sich um diesen einen Augenblick drehen, als hätte mein Versuch, Jacob zu retten, nur dazu geführt, daß wir beide jetzt verdammt waren.

Die Südostecke des Naturschutzgebietes reichte bis an den Anfang der Brücke.

Am Waldrand machte ich halt und überzeugte mich, daß niemand in der Nähe war. Der Fluß war an dieser Stelle etwa fünfzehn Meter breit und fest zugefroren. Das Eis war mit einer dünnen Schneedecke überzogen. Pedersons Farm lag hinter mir, ein Stück weit die Straße hinunter. Vor mir, auf der anderen Seite des Flusses, erstreckten sich bis zum Horizont leere Felder. Jacob war nirgends zu sehen.

Ich kam aus der Deckung der Bäume und näherte mich langsam der Straße. Der Motor des Schneemobils knatterte unter mir. Ein Blick nach Westen, ein Blick nach Osten. Keine Autos in Sicht. Ich konnte jetzt die Farm des alten Mannes sehen, die gerade hinter der Waldspitze zum Vorschein kam. Sie war näher, als ich gedacht hatte. Ich konnte die Fenster erkennen und sah den Collie auf der Veranda. Wenn dort jemand gestanden hätte, hätte er mich auch sehen können.

Ich drehte das Gas auf und manövrierte die Maschine auf den Schneewall neben der Fahrbahn, dann fuhr ich vorsichtig weiter, bis ich die Mitte der Brücke erreicht hatte. Drei bis vier Meter unter mir lag der gefrorene Fluß. Das Brückengeländer war unter dem Schneewall begraben.

Ich legte Pedersons Hand auf den Gashebel, setzte ihn, so gut es ging, in den Sattel und stellte seine Stiefel fest auf die Fußstützen. Ich hängte ihm das Gewehr wieder über die Schulter, zog ihm die Mütze über die Ohren und wickelte ihm den Schal ums Gesicht. Der Motor fing an zu stottern, und ich gab etwas Gas.

Wieder warf ich einen Blick die Straße hinauf und hinunter. Kein Auto, keine Bewegung. Der Collie lag immer noch auf Pedersons Veranda. Ob mich jemand aus einem der Fenster beobachtete, konnte ich natürlich nicht sagen, aber ich ließ meinen Blick trotzdem rasch darüber hingleiten. Sie spiegelten den Himmel und die vor dem Haus stehenden kahlen Bäume. Ich schlug den Lenker ein und schob das Schneemobil vorsichtig vorwärts, bis die Kufen zum Teil über dem Eis hingen. Jetzt wurde es nur noch vom Gewicht des Motors und der Ketten auf der Brücke gehalten.

Ich überlegte, ob ich etwas vergessen hätte, schloß sogar die Augen, um mich besser konzentrieren zu können, aber mein Gehirn verweigerte jegliche Mithilfe. Es fiel mir nichts ein.

Der Collie bellte. Einmal.

Ich sprang auf die Fahrbahn hinunter, stemmte meine Füße auf den Beton und stieß das Schneemobil mit der Schulter vorwärts. Die Leichtigkeit, mit der es verschwand, war verblüffend. Eben stand es noch da, und im nächsten Augenblick war es weg. Es schlug mit gewaltigem Krachen aufs Eis, dann ging der Motor aus.

Ich kletterte wieder nach oben und blickte hinunter.

Das Schneemobil hatte sich in der Luft überschlagen, war mit seiner ganzen Wucht auf Pederson gelandet und hatte seine Leiche zerquetscht. Das Eis war gesprungen, aber es hatte gehalten. Rings um den alten Mann und seine Maschine war eine Vertiefung entstanden, die sich langsam mit Wasser zu füllen begann. Pedersons Körper war schon zur Hälfte bedeckt. Seine Mütze war wieder heruntergefallen, und sein graues Haar trieb im Wasser. Sein Schal haftete fest an seinem Gesicht und sah aus wie ein Knebel. Einer seiner Arme war unter dem Schneemobil eingeklemmt. Der andere war auf dem Eis ausgestreckt, als hätte sich Pederson im Todeskampf zu befreien versucht.

Jacob kam ein paar Minuten später aus östlicher Richtung. Er wurde langsamer, hielt neben mir an, und ich stieg ein. Als wir davonfuhren, warf ich einen Blick zurück auf den Fluß. Die Leiche des alten Mannes lag direkt unter der Brücke, ein orangefarbener Fleck auf dem Eis.

Zum zweiten Mal an diesem Tag fuhren wir an Pedersons Farm vorbei. Wieder bellte der Collie hinter uns her, aber Mary Beth lag zusammengerollt auf dem Rücksitz und schien es nicht zu bemerken. Ich hatte recht gehabt, daß die Frau des alten Mannes zu Hause war, in der Küche stand und darauf wartete, daß er zurückkam. Bei dem Gedanken wurde mir die Brust eng.

Als wir an der Stelle vorbeikamen, wo der Fuchs die Straße überquert hatte, hörte ich, wie Jacob tief Luft holte. »O je«, sagte er.

Ich warf einen Blick aus dem Fenster. Überall waren Fußstapfen. Der Fuchs, der Hund, Lou, Jacob und ich, alle hatten wir Spuren hinterlassen. Da war die Bresche, die Jacobs Lastwagen in die Schneewand neben der Straße gemacht hatte, da waren die Kettenspuren des Schneemobils auf der anderen Seite der Straße. Das Ganze war ein einziges Chaos. Man konnte es gar nicht übersehen. Am Waldrand schienen alle Spuren zusammenzulaufen. Sie bildeten einen riesigen Pfeil, der direkt auf das Flugzeugwrack zeigte.

Jacob hatte wieder lautlos zu weinen begonnen. Seine Lippen zitterten, und Tränen liefen ihm übers Gesicht.

Ich versuchte, so ruhig wie möglich zu sprechen. »Ist doch gut«, sagte ich. »Es wird schneien. Und sobald es schneit, wird man das alles da nicht mehr sehen.«

Jacob sagte nichts. Tief aus seiner Brust kam eine Art Schluckauf.

»Hör auf«, sagte ich. »Es wird schon klappen. Wir kommen damit durch.«

Er wischte sich über die Augen. Der Hund streckte seinen Kopf über die Rücklehne und wollte Jacobs Gesicht lecken, um ihn zu trösten, aber mein Bruder stieß ihn beiseite.

»Es ist alles in Ordnung«, sagte ich. »Sobald es schneit, ist alles in Ordnung.«

Er holte noch einmal tief Luft. Dann nickte er langsam.

»Du darfst dich nicht so gehenlassen, Jacob. Wir werden nur

dann geschnappt, wenn wir durchdrehen. Wir müssen eiskalt bleiben.«

Er nickte erneut. Seine Augen waren rot und geschwollen.

»Wir müsen alles unter Kontrolle behalten.«

»Ich bin nur müde, Hank«, sagte er. Seine Stimme war heiser, kaum mehr als ein Flüstern. Er blinzelte zum Fenster hinaus. Seine Nase hatte aufgehört zu bluten, aber er hatte sich den dunklen Fleck von der Oberlippe gewischt. Sein Gesicht sah aus wie das eines dicken Charlie Chaplin.

»Ich war gestern zu lange auf, und jetzt bin ich müde.«

Ich ließ Jacob um das Naturschutzgebiet herumfahren, und so kamen wir von Norden her, über die Taft Road zurück in die Stadt.

Der Wald sah von dieser Seite genauso aus wie von der anderen: Ahorn, Kastanien, Platanen, ein paar Nadelbäume und gelegentlich der weiße Stamm einer Birke. Auf manchen von den Nadelbäumen lagen noch Reste des Schnees vom vergangenen Dienstag. Ab und zu sah man Vögel, flatternde Bewegungen in den kahlen Ästen, aber kein anderes Wild, keine Hirsche oder Kaninchen, keine Waschbären, Füchse oder Opossums. Es war eine merkwürdige Vorstellung, daß da drin das Flugzeugwrack mit dem toten Piloten und einem Sack voll Geld war und dahinter, auf der anderen Seite des Parks, Pederson im eisigen Wasser von Anders Creek lag und daß ich ihn umgebracht hatte.

Als Männer der Gewalt hatte ich Jacob und mich nie gesehen. In der Schule war mein Bruder zwar oft in Prügeleien geraten, aber immer nur, weil ihn die anderen so lange verhöhnten, bis er praktisch zuschlagen mußte. Er war nicht beredt genug, um sich mit Worten zu wehren, und benutzte deshalb Hände und Füße, aber das Ergebnis war genauso kläglich. Richtig kämpfen hatte er nie gelernt, und das Bedürfnis des wahren Faustkämpfers, einem anderen Schmerzen zuzufügen, schien ihm vollkommen zu fehlen: Selbst wenn er überwältigt von Wut war, schien er sich noch zurückzuhalten, als hätte er Angst, seinen Gegnern weh zu tun. Deshalb erschien seine Wut so unglaubwürdig, vorgetäuscht und komisch wie eine Szene aus einem Stummfilm. Ungeschickt drosch er auf seine Gegner ein, mit offenen Fäusten wie beim Schwimmen. Tränen liefen ihm übers Gesicht, und die anderen lachten ihn aus und beschimpften ihn.

Im Herzen waren wir beide Produkte des Temperaments meines Vaters, der so pazifistisch war, daß er zum Beispiel jegliche Viehzucht ablehnte. Es gab bei uns keine Rinder, kein Geflügel und keine Schweine, weil er nicht ertragen konnte, sie schlachten zu lassen. Und doch hatten Jacob und ich es irgendwie fertiggebracht, einen Menschen zu töten.

Als wir in Ashenville waren, hielt Jacob vor seiner Wohnung. Er schaltete in die Parkposition, stellte aber den Motor nicht ab. Die Läden hatten wegen Neujahr geschlossen. Auf den Straßen waren nur wenige Leute, die irgendwo hineilten, mit eingezogenen Köpfen, um sich vor der Kälte zu schützen. Es war Wind aufgekommen, und aller möglicher Müll wurde über die Straße geweht. Der Himmel war jetzt vollkommen wolkenlos, im Schaufenster der Eisenwarenhandlung spiegelte sich die Sonne und ließ das Pflaster glänzen. Es war ein wunderschöner Wintertag geworden.

Jacob stieg nicht aus. Er starrte mit leerem Blick durch die Windschutzscheibe, als wüßte er nicht, wo er war. Dann betastete er seine Nase mit den Fingerspitzen.

»Ich glaube, sie ist gebrochen«, sagte er.

»Die ist nicht gebrochen«, erwiderte ich. »Die blutet nur ein bißchen.«

Er sah immer noch sehr verängstigt und aufgeregt aus, und allmählich begann es, mir Sorgen zu machen. Ich wollte ihn nicht so zurücklassen. Ich beugte mich vor und drehte den Zündschlüssel um.

»Weißt du, woran ich gedacht habe?« fragte ich. »Als du zugeschlagen hast, meine ich?«

Er gab keine Antwort. Er betastete immer noch seine Nase.

»Ich mußte daran denken, wie du mit Rodney Sample geboxt hast.« Ich tippte mir mit der Hand an den Kopf. »Blitzartig stand mir dieses Bild vor Augen, wie du nach ihm geschlagen hast und hingefallen bist, damals.«

Jacob sagte nichts.

»Wie alt warst du damals? Weißt du das noch?«

Er wandte sich zu mir um und sah mich geistesabwesend an. Er hatte wieder seine Handschuhe an. Der rechte war voller Blut, auf dem Zeigefinger klebte ein pfenniggroßer Fleck getrocknetes Eigelb.

»Rodney Sample?«

»Beim Turnunterricht. Du hast ihm einen Schwinger verpaßt, und dann seid ihr beide hingefallen.«

Er nickte, sagte aber nichts weiter. Er starrte seine Handschuhe an, bemerkte den Eifleck, hob seine Hand zum Mund und leckte daran. Dann wischte er den Fleck am Hosenbein ab.

»Jetzt hängen wir drin«, sagte er. »Oder?«

»Ja.« Ich nickte. »Das tun wir.«

»O je«, seufzte er, und dann sah es einen Augenblick lang so aus, als ob er wieder losheulen wollte. Er wickelte sich die Arme um den Bauch, schaukelte vor und zurück und kratzte sich an den Ellbogen.

»Komm, Jacob. Reiß dich zusammen. Was geschehen ist, ist geschehen.«

Er schüttelte den Kopf. »Ich habe ihn getötet, Hank. Sie werden eine Autopsie machen, und dann wissen sie Bescheid.«

»Nein«, sagte ich, aber er ignorierte mich.

»Du kannst leicht Ruhe bewahren. Dich stecken sie nicht ins Gefängnis.« Er atmete keuchend.

»Du hast ihn nicht getötet«, sagte ich zu meiner eigenen Überraschung. Er ängstigte mich mit seiner Panik, ich wollte etwas zu seiner Beruhigung tun.

Er starrte mich verwirrt an.

Augenblicklich wurde mir klar, daß ich ihn gar nicht wissen lassen wollte, was ich schon angefangen hatte zu sagen. Ich versuchte ein Rückzugsmanöver. »Wir haben ihn beide getötet«, sagte ich. Ich sah zum Fenster hinaus und hoffte, er würde es dabei belassen. Aber statt dessen hakte er nach.

»Wie meinst du das?«

Ich versuchte ein Lächeln. »Ach, nichts.«

»Du hast gesagt, ich hätte ihn nicht getötet.«

Ich starrte ihn an, und versuchte es im Kopf durchzurechnen. Seit unserer Kindheit wußte ich, daß ich mich nicht verlassen konnte auf ihn – immer kam er zu spät, vergaß etwas oder ließ mich aus Dummheit oder Faulheit im Stich –, ich hätte es also besser wissen müssen. Aber er war mein Bruder, und ich wollte ihm vertrauen. Und obwohl ich spürte, daß darin eine Gefahr lag, glaubte ich doch, auch eine Chance zu erkennen. Ich hatte ihn gerettet, und das sollte er ruhig wissen. Er würde auf diese Weise in meiner Schuld stehen.

»Er war noch am Leben, als du weggefahren bist«, sagte ich. »Ich habe es auch erst gemerkt, als ich ihn hochheben wollte, und da warst du schon weg.«

»Ich hab' ihn gar nicht getötet?« fragte Jacob.

Ich schüttelte den Kopf. »Ich hab' ihn mit seinem Schal erstickt.«

Es dauerte eine Weile, bis das bei meinem Bruder angekommen war. Er zog den Kopf ein und starrte in seinen Schoß, so daß sich wellenförmige Falten an seinem Kinn bildeten.

»Warum?« fragte er.

Die Frage überraschte mich völlig. Ich sah ihn an und versuchte zu analysieren, was mich veranlaßt hatte zu meiner Tat. »Ich hab's für dich getan, Jacob. Um dich zu beschützen.«

Er schloß die Augen. »Das hättest du nicht tun sollen. Du hättest ihn am Leben lassen sollen.«

»Du meine Güte, Jacob! Hast du nicht gehört, was ich gerade gesagt habe? Ich hab' gesagt, daß ich es für dich getan habe. Ich hab' es getan, um dich zu retten.«

»Mich retten?« fragte er. »Wenn du ihn am Leben gelassen hättest, wäre es nur darum gegangen, daß ich ihn geschlagen habe. Wir hätten das Geld abliefern können, und dann wäre alles nicht so schlimm gewesen. Jetzt ist es Mord.«

»Ich habe doch nur zu Ende gebracht, was du angefangen hast. Wir haben es zusammen getan. Wenn du nicht zuerst deinen Teil getan hättest, hätte ich meinen Teil überhaupt nicht tun müssen.«

Das brachte ihn zum Schweigen. Er nahm seine Brille ab und versuchte sie an seiner Jacke zu putzen. Ohne die Brille sah er aus wie ein riesiger Maulwurf. Er setzte sie wieder auf.

»Die werden uns bestimmt erwischen«, sagte er.

»Nein, Jacob, die werden uns nicht erwischen. Wir haben es getan, und wir kommen auch damit durch. Wir werden bloß dann erwischt, wenn du durchdrehst und die Leute aufmerksam werden.«

»Ich drehe nicht durch.«

»Dann werden wir auch nicht erwischt.«

Er zuckte die Achseln, als wollte er sagen: »Wir werden ja sehen«, und wir sahen einem kleinen Jungen zu, der auf einem Fahrrad vorbeifuhr. Er hielt sich ziemlich genau auf der Mitte der Straße und mußte sehr mit dem Gegenwind kämpfen. Seine schwarze Skimaske ließ ihn bedrohlich aussehen, wie einen Terroristen.

»Sollen wir Lou etwas sagen?« fragte Jacob.

»Nein.«

»Warum nicht?«

Ich spürte, wie sich etwas sehr Schweres in meinem Inneren bewegte und dann wieder setzte. Das Wort *Komplize* tauchte irgendwo aus meiner Erinnerung auf, und vielleicht zum ersten Mal in meinem Leben verstand ich seine Bedeutung. Es war ein starkes Wort, es schaffte Verbindungen zwischen Menschen, band sie fest aneinander. Jacob und ich hatten ein Verbrechen zusammen begangen, und jetzt waren unsere Schicksale unauflöslich miteinander verbunden. Daß Jacob sich wegen unserer Tat gegenwärtig mehr zu ängstigen schien, bedeutete gar nichts. Unsere Macht war gleich groß; wir waren jeder in der Hand des anderen. Wenn er gegenwärtig auch zu durcheinander war, um das zu begreifen, würde dieser Zustand doch nicht lange anhalten.

Ich wandte mich ihm wieder zu. »Warum willst du Lou was erzählen?«

»Kommt mir so vor, als müßte er's wissen.«

»Jacob, das ist eine böse Geschichte. Dafür können wir den Rest unseres Lebens im Gefängnis verbringen.«

Wieder schloß er die Augen.

»Versprich mir, daß du's ihm nicht sagst.«

Er zögerte und starrte auf seine Handschuhe. Dann zuckte er die Achseln. »In Ordnung.«

»Versprich's mir.«

Er seufzte und sah an mir vorbei zum Fenster hinaus. Sein Pickup parkte auf der anderen Seite der Straße. »Ich verspreche, daß ich es Lou nicht erzähle«, sagte er.

Danach versanken wir in Schweigen. Jacob schien aus dem Wagen aussteigen zu wollen, blieb dann aber doch noch.

»Wo hast du das Geld versteckt?« fragte er.

Ich warf ihm einen scharfen Blick zu. »In der Garage«, log ich.

»In der Garage?«

»Ich hab' gedacht, wenn ich's im Haus verstecke, könnte Sarah es finden.«

Er nickte und zögerte einen Moment, als wollte er sehen, ob ihm noch etwas einfiele. Dann legte er die Hand auf den Türgriff. Hinter uns sprang der Hund auf.

»Wir haben vergessen, auf den Friedhof zu gehen«, sagte ich.

Jacob sah mich müde an, und seine Mundwinkel verzogen sich höhnisch. »Willst du jetzt hingehen?«

Ich schüttelte den Kopf. »Ich hab' nur gesagt, wir haben es vergessen.«

Er machte eine verächtliche Handbewegung. »Das ist ja wohl das geringste unserer Probleme, oder?« Er wartete nicht mehr auf eine Antwort, sondern stieg schwerfällig aus. Mary Beth sprang über die Rücklehne hinaus auf die Straße, und Jacob warf die Tür zu.

Sarah hörte mich kommen und rief mich nach oben. Ich fand sie im Schlafzimmer bei heruntergezogenen Jalousien in dämmerigem Licht. Sie hatte sich gerade zu einem Nickerchen hingelegt, flach auf dem Rücken unter der Decke, die Haare zu einem Knoten zusammengesteckt.

Ich setzte mich neben sie auf die Bettkante und erstattete ihr Bericht über die Ereignisse des Morgens. Ich fing beim Anfang an und erzählte eins nach dem anderen. Den Höhepunkt, die Auseinandersetzung mit Pederson, sparte ich mir für den Schluß auf. Die Bombe sollte nicht zu früh platzen. Sarah rollte auf die Seite, schloß die Augen und zog sich die Decke bis unters Kinn. Auf das, was ich sagte, reagierte sie nicht, sondern lag mit einem auf den Lippen eingefrorenen, schläfrigen Lächeln einfach nur da. Ich war mir nicht einmal sicher, ob sie überhaupt zuhörte.

Aber dann, als ich beschrieb, wie ich aus dem Flugzeug wieder herauskam, hob sie den Kopf und öffnete plötzlich die Augen.

»Was ist mit der Bierbüchse?« fragte sie.

Darauf war ich nicht gefaßt. »Die Bierbüchse?«

»Die Bierbüchse, die Lou dabeihatte.«

Ich hatte vergessen, danach zu suchen. Ich hatte erst das Geld deponieren wollen, und dann waren plötzlich die beiden Krähen dagewesen und hatten mich durcheinandergebracht.

»Die hab' ich nicht gefunden«, sagte ich vorsichtig.

»Hast du danach gesucht?«

Ich überlegte, ob ich eine Notlüge gebrauchen sollte, aber mein Zögern machte das unnötig.

»Du hast es vergessen«, sagte Sarah vorwurfsvoll.

»Ich hab' sie nicht gesehen. Sie war nicht in der Nähe des Flugzeugs.«

Sarah richtete sich zu einer sitzenden Position auf. »Wenn sie die Büchse finden«, sagte sie rasch, »werden sie wissen, daß jemand da war.«

»Es ist doch bloß eine Bierbüchse, Sarah. Sie wird niemandem auffallen.«

Sie sagte nichts. Sie starrte die Bettdecke an. Ich sah, daß sie ärgerlich wurde. Ihre Lippen waren fest über den Zähnen zusammengepreßt, und die Muskeln an ihrer Stirn schienen zu arbeiten.

»Sie werden annehmen, daß sie seit letzten Sommer da liegt«, sagte ich. »Daß jemand da Picknick gemacht hat.«

»Die haben Untersuchungsmethoden, mit denen können sie feststellen, wie lange so eine Büchse daliegt. Zum Beispiel, wenn sie den Rost untersuchen.«

»Komm, Sarah. Die untersuchen doch keine Bierbüchse.« Ich fühlte mich vom Ton ihrer Stimme getroffen. Es klang irgendwie, als hätte ich einen schwerwiegenden, unverzeihlichen Fehler gemacht. Sie dachte, ich hätte mich dumm angestellt.

»Sie werden Lous Fingerabdrücke darauf finden.«

»Er hat aber Handschuhe getragen«, sagte ich und versuchte mich zu erinnern, ob das zutraf. »Es ist doch bloß eine Bierbüchse, die da irgendwo draußen im Wald liegt. Da denkt doch kein Mensch drüber nach.«

»Doch, Hank. Wenn es auch nur den leisesten Verdacht gibt, daß von dem Geld etwas fehlt, werden sie jeden Quadratzentimeter absuchen. Und wenn sie die Bierbüchse und da drauf Lous Fingerabdrücke finden, dann werden sie uns aufspüren.«

Ich dachte darüber nach. Ich war gekränkt, weil sie so ärgerlich war, und hatte das vage Bedürfnis, sie auch meinerseits zu kränken. Ich wußte, daß sie maßlos übertrieb, aber zugleich wußte ich auch, daß ihre Besorgnis möglicherweise gerechtfertigt war. Wir hatten etwas zurückgelassen, und so klein es war, konnte es die Leute doch auf unsere Spur bringen und zum Beweismittel werden.

»Wir können es genausogut gleich verbrennen«, sagte sie.

»Ach, komm, Sarah.«

Sie schloß die Augen und schüttelte den Kopf.

»Wir werden es nicht verbrennen«, sagte ich.

Sie sagte nichts. Sie strich nur schmollend die Bettdecke über ihrem Bauch glatt, und während ich ihr zusah, wurde mir klar, daß ich ihr nichts von Pederson sagen würde. Ich war überrascht und erschüttert darüber. Wir hatten nie Geheimnisse voreinander gehabt, sondern uns immer alles gebeichtet. Aber ich wußte, daß ich ihr *das* nicht sagen würde, jedenfalls nicht hier und jetzt. Vielleicht irgendwann in der Zukunft, in zehn oder zwanzig Jahren, wenn wir mit dem Geld unser Glück gemacht hatten, wenn alles gerechtfertigt war, was ich getan hatte, bestätigt durch das, was danach kam. Dann würde ich ihr erzählen, wie ich uns vor Entdeckung bewahrt hatte, wie ich es – ganz allein – auf mich genommen hatte, sie und unser ungeborenes Kind vor Schaden zu schützen. Dann würde sie darüber staunen, wie tapfer ich das all die Jahre mit mir herumgetragen hatte, und mir verzeihen.

In Wahrheit hatte ich Angst davor, was sie von mir denken würde. Ich zitterte vor ihrem Urteil.

»Deine Stirn sieht besser aus«, sagte sie, ohne mich anzusehen. Es war ein Versöhnungsversuch.

Ich berührte die Wunde. »Es tut nicht mehr weh«, sagte ich.

Dann schwiegen wir beide. Sarah sank zurück auf ihr Kissen und drehte sich zu mir hin. Ich sah sie nicht an. Ich wartete darauf, daß sie sagte, es täte ihr leid. Wenn sie das getan hätte, hätte ich es ihr wahrscheinlich erzählt. Aber sie sagte es nicht, und schließlich gab ich es auf.

»Weiter«, flüsterte sie. »Was war dann?«

»Das war alles«, sagte ich. »Nachdem ich die Tür des Flugzeugs zugemacht hatte, bin ich zurück zur Straße gegangen. Dann sind wir nach Hause gefahren.«

Den ganzen Nachmittag schneite es nicht. Ich wanderte unruhig im Haus umher und schaute ab und zu aus dem Fenster zum Himmel hinauf. Jede Stunde stellte ich das Radio an, um den Wetterbericht noch einmal zu hören. Jedesmal wurde Schnee vorhergesagt, erst für den Nachmittag, dann für den Abend, aber bis zum Abendessen kam keine Wolke in Sicht, und nachdem die Sonne untergegangen war, erschien ein strahlendes Meer von eisigen weißen Sternen am Himmel und funkelte auf die Erde herunter.

Pedersons Unfall kam in den Fernseh-Lokalnachrichten, die Sarah und ich uns vor dem Abendessen ansahen. Sie zeigten den Fluß und die Brücke. Das Schneemobil lag noch halb untergetaucht auf dem Eis, und daneben trieb die Mütze des alten Mannes im Wasser, aber die Leiche selbst war schon weggeschafft worden. Die Böschung hinauf und hinunter führten zahlreiche Fußspuren, man konnte sich die Hektik lebhaft vorstellen, mit der man Pederson da hinaufgezerrt hatte, die Panik und die Aufregung, genährt von der illusorischen Hoffnung, er wäre vielleicht doch noch am Leben.

Der Mann in den Nachrichten sagte, der Tote sei kurz vor Mittag von einem vorüberfahrenden Autofahrer entdeckt worden. Von möglichem Fremdverschulden war nicht die Rede, es schien keine Verdachtsmomente zu geben. Im Hintergrund sah ich den Wagen des Sheriffs, der mit pulsierendem Blaulicht am Straßenrand parkte. Carl stand daneben und sprach mit einem hochgewachsenen, dünnen Mann in einer hellgrünen Daunenweste, möglicherweise dem namentlich nicht genannten Autofahrer. In der Entfernung, ganz in der linken oberen Ecke des Bildschirms, sah ich Pedersons Farm. Drei oder vier Wagen standen im Hof, Freunde wahrscheinlich, die gekommen waren, um die Witwe zu trösten.

Sarah gab keinen Kommentar zu dem Bericht ab. Alles, was sie sagte, war: »Das ist traurig, ausgerechnet an Neujahr.« Sie schien sich nicht darüber im klaren zu sein, wie nahe der Fluß am Naturschutzgebiet war.

Ich ging, in eine tiefe Depression versunken, zu Bett.

Ich hatte einen Menschen getötet. Es blieb dabei – jedesmal, wenn ich zurückblickte. Es war etwas, was ich getan hatte. Im Herzen hatte ich das Gefühl, ganz unverändert zu sein. Ich war derselbe Mann wie immer, aber in meinem Kopf wußte ich, daß es anders war. Ich war ein Mörder.

Außerdem war da Sarah. Ich hatte ihr nicht die Wahrheit gesagt. Es war die erste große Lüge, die jemals zwischen uns stand. Es war mir auch klar, daß es im Lauf der Zeit nur immer schwieriger werden würde, es ihr zu erzählen. Meine Vorstellung, es ihr in zwanzig Jahren zu sagen, war nicht mehr als eine Phantasie. Jeder Augenblick, den ich in ihrer Gegenwart verbrachte, ohne es ihr zu erzählen, war eine Fortsetzung, eine Bestätigung dieser ursprünglichen Lüge.

Als ich einschlief in dieser Nacht, lag mein Arm auf Sarahs Bauch. Wenn das Baby mit den Füßen treten sollte, würde ich es spüren in meinen Träumen. Aber meine letzten wachen Gedanken an diesem Tag galten weder dem Baby noch Sarah oder dem Geld, sondern Jacob. Ich schloß meine Augen und sah die Panik in seinem Gesicht, als er vor Pederson stand und glaubte, daß er den alten Mann umgebracht hätte. Und während mein Atem tiefer und langsamer wurde, stieg in meiner Brust ein heißer Schwall von Mitleid und Zuneigung auf, ganz wie im ersten Augenblick, als ich die Tränen auf seinem Gesicht gesehen hatte. Aber diese Wärme und dieses Mitleid galten nicht mehr nur Jacob, sondern auch mir selbst, Sarah, dem Baby, Pederson und Pedersons Witwe. Alle taten mir leid.

Am nächsten Morgen erkannte ich schon am dämmerigen, grauen Licht, daß es schneite. Man spürte die leichte Bewegung und eine Stille. Ich schlüpfte aus dem Bett und trat leise ans Fenster. Riesige, nasse Flocken sanken wirbelnd vom Himmel herab und klebten an allem fest, was sie berührten. Es hatte offensichtlich die ganze Nacht geschneit. Die Fußstapfen auf dem Hof waren ausgelöscht, und die Äste der Bäume hingen schwer auf die Erde herunter. Alles war weiß von Schnee, zugedeckt, versteckt und begraben.

4

*M*ein Büro lag in der rechten vorderen Ecke von *Raikley's*, und meinem Fenster direkt gegenüber auf der anderen Straßenseite lag die Episkopalkirche *St. Jude's*. Am Mittwoch, dem sechsten Januar, saß ich an meinem Schreibtisch, aß einen mit Puderzucker bestäubten Krapfen und trank eine Tasse lauwarmen Kaffee dazu, als eine Handvoll schwarzgekleideter Männer und Frauen aus der Seitentür der Kirche heraustrat, die langsam über den Parkplatz und durch die schmiedeeiserne Pforte des kleinen Friedhofs zu einem schwarzen, frischgeschaufelten Grab gingen, das nur vierzig Meter davon entfernt im Schnee klaffte.

Es war Dwight Pedersons Begräbnis.

Auf dem Parkplatz standen sechs Autos, darunter der silberne Leichenwagen. Es war eine kleine Versammlung; Pederson war ein Einzelgänger gewesen; er hatte nicht viele Freunde gehabt. Ich sah Ruth, seine Witwe, als sie sich auf den Weg zum Grab machte. Der Pfarrer klammerte sich an ihren Arm, ein zierlicher Mann mit gebeugten Schultern, der mit der linken Hand eine Bibel an seine Brust preßte. Ich konnte nur den vorderen Teil des Grabes sehen, der Rest lag hinter der Kirche verborgen. Die Trauergemeinde versammelte sich.

Die Glocke von *St. Jude's* begann zu läuten.

Als ich mit meinem Krapfen fertig war, stand ich auf und ging mit meinem Kaffee ans Fenster. Der Friedhof war ungefähr hundert Meter entfernt, und so konnte ich die vermummten Gestalten rund um das Grab nicht erkennen. Ein Teil von ihnen stand hinter der Kirche, die anderen hielten die Köpfe gesenkt und waren gesichtslos wie Fremde, obwohl ich die meisten gekannt haben muß. Es waren schließlich alles Leute, an denen ich oft genug in der Stadt vorbeikam, Leute vielleicht, über die ich Geschichten, Anekdoten und Klatsch wußte.

Ich sah, wie sie die Köpfe hoben und gemeinsam etwas sprachen. Ruth stand mit dem Rücken zu mir. Sie hatte den Kopf nicht gehoben, sondern gesenkt gehalten. Ich nahm an, daß sie weinte.

Ich blieb am Fenster, bis es vorbei war und die Leute langsam zum Parkplatz zurückgingen. Jetzt hatte ich Gelegenheit, die Trauergäste zu zählen. Den Pfarrer und den Fahrer des Leichenwagens mitgerechnet, waren es siebzehn. Sie hatten ihren Vormittag geopfert, um Dwight Pederson zu ehren und ihre Trauer über seinen Tod auszudrücken. Sie alle glaubten, er sei bei einem Unfall umgekommen, einem blöden Unglücksfall, eingeklemmt unter seinem Schneemobil in zwanzig Zentimeter Eiswasser, mit zwei gebrochenen Rippen, einem gebrochenen Bein und eingeschlagenem Schädel vergeblich gegen den Würgegriff des Schals kämpfend.

Nur Jacob und ich kannten die Wahrheit.

Ich wußte, von jetzt an würden die Dinge einfacher für mich werden. Mit jedem Tag, der verging, würde ich weniger und weniger Angst haben. Pederson war begraben, die Gefahr, daß bei einer Autopsie irgendwelche Verdachtsmomente entdeckt wurden, war geschwunden; das Flugzeug war mit Schnee bedeckt und alle Fußspuren in seiner Umgebung für immer getilgt.

Die größte Erleichterung für mich aber war, daß ich mich immer noch für einen anständigen Kerl hielt. Ich hatte befürchtet, was geschehen war, könnte mich, meinen Charakter und meine Persönlichkeit auf Dauer verändert haben, ich könnte von Schuldgefühlen heimgesucht werden und der Abscheu vor meinem Verbrechen könnte mir irreversiblen Schaden zufügen. Aber es veränderte sich überhaupt nichts. Ich war immer noch der, der ich immer gewesen war. Pedersons Tod war genau wie das Geld; wenn ich daran dachte, war es vorhanden, wenn ich nicht daran dachte, schien es gar nicht zu existieren. Im Alltagsleben war kein Unterschied festzustellen, wenn ich es mir nicht selbst in Erinnerung rief. Das Entscheidende war, einfach nicht daran zu denken.

Ich war fest überzeugt, daß meine Tat vom Neujahrstag ein Ausnahmefall bleiben würde. Ich war durch außergewöhnliche Umstände weit jenseits meiner Kontrolle dazu gezwungen worden, und deshalb erschien mir das Ganze jetzt auch verständlich, ja, sogar verzeihlich.

Aber war es das wirklich? Wenn mich damals überhaupt Ängste heimsuchten, dann hatten sie nichts mit der Sorge zu tun, daß ich erwischt werden könnte, nichts mit dem Geld und nichts mit den Erinnerungen an mein Verbrechen. Sondern mit Sarah. Würde Sarah verstehen, was ich getan hatte?

Ich spürte einen Luftzug vom Fenster. Der äußere Rahmen war zur Isolation zwar mit einer Plastikfolie beklebt, aber sie hatte sich zum Teil losgerissen und flatterte lose im Wind. Ich beobachtete, wie die Trauergäste sich auf dem Parkplatz noch unterhielten. Sie drängten sich um Ruth Pederson und einer nach dem anderen nahm sie in den Arm. Die Männer schüttelten sich gegenseitig die Hände. Schließlich stiegen sie alle in ihre Autos, rollten vom Parkplatz und fuhren langsam die Main Street hinunter nach Westen.

Sie fuhren zu Pedersons Farm. Ich konnte es mir alles genau vorstellen. Sie würden rings um den großen Küchentisch sitzen und essen – eine Kasserolle, Bohnensalat, kalten Braten und Pommes frites. Es würde warme Getränke in Styroporbechern geben – Tee, Kaffee und Kakao. Und zum Nachtisch Pudding, Karottenkuchen und Schokoladenstreuselplätzchen. Ruth Pederson würde am Kopf der Tafel sitzen, inzwischen nicht mehr in ihrem schwarzen Kleid, den anderen beim Essen zusehen und darauf achten, daß jeder genug bekam. Die Leute würden sich mit leisen und freundlichen Worten um sie bemühen, und sie würde lächeln zu dem, was sie sagten. Alle würden eifrig aufräumen und abwaschen helfen und das Geschirr dann in die falschen Schränke stellen. Und wenn der Nachmittag zum Abend wurde und die Sonne nach Westen über den Wald wanderte, würden sie einer nach dem anderen in ihr eigenes Leben zurückkehren, bis Ruth schließlich ganz allein in dem leeren Farmhaus zurückbleiben würde.

Ich konnte es mir genau vorstellen. Ich sah sie vor meinem inneren Auge dasitzen, das Haus war in Schatten versunken, die Gäste waren gegangen und hatten ihr nichts hinterlassen, womit sie sich beschäftigen konnte – außer mit ihrem Kummer. Aber obwohl mir bewußt war, daß ich eigentlich Gewissensbisse hätte empfinden müssen, spürte ich keine Schuld, nur ein ziemlich abstraktes Mitleid. Ich hatte ihr den Ehemann genommen; daß ich mit so etwas leben könnte, hätte ich nie gedacht. Aber so war es.

Ich zog die Jalousien herunter, trank meinen Kaffee aus und warf den leeren Becher in den Papierkorb. Dann setzte ich mich an meinen Schreibtisch, knipste meine Lampe an, zog einen Stift aus der Hemdtasche und fing an zu arbeiten. Als ich an diesem Abend nach Hause fuhr, machte ich einen großen Umweg, damit ich am Anders-Naturschutzgebiet vorbeifahren konnte. Ich fuhr erst im Norden daran vorbei, näherte mich dann von Westen und bewegte mich langsam an der südlichen Grenze entlang. Es dämmerte schon, ich hatte das Fernlicht eingeschaltet und suchte den Straßenrand nach unseren Spuren ab. Es war nichts mehr zu sehen. Alle Hinweise auf unsere Anwesenheit waren verschwunden, sogar die Bresche, die Jacobs Lastwagen in den Schneewall neben der Straße gemacht hatte.

Als ich an der Farm der Pedersons vorbeikam, sah ich mehrere erleuchtete Fenster. Der Collie lag auf der Veranda. Diesmal bellte er allerdings nicht. Mit gespitzten Ohren drehte er langsam den schmalen, eckigen Kopf, als ich die Straße hinunter zur Brücke über den Anders Creek rollte.

Eine volle Woche verging. Ich telefonierte zweimal mit Jacob, ohne mich aber mit ihm zu treffen. Wir sprachen nur kurz miteinander, beide Male über Pederson, wobei wir uns gegenseitig versicherten, es werde bestimmt niemand was merken. Mit Lou sprach ich überhaupt nicht.

Am Donnerstag nachmittag arbeitete ich im Büro, als überraschend Sarah auftauchte. Ihr Gesicht war von der Kälte gerötet, so daß sie ärgerlich aussah. Außerdem zeigte sie eine nervöse Geschäftigkeit – ihre Augen bewegten sich unruhig hin und her, ihre Hände berührten mal ihre Haare, mal ihr Gesicht und mal ihre Kleider –, und ich wußte gleich, daß etwas Dummes geschehen sein mußte. Ich stand eilig auf, kam hinter meinem Schreibtisch hervor und half ihr, die Jacke ausziehen. Darunter trug sie eins ihrer Umstandskleider, auf dem eine ganze Flotte winziger Segelboote über ein Meer von hellblauem, billig aussehendem Stoff segelte. Das Kleid schmiegte sich dicht an die Kuppel ihres geschwollenen Leibes. Wider Willen starrte ich diesen Bauch an, er erinnerte mich an eine riesige Melone. Da war ein Baby in diesem Bauch, und immer wenn ich Sarah jetzt sah, versetzte dieser Gedanke mir einen Schock und verschaffte mir ein unbehagliches Gefühl in meinem Magen.

Sarah fiel schwer in den Besuchersessel neben dem Schreibtisch, auf dem sonst nur die Kunden saßen, die darum baten, ihre Schulden zu stunden. Sie hatte die Haare hochgesteckt und trug einen tiefroten Lippenstift.

»Lou hat es Nancy erzählt«, sagte sie.

Eilig schloß ich die Tür des Büros und setzte mich wieder hinter den Schreibtisch.

»Ich hab' sie beim Lebensmittelhändler getroffen«, sagte sie. »Ich wollte Apfelmus kaufen und suchte in meinem Portemonnaie nach dem Rabattcoupon aus der Zeitung, mit dem man es billiger kriegt, da stand sie plötzlich hinter mir und fragte, warum ich mich immer noch mit so etwas abgeben würde.«

»Mit dem Coupon?«

Sarah nickte. »Sie sagte, mit unserem Neujahrsgeschenk bräuchte ich mir doch keine Gedanken mehr wegen so was zu machen.«

Ich spreizte meine Hände auf dem Tisch und runzelte die Stirn.

»Direkt vor der Kassiererin hat sie's gesagt. Als redete sie über das Wetter.«

»Und was hast du gesagt?«

»Nichts. Ich hab' so getan, als hätte ich's nicht verstanden.«

»Gut.«

»Aber sie hat sich nicht täuschen lassen. Sie hat gemerkt, daß ich sehr gut verstanden hatte, was sie meinte.«

»Es war ja kaum zu erwarten, daß Lou es ihr nicht sagt, oder?«

»Ich will es verbrennen.«

»Ich meine, früher oder später hätte sie es doch rausgekriegt.«

»Wir haben einen Fehler gemacht. Gib es zu, Hank. Wir stecken bis zum Hals drin.«

»Ich glaube, du übertreibst«, sagte ich ruhig. Ich beugte mich vor, um ihre Hand zu ergreifen, aber sie zog sie weg. Ich starrte sie über den Tisch hinweg an. »Komm, Sarah, wir müssen die Nerven behalten.«

»Nein. Die erwischen uns, Hank. Ich will es verbrennen.«

»Wir können es nicht verbrennen.«

»Aber verstehst du denn nicht, Hank? Merkst du gar nicht, wie uns die Sache entgleitet. Als nur wir vier es wußten, war's noch in Ordnung. Aber jetzt scheint jeder das Gefühl zu haben, er könnte es jemand anderem erzählen. Jetzt sind wir schon fünf. Bald sind es noch mehr. Das geht so weiter, bis wir erwischt werden.«

»Wir können es nicht verbrennen«, sagte ich noch einmal.

»Die Stadt ist klein«, sagte sie. »Es wird nicht lange dauern. Wir müssen es stoppen, solange wir können.«

»Sarah«, sagte ich langsam. »Es ist nicht mehr so einfach.«

Sie wollte widersprechen, aber dann sah sie mein Gesicht. »Wie meinst du das?« fragte sie.

»Erinnerst du dich an den Bericht über Dwight Pederson in den Nachrichten? Den alten Mann, der mit seinem Schneemobil in den Fluß gefallen ist?«

Sarah nickte. »Am Neujahrstag, oder?«

»Es war kein Unfall.«

Sarah schien mich nicht zu verstehen. Sie starrte mich mit leerem Blick an.

»Er hat mich und Jacob in der Nähe des Naturschutzgebietes gesehen. Wir haben ihn umgebracht.« Ein Stein fiel mir vom Herzen, als ich das sagte. Ohne es geplant zu haben, hatte ich ein Geständnis abgelegt. Ich kam allmählich wieder mit mir ins reine.

Sarah saß da und versuchte zu begreifen.

»Ihr habt ihn getötet?« fragte sie. Ihr Gesichtsausdruck war merkwürdig. Es war kein Abscheu, was ich am meisten gefürchtet hatte; es war eher so etwas wie Furcht – Besorgnis, gemischt mit Verblüffung – und darunter Mißbilligung, ein Saatkorn von Ablehnung, das darauf wartete, mehr zu erfahren, ehe es keimte und wuchs. Ich zögerte, als ich es sah, und dann – ohne jedes Nachdenken, so daß ich selbst über meine nächsten Worte verblüfft war – begann ich wieder zu lügen.

»Jacob war's«, sagte ich. »Er hat ihn von seinem Schneemobil runtergestoßen und ihm mit den Stiefeln ins Gesicht getreten. Dann haben wir ihn zur Brücke geschafft und dafür gesorgt, daß es wie ein Unfall aussieht.« Mein Geständnis lag zwischen uns, eine Totgeburt, und doch schien sich auf den Papieren, die meinen Schreibtisch bedeckten, plötzlich Blut auszubreiten.

»Jesus«, murmelte Sarah.

Ich sah auf meine Hände herunter.

»Wie hast du das zulassen können?« fragte sie. Es war Neugier, spürte ich, keine Ermahnung. Aber ich wußte trotzdem nicht, was ich antworten sollte.

»Hättest du ihn nicht aufhalten können?«

Ich schüttelte den Kopf. »Es ging alles so schnell. Er hat es einfach getan, und dann war es vorbei.«

Ich hob die Augen und sah ihr ins Gesicht. Ich war erleichtert, als ich sah, wie ruhig ihr Blick war. Es stand kein Entsetzen darin, nur Verwirrung. Sie verstand einfach nicht, was passiert war.

»Er war hinter dem Fuchs her«, sagte ich. »Wenn ihn Jacob nicht umgebracht hätte, hätte er unsere Spuren in der Nähe des Flugzeugs gefunden.«

Sarah dachte einen Augenblick darüber nach. »Wir können das Geld immer noch verbrennen.«

Ich schüttelte wieder den Kopf. Das würde ich nicht tun. Ich hatte Pederson wegen des Geldes getötet; wenn ich es jetzt aufgab, hatte ich es umsonst getan. Dann würde das Verbrechen nachträglich sinnlos und unverzeihlich. Mir war das klar, aber wie ich es Sarah erklären sollte, wußte ich nicht. Ich starrte mit gerunzelter Stirn auf meinen Schreibtisch herunter und rollte langsam einen Bleistift mit der Handfläche über die Platte.

»Nein«, sagte ich. »Wir werden das Geld nicht verbrennen.«

»Die werden uns schnappen«, sagte sie. »Vielleicht ist das unsere letzte Chance.« Sie hatte die Stimme gehoben, und ich warf einen warnenden Blick zur Tür.

»Wenn wir es verbrennen«, flüsterte sie, »kann Jacob nichts mehr passieren. Dann gibt es kein Motiv mehr, nichts was uns mit Pederson verbindet. Aber wenn wir warten, bis wir erwischt weden, reimt sich der Sheriff die Dinge womöglich zusammen.«

»Keine Sorge«, sagte ich ruhig. »Wir sind nicht in Gefahr. Und wenn es so aussieht, als ob es gefährlich wird, können wir's ja immer noch verbrennen. Es ist ja nach wie vor der einzige Beweis dafür, daß wir ein Verbrechen begangen haben.«

»Aber jetzt geht es nicht mehr um Diebstahl, sondern um Mord.«

»Wir beide sind die einzigen, die davon wissen, Sarah. Wir beide und Jacob. Es ist unser Geheimnis. Kein Mensch hat sonst einen Grund zu irgendeinem Verdacht.«

»Die erwischen uns.« Die Hände auf dem Bauch sank sie rücklings in ihren Sessel.

»Nein«, sagte ich mit mehr Überzeugung, als ich tatsächlich hatte. »Tun sie nicht. Niemand wird je was erfahren. Weder über Pederson noch über das Geld.«

Sarah sagte nichts. Sie schien den Tränen nahe, aber ich wußte, daß ich sie zumindest für den Augenblick abgewehrt hatte. Sie würde die Dinge erst einmal so lassen, wie sie waren. Sie würde abwarten und sehen, was kam. Ich erhob mich und ging auf ihre Seite des Schreibtischs hinüber. Ich berührte ihr Haar, beugte mich zu ihr hinunter und nahm sie in den Arm. Es war keine anmutige Bewegung: Sarah saß zusammengesunken im Sessel, ihr Bauch war uns im Weg, und ich mußte mich über die Sessellehne beugen, um sie zu erreichen, aber meine Geste hatte den gewünschten Effekt. Sarah ließ den Kopf an meine Schulter sinken und reckte ihre Arme hoch, um mich zu umfangen.

Mein Telefon fing an zu läuten. Es klingelte fünfmal und hörte dann auf.

»Ich hab's dir doch versprochen, Sarah, nicht wahr? Ich hab' dir versprochen, daß wir nicht erwischt werden!«

Sie nickte, mit dem Kopf an meinem Hals.

»Ich werd' es nicht zulassen«, flüsterte ich. »Mit Lou werd' ich reden. Das geht schon in Ordnung mit Nancy. Du wirst schon sehen. Es wird alles gut.«

Als an diesem Abend der Laden geschlossen wurde, hörte ich Jacobs Stimme im Vorraum. Er schien mit der Kassiererin zu streiten. Ich stand auf und ging an die Tür.

Jacob stand an der Kasse, den Reißverschluß der Jacke bis zum Hals zugezogen. Er starrte Cheryl Williams flehentlich an, eine untersetzte, ältere Frau mit viel Rouge im Gesicht, die als Teilzeitkassiererin arbeitete. Cheryl schüttelte den Kopf.

»Tut mir leid, Mr. Mitchell«, sagte sie. »Das kann ich nicht machen. Sie werden über die Straße zur Bank gehen müssen.«

»Kommen Sie, Cheryl. Die haben doch längst geschlossen«, bettelte Jacob.

»Dann werden Sie eben bis morgen früh warten müssen.«

»Ich kann aber nicht bis morgen früh warten«, sagte er mit erhobener Stimme. »Ich brauche es jetzt.«

Die Art und Weise, wie er dastand, wie seine Füße unter seinem massigen Leib standen, signalisierte mir etwas: Er hatte getrunken.

»Jacob!« rief ich, ehe Cheryl noch etwas antworten konnte.

Sie drehten sich beide gleichzeitig mit erleichtertem Gesicht zu mir um.

»Sie will mir kein Bargeld auszahlen«, sagte Jacob. Er hatte einen Scheck in der Hand und wedelte damit vor Cheryl herum.

»Wir sind keine Bank«, sagte ich. »Du kannst keinen Scheck bei uns einlösen.«

Cheryl hatte sich wieder den Tageseinnahmen zugewandt, aber als ich das sagte, lächelte sie.

»Hank ...«, begann Jacob, aber ich schnitt ihm das Wort ab.

»Komm in mein Büro«, sagte ich.

Er kam über den Korridor in mein Büro, und ich schloß die Tür hinter ihm.

»Setz dich«, sagte ich.

Er ließ sich auf demselben Besuchersessel nieder wie zuvor Sarah. Der Sessel knarrte unter seinem Gesicht.

Ich ging zum Fenster und ließ die Rolläden hochschnappen. Die Sonne war schon fast untergegangen. Die Lichter in der Stadt gingen an. Die Kirche und der Friedhof lagen schon teilweise im Dunkel.

»Du bist betrunken«, sagte ich, ohne mich vom Fenster abzuwenden. Ich hörte, wie er sich unbehaglich in seinem Sessel bewegte.

»Was meinst du damit?«

»Ich kann es riechen. Wir haben noch nicht mal fünf, und du bist schon betrunken.«

»Ich hab' ein paar Bierchen gezischt, Hank. Ich bin nicht betrunken.«

Ich drehte mich um und lehnte mich an die Fensterbank. Jacob mußte sich ziemlich den Hals verrenken, um mich sehen zu können.

Er wirkte verlegen, wie ein Schüler der zum Direktor ins Büro gerufen worden ist.

»Das ist unverantwortlich«, sagte ich.

»Ich brauch' das Geld wirklich. Und zwar noch heute abend.«

»Du bist schlimmer als Lou.«

»Also wirklich, Hank. Zwei Bier hab' ich getrunken.«

»Er hat es Nancy erzählt, nicht wahr?« sagte ich rasch.

Jacob seufzte.

»Antworte mir.«

»Warum reitest du darauf herum?«

»Weil ich die Wahrheit wissen will.«

»Woher soll ich das denn wissen?«

»Ich will bloß wissen, was du denkst.«

Er runzelte die Stirn und rutschte noch ein Stück tiefer in den Sessel. Er sah mich nicht an. »Sie ist seine Freundin«, sagte er. »Sie leben zusammen.«

»Willst du damit sagen, er hat's ihr gesagt?«

»Wenn Lou mich fragen würde, ob du es Sarah erzählt hast, würde ich sagen –«

»Hat dich Lou das gefragt?«

»Komm, Hank. Ich will damit nur sagen, daß ich auch nur Vermutungen anstellen kann. Sicher weiß ich es auch nicht.«

»Ich frage ja auch nicht, was du weißt. Ich frage dich, was du denkst.«

»Wie ich schon sagte, sie ist seine Freundin.«

»Das heißt also ja?«

»Ich glaube ja.«

»Aber du erinnerst dich daran, was wir gesagt haben, ja? Daß du für ihn verantwortlich bist?«

Jacob gab keine Antwort.

»Wenn er die Sache vermurkst, dann ist es dein Fehler. Dann bist du schuld.«

»Es ist ja nicht so, als ob –«

»Ich verbrenne das Geld, Jacob. Wenn ich das Gefühl habe, daß ihr zwei die Sache vermurkst, dann verbrenn' ich es einfach.«

Er starrte auf seinen Scheck herunter.

»Du mußt ihn schleunigst auf Vordermann bringen. Sag ihm,

daß er für Nancy verantwortlich ist, so wie ich dir gesagt habe, daß du für ihn verantwortlich bist.«

Jacob sah mich nachdenklich an. Er fuhr sich mit der Zunge über die Zähne, als wollte er sie damit säubern. Seine niedrige, breite Stirn war mit Pickeln übersät. Seine Haut war fettig und glänzte im Licht der Tischlampe.

»Es ist wie eine Nahrungskette«, sagte er, »nicht?«

»Eine Nahrungskette?«

Er lächelte. »Lou ist verantwortlich für Nancy, ich bin verantwortlich für Lou, du bist verantwortlich für mich.«

Ich dachte darüber nach; dann nickte ich.

»In gewisser Weise bist du also für uns alle verantwortlich«, sagte Jacob.

Mir fiel nichts mehr ein, was ich darauf antworten könnte. Ich ging vom Fenster zu meinem Schreibtisch und setzte mich. »Um welchen Betrag geht es denn bei dem Scheck?«

Er warf einen Blick darauf. Er hatte noch seine Handschuhe an. »Siebenundvierzig Dollar.«

Ich streckte die Hand danach aus.

»Woher hast du ihn?«

»Von Sonny Major. Ich hab' ihm einen Satz Radschlüssel verkauft.«

Ich prüfte den Scheck, dann gab ich ihn Jacob zusammen mit einem Kugelschreiber zurück. »Unterschreib auf der Rückseite.«

Während er unterschrieb, nahm ich zwei Zwanziger und einen Zehner aus meiner Brieftasche. Ich gab sie Jacob, und er gab mir den Scheck.

»Du schuldest mir drei Dollar«, sagte ich.

Er steckte das Geld in die Tasche und schien aufstehen zu wollen, überlegte es sich dann aber anders.

»Was macht deine Beule?« fragte er.

Ich berührte meine Stirn mit dem Finger. Nur ein bißchen Schorf war geblieben. »Alles verheilt«, sagte ich.

Jacob nickte.

»Und was macht deine Nase?« fragte ich.

Er blähte die Nüstern und sog geräuschvoll die Luft ein. »Alles bestens.«

Danach saßen wir eine Weile stumm da. Ich wollte schon aufstehen und ihn zur Tür bringen, als er plötzlich fragte: »Erinnerst du dich noch daran, wie Daddy sich die Nase gebrochen hat?«

Ich nickte. Als ich sieben war, hatte unser Vater zur Bewässerung eines bestimmten Ackers eine Windmühle aus dem Versandhaus bestellt und selbst zusammengebaut. Er war schon fast fertig damit, stand oben auf seiner Leiter und wollte eine Schraube festziehen, als ein plötzlicher Windstoß die Aluminiumflügel des Geräts in Drehung versetzte. Mein Vater wurde im Gesicht getroffen und von der Leiter gestoßen. Meine Mutter hatte alles vom Haus aus gesehen, und als er nicht gleich wieder aufstand, sondern erst einmal benommen liegenblieb und sich den Kopf hielt, war sie zum Telefon gelaufen und hatte einen Krankenwagen gerufen. Ashenville hatte bloß eine Freiwillige Feuerwehr, die sich um alles kümmerte, und so waren es Vaters Freunde gewesen, die zu unserer Farm rausgebraust kamen, und sie frotzelten ihn noch jahrelang wegen des blinden Alarms. Unser Vater hatte unserer Mutter diese Peinlichkeit nie vergeben.

»Die Windmühle steht immer noch«, sagte Jacob. »Man kann sie von der Straße aus sehen, wenn man vorbeifährt.«

»Von allem, was er gebaut hat, ist es wahrscheinlich das einzige, was je funktioniert hat«, sagte ich.

Jacob lächelte – die Unfähigkeit unseres Vaters als Handwerker war ein stehender Witz in der Familie. Aber als er wieder sprach, war Jacobs Stimme voll Trauer, Verlust und Bedauern.

»Ich wünschte, sie wären noch da«, sagte er leise.

Ich sah ihn an, und es war mir, als würde plötzlich ein Vorhang weggezogen von einem Fenster und als würde mir ein Blick in die tiefe Einsamkeit meines Bruders erlaubt. Jacob hatte unseren Eltern viel nähergestanden als ich. Er hatte bis zum Jahr vor dem Unfall zu Hause gelebt, und auch nachdem er ausgezogen war, verbrachte er den größten Teil seiner Zeit dort, half hier und da, redete oder saß einfach bloß vor dem Fernseher. Die Farm war sein Zufluchtsort vor der Welt gewesen. Ich hatte Sarah und jetzt bald noch ein Baby, aber Jacobs Familie lag in der Vergangenheit. Er hatte niemanden mehr.

Vergeblich überlegte ich, was ich sagen könnte. Ich wollte ihm meine Zuneigung zeigen und etwas Tröstliches sagen, aber ich konnte die richtigen Worte nicht finden. Ich wußte nicht, wie ich mit meinem Bruder reden sollte.

Schließlich brach Jacob das Schweigen. »Was soll das eigentlich genau heißen, du gibst mir die Schuld?«

Die Sympathie, die ich gerade noch für ihn empfunden hatte, wurde jäh unterlaufen, und mit einem Schlag wurde mir klar, daß ich eine konkrete Drohung brauchte, um Jacob unter Kontrolle zu halten. Der bloße Hinweis, daß ich ihm die Schuld geben würde, wenn etwas schiefging, war zu abstrakt. Aber ich brauchte nur eine Sekunde, um das Richtige zu finden: Es gab eigentlich nur eine Möglichkeit, nur eine einzige Drohung, die ihm wirklich angst machen würde.

»Wenn wir wegen Lou geschnappt werden«, sagte ich, »werde ich der Polizei sagen, daß du Pederson umgebracht hast.«

Er starrte mich ungläubig an. Er verstand nicht.

»Ich werde sagen, ich hätte dich daran zu hindern versucht, aber du hättest mich weggestoßen und ihn getötet. Dann hätte ich dir geholfen, es zu vertuschen.«

Jacob schien ehrlich erschrocken. Er suchte mühsam nach Worten. »Aber du hast ihn getötet«, sagte er schließlich.

Ich hob die Hände und zuckte die Achseln. »Dann lüge ich eben. Wenn wir wegen Lou geschnappt werden, mußt du bezahlen, Jacob.«

Er verzog das Gesicht, als litte er Schmerzen. Seine Nase lief, er rieb mit dem Handschuh daran und wischte ihn dann an der Hose ab. »Ich will nicht für ihn verantwortlich sein«, sagte er.

»Aber das war die Abmachung. So hatten wir es verabredet.«

Er schüttelte den Kopf, und die weißen, leicht marmorierten Fleischfalten unter seinem Kinn zitterten noch eine Sekunde lang nach. »Ich habe ihn nicht unter Kontrolle.«

»Du mußt mit ihm reden, Jacob.«

»Mit ihm reden?« fragte er aufgebracht. »Das wird ihn nicht davon abhalten, irgendwas anzustellen.«

»Versuch es mit Drohungen«, sagte ich.

»Womit soll ich ihm denn drohen? Soll ich ihm sagen, daß ich ihn verprügele? Daß ich sein Haus niederbrenne?« Er schnaubte verächtlich. »Drohungen.«

Wir verfielen in Schweigen, und ich hörte die Leute im Vorraum, die sich auf den Weg nach Hause machten.

»Ich will nicht für ihn verantwortlich sein«, sagte Jacob.

»Dann haben wir ein Problem, glaube ich.«

Er nickte.

»Vielleicht«, sagte ich, »sollten wir's einfach verbrennen.«

Es war nur ein Bluff, ich meinte es nicht ernst, und Jacob reagierte auch nicht darauf. Er starrte mit gerunzelter Stirn auf meinen Schreibtisch. Ich merkte, wie er überlegte.

»Lou wird uns keine Schwierigkeiten machen«, sagte er.

»Nein«, sagte ich. »Weil du es nicht zulassen wirst.«

Jacob schien nichts gehört zu haben, er war tief in Gedanken versunken. Als er schließlich antwortete, sah er mich dabei nicht an. »Und wenn er doch welche macht, dann könnte er ja einen Unfall haben.«

»Einen Unfall?«

»So wie Pederson.«

»Du meinst, wir sollen ihn umbringen?« fragte ich erschrocken.

Er nickte, immer noch auf den Tisch starrend.

»Du meine Güte, Jacob. Er ist dein bester Freund. Das kann nicht dein Ernst sein.«

Er gab keine Antwort.

»Spielst du jetzt den großen Killer?« fragte ich.

»Also komm, Hank, ich hab' doch bloß...«

»Du willst ihn kaltmachen, ja? Ihn um die Ecke bringen?« Höhnisch hob ich meine Stimme, um ihn nachzumachen. »Dann könnte er ja einen Unfall haben! Was denkst du denn, wer du bist, Jacob? Ein Gangster?«

Er sah mich nicht an.

»Ich finde dich zum Kotzen«, sagte ich.

Er zog die Augenbrauen hoch und seufzte.

»Wie wolltest du es denn machen?« fragte ich. »Hast du einen besonderen Plan?«

»Ich dachte, wir könnten es wie einen Autounfall aussehen lassen.«

»Ein Autounfall? Sehr originell. Und wie willst du das arrangieren?«

Er zuckte die Achseln.

»Sollen wir ihn in sein Auto setzen und von der Brücke in den Anders Creek fallen lassen?« fragte ich.

Er wollte etwas erwidern, aber ich ließ es nicht zu.

»Bei Pederson hatten wir Glück. Es hat sich alles zu unseren Gunsten entwickelt. Aber das wird sich nicht wiederholen.«

»Ich dachte nur –«

»Du denkst überhaupt nichts. Das ist das Problem. Du benimmst dich einfach blöde. Erinnerst du dich noch, wie das draußen war, am Naturschutzgebiet? Du hast geheult. Du hast geheult wie ein Baby. Willst du das noch mal durchmachen?«

Er gab keine Antwort.

»Schau zum Fenster hinaus«, sagte ich. »Schau mal über die Straße zum Friedhof!«

Er warf einen Blick auf das Fenster. Es war mittlerweile vollkommen dunkel, und draußen war nichts zu erkennen. Nur mein Büro spiegelte sich in der Scheibe.

»Dwight Pederson haben sie letzte Woche begraben. Er liegt da draußen wegen dir. Weil du so gierig warst, und weil du die Panik gekriegt hast. Wie fühlst du dich bei dem Gedanken?«

Ich starrte ihn über den Schreibtisch hinweg so lange an, bis er mich ansah. »Wenn ich es nicht getan hätte«, sagte er, »dann hätte er das Flugzeug gefunden.«

»Du hättest ihn das Flugzeug finden lassen sollen.«

Jacob sah mich verblüfft an. »Du hast ihn getötet«, sagte er. »Du hättest ihn retten können, aber du hast es nicht getan.«

»Ich hab' ihn getötet, um dich zu retten, Jacob. Ich stand vor der Wahl: entweder du oder er. Und ich hab' mich für dich entschieden.« Ich machte eine Pause. »Vielleicht war das ein Fehler.«

Darauf wußte er nichts zu erwidern. Er starrte mich weiter mit diesem verwirrten Gesichtsausdruck an.

»Ich werde ihn allerdings nicht wiederholen«, sagte ich. »Das nächste Mal überlasse ich dich deinem Schicksal.«

»Ich kann die Verantwortung für Lou nicht übernehmen«, flüsterte Jacob.

»Red mit ihm. Sag ihm, ich verbrenne das Geld, wenn ich den Eindruck habe, daß er uns in Gefahr bringt.«

Jacob starrte trübsinnig auf seine Füße hinunter, und ich bemerkte zum ersten Mal, daß er eine kahle Stelle am Hinterkopf bekam. Das schockierte mich. Wenn er nicht so dick gewesen wäre, hätte er genauso ausgesehen wie mein Vater kurz vor seinem Tod. Er sah niedergeschlagen aus, verzweifelt.

»Ich wünschte, wir könnten das Geld jetzt gleich aufteilen«, sagte er. »Das Geld aufteilen und abhauen.«

»Das ist nicht so vorgesehen, Jacob. Das ist nicht unser Plan.«

»Ich weiß«, seufzte er. »Ich sag' ja nur, ich wünschte, es wär so.«

Der nächste Tag war ein Freitag, und beim Abendessen fragte mich Sarah, ob ich schon mit Lou geredet hätte.

Ich schüttelte den Kopf. »Das macht Jacob.«

Wir aßen Spaghetti, und Sarah war gerade dabei, sich eine zweite Portion zu nehmen. »Jacob?« fragte sie. Der Servierlöffel blieb in der Luft hängen, und ihre Spaghetti baumelten über dem Teller. Sie trug ein dunkelblaues Kleid, das ihr Gesicht im grellen Licht der Küche blaß und anämisch aussehen ließ.

Ich nickte.

»Solltest du das nicht lieber selbst machen?«

»Ich dachte mir, es ist besser, wenn Jacob das macht. Auf den wird Lou hören, auf mich sicher nicht.«

Sarah ließ die Spaghetti auf ihren Teller gleiten und stellte dann den Topf in die Mitte des Tisches. »Bist du dir sicher, daß Jacob begriffen hat, was auf dem Spiel steht?«

»Ich hab' ihm ein bißchen angst gemacht«, sagte ich.

Sarah hob den Blick. »Angst gemacht?«

»Ich hab' ihm gesagt, ich würde der Polizei die Sache mit Pederson erzählen, wenn wir wegen Lou geschnappt würden.«

»Und?«

»Zuerst ist er ziemlich in Panik geraten, aber ich glaube, es wird funktionieren.« Ich lächelte. »Er hat sogar vorgeschlagen, wir könnten Lou umbringen.«

Sarah schien wenig beeindruckt. »Wie denn?«

»Wie was?«

»Wie hat er ihn umbringen wollen?«

»Er wollte, daß es wie ein Autounfall aussieht.«

Sarah runzelte die Stirn. Sie nahm ihre Gabel, wickelte ein paar Spaghetti auf, steckte sie in den Mund, kaute und schluckte herunter. »Ich glaube, du solltest Jacob nicht drohen«, sagte sie.

»Ich habe ihm nicht gedroht«, sagte ich. »Ich wollte ihn aufwekken.«

Sarah schüttelte den Kopf. »Wenn Jacob mit dir über ein Mordkomplott gegen Lou reden kann, dann kann er genausogut mit Lou gegen uns Pläne schmieden.«

»Jacob schmiedet keine Pläne gegen uns«, sagte ich, als ob die Vorstellung absurd wäre.

»Woher willst du das wissen?«

»Er ist mein Bruder, Sarah. Das zählt schließlich auch.«

»Aber wer steht ihm näher? Lou oder du? Lou ist doch eher wie ein Bruder für ihn als du.«

Ich überlegte. Was sie sagte, stimmte natürlich. »Willst du damit sagen, Jacob würde versuchen, mich umzubringen wegen des Geldes?«

»Ich hab' nur gesagt, du solltest ihm nicht drohen. Damit treibst du ihn bloß Lou in die Arme. Die beiden haben keine Familie wie du. Die könnten einfach hier reinkommen, dich erschießen, das Geld nehmen und abhauen.«

»Das Geld ist versteckt. Sie wissen ja nicht, wo es ist.«

»Und wenn sie hier mit einer Schrotflinte reinkommen, sie dir an den Kopf halten und verlangen, daß du ihnen das Geld zeigst?«

»Das würden sie nie machen.«

»Und wenn sie die Flinte auf mich halten?« Sie legte sich die Hand auf den Leib. »Wenn sie mir die Flinte direkt hier an den Bauch halten?«

Ich schob die Spaghetti auf meinem Teller herum. »Ich glaube nicht, daß Jacob so etwas tun würde. Kannst du dir das vorstellen?«

»Hättest du dir vorstellen können, daß er Pederson tötet?«

Ich gab keine Antwort. Hier öffnete sich eine weitere Schneise; ich spürte, wie sie mich lockte, aber ich zögerte, sie zu betreten. Es wäre nur um ein paar Worte gegangen, einen schlichten, erklärenden Satz. Ich saß etwa dreißig Sekunden lang da, starrte Sarah an und versuchte verzweifelt, alle möglichen Konsequenzen eines Geständnisses oder weiteren Schweigens zu kalkulieren. Aber ich bekam sie nicht zu fassen. Sie verharrten am Rande meines Gesichtsfeldes, und ich kam nicht dran. Letztendlich traf ich meine Wahl also blind.

»Kannst du es dir heute vorstellen?« stichelte Sarah.

»Jacob hat Pederson nicht getötet«, sagte ich, und genau wie am Tag zuvor in meinem Büro spürte ich die Erleichterung, die mir das Geständnis verschaffte. Ich verlagerte mein Gewicht auf dem Stuhl und suchte nach einer Reaktion in Sarahs Gesicht.

Sie starrte mich über den Tisch hinweg ausdruckslos an. »Du hast doch gesagt –«

Ich schüttelte den Kopf. »Er hat ihn niedergeschlagen, und wir dachten, er wäre tot. Aber als ich ihn auf sein Schneemobil setzen wollte, hat er plötzlich gestöhnt, und ich mußte ihm selbst den Rest geben.«

»Du hast ihn getötet?« fragte sie.

Ich nickte, eine große Welle der Erleichterung überflutete mich. »Ich hab' ihn getötet.«

Sarah lehnte sich über den Tisch. »Wie denn?«

»Ich hab' seinen Schal genommen und ihn erstickt.«

Sie berührte ihr Kinn mit den Fingerspitzen, schockiert, und einen kurzen Augenblick schien ihr Gesicht sich zu öffnen, so daß ich hineinschauen und beobachten konnte, wie meine Worte sich festsetzten. Ich sah Verblüffung, ein kurzes ängstliches Aufflackern und dann einen Blick, der etwas mit Ekel zu tun hatte und einen Abstand zwischen uns legte, mich wegstieß. Einen Moment lang hatte sie Angst, aber dann war er plötzlich genauso schnell wieder vorbei, wie es gekommen war; ihr Gesicht schloß sich, und sie holte mich wieder zurück.

»Warum hat Jacob es nicht gemacht?« fragte sie.

»Er war schon weg. Ich hatte ihn weggeschickt. Wir wollten uns erst wieder an der Brücke treffen.«

»Du warst allein?«

Ich nickte.

»Warum hast du mir das zuvor nicht gesagt?«

Ich kämpfte um eine wahrheitsgemäße Antwort. »Ich dachte, es würde dir angst machen.«

»Angst machen?«

»Dich schockieren.«

Sarah sagte nichts. Sie verfolgte irgendeinen Gedanken in ihrem Kopf, stellte die Dinge um, damit sie zu diesem neuen Drehbuch paßten. Es löste eine Art Panik bei mir aus, sie zu beobachten, als ob sie sich vor mir versteckte, und eine Gefaßtheit vortäuschte, die sie gar nicht besaß.

»Tut es das?« fragte ich.

Sie sah mich eine Sekunde lang an, aber nur halb, nur mit den Augen. Ihre Gedanken waren immer noch ganz woanders. »Tut es was?«

»Schockiert es dich?«

»Es ist...«, fing sie an, mußte dann aber nach dem richtigen Wort suchen. »Es ist nun mal geschehen.«

»Geschehen?«

»Ich glaube nicht, daß ich gewollt hätte, daß du es tust, aber jetzt, wo es geschehen ist, verstehe ich, warum du's getan hast.«

»Aber es wäre dir lieber gewesen, wenn ich es nicht getan hätte?«

»Ich weiß nicht«, sagte sie. Dann schüttelte sie den Kopf. »Ich glaube nicht. Wir hätten das Geld verloren, und Jacob wäre eingesperrt worden.«

Darüber dachte ich eine Sekunde lang nach und suchte in ihrem Gesicht nach einer weiteren Reaktion. »Hättest du es auch getan, wenn du an meiner Stelle gewesen wärst?«

»Also, Hank, wie sollte ich denn...?«

»Ich will bloß wissen, ob es möglich ist.«

Sie schloß ihre Augen, als ob sie sich vorzustellen versuchte, wie sie sich mit dem Schal in der Hand über Pederson beugte. »Vielleicht«, sagte sie mit heiserer Stimme. »Vielleicht hätte ich es getan.«

Ich weigerte mich innerlich, das zu glauben, spürte aber gleichzeitig, daß es wahr sein könnte. Sie hätte ihn genauso töten können wie ich. Schließlich hatte ich mir ja auch nicht vorstellen können, daß Jacob in der Lage war, Pederson niederzuschlagen und ihm mit dem Stiefel ins Gesicht zu treten. Und schon gar nicht hätte ich mir vorstellen können, daß ich den alten Mann mit seinem Schal erstickte. Natürlich nicht.

Mit Schaudern erkannte ich, daß ich weder die Handlungen der

Leute in meiner Umgebung mit einiger Sicherheit vorauszusagen vermochte noch meine eigenen. Es schien mir ein böses Vorzeichen, es schien mir darauf hinzuweisen, daß wir ohne Kompaß und Karte in unbekanntes Gelände geraten waren. Wir hatten uns völlig verirrt.

»Jacob weiß das aber nicht, oder?«

Ich schüttelte den Kopf. »Ich hab's ihm gesagt.«

Sarah stöhnte. »Aber warum denn?«

»Es sah so aus, als würde er durchdrehen. Er hat geheult. Und da hab' ich gedacht, es wäre leichter für ihn, wenn wir uns die Schuld teilten.«

»Er wird das gegen dich verwenden.«

»Gegen mich verwenden? Wie soll er das gegen mich verwenden? Wenn einer von uns in Schwierigkeiten gerät, hat der andere doch auch welche.«

»Besonders, wenn du ihm drohst. Er wird zu Lou damit gehen, und sie werden es für ihre Pläne gegen uns benutzen.«

»Das ist doch paranoid, Sarah. Das meinst du nicht im Ernst.«

»Wir haben doch Geheimnisse vor Jacob, nicht wahr?«

Ich nickte.

»Und du und Jacob, ihr habt Geheimnisse vor Lou, oder?«

Ich nickte erneut.

»Warum kannst du dann nicht glauben, daß er und Lou auch vor uns Geheimnisse haben?«

Darauf wußte ich keine Antwort.

Spät am Abend, so gegen elf, rief Sarahs Stiefmutter Millie an, aus Miami. Sarahs leibliche Eltern waren beide tot, genauso wie meine. Ihre Mutter war gestorben, als Sarah noch klein war, ihr Vater kurz nach unserer Hochzeit.

Millie war ihre Stiefmutter geworden, als Sarah erst zwölf war, aber ein sehr enges Verhältnis hatte sich nicht mehr entwickelt. Zum letzten Mal gesehen hatten sie sich bei der Beerdigung meines Schwiegervaters. Aber einmal im Monat telefonierten sie miteinander, ein Ritual, das sie offensichtlich mehr aus einem Gefühl familiärer Verpflichtung aufrechterhielten, als aus dem Bedürfnis, miteinander zu reden.

Sarah war im Süden von Ohio aufgewachsen, auf der anderen Seite des Flusses lag schon Kentucky. Millie war Krankenschwester in dem Pflegeheim gewesen, wo Sarahs Mutter langsam an Leukämie gestorben war. Auf diese Weise hatte sie Sarahs Vater kennengelernt. Sie stammte aus West Virginia, und obwohl sie schon seit zehn Jahren in Miami lebte, hatte sie immer noch einen leichten Südstaaten-Akzent, den Sarah jedesmal übernahm, wenn sie telefonierten.

Ihre Gespräche waren lange Monologe. Millie erzählte in ihrem schleppenden Südstaaten-Tonfall über die banalen Aktivitäten ihres engen Freundeskreises, schimpfte über den zunehmenden Verfall Miamis im allgemeinen und ihres Apartmenthauses im besonderen und beendete ihre Ausführungen regelmäßig mit einer pointenlosen Anekdote aus dem Leben von Sarahs Vater. Sarah berichtete über den Fortgang ihrer Schwangerschaft, über mich und das kalte Wetter, das wir gehabt hatten, über Sachen, die sie in der Zeitung gelesen oder im Fernsehen gesehen hatte. Fragen stellten die beiden sich nie, es gab überhaupt kaum Interaktion. Etwa zwanzig Minuten lang redeten sie aufeinander ein, dann sagten sie abrupt *Goodbye*, als hätten sie dieses Zeitlimit vorher verabredet, und hängten ein.

Heute rief Millie an, als wir gerade ins Bett gehen wollten. Als ich merkte, wer es war, flüsterte ich Sarah zu, ich wolle mir noch etwas zu essen machen. Ich war nicht gerne im selben Zimmer, wenn sie telefonierte, ich hatte dabei immer das Gefühl, sie zu belauschen.

Ich ging in die Küche hinunter, goß mir ein Glas Milch ein und machte mir ein Käse-Sandwich. Ich blieb gleich im Dunkeln an der Frühstückstheke stehen. Durch das Seitenfenster war das Haus meines Nachbarn zu sehen. Es war genau wie meines, nur durch acht Meter schütteren Rasen von ihm getrennt – und alles spiegelverkehrt. Im Schlafzimmer lief der Fernseher, man konnte das bläuliche Flackern durch das Fenster im oberen Stock sehen. Es sah aus wie Licht, das von einem Swimmingpool reflektiert wird.

Während ich in der Dunkelheit mein Sandwich verzehrte, dachte ich darüber nach, was Sarah gesagt hatte. Ich war erleichtert, daß sie so gelassen auf mein Geständnis reagiert hatte. Ich hatte befürchtet, daß meine Tat ihr angst machen würde, daß sie mich plötzlich wie einen Geisteskranken oder ein Monster behandeln würde, aber nichts dergleichen war geschehen. Es gab auch keinen Grund dafür, das sah ich jetzt ein. Sarah betrachtete mich trotz meines Verbrechens immer noch als einen guten Menschen – genau wie ich selbst. Wir hatten unsere gesamte gemeinsame Vergangenheit, um diesen anomalen Fall aufzuwiegen. Natürlich war da dieser erste Schock gewesen – das hatte ich wohl gesehen. Dieses Aufflackern von Ekel und Angst. Aber innerhalb von Sekunden hatte sie diese Gefühle irgendwo abgelegt, pragmatisch wie immer, und sich abgefunden mit dem, was geschehen war. Es ist nun mal geschehen, hatte sie gesagt und dann nach vorn geblickt. Statt mit der Vergangenheit hatte sie sich mit der Zukunft beschäftigt. Ihre Überlegungen waren einfach praktischer Natur: Ob Jacob von dem Verbrechen wußte, und welchen Einfluß das auf unsere Beziehungen zu ihm und Lou haben würde. Sie war unerschütterlich wie ein Felsen. Wenn alles andere fehlschlug, das wurde mir hier in der Küche schlagartig bewußt, sie würde uns durchbringen.

Die Nachbarn stellten den Fernseher aus, und ihr Haus wurde dunkel. Ich stellte mein leeres Glas in die Spüle.

Auf meinem Weg nach oben fiel mir auf, daß die Eßzimmertür ein Stück offenstand. Ich knipste das Licht an und warf einen Blick hinein. Auf dem Tisch lagen allerlei Broschüren und Prospekte herum.

Von oben drang Sarahs Stimme herunter, die immer noch telefonierte. Sie klang leise und gedämpft, als spräche sie mit sich selbst. Ich schob die Eßzimmertür ganz auf und trat in den Raum.

Ich näherte mich nur zögernd dem Tisch, so als könnte Sarah mich hören, aber das war kein bewußter Gedanke. Es waren mindestens dreißig Broschüren und Magazine, vielleicht sogar noch mehr. Alle zeigten sie braungebrannte Frauen in bunten Bikinis, ganze Familien auf Skiern und Pferden, Männer auf Tennis- und Golfplätzen oder üppig gedeckte Tische mit exotischen Speisen. »Willkommen in Belize!« stand darüber. Oder: »Paris im Frühling!«, »Kreta, Insel der Götter!«, »Segeln Sie über den Pazifik mit uns!« und »Nepal – das Land, an dem die Zeit vorüberging!« Alles natürlich auf Hochglanzpapier und todschick; die Leute lächelten alle, und hinter jedem Satz stand ein Ausrufezeichen. Die Magazine

– *Traveller, Islands, The Caribbean, The Globetrotter's Companion* – waren genauso, nur größer.

Auf der rechten Seite lag ein aufgeschlagenes Notizbuch mit handschriftlichen Aufzeichnungen Sarahs. Oben auf der Seite stand: »Reisen«, und darunter eine Liste mit Ländern und Städten rund um den Globus, offenbar in der Reihenfolge ihrer Attraktivität numeriert. Nummer eins war Rom, Nummer zwei war Australien. Auf der gegenüberliegenden Seite stand eine weitere Liste mit der Überschrift »Lernen«. Darunter die verschiedensten Dinge wie Segeln, Skifahren, Tauchen und Reiten. Es war eine lange Liste, sie reichte fast bis zum unteren Rand der Seite.

Es gab mir einen Stich, als ich merkte, daß dies Sarahs Wunschlisten waren. Das also waren die Dinge, die sie mit dem Geld tun wollte. Meine Augen glitten die Seiten hinauf und hinunter: Mexiko, die Schweiz, Antigua, Moskau, New York, Chile, London, Indien, die Hebriden ... Tennis, Französisch, Windsurfing, Wasserski, Deutsch, Kunstgeschichte, Golf ... Endlos weiter gingen die Listen, sie enthielten Namen, die Sarah mir gegenüber niemals erwähnt hatte, Sehnsüchte, von denen ich keine Ahnung gehabt hatte.

Seit ich ihr begegnet war, hatte ich Sarah immer als selbstbewußter und entschlossener empfunden als mich. Sie war diejenige, die mich zu unserem ersten Rendezvous bestellt hatte; sie hatte unseren ersten sexuellen Kontakt herbeigeführt und dafür gesorgt, daß wir uns verlobten. Sie hatte das Hochzeitsdatum bestimmt (den 17. April) und die Hochzeitsreise geplant (zehn Tage in Naples, Florida). Auch den Beginn unserer Bemühungen um ein Baby hatte sie allein festgesetzt. Ich hatte den Eindruck gehabt, daß sie immer alles kriegte, was sie wollte, aber als ich jetzt vor diesen Prospekten und Magazinen stand, wurde mir klar, daß ich mich geirrt hatte, daß sich hinter ihrer Fassade von Energie und Selbstsicherheit eine Menge Enttäuschungen aufgestaut haben mußten.

Sarah hatte ein Examen als Petroleum-Ingenieurin an der Universität Toledo gemacht. Als ich sie kennenlernte, hatte sie die Absicht, nach Texas umzuziehen und einen hochbezahlten Job in der Öl-Industrie anzunehmen. Sie wollte eine Menge Geld sparen und sich eine Ranch kaufen, ein »Anwesen«, wie sie es nannte, mit Pferden und einer Rinderherde, die ihr ganz persönliches Brandzeichen, ein »S« in einem Herzen, herumtragen sollte. Statt dessen heirateten wir. Ich wurde kurz vor dem Examen in der Futtermittelhandlung in Ashenville angestellt, und sie fand sich plötzlich, ohne sich das wirklich ausgesucht zu haben, in Delphia wieder. Im nordwestlichen Ohio gab es für Petroleum-Ingenieure nicht viel zu tun, und am Ende blieb ihr nur ein Teilzeitjob in der örtlichen Bibliothek. Sarah war ein guter Kumpel und machte aus allem immer das Beste, aber daß es hier Enttäuschungen gegeben haben mußte, war offensichtlich. Mit Sicherheit blickte sie manchmal zurück und beklagte die Distanz zwischen ihrer heutigen Existenz und derjenigen, die sie sich als Studentin erträumt hatte. Sie hatte einen Teil von sich selbst für unser Zusammenleben geopfert, aber sie hatte nie darüber gesprochen, und so war es mir natürlich und unvermeidlich erschienen. Erst jetzt, heute abend, erkannte ich die Tragödie, die sich dahinter verbarg.

Andererseits war jetzt ja das Geld da, und Sarah konnte wieder zu träumen beginnen. Sie konnte Wunschlisten aufstellen, in ihren Katalogen blättern und ein neues Leben planen. Es war eine angenehme Vorstellung, sich auszumalen, wie sie sich voller Hoffnung und Sehnsucht Versprechungen machte, die sie sich selbst würde erfüllen können, aber irgendwie war es auch traurig. Wir saßen in der Falle; wir hatten eine Grenze überschritten und konnten nicht mehr zurück. Das Geld hatte uns Gelegenheit gegeben zu träumen – und war damit zum Anlaß geworden, unser jetziges Leben, so wie es war, zu verachten. Mein Posten in der Futtermittelhandlung, unser aluminiumverkleidetes Haus, die ganze Stadt um uns herum – all das sahen wir schon als einen Teil unserer Vergangenheit an. Es war das, was wir waren, ehe wir reich wurden; es war verkümmert, grau, es war eigentlich kein Leben. Wenn wir das Geld also jetzt wieder aufgeben müßten, würden wir nicht etwa einfach bloß in unser früheres Leben zurückkehren und so tun, als wäre nichts weiter gewesen. Wir müßten in ein Leben zurückkehren, das wir aus der Entfernung gesehen und als unserer nicht würdig erkannt hatten. Der Schaden wäre irreparabel.

»Hank?« rief Sarah von oben. »Wo bist du, Liebling?« Sie hatte aufgehört zu telefonieren.

»Ich komme schon«, rief ich, knipste das Licht aus und schob die Eßzimmertür leise hinter mir zu.

Am Samstag nachmittag, als wir gerade mit dem Mittagessen fertig waren, klingelte es an der Tür. Es war Jacob; er stand auf der vorderen Veranda, zu meiner Überraschung mit einem Paar grauer Flanellhosen und Lederschuhen bekleidet. Seit der Beerdigung unserer Eltern war es das erste Mal, daß ich ihn in etwas anderem als Jeans oder Khaki-Arbeitshosen sah. Es verblüffte mich so, daß ich die andere drastische Veränderung in seinem Äußeren zunächst gar nicht bemerkte: das Verschwinden seiner zotteligen Haare. Jacob war offensichtlich beim Friseur gewesen und hatte sich einen Kurzhaarschnitt verpassen lassen. Sein Haar war derart kurz, daß sein Kopf zu groß aussah für seinen Körper. Er schwebte wie ein Ballon auf seinen Schultern.

Jacob stand da und wartete auf meine Reaktion. Ich lächelte ihm zu. Seine Hosen waren zu eng, und die blauen Socken paßten nicht zu den braunen Schuhen, aber er schien sehr zufrieden mit sich. Er war offensichtlich stolz auf sein Aussehen, und das geschah nun wirklich nicht häufig. Es vermittelte mir ein warmes Gefühl der Zuneigung, und ich hatte das Bedürfnis, ihm etwas Nettes zu sagen.

»Du warst beim Friseur«, sagte ich.

Er lächelte schüchtern und berührte seinen Kopf mit der Hand. »Ja, heute morgen.«

»Gefällt mir«, sagte ich. »Steht dir gut.«

Er lächelte immer noch und sah verlegen beiseite.

Auf der anderen Straßenseite schlug einer der Nachbarsjungen mit seinem Hockeyschläger einen Tennisball ans Garagentor. Der Ball war naß und hinterließ jedesmal einen Fleck, wenn er aufprallte. Mary Beth beobachtete den Jungen vom Lastwagen aus.

»Hast du Zeit zu reden?« fragte Jacob.

»Sicher.« Ich machte die Tür weit auf. »Hast du schon zu Mittag gegessen? Ich kann dir ein Brot machen.«

Er spähte an mir vorbei in den Flur. Sarah gegenüber war er schüchtern – wie allen Frauen gegenüber – und vermied es, ins Haus zu kommen, wenn sie da war. »Ich dachte, wir könnten ein bißchen herumfahren«, sagte er.

»Können wir denn nicht hier reden?«

»Es hat mit dem Geld zu tun«, flüsterte er.

Ich trat auf die Veranda hinaus und zog die Tür hinter mir zu. »Was ist passiert?« fragte ich.

»Nichts ist passiert.«

»Geht es um Pederson?«

Er schüttelte den Kopf. »Ich will dir bloß etwas zeigen. Es ist eine Überraschung.«

»Eine Überraschung?«

Er nickte. »Es wird dir gefallen. Eine gute Sache.«

Ich starrte meinen Bruder an und überlegte einen Moment, dann stieß ich die Tür wieder auf und sagte: »Ich hol' mir eben meine Jacke.«

Sobald ich in seinem Laster saß, fragte ich ihn, was eigentlich los sei, aber er wollte es mir nicht sagen.

»Warte nur«, sagte er. »Ich muß es dir zeigen.«

Wir verließen Delphia westwärts in Richtung Ashenville. Zuerst dachte ich, wir seien wieder einmal auf dem Weg zum Anders-Naturschutzgebiet, aber dann bogen wir an der Burnt Road nach links ab, statt nach rechts, und fuhren nach Süden. Es war ein kalter, sonniger Tag. Der Schnee war verharscht, und wo man auf den Feldern auch hinschaute, glitzerte und funkelte eine eisige Kruste. Erst als wir fast da waren, als wir in den Fahrweg zu unserer ehemaligen Einfahrt einbogen, merkte ich, daß er mich zu unserer alten Farm brachte.

Ich starrte auf die Felder hinaus, während der Lastwagen langsamer wurde und anhielt. Ich war seit Jahren nicht mehr auf der Farm gewesen und erschrak ziemlich, als ich sah, wie wenig noch von dem da war, was einst mein Elternhaus gewesen war. Das Haus, die Scheune und die Außengebäude waren abgerissen und das Material weggebracht worden, das Fundament war aufgefüllt und wie die umliegenden Felder bewirtschaftet worden. Der große Kreis von schattenspendenden Bäumen, der früher unseren Hof begrenzt hatte, war nicht mehr da. Die Bäume waren gefällt, und das Holz war verkauft worden. Der einzige Hinweis, daß wir dieses Land je bewohnt hatten, war die Windmühle unseres Vaters, die – ziemlich schief mittlerweile – immer noch eine Viertelmeile westlich auf einer Anhöhe stand.

»Kommst du oft hier vorbei?« fragte ich.

Jacob zuckte die Achseln. »Manchmal«, sagte er. Er starrte auf die Stelle, wo unser Haus hätte sein sollen. Man konnte meilenweit sehen, und alles sah gleich aus. Das flache, schneebedeckte Land bot keinen Anhaltspunkt für das Auge. Man hätte genausogut zum Himmel hinaufsehen können.

»Willst du aussteigen?« fragte Jacob.

Ich wollte nicht, aber weil er offenbar wollte, sagte ich: »Klar«, und stieß meine Tür auf.

Wir wanderten direkt auf den Acker hinaus, ungefähr in der Richtung, wo früher unsere Einfahrt gewesen sein mußte. Mary Beth sprang vor uns her durch den knietiefen Schnee. Ab und zu schnüffelte er an irgendwelchen Dingen, die wir nicht sehen konnten. Ungefähr hundert Meter von der Straße entfernt, an der Stelle, wo unser Haus gestanden hatte, blieben wir stehen. Vielleicht war es gar nicht die richtige Stelle, es gab keine Landmarken, an denen wir uns hätten orientieren können, keinen Kamin und keine Pumpe, nicht einmal eine kleine Vertiefung über dem ehemaligen Fundament. Es sah genauso aus wie überall sonst. Die Windmühle stand links von uns in einiger Entfernung. Sie sah verfallen und unbenutzt aus, aber als der schwache Nordwind zu einer plötzlichen Bö auffrischte, begannen sich die Flügel zu drehen. Sie quietschten und knarrten wie ein alter Schaukelstuhl, aber das Geräusch brauchte ein paar Sekunden, ehe es uns erreichte, und als wir uns danach umdrehten, standen die Flügel schon wieder still.

Jacob versuchte zu bestimmen, wo was gestanden hatte: die Scheune, der Geräteschuppen, der Getreidesilo und die Wellblechhütte, in der unser Vater das Saatgut aufbewahrt hatte. Er drehte sich aufgeregt hin und her, um mir die entsprechenden Stellen zu zeigen. Seine Lederschuhe waren naß geworden vom Schnee.

Schließlich unterbrach ich ihn. »Jacob«, sagte ich, »warum hast du mich hergebracht?«

Er grinste mich an. »Ich weiß jetzt, was ich mit dem Geld mache.«

»Was denn?«

»Ich werde mit meinem Anteil die Farm zurückkaufen.«

»Diese Farm hier?«

Er nickte. »Ich werde alles wieder aufbauen. Das Haus und die Scheune, wie es gewesen ist – alles.«

»Das kannst du nicht machen«, sagte ich voller Entsetzen. »Wir müssen von hier weg.«

Der Hund buddelte zu unseren Füßen im Schnee, und Jacob sah ihm einen Augenblick nachdenklich zu, ehe er antwortete. »Wo soll ich denn hingehen, Hank?« fragte er. »Für euch ist es anders. Du hast Sarah, und Lou hat Nancy, aber ich hab' niemanden. Soll ich denn ganz allein wegfahren?«

»Du kannst nicht die Farm kaufen. Wie willst du denn erklären, woher du das Geld hast?«

»Ich dachte, wir könnten den Leuten erzählen, Sarah hätte geerbt. Es weiß doch hier niemand was über ihre Familie. Wir sagen, ihr hättet die Farm gekauft vor eurer Abreise und hättet mich eingesetzt als Verwalter.«

Ich warf einen Blick auf die leeren Felder um uns herum und auf die krumm und schief verlaufenden Fußspuren, die von der Straße zu unserem jetzigen Standort heraufführten, und versuchte mir vorzustellen, wie mein Bruder das Haus wieder aufbaute, Zäune zog und Saatgut ausbrachte. Daß es je dazu kommen würde, konnte ich mir nicht vorstellen.

»Ich dachte, du würdest dich freuen«, sagte er. »Es ist doch unsere Farm. Ich hol' sie zurück.«

Ich runzelte die Stirn. Er hatte sich geirrt: Ich war alles andere als glücklich. Von der Farm hatte ich mich immer zu befreien versucht. Solange ich denken konnte, war es ein Ort gewesen, wo Dinge kaputtgingen und einstürzten, wo nie etwas so funktionierte, wie es geplant war. Selbst jetzt, als ich nur noch auf ein Stück leeres Feld starrte, spürte ich die Hoffnungslosigkeit, die von der Stelle ausging, wo mein Elternhaus gewesen war. Hier war nie etwas Gutes passiert.

»Das ist schwer«, sagte ich. »Weißt du das eigentlich? Man kauft eine Farm nicht bloß, man muß auch darauf arbeiten, Jacob. Du mußt dich auskennen, mit den Maschinen, dem Saatgut, dem Dünger, den Pflanzenschutzmitteln, der Bewässerung und der Drainage, mit dem Wetter und mit der Regierung. Von all diesen Dingen weißt du doch überhaupt nichts. Es würde dir genauso gehen wie Vater.«

Sobald ich es gesagt hatte, wußte ich, daß ich zu streng gewesen war. Ich konnte schon aus der Haltung meines Bruders ablesen, daß ich ihn verletzt hatte. Seine Jacke war hochgerutscht, seine Schultern gebeugt, seine Hände steckten tief in den Taschen der grauen Flanellhose. Er sah mich nicht an.

»Ich sollte die Farm kriegen«, sagte er. »Mir hat sie Daddy versprochen.«

Ich nickte. Ich schämte mich meiner Worte. Unser Vater hatte gewollt, daß einer von uns die Farm übernahm und der andere Rechtsanwalt wurde. Ich hatte in der Schule die besseren Noten gehabt, deshalb war ich derjenige, der aufs College geschickt wurde. Letzten Endes aber hatten wir ihn beide enttäuscht, keiner von uns war das geworden, was sich mein Vater erträumt hatte.

»Ich möchte, daß du mir hilfst«, sagte Jacob. »Ich hab' es bisher noch nie getan, aber jetzt bitte ich dich um Hilfe. Hilf mir, die Farm zurückzubekommen.«

Ich sagte nichts. Ich wollte nicht, daß er nach der Verteilung des Geldes in Ashenville blieb. Ich wußte, daß das nur schlimme Folgen haben konnte. Aber ich wußte nicht, wie ich ihm das klarmachen sollte.

»Ich will ja kein Geld«, sagte er. »Ich will ja nur, daß du in der Stadt erzählst, daß Sarah geerbt hat.«

»Ich kann mir gar nicht vorstellen, daß Muller verkauft.«

»Wenn ich ihm genug biete, verkauft er.«

»Kannst du nicht eine andere Farm kaufen? Irgendwo draußen im Westen, wo uns die Leute nicht kennen.«

Jacob schüttelte den Kopf. »Ich will *diese* Farm. Ich will hier leben, wo wir aufgewachsen sind.«

»Und was ist, wenn ich mich weigere?«

Er überlegte einen Moment und zuckte dann mit den Achseln. »Ich weiß nicht«, sagte er. »Schätze, dann muß ich mir eine andere Geschichte ausdenken.«

»Aber siehst du nicht die Gefahr, Jacob? Siehst du nicht, daß es eine Bedrohung für uns alle ist, wenn du hierbleibst? Sicher sind wir nur, wenn wir alle verschwinden.«

»Ich kann nicht weg«, sagte er eindringlich. »Ich weiß doch nicht, wo ich hin soll.«

»Die ganze Welt steht dir offen. Du kannst dich überall niederlassen. Wo es dir gefällt.«

»Ich will mich hier niederlassen.« Er stampfte mit dem Schuh in den Schnee. »Hier. Wo ich zu Hause bin.«

Danach sagten wir beide eine Minute lang nichts mehr. Die Brise verstärkte sich wieder, und wir starrten zur Windmühle hinauf, aber sie rührte sich nicht. Ich wollte gerade allen Mut zusammennehmen, um Jacob zu sagen, daß ich nicht tun würde, worum er mich bat, da bot er mir – offenbar weil er spürte, was ich vorhatte – selbst einen Ausweg an.

»Du brauchst dich ja nicht gleich zu entscheiden«, sagte er. »Bitte versprich mir, daß du darüber nachdenkst.«

»Gut«, sagte ich, dankbar für den Aufschub. »Ich werde darüber nachdenken.«

Erst als er mich zu Hause abgesetzt hatte und ich unsere Vordertür aufmachte, wurde mir klar, warum er sich so herausgeputzt hatte und sogar beim Friseur gewesen war, ehe er mich besuchte. Er hatte es getan, um mich zu beeindrucken, um erwachsen und reif auszusehen und um mir zu zeigen, daß er genauso verantwortungsbewußt auftreten könnte wie ich, wenn man ihm nur eine Chance dazu gäbe. Die Vorstellung, wie er sich in seiner schmutzigen Wohnung die Schuhe putzte, wie er seine Beine in die unbequemen Hosen zwängte, den Gürtel enger schnallte, seine Socken hochzog und dann ein paar Minuten lang vor dem Badezimmerspiegel stand, um das Ergebnis zu bewundern, machte mich richtig elend. Ich und Jacob und wie wir zueinander standen – das war alles so traurig. Am liebsten hätte ich ihm die Farm gelassen.

Das würde allerdings nie geschehen, das wußte ich genau, auch wenn ich es noch so gerne getan hätte. Und als ich es am Abend mit Sarah besprach, stimmte sie mir zu.

»Er muß hier weg, Hank«, sagte sie. »Daß er hierbleibt, kommt überhaupt nicht in Frage.« Wir saßen im Wohnzimmer vor dem

Kamin. Sarah strickte wieder, ihre Nadeln klapperten, während sie redete, als würde alles, was sie sagte, sogleich in Morsezeichen übersetzt. »Du mußt ihm das klarmachen.«

»Ich weiß«, sagte ich. »Aber solange wir da draußen waren, hab' ich es einfach nicht fertiggebracht. Ich sag's ihm am Montag.«

Sie schüttelte den Kopf. »Sag es ihm erst, wenn du unbedingt mußt.«

»Wie meinst du das?«

»Je mehr Zeit vergeht, desto weniger wichtig wird es ihm sein.«

Jetzt wußte ich, was sie meinte. Sie hatte Angst, ihn zu verärgern und Lou in die Arme zu treiben. Einen Augenblick lang wollte ich ihr widersprechen und ihr sagen, daß wir keinen Grund hätten, Jacob zu fürchten, daß er mein Bruder sei und daß wir ihm trauen könnten, aber dann wurde mir klar, daß ich keine Möglichkeit gehabt hätte, sie davon zu überzeugen, daß es keinen konkreten, objektiven Beweis für seine Loyalität gab. Alles, was ich sagte, war deshalb: »Ich wünschte, wir könnten ihm die Farm geben.«

Die Nadeln hörten auf zu klappern, und ich spürte, wie Sarah mich anstarrte. »Er kann nicht hierbleiben, Hank. Das wäre, als ob wir einen ›riesigen‹ Anhaltspunkt zurückließen.«

»Ich weiß. Ich sage auch nur, ich würde ihm gern irgendwie helfen.«

»Dann bring ihn dazu, daß er weggeht. Damit hilfst du ihm am meisten.«

»Aber was soll er denn machen? Hast du darüber schon mal nachgedacht, Sarah? Er weiß doch nicht, wo er hin soll.«

»Mit einer Million Dollar kann er überallhin.«

»Bloß hier kann er nicht bleiben.«

»Genau«, sagte sie. »Hier kann er nicht bleiben.«

Die Nadeln begannen wieder zu klappern.

»Ich hatte Jacob gegenüber immer ein schlechtes Gewissen«, sagte ich, »schon als wir klein waren. Ich hatte immer das Gefühl, daß ich ihn im Stich lasse.«

»So schrecklich viel hat er für dich ja auch nicht getan, oder?«

Das wischte ich beiseite. Sie wußte nicht, was ich meinte. »Ich hab' zu ihm aufgeschaut«, sagte ich, »bis ich in die Schule kam und gesehen hab', wie die anderen Jungs ihn verhöhnt haben, wegen seinem Gewicht. Da war es mir peinlich. Ich hab' mich geschämt, daß er mein Bruder war. Ich fing an, auf ihn herabzusehen, und das hat er gewußt. Er konnte die Veränderung spüren.«

Sarahs Nadeln klapperten heftig. »Das ist doch normal«, sagte sie. »Du warst noch ein Kind.«

Ich schüttelte den Kopf. »Er war so ein schüchternes, ängstliches Kind.«

»Und jetzt ist er ein schüchterner, ängstlicher Erwachsener.«

Ich runzelte die Stirn. Wie sollte ich ihr nur klarmachen, was ich für meinen Bruder empfand? Wie konnte ich ihr etwas von der Verzweiflung vermitteln, die mich heute nachmittag erfaßt hatte, als er mich abgesetzt hatte?

»Weißt du, daß er ein Bettnässer war?« fragte ich.

»Jacob?« Sarah grinste bei dieser Vorstellung.

»In der siebten Klasse verlor er jede Nacht die Kontrolle über seine Blase. Das ging den ganzen Winter hindurch bis in den Frühling. Meine Mutter hat sich immer den Wecker gestellt und ist in der Nacht aufgestanden. Sie hat ihn geweckt und auf die Toilette geschickt, aber das hat auch nichts genützt.«

Sarah strickte immer weiter. Es schien, als hörte sie gar nicht zu.

»Gegen Ende habe ich dann einem meiner Freunde davon erzählt, und bald wußten es alle. Jeder in der ganzen Schule.«

»War Jacob wütend deswegen?«

»Nein, er hat sich bloß geschämt, aber das hat es noch schlimmer gemacht. Er hat es nicht einmal meinen Eltern erzählt, deshalb hab' ich gar keinen Ärger gekriegt.« Ich dachte einen Augenblick nach. »Es war das Gemeinste, was ich je gemacht habe.«

»Das ist doch Ewigkeiten her, Hank«, sagte Sarah. »Ich wette, er erinnert sich überhaupt nicht mehr daran.«

Ich schüttelte den Kopf. Mir wurde klar, daß ich gar nicht hätte versuchen sollen, darüber zu sprechen. Es war nicht richtig herausgekommen, ich hatte nicht gesagt, was ich sagen wollte. Was ich gemeint hatte, war, daß ich meinem Bruder helfen und ihm etwas Gutes tun wollte, um sein Leben besser zu machen, als es jetzt war. Aber das vermochte ich irgendwie nicht zu sagen.

»Es kommt gar nicht darauf an, woran er sich erinnert«, sagte ich leise.

Mitten in der Nacht wachte ich auf. In unserer Auffahrt hörte ich einen Motor im Leerlauf. Sarah lag tief und ruhig atmend neben mir auf dem Rücken. Das einzige Licht im Raum kam von unserem Radiowecker, ein fluoreszierendes Grün, das über den Nachttisch flutete und sich dann auf das Deckengebirge über ihrem schwangeren Leib senkte.

Es war Viertel vor eins. Draußen wurde der Motor ganz abgestellt.

Ich glitt aus dem Bett und schlich mich ans Fenster. Ein blaßgelber, fast weißer Mond hing am klaren Himmel, und die Sterne funkelten hell und scharf umgrenzt durch die kahlen Äste der Bäume. Der Schnee im Hof glitzerte in ihrem Licht. Am unteren Ende der Auffahrt, mit der Schnauze zum Haus, stand Lous alter Chevy.

Ich warf einen Blick auf Sarah, die weiter ruhig atmete; dann schlich ich hinaus in den Flur.

Als ich die Treppe hinunterging, hörte ich die Wagentür quietschend aufgehen. Nach einem Augenblick wurde sie mit einem weiteren leisen Quietschen langsam wieder geschlossen.

An der Vordertür spähte ich durch das kleine Fenster. Lou kam vorsichtig die Auffahrt herauf. Er trug seine weiße Tarnjacke und ging, als wäre er betrunken. Ich war mir nicht ganz sicher, aber es sah so aus, als warte auch jemand im Wagen. Während ich noch überlegte, wandte sich Lou nach rechts zur Garage.

Die Garage war seitlich ans Haus angebaut. Deshalb konnte ich die Vorderseite nicht sehen, und als er näher kam, verschwand Lou aus dem Blickfeld.

Ich hatte keine Waffen im Haus. Die Messer in der Küche waren alles, woran ich denken konnte, und ich wollte meinen Platz an der Tür nicht verlassen, um eins zu holen.

Lou blieb ziemlich lange an der Garage. Das Tor war nicht verschlossen, aber es gab nichts zu stehlen darin. Ich beobachtete seinen Wagen. Es wartete wirklich jemand darin, vielleicht sogar zwei Leute.

Die Pendeluhr auf dem Kamin tickte laut in der Stille und schien sie damit zu vertiefen.

Ich überlegte einen Moment lang, ob ich das Licht anknipsen

sollte, um die Besucher zu verscheuchen, aber ich tat es dann doch nicht. Ich spähte aus dem kleinen Fenster hinaus, fröstelte auf bloßen Füßen in meinem Pyjama und wartete darauf, daß Lou wieder auftauchte.

Als er wieder in Sicht kam, ging er aber nicht zu seinem Wagen zurück, sondern kam direkt auf mich zu.

Ich erstarrte, trat zwei Schritte zurück in den Flur und dachte fieberhaft nach, was ich tun sollte.

Lou kam auf die Veranda, und seine schweren Stiefel klangen hohl auf den Brettern, wie Trommelschläge. Er rüttelte am Griff, aber die Tür war verschlossen. Dann klopfte er ganz leise, denn er trug dicke Handschuhe.

Ich rührte mich nicht.

Er klopfte noch einmal, diesmal lauter, mit der Faust, und weil ich verhindern wollte, daß Sarah aufwachte, trat ich vor und machte die Tür einen Spalt auf.

»Was willst du, Lou?« flüsterte ich.

Er lächelte mich mit sämtlichen Zahnlücken an. Seine Augen schienen zu zwinkern. »Hallo, Mr. *Accountant*!« sagte er, als wäre er überrascht, mich zu sehen.

Ich runzelte die Stirn, und sein Gesichtsausdruck wurde daraufhin ebenfalls ernst, beinahe finster.

»Hank«, sagte er, »ich wollte ein bißchen Geld abheben.« Dann kicherte er, als könnte er sich nicht mehr beherrschen. Er wischte sich mit dem Handschuh über den Mund. Ich konnte seine Alkoholfahne riechen.

»Geh nach Hause, Lou«, sagte ich. »Dreh dich um und geh nach Hause.« Eisige Luft strömte von draußen durch die offene Tür, und meine nackten Füße erstarrten.

»Es ist kalt«, sagte Lou. »Willst du mich nicht reinlassen?«

Er stemmte sich mit der Schulter gegen die Tür, und als ich unwillkürlich etwas zurücktrat, kam er herein. Breit grinsend schloß er die Tür hinter sich.

»Ich habe beschlossen, daß es an der Zeit ist zu teilen. Ich will meinen Anteil.« Er rieb seine Handschuhe aneinander und sah sich in der Eingangshalle um, als erwarte er, daß der Sack mit dem Geld irgendwo in der Ecke herumstand.

»Das Geld ist nicht hier, Lou.«

»Ist es in der Garage?«

»Selbst wenn es hier wäre, würde ich dir nichts davon geben.«

Er fuhr wütend zurück. »Hör mal«, sagte er. »Bloß weil du es aufbewahrst, ist es noch lange nicht deins. Ein Teil davon gehört mir.« Mit dem Zeigefinger tippte er sich an die Brust.

»Wir haben eine Vereinbarung«, sagte ich streng.

Er ignorierte das, lehnte sich ein bißchen zur Seite und spähte an mir vorbei in die Küche. »Ist es auf der Bank?«

»Natürlich nicht. Es ist versteckt.«

»Ich brauche etwas Bargeld, Hank. Und ich brauch' es sofort.«

»Wenn wir das Geld behalten wollen, gibt es nur einen Weg: Wir halten uns an unsere Vereinbarung.«

»Komm, *Mr. Accountant*«, sagte er mit leiser, einschmeichelnder Stimme. »Sei kein Frosch.«

»Wer ist da im Auto?«

»Im Auto?«

»Wer wartet da auf dich?« Ich zeigte zur Auffahrt hinaus.

»Der Wagen ist leer. Ich bin allein da.«

»Ich hab' doch jemand gesehen, Lou. Ist es Nancy?«

Er lächelte ein bißchen. »Hast du mir die ganze Zeit zugeschaut?« Er schien das lustig zu finden, und sein Lächeln vertiefte sich merklich.

»Nancy«, sagte ich. »Und wer noch? Jacob?«

Lou schüttelte den Kopf. »Bloß Nancy.« Er zögerte, und als er mein Gesicht sah, lächelte er entschuldigend wie ein kleiner Junge, der bei einer Lüge erwischt wird. »Nancy und Sonny«, sagte er.

»Sonny Major?« fragte ich überrascht. Ich hatte nicht vermutet, daß die beiden befreundet sein könnten.

Lou nickte. »Er ist wegen der Miete bei uns gewesen, und dann haben Nancy und ich ihn eingeladen, mit uns einen trinken zu gehen.« Sein Grinsen wurde immer frecher. »Deshalb brauche ich das Geld, *Mr. Accountant*. Ich habe meinen Vermieter auf einen Drink eingeladen.«

»Hast du ihnen etwa von dem Flugzeug erzählt?«

Er schnaubte empört durch die Nase. »Natürlich nicht. Ich hab' ihnen gesagt, daß du mir Geld schuldest.«

Ich runzelte die Stirn. Irgendwo knarrte es, als ob das Haus sich auf die Fundamente senkte.

»Ich verlange ja nur, was mir zusteht«, sagte er und schwankte ein bißchen. Eine ungeheure Ungeduld überfiel mich. Ich wollte ihn loswerden. Ich wollte, daß er auf der Stelle ging.

»Es muß ja nicht gleich alles sein«, sagte er. »Gib mir einfach nur eins von den Päckchen. Den Rest hol ich mir später.«

Ich sprach sehr langsam, mit leiser, ruhiger Stimme. »Wenn du das noch einmal sagst, verbrenne ich das Geld. Gleich morgen früh. Ist das klar?«

Er kicherte hämisch. »Das ist doch bloß Bluff«, sagte er. »Nichts als ein B-L-U-F-F.«

»Du kannst es ja probieren. Dann siehst du schon, was passiert.«

Er kicherte erneut. »Ich weiß ein Geheimnis, *Mr. Accountant*. Jacob hat mir ein kleines Geheimnis erzählt.«

Ich starrte ihn an.

»Ich weiß, was mit Dwight Pederson passiert ist.«

Für einen Augenblick war ich völlig gelähmt, dann hatte ich mich wieder unter Kontrolle und blieb erstaunlich gelassen. Mein Gehirn arbeitete wie rasend, aber mein Körper verriet davon nichts. Jacob hatte ihm von Pederson erzählt: Das hatte ich nicht erwartet.

Lou grinste mich an. Ich zwang mich, ihm direkt in die Augen zu sehen. »Dwight Pederson?« sagte ich.

Sein Lächeln erweiterte sich und nahm sein ganzes Gesicht ein. »Ja«, sagte er. »Den habt ihr umgebracht. Du und Jacob.«

»Du trinkst zuviel, Lou. Du weißt ja nicht, was du redest.«

Er schüttelte, immer noch lächelnd, den Kopf. »Ich werde nicht zulassen, daß du mein Geld verbrennst. Das nimmst du mir nicht weg. Wenn du es tust, werde ich gegen dich aussagen.«

Die Uhr im Wohnzimmer schlug. Als der Glockenton verklungen war, schien der Korridor noch dunkler und stiller geworden zu sein.

Ich legte Lou meine Hand auf die Brust. Ich übte keinerlei Druck aus, ich legte ihm nur die Hand auf die Jacke. Beide sahen wir darauf herunter. »Geh nach Hause, Lou«, flüsterte ich.

Er schüttelte erneut seinen Kopf. »Ich brauche das Geld.«

Ich ging zur Garderobe, nahm die Brieftasche aus meinem Jakkett, zog zwei Zwanzigdollarscheine heraus und hielt sie ihm hin.

Er warf kaum einen Blick darauf. »Ich will eins von den Päckchen«, sagte er.

»Die sind nicht hier, Lou. Ich hab' sie woanders versteckt.«

»Wo denn?«

»Nimm die beiden Zwanziger und geh.« Ich wedelte ihm damit vor der Nase herum.

»Ich will meinen Anteil.«

»Den kriegst du im Sommer, wie wir es verabredet haben.«

»Nein. Ich will ihn jetzt.«

»Du hörst mir nicht zu. Ich kann dir nichts von dem Geld geben. Es ist nicht hier, Lou.«

»Dann komm ich morgen früh wieder. Dann holen wir es zusammen.«

»Das entspricht nicht unserer Vereinbarung.«

»Wäre es nicht eine Schande, wenn jemand dem Sheriff einen Brief schreiben würde, wo drinsteht, daß der Unfall von Dwight Pederson nicht ganz astrein gewesen ist?«

Ich warf ihm einen kalten Blick zu. Ich hatte das verzweifelte Bedürfnis, ihm weh zu tun. Am liebsten hätte ich ihm mit der Faust seine schiefen Zähne in den Rachen geschlagen. Ich wollte ihm das Genick brechen.

»Nimm die Zwanziger«, sagte ich.

»Ich meine, ist er einfach so die Brücke runtergefahren? Glaubst du das?« Lou schüttelte in vorgetäuschtem Unglauben den Kopf. »Kommt mir komisch vor.« Er machte eine Pause und grinste. »Wart ihr beide nicht am Neujahrsmorgen da draußen?«

»Das würdest du niemals tun«, flüsterte ich.

»Ich bin verzweifelt, Hank. Ich bin pleite, und ich schulde massenhaft Leuten Geld.«

»Wenn du uns anzeigen würdest, würdest du alles verlieren.«

»Ich kann nicht bis zum Sommer warten, ich brauche es jetzt.«

»Komm, nimm die beiden Zwanziger«, sagte ich und streckte sie ihm noch einmal hin.

Er schüttelte den Kopf. »Ich komme morgen früh wieder. Ich brauche mindestens ein Päckchen.«

Einen Augenblick geriet ich in Panik, aber nur kurz. Dann sah ich den Ausweg. »Morgen früh kann ich nicht«, sagte ich. »Es ist ein

Stück zu fahren. Da ist man den ganzen Tag unterwegs. Ich kann erst fahren, wenn Sarahs Baby da ist.«

Lou schien nicht zu wissen, ob er mir glauben sollte. »Einen ganzen Tag weit zu fahren?«

»Das Versteck ist in Michigan.«

»Was, zum Teufel, macht das Geld in Michigan oben?«

»Ich wollte es nicht hier in der Nähe haben. Für den Fall, daß wir irgendwie unter Verdacht geraten sollten. Ich wollte es weit weg.«

Ich konnte sehen, wie es in seinem Kopf arbeitete. »Wann soll das Baby denn kommen?« fragte er.

»In ein paar Wochen.«

»Und dann fahren wir?«

»Ja«, sagte ich. Ich wollte bloß, daß er endlich ging.

»Versprichst du mir das?«

Ich nickte.

»Und dann teilen wir es auf?«

Wieder nickte ich. »Nimm die Zwanziger«, sagte ich.

Er sah auf die beiden Scheine hinunter. Dann nahm er sie, schob sie in seine Jacke und lächelte mich an. »Tut mir leid, daß ich dich geweckt habe«, sagte er. Er machte zwei unsichere Schritte in Richtung der Tür. Ich hielt sie ihm auf, und als er draußen auf der Veranda war, machte ich sie hinter ihm zu und verriegelte sie.

Durch das kleine Fenster beobachtete ich, wie er auf der Verandatreppe stehenblieb, die beiden Zwanziger aus der Tasche zog und sie langwierig untersuchte, ehe er die Auffahrt zu seinem Wagen hinunterschwankte.

Als er die Tür öffnete, ging die Innenbeleuchtung für einen Augenblick an, und ich sah zwei Leute im Inneren. Auf dem Vordersitz saß Nancy, die zu ihm hochlächelte. Dahinter, im Schatten, war eine zweite Person. Zuerst dachte ich wirklich, es sei Sonny Major. Aber dann, gerade als Lou die Tür hinter sich zuschlug und das Licht ausging, begann ich plötzlich zu zweifeln. Sonny Major war ein zierlicher Mann, kleiner als Lou. Der Mann auf dem Rücksitz war größer gewesen, viel größer. Er hatte ausgesehen wie Jacob.

Ich sah zu, wie der Wagen die Einfahrt hinunterrollte. Sie waren schon auf der Straße, als Lou die Scheinwerfer anmachte. Meine

Füße waren längst taub geworden, und doch blieb ich auf dem kalten Holzboden stehen, bis das Motorengeräusch endgültig erstorben war und das Haus wieder still wurde.

Ich überlegte kurz, was ich tun sollte, aber es fiel mir nichts ein. Ich dachte nur daran, daß alles außer Kontrolle geraten war. Ich steckte in Schwierigkeiten, und es schien keinen Ausweg zu geben.

Als ich mich umdrehte, um wieder schlafen zu gehen, sah ich Sarah. Sie stand in ihrem weißen Frottee-Bademantel im Schatten am oberen Ende der Treppe und starrte auf mich herunter wie ein Gepenst.

Wir beredeten es gleich da auf der Treppe. Ich ging zu ihr hoch, und wir setzten uns wie zwei Kinder in der Dunkelheit nebeneinander auf die vorletzte Stufe.

»Du hast es gehört?« fragte ich.

Sarah nickte.

»Alles?«

»Ja.«

»Jacob hat Lou die Sache mit Pederson erzählt.«

Sarah nickte erneut und legte ihre Hand auf mein Knie. Ich legte meine obendrauf.

»Was wirst du jetzt machen?« fragte sie.

Ich zuckte die Achseln. »Nichts.«

»Nichts?«

»Das Geld aufbewahren und abwarten.«

Sarah lehnte sich ein wenig zur Seite, und ich spürte, wie sie mich ansah. Ich starrte die Treppe hinunter zur Haustür. »Das geht nicht«, sagte sie. Ihre Stimme war keineswegs lauter geworden, hatte aber eine gewisse Dringlichkeit angenommen. »Wenn du ihm seinen Anteil nicht gibst, wird er dich verraten.«

»Dann gebe ich ihm sein Geld eben.«

»Das geht genausowenig. Dann wirft er überall damit um sich, die Leute werden aufmerksam, und wir werden geschnappt.«

»Na gut, dann tu ich es nicht. Dann werden wir ja sehen, ob er es ernst meint oder nur blufft.«

»Wir können nicht riskieren, daß er dich anzeigt.«

»Aber ich kann doch nichts anderes tun, Sarah«, sagte ich, und meine Stimme wurde lauter, weil ich so frustriert war. »Das sind die beiden Alternativen.«

»Verbrenn das Geld doch!«

»Kann ich nicht. Dann erzählt Lou die Sache mit Pederson, und am Ende komme ich wegen Mord vor Gericht.«

»Gib Jacob die Schuld. Wenn du das Geld zurückgibst und gleichzeitig versprichst, daß du gegen ihn aussagst, bleibst du als Kronzeuge straffrei.«

»Das kann ich Jacob nicht antun.«

»Vergiß nicht, was er dir angetan hat. Schließlich ist es wirklich seine Schuld.«

»Das kann ich meinem Bruder nicht antun.«

Ich hörte Sarah schnell und flach atmen. Beruhigend preßte ich ihre Hand.

»Ich glaub' nicht, daß er was verrät«, sagte ich. »Ich glaube, wenn wir konsequent bleiben, wird er sich bis zum Sommer gedulden.«

»Und wenn nicht?«

»Dann sind wir in Schwierigkeiten. Das ist das Risiko, das wir eingehen.«

»Du kannst doch nicht einfach herumsitzen und darauf warten, daß er dich anzeigt.«

»Was soll ich denn machen? Willst du, daß ich ihn umbringe? So wie Jacob gesagt hat?«

Das wischte sie stirnrunzelnd beiseite. »Ich habe nur gesagt, wir müssen etwas unternehmen. Wir müssen etwas finden, womit wir ihn einschüchtern können.«

»Einschüchtern?«

»Es ist eine Machtfrage, Hank. Ursprünglich hatten wir ihn unter Kontrolle, weil wir das Geld hatten. Jetzt hat er uns unter Kontrolle. Wir müssen uns etwas einfallen lassen, damit wir ihn wieder in den Griff kriegen.«

»Wenn wir ihm drohen, wird alles nur schlimmer. Das ist genau wie beim Poker. Wenn wir den Einsatz erhöhen, setzt er bloß wieder dagegen.«

»Soll das heißen, daß du aufgeben willst?«

Ich zog meine Hand von ihrer zurück und rieb mir die Stirn. Das

Haus rings um uns herum war vollkommen still, als ob es uns zuhören wolle. »Ich will einfach bloß bei unserem ursprünglichen Plan bleiben und bis zum Sommer warten«, sagte ich.

»Aber dann verrät er die Sache mit Pederson.«

»Damit kann er nichts gewinnen. Das weiß er doch. Wenn wir ins Gefängnis müssen, ist das Geld futsch.«

»Er macht es aus bloßer Gemeinheit. Weil du nicht tust, was er sagt.«

Ich schloß die Augen. Mein Körper begann vor Erschöpfung zu schmerzen. Ich wollte dringend wieder ins Bett.

»Ich glaube, du hast den Ernst der Lage noch gar nicht erkannt, Hank.«

»Ich glaube, wir sollten wieder ins Bett gehen«, sagte ich, aber Sarah rührte sich nicht.

»Jetzt bist du ihm ausgeliefert«, sagte sie. »Du mußt alles tun, was er sagt.«

»Ich hab' immer noch das Geld. Wo das ist, weiß er nicht.«

»Deine starke Position rührte daher, daß du damit drohen konntest, das Geld zu verbrennen. Damit ist es vorbei.«

»Ich hätte es Jacob nicht sagen dürfen«, seufzte ich.

»Du kennst ja Lou. Er wird es gegen dich verwenden und rauszuholen versuchen, was drin ist.«

»Ich kann noch gar nicht glauben, daß mir Jacob das angetan hat.«

»Selbst wenn wir bis zum Sommer durchhalten und das Geld dann erst aufteilen, kann er dich immer weiter erpressen. Vielleicht wartet er sogar zehn Jahre damit, bis er seinen Anteil verbraucht hat und stöbert uns dann irgendwo auf. Er wird uns erpressen. Er bringt dich ins Gefängnis.«

Ich sagte nichts. Ich dachte nicht an Lou; ich mußte über Jacob nachdenken.

Sarah griff erneut nach meiner Hand. »Du darfst es nicht zulassen. Du mußt ihn wieder unter Kontrolle bringen.«

»Aber was soll ich denn machen? Du redest immer davon, ihm zu drohen, aber wie sollen wir das machen? Wir haben doch nichts, womit wir ihm drohen können.«

Sarah schwieg.

»Soll ich irgendwas Bestimmtes tun?« fragte ich. »Hast du einen Plan?«

Sie warf mir einen langen, harten Blick zu, und eine Sekunde lang dachte ich, daß sie von mir verlangen würde, ich sollte ihn umbringen, aber sie sagte es nicht. Sie schüttelte bloß den Kopf. »Nein«, sagte sie. »Hab' ich nicht.«

Ich nickte. Ich wollte aufstehen und ins Schlafzimmer zurückkehren, aber Sarah hielt meine Hand fest und legte sie auf ihren Bauch. Das Baby strampelte. Ich spürte eine dunkle, rätselhafte Bewegung unter der Handfläche. Sarahs Haut wurde gewaltsam gegen meine gestoßen. Es hielt ein paar Sekunden lang an.

»Es wird alles gut«, flüsterte ich, als es vorbei war. »Vertrau mir. Wir stehen das durch.«

Solche Sachen sagen die Leute immer, wenn sie in unhaltbaren Situationen sind. Ich merkte es, sobald ich den Mund aufgemacht hatte. Es war so ähnlich wie das, was meine Mutter bei unserer letzten Begegnung gesagt hatte, es war ebenso tapfer wie falsch. Man sprach gewissermaßen mit abgewendeten Augen und geschlossenen Ohren, man leugnete die Gefahr, in der man sich befand. Es war ein schlechtes Zeichen, daß ich das Bedürfnis hatte, so etwas zu sagen, und die Art und Weise, wie Sarah meine Hand auf ihren Leib preßte, zeigte mir, daß sie es auch wußte. Wir waren in Schwierigkeiten, wir hatten voller naivem Selbstvertrauen etwas Gefährliches begonnen, und jetzt mußten wir zusehen, wie es unserer Kontrolle entglitt.

»Ich habe Angst, Hank«, sagte sie, und ich nickte.

»Es wird bestimmt alles gut«, wiederholte ich, obwohl ich mir ziemlich dumm dabei vorkam. Aber es gab nichts anderes zu sagen.

Am nächsten Morgen stand ich früh auf. Ich zog mich in der Diele an und putzte mir unten die Zähne, um Sarah nicht zu wecken. In der Küche machte ich mir einen Kaffee, und während ich ihn trank, las ich die Zeitung von gestern.

Dann fuhr ich zu Jacob hinüber.

Ich parkte auf der seiner Wohnung gegenüberliegenden Straßenseite, direkt hinter seinem Pick-up. Es war ein schöner Morgen, wolkenlos, kalt und trocken. Alles sah sauber und frisch geschrubbt aus: die Plastikmarkisen über den Supermarkt-Schaufenstern, die silbernen Säulen der Parkuhren, die Fahne, die vor dem Rathaus im Wind knatterte. Es war noch früh, kurz vor acht, aber Ashenville war schon hellwach. Die Straße war voller Leute, die kamen und gingen, mit Zeitungen unter dem Arm und dampfenden Kaffeetassen in den dick verpackten Händen. Jedermann schien zu lächeln.

Wie erwartet, schlief Jacob noch. Ich mußte an die Tür klopfen, warten und noch einmal klopfen, ehe ich ihn heranschlurfen hörte. Als er schließlich aufmachte, schien er nicht sehr glücklich, mich vorzufinden. Er lehnte sich einen Moment an den Türpfosten und blinzelte in das Licht aus dem Treppenhaus. Auf seinem Gesicht lag ein Ausdruck tiefster Enttäuschung. Dann grunzte er »Hallo« zur Begrüßung, drehte sich um und stolperte ins dämmerige Innere seiner Wohnung zurück.

Ich folgte ihm und schloß die Tür hinter mir. Es dauerte ein paar Sekunden, bis meine Augen sich an die schwache Beleuchtung gewöhnt hatten. Jacobs Wohnung war stickig und eng. Eigentlich bestand sie nur aus einem einzigen großen Raum ohne Teppich. Zur Linken führte eine Tür in ein winziges Bad. Daneben war eine zwei Fuß tiefe Nische, fast genauso lang wie das Zimmer. Diese Nische war Jacobs Küche. Das Mobiliar bestand aus einem Bett, einem Tisch mit zwei Stühlen, einer kaputten Couch und einem Fernseher. Auf der Couch lag schmutzige Wäsche herum, leere Bierflaschen lagen überall auf dem Fußboden.

Die ganze Wohnung stank nach Armut. Jedesmal, wenn ich sie sah, wurde mir schlecht.

Jacob schlurfte zum Bett zurück und ließ sich rücklings fallen. Die Federn stöhnten unter seinem Gewicht. Er trug eine lange Unterhose und darüber ein T-Shirt. Die Thermowäsche spannte sich grotesk über seinen weichen, dicken Oberschenkeln. Zwischen Hemd und Unterhose standen mindestens fünf Zentimeter weißes, wabbeliges Fett heraus. Ich fand es obszön und wünschte mir, daß er sich zugedeckt hätte.

Ich ging zum Fenster und ließ die beiden Springrollos hochschnappen. Das Zimmer füllte sich mit Sonne, und Jacob schloß geblendet die Augen. Staubflocken tanzten wie Schnee durch die schräg hereinfallenden Lichtstrahlen. Ich überlegte kurz, ob ich mich hinsetzen sollte, warf einen angewiderten Blick auf die Couch und nahm davon Abstand. Statt dessen lehnte ich mich an die Fensterbank und verschränkte die Arme vor der Brust.

»Was hast du gestern abend gemacht?« fragte ich.

Mary Beth lag am Fußende des Bettes, den Kopf auf den Pfoten, ein Ohr aufgestellt und ein Auge geöffnet, um mich zu beobachten.

Jacob zuckte mit geschlossenen Augen die Schultern. »Nichts weiter.« Seine Stimme war noch heiser vom Schlaf.

»Warst du weg?«

Er zuckte wieder die Achseln.

»Mit Lou?«

»Nein«, sagte er, hustete und räusperte sich. »Ich bin erkältet. Ich bin zu Hause gewesen.«

»Ich hab' mit Lou geredet«, sagte ich.

Jacob zog die Decke über sich und rollte sich auf die Seite, immer noch mit geschlossenen Augen.

»Er war bei mir zu Hause.«

Jacobs Augen öffneten sich. »Und?« sagte er.

»Nancy war bei ihm und noch jemand. Ich dachte, das warst vielleicht du.«

Jacob schwieg.

»Bist du dabeigewesen? Im Auto?«

»Nein, das hab' ich doch schon gesagt«, seufzte er. Ich war gestern abend nicht mit Lou zusammen. Ich bin krank.« Seine Stimme sollte so klingen, als ob er genervt wäre.

»Und das ist die Wahrheit?«

»Also, komm, Hank.« Jacob richtete sich auf. »Warum sollte ich dich denn anlügen?«

»War es vielleicht Sonny?«

»Sonny?«

»Sonny Major. War das Sonny im Auto?«

»Ich weiß nicht. Woher soll ich das wissen?« Jacob ließ seinen Kopf auf das Kissen zurücksinken, war jetzt aber hellwach. Man merkte es am Klang seiner Stimme.

»Sind sie befreundet?«

»Sicher. Sonny ist ihr Vermieter.«

»Gehen sie oft zusammen aus?«

»Weiß ich nicht«, sagte er müde. »Warum nicht?«

»Weiß er von dem Geld?«

»Dem Geld?«

»Ja«, brüllte ich wütend. »Hat Lou ihm von dem Geld erzählt?«

Nebenan schlug jemand mit der Faust an die Wand, und wir erstarrten.

Nach einem Augenblick setzte Jacob sich auf. Er schob die Beine über die Bettkante, stellte die Füße auf den Boden und stützte die Ellbogen auf die Knie. Ich starrte auf seine nackten Füße. Immer wieder schockierte mich ihre Größe. Sie sahen aus wie zwei gerupfte Hühner.

»Reg dich nicht immer so auf, Hank. Du leidest ja unter Verfolgungswahn. Außer uns dreien, Nancy und Sarah weiß keiner Bescheid.«

»Sarah weiß nichts.«

Er sah zu mir hoch und zuckte die Achseln. »Also wir drei und dann Nancy. Das sind alle.«

Der Hund kam aus dem Bett, streckte sich ausgiebig, ging ins Bad und begann lautstark aus der Toilette zu trinken. Wir hörten ihm zu, bis er aufhörte.

»Ich habe Pederson für dich umgebracht, Jacob«, sagte ich.

Er richtete sich auf. »Was?«

»Ich hab' ihn für dich umgebracht.«

»Warum erzählst du mir das dauernd? Was soll das bedeuten?«

»Das bedeutet, daß ich meinen Hals für dich riskiert habe und du mir in den Rücken fällst und mich verrätst!«

»Dich verraten?«

»Du hast Lou gesagt, wo ich das Geld versteckt hatte.«

»Hank, was ist heute bloß mit dir los?«

»Er wußte, daß es in der Garage war.«

Jacob schwieg. Der Hund kam aus dem Bad zurück, seine Krallen kratzten auf dem gekachelten Fußboden.

»Du hast nie gesagt, daß ich das nicht tun sollte«, murmelte Jacob.

Ganz ruhig sagte ich: »Du hast ihm die Sache mit Pederson erzählt.«

»Hab' ich nicht...«

»Du hast mich verraten, Jacob. Du hast versprochen, du würdest ihm nichts davon sagen.«

»Ich hab' ihm überhaupt nichts erzählt. Er klopft bloß auf den Busch. Das hat er bei mir auch gemacht.«

»Wie soll er denn auf so etwas kommen?«

»Ich hab' ihm erzählt, daß wir noch mal beim Flugzeug waren am Neujahrsmorgen. Er hatte das mit Pederson in den Nachrichten gesehen. ›Habt ihr ihn umgebracht?‹ hat er mich gefragt.«

»Und du hast es abgestritten?«

Jacob zögerte. »Gesagt hab' ich's ihm nicht.«

»Hast du es geleugnet?«

»Er hat es erraten, Hank«, sagte Jacob mit ungeduldiger, gekränkter Stimme. »Er wußte es einfach.«

»Na, großartig, Jacob! Und jetzt erpreßt er mich damit!«

»Erpreßt dich?«

»Er sagt, er würde es anzeigen, wenn ich ihm seinen Anteil nicht gebe.«

Jacob überlegte. »Wirst du es tun?« fragte er.

»Das kann ich nicht. Er würde in der ganzen Stadt Hundertdollarscheine verbreiten. Wir würden genauso schnell geschnappt, als wenn er Carl erzählt, was wir mit Pederson gemacht haben.«

»Glaubst du wirklich, er wird uns verraten?«

»Und du?«

Jacob runzelte die Stirn. »Ich weiß nicht«, sagte er nachdenklich. »Vielleicht nicht. Aber in letzter Zeit hat er angefangen zu spielen, deshalb braucht er dauernd Geld.«

»Er spielt?«

Jacob nickte.

»Wo denn?« Aus irgendeinem Grund erschien mir die Idee absurd.

»Auf der Rennbahn in Toledo. Er hat eine ganze Menge verloren.«

»Viel?«

Jacob zuckte ausweichend die Achseln. »Ein bißchen. Genau weiß ich es nicht.«

Ich rieb mir das Gesicht mit den Händen »Scheiße.« Ich drehte mich zum Fenster um. Auf dem Sims davor saß eine Taube, dick aufgeplustert wegen der Kälte. Ich pochte mit den Fingerknöcheln gegen die Scheibe, und die Taube flog weg. Ihre Schwingen glänzten im Licht.

»Kapierst du, was vorgeht?« fragte ich.

Jacob gab keine Antwort.

»Lou kann uns jetzt beide ins Gefängnis bringen.«

»Lou wird doch auf gar keinen Fall –«

»Und wir haben ihn nicht unter Kontrolle. Vorher konnten wir ihm damit drohen, das Geld zu verbrennen, aber jetzt können wir das nicht mehr. Wenn wir's tun, zeigt er uns an.«

»Du hättest es doch sowieso nie verbrannt, Hank.«

Das ließ ich nicht gelten. »Weißt du, was das Problem ist? Das Problem ist, daß du glaubst, du könntest ihm trauen. Er ist dein bester Freund, deshalb glaubst du, er würde dich nicht verraten.«

»Hör mal. Lou ist –«

Ich schüttelte den Kopf. »Du hast nicht den nötigen Abstand. Du bist viel zu nahe dran, um zu sehen, wie er wirklich ist, Jacob.«

»Wie er wirklich ist?« fragte er ungläubig. »Und das willst du mir jetzt sagen?«

»Ich sage dir –«

Er schnitt mir mit zornig erhobener Stimme das Wort ab. »Er ist mein bester Freund, Hank. Du weißt doch überhaupt nichts von ihm. Du hast ihn ein paarmal betrunken erlebt, deshalb denkst du, du kennst ihn, aber das stimmt nicht. Über Lou kannst du mir bestimmt nichts erzählen.«

Ich drehte mich um und sah ihm direkt ins Gesicht. »Kannst du garantieren, daß er uns nicht verrät?«

»Garantieren?«

»Bist du bereit, ein Geständnis zu schreiben, daß du Dwight Pederson umgebracht hast? Ganz allein? Bist du bereit, so ein Geständnis zu unterschreiben und mir in Verwahrung zu geben?«

Er warf mir einen ängstlichen Blick zu. »Ein Geständnis? Wofür willst du das haben?«

»Damit ich es der Polizei vorlegen kann, wenn Lou uns verpfeift.«

Jacob war sprachlos. Die Vorstellung erschreckte ihn maßlos, und genau das hatte ich auch erwartet. Ich wollte gar nicht unbedingt das Geständnis, ich hatte ihm angst machen und ihn aus seiner Selbstgefälligkeit aufschrecken wollen.

»Es ist deine Schuld, daß wir in diese beschissene Situation geraten sind, Jacob. Du warst derjenige, der es ihm erzählt hat.« Jacob sagte nichts. Ich wartete noch einen Moment, dann drehte ich mich wieder zum Fenster. »Was er jetzt verlangt, kann ich ihm nicht geben«, sagte ich. »Und wenn ich's ihm nicht gebe, zeigt er uns an. Er bringt uns ins Gefängnis.«

»Hör doch auf, Hank. Am Ende bist du noch derjenige, wegen dem wir geschnappt werden. Du regst dich auf wegen –«

»Ich bin heute hergekommen«, sagte ich, ohne mich umzudrehen, »weil ich wissen will, auf wessen Seite du stehst.«

»Wie meinst du das?«

»Du mußt dich entscheiden.«

»Ich bin auf gar keiner Seite. Ihr redet dauernd über Seiten...«

»Lou redet über Seiten?«

Jacob ignorierte die Frage. »Ich bin auf deiner und auf seiner Seite. Wir gehören alle zusammen. Das war doch der Plan.«

»Und wenn du dich für eine Seite entscheiden *müßtest*...?«

»Ich werde mich für keine Seite entscheiden.«

»Ich will aber, daß du dich entscheidest, Jacob. Ich will es wissen: Wählst du Lou oder mich?«

Hinter meinem Rücken spürte ich seine Verwirrung und Panik. Als er sein Gewicht verlagerte, knarrten die Sprungfedern in seiner Matratze.

»Ich...«

»Entscheide dich!«

Es folgte ein Schweigen von mindestens zehn Sekunden. Ich wartete mit angehaltenem Atem.

»Ich würde dich wählen, Hank«, sagte er schließlich. »Du bist mein Bruder.«

Ich lehnte meine Stirn ans Fenster. Das Glas war eisig, und meine Haut schmerzte vor Kälte. Unter mir auf der Straße ließ ein alter Mann seine Zeitung fallen, und der Wind riß sie auseinander. Ein vorbeikommendes Pärchen half ihm, die losen Blätter wieder einzusammeln, und ich sah, wie der alte Mann sich heftig nickend bedankte. »Vielen Dank«, sagte er immer wieder. »Vielen Dank.«

Mary Beth gähnte laut, und ich hörte, wie mein Bruder ihn zu streicheln begann.

»Vergiß das nicht«, sagte ich, während mein Atemhauch sich auf dem Glas vor mir niederschlug. »Was immer geschieht, vergiß das nie, Jacob.«

Am Dienstag nachmittag klopfte es bei mir im Büro an die Tür, und noch ehe ich etwas sagen konnte, ging sie auf. Lou steckte seinen Kopf herein und lächelte mich an. Seine Zähne sahen wie die eines Nagetiers aus, scharf und gelb.

»Hallo, *Mr. Accountant*«, sagte er. Mit einem raschen Schritt trat er ein und schloß die Tür hinter sich. Er kam bis dicht vor meinen Schreibtisch, setzte sich aber nicht. Er hatte Arbeitsstiefel an und seine weiße Tarnjacke. Sein Gesicht war von der Kälte gerötet.

Seit drei Tagen hatte ich diesen Augenblick gefürchtet, aber jetzt, als er da war, spürte ich weder Angst noch Ärger. Ich war einfach bloß müde.

»Was willst du?« seufzte ich. Was immer es war, ich wußte, daß ich es ihm wahrscheinlich ohnehin nicht geben konnte.

»Ich brauche Geld, Hank.«

Mehr sagte er nicht. Er äußerte keinerlei Drohung, erwähnte weder Pederson noch Jacob, aber das alles hing zwischen uns in der Luft. Ich konnte es geradezu riechen.

»Ich habe dir schon gesagt –«, fing ich an, aber er schnitt mir mit einer Handbewegung das Wort ab.

»Darum geht es mir gar nicht«, sagte er. »Ich wollte dich bloß um ein Darlehen bitten.«

»Ein Darlehen?«

»Sobald wir das Geld aufteilen, zahle ich es zurück.«

Ich verzog das Gesicht. »Wieviel?«

»Ich brauche zweitausend«, sagte er. Er versuchte zu lächeln, schien aber zu spüren, daß es keine so gute Idee war, und gab den Versuch wieder auf.

»Zweitausend?« sagte ich.

Er nickte düster.

»Wozu brauchst du soviel Geld?«

»Ich habe Schulden.«

»Zweitausend Dollar Schulden? Bei wem?«

Er gab keine Antwort. »Ich brauche das Geld, Hank. Es ist wichtig für mich.«

»Spielschulden?«

Er schien leicht zusammenzuzucken, offenbar überrascht, daß ich wußte, was los war, aber dann brachte er doch ein Lächeln zustande. »Massenhaft Schulden.«

»Du hast zweitausend Dollar verspielt?«

Er schüttelte den Kopf. »Ein bißchen mehr als das«, zwinkerte er. »Die zweitausend sind bloß zur Beruhigung für die Leute, damit sie stillhalten, bis ich meinen Anteil kriege.«

»Wieviel hat du denn wirklich verloren?«

»Alles, was ich brauche sind zweitausend, Hank.«

»Ich will wissen, wieviel du insgesamt verloren hast.«

Er schüttelte noch einmal den Kopf. »Geht dich das etwas an, *Mr. Accountant*?« fragte er. Geduldig, unbeweglich stand er vor mir, mit den Händen in den Taschen der Jacke.

»Soviel Geld trage ich nicht mit mir herum«, sagte ich. »Ich kann nicht einfach in die Schublade greifen und dir zweitausend Dollar auf den Tisch legen.«

»Drüben auf der anderen Straßenseite ist eine Bank.«

»Ich brauche Zeit«, sagte ich. »Du wirst bis heute abend warten müssen.«

Nachdem er gegangen war, ging ich zur Bank rüber und hob zweitausend Dollar von Sarahs und meinem Bankkonto ab. Ich nahm das Geld mit ins Büro, steckte es in einen Umschlag und legte ihn in die oberste Schublade.

Ich versuchte noch etwas zu arbeiten, aber der Tag war versaut, ich konnte mich auf nichts konzentrieren. Ich kritzelte auf den Rändern von Briefen herum und blätterte in einer Jagdzeitschrift, die jemand in meinem Büro vergessen hatte.

Wenn ich ihm den Umschlag mit den zweitausend gab, war ich praktisch gezwungen, das Geld aufzuteilen. Sonst würde er mir eine solche Summe nie zurückzahlen können. Der Zusammenhang war mir bewußt, aber ich versuchte so zu tun, als ob es irrelevant wäre.

Ich versuchte mir einzureden, daß ich Zeit gewinnen müßte. Es mußte ja einen Ausweg geben, und wenn ich ein bißchen Zeit hatte, würde ich ihn sicher auch finden. Ich mußte bloß in Ruhe nachdenken können.

Kurz vor fünf war Lou wieder da, klopfte an meine Tür und trat auch diesmal ein, ehe ich ihn dazu auffordern konnte.

»Hast du's?« fragte er. Er schien es sehr eilig zu haben, und deshalb bewegte ich mich sehr langsam.

Ich zog meine Schublade auf, nahm den Umschlag heraus und legte ihn auf die Kante meines Schreibtisches.

Er trat einen Schritt vor, nahm ihn an sich, riß die Klappe auf und zählte die Scheine. Dabei bewegten sich seine Lippen. Dann lächelte er. »Ich weiß das zu schätzen, Hank«, sagte er, als ob ich es freiwillig getan hätte.

»Mehr werde ich dir nicht geben«, sagte ich.

Er zählte die Scheine noch einmal und schien zugleich irgendwelche Berechnungen im Kopf anzustellen. »Wann ist Sarah fällig?«

»Am vierundzwanzigsten«, sagte ich.

»Nächste Woche schon?« Sein Gesicht hellte sich auf.

»Nächsten Sonntag.«

»Und dann gehen wir das Geld holen?«

Ich zuckte die Achseln. »Ein paar Tage werde ich brauchen, bis sich die Dinge bei uns richtig eingependelt haben. Außerdem können wir nur am Wochenende fahren, Urlaub kann ich deswegen nicht nehmen.«

Lou bewegte sich rückwärts zur Tür. »Rufst du mich an?« fragte er.

»Ja, ich rufe dich an«, seufzte ich.

Sarah erzählte ich von alledem nichts.

Ein Tag verging nach dem anderen. Der vierundzwanzigste kam und ging. Und die ganze Zeit über sah und hörte ich nichts von Jacob und Lou. Sarah redete ununterbrochen über die Entbindung, die ihr bevorstand. Lou oder Nancy erwähnte sie überhaupt nicht.

Nachts lag ich im Bett und zählte die Leute ab, die ich kannte. In Gedanken prüfte ich ihre Schwächen, stellte mir von jedem vor, wie er mich verriet, hinterging, zu schädigen versuchte und beraubte.

Ich fing an, davon zu träumen – Lou schlug mit dem Nudelholz auf mich ein; Jacob ging mit Messer und Gabel auf mich los, um mich bei lebendigem Leib zu verspeisen; Nancy küßte Sarah und flüsterte ihr ins Ohr: »Vergifte ihn, vergifte ihn, Sarah!«

Ich wachte mitten in der Nacht auf und sah die Bierbüchse, die Lou hatte fallen lassen, am Rand des Obstgartens im Schnee liegen. Ich stellte mir vor, wie jemand vom FBI mit Gummihandschuhen die leere Bierbüchse aufhob, in einen Plastiksack steckte und ins kriminaltechnische Laboratorium schickte. Oder ich dachte an Carl, wie er nach der Entdeckung des Flugzeugs in seinem Büro saß und ihm plötzlich einfiel, daß Jacob ihm einen Tag vor Dwight Pedersons tödlichem Unfall von eigenartigen Motorengeräuschen in der Nähe der Brücke erzählt hatte.

Sie würden Pedersons Leiche ausgraben und genau untersuchen. Sie würden eine gründliche Autopsie machen, und dann würden sie alles wissen.

Aber nichts dergleichen geschah, merkwürdigerweise. Der Sack mit dem Geld lag unberührt unter dem Bett. Niemand schien irgendeinen Verdacht mir gegenüber zu hegen. Niemand schien etwas gegen mich im Schilde zu führen. Lou ließ mich völlig in Ruhe. Und allmählich gewöhnte ich mich an dieses Leben. Ich konnte mit meinen Ängsten leben, stellte ich fest. Sie waren begrenzt. Das Baby konnte jetzt jeden Tag auf die Welt kommen. Ich würde mich von Lous Drohung nicht einschüchtern lassen. Sollte er nur bluffen! Spätestens im Frühjahr würde das Flugzeug entdeckt werden. Ein paar Monate später würden wir das Geld aufteilen und abhauen.

Dann wäre alles vorbei.

Am Morgen des 28. Januar, einem Donnerstag, als ich gerade zur Arbeit aufbrechen wollte, setzten Sarahs Wehen ein. Ich fuhr mit ihr in die Klinik, die nur eine Viertelstunde entfernt, am anderen Ende von Delphia, lag. Dort brachte Sarah am Abend um vierzehn Minuten nach sechs ein kleines Mädchen zur Welt.

5

Vier Tage später brachte ich Sarah und das Baby nach Hause. Unsere Tochter war ein gesundes Baby, hübsch rosa. Sie wog knapp acht Pfund, hatte niedliche Speckröllchen unter dem Kinn und mollige kleine Händchen.

Als wir mit ihr nach Hause fuhren, beschlossen wir, sie Amanda zu nennen, nach Sarahs Großmutter väterlicherseits.

Ich war verblüfft, wie schmutzig das Haus während Sarahs kurzer Abwesenheit geworden war. Es war mir peinlich, daß ich es nicht hatte sauberhalten können. In der Spüle stapelte sich das Geschirr, in den Zimmern lagen zerfledderte Zeitungen, im Abfluß der Badewanne steckte ein Büschel seifiger Haare.

Ich brachte Amanda und Sarah eilig nach oben ins Schlafzimmer und legte das Baby in die Wiege, die ich vors Fenster gestellt hatte. Sarah beobachtete mich vom Bett aus. Die Wiege hatte uns mein Vater gebracht, eine Woche vor seinem Unfall. Auch Jacob und ich hatten darin gelegen; mein Vater hatte sie selbst gebaut.

Ich ging nach unten und machte Sarah Tee und Toast. Ich brachte ihr das Tablett ans Bett und sah ihr zu, wie sie aß. Wir redeten über Amanda – über das Gebrüll, das sie machte, wenn sie hungrig war, über die Art und Weise, wie sie mit den Beinen strampelte, wenn man sie an den Füßen kitzelte, über das blasse, durchsichtige Blau ihrer Augen. Wir redeten über das Krankenhaus, über die Nachtschwester, deren Schuhe gequietscht hatten, als ob sie voll Wasser wären, wenn sie ihre Runden über die halbdunklen Flure gemacht hatte; über die nette Tagesschwester, die Sarahs Namen nicht aussprechen mochte, weil sie so lispelte; über den Arzt mit der Lücke zwischen den Zähnen, der von Amanda immer wieder als von einem Jungen gesprochen hatte.

Während alledem stand ich neben der Wiege und sah zu, wie mein Kind schlief. Amanda lag auf dem Rücken, den Kopf mit fest geschlossenen Augen zum Fenster gedreht, als blinzelte sie in den Himmel. Die Händchen lagen, zu lockeren Fäusten geballt, neben den Schultern. Sie war so still, daß ich sie am liebsten dauernd berührt hätte, um mich zu vergewissern, daß sie noch lebte.

Während sie ihren Toast aß und ihren Tee trank, redete Sarah so hektisch, als hätte sie die letzten vier Tage damit verbracht, Geschichten für mich zu sammeln. Ich ermunterte sie mit Lächeln und Nicken, aber plötzlich unterbrach sie sich.

»Ist das Jacob?« fragte sie, und ich sah zum Fenster hinaus.

Der Lastwagen meines Bruders rumpelte die Einfahrt herauf.

Ich begrüßte ihn an der Tür und lud ihn ein hereinzukommen, aber er sagte, daß er keine Zeit hätte. Er hatte ein Geschenk mitgebracht für Amanda, irgend etwas in rosa Seidenpapier, und übergab es mir hastig, als ob es ihm peinlich wäre, so etwas mit sich herumzutragen.

»Es ist ein Teddybär«, sagte er. Er hatte den Motor laufen lassen, sein Hund saß auf dem Beifahrersitz und beobachtete uns. Als er mich sah, bellte er und stieß mit der Schnauze an die Windschutzscheibe, was einen feuchten Fleck auf dem Glas hinterließ.

»Komm doch rein und sieh sie dir an«, sagte ich. »Geht doch ganz schnell. Sie ist oben.«

Jacob schüttelte den Kopf und trat einen Schritt zurück, als hätte er Angst, ich könnte ihn durch die Tür ziehen. Er stand am äußersten Ende der Veranda. »Nein«, sagte er. »Später. Ich möchte Sarah nicht stören.«

»Du störst doch nicht«, sagte ich und legte den Teddybär von einem Arm in den anderen.

Jacob schüttelte erneut den Kopf, und es entstand eine verlegene Pause, als er nach einem passenden Abschiedswort suchte.

»Habt ihr euch schon für einen Namen entschieden?« fragte er.

Ich nickte. »Amanda.«

»Schön«, sagte er.

»Nach Sarahs Großmutter. Es ist Latein und bedeutet: wert, geliebt zu werden.«

»Wirklich schön«, sagte Jacob. »Gefällt mir.«

Ich nickte erneut. »Bist du sicher, daß du nicht kurz reinkommen willst?«

Er schüttelte den Kopf und trat von der Veranda herunter. Aber dann blieb er noch einmal stehen. »Hank«, sagte er, »ich möchte...« Er brach ab und starrte den Lastwagen an.

»Was?«

»Kannst du mir etwas Geld leihen?«

Ich runzelte die Stirn und ließ den Teddybär zurück in den anderen Arm wandern. »Wieviel?«

Er steckte beide Hände in die Jacke und starrte auf seine Stiefel herunter. »Hundertfünfzig?«

»Hundertfünfzig Dollar?«

Er nickte.

»Wozu brauchst du soviel Geld, Jacob?«

»Ich muß die Miete zahlen. Das Arbeitslosengeld krieg ich nächste Woche, aber so lange kann ich nicht warten.«

»Wann kannst du mir das Geld zurückgeben?«

Er zuckte die Achseln. »Ich hatte irgendwie gehofft, du könntest es aus meinem Anteil von unserem Geld nehmen...«

»Versuchst du eigentlich überhaupt noch, Arbeit zu finden?«

Die Frage schien ihn zu überraschen. »Nein«, sagte er.

Ich versuchte vergeblich, meine Stimme frei von Tadel zu halten. »Du suchst nicht mal mehr?«

»Wozu sollte ich mir einen Job suchen?« Er senkte seine Stimme zu einem Flüstern. »Lou hat mir gesagt, du wärst damit einverstanden, das Geld aufzuteilen.«

Ich starrte auf seine Brust herunter und überlegte. Ganz offensichtlich durfte ich ihm nicht sagen, daß ich ihnen das Geld vor dem Sommer nicht geben wollte. Er würde es Lou erzählen, und das konnte ich jetzt nicht riskieren. Aber wenn ich den Eindruck aufrechterhalten wollte, daß ich mich an die Vereinbarung mit Lou halten würde, gab es keinen Grund, Jacob kein Geld zu leihen. Hinter ihm brummte der Motor seines Lastwagens. Blauschwarzer Rauch quoll aus dem Auspuff. Bei den Nachbarn die Straße hinauf und hinunter war es vollkommen ruhig. Die Fenster waren blank und geschlossen. Man hätte glauben können, die Häuser wären verlassen. Es war der Tag der Müllabfuhr, und überall am Straßenrand standen die Plastikmülleimer.

»Warte«, sagte ich. »Mein Scheckbuch ist oben.«

Sarah wickelte den Teddybär aus, während ich auf der Kommode den Scheck für Jacob ausstellte. Das Baby schlief immer noch fest.

»Neu ist der nicht«, sagte Sarah mit einem Unterton von Abscheu in ihrer Stimme.

Ich drehte mich um und betrachtete das Geschenk. Der Teddybär zeigte keine offensichtlichen Mängel, keine Flecken oder Löcher, keine fehlenden Augen oder heraussstehenden Teile der Füllung, aber er sah eindeutig abgegriffen aus. Er war alt, er hatte schon einmal jemand gehört. Das Fell war dunkelbraun, beinahe schwarz, und im Rücken steckte ein Messingschlüssel zum Aufziehen.

Sarah drehte daran, und als sie ihn wieder losließ, kam aus der Brust des Bären Musik. Die Stimme eines Mannes sang: *Frère Jacques, Frère Jacques! Dormez-vous? Dormez-vous?* Sobald ich das hörte, wußte ich, warum der Bär alt aussah.

»Das war sein Bär«, sagte ich.

»Jacobs?«

»Als er ein kleiner Junge war, ja.«

Der scheppernde Gesang einer weit entfernt klingenden Stimme unter dem Fell des Bären setzte sich fort.

Frère Jacques. Frère Jacques!
Dormez-vous? Dormez-vous?
Sonnez les matines. Sonnez les matines.
Ding, dang, dong. Ding, dang, dong.

Sarah hielt den Bären vor sich hin und schien ihn jetzt etwas attraktiver zu finden. Die Musik wurde allmählich langsamer – jede Note zog sich in die Länge, als ob sie die letzte wäre –, aber sie kam nicht zum Erliegen.

»Lieb von ihm, oder?« Sie schnupperte am Fell des Bären.

Ich nahm das Seidenpapier und warf es in den Papierkorb neben dem Bett. »Ich möchte nur wissen, wo er ihn all die Jahre aufbewahrt hat.«

»Kommt er herauf?«

»Nein«, sagte ich und ging zur Tür. »Er hat es eilig.«

Sarah zog den Bären noch einmal auf. »Für wen schreibst du den Scheck?«

»Für Jacob«, sagte ich über die Schulter.
»Leiht er sich von dir Geld?«
Ich gab keine Antwort.

Als ich die Treppe wieder heraufkam, fing Amanda an zu schreien. Sie begann leise mit einem Husten und einem Piepsen wie von einem Vogel, aber als ich ins Schlafzimmer kam, erhöhte sie ihre Lautstärke, als ob man an einem Knopf gedreht hätte.

Ich hob sie aus der Wiege und trug sie zum Bett. Als ich sie aufnahm, begann sie noch lauter zu schreien. Ihr ganzer Körper verkrampfte sich unter meinen Händen, und ihr Gesicht sah so rot aus, als wolle sie platzen. Von ihrem Gewicht war ich immer noch überrascht, ich hätte nicht gedacht, daß Babys so schwer sein könnten. Sie fühlte sich an, als wäre sie ein Ballon voller Wasser. Ihr Kopf war groß und rund, er schien genauso groß wie der Rest ihres Körpers.

Sarah nahm mir das Kind mit einem gequälten Gesichtsausdruck aus der Hand.

»Schschsch«, machte sie. »Amanda, schschsch ...«

Der Teddy saß neben ihr am Kopfende des Bettes und streckte seine schwarzen Tatzen aus, als wolle er das Kind ebenfalls trösten. Sarah hielt Amanda im Arm und knöpfte mit der anderen Hand ihren Schlafanzug auf, um ihre linke Brust freizulegen.

Ich wandte mich ab und sah zum Fenster hinaus. Es war mir immer noch peinlich, wenn Sarah stillte. Der Gedanke, daß Amanda Flüssigkeit aus ihr heraussaugte, war mir unheimlich. Es schien irgendwie unnatürlich und schrecklich, ich dachte dabei an Blutegel.

Ich sah auf die Einfahrt hinunter. Jacob und sein Lastwagen waren verschwunden. Es war ein ruhiger, sonniger Tag, eine richtige Winterpostkarte. Das Sonnenlicht glitzerte auf dem Frost, und die Bäume warfen scharf umrissene Schatten über die Schneeflächen. Die Regenrinne an der Garage krümmte sich unter der Last großer Eiszapfen. Die mußte ich demnächst abschlagen.

Meine Augen glitten noch etwas höher hinauf und entdeckten den Umriß eines großen schwarzen Vogels auf dem Dach der Garage. Meine Hand wanderte unwillkürlich zu meiner Stirn.

»Auf dem Garagendach sitzt eine Krähe«, sagte ich.

Sarah reagierte nicht. Ich massierte meine Augenbrauen und die Haut darüber. Meine Stirn war vollkommen glatt, die Wunde hatte keine Narbe hinterlassen. Das Baby hinter mir gurrte zufrieden, während es trank. Ein beruhigendes, regelmäßiges Geräusch.

Nach einer weiteren Minute rief Sarah meinen Namen. »Hank?« sagte sie leise.

Ich beobachtete, wie die Krähe auf dem beschneiten First der Garage unruhig wurde und hin und her hüpfte. »Ja?« sagte ich.

»Ich habe mir etwas ausgedacht, als ich im Krankenhaus war. Einen Plan.«

»Einen Plan?«

»Um sicherzustellen, daß Lou nichts verrät.«

Ich drehte mich zu ihr um. Mein Schatten stand riesig im Sonnenlicht, das durchs Fenster hereinströmte und ein helles Quadrat auf den Fußboden warf. Der Kopf auf meinen Schultern war so groß und monströs wie ein Kürbis.

Sarah beugte sich über Amanda, mit übertriebenem Lächeln. Ihre Augenbrauen standen hoch in der Stirn, ihre Nasenflügel waren gebläht und ihre Lippen geöffnet, man sah sogar ihre Zähne. Das Baby beobachtete sie überhaupt nicht, sondern saugte immer noch heftig an ihrer Brust. Als Sarah sich zu mir umdrehte, fiel das Lächeln aus ihrem Gesicht.

»Er ist ein bißchen albern«, sagte sie. »Aber wenn wir es richtig anstellen, funktioniert er vielleicht.«

Ich setzte mich auf das Fußende des Bettes. Sarah wandte sich wieder dem Baby zu und streichelte mit den Fingerspitzen Amandas Gesicht.

»Ja«, flüsterte sie. »Du bist ein hungriges kleines Mädchen, nicht wahr?« Amandas Lippen arbeiteten heftig an ihrer Brustwarze.

»Erzähl mal«, sagte ich.

»Ich stelle mir vor, daß du ein Tonband von ihm machst, auf dem er den Mord an Pederson gesteht.«

Ich starrte sie ungläubig an. »Wovon redest du eigentlich?«

»Das ist mein Plan«, sagte sie. »Auf diese Weise werden wir ihn daran hindern, dich anzuzeigen.« Sie grinste, als wäre sie sehr zufrieden mit ihrer Idee.

»Soll das ein Witz sein?«

»Nein, keineswegs«, sagte sie überrascht.

»Warum sollte er denn etwas gestehen, was er gar nicht getan hat?«

»Ihr ladet ihn ein, mit euch in die Kneipe zu gehen, Jacob und du. Ihr sorgt dafür, daß er sich besäuft, und dann fangt ihr an Witze über Geständnisse bei der Polizei zu machen. Ihr habt einen Wettbewerb, wer das beste Geständnis erfindet. Du fängst an, dann kommt Jacob und dann Lou. Und wenn Lou seine Geschichte erzählt, nimmst du ihn auf.«

Ich nahm an, daß irgendwo eine Logik in Sarahs Vorschlag versteckt war, und verbrachte die nächsten Sekunden damit, sie zu suchen.

»Das ist doch verrückt«, sagte ich schließlich. »Das kann doch gar nicht funktionieren.«

»Der Schlüssel liegt darin, daß Jacob dir hilft«, sagte sie. »Wenn Jacob ihn darin bestärkt, dann wird er es tun.«

»Aber selbst, wenn wir ihn dazu bringen, daß er es tut – und das bezweifle ich stark –, würde es gar nichts bedeuten. Niemand würde es glauben.«

»Das macht nichts«, sagte sie. »Wir brauchen ja bloß etwas, um ihm Angst einzujagen. Wenn wir die Aufnahme haben und lassen ihn sein Geständnis hören, dann zeigt er dich bestimmt nicht mehr an.«

Amanda hatte aufgehört zu saugen. Sarah nahm ein Geschirrtuch vom Nachttisch und legte es sich über die Schulter. Dann nahm sie das Kind hoch, damit es aufstoßen konnte. Die Schlafanzugjacke zog sie sich wieder über die Brust, knöpfte sie aber nicht zu. Es war der Pyjama, den ich ihr zu Weihnachten geschenkt hatte. Damals hatte er ihr nicht gepaßt, der Bauch war einfach zu dick gewesen, und so sah ich ihn jetzt zum ersten Mal an ihr. Es war ein Flanellschlafanzug, weiß mit kleinen grünen Bäumchen. Ich konnte mich noch gut daran erinnern, wie ich ihn im Einkaufszentrum von Toledo gekauft und am Tag vor Weihnachten eingepackt hatte. Am nächsten Morgen hatte Sarah das Päckchen geöffnet und sich den Schlafanzug vor den geschwollenen Leib gehalten. Ich wußte alles noch ganz genau, und doch schien es jetzt, als wäre es Jahre her.

Weit war es mit uns gekommen inzwischen, soviel war geschehen – ich hatte gelogen, gestohlen, gemordet –, und jetzt war diese Vergangenheit, die uns rein zeitlich so nahe lag, unerreichbar geworden. Es war eine schreckliche Erkenntnis, was für eine tiefe Kluft das junge Ehepaar von damals, das vor dem warmen Kaminfeuer unter dem Weihnachtsbaum seine Geschenke aufmachte, von den beiden Menschen trennte, die jetzt hier in unserem Schlafzimmer saßen und Pläne schmiedeten, wie man Lou erpressen und ihm soviel Angst einjagen könnte, daß er den Mund hielt. Und wir hatten diese Kluft nicht etwa in einem großen Satz überquert, sondern in lauter kleinen, nahezu unmerklichen Schritten, so daß wir die riesige Entfernung gar nicht bemerkt hatten, während wir unterwegs waren. Wir hatten es ganz allmählich getan, ohne uns zu verändern.

»Du mußt ihm bloß klarmachen, daß Jacob und du genauso behaupten können, er hätte Pederson umgebracht, wie er behaupten kann, du wärst es gewesen. Wenn du ihn davon überzeugen kannst, daß Jacob auf deiner Seite steht, wird er nicht mehr wagen, die Polizei einzuschalten.«

»Das ist doch idiotisch.«

Sie wandte sich von unserem Baby ab und blickte auf. »Was kann es denn schaden, wenn du es versuchst?«

»Jacob wird mir kaum helfen.«

»Dann mußt du ihn dazu bringen. Ohne ihn wird es nicht klappen.«

»Er müßte seinen besten Freund verraten.«

»Du bist sein Bruder, Hank. Wenn du ihm klarmachst, wie wichtig es ist, wird er schon mitmachen. Du mußt ihn nur soweit bringen, daß er genausoviel Angst vor Lou hat wie wir.« Sie sah von unten zu mir herauf und schob sich die Haare aus dem Gesicht. Sie hatte tiefe Ringe unter den Augen, dunkle, blau-schwarze Höhlungen. Sie brauchte mehr Schlaf. »Wenn Lou sein Geld hat, ist die Sache noch längst nicht vorbei. Sein Schatten wird unser ganzes Leben lang über uns hängen. Aufhören wird er nur, wenn er genausoviel Angst vor uns hat wie wir vor ihm.«

»Und du glaubst, das Tonband wird ihm genügend Angst einjagen?«

»Das weiß ich.«

Ich sagte nichts. Ich konnte mir einfach nicht vorstellen, daß Lou den Mord an Pederson gestehen würde, nicht einmal im Spaß.

»Versuchen können wir es doch, Hank, oder nicht? Wir haben doch nichts dabei zu verlieren.«

Damit hatte sie natürlich recht, jedenfalls schien es so. Woher hätte ich auch wissen sollen, zu welchen Verlusten ihr einfacher Plan letztendlich führte? Ein Risiko sah ich nicht. Wenn es funktionierte, waren wir gerettet, und wenn nicht, standen wir eben wieder da, wo wir angefangen hatten.

»Na schön«, sagte ich. »Ich werde mit Jacob reden. Ich werde versuchen, daß ich ihn dazu kriege.«

Den nächsten Tag hatte ich freigenommen, um Sarah mit dem Baby helfen zu können.

Am Nachmittag, als die beiden ein Nickerchen machten, fuhr ich nach Toledo zum *Radio-Shack* und kaufte ein Tonbandgerät. Ich sagte dem Verkäufer, ich bräuchte etwas Kleines und Einfaches. Ich wolle auf dem Weg von und zur Arbeit gelegentlich Briefe diktieren. Was er mir am Schluß verkaufte, war nicht größer als ein Satz Spielkarten. Das Gerät paßte mühelos in die Brusttasche meines Sporthemdes, wo es nahezu unsichtbar war. Der Aufnahmeknopf war übergroß, daß man ihn durch den Stoff fühlen konnte, worauf man drücken mußte, ohne das Gerät herauszunehmen und draufzugucken.

Sarah und das Baby schliefen immer noch, als ich wieder nach Hause kam. Nachdem ich mich davon überzeugt hatte, ging ich ins Bad und übte vor dem Spiegel, das Tonbandgerät einzuschalten. Am Schluß war es eine lässige, unauffällige Geste: Ich kratzte mich nur kurz an der Brust. Mit der Handfläche hielt ich dabei das Gerät fest und mit dem Zeigefinger drückte ich den Knopf. Ich fand, es sah gut aus. Es würde Lou niemals auffallen.

Als Sarah aufwachte, probierte ich es bei ihr aus. Sie lag im Bett und hielt Amanda im Arm.

»Was wirst du dir als erstes von unserem Geld kaufen?« fragte ich, und als sie zu mir aufsah, kratzte ich mich an der Brust und stellte das Tonbandgerät dabei an.

Sie biß sich auf die Unterlippe und überlegte. Es war vollkommen still im Raum, nur ganz leise hörte ich das kaum wahrnehmbare elektrische Summen in meiner Hemdtasche.

»Eine Flasche Champagner«, sagte sie. »Guten Champagner. Den trinken wir, bis wir ein bißchen beschwipst sind, und dann lieben wir uns auf dem Geld.«

»Auf dem Geld?«

»Ja«, sagte sie lächelnd. »Wir breiten es auf dem Fußboden aus. Wir machen uns ein Bett aus Hundertdollarscheinen.«

Ich nahm das Tonbandgerät aus der Tasche und ließ die Spule zum Anfang zurücklaufen. »Schau mal, was ich gekauft habe«, sagte ich und drückte ihr das Gerät in die Hand.

»Funktioniert es?«

Ich grinste. »Drück doch mal den Knopf.«

Sie suchte ein bißchen herum und drückte dann auf den richtigen Knopf.

»Eine Flasche Champagner«, begann ihre Stimme, und ein Wort folgte dem anderen mit unglaublicher Klarheit. *»Guten Champagner. Den trinken wir, bis wir ein bißchen beschwipst sind...«*

Am Donnerstag abend gegen halb sechs rief ich Jacob von der Futtermittelhandlung aus an und schlug vor, wir sollten gemeinsam den Friedhof besuchen und auf diese Weise unsere Verpflichtung gegenüber unserem Vater erfüllen. Zuerst lehnte er ab und behauptete, er habe zuviel zu tun, aber nach und nach brachte ich ihn dazu, einzuwilligen. Wir verabredeten uns direkt vor der Tür von *Raikley's* auf der Straße.

Als ich eine Viertelstunde später hinunterging, war er schon da und wartete mit Mary Beth auf dem Bürgersteig. Er sah noch dicker aus als sonst, vor allem sein Gesicht schien aufgedunsen und schwammig. Seine Jacke war so eng, daß es ihm unmöglich war, seine Arme einfach herunterhängen zu lassen. Sie standen seitlich von seinem Körper ab wie bei einer ausgestopften Puppe. Die Sonne war untergegangen, und es war dunkel. In regelmäßigen Abständen warfen die Straßenlaternen ihr blaßgelbes Licht auf die Fahrbahn. Ein paar Autos waren noch unterwegs, und vor der Apotheke standen ein paar lachende und gestikulierende Teenager. Ansonsten war es still in der Stadt.

Jacob und ich überquerten die Straße und gingen über den Parkplatz von St. Jude's. Unsere Stiefel knirschten auf dem Kies. Mary Beth trabte in Richtung Friedhof voraus.

»Ich habe noch einmal über das Geld nachgedacht«, sagte Jacob, »und ich glaube, es war uns vom Schicksal vorherbestimmt, es zu finden.«

»Vorherbestimmt?« sagte ich.

Jacob nickte. Er hatte gerade einen großen Bissen von dem Schokoladenkuchen genommen, den er in einem Stück Aluminiumfolie mit sich herumtrug, und mußte erst einmal schlucken und kauen.

»Es hätten doch so viele Dinge anders laufen können an diesem Tag damals«, sagte er schließlich. »Wenn es bloß Zufall gewesen wäre, wäre es bestimmt nicht passiert. Es war, als ob es so hätte sein sollen, als wären wir ausgewählt worden.«

Ich lächelte. Es schien so eine romantische Vorstellung. »Was für Dinge?«

»Alles eigentlich.« Er zählte es an den Fingern auf. »Wenn das Flugzeug noch eine halbe Meile weiter geflogen wäre, wäre es irgendwo im freien Gelände gelandet und sofort entdeckt worden. Wenn der Fuchs nicht direkt vor uns über die Straße gelaufen wäre, wenn wir keinen Unfall gehabt hätten, wenn Mary Beth nicht dabeigewesen oder nicht vom Wagen gesprungen wäre, oder wenn der Fuchs nicht in der Nähe des Flugzeugs vorbeigerannt wäre, dann hätten wir das Wrack nie gefunden. Wenn du den Sack im Flugzeug gelassen hättest, nachdem du nach dem Piloten geschaut hattest, wären wir in die Stadt gefahren und hätten dem Sheriff von der Sache erzählt, ohne von dem Geld überhaupt was zu wissen. Und so geht es weiter und weiter.«

Wir hatten mittlerweile die schmiedeeiserne Friedhofspforte erreicht und blieben einen Augenblick stehen, als wären wir unsicher, ob wir hineingehen sollten. Das Tor war reine Verzierung, es versperrte nur den Weg und nichts weiter, denn es gab keinen Zaun. Mary Beth schnupperte kurz daran, hob dann das Bein für einen kurzen Moment an dem Pfosten und rannte uns voraus in den Friedhof.

»Aber warum sollte das vom Schicksal bestimmt sein?« fragte ich Jacob. Ich hatte alles für einen glücklichen Zufall gehalten und fand es ein bißchen beunruhigend, als er jetzt all die Dinge aufzählte, die nötig gewesen waren, um uns zu diesem Glück zu verhelfen. Der Gedanke beschäftigte mich, daß sich am Schluß alles ausgleicht, und wenn wir bisher soviel Glück gehabt hatten und noch mehr Glück brauchten, um unsere gegenwärtigen Schwierigkeiten zu überwinden, dann konnte sich das Blatt auch bald wenden.

»Verstehst du nicht?« fragte Jacob. »Es war viel zu unwahrscheinlich, um Zufall zu sein. Es muß irgendwie vorherbestimmt gewesen sein, es ist doch alles fast wie ein Plan.«

»Gottes Plan?« fragte ich lächelnd und winkte mit der Hand in Richtung der Kirche.

Er zuckte die Achseln. »Warum nicht?«

»Und was ist mit Pederson? War der auch ein Teil dieses Plans?«

Er nickte emphatisch. »Wenn er zu einem anderen Zeitpunkt gekommen wäre, wäre er uns nicht begegnet. Er hätte das Flugzeug und unsere Spuren gefunden, und wir wären geschnappt worden.«

»Aber warum mußte er überhaupt auftauchen? Hättest du ihn nicht auch einfach weggelassen, wenn du den Plan gemacht hättest?«

Während er auf dem letzten Stück Kuchen herumkaute, dachte Jacob darüber nach. Er leckte an der Aluminiumfolie, ballte sie dann zusammen und warf sie in den Schnee. »Vielleicht ist es für etwas wichtig, was noch gar nicht passiert ist«, sagte er. »Etwas, worüber wir noch nichts wissen.«

Ich sagte nichts. Ich hatte noch nie gehört, daß er zu philosophieren versuchte. Ich wußte nicht recht, worauf er hinauswollte.

»Ich wette, es geht immer noch weiter, auch jetzt«, sagte er. »Die Dinge geschehen alle in der richtigen Reihenfolge, so wie es am besten für uns ist.«

Er grinste mich an und schien bester Laune zu sein. Aus irgendeinem Grund irritierte mich das. Es roch nach Selbstgefälligkeit und Trägheit. Er hatte gar keinen Begriff davon, in welcher Gefahr wir uns befanden.

»Du bist also froh, daß wir das Geld gefunden haben?« fragte ich.

Er zögerte, als wäre er von der Frage verwirrt. Er schien zu befürchten, daß ein Trick darin versteckt war. »Du denn nicht?«

»Ich hab' zuerst gefragt«, sagte ich.

Er zögerte, dann nickte er. »Ja, sehr«, sagte er mit ernsthafter Stimme. »Ganz ohne Zweifel.«

»Und warum?«

Er antwortete so rasch, als ob er darüber schon oft nachgedacht hätte. »Weil ich jetzt die Farm zurückkaufen kann.«

Er sah mich scharf an, als er das sagte, um meine Reaktion zu beobachten, aber ich schwieg und versuchte mein Gesicht so ausdruckslos wie möglich zu halten. In wenigen Minuten würde ich ihm vorschlagen, seinen einzigen Freund zu verraten, da schien es mir besser, ihm nicht gerade jetzt zu sagen, daß er nicht in Ashenville bleiben durfte.

»Und eine Familie kann ich jetzt auch gründen«, sagte er. »Vorher ging das nicht. Ich müßte jemand finden wie Sarah, und –«

»Wie Sarah?« fragte ich verblüfft.

»Jemand, der aggressiv ist. Du hast das auch gebraucht. Du warst viel zu schüchtern, von dir aus jemand zu finden. Sie mußte kommen und dich holen.«

Ich war ein bißchen überrascht, ihn so etwas sagen zu hören, mußte aber gleichzeitig zugeben, daß er durchaus recht hatte. Ich nickte ihm zu, damit er weiterredete.

»Ohne das Geld«, sagte er, »interessiert sich doch keine für mich. Ich bin fett« – er patschte sich mit der flachen Hand auf den Bauch – »und arm. Ohne das Geld wäre ich alt geworden und allein geblieben. Aber jetzt, wo ich reich bin, wird sich alles ändern. Da wird schon eine kommen, die mich wegen dem Geld nimmt.«

»Du willst, daß dich eine bloß wegen dem Geld liebt?«

»Ich habe nie irgend jemand gehabt, Hank. Mein ganzes Leben nicht. Wenn ich jetzt eine Frau finde, werde ich nicht lange fragen, warum sie bei mir bleibt. Ich bin nicht stolz.«

Ich lehnte am Friedhofstor, während er mir das erzählte. Sein Gesicht und seine Stimme waren sehr ernst. Es waren keine falsche Bescheidenheit und keine Selbstironie zu erkennen. Was er sagte, war einfach die Wahrheit, kalt und blank wie ein Knochen, der gerade frisch aus dem Fleisch geschält worden ist. So sah Jacob sein Leben.

Ich wußte nicht, wie ich darauf reagieren sollte. Verlegen starrte ich einen Moment lang auf seine Stiefelspitzen hinunter, dann sagte ich: »Was ist eigentlich aus Mary Beth geworden?«

Er rückte seine Brille zurecht und blinzelte an mir vorbei auf den Friedhof. »Sie ist da drin.«

»Ist sie tot?«

»Tot?« fragte er. »Wie kommst du denn darauf? Sie war doch gerade noch da. Du hast sie doch selbst gesehen.«

»Ich meine doch nicht deinen Hund. Ich rede von Mary Beth Shackleton aus der Highschool.«

Jacob runzelte die Stirn. »Die ist verheiratet, glaube ich. Sie hat geheiratet und ist nach Indiana gezogen. Das war das letzte, was ich gehört habe.«

»Sie hat dich auch ohne das Geld gemocht, oder?«

Er lachte und schüttelte den Kopf. »Ich hab' dir nie die Wahrheit darüber gesagt, Hank. Ich hab' mich zu sehr geschämt.« Er sah mich nicht an, als er das sagte, sondern starrte an mir vorbei auf den Friedhof. »Sie hat sich nur aus Spaß mit mir verabredet. Es war eine Wette mit ihren Freundinnen. Sie haben alle zusammengelegt und um hundert Dollar mit ihr gewettet, daß sie keine vier Wochen mit mir gehen würde. Aber für hundert Dollar hat sie's gemacht.«

»Das hast du gewußt?«

»Alle haben's gewußt.«

»Und da hast du mitgemacht?«

»Es war nicht so schlimm, wie es scheint. Es war gemein von ihr, daß sie's getan hat, aber wie sie's gemacht hat, war nett. Wir haben uns nie angefaßt oder geküßt oder so was, aber wir sind viel zusammen herumgelaufen und haben geredet, und als der Monat vorbei war, hat sie mich immer noch gegrüßt und ein paar Worte mit mir gewechselt, wenn wir uns begegnet sind, obwohl sie das nicht nötig gehabt hätte.«

Ich war geschockt. »Und du hast deinen Hund nach ihr benannt?«

Er zuckte die Achseln und lächelte seltsam. »Der Name gefiel mir.«

Das Ganze war natürlich völlig absurd. Er tat mir leid, und ich schämte mich für ihn.

Irgendwo in der Stadt hupte ein Auto. Wir sprachen nicht weiter, sondern lauschten. Es war ein stiller Abend. Der Hund war aus dem Friedhof zurückgekehrt und saß jetzt neben dem Tor.

»Ich bin jetzt dreiunddreißig, Hank«, sagte Jacob, »und ich habe noch nie eine Frau geküßt. Das ist nicht gut, Hank.«

Ich schüttelte den Kopf, weil ich nicht wußte, was ich dazu sagen sollte.

»Wenn das Geld das ändert«, sagte er, »dann ist mir das recht. Es ist mir egal, wenn es bloß wegen dem Geld ist.«

Danach schwiegen wir beide. Jacob hatte zuviel gesagt. Er hatte Dinge ausgesprochen, die besser in ihrem Versteck geblieben wären, das spürten wir beide. Verlegenheit umgab uns wie dichter Nebel. Wir vermochten uns kaum zu sehen durch diesen Nebel.

Ich machte das Tor auf, und wir betraten den Friedhof. Mary Beth sprang vor uns her.

»Bißchen unheimlich, nicht?« sagte Jacob mit tapferer, lauter Stimme, ein Bulldozer, der seine Verlegenheit wegschieben wollte. Er ließ ein geisterhaftes Heulen ertönen und lachte dann kurz und scharf, um einen Witz draus zu machen.

Aber er hatte recht, es war tatsächlich unheimlich. Die Kirche war dunkel und leer, der Himmel bewölkt. Man sah keine Sterne, und der Mond hing blaß am Horizont. Das bißchen Helligkeit, mit dessen Hilfe wir uns orientierten, stammte von den Lichtern der Stadt. Es war zu schwach, um einen Schatten von unseren Körpern zu ziehen. Die Dunkelheit stand wie eine Flüssigkeit zwischen den Grabreihen, und als wir durch das Friedhofstor gingen, hatte ich das Gefühl, in einen schwarzen, abgrundtiefen See zu steigen. Mary Beth verschwand vor unseren Augen, und nur das Klingeln der Marken an seinem Halsband bewies uns, daß er noch da war.

Das Grab unserer Eltern fanden wir mehr instinktiv, denn zu sehen war praktisch nichts. Sie waren so ziemlich in der Mitte des Friedhofs begraben, gleich rechts vom Weg. Als wir die Stelle erreichten, verließen wir den gesäumten Weg und stellten uns in den Schnee vor dem Grabstein. Es war ein schlichter, polierter Granitblock mit der Inschrift:

Jacob Hansel Mitchell
* 31. Dezember 1927
† 2. Dezember 1980

Josephine McDonnel Mitchell
* 5. Mai 1930
† 4. Dezember 1980

Zwiefach ist unser Trauern

Darunter war Platz für zwei weitere Namen: für Jacob und mich. Unser Vater hatte die Grabstätte schon lange vor seinem Tode gekauft, damit wir eines Tages alle in einem Grab ruhen würden.

Ich stand vollkommen reglos und starrte den Stein an, aber ich dachte keineswegs an unsere Eltern. Ich versuchte ihre Gegenwart nicht heraufzubeschwören und dachte auch nicht an den Verlust. Worüber ich nachdachte, war Jacob. Ich überlegte, wie ich ihn dazu bringen könnte, bei unserem Komplott gegen Lou mitzumachen. Das war auch der einzige Grund, warum ich ihn auf den Friedhof gelockt hatte: Ich wollte ihn an das Band erinnern, das zwischen uns Brüdern bestand.

Ich wartete ein paar Minuten und ließ das Schweigen wachsen, das uns umgab. Ich trug einen Anzug mit Krawatte und darüber den Mantel, aber trotzdem biß mich die Kälte. Der Wind drückte von hinten gegen meine Beine wie eine eisige Hand, fest und hartnäckig, als wollte er mich dazu bringen, einen Schritt vorwärts zu gehen. Meine Augen wanderten vom Grabstein meiner Eltern zum dunklen Schatten der Kirche, dann wieder seitwärts zu Jacob, der in seiner engen wattierten Jacke so unbeweglich, massiv und stumm in der Kälte stand wie ein riesiger roter Buddha. Ich fragte mich, woran er wohl dachte. An unsere Eltern? An Mary Beth Shackleton? Oder an das große Geschenk, das ihm ein geheimnisvolles Schicksal gemacht hatte, an die Türen, die es ihm öffnen würde – jetzt, wo sein Leben schon so weit fortgeschritten schien. Aber vielleicht dachte er auch an überhaupt nichts.

»Vermißt du sie?« flüsterte ich.

Jacob antwortete so langsam, als müßte er zuvor aufwachen. »Wen?«

»Mom und Daddy?«

Es entstand ein kurzes Schweigen, während er darüber nachdachte. Ich hörte unter seinen Stiefeln den Schnee knirschen, als er sein Gewicht von einem Fuß auf den anderen verlagerte.

»Ja«, sagte er, und seine Stimme klang flach und ehrlich. »Manchmal.«

Als ich nichts erwiderte, fuhr er fort, als müsse er sich erklären. »Ich vermisse das Haus«, sagte er. »Ich finde es schade, daß ich am Wochenende nicht mehr zum Abendessen rübergehen kann. Hinterher haben wir immer Karten gespielt und etwas getrunken. Ich vermisse meine Gespräche mit Daddy. Der hat mir immer zugehört, wenn ich was gesagt habe. So jemand hab' ich jetzt nicht mehr.«

Jacob verstummte. Aber ich spürte, er war noch nicht fertig, und so blieb ich stehen, starrte zum Himmel hinauf und wartete, daß er fortfuhr. Im Westen, über dem Kirchturm sah ich die Lichter zweier Flugzeuge, die sich langsam aufeinander zubewegten. Eine Sekunde lang sah es so aus, als würden sie zusammenstoßen, aber dann glitten sie aneinander vorbei. Es war natürlich alles nur eine perspektivische Täuschung; da oben in der Luft waren sie bestimmt meilenweit auseinander.

»Daddy hätte uns bestimmt verstanden«, sagte Jacob. »Er wußte, wie wichtig das Geld ist. Es ist das einzige, was zählt, sagte er immer, das Blut des Lebens, die Wurzel des Glücks.«

Er drehte sich zu mir um. »Erinnerst du dich, so etwas gehört zu haben von ihm?«

»Erst gegen Ende. Als er dabei war, die Farm zu verlieren.«

»Mir hat er es immer wieder gesagt, und es schien so selbstverständlich, daß ich nie richtig hingehört habe. Erst vor kurzem habe ich angefangen, es zu verstehen. Ich dachte immer, er redet davon, daß man nicht essen kann ohne Geld, oder Kleider kaufen oder sich warm halten, aber darum geht's gar nicht. Er redete davon, daß man nicht glücklich sein kann ohne Geld. Und zwar nicht bloß zum Überleben genug, sondern viel Geld. Er hat vom Reichsein geredet.«

»Aber sie sind doch nie reich gewesen«, sagte ich.

»Und glücklich waren sie auch nicht.«

»Nie?«

»Nein. Vor allem Daddy nicht.«

Ich suchte in meiner Erinnerung nach einer Situation, in der mein Vater glücklich gewesen sein könnte. Ich versuchte mir vorzustellen, wo und wann er gelacht hatte, aber es war betrunkenes Gelächter, nervös, flach und hektisch. Etwas anderes fiel mir nicht ein.

»Je weniger Geld sie hatten, desto unglücklicher wurden sie«, sagte Jacob. »Und als es schließlich alle war, haben sie sich umgebracht.«

Ich starrte ihn verblüfft an. Die Selbstmordtheorie stammte von Sarah. Meinen Bruder hatte ich noch nie darüber reden hören.

»Woher willst du das so genau wissen?« fragte ich. »Es war doch ein Unfall. Sie hatten getrunken.«

Jacob schüttelte den Kopf. »In der Nacht vor dem Unfall hat Mom mich angerufen. Sie sagte, sie wolle bloß gute Nacht sagen. Sie war betrunken und ließ mich versprechen, daß ich irgendwann heiraten würde. Ich sollte auf keinen Fall sterben, ohne eine Familie gegründet zu haben.«

Er machte eine Pause. Ich wartete, aber er sprach nicht weiter.

»Und?« fragte ich schließlich.

»Verstehst du nicht? Sie hat mich vorher nie angerufen. Es war das erste und letzte Mal. Sonst hat immer Daddy telefoniert. Sie hat mich in dieser Nacht nur angerufen, weil sie wußte, was passieren würde. Weil sie sich gerade überlegt hatten, wie sie es machen würden, und weil sie wußte, sie würde mich nie wiedersehen.«

Ich versuchte in aller Eile zu analysieren, was er mir gerade gesagt hatte, ich suchte nach Löchern in seiner Geschichte. Ich wollte ihm einfach nicht glauben. »Wenn sie hätten Selbstmord begehen wollen«, sagte ich, »hätten sie's anders gemacht. Sie wären nicht in einen Sattelschlepper gefahren.«

Jacob schüttelte den Kopf. Das hatte er sich alles schon überlegt. Meine Fragen überraschten ihn nicht. »Es mußte doch wie ein Unfall aussehen. Daddy wußte, daß wir seine Lebensversicherung brauchen würden, um seine Schulden zu zahlen. Es war das einzige, was ihm noch einfiel, um sie zu begleichen. Die Farm war total überschuldet. Außer ihrem Leben hatten sie nichts mehr von Wert.«

»Aber der Lastwagenfahrer hätte getötet werden können. Warum sind sie nicht einfach gegen einen Baum gefahren?«

»Wenn man gegen einen Baum fährt, sieht es immer noch wie Selbstmord aus. Das konnten sie nicht riskieren.«

Ich versuchte mir vorzustellen, wie unsere Eltern in der Dunkelheit am unteren Ende der Autobahnauffahrt saßen und darauf warteten, daß ein Scheinwerferpaar vor ihnen auftauchte. Ich dachte an die hastigen Worte, die sie sich zuflüsterten, als mein Vater den ersten Gang einlegte und losfuhr. Liebesbeteuerungen, die am Ende vom Donnern des herannahenden Lastwagens und vom schrecklich hilflosen Kreischen seiner Bremsen übertönt worden waren. Ich stellte dieses Bild gegen das andere, an das ich mich in den letzten sieben Jahren gewöhnt hatte, gegen die Vorstellung, daß sie betrunken und lachend mit aufgedrehtem Radio und offenem Fenster daherfuhren, den Fahrtwind um die Ohren, der die Illusion von Nüchternheit mit sich brachte, und ihren schrecklichen Irrtum erst in jenem letzten Augenblick bemerkten, als der Sattelschlepper mit seiner ungeheuerlichen Masse von Stahl vor ihnen aufragte und alles zu spät war. Ich versuchte mir darüber klarzuwerden, was mir lieber war, ihre Unwissenheit oder ihr Wissen, aber beides erschien mir zu kläglich und traurig. Ich konnte beides nicht akzeptieren.

»Warum hast du mir das bisher nie erzählt?« fragte ich.

Jacob brauchte ein paar Sekunden für seine Antwort. »Ich dachte mir, du willst es nicht wissen.«

Ich nickte; er hatte recht. Ich wollte es noch immer nicht wissen, wollte nicht im einzelnen durchgehen, was er gesagt hatte, wollte die Einzelheiten nicht abwägen, wollte nicht darüber nachdenken, ob ich sie glaubte. Ein Ansturm widerstreitender Gefühle ging über mich hin – Eifersucht, daß meine Mutter Jacob angerufen hatte und nicht mich; Überraschung, daß er das alles so lange vor mir geheimgehalten hatte; Bestürzung darüber, daß solche ehrlichen, hart arbeitenden Menschen wie meine Eltern aus Mangel an Geld zu einer solchen Verzweiflungstat getrieben worden waren, daß sie ihr eigenes Leben geopfert und das eines unbeteiligten Außenseiters aufs Spiel gesetzt hatten, um sich und ihre Kinder von ihrer drükkenden Schuldenlast zu befreien.

Jacob fing an, mit den Füßen zu stampfen, um sich zu wärmen. Ich spürte, daß er aufbrechen wollte.

»Jacob«, sagte ich.

Er drehte sich zu mir um und sah mir ins Gesicht. »Was ist?«

Irgendwo in der Dunkelheit klingelte Mary Beth mit seinen Marken wie ein winziger Geist, der mit den Ketten rasselt.

»Sarah weiß jetzt Bescheid. Ich mußte ihr von der Sache erzählen, als Lou nach dem Geld fragte.«

»Das macht nichts«, sagte er. »Sie ist wahrscheinlich die Vertrauenswürdigste von uns allen.«

Ich zuckte die Achseln. »Aber sie hat Angst vor Lou. Sie denkt, er bringt dich und mich ins Gefängnis, weil wir Pederson umgebracht haben.« Ich machte eine Handbewegung in Richtung Pedersons Grab. Jacob folgte meiner Geste mit den Augen.

»Lou ist in Ordnung«, sagte er. »Er will nur sicher sein, daß du ihm das Geld gibst. Wenn du das getan hast, läßt er dich in Ruhe.«

»Ich werde ihm das Geld nicht geben. Sarah und ich haben darüber gesprochen, und wir waren uns einig, daß wir es nicht tun sollten.«

Jacob starrte mich sekundenlang an und überlegte, was für Folgen das haben würde. »Dann werden wir ja sehen, ob er blufft«, sagte er schließlich.

Ich schüttelte den Kopf. »Nein, so weit wird es gar nicht erst kommen. Wir werden vorher schon was unternehmen.«

Er sah mich mit erstauntem Gesichtsausdruck an. »Was meinst du damit?«

Ich erzählte ihm von dem Plan, den Sarah sich ausgedacht hatte. Er hörte sich alles bis zu Ende an, die Schultern hochgezogen, die Hände tief in den Taschen.

Als ich fertig war, fragte er: »Warum erzählst du mir das?«

»Ich brauche deine Hilfe«, sagte ich. »Wenn du mir nicht hilfst, wird es nicht funktionieren.«

Er bohrte seine Stiefelspitze in den Schnee und runzelte die Stirn. »Ich glaube nicht, daß ich da mitmachen möchte. Lou ist keine Gefahr.«

»Oh, doch, Jacob. Er ist eine Gefahr und wird auch immer eine bleiben.«

»Es ist doch nicht so, als ob –«

»Doch«, sagte ich. »Denk mal drüber nach. Selbst wenn ich ihm seinen Anteil jetzt gebe, würde er niemals aufhören. Es gibt keine Verjährungsfristen für Mord. Auch in zehn Jahren, wenn er sein Geld durchgebracht hat, kann Lou dich noch aufspüren und dich mit seinem Wissen erpressen.«

Jacob sagte nichts.

»Willst du damit leben?« fragte ich. »Willst du Jahr um Jahr darauf warten, daß er eines Tages kommt und anfängt, dich zu erpressen?«

»Das würde er niemals tun.«

»Er hat's schon getan. Bei mir hat er's schon zweimal getan, und ich werde nicht zulassen, daß er's noch mal tut.«

Mary Beth erschien mit wedelndem Schwanz aus der Dunkelheit, heftig atmend, als hätte er etwas gejagt. Er versuchte hochzuspringen an Jacob, und der stieß ihn weg.

»Du hast deine Chance gehabt, Jacob. Du bist verantwortlich für ihn gewesen, und er ist außer Kontrolle geraten. Jetzt übernehme ich die Verantwortung.«

»Du gibst mir die Schuld?«

»Die Sache mit Pederson hat er von dir erfahren, oder? Das hat uns schließlich in diese Lage gebracht.«

»Ich hab' ihm nicht gesagt, was mit Pederson war.« Es schien ihm sehr wichtig, daß ich das glaubte, aber ich ignorierte seine Bemerkung. »Wenn überhaupt jemand Schuld hat, dann du«, sagte er. »Du mit deinem ewigen Mißtrauen. Damit hast du alles verdorben. Lou verhält sich bloß so, weil du es ihm die ganze Zeit unterstellt hast.«

Ich wandte mich zu ihm um. Seine angespannte Stimme und sein verbitterter Tonfall zeigten mir, wie tief ich seine Gefühle verletzt hatte. »Ich geb' dir ja keine Schuld, Jacob. Ich sage nicht, daß irgend jemand die Schuld hat. Es ist eben einfach passiert, und jetzt müssen wir uns damit abfinden.« Ich lächelte. »Vielleicht ist es Schicksal.«

Er starrte auf das Grab hinunter.

»Entweder Sarahs Plan, oder wir verbrennen das Geld.«

»Ihr werdet das Geld nicht verbrennen. Das ist eine leere Drohung.«

Ich nickte. Da hatte er recht. »Es ist doch gar keine große Geschichte, Jacob. Ich verlange ja nicht, daß du ihn umbringst.«

Darauf reagierte er nicht. Er schlug den Kragen seiner Jacke hoch und bedeckte damit den unteren Teil seines Gesichts, dann wandte er den Blick vom Grab weg und starrte über den Parkplatz hinaus auf die Main Street. Ich folgte seinem Blick. Auf der anderen

Straßenseite war *Raikley's*. Ich konnte sogar mein Büro sehen. Ich sah auch das Rathaus, den Supermarkt und das Postamt. Alles war ruhig.

»Ich brauche deine Hilfe«, sagte ich.

»Ich kann ihn nicht auf diese Weise hereinlegen. Das würde er mir nie verzeihen.«

»Er wird so betrunken sein, daß er sich gar nicht mehr daran erinnert, wie es passiert ist.« Sobald ich das gesagt hatte, wurde mir klar, daß das der Haken war, den ich brauchte. Lou zu verraten, machte meinem Bruder nichts aus. Was ihn beunruhigte, war die Vorstellung, daß Lou davon wußte. »Du kannst ja so tun, als ob du überrascht wärst«, sagte ich rasch. »Du kannst ja so tun, als hättest du nichts von dem Tonband gewußt. Du kannst ja so tun, als ob ich alles allein geplant und euch beide reingelegt hätte.«

Jacob zögerte immer noch. »Aber es wäre immer nur eine Drohung, nicht wahr? Wir würden das Tonband nie wirklich benutzen?«

Ich nickte. »Nur, um ihn daran zu hindern, uns anzuzeigen.« Ich spürte, daß er schwankend wurde, und deshalb entschloß ich mich, den Finger auf die Waage zu legen. »Du hast gesagt, wenn es darauf ankommt, und du dich zwischen uns entscheiden mußt, entscheidest du dich für mich.«

Er sagte nichts.

»Jetzt ist es soweit, Jacob. Stehst du zu deinem Wort?«

Er schwieg lange Zeit und beobachtete mich. Der Hund wälzte sich zu seinen Füßen im Schnee, aber wir ignorierten ihn beide. Jacob legte sich die Arme um den Bauch und starrte auf den Grabstein unserer Eltern hinunter. Meine Augen hatten sich der Dunkelheit angepaßt, und ich konnte sein Gesicht deutlich erkennen, auch die Augen hinter der Brille. Er fror, und man sah, daß er Angst hatte. Am Ende nickte er zögernd.

Ich überlegte, was ich sagen könnte. Irgendwas Tröstliches.

»Warum kommst du nicht mit zum Abendessen zu uns?« fragte ich zu meiner eigenen Überraschung. »Sarah macht heute Lasagne.« Bis zum heutigen Tag weiß ich nicht, warum ich es sagte, ob es Mitleid war oder die Sorge, er könnte Lou anrufen und ihm die Sache verraten, wenn ich ihn allein nach Hause gehen ließ.

Jacob starrte immer noch auf den Grabstein. Ich konnte mir sehr gut vorstellen, was in ihm vorging: Seine tiefsitzende Passivität, sein traditioneller Mechanismus zur Bewältigung von schwierigen Situationen und Streß, stieg langsam zur Oberfläche, und wenn ich ihn jetzt im Griff behielt, konnte ich ihn dazu bringen, alles zu tun, was ich wollte. Ich machte einen Schritt Richtung Parkplatz. Mary Beth stand mit steil aufgerichteten Ohren aus dem Schnee auf und wedelte mit dem Schwanz, der heftig gegen Jacobs Hosenbein schlug.

»Komm schon!« sagte ich. »Sie macht die Lasagne nach Mutters Rezept. Es wird genauso sein wie früher.« Ich legte ihm den Arm um die Schulter und führte ihn zurück auf den Weg.

Sarah war in der Küche, als wir ins Haus kamen.

»Ich habe Jacob zum Essen mitgebracht«, rief ich, als wir im Flur standen.

Sarah steckte den Kopf aus der Küche und winkte. Sie trug eine Schürze und hatte ein Pfannenmesser in der Hand. Jacob stand schafsmäßig ungeschlacht vor der Garderobe, und als er Sarahs Winken erwidern wollte, kam er zu spät: Sie waren schon wieder in der Küche verschwunden.

Ich führte ihn nach oben ins Schlafzimmer, und Mary Beth folgte uns auf den Fersen. Der Raum war dunkel, sogar die Vorhänge waren zugezogen. Als ich das Licht anknipste, sah ich, daß das Bett nicht gemacht war. Sarah hatte sich zwar rasch von der Entbindung erholt, war aber immer noch ziemlich erschöpft und hatte die letzten Tage größtenteils mit dem Baby im Bett zugebracht.

Ich schloß die Tür hinter uns. Auf meine Veranlassung setzte Jacob sich auf die Bettkante. Ich nahm das Telefon vom Nachttisch, entwirrte sorgsam das verwickelte Kabel und stellte ihm das Gerät in den Schoß.

»Ruf ihn an«, sagte ich.

Jacob starrte das Telefon an. Es war ein altmodischer schwarzer Kasten mit Drehscheibe, und er schien es ganz offensichtlich nicht fassen zu wollen. »Jetzt?« fragte er.

Ich nickte und setzte mich neben ihn. Nur etwa ein halber Meter zwischen uns blieb frei. Wir saßen auf meiner Seite des Betts und sahen zum Fenster hinaus. Von unten hörte man das leise Klappern von Töpfen. Mary Beth schnüffelte im Zimmer herum. Erst untersuchte er das Badezimmer, dann die Wiege. Als er seinen Kopf unters Bett steckte, stieß ich ihn weg.

»Das war unsere«, sagte ich zu Jacob und zeigte auf die Wiege am Fenster. »Die hat Daddy gebaut.«

Jacob schien wenig beeindruckt. »Was soll ich denn sagen?« fragte er.

»Sag ihm, ich hätte euch beide zu einer Sauftour eingeladen für morgen, um die Geburt von Amanda zu feiern.«

»Und was soll ich über das Geld sagen?«

Ich überlegte eine Sekunde. »Sag ihm, ich hätte mich bereit erklärt, es zu verteilen.« Es konnte nichts schaden, wenn Lou sich ein bißchen entspannte. »Sag ihm, wir holen es nächste Woche.«

Jacob verlagerte sein Gewicht, und das Telefon wackelte auf seinem Schoß. Er legte die Hand auf den Hörer. »Hast du dir das mit der Farm überlegt?« fragte er.

Ich starrte ihn an. Über die Farm zu reden, hatte ich jetzt gar keine Lust. Mary Beth sprang aufs Bett, machte es sich hinter Jacobs Rücken bequem und legte seine Schnauze direkt auf mein Kopfkissen.

»Noch nicht richtig.«

»Ich hatte gehofft, du hättest dich mittlerweile entschieden«, sagte er.

Plötzlich wurde mir klar, was er vorhatte: Er wollte mich zwingen, ihm bei der Farmgeschichte zu helfen. Das war sein Preis für den Verrat an seinem Freund. Der Teddybär lag neben dem Bett auf dem Boden, und um das Schweigen zu füllen, das durch mein Zögern entstanden war, hob ich ihn auf und drehte den Schlüssel. Die Musik fing an zu spielen. Der Hund hob den Kopf.

»Jacob«, sagte ich, »bist du dabei, mich zu erpressen?«

Er warf mir einen überraschten Blick zu. »Wie meinst du das?«

»Willst du mir etwa nicht helfen, wenn ich dir nicht verspreche, dir die Farm zu verschaffen?«

Er dachte darüber nach; dann nickte er. »Ja, so ungefähr.«

»*Dormez-vous?*«, sang der Bär. »*Dormez-vous? Sonnez les matines. Sonnez les matines.*«

»Ich tu was für dich«, sagte Jacob, »und du tust was für mich. Das ist doch fair, oder nicht?«

»Ja«, sagte ich. »Das ist fair, glaube ich.«

»Du wirst mir also helfen, die Farm wiederzubekommen?«

Der Gesang des Bären verlangsamte sich. Ich wartete, bis er ganz aufhörte, bis es wieder vollkommen still im Raum war, und dann – in vollem Bewußtsein, daß ich meinem Bruder ein Versprechen machte, das ich keinesfalls einzulösen gedachte – nickte ich.

»Ich werde alles tun, was du verlangst«, sagte ich.

Als Sarah und ich das Essen auf den Tisch brachten – Lasagne, Knoblauchbrot und Salat – entschuldigte sich Jacob, um auf die Toilette zu gehen. Die Toilette war unter der Treppe am vorderen Ende des Flurs, und ich folgte meinem Buder mit den Augen, als er hinauswatschelte. Ich beobachtete ihn, bis er in der Tür der Toilette verschwand.

»Wird er es machen?« fragte Sarah und zeigte mit ihrem Messer hinaus. Wir standen uns am Tisch gegenüber. Sarah schnitt Brot, während ich zwei Gläser Wein füllte. Sarah mußte mit Apfelsaft vorliebnehmen; solange sie noch stillte, durfte sie keinen Alkohol trinken.

»Wir haben gerade telefoniert«, sagte ich. »Morgen um sieben holen wir Lou ab.«

»Hast du das Gespräch mitgehört?«

Ich nickte. »Direkt neben ihm hab' ich gesessen.«

»Er hat ihm keine versteckten Hinweise gegeben?«

»Nein, er hat genau wiederholt, was ich ihm gesagt habe.«

»Und es macht ihm nichts aus?«

Ich zögerte, und Sarah warf mir einen prüfenden Blick zu. »Ich hab' ihm versprechen müssen, daß ich helfe, die Farm zurückzukaufen.«

»Die Farm deines Vaters?«

Ich nickte.

»Ich dachte, wir wären uns einig, daß –«

»Er hat mir keine Wahl gelassen, Sarah. Wenn ich's ihm nicht versprochen hätte, würde er uns nicht helfen.«

Die Toilettenspülung rauschte, und wir starrten beide in den Flur hinaus. »Aber du hast doch nicht wirklich die Absicht, ihn hier in der Gegend zu lassen, oder?« fragte Sarah.

Die Toilettentür öffnete sich, und ich wandte mich ab.

»Nein«, sagte ich, als ich den Wein zurück in den Kühlschrank stellte. »Natürlich nicht.«

Amanda schlief in ihrem tragbaren Bettchen im Wohnzimmer. Sarah holte sie für Jacob heraus, damit er sie betrachten konnte, ehe wir aßen. Er schien nicht zu wissen, wie er mit dem Baby umgehen sollte, und errötete, als Sarah es ihm in den Arm legte. Er hielt Amanda von sich weg, als hätte sie jemand bekleckert und er müßte befürchten, daß er sich schmutzig machte, wenn er sie berührte. Sie fing auch prompt ein bißchen an zu schreien, sobald er sie in Händen hielt, und Sarah mußte sie trösten und eilig zurück ins Wohnzimmer bringen.

»Sie ist so klein«, murmelte Jacob, als hätte er das nicht erwartet. Es war das einzige, was ihm einfiel.

Es wurde ein eigenartiges Essen. Zuerst schien es so, als würde nur Sarah sich amüsieren. Sie sah hübsch und verführerisch aus und schien es zu wissen. Ihr Körper hatte schon wieder etwas von der Straffheit zurückgewonnen, die er während der Schwangerschaft eingebüßt hatte. Und obwohl ich wußte, daß sie erschöpft sein mußte – das Baby hatte sie kaum je vier Stunden am Stück schlafen lassen, seit sie aus dem Krankenhaus zurückgekehrt war –, wirkte sie frisch und gesund. Während wir aßen, rieb sie ihren Fuß an meiner Wade.

Jacob war wie üblich sehr schüchtern in ihrer Nähe und konzentrierte sich ganz auf sein Essen. Er schlang die Lasagne in großen Bissen herunter, und bald stand ihm der Schweiß auf der Stirn. Daß er sich in Gesellschaft unbehaglich fühlte, war deutlich zu spüren, daß es geradezu ansteckend wirkte. Mir fiel bald auch nichts mehr ein, und ehe ich auf Sarahs Fragen reagierte, überlegte ich viel zu lange, so daß meine Antworten unnatürlich knapp und förmlich ausfielen, als wäre ich ärgerlich und hätte Angst, es zu zeigen. Am Ende rettete der Wein den Abend. Sarah schien es als erste zu spüren; denn jedesmal, wenn Jacob oder ich unsere Gläser geleert hatten, stand sie auf und füllte sie nach. Ich bin kein großer Weintrinker – ich habe der enthemmenden Wirkung des Alkohols und dem allmählichen Schwinden der Selbstkontrolle immer mißtraut –, aber an diesem Abend funktionierte es genau so, wie man es mir immer dargestellt hatte. Der Alkohol war Beruhigungsmittel, sozialer Schmierstoff und Brückenbauer zugleich. Je mehr ich trank, desto einfacher fand ich es, mit Jacob zu reden, und je mehr er trank, desto leichter schien es ihm zu fallen, mit Sarah zu reden.

Meine wachsende Trunkenheit erfüllte mich mit unerwarteter Zuversicht. Es war ein körperliches Gefühl, etwas Flüssiges und Warmes, das sich von der Brust aus – vom Herzen aus, dachte ich wohl – bis in die Fingerspitzen und Zehen ausbreitete. Ich begann mich zu fragen, ob mein Bruder vielleicht doch nicht so unerreichbar war, wie ich immer geglaubt hatte. Vielleicht war es immer noch möglich, ihn für uns zu gewinnen, in unsere Familie zu ziehen und an mein Herz zu binden. Jetzt saß er mir gegenüber, unterhielt sich mit Sarah, flirtete beinahe mit ihr, aber ganz schüchtern wie ein Kind, das mit einer Lehrerin spricht, und als ich das sah, spürte ich, wie eine Welle von Liebe für diese beiden Menschen mich überspülte, ein überwältigendes Bedürfnis, die Dinge zu einem guten Ende zu führen. Ich würde Jacob helfen, irgendwo im Westen Land zu kaufen, beschloß ich, in Kansas oder Missouri; ich würde ihm helfen, eine Farm zu schaffen wie die meines Vaters und ein Haus wie das, in dem wir aufgewachsen waren, zu bauen. Dieses Haus würde dann ein Ort werden, wo Sarah, Amanda und ich immer wieder einkehren konnten, wenn wir von unseren Reisen rund um den Globus zurückkamen, ein Ersatz-Zuhause, das wir verließen und in das wir zurückkehrten, beladen mit Geschenken für Jacob und seine Familie.

Ich sah sie miteinander reden und lachen, und obwohl ich wußte, daß ich betrunken war, obwohl ich es in allem spürte, was ich sagte, tat und dachte, vermochte ich mir doch nichts anderes vorzustellen, als daß alles genauso funktionieren würde, wie wir es geplant hatten.

Als sich das Essen dem Ende zuneigte, fing das Baby an zu schreien. Sarah brachte sie nach oben, um sie zu stillen, während ich abspülte. Als Amanda schließlich in ihrer Wiege schlief und Sarah wieder herunterkam, war ich mit dem Abwaschen fertig und Jacob wieder auf der Toilette.

Wir beschlossen, den Abend mit Monopoly zu verbringen. Sarah baute das Spielbrett auf dem Küchentisch auf, während ich die Arbeitsplatte und die Spüle abwischte. Ich hatte schon gegen Ende des Essens aufgehört zu trinken, und jetzt legte der Wein sich wie ein schwerer Mantel auf mein Gemüt. Es schien plötzlich alles viel anstrengender als zuvor, und mir wurde bewußt, daß ich am liebsten nach oben gegangen wäre, um zu schlafen.

Als ich mit dem Abwischen fertig war, setzte ich mich an den Tisch. Sarah verteilte das Spielgeld. Erst die Einer, dann die Fünfer, Zehner, Zwanziger und Fünfzigdollarscheine. Als sie zu den Hundertern kam, sah sie hoch und lächelte schelmisch.

»Weißt du, was wir tun sollten?« sagte sie.

»Was denn?«

Sie schnippte mit den Fingern in Richtung der Stapel von Spielgeld. »Wir sollten richtige Hunderter nehmen.«

»Richtige Hunderter?« Ich war so müde, daß ich gar nicht verstand, was sie meinte.

Sie grinste. »Wir könnten doch eins von den Päckchen aus dem Schlafzimmer holen.«

Ich starrte sie an und überlegte. Die Vorstellung, etwas von dem Geld aus dem Versteck zu holen, verursachte mir ein deutlich unsicheres Gefühl, eine irrationale Mischung aus Panik und Furcht. Ich schüttelte den Kopf.

»Ach, komm. Das wäre doch lustig.«

»Nein«, sagte ich. »Will ich nicht.«

»Aber warum denn nicht?«

»Ich finde, das ist zu riskant.«

»Wieso denn? Wir benutzen es doch bloß zum Spielen.«

»Ich möchte das Geld nicht anrühren«, sagte ich. »Das wäre irgendwie ein schlechtes Omen, finde ich.«

»Ach, Hank, sei doch nicht albern. Wann hat man schon mal die Chance, Monopoly mit echten Scheinen zu spielen?«

Ich wollte ihr gerade antworten, als Jacobs Stimme mich unterbrach. Keiner von uns hatte bemerkt, daß er von der Toilette zurück war. »Das Geld ist hier im Haus versteckt?« fragte er. Er stand müde und überfüttert im Türrahmen. Ich warf Sarah einen wütenden Blick zu.

»Ein Teil«, sagte sie. »Nur zwei Pakete.«

Jacob schlurfte zu dem Stuhl. »Warum nehmen wir es dann nicht?« sagte er.

Sarah sagte nichts, sondern goß meinem Bruder ein frisches Glas Wein ein. Sie warteten beide darauf, daß ich etwas sagte. Und was sollte ich schon groß sagen? Es gab ja keinen Grund, es nicht zu tun, außer meinem amorphen Verdacht, daß es nicht richtig war, daß wir mit dem Geld so vorsichtig umgehen müßten, als wäre es etwas Gefährliches wie eine Bombe oder eine Pistole. Ich wußte aber nicht, wie ich das hätte ausdrücken sollen. Wenn ich den Mund aufgemacht hätte, hätte es mit Sicherheit außerordentlich albern geklungen. Es ist doch nur ein Spiel, hätten sie gesagt, wir legen es ja gleich danach wieder zurück.

»Na schön«, seufzte ich und ließ mich auf meinen Stuhl sinken. Sarah lief nach oben, um ein Päckchen herunterzuholen.

Jacob war der »Kleine Hund«, Sarah war der »Zylinder« und ich der »Rennwagen«. Der Reiz der richtigen Hundertdollarscheine nutzte sich erstaunlich schnell ab. Bald waren sie auch nur noch Rechtecke aus buntem Papier, bloß ein bißchen größer und fester. Wir benutzten sie für imaginäre Geschäfte, und das beraubte sie irgendwie ihres Wertes. Sie hörten auf, wirklich zu sein.

Das Spiel dauerte mehrere Stunden und ging erst kurz vor Mitternacht zu Ende. Wir hörten auf, als ich bankrott war. Sarah und mein Bruder einigten sich auf ein Unentschieden, aber Jacob hätte gewonnen. Er hatte mehr Straßen, mehr Häuser, mehr Hotels und einen großen Haufen Bargeld. Es hätte nicht mehr lange gedauert, bis er sie pleite gemacht hätte.

Ich packte das Spiel ein, während Sarah die Hundertdollarscheine einsammelte und wieder nach oben zurückbrachte.

Wie betrunken mein Bruder war, merkte ich erst, als er aufstand. Er wuchtete sich von seinem Stuhl hoch und machte mit ausgestreckten Armen zwei wackelige Schritte zur Spüle. Sein Gesicht zeigte Panik. Es war, als hätte er sich plötzlich in eine dicke Marionette verwandelt, deren Bewegungen von jemand anderem kontrolliert wurden. Er stützte sich mit seiner riesigen Hand auf die Spüle und starrte darauf herunter, als hätte er Angst, sie könnte ihm weglaufen, wenn er wegschaute. Dann kicherte er.

»Warum schläfst du heute nicht hier?« fragte ich.

Er sah sich zwischen Tisch und Stühlen, Herd und Geschirrspüler um und fragte: »Hier schlafen?«

»Oben. Im Gästezimmer natürlich.«

Jacob runzelte die Stirn. Er hatte in all den Jahren noch nie bei uns übernachtet, und die Vorstellung, daß er es jetzt tun sollte, schien ihn zu beunruhigen. Er wollte protestieren, aber ich unterbrach ihn, ehe er seine Worte geformt hatte.

»Nach Hause fahren kannst du nicht. Dazu bist du viel zu betrunken.«

»Und was ist mit Sarah?« flüsterte er laut und spähte ängstlich hinaus in den Flur.

»Die hat bestimmt nichts dagegen«, sagte ich.

Ich half ihm die Treppe hinauf und fühlte mich wie ein kleiner Junge neben seinem weichen, massigen Körper. Ab und zu stieß er ein Kichern aus.

Ich steckte ihn ins Gästezimmer, gegenüber von unserem Schlafzimmer. Er setzte sich aufs Bett und fummelte an seinem Hemd herum. Ich hockte mich vor ihm auf den Boden und öffnete seine Schnürsenkel. Der Hund war uns gefolgt. Er schnupperte an jedem Möbelstück im Raum, kletterte dann aufs Bett und rollte sich darauf zusammen.

Als ich ihm die Stiefel von den Füßen zog, sah ich auf und stellte fest, daß Jacob verwirrt das Kopfbrett des Bettes anstarrte.

»Alles in Ordnung. Ich bring dich ins Bett«, sagte ich.

»Das ist mein Bett.«

Ich nickte. »Ja. Hier schläfst du heute nacht.«

»Das ist meins«, sagte er noch einmal mit Nachdruck. Er legte die Hand auf das Kopfbrett, und jetzt kapierte ich, was er meinte. Er saß hier auf dem Bett, in dem er schon als Kind geschlafen hatte.

»Ja«, sagte ich. »Das hat uns Dad gebracht, kurz vor seinem Tod.«

Jacob sah sich mit leicht benebeltem Blick im Raum um. Aber sonst gehörte ihm nichts darin.

»Die Matratze ist natürlich neu«, sagte ich. »Die alte war durchgelegen.«

Er schien mich nicht zu verstehen. »Im Gästezimmer steht es«, sagte er.

Er starrte das Bett noch eine Sekunde lang an, dann hob er seine Füße vom Boden und streckte sich darauf aus. Das Bett schaukelte wie ein Boot in stürmischer See. Der Hund hob den Kopf und sah uns mißbilligend an. Jacob schloß seine Augen und schien sofort einzuschlafen. Sein tiefes Atmen wurde innerhalb von Sekunden zum Schnarchen. Sein Gesicht wurde schlaff, seine Kinnlade klappte herunter, so daß ich seine Zähne sehen konnte. Sie schienen zu groß, zu dick und zu breit zu sein für seinen Mund.

»Jacob?« flüsterte ich.

Keine Reaktion. Er hatte seine Brille noch auf, und ich nahm sie ihm ab. Ich zog sie ihm vorsichtig von den Ohren, klappte die Bügel zusammen und legte sie auf den Nachttisch neben dem Bett. Sein Gesicht sah viel älter aus ohne die Brille, Jahre älter, als er eigentlich war. Ich beugte mich vor und küßte ihn leicht auf die Stirn.

Auf der anderen Seite des Flurs fing das Baby an zu wimmern.

Jacobs Augen öffneten sich. »Der Judaskuß«, flüsterte er heiser.

Ich schüttelte den Kopf. »Nein, ich sag dir nur gute Nacht.«

Er bemühte sich, mich mit seinen kurzsichtigen Augen in den Blick zu bekommen, schaffte es aber nicht. »Mir ist schwindlig«, sagte er.

»Das hört bestimmt gleich auf«, sagte ich.

Er lächelte, bekämpfte ein sinnloses Kichern und wurde dann plötzlich ernst. »Du hast mir einen Gutenachtkuß gegeben?« fragte er. Seine Stimme klang ein bißchen schleppend.

»Ja.«

Er blinzelte mich an. Dann nickte er. »Gute Nacht«, sagte er mühsam.

Als er die Augen schloß, ging ich rückwärts hinaus und war dabei so leise wie möglich.

Im Schlafzimmer auf der anderen Seite des Flurs fand ich Sarah im Begriff, sich im Bett einzurichten. Sie hatte Amanda beruhigt, die gerade mit sanftem Gurgeln in ihrer Wiege eingeschlafen war.

Das Geld, mit dem wir gespielt hatten, lag in einem Stapel auf der Kommode. Ich zog meinen Schlafanzug an, nahm das Geld in die Hand und ordnete es.

»Das war eine blöde Idee, Sarah«, sagte ich. »Ich weiß gar nicht, wie du auf so eine blöde Idee kommen konntest.«

Vom Bett aus warf sie mir einen überraschten, verletzten Blick zu. »Ich dachte, es würde Spaß machen«, sagte sie. Sie hatte sich die Haare aufgesteckt wie eine Lehrerin. Abgesehen von ihrem Höschen war sie nackt.

»Wir waren uns doch einig«, sagte ich, »daß wir das Geld auf keinen Fall vorzeitig anrühren dürften.«

»Aber Spaß hat es gemacht, oder nicht? Gib's zu, Hank. Es hat dir gefallen.«

Ich schüttelte den Kopf. »Auf diese Art und Weise werden wir mit Sicherheit geschnappt: Wenn wir anfangen, mit dem Geld rumzuspielen.«

»Ich hab's doch nicht mit nach draußen genommen, oder?«

»Wir werden es nicht mehr anrühren, ehe wir von hier weggehen!«

Sie zog die Mundwinkel herunter und schmollte. Es war nur allzu deutlich, daß sie mich zu streng fand, aber das war mir egal.

»Versprichst du es?« fragte ich.

Sie zuckte die Achseln. »Schön.«

Ich trug das Bündel Geld zum Bett, setzte mich und begann es zu zählen. Weil ich ziemlich betrunken war, verzählte ich mich allerdings dauernd.

»Er hat keins genommen«, sagte Sarah schließlich. »Das hab' ich schon überprüft.«

Ich erstarrte. Ich hatte mir gar keine Rechenschaft darüber abgelegt, warum ich es zählte.

Während wir darauf warteten, daß wir einschliefen, unterhielten wir uns noch im Flüsterton miteinander.

»Was glaubst du, was aus ihm wird?« fragte Sarah.

»Aus Jacob?«

Ich spürte, wie sie in der Dunkelheit nickte. Wir lagen beide auf dem Rücken, alle Lichter waren gelöscht, und das Baby schlief in der Wiege. Sarah hatte mir meine Belehrung verziehen.

»Vielleicht kauft er sich eine Farm«, sagte ich.

Ich spürte, wie Sarahs Körper sich neben mir spannte. »Er kann nicht die Farm kaufen, Hank. Wenn er hier bleibt –«

»Nicht die Farm von meinem Vater. Irgendeine Farm. Draußen

im Westen, in Kansas oder Missouri. Wir könnten ihm dabei helfen.«

Noch während ich es sagte, wußte ich, daß es nie dazu kommen würde. Es war der Wein gewesen, was mich hatte glauben lassen, es könnte geschehen. Jetzt, als ich langsam wieder nüchtern wurde, sah ich die Dinge wieder so, wie sie waren. Jacob verstand nichts von Landwirtschaft. Seine Chancen, ein erfolgreicher Farmer zu werden, waren genauso groß wie die, ein Astronaut oder Rockstar zu werden. Es war einfach kindisch, daß er davon träumte. Es war vorsätzliche Naivität. Er leugnete damit seine eigene Person.

»Vielleicht geht er auf Reisen«, sagte ich, aber ich konnte mir selbst nicht vorstellen, daß mein Bruder in Flugzeuge stieg und in teuren Hotels wohnte. Es schien nicht sehr wahrscheinlich.

»Aber was immer er tut«, sagte ich. »Es wird ihm auf jeden Fall besser als jetzt gehen, oder?«

Ich drehte mich zu ihr um und legte ein Bein über sie. »Natürlich«, sagte sie. »Er hat dann eins Komma drei Millionen Dollar. Da muß es ihm doch bessergehen.«

»Aber was soll er bloß damit machen?«

»Er wird's ausgeben, ganz einfach. Genau wie wir. Dafür ist es ja da.«

»Aber wofür soll er's ausgeben?«

»Für alles, was ihm gefällt. Ein schönes Auto, ein Strandhaus, schicke Klamotten, teures Essen, exotische Ferien.«

»Aber er ist doch so allein, Sarah. Er kann das doch nicht alles bloß für sich selbst kaufen.«

Sie berührte zärtlich mein Gesicht. »Er wird schon jemanden finden, Hank«, sagte sie. »Er kommt bestimmt klar.«

Ich war müde und wollte ihr glauben, aber ich wußte, daß sie sich wahrscheinlich irrte. Das Geld war nicht in der Lage, die Dinge so zu verändern. Es konnte uns reicher machen, aber sonst nichts. Jacob würde sein ganzes Leben lang dick, schüchtern und unglücklich bleiben.

Wie ein Schatten in der Dunkelheit glitten Sarahs Finger über mein Gesicht, und ich schloß die Augen.

»Jeder wird das kriegen, was er verdient«, sagte sie.

Irgendwann in der Morgendämmerung wachte ich auf, weil jemand sich im Haus bewegte. Ich stützte mich auf, meine Augen wurden sofort klar. Sarah saß neben mir, den Rücken am Kopfbrett, und stillte Amanda. Ein eisiger Wind rüttelte an den Fenstern.

»Es ist wer im Haus«, sagte ich.

»Psst«, flüsterte Sarah. Ohne den Blick von ihrem Kind abzuwenden, legte sie mir beruhigend eine Hand auf die Schulter. »Es ist Jacob. Er war bloß auf der Toilette.«

Ich hörte noch eine Weile zu, wie die Wände sich gegen den Wind stemmten und Amanda leise gluckste, während sie die Milch aus Sarahs Körper heraussaugte. Dann ließ ich mich in die Kissen zurücksinken. Nach einer Minute ungefähr hörte ich Jacob zurück ins Gästezimmer tapsen. Er stöhnte, als er sich ins Bett legte.

»Siehst du?« flüsterte Sarah. »Alles okay.«

Sie ließ ihre Hand so lange auf meiner Schulter liegen, bis ich wieder schlief.

6

*W*ir holten Lou kurz nach sieben ab und fuhren mit ihm in den *Wrangler*. Der *Wrangler* war eine der beiden Bars in Ashenville, die praktisch identisch aussahen. Vor Jahren hatte sie noch ein Western-Image gepflegt, aber außer dem Namen und dem riesigen, graffitiübersäten Longhorn-Schädel über dem Eingang war davon nicht mehr viel übrig. Im Inneren war sie langgestreckt, schmal und dunkel, mit einer Theke an der einen und ein paar Nischen auf der anderen Seite. Im hinteren, durch ein paar Schwingtüren abgetrennten Teil des Lokals gab es einen größeren Raum, wo ein Billardtisch, ein paar Flipperkästen und eine kaputte Musikbox standen.

Als wir kamen, war es relativ ruhig. Eine Handvoll älterer Männer mit Bierflaschen saßen einsam vorn an der Theke. Ein paar von ihnen schienen Lou zu kennen und grinsten zur Begrüßung. In einer der Nischen saßen eine junge Frau und ein Mann. Sie hatten die Köpfe zusammengesteckt und flüsterten heftig. Man hatte den Eindruck, daß sie sich stritten, aber kein Aufsehen erregen wollten.

Wir gingen in den hinteren Raum. Jacob und Lou bereiteten sich auf eine Partie Poolbillard vor, während ich die Drinks holte. Lou hatte ein Bier mit Whiskey bestellt, Jacob trank Bier und ich Ginger Ale.

Jacob verlor gegen Lou, und ich holte die nächste Runde. Das wiederholte sich noch dreimal. Dann kamen andere Leute nach hinten, und wir mußten den Billardtisch räumen. Wir gingen nach vorn und setzten uns in eine der Nischen. Es war inzwischen nach acht, und die Bar begann sich zu füllen.

Ich kaufte auch weiter die Drinks. Ich behauptete, mein Ginger Ale wäre Whiskey mit Soda, und Lou lachte mich aus. Das wäre ein typisches Buchhaltergesöff, sagte er. Er wollte mir ein Glas Tequila kaufen, aber ich lehnte ab, mit einem Lächeln.

Zu beobachten, wie er betrunken wurde, war interessant. Sein Gesicht nahm eine tiefe Röte an, und seine Augen wurden glasig. Bald ging er nach jeder Runde auf die Toilette, und gegen neun trat allmählich seine kleinkarierte Gemeinheit zutage. Der eigentliche Lou wurde sichtbar. Er vergaß allmählich, daß ich ihm die Drinks kaufte. Er nannte mich wieder *Mr. Accountant*, blinzelte Jacob zu und kicherte hämisch. Dann fiel er plötzlich in die alte Freundlichkeit zurück und klatschte mir mit der flachen Hand auf den Arm. Plötzlich waren wir wieder Kumpel, Mitverschwörer und Gentlemen-Diebe.

Jedesmal, wenn frische Getränke gebracht wurden, hob er sein Glas und wiederholte denselben Trinkspruch: »Auf die kleine Lady! Gott segne ihr flaumiges Köpfchen!«

Das Tonbandgerät war in meiner Hemdtasche. Alle paar Minuten hob ich meine Hand und kratzte daran, als wäre es eine Art Talisman oder dergleichen.

Nachdem wir ungefähr eine Stunde lang getrunken hatten, drehte ich mich zu Lou um und fragte: »Hättest du mich wirklich beim Sheriff verpfiffen, wenn ich mich nicht bereit erklärt hätte, das Geld jetzt zu teilen?«

Wir waren zu zweit; ich hatte Jacob meine Brieftasche gegeben und ihn an die Theke geschickt, um die nächste Runde zu holen. Lou überlegte mit gesenktem Kopf. »Ich hab' das Geld gebraucht, Hank«, sagte er feierlich.

»Hättest du nicht bis zum Sommer warten können?«

»Ich brauche es jetzt sofort.«

»Wegen fünf Monaten machst du solchen Ärger? Hättest du nicht noch fünf Monate aushalten können?«

Über den Tisch hinweg griff er nach Jacobs Glas und trank einen Schluck von dessen Bier. Es war nicht mehr viel übrig, aber Lou trank es nicht aus. »Hab' ich dir nicht gesagt, daß ich Spielschulden habe?« lächelte er.

Ich nickte.

»Ich hab' einen Teil von Nancys Ersparnissen verspielt.«

»Viel?«

»Weißt du, ich wußte ja, daß ich's mir leisten konnte. Ich hatte ja das Geld aus dem Flugzeug. Deshalb hab' ich ein paar größere

Summen auf Außenseiter gesetzt. Ich dachte, wenn auch nur einer davon gewinnt, komm ich groß raus.« Er stieß ein nervöses kleines Lachen aus. »Es hat aber keiner gewonnen. Nicht einer. Ich habe alles verloren.«

»Wieviel?« fragte ich.

»Etwas mehr als siebzehntausend. Ihre Mutter hat es ihr hinterlassen.«

Ich schwieg wie gelähmt. Ich konnte mir nicht vorstellen, daß jemand soviel Geld auf ein Pferd setzte. Ich sah zu, wie er Jacobs Glas endgültig austrank.

»Wir sind pleite, Hank. Wir haben keinen Pfennig mehr. Wir können nichts zu essen kaufen, wir können die Miete nicht zahlen, wir können überhaupt nichts mehr machen, solange wir diese Päckchen nicht haben.«

»Willst du damit sagen, daß du mich angezeigt hättest?«

»Ich brauche das Geld. Außerdem war es doch irgendwie unfair: Du sitzt auf dem Geld und bewachst es, dabei ist doch ganz offensichtlich, daß kein Mensch danach sucht.«

»Ich will wissen, ob du mich angezeigt hättest«, sagte ich.

»Wenn ich jetzt nein sage«, lächelte er, »hältst du womöglich nicht dein Versprechen.«

»Mein Versprechen?«

»Das Geld aufzuteilen.«

Ich sagte nichts.

»Ich brauche das Geld, Hank. Ich weiß nicht mehr weiter.«

»Und wenn du von der Sache mit Pederson gar nichts wüßtest? Was würdest du dann machen?«

Lou schürzte die Lippen. »Dann hätte ich dich wahrscheinlich einfach gebeten«, sagte er, überlegte eine Sekunde und bekräftigte dann: »Ich hätte mich hingekniet und so lange gebettelt, bis du's mir gibst.«

Die Bar war jetzt gut gefüllt und vibrierte mit Stimmen und Gelächter. Wolken von Zigarettenrauch hingen über der Menge und vermischten sich mit dem Bierdunst. Auf der anderen Seite des Durchgangs stand Jacob und bezahlte gerade den Barkeeper.

»Hätte das funktioniert?« fragte Lou.

Eine Sekunde lang versuchte ich mir vorzustellen, wie er vor mir auf dem Boden kniete und mich anbettelte. In mancher Hinsicht war das noch erschreckender als die Erpressung. Denn damit hätte er nicht einfach an meine Furcht, sondern an Gefühle appelliert, die ich für Tugenden hielt: Mitleid, Nächstenliebe, Verständnis, und wenn ich seine Forderung abgelehnt hätte, was ich ja unweigerlich tun mußte, hätte ich damit nicht ihn verurteilt, sondern mich selbst. Und das konnte mir durchaus noch bevorstehen, wenn ich mir das Tonband verschaffte. Die Vorstellung war ungeheuer ermüdend.

»Nein«, sagte ich. »Wahrscheinlich nicht.«

»Dann ist es ja gut, daß ich die Sache mit Pederson rausgekriegt habe, oder?«

Mein Bruder kehrte zurück, und ich gab keine Antwort mehr auf die Frage. Statt dessen schob ich die leeren Gläser beiseite und sagte: »So, jetzt gibt's frische Drinks.«

Lou streckte die Hand aus und berührte mich am Arm. Seine Finger waren kalt von dem Glas, das er in der Hand gehabt hatte. »Ich mußte einfach sicherstellen, daß ich das Geld kriege, Hank«, sagte er. »Das verstehst du doch? Es richtet sich nicht gegen dich persönlich.«

Ich starrte auf seine Hand herunter, die meinen Arm wie eine Klaue gepackt hielt. Ich mußte der Versuchung widerstehen, mich mit Gewalt zu befreien. »Ja«, sagte ich. Es schien mir ein bescheidenes Zugeständnis zu sein. »Ich verstehe.«

Gegen halb zehn erhob sich Lou auf die Füße und machte sich etwas unsicher auf den Weg zur Toilette. Ich beobachtete ihn, bis er weit genug außer Hörweite war. Dann wandte ich mich an Jacob.

»Kannst du mir sagen, wann er richtig voll ist?«

Meinem Bruder lief die Nase, auf seiner Oberlippe glänzte der Rotz. »Glaube schon.«

»Ich möchte, daß er betrunken genug ist, um nicht mehr richtig überlegen zu können, aber lallen darf er noch nicht.«

Jacob nippte an seinem Bier. Seine Brille war beschlagen, aber das schien er nicht zu bemerken.

»Sobald du merkst, daß er undeutlich spricht, stehst du auf und sagst, du würdest gern noch zu ihm fahren, du hättest eine Flasche Whiskey im Wagen.«

»Ich glaube immer noch nicht –«, sagte Jacob, aber ich brachte ihn mit einer Handbewegung zum Schweigen. Lou war leicht schwankend aus der Toilette getreten. Er stolperte und stieß an einen der Barhocker, und als der darauf sitzende junge Mann sich umdrehte, beschuldigte Lou ihn lautstark, er habe ihm ein Bein stellen wollen.

»Halten Sie das für witzig?« fragte Lou. »Sind Sie Komiker, oder was?«

Der junge Mann, vollbärtig und sehr viel massiver und größer als Lou, starrte ihn verblüfft an. »Was soll witzig sein?« fragte er, noch viel zu überrascht, um ernsthaft wütend zu werden.

Lou zog seinen Gürtel hoch. »Leuten ein Bein zu stellen, wenn sie vom Klo kommen. Leute lächerlich machen.«

Jetzt drehte sich der junge Mann ganz herum. Es wurde totenstill in der Bar.

»Komm, setz dich, Lou«, sagte jemand. »Du bist noch zu jung, um zu sterben.« Ein paar Leute lachten.

Lou sah sich in der Bar um. »Sich über mich lustig machen«, sagte er. »Ich hätte mir das Genick brechen können.« Er zeigte mit dem Finger auf den jungen Mann. »Da wär Ihnen wahrscheinlich einer abgegangen, was?«

Der junge Mann sagte gar nichts, sondern sah nur auf Lous ausgestreckten Zeigefinger herunter.

»Ich werd' Ihnen eine verpassen«, sagte Lou. »Vielleicht geht Ihnen dann einer ab.«

»Hören Sie mal, Kumpel«, sagte der junge Mann. »Sie haben wohl einen über den Durst getrunken –«

»Ich bin nicht Ihr Kumpel!«

Der junge Mann begann, von seinem Hocker zu steigen. Gleichzeitig stand Jacob von seinem Platz auf.

»Ich bin nicht Ihr Kumpel!« sagte Lou noch einmal.

Gemessen an seiner Größe und dem Alkohol, den er intus hatte, bewegte Jacob sich relativ geschickt durch die Menge. Ich sah von unserer Nische aus zu, wie er Lou eine Hand auf die Schulter legte. Lou drehte sich um, und sein wütendes Gesicht verwandelte sich in ein strahlendes Lächeln: »Du bist mein Kumpel!« sagte er zu meinem Bruder. Dann warf er dem Barkeeper einen Blick zu. »Das ist mein Kumpel!« rief er. Er wedelte mit der Hand in meine Richtung und fügte hinzu: »Und das ist mein anderer Kumpel!«

Jacob führte ihn zu unserer Nische zurück, und ich bestellte die nächste Runde.

Es war schon elf Uhr, als mein Bruder endlich aufstand und vorschlug, zu Lou nach Hause zu fahren.

Der Hund wartete in der Fahrerkabine des Pick-ups auf uns, er sah durchgefroren und deprimiert aus. Er schien keine Lust zu haben, nach hinten zu gehen, deshalb mußte Jacob ihn mit Gewalt durch das zerrissene Plastikfenster schieben. Lou urinierte an die Seitenwand des Gebäudes und erzeugte dabei ein langes, gleichmäßiges Zischen.

Das Steuer übernahm ich. Ich hatte am Nachmittag eine Flasche Whiskey gekauft und forderte Jacob auf, Lou einen Schluck anzubieten. Lou nahm das Angebot gerne an.

Es war eine der kältesten Nächte des Jahres. Der Himmel war wolkenlos. Der Mond war gerade aufgegangen, eine dicke weiße Sichel, die wie ein Stück Melone auf dem Horizont lag. Darüber spannte sich die hohe, leuchtende Unendlichkeit der Sterne vor der schwarzen Tiefe des Himmels. Die Straße, die aus Ashenville hinausführte, war vollkommen leer und sah im Licht von Jacobs verbliebenem linken Scheinwerfer schmaler aus, als sie tatsächlich war. Auf der ganzen Fahrt fegte der Wind durch die Fahrerkabine, zerrte an unseren Jacken und ließ die zerrissene Plastikplane vor dem Rückfenster wie eine Bullenpeitsche knallen.

Ich stellte das Licht und den Motor schon weit vor dem Haus ab und parkte gleich am unteren Ende der Einfahrt, damit Nancy nicht wach wurde.

»Und jetzt?« fragte Jacob. Lou hockte zwischen uns, etwas vorgebeugt, und stützte sich mit einer Hand am Armaturenbrett ab. Jacob mußte sich vorbeugen, um mich zu sehen.

»Laß uns reingehen«, sagte ich. »Nimm die Flasche mit.«

»Genau«, sagte Lou. »Nimm die Flasche mit.« Er klatschte mir mit der Hand aufs Bein. »Du bist okay. Weißt du was? Du bist gar nicht so übel.«

Wir kletterten heraus und gingen die Einfahrt zum Haus hoch.

Den Hund ließen wir wieder im Auto. Jacob und ich setzten uns im Wohnzimmer auf die Couch, Lou ging erst mal auf die Toilette. Durch die offene Tür hörten wir, wie er urinierte. Es schien mehrere Minuten zu dauern.

Das Wohnzimmer lag etwas tiefer als der Flur. Es war breit und flach, mit einem dunkelgrün genoppten Teppich. Das Mobiliar bestand aus zwei Polstersesseln, einer schwarzen Ledercouch, einem alten Fernseher und einem langen, niedrigen Couchtisch voller Zeitschriften. Es war gemütlicher, als ich gedacht hatte, aber nicht viel.

Als er mit Pinkeln fertig war, ging Lou in die Küche und holte uns Gläser. Jacob schenkte den Whiskey ein. Unverdünnten Schnaps zu trinken, war ich nicht gewohnt, und die Flüssigkeit verbrannte mir die Kehle. Der Geruch erinnerte mich an die Gelegenheiten, bei denen mir mein Vater einen Gutenachtkuß gegeben hatte. Sein Kopf war immer sehr abrupt über meinem Bett erschienen, er hatte sich langsam zu mir heruntergebeugt, sich aber stets wieder zurückgezogen, ehe seine Lippen meine Stirn berührten. Er schien Angst davor zu haben, mich zu wecken. An manchen Abenden machte ich die Augen auch gar nicht mehr auf, und dann zeigten mir nur das Knarren der Dielenbretter und der süße Duft seiner Whiskeyfahne, daß er hereinkam, sich zu mir herunterbeugte und leise wieder hinausging.

Lou setzte sich in einen der Sessel auf der anderen Seite des Couchtischs. Er schien genausowenig reden zu wollen wie Jacob, und ich wußte auch nicht recht, wie ich anfangen sollte. Ich warf meinem Bruder verzweifelte Blicke zu, in der Hoffnung, er würde mir irgendwie helfen, aber er reagierte gar nicht darauf. Sein Gesicht war verquollen, und es sah so aus, als könnte er jeden Moment einschlafen.

Minutenlang sagte überhaupt niemand was. Dann kicherte Lou plötzlich in sich hinein und fragte Jacob, wie man einen Mann ohne Arme und Beine in einem Swimmingpool nennt.

»Bob«, sagte Jacob, und sie begannen haltlos zu lachen.

Sie fingen an, über einen Mann zu reden, den ich nicht kannte, einen Freund von Lou, der im Sommer bei einem Arbeitsunfall auf einer Baustelle einen Arm eingebüßt hatte. Er hatte Reisig in eine

Schnitzelmaschine geschoben und war mit dem Jackenärmel hängengeblieben. Lou und Jacob stritten eine Weile herum, ob der Mann selbst schuld gewesen sei oder nicht. Lou war der Meinung, so etwas könne nur aus Dummheit passieren oder wenn jemand besonders leichtsinnig sei, aber Jacob war anderer Meinung. Jetzt arbeitete der Mann in einem Autozubehörgeschäft. Er hatte Lou erzählt, sein Arm habe fünfeinhalb Kilo gewogen. Er wisse das so genau, weil er jetzt, nach seinem Unfall, so viel weniger wiege.

Ich saß dabei, nippte behutsam an meinem Whiskey und spürte das kaum wahrnehmbare Gewicht des Tonbandgeräts auf meiner Brust. Jacob und Lou schienen meine Gegenwart völlig vergessen zu haben und redeten, als ob ich gar nicht da wäre. Das gab mir einen Einblick in ihre Freundschaft, wie ich ihn zuvor nie gehabt hatte. Die lakonische Ruppigkeit ihrer Dialoge und die langen Pausen zwischen den einzelnen Sätzen erinnerten mich an die Gespräche, die ich früher bei meinem Vater und seinen Freunden gehört hatte. So hatte ich mir Gespräche zwischen Männern immer vorgestellt, und als ich meinen Bruder jetzt so reden hörte, warf das ein völlig neues Licht auf ihn. Zum ersten Mal in meinem Leben erschien er mir reifer und weltmännischer als ich.

Als ich mein Glas geleert hatte, schenkte Jacob mir nach.

Sie fingen einen Streit über den See an, wo sie immer angeln gingen. Jacob sagte, daß er Devils Lake hieße, weil er wie ein Kopf mit zwei Hörnern geformt sei, aber Lou glaubte ihm nicht. Der Whiskey sorgte dafür, daß mir richtig warm wurde, und als ich das Glas hinstellte und darüber nachdachte, durchfuhr ein Anfall von Panik meinen Körper, wie das Schrillen einer Alarmglocke. In dieser Situation betrunken zu sein, hieß mit Sicherheit scheitern. Ich mußte klar denken und meine Worte sehr genau wählen.

Ich stellte mein Whiskey-Glas auf den Tisch und konzentrierte mich darauf, einen Einstieg in die Unterhaltung der beiden zu finden. Verzweifelt suchte ich nach einer Frage oder einer subtilen Bemerkung, mit der ich das Gespräch auf Pederson und das Geld bringen konnte. Ich gab mir die größte Mühe, aber mein Verstand ließ mich im Stich. Immer wieder kehrten meine Gedanken zu dem Mann zurück, der seinen Arm eingebüßt hatte, und beschäftigten sich intensiv mit der Frage, wie schwer wohl meine Arme sein mochten. Ohne mir dessen bewußt zu sein, wog ich sie unauffällig im Schoß.

Schließlich, als mir gar nichts einfallen wollte, sagte ich einfach: »Und wenn ich nun ein Geständnis ablegen würde?«

Es kam sehr laut heraus, fast wie ein Schrei, und überraschte uns alle drei. Jacob und Lou drehten sich zu mir um und starrten mich an.

»Ein Geständnis?« sagte Lou und grinste mich an. Er war betrunken und muß wohl gedacht haben, ich wäre es auch.

»Könnt ihr euch das vorstellen?« fragte ich. »Wie ich ein Geständnis ablege?«

»Was willst du denn gestehen?«

»Das Geld genommen und Pederson getötet zu haben.«

Lou lächelte immer noch. »Denkst du ernsthaft daran, das zu gestehen?«

Ich schüttelte den Kopf. »Ich wollte bloß wissen, ob ihr euch das vorstellen könnt.«

»Sicher«, sagte er. »Warum nicht?«

»Und du?« fragte ich Jacob. Er saß zusammengesunken neben mir auf der Couch und starrte auf seine Hände.

»Denke schon«, quetschte er schließlich heraus. Es klang wie ein Quieken.

»Und wieso?«

Jacob warf mir einen niedergeschlagenen Blick zu. Er wollte nicht antworten.

»Du würdest zum Kronzeugen werden«, sagte Lou lächelnd. »Du würdest uns verraten, damit sie dich laufenlassen.«

»Aber was würde ich genau sagen?«

»Die Wahrheit. Daß du ihn mit seinem Schal erstickt hast.«

Ich spürte, wie Jacob neben mir erstarrte. Daß Lou von dem Schal wußte, konnte nur eins bedeuten: daß Jacob ihm genau erzählt hatte, wie ich den alten Mann umgebracht hatte. Vielleicht hatte Lou am Anfang wirklich nur auf den Busch geklopft, aber nachdem er fündig geworden war, hatte mein Bruder nichts mehr zurückgehalten. Das notierte ich mir für später. Damit brauchte ich mich jetzt nicht auseinanderzusetzen.

»Tu doch mal so, als wärst du ich«, sagte ich. »Tu mal so, als wäre Jacob der Sheriff und du wärst gerade in sein Büro gekommen, um dein Geständnis zu machen.«

Lou warf mir einen mißtrauischen Blick zu. »Warum?«

»Ich würde gern wissen, was du glaubst, was ich sagen würde.«

»Hab' ich doch gerade getan. Du würdest sagen, daß du ihn mit seinem Schal erstickt hast.«

»Sag es so, als wärst du ich. Das würd' ich gern hören. Spiel es mir vor.«

»Genau, Lou!« stichelte Jacob und warf mir einen höhnischen Blick zu. »Tu mal so, als wärst du ein Killer-Buchhalter.«

Lou grinste und nahm einen Schluck Whiskey. Dann stand er auf und tat so, als klopfte er an eine Tür. »Sheriff Jenkins?« rief er. Er verstellte seine Stimme, so daß sie hoch und zittrig klang wie die eines ängstlichen Kindes.

»Ja, bitte?« rief Jacob in jenem tiefen Bariton, der Autorität für ihn signalisierte.

»Ich bin Hank Mitchell. Ich möchte Ihnen etwas erzählen.«

»Komm doch rein, Hank«, dröhnte Jacob. »Nimm Platz.«

Lou tat so, als ob er die Tür aufmachen müßte, trat ein paar Sekunden lang auf der Stelle, grinste dümmlich und setzte sich dann auf die Kante seines Sessels. Er preßte die Knie zusammen und hielt die Hände im Schoß. »Es geht um Dwight Pederson«, sagte er, und ich kratzte mich an der Brust. Es klickte leise, als ich den Kopf drückte, und dann begann das Bandgerät zu summen.

»Ja?« sagte Jacob.

»Nun ja, sein Tod war kein Unfall.«

»Was soll das heißen?«

Lou sah sich ängstlich im Raum um. Dann flüsterte er: »Ich hab' ihn getötet.«

Danach entstand eine Pause. Lou wartete darauf, daß mein Bruder irgendwie reagierte. Aber Jacob schien zu hoffen, daß ich die Sache abbrechen und mich zufriedengeben würde mit dieser einfachen Aussage. Aber ich brauchte noch mehr. Er mußte unbedingt sagen, wie er es getan hatte.

»Du hast Dwight Pederson getötet?« fragte Jacob schließlich und tat so, als ob er schockiert wäre.

Lou nickte. »Ich hab' ihn mit seinem Schal erstickt und ihn dann von der Brücke in den Anders Creek gestoßen. Ich hab' dafür gesorgt, daß es aussah, als hätte er einen Unfall gehabt.«

Jacob verstummte. Schon an der Art, wie er dasaß, konnte ich sehen, daß er nichts mehr sagen würde. Ich griff an meine Brusttasche und stellte das Bandgerät ab. Mir schien, daß wir mehr als genug hatten. Wenn ein Geständnis auf Tonband überhaupt das richtige Instrument war, um Lou gefügig zu machen, dann mußte das einfach genügen.

»Gut«, sagte ich. »Du kannst aufhören.«

Lou schüttelte den Kopf. »Ich möchte noch bis zu der Stelle kommen, wo du den Vorschlag machst, gegen uns auszusagen.« Er winkte meinem Bruder zu. »Frag weiter, Jake.«

Aber Jacob registrierte nicht. Er nahm einen großen Schluck Whiskey und wischte sich den Mund mit dem Handrücken ab. Ich nahm das Tonbandgerät aus der Tasche und ließ die Kassette zurücklaufen.

»Was ist denn das?« fragte Lou.

»Ein Kassettenrecorder«, sagte ich. Das Gerät gab ein dumpfes Klicken von sich, als das Band zurückgespult war.

»Ein Kassettenrecorder?« fragte mein Bruder, als wüßte er nicht, was ich meinte.

Ich drückte auf den Abspielknopf, drehte mit dem Daumen die Lautstärke hoch und stellte das Gerät auf den Tisch. Ein, zwei Sekunden lang zischte es leise, dann ertönte Jacobs Stimme. *»Ja?«*«

»Nun ja, sein Tod war kein Unfall«, sagte Lous Stimme.

»Was soll das heißen?«

»Ich hab' ihn getötet.«

»Du hast Dwight Pederson getötet?«

»Ich hab' ihn mit seinem Schal erstickt und ihn dann von der Brücke in den Anders Creek gestoßen. Ich hab' dafür gesorgt, daß es aussah, als hätte er einen Unfall gehabt.«

Ich hielt das Gerät an und ließ die Kassette wieder zum Anfang zurücklaufen.

»Du hast uns aufgenommen?« fragte Jacob.

»Was soll das?« fragte Lou. »Was, zum Teufel, machst du da?«

»Das ist dein Geständnis«, sagte ich und lächelte ihn an. »Jetzt wissen wir genau, wie du Dwight Pederson umgebracht hast.«

Er starrte mich verwirrt an. »Aber das war dein Geständnis«, sagte er. »Ich hab' doch so getan, als wäre ich du.«

Ich beugte mich vor, drückte den Abspielknopf und ließ die Maschine den gesamten Dialog wiederholen. Alle drei starrten wir das Gerät an und hörten aufmerksam zu. Ich wartete, bis es vorbei war, und sagte dann: »Hört sich mehr nach deiner Stimme an als nach meiner, nicht wahr?«

Lou gab keine Antwort. Er war betrunken, und es war ihm bewußt, daß ihm nicht paßte, was ich getan hatte. Aber wie es schien, wußte er gar nicht genau, warum.

»Wir werden das Geld nicht vor dem Sommer aufteilen.«

Lou wirkte ehrlich überrascht, als ich das sagte. »Du hast doch gesagt, daß wir's am nächsten Wochenende holen.«

Ich schüttelte den Kopf. »Wir warten damit, bis sie das Flugzeugwrack finden. Wir machen es genau so, wie wir's von Anfang an geplant haben.«

»Aber ich hab' dir doch schon gesagt, Hank, daß ich es jetzt brauche.« Mit den Augen suchte er Unterstützung bei Jacob. Aber Jacob starrte immer noch das Tonbandgerät an, als könne er dessen plötzliches Auftauchen gar nicht verwinden.

»Dann geh' ich zum Sheriff«, sagte Lou. »Ich erzähl' ihm, daß du Pederson umgebracht hast.« Erst jetzt, als er das sagte, erkannte Lou, warum ich die Bandaufnahme gemacht hatte. Er verzog das Gesicht. »Das Band nützt dir gar nichts«, sagte er höhnisch. »Das glaubt sowieso keiner. Man merkt ja genau, daß ich bloß Spaß mache.«

»Wenn wir morgen beide zu Sheriff Jenkins gehen, und jeder behauptet, daß der andere Pederson umgebracht hat... Was denkst du, wem er dann glaubt? Dir?«

Er sagte nichts, und so gab ich ihm die Antwort: »Mir würde er glauben, Lou. Das ist dir doch klar, oder?«

»Du verdammter...« Lou beugte sich vor und grabschte nach dem Kassettenrecorder, aber ich war schneller. Ich schnappte ihm das Gerät weg und schob es wieder in meine Hemdtasche.

»Du wirst niemandem etwas erzählen«, sagte ich.

Lou stand auf, und es sah so aus, als wollte er um den Tisch herumkommen und auf mich losgehen. Ich stand ebenfalls auf. Ich wußte, daß er keine echte Bedrohung darstellte – er war kleiner als ich und betrunken –, aber die Vorstellung, mich mit ihm prügeln zu müssen, ängstigte mich doch hinreichend, daß ich davongerannt wäre, quer durchs Zimmer, die Stufe hinauf zum Flur und raus aus der Tür. Ich hatte, was ich brauchte, jetzt wollte ich bloß noch weg.

Lou knurrte mich über den Tisch hinweg an. Dann gab er Jacob ein Zeichen. »Schnapp ihn dir, Jake«, sagte er.

Jacob zuckte zusammen. »Schnappen? Wen soll ich schnappen?«

»Setz dich wieder hin, Lou«, sagte ich.

»Komm, Jake. Hilf mir mal eben.«

Eine kurze, dumpfe Stille senkte sich über den Raum, während wir warteten, was Jacob tun würde. Mein Bruder krümmte sich, zog den Kopf zwischen die Schultern wie eine Schildkröte und schien vor uns flüchten zu wollen. Das war der Augenblick, vor dem er die ganze Zeit Angst gehabt haben mußte, der Augenblick, in dem er seine Loyalität konkret beweisen und öffentlich eine Entscheidung zwischen Lou und mir treffen mußte.

»Das Tonband kann dir doch nicht schaden, Lou«, sagte er schließlich mit kläglicher Stimme. »Das hat er doch nur gemacht, damit du ihn nicht erpreßt.«

Lou blinzelte. »Was?«

»Er wird es nicht benutzen, solange du ihn nicht anzeigst. Das ist doch fair, oder?«

Jacobs Worte waren wie Schrotkugeln, die sich Lou unter die Haut bohrten. Er schwankte auf seinen Füßen, und sein Gesicht wurde plötzlich ganz leer. »Ihr steckt unter einer Decke, nicht wahr?« sagte er.

Jacob schwieg.

»Komm, Lou«, sagte ich. »Setzen wir uns wieder hin. Wir sind doch immer noch Freunde.«

»Ihr habt mir eine Falle gestellt, oder? Ihr beide zusammen.« Lous Körper wurde steif vor Anspannung. Muskeln, die ich nie zuvor gesehen hatte, vibrierten an seinem Hals. »Und das auch noch in meinem eigenen Haus.« Er ballte seine Hände zu Fäusten und blickte sich um, als ob er etwas suchte, was er kaputtschlagen könnte. »Tu doch mal so, als wärst du ich«, sagte er und ahmte meine Stimme nach. Er grinste Jacob höhnisch an. »Jacob, du bist der Sheriff.«

»Ich wußte nicht –«, protestierte Jacob.

»Lüg mich nicht an, Jake.« Lous Stimme hatte sich deutlich gesenkt. Sein Tonfall zeigte, daß er sich verraten fühlte, gekränkt war. »Du machst alles nur schlimmer.«

»Vielleicht hat Hank ja recht«, sagte Jacob. »Vielleicht sollten wir lieber warten, bis das Flugzeug entdeckt worden ist.«

»Hast du gewußt, was er vorhat?«

»Du schaffst es schon bis dahin. Ich kann dir ja aushelfen. Ich leihe dir –«

»Du willst mir aushelfen?« Lou lächelte beinahe. »Wie, zum Teufel, willst du mir aushelfen?«

»Hör mal, Lou«, sagte ich. »Er hat nichts gewußt. Es war meine Idee.«

Lou sah mich nicht einmal an. Er zeigte mit dem Finger auf meinen Bruder. »Ich will, daß du es mir sagst«, sagte er. »Sag mir die Wahrheit.«

Jacob fuhr sich mit der Zunge über die Lippen. Er warf einen Blick auf sein leeres Glas und stellte es schließlich zurück auf den Tisch. »Er hat mir versprochen, er würde mir helfen, meine Farm zurückzukaufen.«

»Deine Farm? Was redest du da für 'nen Scheiß?«

»Die Farm von meinem Vater.«

»Ich hab' ihn dazu gezwungen«, sagte ich rasch. »Ich hab' ihm gesagt, er könnte die Farm nicht kaufen, wenn er mir nicht hilft, dich reinzulegen.«

Wieder ignorierte Lou mich. Es war, als ob ich zu existieren aufgehört hätte. »Du hast es also gewußt?« fragte er Jacob.

Mein Bruder nickte. »Ich hab' es gewußt.«

Ganz langsam, so langsam, daß die Geste eine gewisse Würde erhielt, hob Lou seinen Arm und zeigte zur Tür. Er wies uns hinaus, ein König, der zwei Verräter aus seinem Hoheitsbereich verbannte. »Raus hier!« sagte er.

Das kam meinen Wünschen entgegen. Ich dachte, wenn wir jetzt gehen konnten, wenn wir es bis zum Lastwagen schafften, ohne daß etwas gesagt wurde, was sich nicht wiedergutmachen ließ, würden wir die Sache heil überstehen.

»Komm, Jacob«, sagte ich, aber mein Bruder rührte sich nicht. Er konzentrierte sich völlig auf Lou. Er wollte, daß Lou ihn verstand. Er lehnte sich mit seinem ganzen Körper zu ihm hinüber und bat ihn um Verständnis.

»Siehst du denn nicht –«, sagte er.

»Verschwindet aus meinem Haus«, sagte Lou, und seine Stimme wurde zum Kreischen. Wieder schwollen die Muskeln an seinem Hals.

Ich machte einen Schritt in Richtung der Tür. »Jacob«, sagte ich.

Mein Bruder bewegte sich nicht, und Lou fing hemmungslos an zu schreien. »Haut ab!« schrie er und stampfte mit dem Fuß auf den Boden. »Haut endlich ab! Jetzt sofort!«

»Lou?« rief plötzlich eine Frauenstimme. Wir erstarrten. Wir hatten Nancy geweckt. Ihre Stimme kam von oben durch die Decke. Es war, als ob das Haus selbst spräche. Ich griff nach meiner Jacke, die immer noch auf der Couch lag.

»Jacob«, sagte ich. Es war ein Befehl, und diesmal stand er auf.

»Lou!« rief Nancy. Sie hörte sich ärgerlich an. »Was ist da unten los?«

Lou trat ein paar Schritte zurück. Er stolperte aus dem Zimmer, hinaus in den Flur. Jetzt stand er am Fuß der Treppe, die ins obere Stockwerk hinaufführte.

»Die Kerle haben mich reingelegt«, rief er.

»Ich muß morgen früh arbeiten!« rief Nancy. »Ihr könnt hier nicht so rumschreien!«

»Sie haben mich zu einem Geständnis gebracht.«

»Was?«

»Sie wollen uns das Geld nicht geben.«

Nancy verstand immer noch nicht, worum es eigentlich ging. »Warum geht ihr nicht zu Jacob?«

Lou schwankte einen Augenblick auf den Füßen, dann drehte er sich abrupt um, als sei er zu einer Entscheidung gekommen, und rannte den Flur hinunter auf die Toilette. Wir zogen unsere Jacken an, dann ging ich rasch zur Haustür, und Jacob folgte mir dicht auf den Fersen. Ich wollte weg, ehe Lou wieder auftauchte.

»Lou?« rief Nancy von oben.

Ich machte die Tür auf und wollte gerade nach draußen gehen, als ich links von mir ein Geräusch hörte. Es war Lou. Er war gar nicht auf die Toilette gegangen, sondern hatte seine Schrotflinte aus der Garage geholt. Jetzt hielt er sie in der Linken, und mit der Rechten schob er Patronen ins Magazin.

»Er hat ein Gewehr«, sagte Jacob und stieß mich mit der Hand ins Kreuz. Als ich mich nicht von der Stelle rührte, rannte er an mir vorbei durch die Tür und die Auffahrt hinunter. Ich blieb wie angewurzelt stehen und sah zu, wie Lou näher kam. Er hatte die Garagentür hinter sich offengelassen, so daß er aus einem dunklen Rechteck auf mich zukam, wie ein Troll aus seiner Höhle. Irgendwie dachte ich wohl, daß ich ihn beruhigen könnte.

»Was hast du vor, Lou?« fragte ich. Es schien mir albern, daß er sich so aufführte. Wie ein kleines Kind, das einen Wutanfall hat, dachte ich.

Nancy rief noch einmal seinen Namen. Ihre Stimme klang, als wolle sie gleich wieder einschlafen. »Lou?«

Lou ignorierte sie. Er blieb ungefähr zwei Meter entfernt von mir stehen, dann hob er das Gewehr und richtete es auf meine Brust. »Gib mir das Tonband«, sagte er.

Ich schüttelte den Kopf. »Tu das Gewehr weg«, sagte ich.

Hinter mir hörte ich, wie Jacob die Tür seines Lastwagens aufmachte. Es entstand eine Pause, dann hörte ich die Tür zuschlagen. *Er haut ab*, dachte ich. *Er läßt mich im Stich*. Ich wartete auf das Husten des Dieselmotors und das Knirschen der Reifen im Kies, aber Jacob fuhr nicht davon. Statt dessen hörte ich das schwere Stampfen seiner Stiefel, und als ich über die Schulter blickte, sah ich ihn die Auffahrt hochlaufen mit seinem eigenen Gewehr vor der Brust. Mein älterer Bruder war endlich, nach all den Jahren, gekommen, um mich zu beschützen.

Und doch war alles ganz falsch. So falsch, daß ich erst gar nicht glauben konnte, daß es wirklich geschah. Ein absurdes Bild erschien vor meinem inneren Auge, wie wir als Kinder Soldat gespielt hatten. Ich sah Jacob aus der Deckung unseres alten Gartens hervorbrechen, ich sah ihn zögern wie ein richtiger Soldat und dann geduckt mit einem Spielzeugmaschinengewehr in der Armbeuge zum Haus herauflaufen. Der viel zu große Stahlhelm meines Onkels aus dem Zweiten Weltkrieg flog bei jedem Schritt auf seinem Kopf hin und her, so daß er ihn dauernd hochschieben mußte, um etwas zu sehen. Er kam, um mich auf der Veranda gefangenzunehmen. Ein Kinderspiel mit Spielzeugwaffen – und genau so sah das aus, was er jetzt machte: wie ein Spiel, bei dem er so tat, als ob er es ernst meinte.

Der Anblick, wie er mit dem Gewehr in der Hand die Auffahrt heraufkam, ließ mich erschauern. Mein ganzer Körper war elektrisiert, und meine Fingerspitzen schienen zu knistern. Ich hielt die Hand hoch, um Jacob zu stoppen, und er blieb stehen – etwa sieben Meter entfernt. Ich konnte seinen rauhen Atem in der Dunkelheit hören. Ich drehte mich wieder zu Lou um und versuchte, ihm den Blick nach draußen zu versperren. Ich wußte, ich durfte ihn meinen Bruder nicht sehen lassen. Wenn es soweit kam, daß sie sich gegenüberstanden mit dem Gewehr in der Hand, konnte alles mögliche passieren. Dann hatte ich die Situation nicht mehr unter Kontrolle.

»Gib es mir, Hank«, sagte Lou. Seine Stimme klang erstaunlich kontrolliert, und dieser Hinweis, daß er vielleicht noch einen Rest Selbstbeherrschung bewahrt hatte, beruhigte mich für den Augenblick.

»Laß es uns doch morgen früh durchsprechen, Lou!« sagte ich. »Dann sind wir alle nicht mehr so nervös und finden bestimmt eine Lösung.«

Er schüttelte den Kopf. »Ehe du mir nicht das Band gegeben hast, gehst du hier nicht weg.«

»Hank?« rief Jacob von der Auffahrt herüber. »Ist alles in Ordnung?«

»Warte im Lastwagen auf mich, Jacob.«

Lou reckte den Hals, um nach draußen sehen zu können, aber ich blockierte ihm weiter die Sicht. Ich machte einen Schritt rückwärts auf die Veranda hinaus und zog dabei die Haustür hinter mir zu. Ich versuchte, Jacob und Lou voneinander zu trennen. Aber diese Bewegung verstand Lou vollkommen falsch. Er dachte, ich hätte Angst vor ihm und wollte weglaufen, und das ließ sein Selbstvertrauen jäh anschwellen. Er machte zwei Schritte vorwärts und packte die Haustür, noch ehe ich sie ganz zuziehen konnte. Dann fuchtelte er mir wieder mit dem Gewehr vor der Nase herum.

»Ich habe gesagt, du gehst hier nicht weg –«, sagte er.

»Laß ihn in Ruhe, Lou«, rief Jacob.

Lou erstarrte, und dann drehten wir uns beide um. Mein Bruder hatte sein Gewehr gehoben und zielte damit auf Lous Kopf.

»Laß das, Jacob«, sagte ich. »Geh zurück zum Wagen.« Aber Jacob rührte sich nicht. Er konzentrierte sich ganz auf Lou, und Lou konzentrierte sich ganz auf ihn. Ich geriet an den Rand der Auseinandersetzung, war nur noch ein Requisit ihres Dramas.

»Willst du mich erschießen, Jake?« fragte Lou, und dann begannen sie beide gleichzeitig zu brüllen. Jeder versuchte den anderen zu überschreien. Er solle mich in Ruhe lassen, schrie Jacob, er solle den Mund halten und das Gewehr weglegen, er wolle ihm ja nicht weh tun. Lou schrie etwas von ihrer Freundschaft und daß er in seinem eigenen Haus hereingelegt worden sei, daß er das Geld dringend brauche und daß er mich erschießen würde, wenn ich ihm das Tonband nicht gäbe.

»Schhhh«, sagte ich bittend, aber sie ignorierten mich beide. »Schhhh.«

Und mittendrin sah ich plötzlich, daß im oberen Stockwerk Licht gemacht wurde. Ich starrte hinauf und erwartete, daß Nancy am Fenster erschien. Ich hoffte, daß sie den Wahnsinn stoppen und die beiden Männer veranlassen würde, mit dem Gebrüll aufzuhören und still die Gewehre sinken zu lassen, wenn ihre Stimme wie die eines Engels von oben herabschallte. Aber sie kam nicht ans Fenster.

»Lou?« rief sie im Inneren des Hauses. Ich konnte sie zwar nicht sehen, aber ich konnte mir beim Klang ihrer Stimme sehr gut vorstellen, wie sie aussah, wie sie mit wirrem Haar und verschlafenem Gesicht am oberen Ende der Treppe stand und ins untere Stockwerk hinabschaute.

Lou verstummte sofort, und als er zu schreien aufhörte, hörte mein Bruder auch auf. Ihre Stimmen hallten noch einen Augenblick in meinem Kopf wider, aber dann schien die Nacht sich auf uns zu senken – ganz sachte, wie Schneefall.

Nancy kam ein paar Stufen herunter, und ich konnte einen ihrer Füße oben im Türrahmen sehen. Er war nackt und sehr klein. »Was ist eigentlich los?« fragte sie.

Lous Gesicht war gerötet, seine Nasenflügel gebläht. Er keuchte vor Wut. Die Mündung seines Gewehrs zielte immer noch auf meine Brust, aber er sah nicht mich an, sondern Jacob. »Du verdammtes Stück Scheiße«, sagte er leise. Dann sah er mich an. »Ihr seid doch das Letzte. So zu tun, als wärt ihr meine Freunde.« Er hob das Gewehr, bis es auf mein Gesicht zeigte. »Ich sollte dir dein Scheißgehirn wegblasen.«

»Komm, Lou«, sagte ich mit möglichst ruhiger Stimme. »Das läßt sich doch alles regeln.« Ich glaubte nicht, daß er auf mich schießen würde. Ich war fest überzeugt, daß es nur Imponiergehabe war, wie bei einem Hund, der laut bellt. Es war gut, daß Nancy jetzt da war. Wenn wir sie nur machen ließen, da war ich mir ganz sicher, würde sie uns heraushelfen aus der gefährlichen Situation. Nur noch ein paar Sekunden, dann würde Lou das Gewehr sinken lassen, sie würde ihn zurück ins Haus ziehen und damit wäre dann alles vorbei.

Nancy kam einen weiteren Schritt herunter. Jetzt sah ich ihre Knöchel. »Schatz, leg das Gewehr weg«, sagte sie, und ihre weiche Stimme war Balsam in meinen Ohren. Ich spürte, wie ich mich beim Klang dieser Stimme entspannte.

Aber Lou schüttelte den Kopf. »Geh wieder ins Bett«, sagte er, pumpte eine Patrone in die Kammer seines Gewehrs und richtete den Lauf wieder auf mein Gesicht. »Ich werde jetzt diese zwei Scheißkerle abknallen, und –«

Er sprach den Satz nicht zu Ende. Ich hörte eine Explosion hinter mir, ein blauer Lichtblitz blendete mich und ich spürte eine Bewegung hinter meiner Schulter. Ich duckte mich und schloß die Augen, und dann hörte ich Lous Gewehr auf die Fliesen im Flur fallen.

Als ich den Blick wieder hob, war Lou aus der Haustür verschwunden.

Etwa eine Sekunde lang herrschte Schweigen, ehe Nancy zu schreien begann. Es war gerade so lange still, daß ich den Wind in den Zweigen über mir seufzen hörte, dann war es vorbei und man hörte nur noch ihre Stimme. Sie erfüllte das ganze Haus und drohte die Wände zu sprengen.

»Neeiiiin«, kreischte sie und schrie immer weiter und weiter, bis ihr die Luft ausging. Dann holte sie Atem und begann wieder von neuem. »Neeiiiin.«

Ich wußte, was passiert war. Die absolute Stille und das Entsetzen hinter mir erlaubten nur eine einzige Deutung: Mein Bruder hatte Lou erschossen.

Ich ging über dic Veranda ins Haus und fand Lou auf dem Rücken liegend, einen Meter hinter der Tür. Die Kugel hatte ihn in die Stirn getroffen, etwa zwei Zentimeter über den Augen. Vorn hatte sie ein sehr kleines Loch hinterlassen, aber auf dem Fußboden war eine riesige, immer noch wachsende Blutlache, und ich wußte, daß auf der Hinterseite des Schädels ein sehr viel größeres Loch sein mußte. Sein Gesicht war vollkommen ausdruckslos, beinahe heiter. Sein Mund stand offen, man sah die Zähne, und weil sein Kopf ein bißchen zurückgelegt war, sah es aus, als müsse er niesen. Seine rechte Hand lag dramatisch ausgestreckt auf dem Fußboden, dic linke bedeckte sein Herz. Die Flinte lag neben seiner Schulter.

Er war tot. Daran konnte kein Zweifel bestehen: Jacob hatte ihn erschossen. Und deshalb – dachte ich – war jetzt mit einem Schlag alles vorbei. Alles würde jetzt aufgedeckt werden, alle unsere Geheimnisse, alle unsere Verbrechen. Die Dinge waren außer Kontrolle geraten.

Nancy kam Stufe für Stufe die Treppe herunter. Sie war eine große Frau, größer als Lou. Ihr Haar war schulterlang und hatte eine merkwürdige, unverhohlen künstliche Orangetönung. Sie hielt die Hand vor den Mund, ihre Augen hingen am Körper des Toten. Wie in Trance sah ich, wie sie näher kam. Alles schien in einer gewissen Entfernung zu geschehen, als ob ich es durch eine Glasscheibe beobachtete.

»O mein Gott!« sagte sie. Die Worte kamen mit doppelter Geschwindigkeit heraus, als klebten sie aneinander. Und außerdem wurden sie dauernd von ihr wiederholt. »O mein Gott o mein Gott o mein Gott!«

Sie trug ein extralanges *Detroit Tigers*-Trikot, das bis zu ihren Schenkeln herabreichte, und ich sah, wie sich bei jedem Schritt ihre vollen, schweren Brüste darunter bewegten.

Ich warf einen Blick durch die offene Haustür. Jacob stand immer noch in der Auffahrt, wie eine Statue, und blickte ins Haus. Es schien, als warte er darauf, daß Lou wieder aufstand.

Nancy erreichte das untere Ende der Treppe, bewegte sich mit hochgezogenen Schultern über den Flur und hockte sich dann neben Lous Leiche, ohne ihn zu berühren. Immer noch hatte sie eine Hand vor dem Mund, und bei ihrem Anblick krampfte sich mein ganzer Körper vor Mitleid zusammen. Mit ausgestreckten Armen ging ich auf sie zu, um sie zu umarmen, aber als sie mich kommen sah, sprang sie auf und wich zurück in Richtung des Wohnzimmers.

»Rühr mich nicht an«, sagte sie. Ihre Beine standen wie zwei bleiche Marmorsäulen unter ihrem T-Shirt heraus. Sie fing ein bißchen an zu weinen. Ein Tränenpaar lief ihr übers Gesicht, eine linke und eine rechts, ganz parallel wie bei einem Wettrennen.

Ich suchte nach einer tröstlichen Bemerkung, aber alles, was mir einfiel, war eine schwache Lüge. »Jetzt ist alles gut, Nancy«, flüsterte ich.

Sie reagierte überhaupt nicht darauf. Sie starrte an mir vorbei durch die Haustür, und als ich mich umdrehte, sah ich Jacob dort stehen. Er hielt das Gewehr wie ein Baby im Arm und hatte einen leeren, puppenhaften Ausdruck auf seinem Gesicht.

»Warum?« fragte Nancy.

Jacob mußte sich räuspern, ehe er sprach. »Er wollte Hank erschießen.«

Die Stimme meines Bruders riß mich aus meiner Erstarrung. Wenn wir gemeinsam handelten, konnten wir aus diesem Horror noch etwas retten. Der Gedanke flatterte mit panischem Flügelschlag in mein Bewußtsein: Wir konnten das Geld noch retten. Es kam nur darauf an, daß wir uns auf eine gemeinsame Betrachtungsweise des Sachverhalts einigten.

»Er wollte niemand erschießen«, sagte Nancy. Sie starrte Lou ins Gesicht. Die Blutlache unter seinem Kopf wurde immer größer, und ihre Ausläufer bewegten sich langsam über die Fliesen.

»Nancy«, sagte ich leise. »Es wird alles gut. Wir finden schon eine Lösung.« Ich versuchte, sie zu beruhigen.

»Ihr habt ihn getötet«, sagte sie, als könne sie es noch immer nicht glauben. Sie zeigte mit dem Finger auf meinen Bruder. »Du hast ihn erschossen.«

Jacob sagte nichts. Er preßte das Gewehr mit beiden Händen an seine Brust.

Ich machte zwei Schritte auf Nancy zu, wobei ich Mühe hatte, nicht in das Blut auf dem Boden zu treten. »Wir werden die Polizei anrufen, und wir werden ihr sagen, daß es Notwehr war.«

Nancy blickte in meine Richtung, schien mich aber nicht zu sehen und nicht zu verstehen.

»Wir werden sagen, daß Lou betrunken war, daß er durchgedreht hat und ihn gerade erschießen wollte.«

»Lou wollte niemand erschießen.«

»Nancy«, sagte ich. »Wir können das Geld immer noch retten.«

Sie reagierte auf diese Feststellung, als wäre es ein Schlag ins Gesicht. »Ihr Scheißkerle«, zischte sie. »Wegen des Geldes habt ihr ihn also erschossen, nicht wahr?«

»Schhhh«, sagte ich und machte eine beruhigende Bewegung mit meiner Hand, aber sie ging mit geballten Fäusten und wutverzerrtem Gesicht auf mich los. Ich wich vor ihr zurück.

»Glaubt ihr im Ernst, daß ich euch das Geld lasse?« schrie sie. »Ihr verdammten...«

Ich zog mich bis zur Eingangstür zurück, vorbei an Lous Leiche, bis ich bei meinem Bruder war. Nancy kam immer näher und schrie immer lauter. Sie beschimpfte mich, brüllte irgendwas von dem Geld. Als sie an der Leiche vorbeikam, stieß sie mit einem ihrer nackten Füße an Lous Gewehr. Es machte ein lautes metallisches Geräusch, als es über den Fußboden schlitterte, und wir schauten alle darauf herunter.

Es entstand eine Pause, in der Nancy kurz nachdachte. Dann bückte sie sich, um das Gewehr aufzuheben.

Ich trat vor, um es zuerst in den Griff zu bekommen. Nicht, um sie zu bedrohen, sondern um zu verhindern, daß sie damit herumfuchtelte. Am Ende hatten wir es beide gepackt, und es gab ein kurzes Handgemenge. Das Gewehr war schwarz und ölig und überraschend schwer. Ich stieß und zog und stieß noch einmal, und dann mußte Nancy es loslassen. Sie stolperte rückwärts in Richtung der Treppe, stieß ans Geländer und hob kreischend die Arme, um sich zu schützen.

Erschrocken stellte ich fest, daß sie glaubte, ich wolle sie erschießen.

»Schon gut«, sagte ich eilig, hockte mich hin und wollte das Gewehr auf den Boden zurücklegen. »Ich tu dir ja nichts.«

Sie fing an, die Treppen hinaufzugehen.

»Warte, Nancy«, rief ich hinter ihr her. »Bitte.«

Aber sie entfernte sich Stufe um Stufe, und ich folgte ihr mit dem Gewehr in der Hand.

»Nein«, rief sie. »Tu mir nichts.«

»Schon gut. Ich will ja bloß reden.«

Am oberen Ende der Treppe wandte sie sich nach rechts und fing an zu rennen. Ich sprang die letzten Stufen hinauf und stürmte hinter ihr her. Ihr Schlafzimmer war ganz am Ende des Flurs. Die Tür stand offen und im Inneren brannte Licht. Ich sah das Fußende des Bettes.

»Ich tu dir doch nichts«, brüllte ich hinter ihr her.

Sie erreichte die Tür und wollte sie hinter sich zuschlagen, aber dazu war ihr Vorsprung nicht groß genug. Ich stemmte mich von außen dagegen und drückte sie auf. Nancy wich ins Innere des Zimmers zurück. Der Raum war größer, als ich gedacht hatte. Direkt vor uns stand ein riesiges Wasserbett, links davon war eine kleine Sitzecke mit zwei Sesseln, einem Tisch und einem Fernseher. Dahinter eine Tür, die wahrscheinlich ins Bad führte. Zur Rechten standen zwei große Kommoden und ein zierlicher Schminktisch dazwischen. Auch hier gab es eine Tür, die in einen begehbaren Schrank führte. Sie stand offen, und ich sah ein paar von Nancys Kleidern darin hängen.

»Ich will bloß mit dir reden. Okay?«

Nancy stolperte, fiel rücklings aufs Bett und bewegte sich dann mit krabbenhaften Bewegungen seitlich zum Kopfende. Ein Schmatzen und Gluckern kam aus der Matratze, und das Bettzeug hob und senkte sich leise.

Plötzlich wurde mir bewußt, daß ich mit dem Gewehr auf sie zielte. Daraufhin nahm ich es in die linke Hand und hielt es nach unten, um ihr zu zeigen, daß ich nicht die Absicht hatte, es zu benutzen. »Nancy –«

»Laß mich in Ruhe«, wimmerte sie. Sie hatte das Kopfende erreicht und saß in der Falle. Ihr Gesicht war tränenverschmiert. Sie wischte mit dem Handrücken darüber.

»Ich tu dir nichts, ich verspreche es dir. Ich will bloß –«

»Geh raus hier«, schluchzte sie.

»Wir müssen uns überlegen, was wir jetzt tun wollen. Wir müssen uns beruhigen und –«

Ihre rechte Hand schoß zum Nachttisch. Zuerst dachte ich, sie wollte die Polizei anrufen, und griff nach dem Telefon, um sie daran zu hindern. Aber ihre Hand ging gar nicht zumTelefon. Sie zog die Nachttisch-Schublade auf, griff hinein und suchte in blinder Panik darin herum. Ihre Augen waren auf mich und das Gewehr gerichtet. Eine Schachtel Taschentücher flog mit dumpfem Knall auf den Boden, und kurz darauf erschien Nancys Hand wieder. Sie umklammerte eine kleine schwarze Pistole. Sie hielt sie am Lauf.

»Nein«, sagte ich und zog mich in Richtung der Tür zurück. »Tu das nicht, Nancy.«

Sie zog die Pistole zu sich heran und drehte sie gleichzeitig herum, bis ihre Faust den Griff umspannte. Dann hob sie die Waffe, bis die Mündung auf meinen Bauch zeigte.

Mein Gehirn schickte meinen Gliedmaßen einen wirren Sturzbach widersprüchlicher Befehle: Ich sollte mich auf Nancy stürzen, um die Pistole an mich zu reißen, oder weglaufen, mich ducken oder in Deckung gehen hinter der Tür, aber mein Körper weigerte sich zu gehorchen. Er handelte ganz von sich aus: Meine Arme hoben das Gewehr, mein Zeigefinger suchte und fand die schmale kalte Metallzunge des Abzugs und zog sie nach hinten.

Der Schuß löste sich, Nancys Körper wurde rückwärts an die Wand geschleudert, und neben ihr erhob sich eine kleine Fontäne.

Erstarrt und schockiert blieb ich stehen. Das Wasser plätscherte auf die Bettlaken, und es klang, als ob jemand urinierte. Nancys Körper sackte langsam nach rechts, balancierte für einen Augenblick auf der Bettkante und fiel dann mit einem dumpfen Schlag auf den Boden. Es war überall Blut – auf den Bettlaken, auf den Kopfkissen, an der Wand und am Fußboden.

»Hank?« rief Jacob. Seine Stimme klang erschrocken und zittrig.

Ich gab keine Antwort. Ich versuchte zu begreifen, was da gerade passiert war. Ich machte einen Schritt vorwärts, lehnte das Gewehr an die Wand und hockte mich hin.

»Nancy«, sagte ich. Natürlich wußte ich, daß sie tot war. Die Art und Weise, wie sie vom Bett gerutscht war, ließ keinen Zweifel daran. Aber der Wunsch, daß es nicht wahr sein möge, war einfach zu stark. Ich wartete darauf, daß sie etwas zu mir sagte. Das Ganze war doch ein Unfall, und das wollte ich ihr erklären.

»Hank?« rief Jacob noch einmal. Er stand unten an der Treppe, aber es klang, als wäre er viel weiter weg. Ich mußte mich anstrengen, um ihn zu hören.

»Alles in Ordnung«, rief ich, was natürlich nicht stimmte.

»Was ist passiert?« fragte er.

Ich stand auf und ging ums Bett herum, damit ich Nancy besser sehen konnte. Ihr T-Shirt war schwarz vor Blut. Es war hochgerutscht, und ich konnte ihre beiden Pobacken sehen. Das Wasser aus dem Bett war über ihre Beine gelaufen, und ihre Haut glänzte. Sie rührte sich nicht mehr.

»Soll ich raufkommen?« rief Jacob.

»Ich hab' sie erschossen«, brüllte ich.

»Was?«

»Ich hab' sie erschossen. Sie ist tot.«

Jacob sagte nichts mehr. Ich wartete auf das Geräusch seiner Schritte auf den Stufen, aber er bewegte sich nicht.

»Jacob?«

»Was ist?«

»Warum kommst du nicht rauf?«

Erneut eine Pause. Dann hörte ich ihn auf der Treppe. Das Wasser schoß immer noch in feinem Strahl aus der Matratze. Ich nahm ein Kissen und deckte das Leck damit ab. Nach einigen Sekunden bildete sich eine kleine Pfütze auf der Bettdecke. Scharfer Harngeruch lag in der Luft. Nancy hatte im Tod die Kontrolle über ihre Blase verloren. Der Urin vermischte sich mit dem Wasser und dem Blut auf dem Boden und sickerte dann in den Teppich.

Als ich die Schritte meines Bruders näher kommen hörte, drehte ich mich um und sagte: »Sie hatte eine Pistole. Sie wollte mich erschießen.«

Jacob nickte. Er schien es bewußt zu vermeiden, Nancys Leiche anzusehen. Sein Gewehr hatte er immer noch in der Hand. Ich konnte sehen, daß er unten geweint hatte – sein Gesicht war feucht, und seine Augen waren rot.

»Was sollen wir machen?« fragte er.

Ich wußte nicht, was ich sagen sollte. Ich konnte es noch immer nicht glauben, daß ich sie erschossen hatte. Ich sah ihre Leiche, ich konnte das Blut sehen und den Harn riechen, aber ich war nicht bereit, das mit irgendwas in Beziehung zu setzen, was ich getan hatte. Ich hatte das Gewehr gehoben und auf den Abzug gedrückt. Wie konnte so eine einfache Handlung ein solches Blutbad herbeiführen?

»Ich wollte sie nicht erschießen«, erklärte ich Jacob.

Jetzt warf er zum ersten Mal einen hastigen Blick auf die Tote, er naschte gewissermaßen an ihrem Anblick und sah dann rasch wieder weg. Sein Gesicht war extrem bleich. Er machte einen Schritt auf das Bett zu, als ob er sich hinsetzen wolle, aber ich hielt ihn zurück.

»Nicht«, sagte ich. »Das Bett ist kaputt.«

Daraufhin erstarrte er wieder und trat nur von einem Fuß auf den anderen. »Ich glaube, wir sollten jemand anrufen«, sagte er.

»Jemand anrufen?«

»Den Sheriff. Oder die Staatspolizei.«

Ich starrte das Telefon an. Es stand auf dem Nachttisch, direkt über der offenen Schublade. Darunter lag Nancys Leiche auf dem Fußboden. Ihr Haar war jetzt ganz naß, ein dicker, schwarzer Klumpen. Wie eine Schlinge hing es ihr um den Hals. Jacob hatte natürlich recht. Die Schweinerei, die wir angerichtet hatten, mußte aufgeräumt werden, und die einzigen, die das tun konnten, waren der Sheriff oder die Staatspolizei.

»Die werden uns nicht glauben«, sagte ich.

»Was sollen sie uns glauben?«

»Daß wir sie in Notwehr erschossen haben.«

»Nein«, sagte er. »Das werden sie uns nicht glauben.«

Ich zwängte mich an Nancys Leiche vorbei zum Nachttisch.

»Werden wir ihnen das mit dem Geld sagen?« fragte Jacob.

Ich gab keine Antwort. Ich hatte plötzlich eine Idee, wie wir die Aufdeckung unserer Verbrechen noch ein paar Minuten lang aufschieben konnten.

»Ich werde Sarah anrufen«, sagte ich und versuchte so zu tun, als wäre das ein normaler, vernünftiger Schritt. Meine Stimme sollte entschlossen und zuversichtlich klingen, als ich es sagte, aber in Wahrheit gab es natürlich keinerlei Logik dahinter. Ich wollte einfach bloß mit ihr reden. Ich wollte ihr sagen, was geschehen war, und wollte sie vor dem Sturm warnen, der jetzt über uns hereinbrechen würde.

Ich erwartete zunächst, daß Jacob mir widersprechen würde, aber das tat er nicht, und so nahm ich den Hörer ab. Das Telefon war dunkelbraun und sah genauso aus wie der Apparat in meinem Büro, was ich eigenartig beruhigend fand. Als ich zu wählen begann, drehte mein Bruder sich um und schlurfte hinaus.

»Mach dir keine Sorgen«, rief ich hinter ihm her, als er auf dem Flur verschwand. »Das kommt alles in Ordnung.«

Er gab keine Antwort.

Sarah meldete sich nach dem dritten Läuten. »Ja?« sagte sie. Im Hintergrund hörte ich die Geschirrspülmaschine. Sie war in der Küche. Sie war aufgeblieben und hatte auf mich gewartet.

»Ich bin's«, sagte ich.

»Wo bist du?«

»Bei Lou.«

»Hast du ihn dazu gebracht, es zu sagen?«

»Sarah«, sagte ich. »Wir haben sie erschossen. Sie sind beide tot.«

Am anderen Ende der Leitung herrschte einen Augenblick Schweigen, als hätte die Nadel auf der Schallplatte ein Stück übersprungen. Und dann: »Hank, was redest du da?«

Ich erzählte ihr, was passiert war. Ich nahm das Telefon und wanderte, um von Nancys Leiche wegzukommen, auf die andere Seite des Bettes. Ich trat ans Fenster und sah auf die Straße hinunter, während ich alles erzählte. Am Fuß der Auffahrt stand Jacobs Lastwagen. Alles war dunkel.

»O Gott«, flüsterte Sarah, als ich fertig war. Es war wie ein Echo von Nancys Aufschrei. »O Gott.«

Ich sagte nichts. Ich hörte, wie sie versuchte, wieder zu Atem zu kommen. Ich hörte, wie sie mit den Tränen kämpfte.

»Was willst du jetzt machen?« fragte sie schließlich.

»Ich werde die Polizei anrufen. Wir müssen uns stellen.«

»Das könnt ihr nicht machen«, sagte sie. Ihre Stimme war hastig und voller Panik, und es machte mir angst, sie zu hören. Jetzt wurde mir klar, warum ich Sarah angerufen hatte: Sie sollte die Verantwortung für alles Weitere übernehmen, sie sollte wieder heil machen, was ich zerstört hatte. Sarah war meine Lösung für alle Probleme, mein Fels in der Brandung. Und diesmal ließ sie mich im Stich; sie war genauso verwirrt wie ich von dem, was passiert war.

»Ich hab' gar keine andere Wahl, Sarah. Diesmal können wir nicht weglaufen.«

»Du kannst uns nicht ans Messer liefern, Hank.«

»Ich werde euch nicht hineinziehen. Ich werde sagen, ihr hättet gar nichts davon gewußt.«

»Darum geht's nicht. Mir geht es um dich. Wenn du dich stellst, kommst du ins Gefängnis.«

»Sie sind beide tot, Sarah. Das läßt sich nicht verbergen.«

»Wie wäre es mit einem Unfall?«

»Einem Unfall?«

»Kannst du es nicht wie einen Unfall aussehen lassen? Wie bei Pederson?«

Ich hätte beinahe gelacht. Die Idee war so absurd. Sarah griff wie wild um sich und klammerte sich an Strohhalme. »Jesus, Sarah. Wir haben sie erschossen. Hier ist überall Blut. An den Wänden, auf dem Bett, auf dem Fußboden ...«

»Hast du nicht gesagt, mit Lous Gewehr hast du Nancy erschossen?«

»Ja.«

»Dann kannst du es doch so aussehen lassen, als hätte er Nancy erschossen. Und dann hat ihn Jacob erschossen. In Notwehr.«

»Aber wieso sollte Lou seine Freundin erschießen?«

Sarah sagte nichts, aber ich spürte übers Telefon, wie sie nachdachte. Vor meinem inneren Auge sah ich sie in der Küche auf und ab gehen, den Hörer ans Ohr gepreßt, die Schnur des Telefons in der Faust. Sie gewann ihre Fassung zurück und suchte nach einem Ausweg.

»Vielleicht hat er entdeckt, daß sie ihn betrog«, sagte sie.

»Aber warum sollte er sie gerade heute abend erschießen? Er hat sie ja nicht im Bett mit jemandem erwischt. Sie war ganz allein.«

Es gab eine Pause von ungefähr zehn Sekunden, dann fragte Sarah plötzlich: »Hat Sonny die Schüsse gehört?«

»Sonny?«

»Sonny Major. Ist er wach? Ist das Licht bei ihm an?«

Ich sah erneut aus dem Fenster. Die ganze Straße hinunter war alles dunkel, auch Sonnys Wohnwagen war nicht zu sehen. »Sieht nicht so aus.«

»Du mußt ihn holen.«

»Sonny?« Ich hatte keine Ahnung, worauf sie hinauswollte.

»Du mußt dafür sorgen, daß es so aussieht, als wäre Lou nach Hause gekommen und hätte ihn bei Nancy im Bett vorgefunden.«

Ein Schwall von Übelkeit erfaßte mich, als sie das sagte. Jetzt paßte plötzlich alles, Sarah fügte alles zusammen. Sonny war der einzige Außenseiter, der davon wußte, daß ich Lou etwas schuldete; wenn wir ihn umbrachten, blieben nur noch wir und Jacob. Das war genau der Grund, weshalb ich sie angerufen hatte: Ich hatte gehofft, es würde ihr eine Lösung für unsere Probleme einfallen. Aber jetzt, als sie eine gefunden hatte, wollte ich sie nicht hören. Es war einfach zuviel.

»Ich kann doch Sonny nicht erschießen«, flüsterte ich. Ich spürte, wie ich auf dem Rücken schwitzte und dicke Schweißperlen zwischen meinen Schulterblättern herabliefen.

»Du mußt es tun«, sagte Sarah. »Anders funktioniert es nicht.«

»Aber ich kann ihn doch nicht an den Haaren herschleifen, um ihn zu töten. Er hat doch gar nichts damit zu tun.«

»Dann schicken sie euch ins Gefängnis. Sowohl dich als auch Jacob. Wenn ihr das nicht wollt, müßt ihr etwas tun.«

»Ich kann das nicht, Sarah.«

»Oh, doch, du kannst!« sagte sie und hob ihre Stimme. »Du mußt. Das ist unsere einzige Chance.«

Ich sagte nichts. Mein Gehirn war taub, meine Gedanken zähflüssig. Ich begriff, was Sarah meinte: Wir waren wie Seiltänzer. Damit, daß wir Nancy und Lou umgebracht hatten, waren wir über einen Abgrund geraten, wenn wir jetzt aufhörten, würden wir abstürzen. Unsere einzige Chance bestand darin, nach den beiden ersten den dritten Schritt auch noch zu tun, den Abgrund zu überqueren und uns in Sicherheit zu bringen. Wir hatten wirklich keine andere Wahl, bildete ich mir ein, die Dinge unterlagen nicht mehr meiner Kontrolle. Es war mehr Wunsch als Gedanke. Es war so ein einfaches, leichtes Gefühl. Es war alles vorherbestimmt – ich brauchte mich nur noch dem Schicksal zu überlassen.

Ich ließ das Gefühl vorübergehen und traf dann meine Entscheidung.

»Es ist nicht gut, Sarah«, sagte ich. »Das ist böse.«

»Bitte«, flüsterte sie. »Tu es für mich.«

»Ich weiß ja nicht mal, ob er zu Hause ist.«

»Das läßt sich ja überprüfen. Geh hin und sieh nach.«

»Und was ist mit Lou?«

»Lou?«

»Wie erklären wir, daß Jacob Lou erschossen hat?«

Sarah antwortete rasch, mit atemloser Stimme. »Ihr sagt der Polizei, als ihr gerade wegfahren wolltet, hättet ihr einen Schuß gehört. Ihr hättet gedacht, daß Lou einen Einbrecher überrascht hätte, wärt noch einmal ausgestiegen und zum Haus zurückgelaufen, Jacob mit dem Gewehr in der Hand. Als ihr die Auffahrt heraufkamt, hat Lou die Tür aufgemacht. Er war betrunken und wütend. Er sah Jacob mit dem Gewehr auf sich zulaufen und hob seine Waffe. Daraufhin erschoß ihn Jacob in Notwehr.« Sie machte eine Pause, und als ich nicht gleich antwortete, fügte sie hinzu: »Aber du mußt dich beeilen, Hank. Du hast nicht mehr viel Zeit. Wenn der Abstand zwischen dem Tod des einen und des anderen zu groß ist, merken die Gerichtsmediziner, daß die Reihenfolge nicht stimmt.«

Die Dringlichkeit ihrer Stimme war ansteckend. Ich spürte meinen Herzschlag bis in die Arme und Schläfen. Langsam kehrte ich mit dem Telefon zum Nachttisch zurück. Der Teppich war von Nancys Blut getränkt. Ich mußte dicht an der Wand entlanggehen, um mir die Stiefel nicht damit zu beflecken.

»Wird Jacob klarkommen?« fragte Sarah.

»Ja«, sagte ich. »Vorhin hat er geheult, aber jetzt scheint alles in Ordnung zu sein.«

»Wo ist er denn?«

»Unten. Ich glaube, er macht sich gerade einen Drink.«

»Du mußt mit ihm reden. Die Polizei wird ihn verhören. Du mußt dich überzeugen, daß er die Geschichte verstanden hat. Er darf auf keinen Fall zusammenbrechen und ein Geständnis ablegen.«

»Ich werd' mit ihm reden«, sagte ich.

»Das ist wichtig, Hank. Er ist das schwache Glied in der Kette. Wenn er schlappmacht, kommt ihr beide ins Gefängnis.«

»Ich weiß«, sagte ich rasch. »Ich kümmere mich darum. Ich kümmere mich um alles.«

Dann legte ich den Hörer zurück auf die Gabel und lief nach unten.

Ich fand meinen Bruder im Wohnzimmer. Er saß auf der Couch, hatte den Reißverschluß seiner Jacke geöffnet und trank ein Glas Whiskey. Sein Gewehr lehnte an der Treppe. Ich warf einen raschen Blick auf Lous Leiche, wandte die Augen aber gleich wieder ab. Dann ging ich zu meinem Bruder hinein.

Über der Sofalehne hing ein himmelblauer, seidig schimmernder Morgenmantel. Ich hob ihn hoch und schnupperte daran – eine süßliche Mischung von Parfum und Tabak. Ich schob ihn mir unter die Jacke.

»Sind sie unterwegs?« fragte Jacob.

»Wer?«

»Die Polizei.«

»Noch nicht.«

»Hast du sie angerufen?«

Ich schüttelte den Kopf. Auf dem Couchtisch lagen ein Päckchen Marlboro Lights, ein Feuerzeug und ein Lippenstift. Alle drei Dinge steckte ich ein. »Ich geh jetzt und hole Sonny«, sagte ich. »Wir werden alles so arrangieren, als hätte ihn Lou zusammen mit Nancy erschossen.«

Ich sah, wie Jacob sich anstrengte, um das zu verstehen. Er sah mich an und runzelte die Stirn. Das Glas in seiner Hand zitterte. »Sonny willst du auch noch erschießen?«

»Das müssen wir«, sagte ich.

»Ich glaube nicht, daß ich das tun möchte.«

»Entweder das, oder wir gehen ins Gefängnis. Es ist unsere eigene Entscheidung.«

Jacob war einen Augenblick still. Dann fragte er: »Können wir nicht einfach weglaufen? Können wir nicht einfach Sarah, euer Baby und das Geld holen und abhauen? Wir könnten nach Mexiko runterfahren. Wir könnten –«

»Die würden uns schnappen, Jacob. Die erwischen dich immer. Sie würden uns aufspüren und hierher zurückholen. Wenn wir nicht ins Gefängnis wollen, ist das der einzige Weg.« Ich wurde nervös, es dauerte alles solange. Ich spürte förmlich, wie die Zeit verstrich, wie die beiden Leichen auskühlten und ausbluteten, die Reihenfolge ihres Todes immer deutlicher markierten. Ich wollte nicht mit Jacob herumstreiten; ich hatte meine Entscheidung ja längst getroffen. Ich drehte mich um und ging zurück in den Flur. »Ich gehe nicht ins Gefängnis«, sagte ich.

Ich hörte ihn aufstehen, so als ob er mich aufhalten wollte. »Hank.« Seine Stimme war schrill und stoppte mich mitten im Schritt. »Wir können doch nicht alle diese Leute umbringen.«

Ich drehte mich zu ihm um. »Ich werde uns retten, Jacob. Wenn du mich läßt, bringe ich alles wieder in Ordnung.«

Sein Gesicht wurde hektisch. »Nein, Hank. Wir müssen aufhören.«

»Ich will doch nur –« Aber er ließ mich nicht ausreden.

»Ich will hier weg. Ich will abhauen.«

»Hör mal zu, Jacob.« Ich beugte mich vor und faßte ihn am Ärmel. Ich hielt nur ein winziges Stück rotes Nylon zwischen meinen behandschuhten Fingern, aber es schaffte eine spürbare Spannung im Raum. Wir verstummten.

»Ich erklär' dir mal, wie es aussehen wird«, sagte ich.

Für den Bruchteil einer Sekunde sah er mir in die Augen. Er schien den Atem anzuhalten. Ich ließ seine Jacke los.

»Lou kommt nach Hause. Er findet Nancy mit Sonny im Bett. Sie hat gedacht, er würde viel länger wegbleiben. Er ist angetrunken, gewalttätig. Er holt seine Schrotflinte und erschießt beide. Wir sind gerade am Wegfahren, hören die Schüsse und denken, er hat einen Einbrecher im Haus überrascht. Wir rennen zum Haus zurück, du nimmst dein Gewehr aus dem Lastwagen mit. Lou reißt die Vordertür auf. Er ist vollkommen durchgedreht und zielt mit dem Gewehr auf uns. Daraufhin hast du ihn erschossen.«

Jacob schwieg. Ich war mir nicht sicher, ob er alles verstanden hatte.

»Klingt doch plausibel, nicht?« fragte ich.

Er gab keine Antwort.

»Es funktioniert bestimmt. Ich versprech' es dir, Jacob. Aber wir müssen schnell machen.«

»Ich will aber nicht der sein, der Lou erschießt«, sagte er.

»Okay. Dann sagen wir, ich hab' ihn erschossen. Das spielt keine Rolle.«

Eine lange Pause entstand. Ich hörte in der Küche den Wasserhahn tropfen.

»Ich soll bloß hier warten?« fragte Jacob.

Ich nickte. »Zieh deine Handschuhe wieder an. Und spül die Gläser.«

»Und du erschießt ihn selbst?«

»Ja, genau«, sagte ich und ging rückwärts zur Tür. »Ich erschieße ihn selbst.«

Sonny lebte in einem auf Hohlblocksteinen geparkten Wohnwagen, ungefähr einen Kilometer die Straße hinunter. Im Vorgarten standen zahlreiche tiefverschneite Sägeböcke herum, und an der Seitenwand des Wohnwagens stand in großen schwarzen Buchstaben: S. MAJOR, SCHREINER. Und darunter: HOHE QUALITÄT, NIEDRIGE PREISE. Sonnys verbeulter, überall angerosteter alter Mustang klemmte in einer schmalen Lücke des Schneewalls neben der Fahrbahn.

Ich parkte Jacobs Lastwagen daneben und ließ den Motor laufen. Mary Beth schlief auf dem Beifahrersitz und hob kaum den Kopf, als ich hinauskletterte. Ich trabte den freigeschaufelten Weg zum Wohnwagen hoch und versuchte, leise die Tür aufzumachen. Sie war unverschlossen und öffnete sich mit einem schwachen Quietschen.

Ich ging die Stufe hoch und trat gebückt durch die niedrige Tür. Es drang kaum Licht ins Innere des Wagens, und ich wartete eine halbe Minute mit angehaltenem Atem, bis sich meine Augen der Dunkelheit angepaßt hatten. Ich lauschte angestrengt auf irgendwelche Bewegungen, aber es war nichts zu hören.

Ich war in Sonnys Küche. Ich erkannte eine kleine Arbeitsplatte, einen Herd und eine Spüle. Am Fenster stand ein Klapptisch mit drei Stühlen. Der Raum war schmutzig, unordentlich und roch nach altem Bratenfett. Ich öffnete so leise wie möglich den Reißverschluß meiner Jacke, nahm Nancys Morgenrock heraus und legte ihn über einen der Stühle. Das Feuerzeug und die Zigaretten stellte ich auf den Tisch.

Ich ließ mir viel Zeit, als ich die Küche durchquerte und mich dem hinteren Teil des Wohnwagens zuwandte. Jedesmal, wenn ich einen Fuß auf den Boden gestellt hatte, wartete ich eine Weile, bis ich mein Gewicht verlagerte und den anderen Fuß bewegte. Und die ganze Zeit lauerte ich auf Geräusche von Sonny.

Der nächste Raum war ein kleines Wohnzimmer – eine Couch, ein niedriger Tisch und ein Fernseher. Ich nahm Nancys Lippenstift heraus und warf ihn auf die Couch. Von der Stelle aus, wo ich jetzt stand, konnte ich durch eine offene Tür die Füße von Sonnys Bett sehen. Und Sonny war auch da. Ich konnte die Umrisse seiner Beine unter dem grauen Weiß der Bettdecke sehen.

Ich blieb reglos stehen, lauschte und konnte eben noch das Geräusch seines Atems ausmachen. Es war sanft und leise, gerade unterhalb eines Schnarchens. Er schlief tief und fest.

»Sonny!« rief ich, und meine Stimme hallte an den Wänden des Wohnwagens wider. »Sonny!«

Ich hörte eine abrupte Bewegung hinter der offenen Tür. Haut raschelte in den Bettlaken. Die Beine wurden hochgezogen und verschwanden aus meinem Blickwinkel. Ich machte einen hörbaren Schritt auf die Tür zu.

»Sonny, hier ist Hank Mitchell«, rief ich. »Ich brauch' deine Hilfe.«

»Hank?« erwiderte eine schläfrige, aber auch leicht beunruhigte Stimme.

Ich machte einen weiteren schweren Schritt. Im Schlafzimmer ging eine Lampe an, und eine Sekunde später erschien Sonny im Türrahmen. Er war ein kleiner, drahtiger Bursche und sah aus wie ein Gnom. Er hatte braunes, schulterlanges Haar. Abgesehen von einem Paar weißer Unterhosen war er nackt, und in dem dämmerigen Licht sah seine Haut blaß und weich aus, so als wäre sie leicht zu verletzen.

»Jesus, Hank«, sagte er. »Du hast mich ja höllisch erschreckt.« Seine rechte Faust umklammerte einen Schraubenzieher, als wäre es ein Messer.

»Jacob geht es nicht gut«, sagte ich. »Er spuckt Blut.«

Sonny starrte mich verständnislos an.

»Wir waren bei Lou und haben getrunken, und plötzlich fing er an, Blut zu erbrechen.«

»Blut?«

Ich nickte. »Und jetzt ist er ohnmächtig.«

»Soll ich einen Krankenwagen rufen?«

»Es geht schneller, wenn ich ihn selbst ins Krankenhaus bringe. Du mußt mir nur helfen, ihn in den Lastwagen zu heben. Lou ist schon zu betrunken dazu.«

Sonny blinzelte ein paarmal heftig, als wolle er seine Augen von Tränen reinigen. Er starrte den Schraubenzieher in seiner Hand an und sah sich dann nach einem Platz um, wo er ihn hinlegen konnte. Es war deutlich zu merken, daß er noch nicht richtig wach war.

»Sonny«, sagte ich und legte soviel Panik wie möglich in meine Stimme. »Wir müssen uns beeilen. Er hat innere Blutungen.«

Sonny starrte auf seine Unterhosen herunter. Er schien überrascht darüber zu sein, daß er sie trug. »Ich muß mir erst mal was anziehen.«

»Ich muß zurück«, sagte ich. »Komm bitte nach, sobald du was anhast.«

Ohne auf seine Antwort zu warten, drehte ich mich um und rannte zum Ausgang. Ich lief die Auffahrt hinunter, sprang in den Lastwagen und wollte gerade auf die Straße zurückstoßen, als ich Mary Beth mitten in Sonnys Vorgarten sitzen sah. Ich machte meine Tür auf und lehnte mich hinaus in die Nacht. »Mary Beth«, flüsterte ich.

Der Hund setzte sich auf und spitzte die Ohren.

»Komm her.« Ich schnalzte mit der Zunge.

Der Hund wedelte mit dem Schwanz durch den Schnee.

»Komm zurück in den Lastwagen«, bettelte ich.

Der Hund rührte sich nicht. Ich versuchte zu pfeifen, aber meine Lippen waren zu kalt. Der Hund starrte mich an.

Noch einmal rief ich seinen Namen. Dann schlug ich die Tür zu und raste die Straße hinauf.

Als ich zu Lous Haus zurückkam, fand ich Jacob genauso vor, wie ich ihn verlassen hatte. Er saß auf der Ledercouch, immer noch ohne Handschuhe und nippte an seinem Whiskey. Die Stiefel hatte er auch ausgezogen.

»Was, zum Teufel, machst du da immer noch?« fragte ich.

Er sah mich überrascht an. »Was?« fragte er verwirrt. Er hatte mich offenbar nicht hereinkommen hören.

»Du solltest doch die Gläser spülen.«

Er hielt sein Glas hoch und starrte hinein. Es war etwa halb voll. »Ich wollte erst austrinken.«

»Und ich hab' dir gesagt, du sollst deine Handschuhe anziehen, Jacob. Du hinterläßt überall Fingerabdrücke.«

Er stellte sein Glas auf den Couchtisch, wischte sich die Hände an den Hosen ab und sah sich nach seinen Handschuhen um.

»Wir müssen aufräumen«, sagte ich. »Es muß aussehen, als wären wir nie hier gewesen.«

Schließlich fand er seine Handschuhe in den Taschen seiner Jacke. Er zog sie heraus und zog sie an.

»Deine Stiefel mußt du auch wieder anziehen!«

Er beugte sich vor und zog die Stiefel an. »Ich kann sie aber nicht zumachen mit Handschuhen an.«

Ich hob die Hände. »Dann zieh sie halt wieder aus. Wir haben nicht mehr viel Zeit.«

Er zog seine Handschuhe aus, schnürte seine Schuhe zu und zog die Handschuhe wieder an. Als er damit fertig war, stand er auf, nahm seine Brille vom Tisch und machte sich auf den Weg in die Küche.

»Wo gehst du hin?« fragte ich.

Er blieb stehen und blinzelte mich an. »Du hast doch gesagt, ich soll die Gläser spülen.«

Ich schüttelte den Kopf. »Später. Sonny kann jeden Augenblick hier sein.« Ich ging nach oben und holte Lous Schrotflinte. »Wo hatte er seine Patronen?«

Jacob hatte seine Brille immer noch in der Hand. »In der Garage.«

»Komm, zeig's mir.«

Jacob legte die Brille mit leisem Klirren zurück auf den Couchtisch, dann folgte er mir in die Garage. Gleich neben dem Eingang stand ein Regal und darin ein Karton mit Patronen. Von Jacob ließ ich mir zeigen, wie man das Gewehr lud. Das Magazin faßte insgesamt fünf Patronen. Jedesmal, wenn man gefeuert hatte, mußte man repetieren. Den Rest der Patronen steckte ich in die Tasche. Dann kehrten wir ins Haus zurück.

Als wir in den Flur kamen, hob ich das Gewehr meines Bruders auf und hielt es ihm hin. »Hier«, sagte ich. »Das nimmst du.«

Jacob rührte sich nicht. Er stand ungefähr zwei Meter vor der Leiche von Lou und starrte auf das Gewehr. Er schien unentschieden, was er jetzt tun sollte. »Du hast doch gesagt, *du* würdest ihn erschießen.«

Ich trat einen Schritt vor und schüttelte das Gewehr. »Komm schon. Du sollst ihn ja bloß in Schach damit halten. Erschießen müssen wir ihn mit Lous Schrotflinte.«

Jacob zögerte immer noch. Schließlich streckte er die Hand aus und nahm das Gewehr.

Ich ging zur Vordertür, machte sie einen Spalt auf und spähte hinaus. Sonnys Wohnwagen war jetzt hell erleuchtet.

»Ich warte auf der Veranda«, sagte ich. »Du bleibst hier im Haus. Sobald du uns reden hörst, kommst du raus und zielst mit dem Gewehr auf ihn. Sag nichts, und laß ihn auch nicht in den Flur sehen. Du stehst einfach da und zielst mit dem Gewehr auf ihn.«

Jacob nickte.

Ich trat auf die Veranda und schloß die Tür hinter mir.

Es dauerte noch ein, zwei Minuten, ehe ich hörte, wie Sonny seinen Wagen startete. Der Motor hustete zweimal, dann gingen die Scheinwerfer an, und der Mustang schoß auf die Straße. Erst stieß er zurück, dann kam er die Straße herauf. Sonny parkte unmittelbar an der Garage, stellte den Motor ab und rannte den schmalen Weg herauf, der zum Haus führte. Er war schon fast an der Tür, als er mich auf der Veranda stehen sah.

»Wo ist er?« fragte er außer Atem. Er trug einen hellbraunen Winterparka mit einer pelzgesäumten Kapuze. Sein Haar war immer noch ungekämmt. Er betrachtete die Schrotflinte in meinem Arm, rieb sich mit den Fingerspitzen die vor Kälte tränenden Augen und betrat die Veranda. Das Haus sah mit geschlossener Vordertür vollkommen normal aus. Niemand konnte ahnen, was darin passiert war.

Sonny sagte: »Ich mußte erst noch –«, aber als er hörte, wie die Tür aufging, brach er ab. Jacob erschien.

»Geht's dir wieder besser?« fragte Sonny verblüfft.

Jacob gab keine Antwort. Er quetschte sich aus der Tür und machte sie hinter sich gleich wieder zu. Dann hob er sein Gewehr, bis die Mündung auf Sonnys Brust zeigte. Ich trat auf den Weg hinunter, falls Sonny versuchen sollte, zu seinem Wagen zu flüchten.

Sonny starrte erst Jacobs Gewehr und dann mich an.

»Hank?« sagte er, immer noch außer Atem. Wieder wischte er sich über die Augen.

Ich hob die Schrotflinte, bis sie auf seinen Magen zeigte. Die Waffe lag mir schwer in der Hand, und das Gewicht verschaffte mir ein Machtgefühl. Das Gewehr fühlte sich genauso an, wie es sollte: kompakt und stark. Man spürte, es war in der Lage zu töten. Das ist doch alles verrückt, dachte ich. Und im nächsten Augenblick ließ ich es laufen, identifizierte mich mit meiner Rolle. All meine Furcht fiel von mir ab: Ich fühlte mich zu allem fähig. Ich lächelte Sonny an.

»Was, zum Teufel, soll das, Hank?« fragte er. »Findest du das komisch?«

»Zieh deine Jacke aus«, sagte ich so gelassen wie möglich.

Er starrte mich verständnislos an.

»Mach schon, Sonny. Zieh sie aus.«

Er blickte von mir zu Jacob und dann wieder zurück. Er begann zu lächeln, hörte aber gleich wieder auf. »Das ist überhaupt nicht komisch, Hank. Du hast mich geweckt.«

Ich machte einen Schritt vorwärts und hob die Schrotflinte, bis die Mündung direkt vor seinem Gesicht war. »Tu, was ich dir sage«, befahl ich.

Sonnys Hände irrten zum Reißverschluß seines Parkas, dann blieben sie in der Luft stehen und fielen wieder herunter.

»Sonny«, sagte ich drohend. »Das ist mir sehr wichtig. Tu, was ich sage. Ich möchte dir wirklich nicht weh tun.«

Er drehte sich halb zu Jacob um, dann blickte er wieder in die Mündung der Schrotflinte. »Du hast mich geweckt«, sagte er noch einmal.

Ich trat noch einen Schritt näher an ihn heran. Mein Gewehr berührte jetzt Sonnys Stirn. »Zieh deine Jacke aus, Sonny!«

Er trat zurück, wobei er mich unverwandt anstarrte. Ich versuchte mein Gesicht zu Stein werden zu lassen, und nach einem Augenblick funktionierte es. Er zog den Reißverschluß seines Parkas herunter. Darunter trug er ein blaues Flanellhemd und Jeans.

»Nimm sie!« befahl ich Jacob.

Jacob trat vor und nahm Sonny die Jacke ab, die er sich ordentlich über den Arm legte. Sonny sah ihm aufmerksam zu. Ich behielt ihn sorgfältig im Auge.

»Jetzt die Stiefel«, sagte ich.

Sonny zögerte ungefähr fünf Sekunden. Dann hockte er sich hin und zog die Stiefel aus. Er trug keine Socken. Seine Füße waren klein und knochig, wie die eines Affen.

»Nimm sie!« befahl ich Jacob.

Jacob hob die Stiefel auf.

»Dein Hemd«, sagte ich.

Sonny versuchte ein Kichern. »Komm, Hank. Irgendwo hört der Spaß auf. Es ist kalt.« Er kreuzte die Arme vor seiner Brust und drehte sich zu meinem Bruder um. »Jacob?« sagte er. Aber Jacob wandte sich ab.

»Sonny«, sagte ich. »Zieh dein Hemd aus!«

Er schüttelte den Kopf. »Das ist Scheiße, Hank. Das ist nicht mehr komisch.«

Ich trat vor und schlug ihm mit dem Gewehr ins Gesicht. Es war höchst merkwürdig – ich wollte es gar nicht tun, es geschah einfach. Ich hatte noch nie zuvor im Leben jemand geschlagen. Sonny machte einen Schritt rückwärts, schrie aber nicht und fiel auch nicht hin. Er sah mich nur benommen mit leerem Blick an.

»Was?« sagte er. Sein Mund blutete. Er hob die Hand an die Lippen und schloß die Augen. Er schien, auf einer bestimmten Ebene, noch immer zu glauben, daß das alles ein dummer Streich sei. Als er die Augen wieder aufmachte, sah er mich an, als erwarte er, daß ich lächelte und sagte: »Ist schon gut, wir machen nur Spaß.«

»Zieh dein Hemd aus!« sagte ich.

Er zog sein Hemd aus und ließ es auf den Boden fallen.

»Die Hose.«

»Nein, Hank«, bettelte er.

Ohne nachzudenken, schlug ich ihn noch einmal, diesmal an die Schläfe. Er fiel, verharrte einen Augenblick auf einem Knie und stand wieder auf.

»Los jetzt!«

Sonny sah von mir zu Jacob. Beide zielten wir mit unseren Gewehren auf seine Brust. Er zog seine Jeans aus.

»Und jetzt die Unterhose«, kommandierte ich.

Er schüttelte den Kopf. »Das ist kein Spaß mehr, Hank. Das geht wirklich zu weit.« Er zitterte inzwischen vor Kälte, sein ganzer Körper bebte.

»Nicht reden, Sonny. Wenn du redest, schlag ich dich wieder.«

Er sagte nichts.

»Deine Unterhose«, sagte ich.

Er rührte sich nicht.

Ich hob das Gewehr, bis es wieder vor seinem Gesicht war. »Ich zähle bis drei. Wenn ich bei drei bin, werde ich schießen.«

Er rührte sich immer noch nicht.

»Eins.«

Er sah zu Jacob hinüber. Jacobs Hände zitterten so, daß sein Gewehr wie ein Lämmerschwanz wackelte.

»Zwei.«

»Du wirst bestimmt nicht auf mich schießen, Hank«, sagte Sonny. Seine Stimme war unsicher und rauh.

Ich zögerte, fand aber keinen Ausweg. »Drei.«

Sonny rührte sich nicht.

Ich faßte die Schrotflinte fester und zielte auf sein Gesicht. »Ich will das nicht tun müssen, Sonny«, sagte ich. Er ruinierte den ganzen Plan.

Sonny starrte mich einfach bloß an. Mit jeder verstreichenden Sekunde nahm seine Zuversicht zu. »Leg das Gewehr weg«, flüsterte er.

Aber dann hatte ich eine Erleuchtung. Ich konnte ihn gleich draußen erschießen, er war weit genug ausgezogen. Es würde völlig glaubwürdig aussehen: Lou entdeckte die beiden und erschoß Nancy im Bett, dann jagte er Sonny nach unten und tötete ihn an der Haustür. Es hatte die ganze chaotische Glaubwürdigkeit der Realität.

Ich gab ihm noch eine Chance. »Zieh sie aus«, sagte ich, und mein Finger streichelte dabei den Abzug.

Sonny hatte die Bewegung gesehen, und seine Zuversicht schwand. Er leckte sich das Blut von den Lippen. »Worum geht's denn eigentlich, Hank?«

»Geh rein, Jacob«, sagte ich. Ich wollte verhindern, daß seine Kleider Blutspritzer abkriegten. Ich holte tief Luft, dann trat ich auf die Veranda. Ich würde ihn zur Haustür drängen, damit ich mit dem Rücken zur Straße stand, wenn ich ihn erschoß.

Jacob machte die Tür einen Spalt auf und schlüpfte ins Haus.

Sonny sah ihn verschwinden, und als ob er geahnt hätte, was ich gleich tun würde, ließ er seine Hände herabgleiten und streifte seine Unterhose herunter.

Nackt sah er noch winziger aus, wie ein kleiner Junge. Seine Schultern waren mager und krumm, seine Brust fast vollkommen haarlos. Er hielt sich seine Jeans vor die Geschlechtsteile, und ich konnte an seiner Haltung erkennen, daß ich ihn gebrochen hatte. Es ging nicht mehr darum, die Kontrolle zu bewahren: Er duckte sich und wartete nur noch auf meinen nächsten Befehl.

»Laß alles fallen«, sagte ich.

Sonny ließ seine Jeans und Unterhose fallen. Jetzt hielt er sich nur noch die linke Hand vor die Schamteile, die andere bedeckte den Mund. Seine Lippen hatten ernsthaft angefangen zu bluten. Sein ganzes Kinn war voll Blut und ein Teil davon tropfte auf seine Brust.

»Leg die Hände auf den Kopf.«

Er legte die Hände auf den Kopf und entblößte sich damit endgültig. Ich zielte mit der Schrotflinte auf seine Brust.

»Okay«, sagte ich. »Jetzt dreh dich um und mach die Tür auf.«

Ganz langsam wandte er sich zum Haus um. Ich machte einen Schritt vorwärts über das kleine Kleiderhäufchen am Boden und stieß ihm das Gewehr ins Kreuz. Ich spürte, wie er steif wurde, wie seine Rückenmuskeln sich verkrampften, als die kalte Gewehrmündung die nackte Haut auf seinem Rückgrat berührte. Es war wie das Festzurren eines Knoten.

»Du darfst keinen Schrecken kriegen, wenn du die Tür aufmachst, Sonny. Bleib ganz ruhig, dann wird alles gut«, sagte ich.

Er nahm die rechte Hand herunter, legte sie auf den Türknauf und stieß die Tür auf.

Nach der Dunkelheit auf der Veranda hatte der grell erleuchtete Flur etwas Surreales. Es war, als beträte man eine Bühne. Lous Leiche lag mit zurückgeworfenem Kopf lang ausgestreckt auf den Fliesen. Man konnte meinen, er lache aus vollem Halse. Der Boden war offensichtlich zum Wohnzimmer hin etwas geneigt, denn das Blut war in diese Richtung geflossen. Es sah dunkler aus als zuvor, beinahe schwarz, und glänzte im Licht.

Die Tür schwang auf, drehte sich in den Angeln und schlug an die Wand. Jacob stand rechts von uns. Sein Gewehr zeigte auf die Leiche hinunter, sein Gesicht wirkte überrascht und erschrocken. Er starrte uns an und wartete ab, was wir tun würden. Sonny rührte sich nicht, aber ich spürte, wie er tief Luft holte und sein Rücken sich gegen den Lauf des Gewehrs drückte.

»Komm weiter«, sagte ich. »Geh einfach dran vorbei, Sonny.«

Ich gab ihm einen Stoß mit dem Gewehr und zwang ihn weiterzugehen. Seine nackten Füße machten klatschende Geräusche auf dem gefliesten Fußboden. Dann blieb er plötzlich stehen, bockte geradezu wie ein Maulesel. Ich stieß ihn noch einmal vorwärts, diesmal ein bißchen fester, und plötzlich war er nicht mehr da. Jacob versperrte den Weg zur Garage, und Lou lag vor der Wohnzimmertür. Es gab also nur einen Fluchtweg für Sonny: Er raste die Treppe hinauf, immer zwei Stufen auf einmal.

Ich rannte hinter ihm her.

Als er oben war, wandte er sich nach rechts, und wir liefen den Korridor hinunter zum Schlafzimmer. Ich weiß nicht, was ihn genau dahin zog, wo ich ihn am liebsten hinhaben wollte. Vielleicht wußte er, daß Lou und Nancy eine Pistole im Nachttisch versteckt hatten. Vielleicht hatte er auch nur das Licht gesehen, das durch die halboffene Tür schien und die Illusion von Schutz und Zuflucht erweckte. Jedenfalls muß es ein schrecklicher Schock für ihn gewesen sein, als er in den Raum stürzte und die Verwüstung dort sah, das Blut und das Wasser, und hinter sich meine Fußtritte hörte. Spätestens in diesem Augenblick muß er – falls er noch irgendwelche Zweifel gehabt haben sollte – endgültig gewußt haben, daß ich ihn geholt hatte, um ihn zu töten.

Sein Schwung hatte ihn mitten ins Zimmer getragen. Er muß Nancys Leiche und das zerschossene Wasserbett zumindest aus den Augenwinkeln gesehen haben, bevor er sich zu mir umdrehte. Er hatte die Fäuste erhoben, als wollte er mich schlagen. In seiner Nacktheit sah er wie ein Steinzeitmensch aus. Sein Gesicht war zu einer wilden Grimasse von Angst, Wut und Verwirrung verzogen. Sein Kinn war voller Blut.

Ich stand in der Tür und versperrte den Fluchtweg. Ich lud das Gewehr durch, und dabei fiel die leere Patronenhülse heraus, mit der ich Nancy niedergestreckt hatte. Ohne nachzudenken, schoß ich Sonny direkt in die Brust.

Es gab eine laute Explosion, der Gewehrkolben prallte an meine Schulter und ein Schwall von frischem Blut regnete auf das Bettzeug herunter.

Sonny wurde nach hinten geworfen. Er landete wie ein Stein in einer Pfütze von Wasser und Blut. Seine Brust war zerfetzt, rote und weiße Fleischklumpen hingen heraus, aber er war noch am Leben. Er strampelte mit den Beinen und versuchte, den Kopf hochzuheben. Seine verdrehten Augen starrten mich an, sie schienen aus ihren Höhlen zu quellen, und man sah mehr Weißes als sonst etwas. Seine rechte Hand umklammerte ein Kissen und zog es an seine Seite.

Ich lud das Gewehr noch einmal durch, und die leere Patrone fiel mir vor die Füße. Dann trat ich einen Schritt vor und zielte direkt auf Sonnys Gesicht. Als ich auf den Abzug drückte, schloß er die Augen. Das Bett explodierte geradezu und besprühte die Wände mit Wasser. Um nicht naß zu werden, mußte ich hastig zurückspringen.

Von der sicheren Tür aus feuerte ich die beiden letzten Patronen über dem Bett in die Decke. Dann griff ich in die Tasche, schob fünf neue Patronen ins Magazin und feuerte blindlings ins Zimmer: in die beiden Sessel zur Linken, in die Badezimmertür, in den Spiegel über dem Schminktisch.

Ich untersuchte meine Kleidung auf Blutspritzer und lud das Gewehr nach. Als ich die Treppe hinunterging, feuerte ich noch einmal in die Decke, und vom Hausflur aus nahm ich die Wohnzimmereinrichtung unter Feuer. Ich schoß auf das Ledersofa, auf den Fernseher und auf den Couchtisch mit unseren Gläsern darauf.

Eine Patrone ließ ich im Lauf.

Jacob hatte sich auf der Toilette versteckt. Ich fand ihn auf dem heruntergeklappten Sitz hockend vor. Sonnys Parka und Stiefel hatte er auf dem Schoß. Sein Gewehr lag vor ihm auf dem Boden.

»Okay«, sagte ich von der Tür aus.

»Okay?« sagte Jacob, ohne mich anzusehen.

Ich holte tief Luft. Ich fühlte mich zittrig, ein bißchen berauscht und außer Kontrolle. Ich hatte den vagen Verdacht, daß mein Denken vielleicht nicht ganz klar sein könnte, und versuchte deshalb, die Dinge etwas langsamer anzugehen. Ich redete mir ein, daß das Schwerste jetzt hinter mir läge und wir jetzt nur noch unsere Rollen durchhalten müßten.

»Es ist vorbei«, sagte ich.

»Ist er tot?«

Ich nickte.

»Warum hast du so oft geschossen?«

Ich gab keine Antwort. »Komm, Jacob. Wir müssen los.«

»Mußtest du sooft schießen?«

»Es muß doch so aussehen, als hätte Lou durchgedreht. Als wäre er verrückt geworden.« Ich wischte mir das Gesicht mit der Hand ab. Meine Handschuhe rochen nach Pulver; ich durfte nicht vergessen, sie im Lastwagen zu verstecken, ehe wir die Polizei anriefen. In der Ecke tropfte plötzlich Wasser von der Decke. Als es auf den Klodeckel fiel, klang es, als ob eine Uhr tickte. Es mußte das Wasser aus dem Wasserbett sein; es hatte offenbar schon den Putz und die Deckenfüllung durchweicht.

Jacob nahm seine Brille ab. Ohne Brille sah sein Gesicht immer so aus, als ob es völlig aus dem Gleichgewicht wäre: Die Haut auf seinen Wangen und Kinnbacken war rot und gedunsen, als hätte er Mumps, während seine Augen tief eingesunken, müde und schwach wirkten.

»Hast du gar keine Angst vor später?« fragte er.

»Später?«

»Wegen der Schuld? Wegen des schlechten Gewissens?«

Ich seufzte. »Wir haben es getan, Jacob. Wir mußten es tun, und wir haben es getan.«

»Du hast Sonny erschossen«, sagte er, als ob es ihn überraschte.

»Genau. Ich hab' Sonny erschossen.«

»Du hast ihn totgeschossen«, sagte Jacob. »Kaltblütig.«

Was ich dazu sagen sollte, wußte ich überhaupt nicht. Ich wollte vermeiden, über das nachzudenken, was wir getan hatten, denn ich wußte instinktiv, daß Selbstanalysen nicht gut für mich wären. Bis jetzt hatte ich ein Gefühl der Unausweichlichkeit bei allen meinen Handlungen gehabt, so als ob ich nur zuschaute. Es war, als ob ich mich selbst im Film sähe – zwar sehr engagiert, aber ohne jede Illusion, daß ich auch nur die trivialste Kleinigkeit im Ablauf der Ereignisse ändern oder beeinflussen könnte. Schicksal, flüsterte mir eine Stimme ins Ohr, und ich ließ die Zügel aus meiner Hand gleiten. Aber mit seinen Fragen nagte Jacob jetzt an dieser bequemen Grundüberzeugung. Er zwang mich zurückzusehen, er zwang mich zu der Erkenntnis, daß nur deshalb blutiges Wasser von der Decke herabtropfte, weil ich es so gewollt hatte. Ich stieß den Gedanken zurück und ersetzte ihn augenblicklich durch eine Welle von Ablehnung gegen meinen Bruder, wie er da dick und fett auf dem Klo saß und sich Urteile über mich anmaßte, wo es doch seine eigene Panik, Unbesonnenheit und Dummheit gewesen waren, die mich zu meinen Verbrechen gezwungen hatten.

»Das wäre alles nicht nötig gewesen, wenn du nicht Lou erschossen hättest«, sagte ich.

Jacob hob den Kopf, und voller Entsetzen bemerkte ich, daß er weinte. Tränenbäche liefen ihm übers Gesicht, und ihr Anblick füllte mich mit Reue: Ich hätte ihn nicht so anfahren dürfen.

»Ich hab' dich gerettet«, sagte er, und seine Stimme schien an den Worten fast zu ersticken. Er drehte den Kopf weg, um sein Gesicht zu verstecken.

»Tu das nicht, Jacob«, flüsterte ich.

Er gab keine Antwort. Seine Schultern bebten. Eine Hand preßte er an die Augen. Die andere, mit seiner Brille, lag auf Sonnys Stiefeln, die er im Schoß hielt.

»Du kannst jetzt nicht zusammenbrechen. Wir müssen uns immer noch mit der Polizei auseinandersetzen, und den Reportern –«

»Mir geht's gut«, sagte er, aber es klang mehr wie ein Stöhnen.

»Wir müssen die Fassung bewahren.«

»Es ist nur...«, fing er an, vermochte aber nicht die richtigen Worte zu finden, um seinen Satz zu Ende zu bringen. »Weil ich Lou erschossen habe.«

Ich starrte auf ihn herunter. Er machte mir angst. Mir wurde bewußt, daß sich alles rasch auflösen würde, wenn wir nicht vorsichtig waren. »Wir müssen los«, sagte ich. »Wir müssen es melden.«

Jacob holte tief Luft, hielt den Atem einen Augenblick an, setzte seine Brille wieder auf und kämpfte sich auf die Füße. Sein Gesicht war naß von Tränen, und sein Kinn zitterte. Ich nahm ihm Sonnys Parka und Stiefel ab und trug sie zur Garderobe im Flur. Das Wohnzimmer war ein Trümmerfeld. Die Schüsse hatten den Couchtisch zerschmettert, der Fernseher war implodiert, und aus dem Sofa hing die Füllung in großen weißen Wolken, wie Kinder sie zeichnen.

Jacob hatte sein Gewehr in der Toilette vergessen, und ich mußte es für ihn holen. Er folgte mir hin und zurück wie ein Hund, und plötzlich fing er laut an zu schluchzen. Als ich das hörte, überfiel mich ein Schwindelgefühl, als ob ich von einem Hochhaus herabstürzte.

Ich machte die Haustür auf und sagte: »Geh raus zu deinem Lastwagen und ruf die Polizei über CB-Funk.«

»Über CB?« Jacobs Stimme klang weit entfernt, so als ob er gar nicht zugehört hätte. Ich fröstelte, als ich spürte, wie die kalte Luft an meinem feuchten, verschwitzten Rücken hochstieg, und zog den Reißverschluß meiner Jacke zu. Sie roch nach Pulverdampf, genau wie die Handschuhe.

»Es muß so klingen, als ob du Angst hättest«, sagte ich. »Als ob du gesehen hättest, wie ich ihn erschossen habe, und dann nicht ins

Haus zurückgegangen, sondern zu deinem Lastwagen gerannt wärst.«

Jacob starrte schon wieder mit schlaffem Gesicht auf Lous Leiche herunter.

»Sag ihnen ja nicht zuviel. Sag bloß, es hätte eine Schießerei gegeben. Sag ihnen, sie sollten schnell einen Krankenwagen schikken, und häng dann gleich wieder auf.«

Jacob nickte, rührte sich aber nicht von der Stelle. Seine Tränen liefen ihm eine nach der anderen aus den Augenwinkeln übers Gesicht und tropften dann auf seine Jacke, deren Vorderfront schon ganz dunkel und naß war.

»Jacob«, sagte ich.

Mühsam hob er den Blick und sah mich an. Er trocknete sich das Gesicht mit dem Handrücken.

»Wir müssen jetzt gut aufpassen. Wir müssen uns genau überlegen, was wir tun.«

Er nickte erneut und holte tief Luft. »Ist okay«, sagte er. Dann ging er zur Tür raus.

Ich stoppte ihn, als er schon auf der Veranda war. Ich stand in der Haustür, genau da, wo Lou gestanden hatte, als ihn Jacob erschoß. »Vergiß dein Gewehr nicht«, sagte ich. Ich hielt ihm die Waffe hin, und er nahm sie. Ich war immer noch über dem Abgrund, stellte ich fest. Ich mußte noch einen vierten Schritt machen, eh ich die andere Seite erreichte.

Ich sah ihm zu, wie er vorsichtig den vereisten Weg hinunterging, hob die Schrotflinte, lud durch und ließ die letzte Patrone einrasten.

Weil er mein Bruder war, hatte ich ihm verziehen, daß er Lou die Sache mit Pederson erzählt hatte und daß er mir nicht gesagt hatte, daß Sonny mit ihm zusammen im Auto gewesen war, als Lou mich erpreßte, aber seine Schwäche konnte ich ihm jetzt nicht verzeihen. Sie war ein noch größeres Risiko als Lous gierige Dummheit. Jacob würde sofort zusammenbrechen, wenn sie ihn verhörten. Er würde ein Geständnis ablegen, und dann war ich dran. Ich konnte ihm einfach nicht trauen.

Als er das Ende des Weges erreicht hatte, rief ich seinen Namen. Ich war müde, erschöpft von dem, was ich an diesem Abend schon getan hatte, und das machte es leichter.

»Jacob«, sagte ich.

Er wandte sich um. Ich stand im Türrahmen. Die Mündung von Lous Schrotflinte zeigte auf seine Brust.

Er brauchte einen Augenblick, um zu begreifen, was vorging.

»Tut mir leid«, sagte ich.

Er legte den Kopf schräg wie ein Riesen-Papagei. Er war verwirrt und wußte nicht, was ich wollte.

»Ich hatte das alles ganz anders geplant«, sagte ich. »Aber jetzt bleibt mir nichts anderes übrig.«

Sein Körper schien sich zu festigen, zu erstarren und völlig zur Ruhe zu kommen. Er hatte verstanden. »Ich würde nie was verraten, Hank«, sagte er.

Ich schüttelte den Kopf. »Du würdest zusammenbrechen, Jacob. Das weiß ich. Du wärst nicht in der Lage, mit dem zu leben, was wir getan haben.«

»Hank«, bat er. »Ich bin dein Bruder.«

Ich nickte. Meine Hände faßten das Gewehr fester, ich hob die Mündung, zielte noch ein bißchen genauer. Aber ich feuerte nicht. Ich wartete. Es war keine Unsicherheit – ich wußte, daß ich nicht mehr zurückkonnte, daß es so gut wie getan war –, ich hatte nur das Gefühl, ich hätte noch etwas vergessen, einen entscheidenden Punkt. Etwas mußte noch geschehen.

Plötzlich erschien Mary Beth mit klirrenden Marken und wild wedelndem Schwanz aus dem Dunkel und erschreckte uns beide. Er drängte sich an Jacobs Beine und wollte getätschelt werden. Dann lief er auf mich zu.

Als Jacob sah, daß ich einen Blick auf den Hund warf, hob er sein Gewehr und drückte rasch ab. Klick, machte es. Das Magazin war leer. Es war nur eine Kugel drin gewesen: die eine Kugel, die er ganz am Anfang, am letzten Tag des alten Jahres, ins Gewehr geschoben hatte, als er den Fuchs schießen wollte. Das Gesicht meines Bruders verzog sich zu einem bedauernden Lächeln. Fast schien es, als zuckte er mit den Achseln.

Ich feuerte ihm in die Brust.

Ehe ich die Polizei anrief, ging ich ins Haus, um zu pinkeln. Der Fußboden in der Toilette war inzwischen völlig mit Wasser bedeckt. Es tropfte jetzt an mehreren Stellen wie ein Regenschauer im Kleinformat von der Decke herab und färbte den Putz bräunlich.

Ich holte Sonnys Kleider von der Veranda, trug sie ins Schlafzimmer und ließ sie in das blutige Wasser neben dem Bett fallen. Dann hob ich die Pistole vom Fußboden auf, trocknete sie mit meiner Jacke ab und legte sie zurück in ihre Schublade.

Als ich wieder unten war, nahm ich die übriggebliebenen Patronen aus meiner Jacke und steckte sie Lou in die Tasche. Seine Schrotflinte legte ich ihm wieder neben die Schulter. Sein Gesichtsausdruck hatte sich nicht verändert. Die Blutlache unter seinem Kopf hingegen hatte inzwischen die Stufe zum Wohnzimmer erreicht und tropfte auf den genoppten Teppich herunter.

Sonny hatte zu Hause das Licht angelassen, deshalb mußte ich rasch noch hinüber zu seinem Wohnwagen fahren, um es auszumachen. Bei der Gelegenheit hängte ich auch gleich Nancys Morgenrock in Sonnys Schlafzimmerschrank und stellte ihren Lippenstift vor den Spiegel im Bad.

Als ich zurück zu Lous Haus fuhr, hielt ich Ausschau nach Mary Beth, aber der Hund war verschwunden. Der Schuß aus der Schrotflinte hatte ihn wohl verscheucht.

Ich rief die Polizei von der Einfahrt aus an. Ich war sehr kurz am Funksprechgerät und versuchte, den Eindruck zu erwecken, ich wäre in Panik. Ich nannte die Adresse und sagte, daß es eine Schießerei gegeben hätte. Die Fragen des Beamten, der meinen Anruf entgegennahm, beantwortete ich nicht. »Mein Bruder«, sagte ich und zwang mich zu einem Schluchzen dabei. Dann schaltete ich das Funkgerät aus. Ich fand, ich hatte überzeugend geklungen, und das gab mir plötzlich neues Selbstvertrauen.

Es ist plausibel, sagte ich zu mir selbst, es wird funktionieren.

Ich holte das Tonbandgerät aus meiner Hemdtasche und spielte mir die winzige Kassette ein letztes Mal vor. Es war unheimlich, so in der dunklen Fahrerkabine zu sitzen, die Stimmen hin und her gehen zu hören und dabei zu wissen, daß die beiden Männer jetzt tot waren. Ich stoppte das Band vor dem Ende, löschte alles und versteckte das Gerät unter dem Sitz.

Erst wartete ich noch eine Weile im Lastwagen, dann ging ich hinaus auf den Fußweg zum Haus. Ich wollte bei meinem Bruder sein, wenn die Sanitäter kamen. Ich wollte neben ihm hocken und ihn im Arm halten.

Ich versuchte Mary Beth zu rufen, aber er kam nicht. Ein paar Minuten lang stand ich fröstelnd herum und horchte, ob das Halsband mit den Hundemarken irgendwo klingelte. Meine Handschuhe hatte ich zusammen mit dem Kassettenrecorder versteckt, und ich hoffte, daß der Wind den Pulverdampf wegwehen würde, der noch in meiner Jacke hing.

Ich konnte schon die Lichter des Krankenwagens sehen, die von weither über die Felder rot und weiß flackerten und rasch näher kamen, also Jacob plötzlich die Hand ausstreckte und meinen Fußknöchel packte. Sein Griff war fest und kräftig. Ich mußte zweimal mit dem Bein schlenkern, um mich zu befreien.

Ein schwaches, gurgelndes Geräusch kam aus der Brust meines Bruders. Als ich es hörte, wurde mir bewußt, daß es schon länger dagewesen sein mußte.

Ich hockte mich außer Reichweite neben ihm hin. Sein Parka war zerrissen und blutgetränkt. Ich sah die Lichter näher kommen. Es waren drei verschiedene Wagen, die lautlos, ohne Sirenen, auf Lous Haus zusteuerten. Zwei kamen von Osten, sie waren noch weiter entfernt. Der dritte, der von Süden, war schon sehr nahe.

Jacob versuchte, den Kopf zu heben. Vergeblich. Seine Augen brauchten eine Sekunde, um mich zu finden. Dann erfaßten sie mich, verschwammen wieder, und erfaßten mich wieder aufs neue. Seine Brille lag neben ihm auf dem Weg.

Jetzt hörte ich den dröhnenden Motor des Krankenwagens.

»Hilf mir«, keuchte Jacob.

Er sagte es zweimal.

Dann verlor er das Bewußtsein.

7

Am nächsten Morgen, kurz nach acht, saß ich in einem leeren Zimmer im ersten Stock des *Delphia Municipal Hospital* und sah mir selbst im Fernsehen zu. Zuerst kam ein Ansager aus dem Studio, der etwas vom Blatt las. Der Fernsehapparat war kaputt, deshalb hörte ich nicht, was der Mann sagte. Ich wußte aber, daß er über die Ereignisse der letzten Nacht redete, denn zwischendurch zeigten sie fünf Sekunden lang, wie ich aus dem Polizeiwagen ins Krankenhaus ging. Ich lief ziemlich schnell, mit gesenktem Kopf, fast gebückt. Ich sah mir überhaupt nicht ähnlich, und das beruhigte mich. Ich sah genauso geschockt und erschüttert aus, als ob ich wirklich in die Nachrichten gehörte.

Als nächstes kam eine Reporterin mit einem Mikrophon, die vor Lous Haus stand. Sie hatte eine dicke Daunenjacke und gelbe Handschuhe an. Während sie sprach, hoben ihre langen braunen Haare sich von den Schultern und flatterten im Wind. Hinter ihr, in der Auffahrt, standen mehrere Polizeiautos. Der Schnee vor dem Haus war von Reifenspuren zerfurcht. Die Vordertür stand weit offen, und ich sah zwei Männer, die Fotos machten, im Inneren.

Die junge Reporterin sprach sehr ernsthaft, mit kummervollem Gesicht. Als sie fertig war, erschien wieder der Ansager, der offenbar etwas Tröstliches zu ihr sagte. Dann war die Nachrichtensendung vorbei.

Als nächstes kam Werbung und dann ein Zeichentrickfilm. Elmer Fudd jagte Daffy Duck. Ich wandte mich ab. Neben mir saß Sarah mit Amanda. Das Zweibettzimmer, in dem man uns untergebracht hatte, war aus irgendeinem Grund völlig leer. Die Betten und die Nachttische und alles andere waren entfernt worden. Nur der Fernseher und die beiden Sessel, in denen wir saßen, waren geblieben. Der Fußboden war hellblau. Man konnte sehen, wo die Betten gestanden hatten; die Kacheln waren da etwas dunkler und bildeten zur Wand hin zwei vollkommene Rechtecke, die aussahen wie Schatten. Es gab nur ein einziges kleines Fenster, einen Schlitz in der Seitenwand des Gebäudes, von der Größe und Form einer Schießscharte. Die Pfeile, die man hätte hindurchschießen können, wären auf dem Parkplatz des Krankenhauses gelandet.

Der Fernsehapparat hing in seinem Stahlgestell von der Decke. Obwohl es mich krank machte, fiel es mir schwer, den Blick abzuwenden. Der Apparat war das einzige im Raum außer Sarah, und die wollte ich nicht ansehen. Ich wußte, wenn ich sie ansah, würde ich anfangen, mit ihr zu reden, und dazu war mir der Raum nicht sicher genug.

Man hatte uns den Raum aus Höflichkeit angeboten, damit wir ungestört waren. Unten im regulären Besucherzimmer warteten zu viele Reporter. Ich war die ganze Nacht wach gewesen, hatte seit gestern nichts mehr gegessen. Ich war unrasiert, schmutzig und wackelig auf den Beinen.

Das FBI war nicht eingeschaltet worden. Nur das Fulton County Sheriff's Department war mit der Sache befaßt. Ich hatte zwei Stunden mit den Beamten geredet, und es war alles bestens gelaufen. Es waren normale Leute wie Sheriff Jenkins, und sie sahen alles genauso, wie Sarah und ich es uns gedacht hatten: Lou war betrunken nach Hause gekommen, hatte Sonny und Nancy im Bett vorgefunden, sein Gewehr geholt und beide erschossen; Jacob und ich hatten die Schüsse gehört, als wir gerade wegfahren wollten, Jacob war mit seinem Gewehr zum Haus hochgelaufen, Lou hatte die Haustür geöffnet und mit seiner Schrotflinte auf Jacob gezielt, und dann hatte es zweimal geknallt, praktisch gleichzeitig.

Die Polizei hatte mich mit großer Höflichkeit und Fürsorge behandelt, nicht wie einen Verdächtigen, sondern mehr wie ein Opfer. Glücklicherweise hielten sie meine nicht zu verbergende Sorge, daß Jacob das Bewußtsein wiedererlangen könnte, für brüderlichen Kummer über seinen kritischen Zustand.

Er wurde jetzt schon drei Stunden lang operiert.

Sarah und ich saßen in diesem leeren Zimmer und warteten auf Nachricht.

Keiner von uns schien sich unterhalten zu wollen. Sarah kümmerte sich um Amanda. Sie stillte sie, flüsterte ihr Sachen ins Ohr, spielte kleine Spiele mit ihr. Als das Kind einschlief, schloß Sarah auch ihre Augen und sank dabei allmählich in ihrem Sessel zusammen. Ich beobachtete unterdessen den stummen Fernseher – die Zeichentrickfilme, eine Show und eine Wiederholung von *The Odd Couple*. Während der Werbung stand ich auf und starrte auf den Parkplatz hinunter. Es war ein großer Parkplatz, er sah aus wie ein asphaltbedeckter Acker. Die geparkten Autos drängten sich in der Nähe des Gebäudes, das hintere Ende war verlassen und leer. Hinter dem Parkplatz lagen offene, im Schnee begrabene Felder. Der Wind fegte immer wieder kleine, halb durchsichtige Schneewolken von den Feldern auf den Asphalt und warf sie an die Wand des Gebäudes.

Wir warteten und warteten. Ärzte, Krankenschwestern und Polizisten gingen vor der Tür vorbei. Jedesmal, wenn wir das Klappern ihrer Absätze auf dem gekachelten Flur hörten, wanderten unsere Augen zur Tür, aber es blieb nie jemand stehen, um uns etwas zu sagen.

Jedesmal, wenn Amanda zu schreien anfing, summte ihr Sarah ein kleines Lied vor, und das Baby beruhigte sich. Nach einiger Zeit erkannte ich auch die Melodie: Es war *Frère Jacques*. Indem ich Sarah zuhörte, geriet die Melodie in meinen Kopf, und ich bekam sie auch nicht wieder raus, wenn Sarah aufhörte.

Kurz nach elf kam ein Polizist. Ich stand auf und gab ihm die Hand, und Sarah nickte ihm lächelnd zu, die Arme fest um das Baby geschlungen.

»Ich will Sie nicht behelligen, unter diesen Umständen ...«, fing der Polizist an. Dann machte er eine Pause, als hätte er vergessen, was er hatte sagen wollen. Er starrte auf den Fernseher, wo gerade ein Toyota-Werbespot lief, und runzelte die Stirn. Er war keiner von den Beamten, mit denen ich zuvor gesprochen hatte. Er sah eigentlich zu jung aus für einen Polizisten, er wirkte wie ein verkleidetes Kind. Seine Uniform war etwas zu groß, seine schwarzen Schuhe waren etwas zu blank, und der Knick in seinem Stetson war etwas zu perfekt. Als er beim Anblick des Fernsehers die Stirn runzelte, legte sein ganzes Gesicht sich in Falten, auch rings um die Augen. Er hatte ein rundes Bauerngesicht, flach und rund wie der Mond, mit ein paar Sommersprossen darauf.

»Es tut mir wirklich leid mit Ihrem Bruder...«, begann er von neuem. Er warf Sarah einen schnellen, schüchternen Blick zu und umfaßte dabei auch das Baby, dann wandte er sich wieder dem Fernseher zu.

Ich blieb auf der Hut und wartete ab.

»Aber wir haben da diesen Hund«, fuhr er fort. »Wir haben ihn am Tatort gefunden.« Er räusperte sich, riß die Augen vom Fernseher los und sah mich unsicher an. »Wir haben gedacht, Sie würden sich vielleicht gern selbst um ihn kümmern.«

Er verlagerte sein Gewicht von einem Fuß auf den anderen. Seine glänzenden schwarzen Schuhe knarrten.

»Wenn Sie jetzt nicht darüber nachdenken wollen«, fügte er eilig hinzu, »wenn es Ihnen jetzt zuviel ist, können wir ihn auch erst einmal in den Zwinger tun.« Er hob die Augen zu Sarah. »Bis sich alles ein bißchen beruhigt hat.«

Auch ich sah Sarah an. Sie nickte mir zu.

»Nein, das ist nicht nötig«, sagte ich. »Wir werden uns um ihn kümmern.«

Der Polizist lächelte breit. Er schien sehr erleichtert. »Ich bringe ihn dann später bei Ihnen vorbei«, sagte er.

Er schüttelte mir noch einmal die Hand, ehe er ging.

Vierzig Minuten später kam ein Arzt und teilte uns mit, daß Jacob inzwischen aus dem OP heraus sei. Er sei jetzt auf der Intensivstation, sein Zustand sei nach wie vor kritisch. Die Schrotladung habe beide Lungenflügel, das Herz, die Aorta, drei Brustwirbel, das Zwerchfell, die Speiseröhre, die Leber und den Magen verletzt. Der Arzt hatte ein Faltblatt dabei, um Sarah und mir genau zeigen zu können, wo sich all diese Körperteile befanden. Während er die Namen nannte, machte er mit einem roten Kugelschreiber entsprechende Kreise auf dem Papier.

»Wir haben alles, was möglich war, für ihn getan«, sagte er.

Die Chancen, daß Jacob überlebte, stünden jetzt eins zu zehn.

Später, als ich wieder einmal am Fenster stand, wandte Sarah sich zu mir um und flüsterte: »Warum hast du eigentlich nicht überprüft, ob er tot war?«

Ich merkte ihrer Stimme an, daß sie mit den Nerven am Ende war.

»Wenn er am Leben bleibt...«, sagte sie.

»Schhhh.« Ich blickte zur Tür.

Stumm sahen wir uns an. Dann wandte ich mich wieder um, zum Fenster.

Kurz vor drei kam ein anderer Arzt. Er stand so plötzlich in der Tür, als ob er sich herangeschlichen hätte. Weder Sarah noch ich hatten ihn kommen hören. Er sah gut aus, war groß und schlank, hatte kurzes graues Haar und trug einen weißen Arztkittel, dessen Ausschnitt ein greller, blutroter Schlips schmückte.

»Ich bin Dr. Reed«, sagte er.

Er hatte einen festen, schnellen Händedruck, und sein Arm schoß vor wie eine zustoßende Schlange. Er sprach hastig, als müsse er befürchten, jederzeit fortgerufen zu werden.

»Ihr Bruder hat das Bewußtsein wiedererlangt.«

Ich spürte, wie mir die Hitze vom Hals in den Kopf stieg. Sarah anzusehen, wagte ich nicht.

»Seine Äußerungen sind unverständlich«, sagte der Doktor, »aber er ruft Ihren Namen.«

Ich folgte ihm aus dem Zimmer und ließ Sarah mit dem Baby zurück. Wir gingen den Flur in ziemlichem Tempo hinunter. Dr. Reed machte lange, raumgreifende Schritte, und ich mußte beinahe rennen. Kurz bevor wir zum Aufzug kamen, öffneten sich wie durch Zauberei die Türen. Wir stiegen ein, Dr. Reed drückte auf den vierten Stock, ein leiser Glockenton folgte, und die Türen schlossen sich lautlos.

»Mein Bruder spricht?« fragte ich, leicht außer Atem. Ich fand selbst, daß meine Frage verdächtig klang, und sah rasch zur Seite.

Die Augen des Arztes waren auf die Ziffern über der Tür des Aufzugs gerichtet. Die hinter seinem Rücken gefalteten Hände hielten seinen Notizblock. »Nicht direkt«, sagte er. »Er bewegt sich am Rand der Bewußtlosigkeit hin und her. Alles, was wir bisher verstanden haben, war Ihr Name.«

Ich schloß die Augen.

»Normalerweise würde ich Sie nicht zu ihm reinlassen«, sagte er. »Aber es ist wahrscheinlich die letzte Gelegenheit, um ganz ehrlich zu sein.«

Die Türen öffneten sich, und wir traten hinaus in den vierten Stock. Die Beleuchtung hier oben war weniger grell als in den unteren Stockwerken. Eine Gruppe Krankenschwestern stand flüsternd hinter dem Empfangstisch gegenüber vom Aufzug. Sie sahen auf, als wir vorbeigingen, aber ihre Blicke galten dem Doktor, nicht mir. Von irgendwo hinter ihnen hörte man leises Piepen.

Dr. Reed trat an den Empfangstisch und sprach mit einer der Frauen; dann kam er wieder zurück, faßte mich am Ellbogen und führte mich rasch den Gang hinunter. Wir kamen an mehreren offenen Türen vorbei, sahen aber nicht hinein. Schon von weitem erkannte ich Jacobs Zimmer auf der linken Seite am Ende des Korridors. Sheriff Carl Jenkins stand davor und unterhielt sich mit dem jungen Polizisten mit dem Bauerngesicht. Sie nickten mir beide zu, als mich der Doktor an ihnen vorbeiführte.

Mein Bruder lag da wie ein toter Bär. Sein Körper wirkte riesig unter der Bettdecke, zugleich aber irgendwie ausgeleert, als wäre alle Lebenskraft aus ihm gewichen und nur noch die leere Hülle vorhanden. Er rührte sich nicht. Überall hingen Plastikschläuche über den Bettrand und bildeten ein wirres Muster. Jacob steckte voll von ihnen. Er sah aus wie eine Marionette an ihren Fäden.

Ich trat zu ihm ans Bett.

Auf der anderen Seite war ein Krankenpfleger, ein untersetzter, dunkelhaariger junger Mann, mit den Schläuchen beschäftigt. Er ignorierte meine Gegenwart. Hinter ihm stand eine große, auf einem Rollwagen montierte Maschine mit einem kleinen gelben Video-Schirm, der regelmäßig piepste.

Der Raum war ziemlich groß, ein langes Rechteck. Abgeschirmt hinter weißen Vorhängen standen noch weitere Betten darin. Ich konnte nicht sehen, ob sie belegt waren.

Der Krankenpfleger trug durchsichtige Gummihandschuhe, durch die ich die schwarzen, drahtartigen, flach auf die Haut gepreßten Haare auf seinem Handrücken sehen konnte.

Dr. Reed stand am Fußende des Bettes.

»Sie können nur ein paar Minuten bleiben«, sagte er. Dann wandte er sich an den Krankenpfleger, und sie tauschten flüsternd ein paar Bemerkungen. Während sie sprachen, machte sich der Arzt Notizen auf seinem Notizblock.

Mit angehaltenem Atem faßte ich nach der Hand meines Bruders. Sie war kalt und feucht wie ein Klumpen Fleisch. Sie schien nicht mehr zu Jacob zu gehören. Sie war ekelhaft. Ich mußte fest zupacken, um zu verhindern, daß ich sie wieder fallen ließ.

Jacobs Augenlider zuckten, als er den Druck meiner Hand spürte. Als sie sich öffneten, fiel sein Blick direkt auf mich und bewegte sich nicht mehr weiter. Zwei Schläuche steckten in Jacobs Nase. Sein Gesicht war blaß und so vollkommen blutleer, daß es durchscheinend wirkte. Man konnte die Venen in seinen Schläfen sehen. Seine Stirn war voller Schweißperlen.

Er starrte mich eine Sekunde lang an, und dann verzogen seine Lippen sich reflexartig zu einem Lächeln. Es war nicht Jacobs gewöhnliches Lächeln, es war eine Grimasse, wie ich sie noch nie bei ihm gesehen hatte. Er lächelte nicht, er fletschte die Zähne wie ein Hund. Seine Augen bewegten sich überhaupt nicht.

»Ich bin bei dir«, flüsterte ich. »Ich bin direkt bei dir.«

Er versuchte zu reagieren, vermochte es aber nicht. Ein rauhes, gurgelndes Geräusch drang aus seiner Kehle, und die Maschine hinter ihm piepste schneller. Der Arzt und der Krankenpfleger verstummten und hoben den Blick. Jacobs Lider schlossen sich wieder. Das Piepsen verlangsamte sich.

Ich hielt noch ein, zwei Minuten die Hand meines Bruders, bis der Doktor mich bat, den Raum zu verlassen.

Dr. Reed blieb bei dem Krankenpfleger zurück, deshalb mußte ich ohne Begleitung zum Aufzug zurückkehren. Sheriff Jenkins stand jetzt am anderen Ende des Korridors und unterhielt sich mit einer Schwester. Der junge Polizist war verschwunden.

Als ich in den Aufzug trat, sah ich aus den Augenwinkeln, daß Jenkins sein Gespräch mit der Schwester abbrach und rasch auf mich zukam. Ohne nachzudenken, drückte ich auf den Knopf, damit die Türen sich schlossen. Nicht, daß ich vor Carl Angst gehabt hätte, ich wollte bloß einfach allein sein. Aber sobald ich es getan hatte, wurde mir klar, wie es aussehen mußte: wie der Versuch eines Schuldigen, einem Verhör auszuweichen. Rasch drückte ich auf den Tür-auf-Knopf, aber es war schon zu spät: Der Aufzug glitt langsam den Schacht hinunter.

Als die Türen sich wieder öffneten, stieg ich aus und wandte mich nach links. Ich war schon einige Meter gegangen, ehe ich merkte, daß ich im falschen Stock war. In meiner Eile, Jenkins auszuweichen, hatte ich nicht den ersten Stock gedrückt, sondern den zweiten. Ich war auf der Entbindungsstation; ich erkannte sie wieder, weil ich hier Sarah besucht hatte. Ich drehte sofort um, aber der Aufzug, mit dem ich gekommen war, war schon weg.

Direkt gegenüber der Aufzüge war auch hier ein langer orangefarbener Empfangstisch. Drei Schwestern saßen dahinter. Sie hatten aufgeblickt, als ich den Aufzug verließ, und jetzt spürte ich, wie sie mich anstarrten. Ich stand mit dem Rücken zu ihnen und fragte mich, ob sie wohl wußten, wer ich war, ob sie mich im Fernsehen gesehen hatten oder durch die Flüsterpropaganda des Krankenhauses informiert worden waren. Ich stellte mir vor, wie eine zur anderen sagte: »Das ist der Mann, dessen Bruder letzte Nacht angeschossen worden ist«, während sie nach Spuren meiner Verzweiflung bei mir suchten.

Irgendwo auf der Station schrie ein Baby.

Ein dezentes »Ping« ertönte, und der Aufzug auf der rechten Seite ging auf. In der Kabine stand Sheriff Jenkins. Ich errötete, als ich ihn sah, aber es gelang mir, meine Stimme ruhig klingen zu lassen.

»Hallo, Carl«, sagte ich, als ich eintrat.

Er grinste mich an. »Was machst du denn hier, Hank? Kriegst du schon wieder ein Baby?«

Ich erwiderte sein Lächeln und drückte auf den zweiten Stock. Die Aufzugtüren schlossen sich lautlos. »Nein«, sagte ich. »Muß wohl aus lauter Gewohnheit den falschen Knopf gedrückt haben, weil ich Sarah so oft hier besucht habe.«

Er stieß ein höfliches kleines Lachen aus. Dann wurde sein Gesicht ernsthaft. »Das alles tut mir wirklich sehr leid«, sagte er. Er hielt seinen Hut in der Hand, spielte mit der Krempe und starrte darauf hinunter, während er sprach.

»Ich weiß«, sagte ich und seufzte.

»Wenn ich irgendwas für dich tun kann...«

»Das ist wirklich nett von Ihnen, Carl.«

Die Glocke erklang, die Türen öffneten sich. Wir waren im ersten Stock. Ich trat hinaus, aber Jenkins hielt die Tür noch mit dem

Ellbogen offen. »Hat er irgendwas zu dir gesagt, als du da drin warst?«

»Jacob?«

Er nickte.

»Nein«, sagte ich. »Nichts.«

Ich sah den Korridor hinauf und hinunter. Rechts von mir standen zwei Ärzte und unterhielten sich leise. Links hörte ich eine Frau lachen. Jenkins blockierte immer noch die Türen mit seinem Arm.

»Was habt ihr drei eigentlich gestern abend zusammen gemacht?« fragte er.

Ich musterte sein Gesicht, um zu sehen, ob sich irgendein Verdacht darin abzeichnete. Er war dabeigewesen, als mir die Leute vom County dieselbe Frage gestellt hatten, und er hatte auch meine Antwort gehört. Die Türen machten einen neuen Versuch, sich zu schließen, wurden aber von seinem Arm zurückgehalten.

»Wir haben das Baby gefeiert. Jacob hatte uns zu einem Kneipenbummel eingeladen.«

Carl nickte. Er schien noch auf etwas anderes zu warten.

»Ich hatte keine besondere Lust«, sagte ich. »Aber er fand es so toll, daß er jetzt Onkel war, und ich wollte ihn nicht mit einer Ablehnung kränken.«

Wieder versuchten sich die Aufzugtüren zu schließen.

»Hat Lou irgendwas zu Jacob gesagt, ehe er auf ihn schoß?«

»Etwas gesagt?«

»Hat er ihn beschimpft? Oder hat er geflucht?«

Ich schüttelte den Kopf. »Er hat die Tür geöffnet, das Gewehr gehoben und geschossen.«

Die beiden Ärzte, die auf dem Korridor gestanden hatten, trennten sich. Einer von ihnen kam auf uns zu. Seine Schuhe quietschten laut auf dem gefliesten Boden.

»Fahren Sie runter?« rief er. Carl nickte.

»Und was war an dem Abend, als ich euch am Naturschutzgebiet getroffen habe?«

Mein Herz setzte einen Augenblick aus, als er diese Begegnung erwähnte. Ich hatte gehofft, er hätte sie längst vergessen. »Was soll da gewesen sein?« fragte ich.

»Was habt ihr drei damals gemacht?«

Mir fiel einfach nichts ein, was ich darauf sagen sollte. Ich konnte mich nicht erinnern, was ich ihm damals erzählt hatte, falls überhaupt. Ich gab mir die größte Mühe, aber mein Gehirn war einfach zu müde. Der Arzt war nur noch wenige Schritte entfernt. »Es war doch Silvester«, sagte ich, um Zeit zu gewinnen. Mehr fiel mir nicht ein.

»Wolltet ihr etwas zusammen trinken?«

Ich wußte, daß es falsch war, aber da mir nichts Besseres einfiel, nickte ich langsam. Dann war der Doktor da und schob sich an mir vorbei in den Aufzug. Carl trat zurück.

»Ruf mich ruhig an, wenn du irgendwas brauchst«, sagte er, als die Türen sich schlossen. »Du weißt, ich helfe dir gern, Hank.«

Obwohl die Ärzte sagten, ich könnte ruhig gehen, blieb ich noch den ganzen Nachmittag im Krankenhaus. Jacob wachte immer wieder auf und verlor dann wieder das Bewußtsein, aber mir wurde nicht noch einmal erlaubt, ihn zu sehen. Die Ärzte blieben pessimistisch.

Gegen fünf Uhr wurde es dunkel, und Amanda fing an zu schreien. Sarah versuchte es mit Stillen, mit Herumtragen und Singen, aber Amanda wollte sich nicht beruhigen lassen. Sie brüllte nur immer lauter, und allmählich kriegte ich Kopfweh davon. Das Zimmer schien immer kleiner zu werden, und schließlich bat ich Sarah, das Kind nach Hause zu bringen.

Daraufhin sagte Sarah, ich solle doch mitkommen.

»Du kannst hier nichts tun, Hank. Es liegt jetzt nicht mehr in unseren Händen.«

Amanda plärrte und plärrte, ihr kleines Gesicht war rot und wütend vor Anstrengung. Es gelang mir nicht mehr, einen klaren Gedanken zu fassen bei ihrem Geschrei. Ich war einfach zu müde. Mit einem schrecklichen Gefühl, als würde etwas Schweres meinem Griff entwunden, nickte ich Sarah schließlich zu.

»Okay«, sagte ich. »Fahren wir nach Hause.«

Ich fühlte mich wunderbar erleichtert, als ich in den Wagen stieg. Den ganzen Tag hatten sich Geheimnisse in mir aufgestaut, lauter Dinge, die ich nur Sarah sagen durfte.

Jetzt endlich konnte ich ihr erzählen, was wirklich passiert war. Dann würden wir zu Hause ankommen, ich würde etwas essen und schlafen. Und während ich schlief, würde Jacobs zerfetzter Körper in seinem Überlebenskampf darüber entscheiden, welches mein künftiges Schicksal sein würde.

Sarah legte das Baby in den Sicherheitssitz auf der Rückbank und setzte sich dann hinter das Steuer. Ich saß neben ihr, zusammengesunken und völlig erschöpft. Meine Muskeln schmerzten vor Übermüdung, mir war geradezu übel davon. Die Sonne war untergegangen, der Himmel war marineblau und wurde mit jeder Sekunde schwärzer. Einzeln kamen die Sterne heraus. Der Mond war nirgends zu sehen.

Ich ließ meinen Kopf ans Seitenfenster sinken, damit die kühle Scheibe mich wach hielt. Ich fing erst an zu reden, als wir den Parkplatz hinter uns hatten und auf dem Weg waren. Dann erzählte ich Sarah alles. Ich erzählte ihr von der Sauferei in der Bar, über die Fahrt zum Haus von Lou und über die Art und Weise, wie wir ihm das Geständnis abgeluchst hatten. Ich erzählte ihr, wie Lou das Gewehr geholt hatte, wie Jacob ihn erschossen hatte und ich Nancy. Ich erzählte ihr, wie ich Sonny geholt, wie ich ihn gezwungen hatte, sich auf der Veranda auszuziehen, und wie ich ihn schließlich ins Schlafzimmer verfolgt hatte. Sarah hörte mir aufmerksam zu, den Kopf in der Dunkelheit leicht zum Beifahrersitz hin geneigt. Ab und zu nickte sie, als ob sie mir zeigen wollte, daß sie noch zuhörte. Dabei zogen ihre Hände das Steuer mal hierhin, mal dorthin und lenkten das Auto nach Hause.

Amanda schrie immer noch in ihrem Sitz.

Als ich zu der Stelle kam, wo Jacob anfing zu weinen, unterbrach ich meine Erzählung. Sarah warf mir einen Blick zu, und ihr Fuß hob sich merklich vom Gas.

»Er fing an zu weinen«, sagte ich, »und da wußte ich, daß ich es tun mußte. Es wurde mir klar, daß er die Sache nicht durchstehen würde, daß er am Ende alles zugeben würde, wenn die Polizei und die Reporter erst einmal da waren.«

Sarah nickte, als habe sie das schon vermutet.

»Es war undenkbar, daß er sich noch einmal zusammenreißen würde«, sagte ich. »Deshalb hab' ich ihn erschossen. Ich hab' die

Entscheidung getroffen, und ich hab' es getan. Es schien mir richtig. Während ich es machte, hatte ich die ganze Zeit das Gefühl, es ist richtig.«

Ich starrte zum Fenster hinaus und wartete auf Sarahs Antwort. Wir fuhren gerade an der *Delphia High School* vorbei. Es war ein großes, modernes, hellerleuchtetes Gebäude. Irgendein größeres Ereignis mußte dort stattfinden, ein Spiel, ein Konzert oder eine Theateraufführung. Wagen fuhren in die halbkreisförmige Auffahrt hinein. Teenager hatten sich in losen Gruppen am Bordstein versammelt, Zigaretten glühten im Dunkel. Eltern strömten über den Parkplatz auf die großen Glastüren zu.

Sarah blieb stumm.

»Aber dann«, sagte ich, »nachdem ich die Polizei alarmiert hatte und plötzlich merkte, daß er noch lebte, war ich wie gelähmt. Selbst wenn ich gewußt hätte, wie ich ihm den Rest hätte geben können, hätte ich es nicht mehr getan.«

Ich drehte mich zu Sarah um.

»Ich wollte nicht, daß er stirbt.«

»Und jetzt?«

Ich zuckte die Achseln. »Er ist mein Bruder. Es kommt mir so vor, als hätte ich mich gezwungen, das zu vergessen, aber dann kam es plötzlich zurück und hat mich aus dem Hinterhalt überfallen.«

Sarah sagte nichts, und ich schloß die Augen. Ich lauschte auf Amandas Gebrüll, das in rhythmischen Wellen an mein Ohr brandete und allmählich immer leiser zu werden schien, während ich einnickte.

Als ich die Augen wieder öffnete, fuhren wir nach Fort Ottawa hinein. Drei kleine Jungen sprangen hinter einer Hecke hervor und bewarfen unser Auto mit Schneebällen. Das Sperrfeuer lag aber zu kurz, die Bälle schlitterten im Licht der Scheinwerfer vor uns über die Fahrbahn.

Sarah nahm den Fuß vom Gas. »Wenn er es überlebt, kommen wir beide ins Gefängnis.«

»Ich wollte es richtig machen«, sagte ich. »Aber ich wußte nicht genau, was das Richtige war. Ich wollte uns schützen, aber ich wollte Jakob auch retten. Ich wollte beides.«

Ich suchte Sarahs Blick und wartete auf eine Antwort, aber ihr Gesicht zeigte keinerlei Ausdruck.

»Ich konnte aber nicht beides tun«, sagte ich. »Ich mußte mich für das eine oder das andere entscheiden.«

Sarahs Stimme sank zu einem Flüsterton herab. »Du hast das Richtige getan, Hank.«

»Glaubst du wirklich?«

»Wenn er zusammengebrochen wäre, säßen wir jetzt im Gefängnis.«

»Und du glaubst auch, daß er nicht durchgehalten hätte?«

Ich wollte unbedingt, daß sie ja sagte. Ich mußte diese Bestätigung von ihr haben, aber sie gab sie mir nicht. Alles, was sie sagte, war: »Er ist dein Bruder. Wenn du den Eindruck hattest, daß er eine Gefahr für uns war, dann ist er es wohl auch gewesen.«

Ich runzelte die Stirn und sah auf meine Hände hinunter. Sie zitterten leicht. Ich versuchte, das Zittern zu stoppen, aber meine Finger gehorchten mir nicht.

»Jetzt erzähl mir den Rest«, sagte Sarah.

Also erzählte ich weiter: wie ich Jacob niedergeschossen hatte, wie ich noch einmal zu Sonnys Wohnwagen gefahren war und das Licht ausgemacht hatte. Ich erzählte ihr, wie ich die Polizei angerufen und wie mein Bruder mich am Knöchel gepackt hatte. Als wir in unsere Auffahrt einbogen, beschrieb ich gerade mein Verhör durch die Polizei. Sarah fuhr den Wagen in die Garage, und da blieben wir bei abgestelltem Motor noch so lange sitzen, bis ich fertig mit meinem Bericht und die Luft im Wagen eiskalt war. Amanda schrie immer noch weiter, aber ihre Stimme war nicht mehr wütend, sondern müde. Ich griff nach hinten, holte sie aus ihrem Sitz und reichte sie Sarah. Und während ich redete, schaukelte Sarah das Kind auf dem Schoß und küßte ihr das Gesicht.

Ich erzählte ihr von dem Besuch auf der Intensivstation.

»Er hat mich angelächelt, als würde er es verstehen«, sagte ich, aber ich glaubte es selbst nicht. Ich warf einen Blick zu Sarah hinüber, um zu sehen, ob sie es mir glaubte, aber sie schnitt gerade Fratzen für Amanda. »Ich hatte das Gefühl, er verzeiht mir.«

»Wahrscheinlich steht er unter Schock«, sagte Sarah. »Wahrscheinlich weiß er gar nicht, was passiert ist.«

»Glaubst du, er wird sich später daran erinnern?« fragte ich und wünschte mir dringend, daß alle Erinnerungen meines Bruders für immer gelöscht waren. Ich klammerte mich geradezu an diese Idee. Ich wünschte mir, daß er den Schuß überlebte, aber alles vergaß – das Geld, die Schießerei und alles andere.

»Ich weiß nicht.«

»Wenn er redet, haben wir wahrscheinlich nicht mehr viel Zeit, ehe die Polizei kommt und mich verhaftet.«

Sarah nickte, beugte sich über Amanda und küßte sie auf die Stirn. Das Baby weinte immer noch, aber viel leiser, in kleinen Schluchzern. Sarah flüsterte ihren Namen.

»Wir müssen das Geld aus dem Haus schaffen«, sagte ich, und die Worte schienen sich zu beschleunigen, als sie herauskamen, so als würden sie von meiner plötzlichen Panik zusammengepreßt. »Wir sollten es vergraben oder –«

»Schhhh!« murmelte Sarah. »Schon gut, Hank. Wir kommen schon klar.«

»Warum hauen wir nicht einfach ab?« fragte ich. Die Idee war mir gerade eben gekommen.

»Abhauen?«

»Wir könnten jetzt sofort packen. Wir könnten das Geld nehmen und einfach verschwinden.«

Sie warf mir einen zornigen Blick zu. »Dann könnten wir auch gleich ein Geständnis ablegen. Wenn wir weglaufen, werden wir sicher geschnappt. Was wir getan haben, ist nun einmal geschehen; jetzt müssen wir abwarten und hoffen, daß es gut ausgeht.«

Ein Auto fuhr auf der Straße vorbei, und Sarah sah in den Rückspiegel. Als sie weitersprach, war ihre Stimme sehr leise. »Die Ärzte glauben, daß er bald stirbt.«

»Ich will aber nicht, daß er stirbt«, sagte ich, weniger, weil es der Wahrheit entsprach, als daß ich ein besseres Gefühl dabei hatte.

Sarah drehte sich zu mir um und sah mir voll ins Gesicht. »Wir können das alles überstehen, Hank«, sagte sie. »Aber nur, wenn wir sehr vorsichtig sind. Schuldgefühle können wir uns nicht leisten, keinen Augenblick lang. Das Ganze ist ein Unfall gewesen. Wir hatten gar keine andere Wahl.«

»Das mit Jacob war aber kein Unfall.«

»Oh, doch. Von dem Augenblick an, wo Lou sein Gewehr geholt hat, war nichts mehr zu ändern. Von da an war es nicht mehr unsere Schuld.«

Sie streichelte Amanda über die Stirn, und jetzt endlich hörte das Kind auf zu weinen. Ohne das Gebrüll schien der Innenraum des Wagens plötzlich viel größer zu werden.

»Was wir getan haben, ist schrecklich«, sagte Sarah. »Aber das bedeutet noch lange nicht, daß wir böse Menschen wären, und es bedeutet auch nicht, daß wir nicht recht hatten. Wir mußten uns schützen. Alles, was du getan hast, war Notwehr. Jeder einzelne Schuß.« Sie drehte sich zu mir um, strich sich die Haare aus dem Gesicht und wartete auf meine Antwort. Sie hatte natürlich recht. Wir mußten uns das immer wieder sagen: daß alles, was wir getan hatten, verständlich und verzeihlich war. Daß die Brutalität unserer Handlungen nicht unseren Plänen und Wünschen, sondern Situationen entsprang, in die wir ohne unsere Schuld geraten waren. Das war der Schlüssel: Wir durften uns nicht als die Verbrecher sehen in dieser Tragödie, sondern als zwei weitere unglückliche Opfer. Das war der einzige Weg, um mit unseren Taten zu leben.

»In Ordnung?« flüsterte Sarah.

Ich starrte auf Amanda herunter, auf die runde Wölbung ihres Kopfes: mein kleines Mädchen.

»In Ordnung«, flüsterte ich zurück.

Als wir schließlich aussteigen wollten, erfüllte sich die Garage plötzlich mit grellem Licht. Ein Wagen mit aufgeblendeten Scheinwerfern stand hinter uns in der Einfahrt. Blinzelnd drehte ich mich um.

»Das ist Polizei«, sagte Sarah.

Als ich das hörte, erbebte mein ganzer Körper vor Müdigkeit und Erschöpfung. Nur rein verstandesmäßig erschrak ich. *Jacob hat geredet*, flüsterte eine Stimme in meinem Hinterkopf. *Jetzt verhaften sie dich*. Der Gedanke schwirrte wie ein Vogel durch meinen Schädel, drang aber nicht in die Tiefe. Ich war viel zu müde, um Angst zu haben. Ich war am Ende meiner Kraft.

Die Scheinwerfer erloschen, und der Streifenwagen hinter uns nahm Gestalt an. Die Tür ging auf.

Ich hörte mich – wimmern.

»Schhhh!« sagte Sarah und streckte mir über das Dach unseres Wagens die Hand hin. »Sie sind bestimmt bloß gekommen, um dir zu sagen, daß er jetzt tot ist.«

Aber da irrte sie sich.

Ich zwang mich, die Auffahrt hinunterzugehen, und traf dort auf den jungen Polizisten mit dem Bauerngesicht.

Er war gekommen, um mir Jacobs Hund zu bringen.

Als wir endlich im Haus waren, machte mir Sarah die Reste der Lasagne warm. Ich aß gleich in der Küche, und sie saß mir gegenüber. Einen Teil der Lasagne füllte sie in eine Schüssel für Mary Beth, aber der Hund wollte nichts davon fressen. Er schnupperte nur kurz daran, dann drehte er sich um und marschierte winselnd hinaus. Während ich aß, hörte ich ihn im Haus herumirren.

»Er sucht nach Jacob, nicht wahr?« sagte ich.

Sarah blickte auf. »Schhhh, Hank«, sagte sie. »Nicht.«

Ich stocherte in meinem Essen herum. Die Lasagne erinnerte mich an unser letztes Abendessen mit meinem Bruder. Ein Gefühlsstrom überspülte mich bei diesem Gedanken, und zwar nicht so sehr Traurigkeit oder Schuld als vielmehr eine namenlose Wärme, eine Flut von Zuneigung in meiner Brust. Ich war so müde, daß ich ohne weiteres hätte losheulen können, aber ich wollte nicht, daß Sarah sich Sorgen machte.

Sie stand auf und trug ihren Teller zur Spüle.

Amanda fing wieder an zu wimmern, aber wir ignorierten es beide.

Der Hund kam winselnd in die Küche.

Ich starrte meinen Teller noch eine Weile an, dann stützte ich den Kopf in die Hände. Als ich die Augen schloß, sah ich das Faltblatt vor mir, auf dem der Arzt die Verletzungen Jacobs markiert hatte.

Sarah ließ Wasser in die Spüle laufen.

Überall waren rote Kreise.

Als ich aufwachte, war ich im Schlafzimmer. Mir tat alles weh. Meine Glieder waren bleischwer, als wären sie an die Matratze genäht. Ich nahm an, daß mich Sarah ins Bett gebracht hatte, aber ich konnte mich nicht mehr daran erinnern. Ich war nackt; meine Kleider lagen auf einem Stuhl auf der anderen Seite des Raumes.

Graues Licht sickerte durch die Jalousien, und ich kam zu dem Schluß, daß es vormittags war. Mich umzudrehen und auf die Uhr zu sehen, hatte ich keine Lust. Ich war keineswegs verwirrt, ich hatte keine Schwierigkeiten, mich zu erinnern. Ich wußte genau, was passiert war. An der Seite meines Brustkorbs gab es eine empfindliche Stelle; das war vom Rückstoß der Schrotflinte. Da würde es einen Bluterguß geben.

Es dauerte allerdings eine Weile, bis ich merkte, daß unten das Telefon klingelte. Ich hörte, wie Sarah an den Apparat ging und das leise Murmeln ihrer Stimme. Was sie sagte, konnte ich nicht verstehen.

Der Hund winselte immer noch, klang aber jetzt weiter weg, so, als wäre er ausgesperrt worden.

Ich wollte gerade wieder einschlafen, als ich Sarah auf der Treppe hörte. Mit halbgeöffneten, dösigen Augen sah ich sie ins Schlafzimmer kommen.

An der Art und Weise, wie sie sich bewegte, konnte ich erkennen, daß sie glaubte, ich schliefe. Sie ging zum Fenster und legte Amanda in ihre Wiege. Dann kehrte sie zum Bett zurück und begann sich sehr langsam zu entkleiden. Ich beobachtete aus halbgeschlossenen Lidern, wie sie allmählich ihren Körper enthüllte und erst ihr Sweatshirt auszog, dann ihren BH, dann ihre Socken, dann ihre Jeans und dann ihren Slip.

Ihre Brüste waren immer noch geschwollen von ihrer Milch, aber ansonsten hatte sie schon wieder viel von dem Gewicht verloren, das sie während der Schwangerschaft zugelegt hatte. Ihr Körper war schlank, fest und schön.

Amanda weinte schon wieder. Es klang wie ein Echo auf das Winseln des Hundes im Garten. Es war ein leises, langsames, melancholisches Wimmern.

Sarah warf einen Blick von der Wiege zu mir. Sie schien zu zögern, dann nahm sie einzeln ihre Ohrringe ab und legte sie auf den Nachttisch. Als sie das Holz berührten, klirrte es leise.

Nackt schlüpfte sie unter die Bettdecke. Sie preßte ihren Körper dicht an meinen. Ihr rechtes Bein kroch zu meiner Hüfte hinauf, und ihr Arm umfing meinen Nacken. Ich lag vollkommen still. Ihre Haut war weich und gepudert, und ich hatte das Gefühl, schmutzig zu sein. Sie küßte mich leicht auf die Wange und schob ihren Mund an mein Ohr.

Ich wußte, was sie jetzt sagen würde, noch ehe sie zu flüstern begann, trotzdem wartete ich so gespannt darauf, als wäre es eine Überraschung.

»Er ist tot.«

8

Die Medien brauchten sechsunddreißig Stunden, um mein Haus zu finden. Ich nehme an, sie haben gedacht, ich wohnte in Ashenville statt in Delphia. Vielleicht war es auch irgendein archaischer Sinn für Anstand, was sie eine Weile zurückhielt, aber am Sonntag nachmittag rückten sie in voller Stärke an. Alle drei Fernsehsender aus Toledo – Kanal 11, 13 und 14 – hatten Aufnahmewagen geschickt, und Kanal 5 aus Detroit war auch da. Auch vom Toledo *Blade*, von der Detroit *Free Press* und dem Cleveland *Plain Dealer* kamen Reporter und Fotografen.

Sie waren alle überraschend höflich. Sie klopften nicht bei uns an die Tür, spähten nicht durch die Fenster und belästigten auch keineswegs unsere Nachbarn. Sie warteten einfach, bis Sarah oder ich aus dem Haus kamen (oder wieder zurückkehrten). Dann drängten sie sich aufgeregt um den Wagen, stellten Fragen und machten Fotos. Wir fuhren immer mit gesenkten Köpfen an ihnen vorbei. Ich weiß nicht, ob sie etwas anderes erwarteten.

An den folgenden Tagen verringerte sich ihre Zahl. Die Fernsehteams gingen zuerst, noch am selben Abend. Dann zogen sich auch die Zeitungsreporter einer nach dem anderen zurück und kümmerten sich um andere, aktuellere Nachrichten. Und etwa eine Woche später war der Platz vor dem Haus mit einem Schlag wieder still und leer; nur die dunklen, ovalen Narben der Fußspuren im Schnee und die zerknitterten Überreste von Pappbechern und Sandwich-Papieren im Rinnstein blieben zurück.

Die Beerdigungen erfolgten rasch nacheinander – Nancy wurde am Dienstag, Sonny am Mittwoch begraben, Lou am Samstag und Jacob am darauffolgenden Montag. Alle fanden in der Kirche *St. Jude's* gegenüber von der Futtermittelhandlung statt, und ich ging zu jeder.

Die Presse war natürlich auch da, und so hatte ich erneut Gelegenheit, mich im Fernsehen zu betrachten. Jedesmal war ich über mein Aussehen verblüfft. Ich wirkte düster und bekümmert, und man hatte den Eindruck, ich wäre von Trauer gelähmt. Auf jeden Fall sah ich ernsthafter und würdiger aus, als ich mich im wirklichen Leben je gefühlt hatte.

Jacob hatte keinen Anzug besessen, und so mußte ich ihm einen kaufen, den er im Sarg tragen konnte. Obwohl es irgendwie falsch aussah – zu Lebzeiten hätte er so etwas nie angezogen –, war ich doch mit der Wirkung zufrieden. Der Anzug ließ ihn jünger aussehen, ja beinahe sportlich, mit der braunen Paisley-Krawatte unter dem Kinn und dem passenden Tuch in der Brusttasche. Bei der Beerdigung selbst war der Sarg zu – wie alle anderen auch –, aber ich durfte vor dem Gottesdienst einen Blick hineinwerfen. Das Beerdigungsunternehmen hatte ihn so perfekt hergerichtet, daß man nie darauf gekommen wäre, wie er gestorben war. Seine Augen waren geschlossen, und sie hatten ihm die Brille aufgesetzt. Ich starrte ein paar Sekunden lang auf ihn hinunter, dann küßte ich ihn auf die Stirn und trat wieder zurück, woraufhin ein junger Mann mit einer weißen Nelke im Knopfloch hereintrat und den Sargdekkel zuschraubte.

Sarah brachte Amanda zu Jacobs Totenmesse mit, und das Kind weinte und wimmerte während der gesamten Veranstaltung an der Brust ihrer Mutter. Ab und zu schluchzte sie plötzlich laut, und das Echo hallte in der Kirche wider wie ein Aufschrei im Kerker. Sarah wiegte sie hin und her, summte Lieder für sie und flüsterte ihr beruhigende Worte ins Ohr, aber nichts half. Amanda war untröstlich.

Die Kirche war ziemlich voll, aber die Trauergäste waren nicht seine Freunde. Es waren Leute, die uns hatten aufwachsen sehen, Leute, die ich aus der Futtermittelhandlung kannte, Leute, die einfach neugierig waren. Sein einziger echter Freund war Lou gewesen, und der war schon begraben, wartete draußen in der Erde hinter der Kirche auf Jacob.

Der Pfarrer hatte mich gefragt, ob ich ein paar Worte sagen wollte, aber das hatte ich abgelehnt. Ich wäre dazu nicht in der Lage, hatte ich gesagt, ich würde zusammenbrechen, und das war vielleicht sogar richtig. Der Pfarrer hatte Verständnis und hielt die

Grabrede selbst. Er tat so, als hätte er Jacob gut gekannt und ihm gegenüber stets intensive väterliche Gefühle gehegt. Es war ziemlich glaubwürdig.

Nach dem Gottesdienst zogen wir auf den Friedhof hinaus, wo ein rechteckiges Loch im Schnee wartete – Jacobs Grab.

»Der Herr hat's gegeben, der Herr hat's genommen«, sagte der Pfarrer. »Gelobt sei der Name des Herrn.«

Es fing leicht an zu schneien, als sie den Sarg ins Grab senkten. Ich warf einen Brocken gefrorenen Lehm hinterher, der mit einem dumpfen Schlag auf dem Holz landete. Am Abend war dann ein Bild von mir im *Blade*, das mich im schwarzen Anzug zeigte, wie ich in einigem Abstand zu den übrigen Trauergästen einen Klumpen Erde ins offene Grab fallen ließ, während weiße Schneeflocken um mich herumwirbelten. Es sah aus wie ein Foto aus einem Geschichtsbuch.

Sarah, mit der weinenden Amanda im Arm, warf eine einzelne Rose ins Grab.

Als wir den Friedhof verließen, drehte ich mich noch einmal um. Ein alter Mann mit einem kleinen Schaufelbagger machte sich schon bereit, das Grab aufzufüllen, und hantierte mit geübten Griffen an seiner Maschine. Ein paar Meter hinter ihm spielte eine Frau mit zwei kleinen Jungen Verstecken zwischen den Grabsteinen. Sie rannte davon und duckte sich hinter ein großes Marmorkreuz; die beiden Jungen stolperten hinter ihr her durch den Schnee und jubelten laut, als sie ihre Mutter entdeckten. Die Frau stand auf und wollte zum nächsten Versteck laufen, aber als sie den Grabstein schon fast erreicht hatte, merkte sie plötzlich, daß ich sie beobachtete, und erstarrte mitten im Lauf. Die beiden Jungen umringten sie – schwindlig vor Lachen.

Ich wollte nicht, daß sie dachten, ich wäre beleidigt wegen ihres Mangels an Pietät, und winkte deshalb mit der Hand. Die Kinder sahen mich und winkten mit hocherhobenen Händen zurück wie Leute, die zu einer Kreuzfahrt aufbrechen. Aber dann flüsterte ihnen die Frau etwas zu, und sie ließen ihre Arme abrupt sinken.

Ich spürte, daß Sarah gehen wollte, ich hörte Amandas Quengeln auf ihrem Arm. Dennoch drehte ich mich nicht um, sondern blieb stehen.

Den ganzen Tag über war ich den Tränen noch nicht so nahe gewesen. Ich weiß nicht, woran das lag – vielleicht erinnerten mich die beiden Geschwister an Jacob und mich –, jedenfalls zitterten mir die Knie, es wurde mir eng um die Brust, und es klingelte in meinen Ohren. Es war kein Kummer, es waren keine Schuldgefühle, es war auch kein schlechtes Gewissen. Es war einfach Verwirrung: ein plötzliches, überwältigendes Erstaunen über das, was ich getan hatte. Meine Verbrechen breiteten sich vor mir aus, und ich fand keinen Sinn mehr darin. Sie waren fremd und undurchschaubar geworden, schienen jemand anderem anzugehören.

Sarah holte mich wieder zurück.

Sie berührte mich mit der Hand. »Hank?« sagte sie mit leiser und besorgter Stimme.

Langsam drehte ich mich zu ihr um.

»Geht es dir nicht gut?«

Ich starrte sie unsicher an, und sie lächelte gelassen zurück. Sie trug einen langen schwarzen Wollmantel und ein Paar Winterstiefel. Ihre Finger steckten in dünnen Lederhandschuhen; um ihren Hals hatte sie ein weißes Tuch geschlungen. Sie sah unglaublich hübsch aus.

»Amanda fängt an zu frieren«, sagte sie und faßte mich am Arm.

Ich nickte, und dann ließ ich mich wie ein alter Mann den Weg zurück zu unserem Auto führen.

Als wir einstiegen, hörte ich, wie der Motor des kleinen Schaufelbaggers zu knattern begann.

In den folgenden Tagen bemühte alle Welt sich um uns. Nachbarn stellten uns geschmorte Braten auf die Türschwelle, Gläser mit selbstgemachter Marmelade, frischgebackene Brotlaibe und Pyrex-Behälter mit Suppe. Bekannte und Arbeitskollegen riefen mich an und drückten ihr Mitgefühl aus. Gerührt von der Story, die sie aus der Presse erfahren hatten, schrieben Fremde mir Briefe, in denen sie Psalmen und Ratgeber-Literatur zum Thema Trauerarbeit zitierten. All diese Fürsorge war überraschend und großzügig, beunruhigte mich aber trotzdem, bewies sie doch auch einen Mangel, den Sarah und ich bislang noch gar nicht bemerkt hatten: Wir hatten keine Freunde.

Wie das gekommen war, konnte ich gar nicht sagen. Auf dem College hatten wir durchaus Freunde gehabt, Sarah sogar eine Menge. Aber seit wir in Delphia wohnten, hatten sie sich zerstreut, und wir hatten sie nicht durch neue ersetzt. Ich hatte ihr Fehlen gar nicht gespürt – ich war keineswegs einsam gewesen –, ich war einfach überrascht. Es erschien mir als böses Omen, daß wir die ganze Zeit als geschlossenes System existiert hatten und keiner von uns Kontakte zur übrigen Welt gesucht hatte, weil wir uns selbst genügten. Es erschien ungesund, abartig. Ich konnte mir sehr gut vorstellen, was die Nachbarn sagen würden, wenn wir je gefaßt würden. Sie seien gar nicht überrascht, würden sie sagen, wir hätten so zurückgezogen gelebt, wir wären so ungesellig gewesen und hätten offensichtlich Geheimnisse vor unserer Umgebung gehabt. Es waren immer Einzelgänger, die Morde begingen, und daß dieses Etikett auf uns passen könnte, führte zu weiteren Überlegungen. Vielleicht waren wir ja doch nicht bloß gewöhnliche Leute in einer Ausnahmesituation, wie wir geglaubt hatten. Vielleicht hatten wir ja durchaus dazu beigetragen, diese Situation selbst zu schaffen. Vielleicht waren wir ja doch verantwortlich für das, was geschehen war.

Wenn überhaupt, glaubte ich das allerdings auch nur halb. Ich war immer noch in der Lage, die lange Kette von Ereignissen zu rekonstruieren, die schließlich zu Jacobs Begräbnis geführt hatte, und mir dabei einzureden, daß alles ganz logisch gewesen sei, daß es keine Alternativen, keine Weggabelungen und keine Gelegenheit zum Umkehren und zur Wiedergutmachung gegeben habe. Ich hatte Jacob erschossen, weil er kurz davor war, zusammenzubrechen, weil ich Sonny erschossen hatte, weil ich damit verdecken mußte, daß ich Nancy erschossen hatte, weil sie mich hatte erschießen wollen, weil Jacob Lou erschossen hatte, weil er dachte, Lou würde mich erschießen, weil Lou mich mit seiner Flinte bedrohte, weil ich ihn dazu verleitet hatte, den Mord an Dwight Pederson zu gestehen, weil Lou mich erpreßte, weil ich ihm seinen Anteil von dem Geld erst im Sommer geben wollte, weil ich sicher sein wollte, daß niemand nach dem Flugzeug suchte...

Es schien, als könnte ich den Weg immer weiter zurückverfolgen, um Gründe zu finden, die es mir ersparten, die Verantwortung für ihre Folgen zu übernehmen. Aber schon die Tatsache, daß ich das für nötig hielt und die Kausalkette so häufig und obsessiv wie ein Mantra in meinem Kopf wiederholte, gab Anlaß zur Sorge. Ich begann – kaum wahrnehmbar –, an mir zu zweifeln. Ich fragte mich, ob wir nicht womöglich ganz andere Motive gehabt hatten.

Eine Woche nach Jacobs Beerdigung ließ die öffentliche Aufmerksamkeit plötzlich nach.

Am Montag ging ich wieder zur Arbeit, und mein Leben ging seinen alltäglichen Gang. Ab und zu hörte ich, wie die Leute in der Stadt über das Geschehene redeten, und dabei benutzten sie unweigerlich Wörter wie *Tragödie, entsetzlich, grauenhaft* und *sinnlos*. Wie es schien, hatte niemand einen Verdacht. Ich stand von vornherein außer Frage: Es gab ja überhaupt kein Motiv, und auch nur darüber nachzudenken, erschien grausam und taktlos. Ich hatte ja immerhin meinen Bruder verloren.

Nancys Morgenrock und Lippenstift wurden in Sonnys Wohnwagen gefunden. Eine ihrer Kolleginnen sagte im Fernsehen, die Affäre sei wahrscheinlich schon eine ganze Weile gelaufen, davon sei sie fest überzeugt. Worauf diese Überzeugung sich gründete, sagte sie nicht, und die Reporterin fragte auch nicht danach, der nachträgliche Verdacht war genug. Die Leute erinnerten sich auch daran, wie aggressiv Lou an diesem Abend im *Wrangler* gewesen war und einen jungen Burschen beschuldigt hatte, daß er ihm ein Bein gestellt hätte. Sie berichteten, er sei gereizt und streitsüchtig gewesen, ein Betrunkener am Rand der Gewalttätigkeit. Und schließlich gab der Toledo *Blade* unserer Geschichte endgültig den Stempel der Glaubwürdigkeit, indem sie einen Artikel über Lous Spielschulden veröffentlichte. Sein Leben sei völlig kaputt gewesen, hieß es darin. Er sei eine lebende Zeitbombe gewesen, die nur darauf wartete, zu explodieren.

Amanda wuchs rasch. Sie lernte, sich umzudrehen, und ihre Mutter behauptete, sie sei früh damit dran. Sarah nahm ihre Arbeit in der Bibliothek wieder auf, allerdings nur halbtags. Das Baby nahm sie mit und legte es hinter dem Schalter auf den Fußboden, während sie arbeitete.

Der Februar ging allmählich vorbei.

Jacobs Wohnung aufzulösen, schob ich so lange wie möglich hinaus. Schließlich, gegen Ende des Monats, schickte mir der Vermieter eine Notiz ins Büro, daß die Wohnung zum ersten März anderweitig vermietet sei und bis dahin geräumt werden müsse.

Ich zögerte trotz allem bis zum Neunundzwanzigsten. Es war ein Montag, und ich verließ mein Büro eine Stunde früher als sonst. Aus der Firma nahm ich eine dicke Rolle Klebstreifen und aus dem Supermarkt ein paar leere Kartons mit. Dann machte ich mich auf den Weg zur Eisenwarenhandlung, wo ich die steile Treppe zu Jacobs Zimmer hinaufkletterte.

Im Inneren fand ich alles genauso vor, wie ich es in Erinnerung hatte. Derselbe Geruch, derselbe Schmutz, dieselbe Unordnung. Dieselben Staubflocken wirbelten durch die Luft, dieselben leeren Bierflaschen lagen auf dem Boden herum, dieselben schmutzigen Decken mit halb heruntergerissenen Bezügen lagen in einem formlosen Haufen am Fußende des Bettes.

Ich begann mit den Kleidern, weil das am einfachsten schien. Ich legte sie nicht weiter zusammen, sondern stopfte sie einfach in die Kartons. Viel war es sowieso nicht: sechs Jeans und Khakihosen, ein halbes Dutzend Flanellhemden, ein hellroter Rollkragenpullover, ein riesiges Sweatshirt mit Kapuze, eine bunte Mischung von T-Shirts, Socken und Unterhosen. Eine einsame blaue Krawatte mit einem aufgestickten springenden Hirsch an einem Haken im Schrank; zwei Paar Halbschuhe und ein Paar Stiefel; Mützen und Handschuhe, eine schwarze Ski-Maske, ein Paar Badehosen und Jacken für jede Jahreszeit. Auch die graue Hose und die braunen Lederschuhe, die er an dem Tag getragen hatte, als er mich gebeten hatte, ihm beim Kauf der Farm zu helfen, waren noch da. Jedesmal, wenn ich einen Karton voll hatte, trug ich ihn gleich runter zum Auto.

Dann wandte ich mich dem Bad zu: ein paar Toilettenartikel und Handtücher, Rasierzeug, eine Wasserpistole aus Plastik, ein Stapel *Mad*-Hefte. Dann die Kochnische: zwei Töpfe, eine Bratpfanne, ein Tablett mit nicht zusammenpassendem Besteck und anderen Küchengeräten, vier Gläser, ein halbes Dutzend Teller, ein struppiger Besen, eine leere Dose *Comet*. Alles war fettig und staubig. Die Nahrungsmittel warf ich direkt in den Müll: eine Büchse Ravioli, einen Karton *Frosted Flakes*, einen Karton vergammelte Milch, ein noch nicht geöffnetes Paket Schokolade-Donuts, ein verschimmeltes Brot, drei Scheiben amerikanischen Käse und einen runzeligen Apfel.

Dann kam der Abfall dran: die Bierflaschen und alten Zeitungen, die leeren Schokoladenriegel- und Hundefutterverpackungen. Und schließlich das Bett. Ich zog die Bettlaken ab, wickelte den Radiowecker in die Thermo-Unterwäsche und stopfte alles zusammen in eine Pappkiste. Das Kopfkissen warf ich zum Ausgang hinüber. Alles roch ein bißchen nach Jacob.

Die Möbel gehörten zur Wohnung, und nachdem ich die Decken und Kissen eingepackt hatte, blieb eigentlich nichts mehr außer der Truhe. Es war eine altmodische Offizierskiste, die meinem Onkel im Zweiten Weltkrieg gehört und die er Jacob zum zehnten Geburtstag geschenkt hatte. Ich wollte sie zuerst einfach runtertragen, ohne sie näher zu untersuchen, aber im letzten Augenblick änderte ich meine Meinung, zog sie ans Bett und klappte den Deckel auf.

Das Innere war überraschend sauber. Auf der linken Seite lagen ordentlich gestapelt frische Bettlaken und Handtücher. Ich erkannte sie sofort. Sie stammten aus dem Haus meiner Eltern: hellblaue, oft gewaschene Handtücher mit dem Monogramm meiner Mutter und Bettbezüge mit kleinen Rosen. Auf der rechten Seite lagen eine rote Schachtel mit Angelzeug, eine alte Bibel, ein Baseball-Handschuh, eine Schachtel mit Munition für Jacobs Gewehr und eine Machete. Die Machete kam von demselben Onkel, der Jacob die Kiste geschenkt hatte; er hatte sie irgendwo im Pazifik erworben. Sie war ziemlich lang und wirkte sehr bedrohlich mit ihrer schweren, leicht gebogenen Klinge und ihrem hellbraunen Holzgriff. Sonst sah man so etwas Primitives und Tödliches nur im Museum.

Unter der Machete lag ein weiteres altes Buch. Neugierig nahm ich es aus der Truhe und setzte mich damit aufs Bett. Die Sonne war inzwischen untergegangen, und es war dunkel geworden. Nur im Bad brannte Licht, und ich mußte mich anstrengen, um den Titel des Buches zu lesen. Er stand goldgeprägt auf dem Umschlag: *Landwirtschaftslehre von A bis Z.*

Ich schlug das Buch auf und fand auf der sauberen weißen Seite gegenüber dem Innentitel den Namen unseres Vaters, mit Bleistift geschrieben. Darunter hatte Jacob seinen eigenen Namen gekritzelt – mit Tinte. Das Buch mußte zu den vielen trivialen Einzelstücken gehören, die mein Vater in seinem Testament aufgeführt hatte, ein kümmerlicher Ersatz für die nicht mehr vorhandene Farm. Aber als ich die Seiten umblätterte, stellte ich fest, daß Jacob diesen speziellen Teil seines Erbes keineswegs für trivial gehalten hatte. Überall fanden sich Randnotizen und Unterstreichungen. Es gab Kapitel über Bewässerung, Trockenlegung, Maschinen- und Gerätepflege, Düngemittel, Getreidemärkte, gesetzliche Bestimmungen, Transportkosten und zahllose andere Dinge, von denen ich Jacob gesagt hatte, daß er darüber nichts wüßte.

Er hatte sich ganz ernsthaft darauf vorbereitet, eine Farm zu bewirtschaften.

Ich blätterte noch einmal zurück und warf einen Blick ins Impressum: 1936 war der Wälzer veröffentlicht worden, vor über fünfzig Jahren! Von Pflanzenschutzmitteln und Unkrautvertilgern war genausowenig die Rede wie von biologischem Anbau. Die gesetzlichen Bestimmungen, die so ausführlich abgehandelt wurden, waren seither mehrfach geändert worden. Mein Bruder hatte sich durch ein völlig überholtes Lehrbuch gequält.

Ganz hinten steckte ein säuberlich zusammengefalteter Plan unserer ehemaligen Farm, wie es schien, von Jacob gezeichnet. Er zeigte, wo die Scheune gestanden hatte, wo der Traktorenschuppen und das Getreidesilo hingehörten. Er zeigte, wo die Grenzen der Felder gewesen waren und die genauen Abmessungen zwischen den einzelnen Punkten. Kleine Pfeile bezeichneten die Fließrichtung der Entwässerungsgräben. Am oberen rechten Rand war mit einer Büroklammer ein Foto unseres Hauses befestigt. Die Vorhänge fehlten, und daraus schloß ich, daß es kurz vor dem Abriß aufgenommen worden sein mußte. Vielleicht war mein Bruder extra hingefahren, um zu sehen, wie es abgerissen wurde.

Es fällt mir schwer zu beschreiben, was ich beim Anblick dieser Dinge empfand. Zuerst bereute ich einfach, daß ich die Truhe überhaupt aufgemacht hatte. Ich wünschte, ich wäre meiner ursprünglichen Absicht gefolgt und hätte sie nach unten ins Auto getragen, ohne mich um den Inhalt zu kümmern. Ich hatte mir schließlich vorgenommen, reinen Tisch zu machen. Ich hatte ja geahnt, daß die Habseligkeiten meines Bruders eine Gefahr für mich darstellten, und war mit größter Vorsicht zu Werke gegangen. Ich hatte das Zimmer wie ein Minenfeld betrachtet, in dem selbst die kleinsten Gegenstände Explosionen von Reue auslösen konnten. Ich hätte es ja auch beinahe geschafft, war schon fast am Ende gewesen, als ich über die Truhe gestolpert war und meine Neugier mich sorglos gemacht hatte. Und jetzt saß ich hier auf der Bettkante, die Tränen stiegen mir in die Augen, und die Wände des ausgeräumten, dunklen Zimmers warfen meine unregelmäßigen Atemzüge zurück, die alsbald in Schluchzen übergingen.

Kummer, das war wohl das beste Wort für meine Gefühle. Es war, als hätte sich in meiner Brust plötzlich ein Tumor entwickelt, die Lungen beiseite gedrückt und mir die Luft zum Atmen genommen, so daß ich laut keuchte. Ich glaubte zwar immer noch, was Sarah gesagt hatte: Daß wir das Richtige getan hatten, daß wir gefaßt worden wären, wenn ich Sonny und Jacob nicht erschossen hätte, und daß wir gar keine andere Wahl hatten, um uns zu retten. Aber gleichzeitig wünschte ich von ganzem Herzen, daß von alledem nichts passiert wäre. Ich dachte an die Schmerzen, die Jacob gelitten haben mußte, als er mit zerfetztem Körper im Krankenhaus lag und überall Plastikschläuche aus ihm heraushingen. Ich dachte an seine Pläne für die Farm, seine Notizen und Zeichnungen. Ich dachte daran, wie er mir am Ende zu Hilfe gekommen war und seinen besten Freund erschossen hatte, um mich zu beschützen, seinen Bruder. Und alles war überlagert von tiefem Kummer.

Jacob, das wurde mir jetzt klar, war ein unschuldiges Kind gewesen. Sarah konnte noch sooft sagen, es seien Unfälle oder Notwehr gewesen und wir hätten keine andere Wahl gehabt –, schuld an Jacobs Tod war immer noch ich. Ich war der Mörder, da gab es keinerlei Ausflüchte. Es war meine Schuld, mein Verbrechen und meine Verantwortung.

Zehn, fünfzehn Minuten lang saß ich so da und weinte in meine Hände. Ich hatte mich seit Monaten nicht mehr so wohl gefühlt, so tugendhaft, so geläutert und sauber. Und dann, ohne daß ich es wollte, hörte ich wieder auf. Ich verstummte. Es war, als hätte ich mich erbrochen: Mein Körper wurde ganz von selbst still, hörte auf zu weinen, ganz ohne mein Zutun.

Ich blieb noch einen Augenblick sitzen, holte tief Luft und wartete, was als nächstes kommen würde, aber es kam nichts mehr. Allmählich wurde es spät. In der Wohnung über mir hörte ich jemanden auf und ab gehen. Unter jedem Schritt knarrten die Dielen. Gelegentlich zischte ein Auto über die Main Street. In der Heizung pochte der Dampf. Ich wischte mir mit der Hand übers Gesicht, faltete den Plan der Farm zusammen, steckte ihn zurück in das Buch, legte alles zusammen zurück in die Truhe und schlug dann den Deckel herunter. Ich hatte mir zum Aufräumen die Ärmel hochgekrempelt, und jetzt rollte ich sie wieder herunter und ordnete sorgfältig meine Manschetten.

Ich fühlte mich etwas schwach, so als hätte ich den ganzen Tag nichts gegessen. Ich spürte das Gewicht meiner Kleider am Körper. Mein Gesicht war noch feucht von den Tränen, und ich spürte, wie die Haut sich zusammenzog, als sie trockneten. Ich hatte einen leichten Salzgeschmack auf den Lippen.

Noch ehe ich aufstand, wurde mir klar, wie ich mit dem Erlebnis von heute abend würde umgehen müssen. Ich würde es als Unregelmäßigkeit ansehen, als Hohlraum in meinem Leben, eine Verzweiflung, in die ich kurz hineingestolpert war, aus der ich mich aber alsbald wieder befreit hatte. Sarah würde ich nichts davon erzählen, ich würde es vor ihr geheimhalten. Und wenn es wieder geschah, was unweigerlich der Fall sein würde, mußte ich den Vorgang einfach nur wiederholen. Denn eins war mir klargeworden, schon während ich dasaß, nach Luft schnappte und heulte: Das alles bedeutete gar nichts, damit konnte ich meine Verbrechen nicht ungeschehen machen, nicht einmal meine Einstellung gegenüber meinen Verbrechen konnte ich damit ändern. Was ich getan hatte, hatte ich nun einmal getan, und wenn ich weiter handlungsfähig bleiben wollte, mußte ich das akzeptieren. Es war der einzige Weg, den Tod meines Bruders zu überleben. Sonst würde mein Kummer allmählich in ein schlechtes Gewissen umschlagen, in Selbstvorwürfe und in das Bedürfnis nach Strafe. Er würde mein Leben vergiften. Ich mußte ihn unter Kontrolle bringen, abschotten und disziplinieren.

Nach einer weiteren Minute stand ich auf, ging ins Bad und wusch mein Gesicht. Dann zog ich meine Jacke an, trug den Karton mit dem Bettzeug und die Truhe hinunter und schloß Jacobs Wohnungstür ab.

Die Truhe und die Kisten ließ ich erst einmal hinten im Auto. Ich wußte, wenn ich sie wieder herausnahm, würde ich alles bloß wegschmeißen, und dazu konnte ich mich noch nicht entschließen.

Außer mir schien Mary Beth der einzige zu sein, der Jacob vermißte. Der Hund machte in den folgenden Wochen eine erstaunliche Persönlichkeitsveränderung durch. Er wurde ein bösartiger, wütender Kläffer. Er knurrte uns ständig an und fletschte die Zähne, wenn wir ihn zu streicheln versuchten.

Sarah machte sich Sorgen wegen Amanda. Sie fürchtete, der Hund könnte sie anfallen, wenn er im Haus war. Deshalb band ich ihn jetzt jeden Morgen, wenn ich zur Arbeit ging, mit einem Stück Wäscheleine am Stamm des Weißdorns fest, der vor unserem Haus stand, und nachts sperrte ich ihn in die Garage. Das steigerte aber nur die Reizbarkeit des Hundes. Den ganzen Tag saß er im Schnee vor dem Haus und bellte hinter den vorbeifahrenden Autos, hinter den Kindern an der Bushaltestelle und hinter dem Postboten her. Unter dem Halsband scheuerte er sich die Haut wund, weil er immer so an seinem Strick zerrte. Nachts heulte er endlos in der Garage, und das Echo hallte die ganze Straße hinunter. Bei den Kindern in der Nachbarschaft verbreitete sich das Gerücht, unser Haus sei ein Spukhaus. Das nächtliche Heulen stamme gar nicht von einem Hund, sondern von dem gequälten Geist meines Bruders.

Als ob das Verhalten des Hundes ansteckend wäre, wurde auch Amanda ungeduldig, launisch und laut und war nur schwer zu beruhigen. Sie schrie weit häufiger als zuvor, und ihre Stimme war schriller geworden, so als brülle sie nicht nur wegen irgendwelcher Unbequemlichkeiten, sondern litte tatsächlich Schmerzen. Sie wurde zum festen Anhängsel ihrer Mutter und fing sofort an zu schreien, wenn sie Sarah nicht spürte, sah oder wenigstens hörte. Unglücklicherweise ließ sie sich noch am ehesten mit Jacobs altem Teddy beruhigen. Sobald die Männerstimme in der Brust des Bären ertönte, erstarrte Amanda. Ihr ganzer Körper schien zu lauschen und folgte der Melodie.

Frère Jacques, Frère Jacques,
Dormez-vouz? Dormez-vous?
Sonnez les matines, Sonnez les matines,
Ding, dang, dong. Ding, dang, dong.

Ich vermochte sie allenfalls nachts zu beruhigen, wenn es dunkel und ihre Müdigkeit groß war.

Nach langem Überlegen verkaufte ich der Futtermittelhandlung Jacobs Lastwagen, und jetzt sah ich ihn jeden Morgen, wenn ich zur Arbeit kam, mit Getreidesäcken schwerbepackt auf der Straße bereitstehen.

Eine Woche, nachdem ich die Wohnung meines Bruders aufgelöst hatte, kam der Sheriff zu mir ins Büro. Er fragte mich, was ich mit Jacobs Gewehr anfangen wollte.

»Um ganz ehrlich zu sein«, sagte ich, »da hab' ich noch gar nicht darüber nachgedacht, Carl. Ich nehme an, ich werd' es verkaufen.«

Er saß auf dem Stuhl neben meinem Schreibtisch. Er trug seine Uniform und darüber seine dunkelgrüne Polizeijacke. Sein Hut lag auf seinem Schoß. »Das hab' ich mir fast gedacht«, sagte er. »Und ich wollte gern das erste Gebot abgeben.«

»Sie wollen es kaufen?«

Er nickte. »Ich suche schon lange ein gutes Gewehr für die Jagd.«

Die Vorstellung, daß er mit Jacobs Gewehr herumlaufen könnte, war mir sehr unbehaglich. Irgendwie war es ja ein Beweisstück, und ich wollte nicht, daß der Sheriff es hatte. Aber ich wußte auch nicht, wie ich es ihm abschlagen sollte.

»Ich glaube, dabei geht es nicht um Gebote, Carl«, sagte ich. »Nennen Sie mir einen Preis, und es gehört Ihnen.«

»Was hältst du von vierhundert Dollar?«

Ich winkte ab. »Ich geb' es Ihnen für dreihundert, ja?«

Er lächelte. »Du bist nicht sehr geschäftstüchtig, was?«

»Ich will ja nicht zuviel verlangen.«

»Vierhundert ist ein fairer Preis. Ich kenne mich aus mit Gewehren.«

»Na, schön. Was immer Sie für richtig halten. Aber ich geb's Ihnen gern auch für dreihundert.«

Er runzelte die Stirn. Man sah, daß er lieber weniger gezahlt hätte, aber jetzt das Gefühl hatte, er könnte nicht mehr zurück.

»Wie wär's, wenn ich's Ihnen morgen vormittag im Büro vorbeibringe«, sagte ich, »und Sie schicken mir den Scheck, wenn Sie es sich genauer angeschaut haben.«

Er nickte langsam. »Das klingt vernünftig.«

Wir redeten dann über einige andere Dinge: das Wetter, das Baby und Sarah. Aber als er aufstand, kam er noch einmal auf das Gewehr zurück. »Bist du sicher, daß du es verkaufen willst, Hank? Ich möchte dich da nicht hineintreiben.«

»Ich wüßte ja gar nicht, was ich damit anfangen sollte. Ich bin noch nie in meinem Leben jagen gewesen.«

»Hat dein Vater dich nie mit auf die Jagd genommen, als du noch klein warst?« Er schien überrascht.

»Nein«, sagte ich. »Ich hab' auch nie ein Gewehr abgefeuert.«

»Noch nie in deinem Leben?«

Ich schüttelte den Kopf.

Er stand vor meinem Schreibtisch und starrte mich mehrere Sekunden lang an. Er hielt seinen Hut in der Hand und drehte ihn an der Krempe. Einen Augenblick lang sah es so aus, als wollte er sich wieder hinsetzen. »Aber wie man damit schießt, wüßtest du schon, oder?«

Das machte mich mißtrauisch, und ich dachte einen Augenblick nach. Seine Stimme hatte sich verändert, war nicht mehr so beiläufig. Er fragte nicht bloß, um sich zu unterhalten; er wollte wissen, was ich sagte. »Ich denke schon«, sagte ich.

Er nickte, blieb aber stehen, als hätte er noch etwas erwartet. Ich sah ihn nicht an, sondern blickte auf meine Hände hinunter, die ich breit auf den Schreibtisch gelegt hatte. Im grellen Licht der Leselampe sahen die Haare auf meinem Handrücken fast grau aus. Ich ballte die Hände zu Fäusten.

»Wie gut hast du eigentlich Sonny gekannt?« fragte er aus heiterem Himmel.

Ich sah zu ihm auf, und mein Herzschlag beschleunigte sich. »Sonny Major?«

Er nickte.

»Nicht besonders. Ich wußte, wer er war, und er wußte, wer ich war. Das ist ungefähr alles.«

»Also Bekannte.«

»Ja«, bestätigte ich. »Wenn wir uns auf der Straße begegnet sind, haben wir beide genickt, aber wir sind nicht stehengeblieben, um miteinander zu reden.«

Carl brauchte eine Sekunde, um das zu verdauen. Dann setzte er seinen Hut auf, um zu gehen.

»Warum?« fragte ich.

Er zuckte die Achseln. »Nur so.« Er lächelte schwach.

Ich glaubte ihm. Irgendwie hatte ich das sichere Gefühl, daß er wirklich nicht mißtrauisch, sondern nur neugierig war. So wie seine Kenntnis meiner Persönlichkeit ihn dafür blind gemacht hatte, daß ich Jacob, Sonny und Nancy umgebracht haben könnte, ließ seine Kenntnis von Lous Charakter ihn daran zweifeln, was ich erzählt hatte. Er spürte, glaube ich, daß an unserer Geschichte etwas nicht stimmte, aber er konnte nicht sagen, was. Er stellte keine Ermittlungen an, er überprüfte bloß noch einmal alles und suchte nach fehlenden Teilen. Ich wußte es, mir war vollkommen klar, daß er keine Gefahr war. Und doch beunruhigte mich das Gespräch. Nachdem er gegangen war, überdachte ich alles noch einmal, ging alles noch einmal durch, jede Bemerkung und jede Geste, die ich gemacht hatte, und suchte nach Fehlern, nach winzigen Schuldeingeständnissen. Es war natürlich nichts da, nur ein vages Angstgefühl, das immer diffuser wurde, je mehr ich es festzunageln versuchte.

Daß ich dem Sheriff das Gewehr verkaufen würde, erzählte ich Sarah, über seine Fragen sagte ich aber nichts.

In der darauffolgenden Nacht hielt Amanda uns lange wach. Wir hatten sie bei uns im Bett, das Zimmer war dunkel. Wir saßen mit dem Rücken am Kopfende des Bettes, Sarah wiegte Amanda in ihrem Armen, und ich zog immer wieder den Teddybär auf. Erst nach Mitternacht schlief das Kind endlich ein. In der plötzlichen Stille, die danach folgte, blieben Sarah und ich zurück wie gelähmt, voller Sorge, Amanda mit einer unvorsichtigen Bewegung zu wekken und wieder zum Schreien zu bringen. Unsere Beine berührten sich unter der Decke, und ich spürte Sarahs Haut. Ein kleiner heißer Fleck an meiner Wade.

»Hank?« flüsterte sie.

»Was ist?«

»Würdest du mich auch umbringen wegen des Geldes?« Ihr Tonfall war spielerisch, aber ihre Stimme war brüchig, und darunter schlängelte sich doch eine ernsthafte Frage.

»Ich hab' sie nicht wegen des Geldes getötet«, sagte ich.

Ich spürte, wie Sarah sich in der Dunkelheit zu mir umdrehte, um mich zu betrachten.

»Ich hab' es getan, damit wir nicht geschnappt werden. Ich hab' es getan, um uns zu schützen.«

Amanda seufzte im Schlaf, und Sarah schaukelte sie hin und her. »Würdest du mich denn umbringen, um nicht geschnappt zu werden?« flüsterte Sarah. Das Spielerische war jetzt völlig verschwunden, der ernsthafte Ton war geblieben.

»Natürlich nicht«, sagte ich und ließ mich vorsichtig in eine bequeme Rückenlage gleiten. Demonstrativ suchte ich nach einer behaglichen Position auf dem Kopfkissen und drehte mich von ihr weg, um das Gespräch zu beenden.

»Und wenn du wüßtest, du kannst es machen und wirst nicht erwischt, aber wenn du es nicht machst, zeig' ich dich an?«

»Du würdest mich ja nicht anzeigen.«

»Und wenn ich es mir anders überlegte und plötzlich ein Geständnis ablegen wollte?«

Ich wartete einen Moment, dann rollte ich mich auf die andere Seite und sah sie an. »Was willst du damit sagen?«

Sarahs Profil bildete einen schwarzen Umriß vor mir. »Es ist nur ein Spiel. Eine rein hypothetische Situation.«

Ich sagte nichts.

»Du würdest ins Gefängnis kommen.«

»Ich hab' sie für euch getötet, Sarah. Für dich und Amanda.«

Das Bett knarrte, als sie ihr Gewicht verlagerte. Ich spürte, wie sie ihr Bein wegzog. »Du hast gesagt, Pederson hast du für Jacob getötet.«

Ich dachte einen Augenblick nach. Was sie gesagt hatte, stimmte, aber plötzlich schien es mir anders. Ich suchte nach einem Ausweg.

»Ich könnte es gar nicht tun«, sagte ich. »Ich würde einfach ins Gefängnis gehen. Ihr seid doch alles, was ich habe.« Ich streckte die Hand aus, um sie zu berühren, streifte aber statt dessen Amanda. Sie wachte auf und fing sofort an zu wimmern.

»Schhhh«, sagte Sarah. Wir lagen beide ganz still und lauschten, bis das Kind sich wieder beruhigte.

»Hättest du gedacht, daß du Jacob umbringen kannst, ehe du es getan hast?« flüsterte Sarah.

»Das ist etwas anderes. Das weißt du genau.«

»Etwas anderes?«

»Dir kann ich trauen. Ihm konnte ich nicht trauen.« Sobald ich es gesagt hatte, merkte ich, wie das klang. Es war nur die Hälfte von dem, was ich hatte sagen wollen, aber ich fügte nichts mehr dazu. Es schien, daß ich es nur schlimmer machen würde, wenn ich es zurückzunehmen versuchte.

Sarah dachte immer noch nach.

»Du weißt, was ich meine«, flüsterte ich.

Sie nickte kaum merklich. Einen Augenblick später schlüpfte sie aus dem Bett und legte Amanda in ihre Wiege. Als sie zurückkam, kuschelte sie sich eng an mich. Ich spürte ihren Atem am Hals, und das ließ mich frösteln.

Ich zögerte eine Weile, aber dann fragte ich doch. »Würdest du mich umbringen?«

»Ach, Hank«, gähnte sie. »Ich glaube, ich könnte überhaupt niemand umbringen.«

Draußen in der Garage fing der Hund an zu heulen. Es klang, als ob er direkt neben uns säße. *Jacobs Geist*, dachte ich.

Sarah hob den Kopf und küßte mich auf die Wange. »Gute Nacht«, sagte sie.

Als ich am Mittwoch abend von der Arbeit nach Hause kam, fand ich drei Fotokopien auf dem Küchentisch vor. Es waren Artikel aus dem Toledo *Blade*. Der erste stammte vom 28. November 1987, und die Überschrift lautete:

KILLER-DUO ERMORDET SECHS MENSCHEN
Erbin entführt/Hohe Lösegeldforderung

Es ging um Alice McMartin, die siebzehnjährige Tochter des Millionärs Byron McMartin aus Detroit. Sie war am Abend des 27. November mit vorgehaltener Pistole aus der Villa ihres Vaters in Bloomfield Hills, Michigan, entführt worden. Die Kidnapper waren in Polizei-Uniformen gekommen, mit Dienstabzeichen, Gummiknüppeln und Dienstwaffen. Sie hatten sich kurz vor 20 Uhr unter einem Vorwand Zutritt zu dem Anwesen verschafft und die sechs Hausangestellten – vier Wachmänner, ein Dienstmädchen und den Chauffeur – mit Handschellen gefesselt. Eine der Kameras, die das Grundstück absichern sollten, speicherte Videobilder, auf denen man sah, wie die Opfer sich mit hinter dem Rücken gefesselten Händen an eine Wand knien mußten und durch Schüsse in den Hinterkopf umgebracht wurden. Die Kidnapper töteten ihre Opfer mit den Revolvern der Wachmänner. Sie schossen abwechselnd.

Byron McMartin und seine Frau entdeckten die Abwesenheit ihrer Tochter und die sechs Leichen, als sie kurz nach zehn von einer Abendgesellschaft zurückkehrten. Der Artikel zitierte eine ungenannte Quelle, wonach die Entführer eine Lösegeldforderung hinterlassen hatten, in der 4,8 Millionen Dollar in nicht markierten Scheinen verlangt wurden.

Auch der zweite Artikel stammte von der ersten Seite des *Blade*, und die Überschrift lautete:

LEICHE DER MILLIONEN-ERBIN VOM FBI IDENTIFIZIERT
Trotz Lösegeld: Vater verliert einzige Tochter

Der Bericht trug den Vermerk »Sandusky, Ohio, 8. Dez.« und schilderte, wie ein örtlicher Fischer drei Tage zuvor die Leiche der gefesselten und geknebelten Alice McMartin im Erie-See gefunden und an Bord seines Bootes geholt hatte. Die Leiche hatte offenbar schon seit einigen Tagen im Wasser gelegen, denn das FBI hatte die zahnärztlichen Unterlagen des Opfers gebraucht, um die junge Frau zu identifizieren. Auch sie war in den Hinterkopf geschossen worden, ehe man sie in den See stieß – wahrscheinlich innerhalb der ersten vierundzwanzig Stunden nach ihrer Entführung.

Wie es in dem Artikel hieß, war das Lösegeld bezahlt worden, nachdem das FBI Alices Vater gesagt hatte, es würde ihnen helfen, die Kidnapper zu ergreifen.

Der letzte Artikel stammte von der dritten Seite des *Blade* und begann folgendermaßen:

FBI IDENTIFIZIERT MCMARTIN-KIDNAPPER

Detroit, 14. Dez. (AP) – Mit Hilfe des Videofilms aus einer Überwachungskamera hat das FBI jetzt die Identität zweier Männer ermittelt, die im Verdacht stehen, an der Entführung von Alice McMartin, der Tochter des millionenschweren Plastikgeschirr-Fabrikanten Byron McMartin, am 27. November beteiligt gewesen zu sein, bei der sechs Hausangestellte des Millionärs ermordet worden waren. Es wurde eine bundesweite Fahndung eingeleitet.

Es handelt sich um die 26 und 35 Jahre alten Brüder Stephen und Vernon Bokovsky aus Flint, Michigan.

Von der Vermutung ausgehend, daß einer oder beide Täter ehemalige Angestellte von Mr. McMartin gewesen sein könnten, hatte das FBI Tausende von Personalakten durchsucht, um die Fotos mit dem äußerst schlechten, grobkörnigen Bildmaterial aus der Videokamera zu vergleichen. Dabei stellte sich schließlich heraus, daß der jüngere der beiden Brüder im Sommer 1984 als Gärtner in der Villa McMartins gearbeitet hatte.

Vernon Bokovsky, der ältere Bruder, konnte identifiziert werden, nachdem das FBI die Eltern der beiden Brüder, Georgina und Cyrus Bokovsky aus Flint, aufgesucht hatte. Die beiden Verdächtigen hatten sich im November mehrfach bei ihren Eltern aufgehalten. In einem Telefongespräch mit einem Reporter des Toledo *Blade* sagte Cyrus Bokovsky, er habe seit dem 27. November, dem Tag der Entführung, keinen seiner beiden Söhne mehr gesehen.

Vernon war 1986 auf Bewährung aus der *Milan Correctional Facility* entlassen worden, nachdem er von den fünfundzwanzig Jahren Gefängnis, zu denen er wegen Totschlags an einem Nachbarn verurteilt worden war, sieben abgesessen hatte. Den Nachbarn hatte er umgebracht, weil er sich bei einem Autokauf benachteiligt fühlte. Das FBI war zuversichtlich, daß es die Verdächtigen bald aufspüren würde. »Jetzt, wo wir sie identifiziert haben«, hatte einer der Beamten gesagt, »ist es nur noch eine Frage der Zeit, bis wir sie haben. Sie können davonlaufen, so weit, wie sie wollen, aber früher oder später schnappen wir sie, ob es nun nächste Woche oder in einem Jahr ist.«

Der Artikel endete mit einem Zitat desselben Beamten, in dem sich dieser empört über die brutale Vorgehensweise der beiden Brüder zeigte:

> »Sie sind mit äußerster Kaltblütigkeit vorgegangen und hatten alles genau geplant. Sie haben nicht etwa aus Panik getötet. Wenn man den Videofilm gesehen hat, gewinnt man den Eindruck, daß sie vollkommen ruhig bei ihrer Tat waren. Sie wußten genau, was sie taten.«
> Agent Teil äußerte die Vermutung, die sechs Angestellten seien umgebracht worden, weil Stephen Bokovsky befürchten mußte, daß ihn jemand erkannte.
> »Sie haben es als unumgängliche Beseitigung von Zeugen betrachtet«, sagte er. »Zum Glück für uns haben sie die Kamera völlig vergessen.«

Ich kehrte zum ersten Bericht zurück und las ihn noch einmal. Dann las ich die beiden anderen Artikel noch einmal. Zum dritten gehörten drei Fotografien. Die erste war ein Paßfoto aus der Personalakte von Stephen Bokovsky. Er war schmächtig und dunkelhaarig und lächelte mit dünnen Lippen. Seine Augen sahen müde aus und lagen tief in den Höhlen.

Das zweite Bild zeigte Vernon Bokovsky. Es war ein Polizeifoto aus seiner Zeit im Gefängnis. Er trug einen Bart, sein Gesicht war verkniffen, er preßte die Kiefer zusammen, als hätte er Schmerzen. Er war viel größer als Stephen. Wie Brüder sahen die beiden Bokovskys nicht aus.

Das dritte Bild war eine Vergrößerung aus dem Videofilm. Es

zeigte, wie Stephen Bokovsky mit ausgestrecktem Revolver auf den Hinterkopf eines vor ihm knienden Mannes zielte.

Ich sah mich in der Küche um. Auf dem Herd stand ein Topf, der leise vor sich hin blubberte. Es roch nach Beef Stew. Sarah und das Baby waren oben. Ich hörte Sarah leise murmeln. Es klang, als ob sie dem Kind etwas vorlas. Auf dem Küchentisch lag in einem unordentlichen Haufen ihr Strickzeug. Die hochstehenden Stricknadeln sahen aus wie eine Schlagfalle.

Ich las die Zeitungsberichte noch einmal. Dann ging ich nach oben.

Sarah war mit Amanda im Bad. Sie saßen in der Wanne und planschten vergnügt. Als ich mit den Fotokopien hereinkam, warf Sarah mir einen triumphierenden Blick zu und grinste. Sie war sehr zufrieden mit ihrer Entdeckung, das konnte man sehen.

Heißer Dampf erfüllte das Bad. Ich schloß die Tür hinter mir, setzte mich auf den Toilettendeckel und lockerte meine Krawatte.

Amanda lag rücklings auf den Schenkeln ihrer Mutter im Wasser und lächelte breit. Sarah stützte den Kopf des Babys mit den Händen. Eins ihrer Füßchen hatte Amanda gegen die linke Brust ihrer Mutter gestemmt und machte eine kleine Beule hinein.

Sarah erzählte ihrer Tochter eine Geschichte. Sie unterbrach sich nur kurz, als ich hereinkam, und fuhr dann fort, wo sie aufgehört hatte.

»Die Königin war sehr wütend«, sagte sie und wiegte Amanda auf ihren Schenkeln im Wasser. »Sie stürmte aus dem Ballsaal und warf zornige Blicke nach allen Seiten. Der König lief hinter ihr her, und der Hofstaat folgte in einigem Abstand. ›Liebste!‹ rief er. ›Verzeih mir!‹ Er rannte auf die Straße hinaus, blickte hierhin und dorthin. ›Liebste!‹ rief er. ›Liebste!‹ Er schickte seine Soldaten aus und ließ die ganze Stadt durchsuchen. Aber die Königin blieb verschwunden.«

Amanda kicherte, patschte mit ihren Händchen aufs Wasser und trat mit dem Fuß nach der Brust ihrer Mutter. Sarah kicherte ebenfalls.

Ich wußte nicht, ob die Geschichte schon aus war, deshalb wartete ich noch einen Moment. Die Fotokopien hielt ich auf meinem

Schoß. Sie gaben in der feuchten Luft einen schwachen chemischen Geruch ab.

Sarah hob ihre Beine und ließ sie dann abrupt wieder sinken, was Amanda einen erschrockenen Juchzer entlockte. Beide hatten vom heißen Wasser gerötete Haut. Sarahs Haare hingen naß herunter.

»Hast du das in eurem Archiv gefunden, in der Bibliothek?« fragte ich.

Sie nickte.

»Das ist dann wohl unser Geld, oder?«

Sie nickte erneut, beugte sich vor und küßte das Kind auf die Stirn. »Ist einer davon der Kerl aus dem Flugzeug?« fragte sie. »Erkennst du ihn wieder?«

Ich warf einen Blick auf die Fotokopien. »Schwer zu sagen. Das Gesicht war ja völlig zerhackt.«

»Es ist bestimmt unser Geld.«

»Es könnte höchstens der Jüngere gewesen sein. Der war klein.« Ich hielt ihr das Bild hin. »Der andere ist viel zu groß.«

Sie warf keinen Blick auf das Foto. Ihre Augen waren fest auf Amanda gerichtet. »Komisch, daß die beiden auch Brüder sind, nicht?«

»Was meinst du damit?«

»Ich meine, genau wie du und Jacob.«

Ich dachte einen Augenblick darüber nach, aber dann ließ ich es rasch wieder. Das war kein Thema, über das zu spekulieren mir guttat. Ich legte die Fotokopien auf dem Rand des Waschbeckens ab.

»Wie bist du denn darauf gestoßen?« fragte ich.

Sarah beugte sich vor und zog den Stöpsel aus der Wanne. Man hörte, wie das Wasser durch die Röhren unter dem Fußboden rauschte. Amanda lag ganz still und hörte zu.

»Ich habe einfach in den alten Zeitungen geblättert. Ich brauchte nicht lange zu suchen. Es stand ja direkt auf der ersten Seite. Als ich es gesehen habe, konnte ich mich sogar erinnern, es damals gelesen zu haben.«

»Ja, das ging mir genauso.«

»Aber damals war es bloß ein Bericht unter anderen. Es ging uns nichts an.«

»Aber jetzt verändert es alles, nicht wahr?«

Sarah warf mir einen Blick zu. »Wieso?«

»Wir haben das Geld doch bloß deshalb behalten, weil wir dachten, es wäre verlorenes Geld, das niemand gehörte. Es hat ja niemand danach gesucht.«

»Und?«

»Jetzt wissen wir, daß es doch jemand sucht. Wir können jetzt nicht mehr sagen, es wäre kein Diebstahl.«

Aus der Badewanne heraus starrte mich Sarah verwirrt an. »Diebstahl ist es immer gewesen, Hank«, sagte sie. »Bisher wußten wir bloß nicht, von wem. Daß wir jetzt wissen, woher das Geld kommt, ändert nicht viel.«

Sie hatte natürlich recht. Das begriff ich, sobald sie es gesagt hatte.

»Ich finde es ganz gut, daß wir jetzt wissen, woher das Geld kommt«, sagte sie. »Ich hatte schon Sorgen, daß es Falschgeld sein könnte oder irgendwie markiert. Daß wir nach allem, was wir getan haben, mit Geld dasitzen, das völlig wertlos ist und das wir nie ausgeben können.«

»Markiert könnte es aber schon sein«, sagte ich, und das Herz schlug mir bis zum Halse bei dieser Vorstellung: daß die Scheine wertlos sein könnten, daß wir für einen Sack Altpapier all diese Menschen umgebracht haben könnten. Meine Gedanken wirbelten wild durcheinander: all die Kämpfe, all diese schrecklichen Entscheidungen für nichts und wieder nichts?

Aber Sarah wischte es beiseite. »Sie haben unmarkierte Scheine verlangt, das stand in der Zeitung.«

»Vielleicht haben sie das Mädchen deshalb erschossen. Als sie das Lösegeld hatten, haben sie plötzlich gemerkt –«

»Nein.« Sarah schnitt mir das Wort ab. »In der Zeitung stand, sie haben sie gleich umgebracht. Lange bevor sie das Geld hatten.«

»Können wir das nicht selber feststellen? Wir könnten die Scheine doch in ultraviolettes Licht halten oder so etwas?«

»Die hätten denen keine markierten Scheine gegeben. So etwas wäre doch viel zu riskant.«

»Ich finde einfach –«

»Glaub mir, Hank, ja? Die Scheine sind nicht markiert.«

Ich schwieg.

»Du leidest unter Verfolgungswahn, Hank. Du suchst bloß noch nach Gründen, um dir Sorgen zu machen.«

Ein kleiner Strudel bildete sich am Ende der Wanne. Wir beobachteten beide den kleinen Trichter im Wasser. Ein lautes Gurgeln kam aus dem Abfluß.

»Am liebsten würde ich noch mal zum Flugzeug gehen und nachsehen, ob er es ist«, sagte ich.

»Hatte er keine Brieftasche?«

»Ich hab' nicht nachgesehen.«

»Es wäre blöd, noch einmal hinzugehen, Hank. Das hieße eine Verhaftung herausfordern.«

Ich schüttelte den Kopf. »Ich geh' ja auch nicht noch mal hin.«

Sarah hob Amanda von ihren Beinen herunter. Die Wanne war jetzt fast leer. »Hol mal ein Handtuch«, sagte sie.

Ich stand auf, nahm Sarah das Baby ab und wickelte es in ein Handtuch, dann setzte ich mich wieder auf die Toilette und wiegte Amanda auf meinen Knien. Sie fing an zu weinen.

»Was mich beunruhigt«, sagte ich, während ich Sarah beim Abtrocknen zusah, »ist die Tatsache, daß irgendwo da draußen jemand herumläuft, der von dem Geld weiß.«

»Der Mann hat Angst, Hank. Die Polizei kennt seinen Namen.«

»Das FBI hat gesagt, sie würden ihn bestimmt erwischen. Dann wird er ihnen von dem Flugzeug erzählen, und daß sein Bruder mit dem Geld weg ist.«

»Na und?«

»Die Zusammenhänge liegen alle dicht unter der Oberfläche, Sarah. So unwahrscheinlich ist es nicht, daß sie jemand entdeckt. Carl haben wir erzählt, daß wir in der Nähe des Naturschutzgebiets ein Flugzeug mit Motorschaden gehört hätten. Er weiß, daß Jacob, Lou, Sonny und Nancy erschossen worden sind. Wenn sie das Flugzeug finden und wissen, daß es vier Millionen Dollar an Bord haben müßte ...« Ich vermochte nicht weiterzusprechen. All diese Dinge so deutlich ausgesprochen zu hören, verursachte mir Panik. Meine Nackenmuskeln begannen zu zittern. Ich wies auf die Fotokopien. »Die haben auch die Kamera vergessen, und es sind Video-Aufnahmen von ihnen gemacht worden. Wir werden unweigerlich auch etwas übersehen.«

Sarah ließ ihr Handtuch in den Wäschekorb fallen. Ihr Bademantel hing an einem Haken hinter der Tür. Sie nahm ihn herunter und streifte ihn über. Dann holte sie die brüllende Amanda von meinem Schoß.

»Diese Zusammenhänge erscheinen doch bloß uns offensichtlich«, sagte sie ruhig. »Sonst würden sie niemandem auffallen.« Das Baby hörte langsam auf zu weinen.

Ich stand auf. Ich hatte angefangen zu schwitzen in meinem Anzug, deshalb zog ich die Jacke aus und nahm sie über den Arm. Mein Hemd klebte mir am Rücken. »Und was ist, wenn Jacob, Lou oder Nancy irgendwelche Aufzeichnungen hinterlassen haben, ein Tagebuch oder dergleichen? Oder wenn sie irgend jemandem etwas erzählt haben, von dem wir nichts wissen ...«

»Es geht schon klar, Hank«, versuchte Sarah mich zu beruhigen. »Du denkst zuviel nach.« Sie legte ihren Arm um mich, und das immer noch leise protestierende Baby wurde zwischen unseren Körpern eingeklemmt. Ich ließ es zu, daß sie ihre Wange an mein Gesicht legte. Ihre Haut roch sauber, feucht und frisch.

»Überleg doch mal, wie die Leute dich sehen«, sagte sie. »Du bist doch ein ganz normaler Bursche. Ein netter, sympathischer Kerl. Kein Mensch würde annehmen, daß du zu den Dingen fähig bist, die du getan hast.«

Am Samstag, dem 12. März, hatte Sarah Geburtstag. Ich wollte es möglichst schön für sie machen, nicht nur weil es ihr dreißigster war, sondern auch wegen des Geldes und weil wir jetzt ein Kind hatten. Deshalb kaufte ich ihr zwei große Geschenke, die in den Zeiten, ehe wir den Sack mit dem Geld hatten, völlig außerhalb unserer Möglichkeiten gelegen hätten.

Das erste war ein Ferienhaus in Florida. Ende Februar hatte ich eine Anzeige in der Zeitung gelesen, die eine Versteigerung aus Regierungsbesitz ankündigte. Es handelte sich um Dinge, die Drogenbossen gehört hatten und von der Polizei beschlagnahmt worden waren. Motorboote, Autos, Flugzeuge, Motorräder, Satellitenantennen, Häuser, Eigentumswohnungen, Juwelen, ja sogar ein Reiterhof gehörten dazu. Im Hinblick auf die besonderen Umstände war damit zu rechnen, daß all diese Dinge zu einem Bruchteil des Schätzwerts verkauft werden würden. Die Auktion sollte am Samstag, den 5. März, in Toledo stattfinden. Ich sagte Sarah, ich müßte Überstunden machen, und fuhr morgens um neun in die Stadt.

Ort der Versteigerung war ein kleines Lagerhaus am Hafen. Im Inneren waren hölzerne Klappstühle vor einem Podium aufgestellt worden. Die Gegenstände der Versteigerung waren nicht eigens herbeigeschaft worden, aber jeder Besucher erhielt einen Katalog mit ausführlichen Beschreibungen und eingeklebten Fotos, sobald er vom Parkplatz hereinkam. Als ich die Halle betrat, waren schon etwa vierzig Personen anwesend, ausschließlich Männer, und ein paar kamen noch nach mir.

Die Versteigerung begann mit Verspätung, und es blieb mir noch mehr als eine halbe Stunde, um in aller Ruhe den Katalog zu studieren. Ursprünglich war ich gekommen, um mir den Schmuck anzusehen, aber als ich die Fotos sah, änderte ich meine Meinung. Gleich das vierte Objekt war ein Fünfzimmerhaus am Strand von Fort Myers in Florida. Es hatte eine Veranda, ein Solarium und eine Sauna. Es gab Farbfotos von innen und außen. Das Haus war weiß verputzt und hatte ein Ziegeldach wie eine spanische Villa. Es war wunderschön und luxuriös, und ich beschloß auf der Stelle, es für Sarah zu kaufen.

Der Schätzwert lag bei 335 000 Dollar, aber als Mindestgebot wurden lediglich 15 000 Dollar verlangt. Sarah und ich hatten etwas mehr als 35 000 Dollar auf unserem Sparkonto bei der Ashenville Bank. Das war unser Kapital für den allfälligen Umzug aus Fort Ottawa, und ich beschloß ganz spontan, daß ich 30 000 Dollar davon ausgeben könnte, falls das notwendig sein sollte. Schlimmstenfalls, überlegte ich, wenn die Dinge sich zuspitzten und wir das Geld aus dem Seesack womöglich doch noch verbrennen müßten, konnte ich das Ferienhaus ja wieder verkaufen und vielleicht sogar einen Profit damit machen. Es war eine Geldanlage – clever und wohlüberlegt.

Ich war noch nie bei einer Auktion gewesen, deshalb wartete ich erst einmal ab, um zu sehen, wie die Leute ihre Gebote abgeben würden. Es zeigte sich, daß man bloß die Hand zu heben brauchte, wenn der Auktionator einen bestimmten Preis nannte. Wenn man das Höchstgebot abgegeben hatte, nahm einen dann eine junge Frau mit einem Notizblock beiseite und schrieb sich irgendwas auf.

An der Versteigerung des Ferienhauses beteiligten sich außer mir nur noch drei andere Männer. Der Preis kletterte langsam durch den Zwanzigtausender-Bereich. Als er 30 000 Dollar erreichte, wurde ich nervös und dachte schon, ich müßte aufgeben, aber dann stiegen die anderen plötzlich aus und ich erhielt für 31 000 Dollar den Zuschlag.

Die Frau mit dem Notizblock nahm mich beiseite. Sie war jung, hatte ein schmales Gesicht und kurzes schwarzes Haar. Auf dem Namensschild an ihrer Jacke stand Ms. Hastings. Sie sprach sehr leise und schnell und erklärte mir, was ich tun mußte.

Als erstes gab sie mir eine Visitenkarte. An die darauf angegebene Adresse sollte ich innerhalb einer Woche einen Scheck über den vollen Betrag schicken. Nach Erhalt meiner Zahlung würde es etwa zehn Tage dauern, bis der Kaufvertrag und alle weiteren Urkunden ausgestellt wären. Danach könnte ich die Unterlagen dann jederzeit persönlich an der genannten Adresse abholen. Nachdem sie mir das mitgeteilt hatte und ich meinen Namen, meine Adresse und meine Telefonnummer in ein entsprechendes Formular eingetragen hatte, ging sie zum nächsten Käufer.

Ich setzte mich wieder auf meinen Platz und versuchte, meine Gefühle zu analysieren. Ich hatte mich gerade verpflichtet, fast unsere gesamten Ersparnisse für dieses Haus zu bezahlen. Es schien mir plötzlich völlig verrückt. Andererseits, verglichen mit dem Geld, das unter unserem Bett lag, waren die 31 000 Dollar fast nichts. Und ein Geschäft war das Ganze obendrein, ich hatte das Haus ja für weniger als ein Zehntel des Schätzwerts gekauft. Je länger ich darüber nachdachte, desto mehr beherrschte die letztgenannte Überlegung meine Gedanken. Ich war schließlich ein vierfacher Millionär, es wurde langsam Zeit, daß ich mich entsprechend benahm. Als ich schließlich aufstand, um zu gehen, war ich so zufrieden mit meinem Kauf, daß meine Schritte deutlich schwungvoller wurden, und als ich aus der Tür trat, wünschte ich fast, ich hätte einen Spazierstock, den ich herumwirbeln könnte.

Mein zweites Geschenk für Sarah war ein Flügel. Das war etwas, was sie sich seit ihren Kindertagen immer gewünscht hatte. Sie konnte zwar nicht spielen, aber darum ging es auch nicht. Ein Piano war für sie einfach die Verkörperung von Reichtum und Status, und dementsprechend schien es mir angemessen, ihr jetzt eins zu schenken.

Ich rief vom Büro aus verschiedene Musikgeschäfte an, um die Preise zu vergleichen, und war verblüfft, wieviel ein Piano kostete. Ich hatte mich bisher noch nie dafür interessiert. Am Ende fand ich einen Flügel, der billiger verkauft wurde, weil er einen Fehler in der Politur hatte. Auf dem Deckel war ein etwa handförmiger Fleck. Der Flügel kostete mich 2400 Dollar, und damit war unser Konto praktisch leer.

Ich ließ das Instrument am Morgen des Geburtstags ins Haus liefern, als Sarah in der Bibliothek war. Es wurde mit abgeschraubten Beinen gebracht, trotzdem mußten die drei Möbelpacker sich ziemlich anstrengen, um es zu tragen. Im Wohnzimmer bauten sie es zusammen. Es sah absolut riesig aus und ließ alle anderen Möbel schrumpfen, aber ich war sehr zufrieden mit mir. Es war etwas ganz Besonderes, es würde Sarah gefallen, und in unserem nächsten Haus, davon war ich überzeugt, würde es noch besser aussehen.

Die Seite aus dem Katalog, auf der man das Ferienhaus sah, band ich mit einer großen roten Schleife auf den Deckel des Flügels. Dann setzte ich mich aufs Sofa und wartete auf Sarahs Rückkehr.

Der Flügel schien Sarah viel mehr zu beeindrucken als das Ferienhaus in Fort Myers, vielleicht weil er körperlich da war, weil sie seine Tasten berühren und Töne hervorbringen konnte, während das Haus nur ein Gegenstand auf einem Foto und in Wirklichkeit über tausend Meilen entfernt war. Der Flügel war konkrete Realität, das Haus war nur ein Versprechen.

»Oh, Hank«, sagte sie, »du hast mich so glücklich gemacht.«

Sie klimperte *When the Saints Go Marching In*, das einzige Lied, das sie auf dem Klavier spielen konnte. Sie klappte den Deckel hoch und warf einen Blick auf die Saiten. Sie trat mit den Füßen auf die Pedale und streichelte mit den Fingern die Tasten. Sie versuchte *Frère Jacques* für Amanda zu spielen, kriegte es aber nicht richtig hin, und jedesmal, wenn sie danebentippte, fing das Kind an zu weinen.

Später – nachdem wir noch die von mir geschmorte Poularde mit grünen Bohnen und Kartoffelbrei verzehrt und eine Flasche Wein getrunken hatten – liebten wir uns auf dem Flügel.

Es war Sarahs Idee. Ich hatte Angst, das Instrument könnte unter uns zusammenbrechen, aber Sarah streifte einfach ihr Kleid ab und sprang auf den Deckel. Sie lehnte sich zurück auf die Ellbogen und spreizte ihre Beine.

»Komm her!« Sie lächelte mich an.

Wir waren beide ein bißchen betrunken.

Ich zog mich langsam aus und kletterte – immer auf das warnende Geräusch von splitterndem Holz achtend – auf sie drauf.

Es war ein bemerkenswertes Erlebnis. Der Klangkörper des Flügels ließ alle unsere Seufzer widerhallen und gab ihnen mit seinen straff gespannten Saiten eine ungewöhnliche Fülle und Resonanz.

»Das ist der Anfang unseres neuen Lebens«, flüsterte Sarah mittendrin, die Lippen an mein Ohr gepreßt. Ihr Atem klang wie der eines Tauchers, tief, leidenschaftlich und merkwürdig weit weg.

Ich nickte und stieß dabei mit dem Knie an den Deckel, woraufhin das ganze Instrument aufstöhnte. Ein langer, vibrierender Ton löste sich aus dem Klangkörper und ließ das Holz an unserer nackten Haut zittern.

Als wir fertig waren, holte Sarah die Möbelpolitur aus dem Putzschrank im Flur und wischte damit unseren Schweiß weg.

Am Montag machte ich in der Mittagspause einen raschen Besuch auf dem Friedhof. Ich ging von einem Grab zum anderen und las die Namen, die auf den Grabsteinen standen: Jacob, meine Eltern, Pederson, Lou, Nancy, Sonny.

Es war ein bewölkter, grauer Tag, der Himmel hing bedrückend niedrig über dem Boden wie eine Zeltbahn. Alles war leer und verlassen. Hinter der Kirche und den paar Grabsteinen kam nur noch der Horizont, und der war meilenweit weg. Neben Pedersons Grab lag ein Strauß roter und gelber Chrysanthemen, deren lebhafte Farben fast grell in der Dämmerung wirkten, nicht wie Zeichen ernster Trauer, sondern wie Farbspritzer aus der Spraydose eines Grabschänders. In der Kirche übte jemand auf der Orgel. Ich hörte, wie immer dieselbe Folge tiefer, widerhallender Töne durch die Ziegelmauern herausdrang.

Abgesehen von dem leichten Schneeschauer bei Jacobs Beerdigung hatte es seit längerer Zeit nicht mehr geschneit, und die frischen Gräber standen schwarz aus dem Friedhof heraus, eine Handvoll großer, rechteckiger, kaum eingesunkener Erdhaufen.

Als ich ein kleiner Junge war, hatte ich mir den Tod immer wie einen belebten kleinen See vorgestellt. Eigentlich sah er aus wie ein gewöhnlicher Tümpel, ein bißchen dunkler und tiefer vielleicht, aber wenn man vorbeiging, griff er plötzlich mit zwei flüssigen Armen nach einem und zog einen hinein. Ich habe keine Ahnung, woher ich diese Vorstellung hatte, aber ich hielt lange daran fest, wahrscheinlich bis ich zehn oder elf war. Vielleicht hatte mir meine Mutter mal so etwas erzählt, sie neigte zu solchen Erklärungen. Dann hatte Jacob sicher dieselbe Vorstellung gehabt.

Die frischen Gräber sahen aus wie schwarze Tümpel.

Ehe ich ging, blieb ich noch einen Augenblick vor unserem Familiengrab stehen. Jacobs Name war inzwischen auch eingemeißelt, direkt unter dem unseres Vaters. Die leere Stelle rechts unten auf dem Stein war für mich reserviert, und es war ein angenehmes Gefühl, daß sie – wenn ich nicht innerhalb der nächsten paar Monate starb – wahrscheinlich nie ausgefüllt werden würde. Ich würde weit weg von hier begraben werden, unter einem anderen Namen. Der Gedanke verschaffte mir ein intensives Glücksgefühl. So gut hatte ich mich seit all den Schüssen nicht mehr gefühlt. Zum ersten und einzigen Mal schien das, was wir erreicht hatten, den Preis, den wir bezahlen mußten, tatsächlich wert zu sein. Wir würden aus unserem bisherigen Leben herauskommen. Dieser Granitblock da vor mir war mein Schicksal, meine Bestimmung gewesen, und davon hatte ich mich befreit. In ein paar Monaten würde ich aufbrechen, hinaus in die Welt, aller Fesseln ledig, die mich hier gehalten hatten. Ich würde mich selbst neu erschaffen, mir meinen eigenen Weg suchen und mein Schicksal selbst bestimmen.

Als ich Donnerstag abend nach Hause kam, fand ich Sarah weinend in der Küche.

Zuerst war ich mir nicht so sicher. Alles was ich bemerkte, war eine Steifheit, eine angestrengte Förmlichkeit, als wäre sie mit mir böse. Sie stand an der Spüle und wusch das Geschirr. Ich kam herein, immer noch in Anzug und Krawatte, und setzte mich an den Tisch, um ihr Gesellschaft zu leisten. Ich fragte sie, was sie so tagsüber gemacht hätte, und sie antwortete einsilbig, mit Worten, die wie ein kurzes Husten aus der Tiefe ihrer Kehle klangen. Sie sah mich nicht an, sondern hielt den Kopf auf die Brust gedrückt und betrachtete ihre Hände im seifigen Spülwasser.

»Alles in Ordnung?« fragte ich schließlich.

Sie nickte, ohne sich umzudrehen, mit vorgebeugten Schultern und rundem Rücken. In der Spüle klirrten die Teller.

»Sarah?«

Sie gab keine Antwort, also stand ich auf und ging zu ihr hin. Als ich sie an der Schulter berührte, schien sie zu erstarren, als ob sie sich fürchtete.

»Was ist los?« fragte ich, und als ich mich vorbeugte, um ihren Blick einzufangen, sah ich plötzlich, daß ihr Tränen übers Gesicht liefen.

Sarah war keine Heulsuse, die Gelegenheit, bei denen ich sie in Tränen gesehen hatte, konnte ich an den Fingern einer Hand abzählen. Tränen gab es bei ihr meist nur im Gefolge größerer Katastrophen, deshalb reagierte ich auch zuerst mit Panik und Furcht. Ich dachte an unser Baby.

»Wo ist Amanda?« fragte ich hastig.

Sarah wischte weiter an den Tellern herum, drehte das Gesicht zur Seite und zog die Nase hoch. »Oben.«

»Ist alles in Ordnung mit ihr?«

Sarah nickte. »Sie schläft.«

Ich beugte mich vor und stellte das Wasser ab. Als das Fließgeräusch aufhörte, wurde es plötzlich ganz still in der Küche, und der Augenblick erhielt ein zusätzlich bedrückendes Gewicht, was mir angst machte.

»Was ist denn los?« fragte ich. Meine Hand glitt über Sarahs Rücken, bis ich sie fast umarmte. Sie blieb noch eine Sekunde lang starr und steif stehen, und ihre Hände hingen über dem Spülbecken, als wären sie an den Handgelenken gebrochen. Dann ließ sie sich an meine Brust fallen und ein Schluchzen aus ihrer Kehle aufsteigen. Ich umfaßte sie mit beiden Armen.

Sie weinte eine Weile und erwiderte dabei meine Umarmung, so daß mir das seifige Wasser von ihren Händen am Hals und über den Anzug herabtropfte.

»Ist doch gut«, flüsterte ich. »Ist doch gut.«

Als sie sich beruhigt hatte, führte ich sie zum Tisch.

»Ich kann nicht mehr in der Bibliothek arbeiten«, sagte sie und setzte sich hin.

»Haben sie dir gekündigt?« Ich konnte mir beim besten Willen nicht vorstellen, warum man ihr gekündigt haben sollte.

Sie schüttelte den Kopf. »Sie haben mir gesagt, ich dürfe Amanda nicht mehr mit in die Bibliothek bringen, die Leute hätten sich beschwert.« Sie wischte sich mit der Hand das Gesicht ab. »Sie sagen, wenn sie nicht mehr soviel weint, kann ich wiederkommen.«

Ich nahm ihre Hand. »So dringend brauchst du den Job ja auch wieder nicht.«

»Ich weiß. Es ist ja auch nur ...«

»Wir haben auch ohne deinen Job genug Geld«, lächelte ich.

»Ich weiß.«

»Lohnt doch nicht, deswegen zu weinen.«

»Ach, Hank, ich wein' doch nicht deswegen.«

Ich sah sie überrascht an. »Weshalb denn dann?«

Sie wischte sich noch einmal über das Gesicht. Dann schloß sie die Augen. »Es ist kompliziert. Da kommt so viel zusammen.«

»Hat es damit zu tun, was wir getan haben?«

Die Frage kam wohl irgendwie merkwürdig heraus – ängstlich, oder gequetscht –, denn sie öffnete beim Klang meiner Stimme plötzlich die Augen und sah mich prüfend an. Dann schüttelte sie den Kopf.

»Es ist nichts«, sagte sie. »Ich bin wohl bloß etwas müde.«

An diesem Wochenende kam Tauwetter.

Am Samstag stieg die Temperatur bis auf zehn Grad über Null, und alles, die ganze Welt begann in einem großen tropfenden, rutschenden, flüssigen Sturzbach zu schmelzen. Den ganzen Nachmittag über segelten vor einem feuchtwarmen Südwind große, herrlich weiße Wolken über den Himmel. Die Luft roch trügerisch nach Frühling.

Der Sonntag war sogar noch wärmer, das Thermometer stieg fast bis achtzehn Grad, und die Schneeschmelze beschleunigte sich. Am späten Vormittag erschien hier und da der schwarze Boden in Flecken und Flächen, die zunächst kaum größer als Fußspuren waren, aber rasch wuchsen. Als ich am Abend den Hund losmachte, um ihn in die Garage zu sperren, fand ich ihn in einer zentimetertiefen Schlammpfütze vor. Die Erde enthüllte sich wieder.

Nachts hatte ich Schwierigkeiten beim Einschlafen. Von der Dachtraufe tropfte das Wasser mit unaufhörlichem Ticktack. Das Haus stöhnte und ächzte. Es lag Bewegung in der Luft, Befreiung und Auflösung.

Ich wälzte mich im Bett und versuchte vergeblich, meinen Körper von meiner Müdigkeit zu überzeugen. Ich entspannte systematisch die Muskeln und verlangsamte meinen Atem, aber jedesmal, wenn ich die Lider schloß, erschien das Flugzeugwrack vor meinem inneren Auge. Es lag zwischen den Apfelbäumen auf dem Bauch, Rumpf und Flügel frei von Schnee. Die blanke Aluminiumhaut schimmerte in der Sonne wie ein Leuchtfeuer und zog das Auge an. Und während ich es in meinem Kopf betrachtete, spürte ich seine Ungeduld. Es wartete darauf, endlich gefunden zu werden.

Am Mittwoch der folgenden Woche geschah etwas Merkwürdiges. Ich saß im Büro und versuchte einen Fehlbetrag aufzuspüren, als ich Jacobs Stimme vor der Tür hörte.

Es war natürlich nicht seine Stimme, das wußte ich, aber der Tonfall war so vertraut, daß ich aufstand, leise die Tür öffnete und hinausspähte.

Im Laden stand ein dicker Mann, den ich noch nie gesehen hatte. Es war kein Kunde, der Unbekannte wollte bloß nach dem Weg fragen.

Er sah auch überhaupt nicht wie Jacob aus. Es handelte sich um einen alten, kahlköpfigen Mann mit einem dick herunterhängenden Schnurrbart, und als ich ihn reden sah, verschwand die Illusion, Jacobs Stimme zu hören, sehr rasch. Die Gesten seiner Hände und die Art und Weise, wie sich sein Gesicht bewegte, waren einfach zu fremd. Bald klang auch die Stimme zu guttural und zu heiser. Es war die Stimme eines alten Mannes.

Aber sobald ich die Augen schloß, war es gleich wieder die meines Bruders. Trauer und das Gefühl von Verlust überfluteten mich. Es war stärker als alles, was ich jemals erlebt hatte. So stark, daß es eine körperliche Wirkung bei mir auslöste, Übelkeit und Schwindelgefühl. Ich krümmte mich, als hätte man mich in den Magen geschlagen.

»Mr. Mitchell?« sagte jemand zu mir.

Ich öffnete die Augen und richtete mich hastig auf. Cheryl stand hinter der Kasse und starrte mich an. Sie sah sehr besorgt aus. Der dicke Mann stand mitten im Eingang und faßte sich mit der rechten Hand an den Schnurrbart.

»Ist alles in Ordnung, Mr. Mitchell?« fragte Cheryl. Es klang, als würde sie gleich zu mir herübergestürzt kommen, um mir zu helfen.

Ich versuchte mir in aller Eile die letzten paar Sekunden noch einmal vor Augen zu rufen. Hatte ich gerufen oder gestöhnt? Ich wußte es nicht mehr zu sagen. »Mir geht es gut«, sagte ich, räusperte mich und lächelte dem dicken Mann zu. Er nickte freundlich, und ich nickte zurück.

Dann trat ich in mein Büro zurück und schloß die Tür.

An diesem Abend las ich in der Zeitung einen Bericht über eine Bande von Trickbetrügern, die im Mittleren Westen zahllose Opfer um Millionen von Dollar geprellt hatte.

Die Methode der Gauner war immer dieselbe gewesen: Zunächst wurde in der örtlichen Zeitung ein Inserat aufgegeben, wonach bei einer öffentlichen Versteigerung der von den Bundesbehörden beschlagnahmte Besitz von Drogenbossen verkauft werden solle. Die Leute gaben ohne große Bedenken Gebote ab, weil sie glaubten, die Versteigerung werde von der Regierung veranstaltet und es könne keine betrügerischen Machenschaften dabei geben. Um die Gebote künstlich in die Höhe zu treiben, hatten die Betrüger einige Komplizen ins Publikum gesetzt, die fleißig mitboten. Die Bezahlung verlangte die Bande per Scheck, und die Opfer, die geglaubt hatten, wertvolles Eigentum zu einem Bruchteil des Wertes ersteigert zu haben, stellten erst viel zu spät fest, daß es die Dinge, die sie glaubten, erworben zu haben, in Wirklichkeit gar nicht gab, daß sie nur Fotos in einem Prospekt waren.

Ich nahm diesen Schlag mit erstaunlicher Gelassenheit hin. Mein Scheck war einen Tag zuvor eingelöst worden, wie ich bei der Bank festgestellt hatte. Mein Kontostand betrug 1878,21 Dollar. Ich hatte 31 000 Dollar, praktisch unsere gesamten Ersparnisse, vergeudet und mochte es einfach nicht glauben. Es schien einfach zu schrecklich, als daß es so lautlos hätte über die Bühne gehen können. Es war eine finanzielle Katastrophe, zweifellos die schlimmste, die ich je erlebt hatte, aber sie bestand aus wenig mehr als einem kleinen Bericht in der Zeitung, und deshalb hatte ich Mühe, sie wirklich zu akzeptieren. Es schien, als brauchte ich mehr, um wirklich erschrocken zu sein: das Klingeln des Telefons in der Nacht, das einen jäh aus dem Schlaf reißt, das Heulen von Sirenen, einen plötzlichen Schmerz in der Brust.

Zu meiner Überraschung war ich beinahe erleichtert. Wenn ich an den Sack mit dem Geld dachte, waren die 31 000 Dollar plötzlich unwichtig, ein unbedeutender Mißgriff, eine Fehleinschätzung, mehr nicht. Und die Vorstellung, daß ich sie nicht einfach verloren hatte, sondern Schwindlern aufgesessen war, fand ich geradezu tröstlich. Es gab also Leute da draußen, die noch schlimmer waren als ich: eine ganze Bande, die durchs Land reiste und unschuldige Menschen ihrer Ersparnisse beraubte. Vor diesem Hintergrund erschien das, was ich getan hatte, ein bißchen erklärlicher, fast natürlich. Man konnte es leichter verstehen.

Es gab allerdings auch einen harten Kern von Furcht in meinen Gefühlen, das kann ich nicht leugnen. Das Sicherheitsnetz, das ich ausgespannt hatte, um den Abgrund des Verbrechens weniger schrecklich aussehen zu lassen, war weg. Die Vorstellung, beim ersten Anzeichen von Schwierigkeiten den Sack mit dem Geld zu verbrennen, ließ sich jetzt kaum noch verwirklichen. Jetzt konnten wir das Geld nicht mehr aufgeben, egal was noch auf uns zukam, denn ohne Geld hatten wir nichts mehr. Meine letzte Illusion von Freiheit war dahin – das wußte ich genau –, und von diesem Bewußtsein ging meine Angst aus. Ich saß in der Falle: Von jetzt an wurden alle meine Entscheidungen über das Geld von der Tatsache seiner Unentbehrlichkeit diktiert. Nicht meine Wünsche, sondern die Notwendigkeit würden meinen künftigen Umgang mit den Geldpaketen bestimmen.

Nachdem ich den Bericht noch ein zweites Mal gelesen hatte, nahm ich das Blatt aus der Zeitung heraus, riß es in kleine Fetzen und warf es in die Toilette. Ich wollte nicht, daß Sarah von der Sache erfuhr, ehe wir nicht weit weg und in Sicherheit waren.

Als ich Mary Beth am späten Abend in die Garage sperrte, sah ich, daß die aufgescheuerten Stellen unter dem Halsband sich entzündet hatten. Es waren jetzt offene Wunden, aus denen Eiter und Blut lief. Das Fell des Hundes war voller Schlamm.

Er tat mir leid, als ich das sah, und ich kniete mich neben ihn auf den nassen Boden, um das Halsband zu lockern. Aber sobald ich ihn berührte, duckte er sich und biß mich ins Handgelenk, so rasch und genau, wie man mit der Gartenschere einen Ast stutzt.

Ich sprang erschrocken auf, und Mary Beth kauerte vor mir im Schlamm. Ich war noch nie von einem Hund gebissen worden, und ich wußte nicht, wie ich reagieren sollte. Sollte ich ihm einen Tritt geben? Sollte ich einfach ins Haus gehen und ihn die Nacht über draußen lassen? Angebunden an seinem Strick in der Kälte? Ich konnte mich nicht dazu entschließen. Ich war gar nicht wütend, stellte ich fest, ich dachte nur, ich müßte es sein.

Vorsichtig untersuchte ich meinen Arm. Die Sonne war untergegangen und auf dem Hof war es dunkel, aber ich spürte, daß ich nicht blutete. Der Hund hatte nicht die Haut durchgebissen, die Attacke war eine Art Klaps gewesen, kein Schlag mit geschlossener Faust.

Ich betrachtete Mary Beth, wie er da im Schlamm lag und seine Pfoten zu lecken begann. Es mußte etwas geschehen. Der Hund war unglücklich, er war schlimmer dran als ein Zootier: den ganzen Tag angebunden und nachts eingesperrt.

Die Außenbeleuchtung des Hauses ging an, und Sarah beugte sich aus der Tür. »Hank?« rief sie.

Ich drehte mich zu ihr um, mein Handgelenk immer noch hochhaltend.

»Was machst du da draußen?« rief sie.

»Der Hund hat mich gebissen.«

»Was?« Sie hatte nicht richtig verstanden.

»Ach, nichts«, sagte ich. Ich bückte mich und nahm Mary Beth vorsichtig am Halsband. Der Hund ließ es zu. »Ich bringe ihn in die Garage«, rief ich laut.

Am Donnerstag schreckte ich mitten in der Nacht hoch. Mein ganzer Körper zitterte vor irrationaler, panischer Dringlichkeit, denn tief im Schlaf war mir ein Plan eingefallen, und jetzt wollte ich Sarah wecken, um ihr davon zu erzählen.

»Sarah«, flüsterte ich und rüttelte an ihrer Schulter.

Sie rollte sich von meiner Hand weg. »Hör auf«, knurrte sie.

Ich knipste das Licht an und zog sie zu mir heran. »Sarah«, flüsterte ich und wartete, daß sie die Augen aufmachte. »Ich weiß, wie wir das Flugzeug loswerden?«

»Was ist los?« Sie warf einen Blick zu Amandas Wiege, dann sah sie mich schläfrig an.

»Ich leihe mir einen Schweißbrenner. Damit geh' ich dann in den Wald und schneide das Ding kurz und klein.«

»Einen Schweißbrenner?«

»Die Stücke vergraben wir im Wald.«

Sie starrte mich an und versuchte zu erraten, was ich da sagte.

»Das Wrack ist das letzte Beweisstück«, sagte ich. »Wenn das erst mal weg ist, brauchen wir uns keine Sorgen mehr zu machen.«

Sarah setzte sich im Bett auf und strich sich die Haare aus dem Gesicht. »Du willst das Flugzeug zerlegen?«

»Wir müssen es tun, ehe es von irgend jemand entdeckt wird.« Ich dachte einen Augenblick nach. »Am besten gleich morgen. Ich nehme mir den Tag frei. Ich werde gleich morgen früh telefonieren und einen Laden suchen, der...«

»Hank!« sagte sie.

Es war etwas in ihrer Stimme, was mich stoppte. Ihr Gesicht war besorgt. Sie hatte die Arme über der Brust verschränkt.

»Was ist?« fragte ich.

»Du solltest mal hören, wie du redest!«

Ich starrte sie verständnislos an.

»Du redest daher wie ein Irrer. Wir können nicht mit einem

Schweißbrenner in den Wald ziehen und das Flugzeug zerlegen. Das ist vollkommen verrückt.«

Als ich es hörte, wußte ich, daß sie recht hatte. Mein Plan schien plötzlich völlig absurd, so als hätte ich im Schlaf geredet, phantasiert wie ein Kind.

»Wir müssen ruhig bleiben«, sagte sie. »Wir dürfen die Dinge nicht so an uns ranlassen.«

»Ich hab' ja nur –«

»Wir müssen damit aufhören. Was wir getan haben, können wir nicht mehr ändern. Jetzt müssen wir damit leben.«

Ich wollte sie an der Hand berühren, um ihr zu zeigen, daß alles okay war, daß ich mich im Griff hatte, aber sie zog ihre Hand weg.

»Wenn wir so weitermachen«, sagte sie, »werden wir am Ende alles verlieren.«

Amanda schrie einmal kurz, hörte aber gleich wieder auf. Wir sahen beide erschrocken zu ihrer Wiege hinüber.

»Am Ende werden wir alles gestehen«, flüsterte Sarah.

Ich schüttelte den Kopf. »Ich werde gar nichts gestehen.«

»Wir sind jetzt so nahe dran, Hank. Bald findet jemand das Flugzeug, dann gibt es eine Menge Wirbel, und dann fangen die Leute an zu vergessen. Sobald wir das merken, können wir abhauen. Wir nehmen das Geld und verschwinden.«

Sie schloß die Augen, als ob sie sich das vorzustellen versuchte. Dann machte sie sie wieder auf. »Das Geld ist da.« Sie tätschelte die Matratze. »Gleich hier. Wenn wir es behalten können, gehört es uns.«

Ich starrte sie an. Das Licht auf dem Nachttisch verwandelte ihr Haar in eine kleine goldene Wolke, so daß es aussah, als hätte sie einen Heiligenschein.

»Hast du denn gar kein schlechtes Gewissen?« fragte ich. »Wenigstens manchmal?«

»Ein schlechtes Gewissen?«

»Wegen der Dinge, die wir getan haben.«

»Natürlich«, sagte sie. »Ich habe dauernd ein schlechtes Gewissen.«

Ich nickte. Ich war erleichtert, daß sie das zugab.

»Damit müssen wir leben. Wir müssen es wie jede andere Sorge behandeln.«

»Aber es ist nicht bloß eine Sorge. Ich hab' meinen Bruder getötet.«

»Das war doch nicht deine Schuld, Hank. Du hast es nicht gewollt. Das mußt du mir glauben.« Sie streckte die Hand aus und berührte mich am Arm. »Das ist die Wahrheit.«

Ich gab keine Antwort. Sie schloß ihre Finger und klemmte dabei meine Haut ein.

»Verstehst du?« fragte sie.

Sie starrte mich an und quetschte meinen Arm, bis ich nickte. Dann warf sie einen Blick auf die Uhr. Dabei glitt ihr Kopf aus dem Licht, und der Heiligenschein war verschwunden. Es war drei Uhr siebzehn. Ich war jetzt hellwach und hatte einen klaren Kopf. Innerlich wiederholte ich Sarahs Worte: *Es war nicht deine Schuld.*

»Komm her«, sagte sie und breitete die Arme für mich aus. Ich beugte mich vor und lehnte mich an ihren Körper. Sie umfaßte mich und zog mich langsam auf die Matratze.

»Es wird alles gut werden«, flüsterte sie. »Das verspreche ich dir.« Sie wartete einen Augenblick, um sich zu vergewissern, daß ich mich nicht wieder aufsetzte, dann drehte sie sich zur anderen Seite und knipste das Licht aus.

Als wir so in der Dunkelheit lagen, fing Mary Beth an zu heulen.

»Ich werde ihn erschießen«, sagte ich. »Ich werde ihn von seinem Elend erlösen.«

»Ach, Hank«, seufzte Sarah. Sie schlief schon fast wieder. Sie war ein Stückchen weggerückt, und die Laken zwischen uns wurden kalt. »Mit der Schießerei hören wir jetzt mal auf.«

Irgendwann vor Tagesanbruch kehrte der Winter zurück. Ein kalter Wind kam von Norden, und die Luft wurde eisig.

Als ich am Freitag morgen an den Feldern entlang zur Arbeit fuhr, schneite es plötzlich wieder.

9

Es schneite den ganzen Vormittag hindurch bis in den Nachmittag hinein, und der Schnee fiel so heftig und schwer, als würde er aus den Wolken heruntergeschaufelt. Die Kunden schleppten ihn in den Laden herein, bürsteten ihn sich von den Schultern und stampften ihn sich von den Stiefeln, so daß er kleine Häufchen auf den Fliesen bildete, die bald zu großen Pfützen wurden. Die Leute schienen aufgeregt, fast ein bißchen schwindlig wegen des Schnees: Der plötzliche Wetterumschwung, die Heftigkeit und Stärke des Schneefalls und die geisterhafte Stille, die sich über die Stadt legte, beeindruckten sie. Die Stimmen, die aus der Eingangshalle in mein Büro drangen, hatten eine leicht manische, allzu freundliche Qualität, einen übertrieben fröhlichen Feiertagstonfall.

Auf mich wirkte der Schneesturm weniger aufreizend, sondern mehr wie ein Sedativum. Er beruhigte mich. Ich ließ die Arbeit Arbeit sein und starrte den größten Teil des Vormittags aus dem Fenster. Ich sah zu, wie der Schnee die Umrisse der Autos und Häuser verwischte, die Farben wegnahm und alles eintönig weiß machte. Ich sah zu, wie er den Friedhof auf der anderen Straßenseite bedeckte und die schwarzen Rechtecke der Gräber von Jacob, Lou, Nancy und Sonny auslöschte. Ich schloß die Augen und stellte mir vor, wie er auf das Naturschutzgebiet herabwirbelte, leise durch die verkrüppelten Apfelbäume geweht wurde und Flocke für Flocke das Flugzeug begrub. Ich akzeptierte, was Sarah gesagt hatte: Irgendwann mußte das Flugzeug entdeckt werden. Es mußte gefunden und dann wieder vergessen werden, damit wir weggehen und ein neues Leben anfangen konnten. Aber ich wußte auch, daß alles um so sicherer war, je später das Flugzeugwrack wieder auftauchte. Im stillen betete ich: *Laß niemanden einen Zusammenhang zwischen den Toten und dem Geld im Flugzeug herstellen. Laß niemanden an das eine denken, wenn er sich an das andere erinnert.*

Während ich den Schneesturm beobachtete, träumte ich von unseren künftigen Wohnorten. Auf einen Notizblock malte ich kleine Segelboote, »Concorde«-Jets und die Namen fremder Länder. Ich stellte mir vor, wie ich Sarah auf einer einsamen Insel am Strand liebte oder mit teuren Geschenken aus einem Bazar überraschte: exotischen Parfums, kleinen Holzstatuetten und Juwelen aller Größen und Farben.

Es schneite den ganzen Tag ununterbrochen. Alle Fußspuren vom Vormittag wurden wieder aufgefüllt und die geräumten Fahrbahnen wieder verweht.

Ungefähr eine halbe Stunde vor Feierabend rief Sheriff Jenkins mich an.

»Tag, Hank. Sehr beschäftigt?«

»Nein, nein«, sagte ich. »Ich räume bloß fürs Wochenende zusammen.«

»Könntest du mal rasch zu mir ins Büro kommen? Ich hab' hier jemanden, dem du helfen könntest, vielleicht.«

»Wer ist denn das?«

»Ein Mann namens Neal Baxter vom FBI.«

Das hat nichts mit dem zu tun, was ich getan habe, dachte ich, als ich durch den Schnee stapfte. Wenn sie mich verhaften wollten, würden sie mich ja nicht anrufen. Sie würden in den Laden kommen und mich da abholen.

Carls Büro war im Rathaus, einem niedrigen, zweistöckigen Ziegelgebäude, untergebracht. Eine kleine Treppe führte zum Eingang hinauf, und vor dieser Treppe, neben dem Fahnenmast aus Aluminium, blieb ich einen Augenblick stehen, um mich zu sammeln. Ich schüttelte mir den Schnee von den Haaren, knöpfte meinen Mantel auf und rückte meine Krawatte zurecht.

Carl erwartete mich in der Halle. Er schien schon eine Weile da gestanden zu haben. Er lächelte und begrüßte mich wie einen alten Freund. Er nahm mich am Arm und führte mich in sein Büro.

Eigentlich waren es zwei Büros: ein großes Vorzimmer und Carls etwas kleineres Zimmer dahinter. Im Vorzimmer saß seine Frau Linda, eine zierliche Person mit einem hübschen Gesicht, an der

Schreibmaschine und tippte. Sie lächelte mich an, als wir hereinkamen, und flüsterte: »Guten Tag.« Ich lächelte zurück. Durch die offene Tür hinter ihr konnte ich einen großen Mann mit einem Kurzhaarschnitt in Carls Büro sitzen sehen. Er drehte mir den Rücken zu. Er trug einen anthrazitfarbenen Anzug.

Ich folgte Carl in sein Büro, und er schloß die Tür hinter uns, damit uns Lindas Tippen nicht störte. Der kleine Raum war spärlich möbliert: ein Schreibtisch, drei Plastikstühle, eine Reihe Aktenschränke an der Wand gegenüber dem Fenster. Auf den Schränken standen zwei Fotos. Eins zeigte Linda mit einer Katze im Schoß, das andere den ganzen Jenkins-Clan: Kinder, Enkel, Vettern, Cousinen, Neffen und Nichten mit ihren Ehepartnern, alle auf dem Rasen vor einem gelben Haus mit blauen Fensterläden. Der Schreibtisch war aufgeräumt und sauber. Neben einer Büchse mit gelben Bleistiften und einem Briefbeschwerer, der keine Briefe beschwerte, stand eine kleine amerikanische Fahne. Hinter dem Schreibtisch hing ein Waffenschrank mit einer gläsernen Tür an der Wand.

»Hank, das ist Agent Baxter«, sagte Carl.

Der Mann erhob sich von seinem Stuhl und drehte sich zu mir um. Ehe er mir die Hand schüttelte, wischte er seine unauffällig am Hosenbein ab. Er war mager und breitschultrig und hatte ein kantiges Gesicht mit einer platten Nase wie ein Boxer. Sein Handschlag war kurz und energisch, und während wir vorgestellt wurden, sah er mir fest in die Augen. Aus irgendeinem Grund kam er mir bekannt vor, wie ein Sportler oder ein Filmstar, aber die Ähnlichkeit war zu vage, als daß ich hätte genauer sagen können, an wen er mich erinnerte. Er machte irgendwie einen geschliffenen Eindruck, es umgab ihn eine Aura von gelassener Kompetenz.

Wir setzten uns, und Carl sagte: »Erinnerst du dich noch, wie ich dich Anfang dieses Jahres draußen getroffen habe, am *Anders Nature Preserve*?«

»Ja«, sagte ich und spürte, wie sich ein faustgroßer Klumpen in meiner Brust ballte.

»Hat da nicht Jacob gesagt, ihr hättet ein paar Tage vorher ein Flugzeug mit Motorenschaden gehört?«

Ich nickte.

»Erzähl doch Agent Baxter mal, wie das gewesen ist.«

Ich sah keine Möglichkeit, der Frage auszuweichen, deshalb tat ich, was der Sheriff verlangte. Ich kramte Jacobs Geschichte aus meinem Gedächtnis hervor und breitete sie vor Baxter aus. »Es hat geschneit«, sagte ich. »Ziemlich stark, so wie heute, deshalb waren wir uns nicht sicher, aber es klang tatsächlich wie ein stotternder Motor. Wir sind an den Straßenrand gefahren, um es genauer zu hören, aber es kam nichts mehr – kein Motorengeräusch, kein Aufprall, gar nichts.«

Weder Jenkins noch der FBI-Mann sagten ein Wort.

»Vielleicht ist es bloß ein Schneemobil gewesen«, sagte ich.

Baxter hatte ein kleines schwarzes Buch vor sich auf dem Schoß liegen und machte sich darin Notizen. »Erinnern Sie sich noch an das Datum?« fragte er.

»Wir haben den Sheriff Silvester getroffen. Es war ein paar Tage vorher.«

»Und es war in der Nähe der Stelle, wo ich euch getroffen habe, nicht wahr?« sagte Carl. »Draußen am *Anders Park*.«

»Ja, genau.«

»Auf welcher Seite seid ihr damals gefahren?«

»Auf der südlichen, ungefähr in der Mitte.«

»In der Nähe der Pederson Farm?«

Ich nickte, und mein Herz schlug mir bis zum Halse.

»Könnten Sie vielleicht mit uns da rausfahren?« fragte Baxter.

Ich warf ihm einen verwirrten Blick zu. »Zum Naturschutzgebiet?«

»Wir müßten natürlich bis morgen früh warten«, sagte der Sheriff. »Bis dieser Schneesturm vorbei ist.«

Von meinem Mantel tropfte geschmolzener Schnee auf den Boden. Ich wollte ihn ausziehen, aber als ich sah, wie meine Hände zitterten, sobald ich sie aus dem Schoß nahm, brach ich das Manöver rasch wieder ab.

»Was ist denn los?« fragte ich.

Es entstand ein kurzes Schweigen. Die beiden Gesetzeshüter mußten sich offenbar erst einmal darüber klarwerden, wer meine Frage beantworten und wieviel dabei enthüllt werden sollte. Schließlich ließ Agent Baxter dem Sheriff mit einem winzigen Achselzucken den Vortritt.

»Das FBI sucht ein Flugzeug«, sagte Carl.

»Das ist natürlich alles vertraulich«, fügte der FBI-Mann hinzu.

»Ich bin sicher, daß Hank sich dessen bewußt ist.«

Der FBI-Mann lehnte sich in seinem Sessel zurück und schlug die Beine übereinander. Seine schwarzen Schuhe glänzten, zeigten aber kleine Wasserflecken, wo ihm der Schnee draufgespritzt war. Er warf mir einen langen, durchdringenden Blick zu.

»Im Juli vergangenen Jahres«, begann er, »wurde vor der *Federal Reserve Bank* in Chikago ein gepanzertes Sicherheitsfahrzeug ausgeraubt. Wir hatten von Anfang an den Verdacht, daß Angestellte des Unternehmens an der Sache beteiligt gewesen sein müßten, aber die Ermittlungen kamen nicht weiter, bis der Fahrer des Transporters im Dezember verhaftet wurde, weil er eine alte Freundin vergewaltigt hatte. Als ihm sein Rechtsanwalt sagte, daß er dafür fünfundzwanzig Jahre kriegen könnte, konnte er gar nicht schnell genug ans nächste Telefon rennen, um uns zu sagen, er wolle den Kronzeugen machen.«

»Er hat seine Freunde angezeigt«, sagte ich.

»Genau. Er war sowieso sauer, weil sie abgehauen waren, ohne ihm seinen vollen Anteil zu geben. Er hat gegen sie ausgesagt, und wir haben dafür gesorgt, daß die Anklage gegen ihn auf sexuelle Belästigung reduziert wurde.«

»Und Sie haben die Räuber gefangen?«

»Wir haben ihre Spur in Detroit gefunden und ihre Wohnung da überwacht.«

»Die Wohnung überwacht? Warum haben Sie die Burschen nicht einfach verhaftet?«

»Wir wollten die Beute sicherstellen. Wie es schien, hatten sie noch gar nicht angefangen, das Geld auszugeben. Sie hatten beide Arbeit und wohnten zusammen in so einem Rattenloch in der Nähe des Stadions. Also nahmen wir an, daß sie das Geld irgendwo versteckt hatten und darauf warteten, daß sich die Aufregung legte. Leider passierte uns bei der Überwachung ein Fehler, und die beiden Verdächtigen flohen. Den einen schnappten wir gleich am nächsten Tag an der kanadischen Grenze, aber der andere war verschwunden. Wir hatten schon fast aufgegeben, als ein Informant meinen Partner anrief und ihm erzählte, der Verdächtige sei im

Begriff, mit einem kleinen Privatflugzeug aus Detroit zu fliehen. Wir rasten zu dem angegebenen Flugplatz, kamen aber zu spät. Wir sahen die Maschine gerade noch abheben.«

»Und Sie konnten ihr nicht folgen?« fragte ich.

»Dazu gab es keinen Grund.«

»Sie wußten genau, wo er hinwollte«, erläuterte Carl. Er schien sehr zufrieden mit dieser Vorstellung, lehnte sich in seinem Sessel zurück und grinste zu Baxter hinüber. Der FBI-Mann ignorierte ihn.

»Der Informant meines Partners hatte uns den Zielort genannt. Es war ein kleiner Flugplatz nördlich von Cincinnati.« Der Beamte unterbrach sich, und sein Gesicht verzog sich zu einem Stirnrunzeln. »Leider kam das Flugzeug nie an.«

»Vielleicht ist es woanders hingeflogen.«

»Möglich wäre es, aber nicht sehr wahrscheinlich. Aus verschiedenen Gründen halten wir die Aussage unseres Informanten für absolut glaubwürdig.«

»Sie vermuten, daß die Maschine unterwegs abgestürzt ist«, sagte Carl. »Jetzt suchen sie die ganze Route ab, eine Stadt nach der anderen.«

»War das Geld im Flugzeug?« fragte ich.

»Das nehmen wir an«, sagte der FBI-Mann.

»Wieviel war es denn?«

Baxter warf Carl einen Blick zu. Dann sah er mich wieder an.

»Einige Millionen Dollar.«

Ich stieß einen leisen Pfiff aus und hob die Augenbrauen, um meine Verblüffung zu zeigen.

»Wir wollten morgen so gegen neun draußen sein, wenn der Schneesturm aufgehört hat«, sagte Carl. »Wär' dir das recht?«

»Ich hab' aber wirklich kein Flugzeug gesehen«, sagte ich. »Ich habe allenfalls etwas gehört, Carl.«

Sie sahen mich an und warteten.

»Ich glaube nicht, daß wir irgendwas finden«, sagte ich.

»Wir sind uns durchaus bewußt, daß die Wahrscheinlichkeit ziemlich gering ist, Mr. Mitchell«, sagte der FBI-Mann. »Aber wir haben einen Punkt erreicht bei unseren Ermittlungen, wo wir einfach jeder Spur nachgehen müssen.«

»Ich kann Ihnen wirklich nichts zeigen. Ich bin ja nicht mal ausgestiegen. Wenn Sie die Anders Park Road runterfahren, sehen Sie alles, was ich auch gesehen habe.«

»Wir wären Ihnen aber trotzdem dankbar, wenn Sie mitkommen würden. Sie werden sich wundern, was Ihnen alles wieder einfällt, wenn Sie erst mal da sind.«

»Paßt dir neun Uhr nicht?« fragte Carl. »Wir können uns auch früher treffen, wenn du willst.«

Ich merkte, daß ich, ohne es zu wollen, den Kopf schüttelte.

Carl grinste. »Du kriegst auch einen schönen heißen Kaffee, wenn wir zurück sind.«

Als ich aufstand, sagte der FBI-Mann: »Ich glaube, ich muß noch einmal betonen, wie vertraulich das alles ist, Mr. Mitchell. Das Ganze ist dem FBI ziemlich peinlich. Es wäre eine große Enttäuschung für uns, wenn die Geschichte plötzlich in der Presse auftauchte.«

Carl ging dazwischen, ehe ich antworten konnte. »Von wegen Presse«, rief er. »Da draußen liegen irgendwo vier Millionen Dollar herum. Wenn sich das rumspricht, gehen hier alle Leute auf Schatzsuche. Das wäre katastrophal.«

Er lachte und blinzelte mir zum Abschied zu, wie es Lou getan hätte. Agent Baxter lächelte eisig.

Sarah hatte das Essen schon fertig, als ich nach Hause kam.

»Ein Raubüberfall?« sagte sie, als ich ihr erzählt hatte, weshalb ich so spät kam. Sie schüttelte den Kopf. »Das stimmt doch hinten und vorn nicht.«

Ich sah zu, wie sie sich ihre Hähnchenkeule auf den Teller legte. »Wie kommst du darauf?« fragte ich.

»Es paßt nicht, Hank. Die Entführung, die paßt.«

»Das ist keine bloße Vermutung, Sarah. Ich habe mit einem Mann vom FBI geredet. Der hat mir gesagt, woher das Geld stammt.«

Sarah runzelte die Stirn und schob ihren Reis auf dem Teller herum, damit er sich mit den Erbsen vermischte. Das Baby lag auf dem Fußboden und sah ihr von seiner Decke aus zu. Es sah schon wieder so aus, als ob es gleich losheulen wollte – wie in letzter Zeit eigentlich dauernd.

»Er sucht nach einem Flugzeug voller Geld«, sagte ich. »Du willst mir doch nicht erzählen, daß davon gleich mehrere in der Gegend herumliegen.«

»Es waren Hundertdollarscheine, Hank. Wenn die Beute wirklich aus einem Geldtransport stammte, wären auch andere Scheine dabeigewesen: Zehner, Zwanziger und Fünfziger.«

»Warum hörst du mir nicht zu? Ich hab' dir doch gerade gesagt, ich hab' selber mit ihm geredet.«

»Es sind gebrauchte Scheine. Wenn sie wirklich von der Federal Reserve Bank gekommen wären, wären es neue Scheine gewesen. Alte Scheine verbrennen die und ersetzen sie ständig durch neue.«

»Willst du damit sagen, der Mann lügt?«

Sarah überhörte die Frage. Sie knabberte an ihrer Unterlippe und hielt den Kopf zu Amanda gewandt. Dann warf sie mir einen plötzlichen Blick zu. »Hat er dir seinen Ausweis gezeigt, oder die Dienstmarke?«

»Warum sollte er mir seine Dienstmarke zeigen?«

Sie ließ ihre Gabel auf den Teller fallen, stieß ihren Stuhl zurück und lief aus dem Zimmer.

»Sarah?«

»Warte«, rief sie über die Schulter.

Sobald ihre Mutter aus dem Zimmer war, begann Amanda zu heulen. Ich beachtete sie kaum. Ich überlegte fieberhaft, wie ich das Geld wieder in das Flugzeug kriegen könnte, ohne Spuren zu hinterlassen. Dabei kratzte ich mit der Gabel an meinem Hähnchenschenkel herum und riß ihm das Fleisch von den Knochen.

Amanda steigerte ihre Lautstärke. Ihr Körper ballte sich wie eine Faust, und ihr Gesicht wurde tiefrot.

»Schhhh«, flüsterte ich und starrte auf mein Essen herunter, das allmählich kalt wurde. Ich würde noch heute nacht gehen müssen, gleich nach dem Abendessen, ehe es zu schneien aufhörte. Ich würde nur drei von den Paketen behalten, gerade genug, um das zu ersetzen, was ich bei dem Ferienhaus eingebüßt hatte. Alles andere würde ich zurückgeben.

Sarah kam wenige Augenblicke später wieder zurück. Mit triumphierender Miene setzte sie sich wieder hin und hielt mir ein Blatt Papier vor die Nase.

Ich erkannte es sofort. Es war die Fotokopie des Berichts über die Entführung in Detroit.

»Ja, und?« fragte ich.

Sarah grinste. »Das ist er, nicht wahr?« Sie beugte sich vor, berührte Amandas Gesicht mit dem Handrücken, und das Kind hörte sofort auf zu schreien.

Ich betrachtete die Kopie noch einmal genauer. Es war der dritte Bericht, der mit den Fotos. Ich sah sie mir genau an: links war der jüngere Bruder, in der Mitte der ältere und daneben das Bild aus dem Videofilm, auf dem man sehen konnte, wie der jüngere den Wachmann erschoß.

»Er sucht seinen Bruder«, sagte Sarah.

Meine Augen kehrten zu dem Bild in der Mitte zurück, und für einen kurzen Moment streifte mich ein Gefühl des Wiedererkennens. Es kam mir so vor, als hätte ich die Augen des Mannes tatsächlich schon einmal gesehen, und auch die Kopfhaltung und die Falte zwischen Wangen und Mund schienen mir vage vertraut. Aber dann war es auch schon wieder vorbei. Es gab zu viele andere Dinge: den Bart und die langen Haare, die wuchtige Figur und das finstere Gesicht.

»Du glaubst, es ist Vernon Bokovsky? Der ältere der beiden Entführer?« Ich legte das Blatt Papier auf den Tisch zwischen uns.

Sarah nickte, immer noch lächelnd. Keiner von uns hatte etwas von dem Essen zu sich genommen. Es war kalt geworden, und die Sauce auf dem Hühnchen war mittlerweile erstarrt. Ich prüfte das Foto noch einmal. Ich gab mir alle Mühe, Agent Baxter in Vernon Bokovskys Gestalt zu erkennen. Ich konzentrierte mich, blinzelte und zauberte ihn einmal sogar fast herbei, aber wieder nur für eine Sekunde. Das Foto war Jahre alt. Es war unscharf, grobkörnig, verschattet und obendrein nur eine Kopie.

»Das ist er nicht«, sagte ich. »Der Kerl, den ich heute kennengelernt habe, war viel magerer.« Ich schob Sarah den Bericht wieder über den Tisch. »Er hatte kurze Haare und keinen Bart.«

»Vielleicht hat er abgenommen, Hank. Vielleicht hat er sich die Haare schneiden lassen und den Bart abrasiert.« Ihre Augen wanderten von meinem Gesicht zu dem Artikel und wieder zurück. »Sag nicht, es wäre nicht möglich.«

»Ich sag' ja nur, er sieht ihm nicht ähnlich.«

»Er muß es sein. Das weiß ich.«

»Er schien aber wirklich vom FBI zu sein, Sarah. Er hatte genau dieses professionelle Äußere wie ein Filmstar. Gelassen, sehr gepflegt, dunkler Anzug...«

»Das kann sich doch jeder zulegen«, sagte sie. »Bei der Entführung hat er sich auch als Polizist verkleidet. Warum soll er sich nicht als FBI-Mann verkleiden, um das Lösegeld wiederzuholen?«

»Aber das wäre doch sehr riskant. Er müßte sämtliche Städte von hier bis Cincinnati abklappern und überall die Polizeistationen besuchen, wo vielleicht sein Foto schon an der Wand hängt. Das hieße doch wirklich das Schicksal herausfordern.«

»Versetz dich doch mal in seine Situation«, sagte Sarah. »Dein Bruder fliegt mit dem ganzen Geld los und verschwindet. Du hast den Verdacht, daß er abgestürzt ist, aber es steht nichts in der Zeitung. Du wartest und wartest, aber du hörst nichts. Würdest du da nicht auch eines Tages losziehen und nach ihm suchen?«

Ich starrte auf die Fotos und dachte darüber nach.

»Du würdest doch auch nicht aufgeben. Du würdest es zumindest versuchen.«

»Er ist dünner«, sagte ich leise.

»Überleg dir mal, was wir schon alles getan haben, um das Geld zu behalten. Ein bißchen abnehmen ist dagegen doch gar nichts.«

»Du irrst dich, Sarah. Du denkst dir da bloß etwas aus.«

»Glaubst du, das FBI würde wirklich so vorgehen, wenn sie ein Flugzeugwrack suchen? Glaubst du, die würden einen Mann losschicken, der die Polizeiwachen abklappert? Die würden einfach eine offizielle Anfrage loslassen.«

»Sie wollen eben nicht, daß die Presse etwas erfährt.«

»Dann würden sie anrufen. Aber sie würden keinen Beamten vorbeischicken.«

»Und warum ruft dann dieser Bokovsky nicht an? Das wäre doch viel sicherer. Die Gefahr, geschnappt zu werden, wäre viel kleiner.«

Sarah schüttelte den Kopf. »Er will an Ort und Stelle sein. Er will die Dinge unter Kontrolle behalten. Er will die Leute überzeugen, mit seiner Kleidung und seinem Auftreten. So wie er dich überzeugt hat. Das kann er am Telefon nicht.«

Ich dachte an mein Gespräch mit Agent Baxter zurück und suchte nach Hinweisen. Mir fiel wieder ein, wie er sich die Finger am Hosenbein abgewischt hatte, ehe er mir die Hand gab. Und war es nicht auch verdächtig, daß er so hartnäckig auf der Vertraulichkeit des Ganzen beharrt hatte?

»Ich weiß nicht...«

»Streng mal deine Phantasie ein bißchen an, Hank. Stell ihn dir mit mehr Haar und mit einem Bart vor.«

»Sarah«, seufzte ich. »Spielt es überhaupt eine Rolle?«

Sie nahm ihre Gabel und stocherte damit an ihrem Hähnchen herum. »Wie meinst du das?« Ihre Stimme war voller Mißtrauen.

»Wenn wir jetzt zu der Überzeugung gelangen, daß der Kerl wirklich Bokovsky ist... Würde das etwas an dem ändern, was ich morgen tun muß?«

Sarah schnitt sich ein Stück von ihrem Hähnchen herunter und kaute darauf herum, als müsse sie befürchten, es wäre vergiftet. »Natürlich«, sagte sie.

»Sagen wir mal, wir sind beide der Ansicht, daß er wirklich vom FBI ist.«

»Das sind wir aber nicht.«

»Also rein hypothetisch, nur um das mal zu durchdenken.«

»Na schön«, sagte sie. Ihre Gabel hing über dem Teller, als wolle sie jeden Augenblick zustoßen. Sie wartete nur darauf, mir zu widersprechen.

»Was würde ich unter diesen Umständen am besten tun?«

»Du würdest ihn zum Flugzeug führen.«

»Wenn ich ihn zum Flugzeug führen soll, müßte ich heute nacht noch da raus und das Geld zurückbringen.«

Sarah legte die Gabel abrupt auf den Teller, so daß es laut klirrte. »Das Geld zurückbringen?«

»Sie wissen ja, daß es im Flugzeug gewesen ist. Wenn der größte Teil davon fehlt, gibt es keinerlei Ausrede dafür.«

Sie starrte mich über den Tisch hinweg an, als warte sie noch auf etwas. »Du kannst das Geld nicht zurückbringen.«

»Aber das müssen wir, Sarah. Ich bin der einzige, den sie verdächtigen werden. Sobald wir die Stadt verlassen, wüßten sie es genau.«

»Du würdest es aufgeben? Nach allem, was du getan hast?«

»Nach allem, was *wir* getan haben«, verbesserte ich.

Das ignorierte sie. »Du brauchst das Geld nicht zurückzubringen, Hank. Wenn du ihn zum Flugzeug führst, gibt es keinen Grund zum Verdacht. Da draußen sind keinerlei Spuren im Schnee, es wird aussehen, als wäre kein Mensch zuvor dagewesen. Dieser Baxter findet die fünfhunderttausend und wird annehmen müssen, daß sein Informant sich geirrt hat, daß der Pilot das Geld woanders gelassen hat.«

Ich dachte darüber nach. Es war richtig, was Sarah gesagt hatte. Es war ein Risiko, aber auch kein größeres, als in der Nacht in den Wald zu gehen und das Geld zurückzubringen.

»Okay«, sagte ich. »Wenn wir zu dem Ergebnis kommen, daß er wirklich vom FBI ist, dann riskiere ich es und führe ihn hin.«

Sarah nickte.

»Und wenn es Bokovsky ist, was soll ich dann tun?«

»Dann gehst du nicht hin.«

»Warum nicht?«

»Weil er ein Mörder ist. Er hat schon so viele Leute ermordet: die Wachleute, den Chauffeur, das Hausmädchen und die Tochter von diesem McMartin. Du rufst Carl an und sagst ihm, du kannst nicht. Sag ihm, das Baby ist krank und du müßtest mit ihm zum Arzt.«

»Ich bin auch ein Mörder, Sarah. Das heißt noch nicht viel.«

»Sobald dieser Bokovsky das Flugzeug sieht, erschießt er euch beide. Deshalb möchte er dich auch dabeihaben, damit er alle Zeugen auf einmal beseitigen kann.«

»Wenn ich nicht mitgehe, führt Carl ihn allein hin.«

»Ja, und?«

»Nach deiner Logik erschießt er den Sheriff, wenn sie das Flugzeug finden.«

Sarah dachte einen Augenblick nach. Dann sagte sie leise und voller Scham: »Für uns wäre das gar nicht so schlecht. Je mehr Gewalt dieser Kerl anwendet, desto mehr tritt in den Hintergrund, was wir mit dem Flugzeug zu tun haben. Wir stünden dann nur noch am Rande.«

»Aber wenn wir wirklich glauben, daß es Bokovsky ist, dann

würden wir Carl ja direkt in den Tod schicken. Das wäre ja genauso, als ob wir ihn selber erschießen.«

»Sie sind die beiden einzigen, die eine Bedrohung darstellen für uns, Hank. Sie sind die einzigen Zeugen dafür, daß du etwas mit dem Flugzeug zu tun hast.«

»Würde dir das denn gar nichts ausmachen, Sarah? Wenn Carl so umkommen würde?«

»Ich verlang' ja nicht von dir, daß du ihn erschießt, Hank. Ich sag' ja bloß, du sollst dich da raushalten.«

»Aber wenn wir doch wissen...«

»Was schlägst du vor? Willst du Carl warnen?«

»Müßten wir das nicht eigentlich?«

»Und was willst du ihm sagen? Wie begründest du deinen Verdacht?«

Ich starrte unsicher auf meinen Teller. Sie hatte recht. Ich konnte den Sheriff nicht warnen, ohne zuzugeben, was ich über das Flugzeug wußte.

»Vielleicht erschießt er ihn ja auch gar nicht«, sagte Sarah. »Das war ja nur eine Vermutung. Vielleicht nimmt er einfach bloß das Geld und verschwindet.«

Das erschien mir sehr unwahrscheinlich, und ich vermute, sie glaubte es selbst nicht. Wir stocherten beide in unserem Essen herum.

»Du hast gar keine andere Wahl, Hank.«

Ich seufzte. Da waren wir also wieder einmal so weit, daß wir uns gegenseitig erzählten, daß wir keine andere Wahl hätten. »Es ist sowieso eine rein akademische Frage«, sagte ich.

»Wie meinst du das?«

»Ob er Bokovsky ist oder nicht, werden wir sowieso erst erfahren, wenn alles vorbei ist.«

Sarah warf Amanda einen geistesabwesenden Blick zu, während sie darüber nachdachte. Das Kind hatte seine Arme hochgestreckt, als wollte es nach uns greifen und eine Brücke zwischen uns bilden. Eine Sekunde lang war ich versucht, tatsächlich seine Hand zu ergreifen, aber dann ließ ich es lieber. Ich wußte ja, Amanda würde bloß zu weinen beginnen.

»Wir können beim FBI in Detroit anrufen und Agent Baxter verlangen«, sagte Sarah.

»Dafür ist es zu spät, die haben geschlossen.«

»Dann rufen wir morgen früh an.«

»Ich muß ja schon um neun bei Carl im Büro sein. Vor neun haben die bestimmt nicht offen.«

»Du kannst die beiden ja etwas hinhalten. Ich rufe von hier aus in Detroit an. Du sagst, du müßtest schnell noch mal rüber zu *Raikley's*, rufst mich an, und ich sag dir, was los ist.«

»Und wenn es in Detroit keinen Baxter beim FBI gibt?«

»Dann fährst du nicht mit. Du sagst Carl, ich hätte angerufen, das Baby sei krank und du müßtest nach Hause.«

»Und wenn er echt ist?«

»Dann fährst du mit und führst sie zum Flugzeug.«

Ich runzelte die Stirn. »Ein Risiko ist es in jedem Falle, nicht wahr?«

»Aber wenigstens geschieht endlich was. Das Warten ist jetzt vorbei.«

Amanda stieß einen kurzen Schrei aus, als wolle sie die Situation testen. Sarah streckte die Hand aus und streichelte ihren Arm. Mein Essen stand vor mir, kalt und so gut wie unberührt.

»Bald fahren wir weg«, sagte Sarah, als beruhigte sie nicht mich, sondern Amanda. »Wir fahren weg, und alles wird gut. Wir nehmen unser Geld, wir ändern unsere Namen, wir verschwinden, und alles wird gut.«

Irgendwann nach Mitternacht wachte ich auf, weil Amanda aufgewacht war. Ihre nächtlichen Schreistunden kündigte sie stets mit einigen Minuten halberstickten Gebrabbels an, unterbrochen von Schluckauf. Auch jetzt blubberte sie vor sich hin wie ein Motor im Leerlauf, aber ich wußte, gleich würde sie loskreischen, daß die Wände wackelten.

Ich glitt aus dem Bett, patschte barfuß durchs Zimmer und fischte sie aus der Wiege. Sarah schlief tief und fest, sie lag auf dem Bauch, und als ich aufgestanden war, griff sie nach meinem Kopfkissen und zog es an ihre Brust.

Ich wiegte Amanda im Arm.

»Schhhh«, flüsterte ich.

Aber über solche einfachen Beruhigungsversuche war sie schon hinaus; das zeigte sie mir mit einem einzigen vogelartigen Quarren, das wie ein langer Rülpser klang. Rasch trug ich sie ins Gästezimmer hinüber, damit sie ihre Mutter nicht weckte. Ich setzte mich mit ihr in das leere Bett und wickelte die Decke um uns herum.

Ich mochte diese nächtlichen Sitzungen mit Amanda. Sie waren die einzigen Gelegenheiten, bei denen ich Körperkontakt mit ihr hatte. Tagsüber fing sie jedesmal an zu schreien, wenn ich sie berührte. Nur nachts durfte ich sie im Arm halten, ihr Gesicht streicheln oder sie auf die Stirn küssen. Nur nachts gelang es mir, sie zu beruhigen, zu trösten und wieder zum Schlafen zu bringen.

Ihr ständiges Weinen quälte mich; es lastete auf mir wie eine Bestätigung meiner Schuld. Jedesmal, wenn sie mit mir allein war, fing sie sofort an zu schreien. Unser Kinderarzt behauptete, das sei nur ein Entwicklungsstadium, eine kurze Phase erhöhter Empfindlichkeit gegenüber der Umwelt, aber wann diese Phase vorbei sein würde, sagte er nicht. Ich vertraute ihm und seinem professionellen Urteil, aber dennoch beeinflußte Amandas Verhalten meine Gefühle ihr gegenüber, auch wenn ich mich dagegen wehrte. Meine Gefühle waren irgendwie zwiespältig, ich empfand Wärme und Mitleid in ihrer Gegenwart, aber ihr Weinen stieß mich auch ab. Es erschien mir fast wie ein erster Hinweis auf einen keimenden Charakterfehler, eine angeborene Zanksucht und Engstirnigkeit. Ich hatte das Gefühl, daß ich kritisiert und meine Liebe abgelehnt wurde.

Nachts verschwand das alles rätselhafterweise. Amanda akzeptierte mich, und ich floß über vor Liebe. Ich neigte meinen Kopf über sie und sog ihren zarten Babyseifenduft ein. Ich drückte sie an meine Brust, ließ sie mit ihren Händchen auf meinem Gesicht herumpatschen, ließ sie meine Nase, meine Augenlider und meine Ohren erforschen.

»Schhhh«, sagte ich und rief sie leise beim Namen.

Der Raum war kalt, die Ecken lagen im Schatten. Durch die offene Tür konnte ich auf den Flur hinaussehen. Die kahlen weißen Wände schienen in der Dunkelheit zu leuchten.

Ganz allmählich beruhigte sich Amanda. Sie drehte den Kopf hin und her, und ihre Händchen öffneten und schlossen sich im Rhythmus ihrer Atemzüge. Energisch stemmte sie ihre Füßchen gegen meine Rippen.

Schon zweimal hatte ich jetzt geträumt, sie könnte sprechen. Beide Male saß sie in ihrem Hochstuhl am Küchentisch und aß mit Messer und Gabel. Sie plapperte ohne Sinn und Verstand, aber ihre Stimme war überraschend tief und guttural, und sie blickte starr geradeaus, als ob sie in eine Fernsehkamera spräche. Sie machte Listen. Listen von Farben: Blau, Gelb, Orange, Purpur, Grün, Schwarz. Listen von Automarken: Pontiac, Mercedes, Chevrolet, Jaguar, Toyota, Volkswagen; Listen von Bäumen: Sykamore, Pflaumenbaum, Weide, Eiche, Myrte, Kastanie. Sarah und ich lauschen in staunendem Schweigen, während sie lächelnd vor uns saß und die Worte buchstäblich aus ihrem Mund herauspurzelten. Dann machte sie eine Liste von Namen: Pederson, Sonny, Nancy, Lou, Jacob ... und als sie zu Jacob kam, stand ich auf und schlug ihr ins Gesicht. Beide Male endete der Traum so, bei dem Schlag wachte ich jedesmal auf, und jedesmal hatte ich das Gefühl, daß Amanda, wenn ich sie nicht geschlagen hätte, immer weitere Namen aufgezählt, nein, ausgespuckt hätte. Einen nach dem anderen, die Liste hätte nie aufgehört.

Während Amanda stiller wurde, hörte ich das Haus ächzen. Der Schneefall hatte aufgehört, und ein leichter Wind wehte. Die Wände knarrten wie die Spanten eines Schiffs. Bei heftigeren Böen klapperten die Fensterläden. Fröstelnd zog ich die Bettdecke dichter um uns herum und stützte Amandas Körper mit ihren Falten.

Ich wußte, daß ich sie jetzt hätte in ihre Wiege zurücklegen können, weil sie müde genug war, aber aus irgendeinem Grund wollte ich nicht. Ich wollte noch eine Weile so dasitzen, in diesem Zimmer, mit meiner Tochter im Arm.

Ich lag in Jacobs altem Bett. Der Gedanke kam ungebeten und überraschend, und unmittelbar darauf folgte das Bild, wie *er* zuletzt darin gelegen hatte, betrunken. Ich hatte mich vorgebeugt und ihm einen Gutenachtkuß gegeben. Ohne nachzudenken, hielt ich mir die Decke unter die Nase, schnupperte daran und bildete mir tatsächlich ein, ihn zu riechen, obwohl das natürlich unmöglich war.

Der Judaskuß, hatte er geflüstert.

Draußen auf der Straße fuhr mit lautem Dröhnen und Kratzen ein Schneepflug vorbei. Ich sah auf Amanda hinunter. Ihre Glieder waren weich und schlaff, als ob sie fest schliefe, aber ihre Augen waren noch offen. Ich konnte sie im Dunkeln schimmern sehen wie Glasmurmeln.

Als ich daran dachte, was mir am Morgen bevorstand, bildete sich ein harter Knoten in meinem Magen. Was immer ich auch tun würde, war falsch. Diesen Gedanken wurde ich einfach nicht los.

Die beste Lösung, die allerrücksichtsloseste, war zweifellos die, daß ich das Geld nahm und abhaute. Ich konnte den Seesack über die Schulter nehmen, Sarah und Amanda zurücklassen und hinaus in die Nacht fahren. Ich würde ganz von vorn beginnen, meinen Namen ändern und ein neues Leben aufbauen. Ich schloß die Augen und stellte mir vor, wie ich ein neues Auto kaufte, irgendwas Ausländisches, Schnelles und Schrilles. Endlich würde ich mal nicht über die richtige Finanzierung, über Kredite und Raten nachdenken müssen, sondern dem Händler einfach einen Stapel Hunderter in die Hand zählen. Ich stellte mir vor, wie ich mit dem neuen Auto davonfuhr, von einem teuren Hotel mit Swimmingpool, Fitneßraum, Sauna und Kingsize-Betten zum nächsten. Ich würde aus dem Koffer leben und einfach neue Kleider kaufen, wenn die alten schmutzig waren. Ich würde im Zickzack durchs Land brausen und weiterfahren, wenn es mir irgendwo langweilig wurde, nach Westen oder nach Süden, nach Osten oder nach Norden, irgendwohin. Ich würde hinfahren können, wohin es mir paßte, nur neu mußte es sein und irgendwoanders als hier, wo ich jetzt war, zu Hause, wo ich immer gewesen war, in Ohio.

Warum eigentlich nicht? Wenn ich fähig gewesen war, meinen Bruder zu töten, mußte ich zu allem fähig sein. Ich mußte einfach böse sein.

Der Wind seufzte über mir auf dem Dachboden. Ich sah auf Amanda und ihre sanft schimmernden Augen herunter.

Ich konnte sie töten. Ich konnte sie in der Decke ersticken. Ich konnte sie an den Knöcheln packen und an die Wand schlagen. Ich konnte ihren Kopf in den Händen zerquetschen. Ich konnte auch Sarah ermorden. Ich konnte über den Flur schleichen und sie im Schlaf erwürgen, ich konnte sie mit ihrem Kissen ersticken oder ihr Gesicht mit meinen Fäusten einschlagen.

Ich malte mir das alles im Kopf aus, ein Bild folgte rasch auf das nächste. Ich würde es können, dessen war ich mir sicher. Wenn ich es mir vorstellen konnte, dann konnte ich es auch tun. Wenn ich es einmal geplant hatte, brauchte ich bloß noch meinen Händen zu sagen, sie sollten es ausführen. Ich war zu allem fähig.

Es raschelte auf dem Flur, und als ich hochsah, stand Sarah in der Tür. Sie trug ihren Morgenrock, den Gürtel zu einem losen Knoten geschlungen. Ihr Haar war mit einer Spange nach hinten gebunden.

»Hank?«

Ich blickte stumm zu ihr auf. Die blutigen Bilder glitten zögernd aus meinem Bewußtsein, wie im Traum, und hinterließen kleine, flache Tümpel der Schuld, wie Pfützen nach einem Gewitter.

Natürlich nicht. Der Gedanke vibrierte in meiner Seele, drang bis in ihre tiefsten Abgründe vor und kehrte als geläutertes Echo zurück. *Ich liebe sie doch beide so schrecklich.*

Ich senkte den Kopf und streifte Amandas Wimpern mit meinen Lippen. »Sie konnte nicht einschlafen«, flüsterte ich.

Sarah betrat das Zimmer, und die Dielen knackten unter ihren Füßen. Sie kletterte zu mir ins Bett, und ich hielt die Decke hoch, damit sie hereinschlüpfen konnte. Mit dem freien Arm umfaßte ich ihre Taille, und sie schlang ihre Beine um mich. Ihr Kopf lag an meiner Schulter, knapp über dem von Amanda.

»Du mußt ihr eine Geschichte erzählen«, sagte sie.

»Ich kenne keine Geschichten.«

»Dann mußt du dir eine ausdenken.«

Ich dachte einen Augenblick nach, aber mir fiel nichts ein. »Hilf mir«, flüsterte ich.

»Es war einmal ein König und eine Königin.« Sie machte eine Pause und wartete, daß ich fortfuhr.

»Es war einmal ein König und eine Königin«, sagte ich.

»Eine wunderschöne Königin.«

»Eine wunderschöne Königin« – ich nickte – »und ein sehr kluger König. Sie wohnten in einem Schloß am Fluß, das umgeben war von Wiesen und Wäldern.«

Ich hatte den Faden verloren.

»Waren sie reich?«

»Nein. Ganz normal. Sie lebten wie alle anderen Königinnen und Könige.«

»Zog der König oft in die Schlacht?«

»Nur, wenn er mußte.«

»Erzähl doch mal von einer der Schlachten.«

Ich dachte fast eine Minute lang nach. Dann fiel mir etwas ein, was mir ziemlich schlau erschien, als ich da so in der Dunkelheit lag.

»Eines Tages«, sagte ich, »ging der König im Wald spazieren und stolperte über eine alte Holzkiste. Zuerst dachte er, es wäre ein Sarg; denn die Kiste hatte ungefähr diese Form, und der Deckel war fest zugenagelt, aber sie war nicht begraben, sondern lag bloß so im Gras. Außerdem war sie viel schwerer als Särge im allgemeinen sind. Als der König sie aufzuheben versuchte, hätte er sich fast einen Bruch gehoben.«

»Was war denn drin?« fragte Sarah, aber ich ignorierte die Frage.

»Der König ging nach Hause und erzählte der wunderschönen Königin von der Kiste. ›Königin‹, sagte er...«

»Liebste«, flüsterte Sarah.

»Liebste?«

»So nennen sie sich: Liebster und Liebste.«

»›Liebste‹, sagte der König. ›Ich habe im Wald eine schwere Kiste gefunden. Hilf mir, sie nach Hause zu tragen.‹ Sie trugen die Kiste ins Schloß, und der König rief zwei seiner Herzöge in den Thronsaal, damit sie ihm halfen, den Deckel herunterzukriegen.«

»Und in der Kiste drin war eine Hexe«, sagte Sarah.

»Nein. Sie war voller Gold. Voller glänzender Goldbarren.«

»Gold?« sagte Sarah, aber jetzt zögerte ich. Vielleicht war die Geschichte doch nicht so schlau.

»Wieviel Gold?«

»Eine Menge«, sagte ich. »Mehr als sie sich je hätten träumen lassen.«

»Haben sie sich darüber gefreut?«

»Eigentlich hatten sie eher Angst. Sie fürchteten, die Nachbarkönige und -königinnen würden eifersüchtig auf sie werden und sie mit ihren Armeen angreifen, um den Schatz zu stehlen. Es wurde ihnen klar, daß sie niemandem etwas von dem Schatz erzählen durften, ehe sie nicht selbst eine Armee aufgestellt und einen neuen Schloßgraben angelegt hatten. Sonst würden sie nicht nur den Schatz verlieren, sondern gleich ihr ganzes Königreich dazu. Deshalb ermahnte der König die beiden Herzöge, Stillschweigen über alles zu bewahren, was sie gesehen hatten. Als Belohnung für ihr Schweigen versprach er ihnen einen Anteil des Schatzes.«

Ich wartete, um zu sehen, ob Sarah schon wußte, worauf ich hinauswollte. Aber das schien nicht der Fall zu sein: Sie lag ganz still und wartete darauf, daß ich fortfuhr.

»Einige Tage vergingen, und der König begann, den neuen Wassergraben anzulegen. Aber dann hörte er plötzlich beunruhigende Gerüchte an seinem Hof, Gerüchte über das Gold. Die Königin hatte auch Gerüchte gehört und kam zu ihm in den Thronsaal. ›Liebster, wir müssen was wegen der Herzöge unternehmen‹, sagte sie.«

»Ach, Hank«, seufzte Sarah gequält.

»Der König nickte, und sie beschlossen, die Herzöge zu beseitigen. Sie konnten sie aber nicht einfach hinrichten lassen; denn damit hätten sie ja die Gerüchte bestätigt. Deshalb riefen sie zu einem Turnier auf und sorgten dafür, daß die Herzöge dabei starben. Der eine wurde – scheinbar versehentlich – von einer Lanze durchbohrt; der andere wurde von seinem Schlachtroß zertrampelt.«

»War einer von den beiden der Bruder des Königs?«

Ich wollte schon den Kopf schütteln, aber dann sagte ich: »Ja.«

»Und war das Geld dann sicher?«

»Das Gold.«

»War das Gold sicher? Haben sie den Wassergraben gebaut und ihre Armee aufgestellt?«

»Nein. Unmittelbar, nachdem sie die Herzöge umgebracht hatten, erschienen die Nachbarn mit ihren Armeen und belagerten das Schloß.«

Ich bemerkte, daß Amanda mich unverwandt anstarrte, und verstummte abrupt. Sie hatte die ganze Zeit zugehört. Es war immer noch kalt im Raum, aber unter der Decke war es uns dreien schön warm.

Ich spürte, wie Sarah ihre Hand nach dem Kind ausstreckte und seine Stirn streichelte. »Wie ging es denn aus?« fragte sie. Ihr Kopf lag schwer wie ein Stein auf meiner Schulter.

»Der König ging allein fort, um nachzudenken. Als er zurückkehrte, fand er die Königin auf den Zinnen des Schlosses. Er war es müde, sein Geheimnis bewahren zu müssen. Sein Gesicht war bleich, und seine Lippen zitterten, als er ihr die Hand küßte. ›Vielleicht, Liebste‹, sagte er, ›hätten wir die Kiste niemals aufmachen dürfen. Vielleicht hätten wir sie einfach im Wald lassen sollen.‹«

»Daraufhin küßte ihn die Königin auf die Stirn«, sagte Sarah und erhob sich auf den Ellbogen, um mich zu küssen. »›Liebster‹, sagte sie, ›es ist zu spät, um über diese Dinge nachzudenken.‹ Sie zeigte hinaus auf die Felder, wo die Lagerfeuer brannten, so weit das Auge reichte. ›Die Armeen sind zur Schlacht angetreten.‹«

»Und wann hätte man nachdenken sollen?«

»Am Anfang, Liebster. Als die Kiste noch zu war.«

»Aber damals haben wir es nicht getan. Damals wußten wir noch nicht, was wir jetzt wissen.«

Sarah lehnte ihren Kopf zurück, um mich in der Dunkelheit besser sehen zu können. »Würdest du wirklich darauf verzichten? Wenn du könntest?«

Ich schwieg einen Augenblick. Als ich sprach, beantwortete ich ihre Frage nicht. Ich flüsterte nur: »Ich hätte es gleich am ersten Tag zurückgeben sollen.«

Sarah gab sich damit zufrieden. Sie schmiegte sich an meine Schulter, und auch das Baby war eingeschlafen. Warm lag es an meiner Brust.

»Jetzt ist es zu spät, Hank«, flüsterte Sarah. »Jetzt ist es zu spät.«

10

Noch vor Sonnenaufgang begann der Schnee wieder zu schmelzen. Er verabschiedete sich genauso, wie er gekommen war: in rasender Eile – so als wäre der ganze Schneesturm ein peinlicher Irrtum der Natur gewesen, ein bedauerlicher Fehler, den sie, so schnell wie möglich, korrigieren wollte. Die Temperaturen sprangen auf über zehn Grad, und ein dichter Nebel erhob sich, der die Dämmerung einhüllte. Tropfend und knisternd löste sich der Schnee auf und zerfloß alsbald zu Wasser, so daß ich, als ich gegen acht Uhr in die Stadt fuhr, nicht gegen Eis auf den Straßen zu kämpfen hatte, sondern gegen Schlamm.

Carl saß allein in seinem Büro und las Zeitung.

»Du bist aber früh dran«, sagte er, als er mich in der Tür stehen sah. »Vor neun wollten wir gar nicht losfahren.«

Seine Stimme klang fröhlich und laut in dem leeren Büro. Wie immer schien er unsinnig froh, mich zu sehen, so als wäre er einsam gewesen und glücklich, jetzt endlich Gesellschaft zu haben. Er goß mir eine Tasse Kaffee ein, bot mir einen Krapfen an, und dann setzten wir uns, und sein großer Schreibtisch füllte den Raum zwischen uns.

»Ich wollte eigentlich vorher noch rasch in der Futtermittelhandlung vorbei«, sagte ich, »aber wie es scheint, hab' ich meine Schlüssel vergessen.«

»Was, die haben dir einen eigenen Schlüssel gegeben?« grinste Carl. Auf seiner Oberlippe hatte der Krapfen einen Schnurrbart aus Puderzucker hinterlassen.

Ich nickte. »Mein Gesicht flößt den Leuten Vertrauen ein.«

Er studierte mein Gesicht aufmerksamer, als ich beabsichtigt hatte. »Ja«, sagte er. »Das könnte wohl sein.« Er wischte sich den Zucker vom Mund und starrte durchs Fenster zur Futtermittelhandlung hinüber.

»Ich werde warten müssen, bis Tom kommt«, sagte ich. »Das wird allerdings erst gegen neun sein. Ich hoffe, ich halte euch nicht zu lange auf.«

Carl starrte immer noch über die Straße. Seine Lippen waren leicht verzogen. »Das macht nichts«, sagte er. »Wir können warten.«

Die Straße vor dem Fenster war matschig und naß. Inzwischen hatte es auch noch zu regnen begonnen.

»Glaubst du wirklich, daß da draußen ein Flugzeugwrack liegt?« fragte Carl.

Ich neigte den Kopf, als müßte ich nachdenken. »Kann ich mir nicht vorstellen. Wenn da wirklich ein Flugzeug gewesen wäre, hätten wir ja den Absturz gehört.«

Carl nickte langsam. »Das denke ich auch.«

»Ich bedaure eigentlich, daß ich es überhaupt erwähnt habe. Es tut mir leid, daß der Mann seine Zeit vertrödelt mit einem falschen Alarm.«

»Ich glaube, das macht ihm nichts aus. Die müssen ja ziemlich verzweifelt sein, wenn sie ihn einfach so mit dem Auto durchs Land schicken.«

Wir schwiegen einen Moment. Dann fragte ich: »Hat er Ihnen eigentlich seine Marke gezeigt?«

»Seine Marke?«

»Ich hab' mich immer gefragt, ob die so aussehen wie im Film.«

»Und wie sehen die da aus?«

»Na, Sie wissen schon. Dieses glänzende, silberne Ding mit den Buchstaben FBI in der Mitte.«

»Ja, genau so sehen sie aus.«

»Haben Sie seins auch gesehen?«

Darüber mußte er einen Augenblick nachdenken. Dann schüttelte er den Kopf. »Nein, aber ich hab' sie schon früher gesehen.« Er zwinkerte mir zu. »Ich bin sicher, er würde es dir zeigen, wenn du ihn darum bittest.«

»Nein«, sagte ich. »Das wär' mir zu albern. Ich war bloß neugierig.«

Wir kehrten zurück zu unserem Kaffee. Carl biß noch einmal in seinen Krapfen und warf einen Blick in die Zeitung, während ich auf die Straße hinausstarrte, wo gerade ein Pick-up vorbeiratterte. Auf der Ladefläche duckte sich ein nasser Hund in den Schutz der Fahrerkabine. Ich mußte an Mary Beth denken, der jetzt frierend und unglücklich mit einem kurzen Strick an den Weißdornbaum gebunden vor unserem Haus hockte.

Es geschah etwas Merkwürdiges, als dieses Bild vor meinem inneren Auge erschien. Ohne daß ich mich darum bemühen mußte, hatte ich eine Idee. Mitten in Carls überheiztem Büro, mit einer Tasse Kaffee in der Hand und einem halbgegessenen Krapfen vor mir auf dem Tisch, fiel mir ein Plan ein, wie ich die Sache in Ordnung bringen konnte.

Ich drehte mich zu Carl um und starrte die Vitrine mit den Waffen über seinem Kopf an.

»Könnten Sie mir vielleicht eine Waffe leihen?« fragte ich.

Er sah von seiner Zeitung auf und blinzelte irritiert. »Eine Waffe?« Er hatte wieder Puderzucker auf der Lippe. Er sah kindisch damit aus, irgendwie unzuverlässig.

»Eine Pistole.«

»Was willst du denn mit einer Pistole?« fragte Carl überrascht.

»Ich habe beschlossen, Jacobs Hund zu töten.«

»Du willst ihn erschießen?«

»Er hat sich einfach nicht daran gewöhnt, daß Jacob nicht mehr da ist. Er ist immer bösartiger geworden, und das ist mir zu gefährlich, mit dem Baby im Haus.« Ich machte eine Pause und fügte dann eine kleine Lüge hinzu. »Vor ein paar Tagen hat er Sarah gebissen.«

»Schlimm?«

»Na, einen Schrecken hat es uns schon eingejagt. Sarah verlangt jetzt, daß ich ihn in der Garage einsperre.«

»Warum bringst du ihn nicht einfach zum Tierarzt? Miller gibt ihm eine Spritze, und fertig.«

Ich tat so, als müßte ich darüber nachdenken, dann schüttelte ich seufzend den Kopf. »Nein, das muß ich schon selbst machen, Carl. Der Hund war Jacobs bester Freund. Er hätte bestimmt gewollt, daß ich es selbst mache, wenn es schon getan werden muß.«

»Hast du denn schon jemals einen Hund erschossen?«

»Ich hab' noch nie auf irgendwas geschossen.«

»Es ist ein scheußliches Gefühl, Hank. Es ist eine der schlimmsten

Sachen, die es überhaupt gibt. Wenn ich du wäre, würde ich ihn zu Pete bringen.«

»Nein«, sagte ich. »Dabei hätte ich kein gutes Gefühl.«

Carl runzelte die Stirn.

»Es wäre ja nur für einen Tag, Carl. Ich würde es heute nachmittag machen und Ihnen die Waffe noch vor Feierabend zurückbringen.«

»Weißt du denn überhaupt, wie man mit einer Schußwaffe umgeht?«

»Ich bin sicher, Sie könnten mir alles beibringen, was ich wissen muß.«

»Du würdest ihn einfach irgendwo auf die Wiese hinausführen und dort erschießen?«

»Ich hab' mir gedacht, ich mache es in der Nähe unserer früheren Farm. Ich will ihn da auch begraben. Ich glaube, das hätte Jacob auch so gemacht.«

Er überlegte einen Moment mit ernstem Gesicht. »Ich glaube, für einen Tag kann ich dir schon eine leihen.«

»Das wäre eine große Hilfe, Carl.«

Er wirbelte auf seinem Drehstuhl herum und betrachtete den Waffenschrank. »Eine Pistole, hast du gesagt? Darf's auch ein Revolver sein? Die sind zuverlässiger.«

Ich nickte und stand auf, um einen besseren Überblick zu gewinnen. »Wie wär's mit dem?« fragte ich und zeigte auf einen schwarzen Revolver in der rechten unteren Ecke, der genauso wie die Waffe aussah, die Carl am Gürtel hängen hatte.

Carl nahm einen Schlüsselbund aus der Hosentasche, schloß die Vitrine auf und nahm den Revolver vom Haken. Dann setzte er sich wieder hin und nahm aus der untersten Schreibtischschublade eine kleine Schachtel mit Patronen. Er klappte die Trommel des Revolvers auf und zeigte mir, wie man ihn laden mußte.

»Ziel einfach am Lauf entlang, und dann drück den Abzug«, sagte er. »Nicht dran reißen, sondern ganz gleichmäßig ziehen.« Er reichte mir die Waffe über den Tisch und gab mir zwei Patronen dazu. »Die Trommel dreht sich von allein. Eine Sicherung oder so etwas gibt es nicht.«

Ich stellte die beiden Patronen nebeneinander auf den Tisch.

»Es ist mein alter Revolver«, sagte Carl.

Ich wog die Waffe in der Hand. Sie fühlte sich schwer und kompakt an, wie eine eiserne Faust. Das Metall war kalt und leicht ölig.

»Ist es derselbe Typ wie der, den Sie jetzt tragen?« fragte ich.

»Das stimmt, bloß älter. Wahrscheinlich sogar älter als du. Ich hab' ihn gekriegt, als ich die Stelle hier antrat.«

Wir setzten uns beide wieder. Ich legte den Revolver auf die Schreibtischplatte neben die Patronen. Die Patronen mit ihren silbrigen Hülsen und den grauen konischen Spitzen waren kleiner, als ich gedacht hatte. Sie sahen gar nicht so aus, als ob sie zu der Waffe gehörten. Sie waren nicht böse genug, es fehlte ihnen das drohende Potential des Revolvers, das offensichtlich Gewalttätige. Sie sahen fast harmlos aus, wie Kinderspielzeug. Ich nahm eine davon in die Hand. Die Oberfläche war genauso ölig wie das Metall des Revolvers.

»Vielleicht werde ich ein, zweimal üben müssen, ehe ich's tue«, sagte ich.

Carl warf mir einen prüfenden Blick zu.

»Meinen Sie, ich könnte noch ein paar mehr haben?«

Er zog die Schublade noch einmal auf. »Wie viele?«

»Wie viele gehen denn rein?«

»Sechs.«

»Könnte ich dann vielleicht noch vier davon haben?«

Carl nahm vier Patronen aus der Schachtel und rollte sie einzeln über den Tisch. Ich sammelte sie in meiner Hand.

Auf der anderen Straßenseite war Tom Butler erschienen. Er trug einen grellorangefarbenen Umhang und lud irgendwas aus dem Kofferraum seines Autos. Wegen des Regens zog er den Kopf ein.

»He«, sagte ich. »Da ist Tom.« Ich stand auf und warf einen Blick auf die Uhr. Zehn Minuten vor neun. »Ich denke, ich bin in einer Viertelstunde fertig. Reicht es, wenn ich um fünf nach neun wieder hier bin?«

Carl winkte ab. »Laß dir nur Zeit, Hank. Wir haben's nicht eilig.«

Ich wandte mich zum Gehen, aber er rief mich noch einmal zurück.

»Warte«, sagte er, und ich drehte mich überrascht zu ihm um. Er streckte die Hand aus. »Gib mir noch mal den Revolver.«

Er nahm die Krapfentüte und kippte sie auf den Tisch. Es waren noch drei Krapfen drin, zwei mit Puderzucker und einer mit Schokolade. Der Schokoladenkrapfen kugelte über die Tischplatte, balancierte noch einen Augenblick an der Kante und fiel mir dann mit einem leichten *Plopp!* vor die Füße. Ich bückte mich, um ihn aufzuheben. Als ich wieder hochkam, war Carl gerade dabei, den Revolver in die Papiertüte zu wickeln.

»Wir wollen ja nicht, daß er naß wird«, sagte er.

Ich nickte und nahm die Waffe zum zweiten Mal in Empfang. Die Tüte war rosa und weiß mit blauen Buchstaben. Die Worte LIZZIE'S DONUTS schmückten jetzt den Griff des Revolvers.

»Sei schön vorsichtig, ja?« sagte Carl. »Wir wollen doch nicht, daß du dich versehentlich mit einem Revolver erschießt, den ich dir geliehen habe, nicht wahr?«

»Ich werde vorsichtig sein«, sagte ich. »Das verspreche ich Ihnen.«

Als ich die Stufen vor dem Rathaus herunterging, sah ich Baxter aus seinem Auto steigen. Ich blieb auf dem Bürgersteig stehen und wartete auf ihn.

Er kam mit großen Schritten auf mich zu. Sein Oberkörper war hochaufgerichtet, und er hielt sein Gesicht in den Regen. Obwohl seine Füße nur in Halbschuhen steckten, marschierte er rücksichtslos durch den Matsch auf dem Bürgersteig. Während er näher kam, suchte ich in seinem Gesicht nach Ähnlichkeiten mit dem Bild von Vernon Bokovsky. Ich überprüfte die engstehenden Augen, die flache Nase, die niedrige, eckige Stirn, versuchte mir einen Bart vorzustellen, verlängerte in Gedanken sein Haar und polsterte seine Wangen ein bißchen aus, aber für all das blieb mir nur etwa eine Sekunde. Dann stand er auch schon vor mir und erwiderte meinen Blick mit einer Direktheit, die mich einschüchterte. Ich wurde verlegen, hatte das Gefühl, mich verdächtig zu machen, und blickte zur Seite.

»Guten Morgen, Mr. Mitchell«, sagte er.

Für einen Augenblick erfüllte seine unmitelbare Gegenwart mich mit Panik. Er war genauso angezogen wie am Tag zuvor: dunkler Anzug, Mantel, schwarze, glänzende Schuhe. Er war barhäuptig und trug keine Handschuhe. Die selbstbewußte Ausstrahlung, die mich schon bei unserer ersten Begegnung so nervös gemacht hatte, ging nach wie vor von ihm aus, und in meinen alten Jeans, meinem Flanellhemd und meinem überdimensionierten Parka fühlte ich mich neben ihm wie ein Provinzler, das typische Landei.

Aber die Panik ging genauso rasch vorüber, wie sie gekommen war. Ich betrachtete den Mann genauer und sah sein nasses Haar und seine rotgefrorene Haut und merkte, daß der forsche Gang, der Händedruck, die ganze korrekte Haltung nur Schau waren. In Wirklichkeit fror dieser Mann, ihm war unbehaglich, und sobald er draußen im Wald war, würde es ihm noch dreckiger gehen.

»Der Sheriff ist drin«, sagte ich. »Ich muß bloß noch mal über die Straße in mein Büro, dann können wir aufbrechen.« Ich zeigte zur Futtermittelhandlung hinüber. Tom Butler stand vor der Eingangstür, einen feuchten Pappkarton unter dem Arm, und suchte nach seinen Schlüsseln. Der Faltenwurf seines Regenumhangs behinderte ihn dabei sichtlich.

Als ich über die Fahrbahn gehen wollte, rief der FBI-Mann mich plötzlich zurück.

»He«, rief er. »Was haben Sie da in der Tüte?«

Ich drehte mich halb zu ihm um. Er stand vor mir auf dem Bürgersteig, allenfalls noch die Andeutung eines Lächelns in seinem Gesicht. Ich sah auf die Tüte hinunter, die ich an meine Brust gepreßt hielt. Unter dem feuchten Papier waren deutlich die Umrisse eines Revolvers zu sehen.

»In der Tüte?«

»Also für einen Krapfen würde ich jetzt glatt jemand umbringen.«

Ich lächelte. Die Erleichterung überflutete mich wie eine Droge. »Die Krapfen gibt es beim Sheriff«, sagte ich. »Die Tüte hab' ich mir bloß geliehen, damit meine Kamera nicht naß wird.«

Er musterte die Tüte. »Ihre Kamera?«

Ich nickte. Die Lüge erzählte sich fast von selbst weiter, ich brauchte gar nicht darüber nachzudenken. »Die hatte ich dem Sheriff geliehen.«

Ich wollte mich schon zur Straße zurückwenden, da fiel mir noch etwas ein. »Soll ich ein Foto von Ihnen machen?« fragte ich.

Baxter wich einen Schritt zurück. »Nein, danke.«

»Sind Sie sicher? Ist kein Problem.« Ich tat so, als wollte ich die Tüte auspacken.

Er trat noch einen Schritt zurück und schüttelte den Kopf. »Nein, Sie verschwenden nur Ihren Film.«

Ich zuckte die Achseln und faßte mein Paket wieder fester. »Wie Sie wollen.«

Als ich vom Bürgersteig treten wollte, sah ich mein Spiegelbild in der Seitenscheibe eines geparkten Autos und hinter mir Baxter, der gerade die Türen des Rathauses aufstieß.

Ohne lange darüber nachzudenken, rief ich laut: »Vernon!«

Sein undeutliches Spiegelbild blieb abrupt stehen und drehte sich halb zu mir um. Aber die Geste war zweideutig. Man konnte darin alles mögliche sehen.

»He, Vernon«, rief ich noch einmal lauter und winkte zu Tom hinüber, der gerade in der Futtermittelhandlung verschwand. Dann rannte ich über die Straße. Tom drehte sich, seinen Pappkarton immer noch unter dem Arm, zu mir um und hielt mir die Tür auf.

»Nennst du mich neuerdings Vernon?« fragte er.

Ich schüttelte den Regen von meinem Parka, stampfte mir auf der Fußmatte den Matsch von den Stiefeln und sah ihn verwirrt an. »Vernon?« sagte ich. »Nein, ich hab' gerufen: He, Tom!«

Als ich über die Straße zurückschaute, war die Rathaustreppe leer.

In meinem Büro war es dämmrig, die Jalousien waren heruntergelassen, aber ich knipste kein Licht an. Ich ging zu meinem Schreibtisch und holte den Revolver heraus. Ein bißchen Puderzucker klebte am Lauf.

Die Uhr an der Wand zeigte 9:01.

Ich wischte den Revolver an meinem Hosenbein ab und lud ihn.

Als die Uhr auf 9:02 sprang, griff ich nach dem Telefonhörer und rief Sarah an.

Die Leitung war besetzt, und ich legte den Hörer zurück auf die Gabel.

Ich versuchte, den Revolver in die rechte Seitentasche des Parkas zu stecken, aber er war zu groß: Der Griff stand heraus, und das Gewicht der Waffe ließ meinen Parka schief hängen.

Ich zog die Jacke aus, knöpfte mein Hemd auf und schob mir den Revolver mit dem Lauf zuerst in den Hosenbund, bis er über meinem Magen feststeckte. Das Metall fühlte sich kantig und kalt an, der Griff stand nach rechts weg. Das Gewicht der Waffe verschaffte mir ein zusätzliches Spannungsgefühl, ein eigenartiges Kribbeln im Bauch. Ich kam mir vor wie ein Revolverheld im Kino. Ich knöpfte mein Hemd zu, ließ es aber aus der Hose hängen, so daß es die Waffe verdeckte. Dann zog ich meinen Parka wieder an.

Die Uhr war auf 9:03 gesprungen.

Ich rief noch einmal zu Hause an. Gleich beim ersten Läuten nahm Sarah den Hörer ab.

»Er ist es«, sagte ich.

»Wie meinst du das?«

Ich erzählte ihr alles: Von der nicht vorgezeigten Marke über das Foto, das er nicht von sich hatte machen lassen wollen, bis zu der Tatsache, daß er sich umgedreht hatte, als ich seinen Namen genannt hatte. Sarah hörte stumm zu. Sie stellte keine Fragen und zog nichts in Zweifel. Trotzdem schwand meine Sicherheit, sobald ich zu sprechen begann. Für alles, was vorgefallen war, gab es auch eine andere Erklärung. Und je länger ich redete, desto klarer wurde mir, daß sie mindestens ebenso plausibel waren wie die Vermutung, daß Agent Baxter ein Betrüger war.

»Ich habe beim FBI angerufen«, sagte Sarah.

»Und?«

»Sie haben gesagt, er sei gerade im Einsatz.«

Ich brauchte einen Augenblick, um zu verstehen. »Es gibt dort wirklich einen Baxter?«

»Ja, das haben sie gesagt.«

»Und du hast nach Neal Baxter gefragt?«

»Ja. *Agent Neal Baxter*, hab' ich gesagt.«

Ich stand da, als wäre ich am Telefon festgefroren. Das hatte ich nicht erwartet.

»Und was bedeutet das deiner Meinung nach?« fragte ich.

Sogar durchs Telefon spürte ich, wie sie mit den Achseln zuckte. »Vielleicht ist es bloß Zufall.«

Ich versuchte, das zu glauben, aber es klappte nicht richtig.

»Baxter ist kein so ungewöhnlicher Name«, sagte Sarah.

Ich spürte, wie der Revolver sich in meine Eingeweide bohrte. Er fühlte sich irgendwie lebendig an, so als ob er meinen Magen massierte. Ich rückte ihn wieder zurecht.

»Vielleicht wußte er ja auch, daß es einen richtigen Neal Baxter beim FBI gibt«, sagte Sarah. »Vielleicht hat er sich den Namen ganz gezielt ausgesucht.«

»Also glaubst du auch, daß er in Wirklichkeit Bokovsky ist?«

»Na, überleg doch mal, was du mir gerade alles erzählt hast, Hank. Daß er nicht mal eine Dienstmarke hat.«

»Ich hab' nicht gesagt, er hat keine Marke. Ich hab' nur gesagt, daß er sie Carl nicht gezeigt hat.«

Darauf gab sie keine Antwort. Im Hintergrund hörte ich Jacobs Teddybär singen. *Frère Jacques, Frère Jacques*...

»Sag's doch«, verlangte ich.

»Was soll ich sagen?«

»Ob du glaubst, daß er's ist.«

Sarah zögerte, dann sagte sie: »Ja, ich glaube, er ist es, Hank. Ganz bestimmt.«

Ich nickte, ohne etwas zu sagen.

»Und du?« fragte sie.

»Ich hab's geglaubt«, sagte ich, ging vom Schreibtisch zum Fenster und spähte durch die Jalousie ins Licht des Tages hinaus. Es war alles in Nebel gehüllt. Das Friedhofstor sah darin aus wie ein schwarzes Netz, und die Grabsteine dahinter waren grau, kalt und undeutlich.

»Ich denke, ich glaub's immer noch«, sagte ich.

»Dann kommst du jetzt also nach Hause?«

»Nein, ich geh' mit.«

»Aber du hast doch gerade gesagt –«

»Ich hab' einen Revolver, Sarah. Hab' ich mir von Carl geliehen.«

Daraufhin folgte ein langes Schweigen am anderen Ende, und ich spürte, wie Sarah nachdachte. Es war, als ob sie den Atem anhielte.

»Ich werde ihn beschützen«, sagte ich. »Ich werde aufpassen, daß ihm nichts passiert.«

»Wem?«

»Carl. Wenn es wirklich Bokovsky ist und wenn er irgendwas versucht, dann leg ich ihn um.«

»Das kannst du nicht machen, Hank. Das ist verrückt.«

»Nein«, sagte ich. »Das ist nicht verrückt. Ich hab' darüber nachgedacht. Es ist genau das, was ich tun muß.«

»Wenn es dieser Bokovsky ist, dann ist es wichtig, daß er entkommt, Hank. Dann wird wenigstens nie jemand erfahren, wieviel Geld wirklich an Bord dieses Flugzeuges war.«

»Wenn es Bokovsky ist, wird er Carl umbringen.«

»Das ist nicht unser Problem. Damit haben wir nichts zu tun.«

»Was redest du da? Natürlich haben wir sehr viel damit zu tun. Wir wissen schließlich, was der Kerl vorhat.«

»Es ist doch nur eine Vermutung, Hank. Sicher wissen wir gar nichts.«

»Ich kann ihn aber daran hindern, wenn ich mitgehe.«

»Vielleicht ja, vielleicht nein. Ein Revolver ist keine Schrotflinte. Da kann man leicht danebenschießen. Und wenn du ihn nicht triffst, erschießt er euch beide.«

»Ich werde nicht danebenschießen. Ich werde die ganze Zeit dicht bei ihm bleiben. Ich werde viel zu nahe bei ihm sein, um danebenzuschießen.«

»Er ist ein Mörder, Hank. Er weiß genau, was er tut. Du hättest keine Chance gegen ihn.«

Der Bär sang immer noch hinter ihr, seine Stimme war allerdings langsam und brüchig geworden. Ich schob den Revolver noch etwas weiter unter den Gürtel. Ich war fest entschlossen, nicht auf Sarah zu hören, aber ihre Worte fielen wie Saatkörner in meine Entschlossenheit und begannen sofort, kleine Keime des Zweifels zu treiben. Ich zögerte. Ich versuchte, mir vorzustellen, wie toll es sein würde, den Revolver aus dem Parka zu ziehen, wie ein Cop im Fernsehen in die Hocke zu gehen, mit beiden Armen auf Bokovskys Brust zu zielen und dann auf den Abzug zu drücken, aber statt dessen stand mir bloß lebhaft vor Augen, was alles schiefgehen konnte: Die Waffe verfing sich in meinem Hemd, meine Stiefel rutschten im Schnee aus, der Revolver versagte, ich feuerte hoch in die Luft oder in den Boden vor meinen Füßen – und dann würde Bokovsky sich zu mir umdrehen, mit seinem hölzernen Lächeln.

Erschrocken stellte ich fest, daß ich Angst vor ihm hatte.

»Du mußt auch an dein Kind denken, Hank«, sagte Sarah. »Du mußt auch an mich denken.«

Die Alternativen schienen sehr einfach zu sein: Ich konnte mitgehen oder mich fernhalten. Mitgehen war mutiger und edler, aber auch ziemlich gefährlich. Wenn der Mann da drüben auf der anderen Straßenseite tatsächlich Bokovsky war, dann war er womöglich entschlossen, mich und Carl zu erschießen. Wenn ich jetzt nach Hause fuhr, konnte ich dem entgehen. Ich würde Carl seinem Schicksal überlassen und mich selbst retten.

Ich stand vor dem Fenster und überlegte. Sarah blieb stumm und wartete, daß ich etwas sagte. Da kam mir eine Idee. Ich schob die linke Hand in die Tasche: die Autoschüssel, das alte Taschenmesser meines Vaters und ein paar Münzen. Eine davon zog ich heraus. Ein Vierteldollar von der Zweihundertjahrfeier.

Kopf oder Zahl, dachte ich. *Wenn Kopf kommt, gehe ich mit.*

Ich warf die Münze in die Luft und fing sie in meiner Hand.

Es war Kopf.

»Hank«, fragte Sarah, »bist du noch da?«

Ich starrte auf die Münze in meiner Hand mit einem Knoten von Furcht in der Brust. Ich hatte mir gewünscht, daß Zahl kommen sollte, wurde mir plötzlich bewußt. Ich hatte mit ganzem Herzen darum gebetet. Ich überlegte mir, ob ich vielleicht insgesamt dreimal werfen sollte, aber ich wußte, im Grunde war es egal. Ich würde bloß so lange weitermachen, bis das Omen bestätigte, was ich ohnehin wollte. Es war bloß ein Trick, um mein Gewissen zu beruhigen. Eine Methode, um für meine Feigheit nicht die Verantwortung übernehmen zu müssen. Ich hatte zuviel Angst, um Carl zu begleiten.

»Ja«, sagte ich. »Bin noch da.«

»Du bist kein Polizist«, sagte Sarah. »Du verstehst nichts von Waffen.«

Ich sagte nichts. Ich ließ die Münze in meiner Hand einen kleinen Salto machen, so daß sie Zahl zeigte.

»Hank?«

»In Ordnung«, sagte ich leise. »Ich komme nach Hause.«

Ich rief Carl an und sagte ihm, das Baby habe Brechdurchfall und Sarah sei in Panik.

Er war voller Fürsorge. »Linda ist inzwischen da«, sagte er. »Sie war früher Krankenschwester, soll sie vielleicht mit dir nach Hause fahren? Sie könnte euch helfen.«

»Das ist sehr nett von Ihnen, Carl, aber ich glaube, so ernst ist es nun auch wieder nicht.«

»Bist du sicher?«

»Absolut. Ich werde die beiden zum Arzt fahren, bloß um ganz sicherzugehen.«

»Dann fahr nur. Ich glaube, wir kommen auch allein zurecht. Richtig gesehen hast du ja eigentlich sowieso nichts, oder?«

»Nein, gesehen hab' ich überhaupt nichts.«

»Du hast gesagt, das Motorengeräusch war auf der südlichen Seite, oder? In der Nähe der Pederson-Farm?«

»Ja, ein kleines Stückchen weiter draußen.«

»Okay, Hank. Vielleicht ruf' ich ja mal bei dir an, wenn wir wieder zurück sind, und erzähl' dir, wie es war.«

»Das würde mich freuen.«

»Ich hoffe, mit dem Baby ist alles okay.«

Damit wollte er aufhängen, aber ich hielt ihn zurück. »Carl?« sagte ich.

»Ja, was ist?«

»Seien Sie vorsichtig, ja?«

Er lachte. »Wovor soll ich mich denn vorsehen?«

Ich verstummte für ein, zwei Sekunden. Ich wollte ihn warnen, wußte aber nicht, wie ich das tun sollte. »Vor dem Regen«, sagte ich schließlich. »Es soll noch kalt werden, heute. Dann kriegen wir Glatteis.«

Er lachte noch einmal, aber meine Fürsorge rührte ihn auch.

»Sei du auch vorsichtig«, sagte er.

Ich konnte Carls Laster von meinem Fenster aus sehen, er stand direkt vor der Kirche, und so wartete ich, hinter den Jalousien versteckt, bis sie abfuhren. Sie kamen fast sofort aus dem Haus, Seite an Seite. Carl hatte seine dunkelgrüne Uniformjacke an und seinen Ranger-Hut auf. Der Regen bildete jetzt einen dichten Sprühnebel, im Rinnstein wuchsen die Pfützen, und es lag ein kaltes, schmerzliches Gefühl in der Luft, das ich sogar durchs Fenster hindurch spürte.

Carls Wagen war ein normaler Pick-up, aber er hatte ein rotweißes Blinklicht auf dem Dach, ein Funkgerät unter dem Armaturenbrett und eine großkalibrige Schrotflinte in einem Gestell am Rückfenster. Der Wagen war dunkelblau, und auf der Seite stand in großen weißen Buchstaben: ASHENVILLE POLICE. Ich sah zu, wie er sich hinters Steuerrad setzte und sich dann zur anderen Seite hinüberlehnte, um die Beifahrertür aufzumachen. Ich hörte, wie der Motor ansprang, und sah, wie sie die Sicherheitsgurte anlegten. Dann begannen die Scheibenwischer sich zu bewegen und schoben den Regen beiseite. Carl setzte den Hut ab, strich sich das Haar glatt und setzte den Hut wieder auf.

Ich stand geduckt in meinem verdunkelten Büro vor dem Fenster, bis sie auf die Straße rollten und nach Westen davonfuhren, in Richtung des Naturschutzgebiets und der Pederson-Farm, in Richtung der überwachsenen Obstplantage und des darin liegenden Flugzeugs. Wie in einer hohlen Hand mußte es daliegen, blankgespült vom Regen, in ruhiger Erwartung ihrer bevorstehenden Ankunft.

Ehe Carls Wagen verschwand, blinkten die Bremslichter noch einmal kurz wie zum Abschied, dann fiel der Nebel hinter ihnen und nur die Stadt blieb zurück, mit ihren kalten, leeren Straßen und ihren öden Schaufensterfronten, über die zischend und gurgelnd der Regen herabfiel.

Ich fuhr nach Hause.

Fort Ottawa war ruhig. Man hatte das Gefühl, auf einen Friedhof zu fahren: die gewundenen Straßen, die leeren Rasenflächen mit ihren Erdhaufen, die kleinen, gruftähnlichen Häuser. Wegen des Regens waren keine Kinder zu sehen. Hier und da waren die Fenster erleuchtet, oder es flackerte ein Fernseher hinter zugezogenen Vorhängen. Ich sah die Witzseite der Samstags-Zeitung vor meinem inneren Auge, Puzzleteile und Brettspiele auf niedrigen Klapptischen, Eltern in Bademänteln, die ihren Kaffee schlürften, Teenager im ersten Stock, die ordentlich ausschlafen wollten. Es sah alles so sicher und so normal aus, und als ich zu unserem Haus kam, stellte ich voller Erleichterung fest, daß es – zumindest von außen – genauso aussah wie alle anderen.

Ich parkte in der Auffahrt. Im Wohnzimmer brannte Licht. Mary Beth saß im Regen unter seinem Baum wie ein Buddha, und das nasse Fell klebte an seinem Körper.

Ich stieg aus dem Wagen und ging in die Garage. An der Wand hing eine Schaufel, und ich wollte sie gerade von ihrem Haken herunternehmen, als Sarah die Tür hinter mir aufmachte.

»Was tust du da?« fragte sie.

Mit der Schaufel in der Hand drehte ich mich zu ihr um. Sie stand, eine Stufe höher als ich, in der Tür und hielt Amanda im Arm. Das Kind nuckelte friedlich an seinem Schnuller. »Ich will den Hund erschießen«, sagte ich.

»Hier?«

Ich schüttelte den Kopf. »Ich werde nach Ashenville rausfahren zur alten Farm meines Vaters.«

Sarah runzelte die Stirn. »Vielleicht solltest du damit lieber noch warten?«

»Ich habe Carl versprochen, ihm seinen Revolver noch heute nachmittag wiederzugeben.«

»Warte doch lieber bis Montag. Dann kannst du ihn beim Tierarzt einschläfern lassen und brauchst keinen Revolver.«

»Ich will es aber dem Tierarzt nicht überlassen. Ich will es selbst machen.«

Sarah verlagerte Amanda vom rechten Arm auf den linken. Sie trug Jeans und einen dunkelbraunen Pullover. Ihre Haare waren zu einem Pferdeschwanz zusammengebunden wie bei einem jungen Mädchen. »Warum?« fragte sie.

»Das hätte Jacob von mir erwartet«, sagte ich, wußte aber nicht, ob ich das wirklich glaubte oder ob ich einfach die Lüge fortsetzte, die ich Carl erzählt hatte.

Sarah runzelte die Stirn. Sie schien nicht zu wissen, wie sie damit umgehen sollte. Ich vermute, sie glaubte mir nicht.

»Dem Hund geht es schlecht«, sagte ich. »Es ist nicht fair, ihn Tag für Tag da draußen in der Nässe sitzen zu lassen.«

Amanda wandte sich mir zu, als ich sprach, und ihr runder Kopf drehte sich auf ihrem Hals wie bei einer Eule. Sie blinzelte, und der Schnuller fiel ihr aus dem Mund und sprang in die Garage herunter. Ich ging hin und hob ihn auf. Er war von ihrem Speichel feucht.

»In einer Stunde bin ich wieder zurück«, sagte ich. »Es wird nicht lange dauern.«

Ich hielt Sarah den Schnuller hin, und sie nahm ihn mir mit zwei Fingern ab. Unsere Hände berührten sich nicht.

»Aber beim Naturschutzgebiet wirst du nicht vorbeifahren, oder?« fragte sie.

Ich schüttelte den Kopf.

»Versprichst du es mir?«

»Ja«, sagte ich. »Ich verspreche es dir.«

Sarah sah vom Fenster aus zu, als ich Mary Beth losband und zum Wagen führte. Im Kofferraum lagen immer noch Jacobs Habseligkeiten herum, und als der Hund im Inneren war, schnüffelte er mit aufgeregt wedelndem Schwanz an den Kisten. Ich setzte mich hinter das Lenkrad, und als ich zum Haus zurückblickte, sah ich, daß Sarah Amandas Ärmchen gepackt hatte und damit winkte.

Ihr Mund bewegte sich heftig. *»Bye-bye«*, sagte sie. *»Bye-bye, Doggy!«*

Mary Beth lag den ganzen Weg zur Farm hinaus zusammengerollt auf dem Rücksitz und schlief.

Das Wetter hatte sich nicht geändert. Ein feiner Nieselregen fiel vom Himmel und löste sich in Nebel auf. Links und rechts auf den Feldern traten Farmhäuser mit Scheunen, Schuppen und Silos geisterhaft aus dem Nebel. Die Regenrinnen tropften, die Farben waren verblichen, in den Gärten standen verrostete Traktoren und Autos herum. Überall trat die nackte Erde in dunklen, schlammigen Klumpen hervor, die wie geballte Fäuste aus den Schneeflächen ragten. Sie folgten den Ackerfurchen des vergangenen Jahres und bildeten auf manchen Feldern schon lange Reihen, die irgendwo im Nebel verschwanden.

Als ich zu unserer alten Farm kam, weigerte sich der Hund, aus dem Auto zu steigen. Ich hielt ihm die Tür auf, aber er wich vor mir zurück, knurrte und fletschte mit gesträubten Haaren die Zähne. Ich mußte ihn an der Wäscheleine herauszerren.

Er schüttelte sich, als er den Boden berührte, und trabte dann vor mir her übers Feld.

Ich folgte ihm langsam, die Wäscheleine in der Linken, die Schaufel in der Rechten, den Revolver im Gürtel.

Der Schnee schmolz rasch, war aber an einigen Stellen noch so tief, daß meine Stiefel vollkommen einsanken. Er war naß und schwer wie weißer Lehm, und darin herumzustapfen war mühsam. Meine Hosenbeine blieben nicht lange trocken und klebten feucht und unangenehm auf der Haut. Es sah aus, als trüge ich Knickerbocker und Kniestrümpfe. Der Nieselregen, der mir auf Kopf und Schultern fiel, schickte mir ein Frösteln den Rücken hinunter.

Ich zog mir die Kapuze des Parkas über den Kopf. Die Nase dicht am Boden lief Mary Beth im Zickzack vor mir her.

Bald waren wir an der Stelle, wo unsere Farm gestanden hatte. Die Windmühle meines Vaters stand, kaum sichtbar, in einiger Entfernung zur Linken. Von ihren Flügeln tropfte das Wasser herunter.

Ungefähr dort, wo die Vordertreppe gewesen sein mußte, blieb ich stehen. Ich stieß die Schaufel in den Boden und stellte den Fuß auf die Wäscheleine, damit der Hund nicht weglaufen konnte. Dann zog ich den Revolver heraus.

Mary Beth trottete in Richtung Straße, mußte aber schon nach drei Metern anhalten, weil die Wäscheleine sich spannte. Vor ihm sah man unsere schwarzen Spuren im Schnee, zwei schwankende Linien, die uns mit dem Auto auf der Straße verbanden. Die Landschaft war irgendwie unheilvoll, die graue Wand des Nebels hinter dem Wagen schien uns den Rückweg abzuschneiden und auf dem schlammigen Feld einzuschließen. Es war ein Bild wie aus dem Märchenbuch, voller verborgener Schrecken und Gefahren, und der Anblick rief ein eigenartiges Gefühl in mir wach, das der Angst verwandt war.

Carl konnte inzwischen schon tot sein, soviel war mir klar. Ich wünschte, daß es nicht so war. Ich versuchte mir vorzustellen, daß die beiden Männer den ganzen Vormittag planlos im Wald herumgeirrt waren und jetzt zurück in die Stadt fuhren, aber es gelang mir nicht recht. Gegen meinen Willen stand mir immer nur das Flugzeugwrack vor Augen. Jetzt, wo der Schnee heruntergeschmolzen war, konnte man es sicher gar nicht mehr verfehlen. Ich konnte es deutlich sehen, die verkrüppelten Bäume, die Krähen. Ich sah, wie Bokovsky mit der größten Gelassenheit, mit einer gänzlich unauffälligen Geste, eine Pistole aus seiner Jacke zog und Carl in den Kopf schoß. Ich sah es vor mir, wie Carl stürzte und mit seinem Blut den Schnee färbte. Beim Knall des Schusses hatten sich vermutlich die Vögel erhoben, und ihre Schreie hallten von den Waldrändern wider.

Die Erschießung des Hundes vermurkste ich vollkommen. Aus einem Gnadenakt wurde ein Akt der Tortur.

Ich stellte mich zunächst hinter ihn und zielte auf seinen Kopf, aber gerade, als ich abdrückte, drehte er sich herum. Die Kugel durchschlug seinen Unterkiefer, der daraufhin lose herabhing. Laut winselnd fiel der Hund auf die Seite. Seine Zunge war zerrissen, und das Blut strömte ihm aus dem Maul.

Als er aufzustehen versuchte, feuerte ich voller Panik noch einmal. Diesmal traf ich ihn in den Brustkasten, dicht unter der Schulter. Er fiel zurück auf die Seite und streckte die Beine im Schnee aus. Seine Brust hob und senkte sich mit einem tiefen, blubbernden Gurgeln. Einen Augenblick lang dachte ich, es wäre genug und er würde jetzt sterben, aber dann versuchte er sich wieder hochzukämpfen. Ein erschreckendes Geräusch entwich seiner Kehle, mehr ein Schrei als ein Bellen, ein kontinuierlich auf- und abschwellendes Heulen.

Ich stellte mich rittlings über den zuckenden Hundekörper und drückte ihm die Mündung des Revolvers direkt auf die Wölbung des Schädels. Ich zitterte, und meine Hände waren glitschig vor Schweiß. Ich schloß die Augen, um meinen Mageninhalt niederzukämpfen, der mir in den Mund steigen wollte, und drückte ab.

Ein scharfes Krachen, ein gedämpftes Echo, dann Stille.

Der Regen wurde etwas stärker, bildete richtige Tropfen, die den Schnee durchsiebten.

Die Hundeleiche war von Blut umgeben, ein großer, rosafarbener Kreis breitete sich rings um den Kopf aus. Ich fühlte mich schuldig, als ich es sah. Ich mußte an meinen Vater denken, der sich geweigert hatte, auf der Farm Tiere zu schlachten, und an dieser Überzeugung all die Jahre über festgehalten hatte, auch wenn ihn die Nachbarn deswegen verachteten und ihren Spott an ihm ausließen. Dieses Tabu hatte ich jetzt verletzt.

Ich trat ein paar Schritte zurück und wischte mir mit dem Ärmel übers Gesicht. Überall war Nebel um mich herum und sperrte mich ab von der Welt.

Ich nahm die Schaufel und fing an zu graben. Der Boden war feucht, weich und matschig, aber nur bis zu einer Tiefe von etwa dreißig Zentimetern. Danach war er hart wie Beton. Jedesmal, wenn ich die Schaufel ansetzte, machte sie ein klirrendes Geräusch. Die Erde war fest gefroren. Ich versuchte, ein paar Schollen mit den Stiefeln loszutreten, aber es rührte sich nichts: Ich kam einfach nicht tiefer. Wenn ich den Hund hier begraben wollte – und es blieb mir gar nichts anderes übrig, denn ich wäre nicht in der Lage gewesen, den blutigen Kadaver zurück zum Auto zu schleifen –, dann mußte ich ihn in ein dreißig Zentimeter tiefes Loch legen.

Ich packte Mary Beth an den Hinterläufen und zog ihn in das Loch. Dann schaufelte ich so lange Erde darüber, bis sie einen kleinen Grabhügel bildete. Ich wußte, daß es keine dauerhafte Lösung sein würde. Wenn die Füchse oder andere Räuber den Kadaver nicht ausgruben, würde ihn George Muller, der neue Besitzer, im Frühjahr beim Pflügen herausreißen. Ich hatte kein gutes Gefühl bei diesem Gedanken. Ich versuchte mir vorzustellen, was Jacob wohl zu dieser unzulänglichen Grabstelle gesagt hätte, und ich wußte: Auch diesmal hatte ich meinen Bruder im Stich gelassen.

Auf dem Nachhauseweg weinte ich zum ersten Mal, seit ich Jacobs Wohnung aufgelöst hatte. Ich bin mir bis heute nicht sicher, weshalb. Ich nehme an, es war ein bißchen von allem: Carl, Jacob und Mary Beth, Sonny, Lou und Nancy, Pederson, meine Eltern und Sarah und ich. Ich versuchte, aufzuhören und an Amanda zu denken. Ich versuchte, mir vorzustellen, daß sie von alledem nie etwas erfahren, sondern behütet aufwachsen würde, genährt von den Früchten all unserer Verbrechen, aber die Vorstellung blieb farblos.

Ich vermochte nicht zu glauben, daß es wirklich so kommen würde, es kam mir so vor, als wäre alles bloß eine Phantasie, das Happy-End eines Märchens. Mir wurde plötzlich klar, daß unsere goldene Zukunft wahrscheinlich bloß eine Illusion war. Das neue Leben, von dem wir geträumt hatten, würde ganz anders sein, als wir gedacht hatten: eine ewige Flucht voller Lügen und Täuschung. Ständig würden wir befürchten müssen, daß die Polizei uns erwischte. Nie würden wir unseren Verbrechen entkommen, unsere Sünden würden uns bis ins Grab folgen.

Ehe ich nach Fort Ottawa hineinfuhr, mußte ich erst einmal an den Straßenrand fahren und abwarten, daß meine Tränen versiegten. Ich wollte nicht, daß Sarah merkte, daß ich geweint hatte.

Als ich zurückkam, war es beinahe Mittag. Ich hängte die Schaufel an ihren Haken in der Garage und ging dann ins Haus. Mir war kalt, und meine Sachen waren voll Schlamm. Mein Gesicht war aufgequollen vom Weinen, meine Hände waren zittrig und schwach.

Sarah war im Wohnzimmer. »Hank?« rief sie.

»Ja, ich bin wieder zu Hause.«

Ich hörte sie aufstehen, aber noch ehe sie mich begrüßen konnte, fing das Telefon an zu klingeln, und sie ging in die Küche.

Ich hatte gerade meine Stiefel abgestreift, als sie den Kopf in den Flur streckte und sagte: »Es ist für dich, Hank!«

»Wer ist es?« flüsterte ich, als ich auf sie zuging.

»Hat er nicht gesagt.«

Ich erinnerte mich, daß Carl versprochen hatte, mich anzurufen, sobald er zurück war. »Ist es Carl?« fragte ich voller Erleichterung.

Sarah schüttelte den Kopf. »Nein, glaube ich nicht. Der hätte sich nach dem Baby erkundigt.«

Sie hatte recht, aber ich ließ meine Hoffnungen trotzdem nicht sinken. Als ich den Hörer aufnahm, erwartete ich immer noch, Carls Stimme zu hören.

»Hallo?« sagte ich.

»Mr. Mitchell?«

»Ja?«

»Ich bin Sheriff McKellroy vom *Fulton County Department*. Ich wollte Sie bitten, nach Ashenville zu kommen. Wir haben da einige Fragen.«

»Fragen?«

»Wir können gern einen Streifenwagen vorbeischicken. Aber es wäre einfacher, wenn Sie mit dem eigenen Wagen kommen könnten. Wir sind gegenwärtig sehr knapp dran mit Leuten.«

»Darf ich fragen, um was es eigentlich geht?«

Sheriff McKellroy zögerte einen Augenblick, als wüßte er nicht, was er sagen sollte. »Es ist wegen Officer Jenkins. Carl Jenkins. Er ist erschossen worden.«

»Erschossen?« sagte ich. Das Entsetzen und das Bedauern in meiner Stimme waren echt, nur die Überraschung war vorgetäuscht.

»Ja. Er wurde ermordet.«

»Oh, mein Gott. Ich kann's gar nicht glauben. Ich bin doch heute morgen noch bei ihm gewesen.«

»Ja, das ist auch der Grund, weshalb wir –«

Irgend jemand am anderen Ende unterbrach den Sheriff, und er legte die Hand auf den Hörer. Sarah stand in der Küche und beobachtete mich. Das Baby quengelte leise im Wohnzimmer, aber Sarah kümmerte sich nicht darum.

»Mr. Mitchell?« Die Stimme des Sheriffs war wieder da.

»Ja?«

»Haben Sie gestern einen Mann namens Neal Baxter kennengelernt?«

»Ja«, sagte ich. »Agent Baxter vom FBI.«

»Hat er sich Ihnen gegenüber irgendwie identifiziert?«

»Identifiziert?«

»Hat er Ihnen seinen Ausweis gezeigt? Oder die Dienstmarke?«

»Nein. Nichts dergleichen.«

»Können Sie mir den Mann beschreiben?«

»Er war ziemlich groß. Ungefähr ein Meter neunzig. Breitschultrig. Kurzgeschnittenes schwarzes Haar. Augenfarbe weiß ich nicht mehr.«

»Wissen Sie noch, was er angehabt hat?«

»Heute?«

»Ja.«

»Einen Mantel. Einen dunklen Anzug. Schwarze Lederschuhe.«

»Haben Sie auch seinen Wagen gesehen?«

»Ja, heute morgen. Er stieg gerade aus.«

»Erinnern Sie sich, wie er aussah?«

»Er war blau, viertürig. So wie ein Mietwagen. Die Nummernschilder hab' ich nicht gesehen.«

»Wissen Sie auch noch die Marke?«

»Nein«, sagte ich. »Eine Limousine. Kastenförmig, wie ein Buick oder so. Aber die genaue Marke kann ich nicht sagen.«

»Macht nichts. Wir zeigen Ihnen vielleicht ein paar Fotos, wenn Sie reinkommen. Wahrscheinlich können Sie dann die Marke genauer bestimmen. Können Sie bitte gleich kommen?«

»Ich verstehe immer noch nicht, was eigentlich los ist.«

»Am besten sprechen wir drüber, wenn Sie hier sind. Soll ich einen Streifenwagen vorbeischicken?«

»Nein, ich kann selbst fahren.«

»Und Sie beeilen sich bitte?«

»Ja«, sagte ich. »Ich fahre gleich los.«

11

Ich nahm den Revolver aus dem Wagen, ehe ich losfuhr, und legte ihn in die Garage. Ich wollte ihn lieber nicht bei mir haben, wenn ich mit der Polizei sprach.

Es war immer noch naß draußen, aber ich spürte, daß der eisige Nieselregen bald aufhören würde. Der Himmel wurde heller und die Luft kälter. Die Felder links und rechts der Straße zeigten ein Fleckenmuster: abwechselnd erdbraun und schneeweiß.

In Ashenville herrschte lebhafte Aktivität. Vor dem Rathaus standen ein halbes Dutzend Streifenwagen, und zwei Fernsehteams – eins vom Kanal 11 und eins vom Kanal 24 – bauten auf dem Bürgersteig ihre Kameras auf. Zahlreiche Schaulustige blockierten die Straße.

Ich parkte ein Stück weit die Straße hinunter.

An der Rathaustreppe stand ein Polizist Wache und wollte mich zunächst nicht vorbeilassen. Dann öffnete sich einer der beiden Türflügel, und ein pummeliger, kleingewachsener Mann sah heraus.

»Sind Sie Hank Mitchell?« rief er.

»Ja.«

Er streckte die Hand aus, und ich ging die Treppen hoch, um sie zu schütteln. »Ich bin Sheriff McKellroy«, sagte er. »Wir haben eben telefoniert.«

Er führte mich durch die Tür. Er war klein und watschelte beim Gehen. Er hatte ein bleiches Gesicht und kurzes, farbloses Haar, das stark nach Haarwasser roch, als käme er direkt vom Friseur.

Carls Büro war voller Polizisten. Sie schienen alle sehr beschäftigt, so als stünden sie unter Termindruck. Niemand sah auf, als wir eintraten. Einen der Polizisten erkannte ich wieder. Es war der junge Mann mit dem Bauerngesicht, der bei Jacob im Krankenhaus gewesen war und mir später Mary Beth gebracht hatte. Er saß an Lindas Schreibtisch und telefonierte mit irgend jemandem.

»Collins!« brüllte Sheriff McKellroy. »Nehmen Sie Mr. Mitchells Aussage auf.«

Ein älterer Beamter trat vor, ein hochgewachsener Mann mit einem hageren, grauen Gesicht und einer Zigarette im Mund. Er führte mich hinaus in die Eingangshalle, wo es ruhiger war.

Die Vorstellung, bei der Polizei eine Aussage machen zu müssen, machte mich nervös, aber wie sich zeigte, war es sehr einfach. Ich erzählte dem Beamten meine Geschichte, und er schrieb sie auf. Es gab kein eigentliches Verhör, und schon gar keinen dritten Grad. Collins schien sich nicht mal besonders dafür zu interessieren, was ich erzählte.

Ich fing mit dem trüben Nachmittag vor fast drei Monaten, Ende Dezember, an. Ich erzählte ihm, daß ich draußen beim Naturschutzgebiet ein Flugzeug mit Motorschaden gehört und Carl davon später erzählt hätte. Aber es sei ja nichts über ein vermißtes Flugzeug in den Nachrichten gekommen, und deshalb hatte er gemeint, daß ich mich geirrt hätte.

»Ich habe gar nicht mehr daran gedacht«, sagte ich, »bis gestern nachmittag, als der Sheriff mich anrief. Er hat mich in sein Büro gebeten, und da war ein Mann vom FBI, der ein verschwundenes Flugzeug gesucht hat.«

»Das war dieser Baxter?« fragte Collins.

»Genau. Agent Neal Baxter.«

Collins machte sich eine Notiz. »Hat er gesagt, warum er nach dem Flugzeug sucht?«

»Er hat gesagt, es wäre ein flüchtiger Mann an Bord.«

»Ein Flüchtiger?«

»Ein Mann, der vom FBI gesucht wird.«

»Hat er einen Namen genannt?«

Ich schüttelte den Kopf. »Ich habe danach gefragt, aber sie haben's mir nicht gesagt.«

»Sie?«

»Er und Carl.«

»Officer Jenkins wußte also Bescheid?«

»Ich glaube schon. Es wirkte jedenfalls so.«

Auch das notierte sich Collins. »Und heute früh haben Sie sich wieder getroffen?«

»Genau. Wir hatten geplant, um neun Uhr loszufahren und gemeinsam nach diesem Flugzeug zu suchen, aber gerade als wir aufbrechen wollten, rief meine Frau an und sagte, daß meine Tochter sich übergeben habe. Deshalb bin ich dann wieder nach Hause gefahren.«

»Und wann haben Sie Officer Jenkins oder Agent Baxter das letzte Mal gesehen?«

»Als sie in Carls Wagen weggefahren sind. Anschließend bin ich dann nach Hause.«

Collins überflog noch einmal seine Notizen, unterstrich etwas und schlug dann den Block zu.

»Können Sie mir sagen, was eigentlich los ist?« fragte ich.

»Haben Sie es noch nicht gehört?«

»Nur, daß Carl ermordet worden sein soll.«

»Er ist von diesem Mann erschossen worden, der nach dem Flugzeug gesucht hat.«

»Agent Baxter?«

»Ja, so sieht's aus.«

»Aber warum denn?«

Collins zuckte die Achseln. »Alles, was wir wissen, ist das, was Mrs. Jenkins und Sie uns gesagt haben: Officer Jenkins hat die Stadt kurz nach neun zusammen mit Baxter verlassen. Kurz nach elf hat Mrs. Jenkins hier aus dem Fenster geschaut und sah Baxter allein im Pick-up ihres Mannes zurückkommen. Er stellte ihn auf der anderen Straßenseite ab, ging zu seinem eigenen Wagen und fuhr davon. Sie hat zuerst zu Hause angerufen, weil sie dachte, ihr Mann hätte sich da vielleicht absetzen lassen, aber da hat sich niemand gemeldet. Daraufhin hat sie beschlossen, selbst zu diesem Naturschutzgebiet rauszufahren und nachzusehen, was los ist. Sie hat im Schnee die Spuren der beiden Männer gefunden und ist ihnen gefolgt. Sie führten ungefähr einen Kilometer in den Wald zum Wrack eines kleinen Flugzeugs. Da lag dann auch die Leiche ihres Mannes.«

»Linda selbst hat ihn gefunden?« fragte ich voller Entsetzen.

Er nickte. »Sie ist zurück zur Straße gerannt und hat uns über Funk alarmiert.«

»Aber warum sollte er Carl erschossen haben?«

Collins schien einen Augenblick zu überlegen. Umständlich schob er seinen Stift zurück in die Hemdtasche. »Über irgendwelches vermißtes Geld hat Baxter wohl nichts gesagt?«

»Nein«, sagte ich. »Davon war nicht die Rede.«

»Mrs. Jenkins hat ausgesagt, ihr Mann hätte davon gesprochen, daß vier Millionen Dollar an Bord des Flugzeugs sein könnten.«

»Vier Millionen Dollar?« Ich starrte den Polizisten ungläubig an.

»Das hat sie gesagt.«

»Dann hat er Carl also wegen des Geldes erschossen?«

»Wir sind uns nicht sicher – Baxter hat vielleicht gelogen. Er hat behauptet, es wäre die Beute aus einem Raubüberfall in Chikago im Juli vergangenen Jahres. Aber darüber gibt es keine Unterlagen. Wir wissen nur, daß es etwas mit dem Flugzeug zu tun gehabt haben muß. Ansonsten können wir auch nur raten.«

Collins ließ mich stehen, um Sheriff McKellroy meine Aussage zu bringen. Ich wußte nicht, ob ich schon wieder entlassen war. Der Sheriff hatte ja gesagt, ich müßte mir vielleicht noch irgendwelche Fotos ansehen, um Bokovskys Wagen zu identifizieren. Im Vorzimmer von Carls Büro standen ein paar Klappstühle herum, und ich setzte mich ans Fenster. Der junge Mann mit dem Bauerngesicht nickte mir zu, als ich hinter Collins hereinkam, aber ansonsten wurde ich von niemandem weiter beachtet. Irgend jemand hatte ein tragbares Funkgerät aufgebaut, das in der Ecke vor sich hin zischte und krachte. An der Wand hing eine große Landkarte, und ab und zu ging Sheriff McKellroy hinüber und zeichnete darauf etwas ein.

Bokovsky wurde gejagt.

Die Zuschauermenge draußen wuchs ständig. Immer neue Autos kamen aus allen Richtungen. Beide Fernsehteams machten Interviews. Die einen hatten einen Polizisten vor dem Mikrophon, die anderen sprachen mit Cyrus Stahl, dem über achtzigjährigen Bürgermeister der Stadt. Der Himmel war heller geworden, und die Stadt wirkte beinahe festlich. Die Leute standen in großen Gruppen zusammen. Die Kinder hatten ihre Fahrräder mitgebracht und flitzten damit die Straße hinauf und hinunter. Die kleinen Jungen standen an den Streifenwagen, versuchten durch die Seitenfenster ins Innere zu spähen und preßten dabei ihre Hände an die Scheiben.

Der Regen hatte aufgehört, dafür wehte jetzt ein lebhafter Nordwind, in dessen kleinen, kalten Böen die Fahne vor dem Rathaus heftig knatterte. Das dünne Stahlseil, an dem sie – zum Zeichen der Trauer für Carl – auf halbmast gesetzt worden war, schlug mit einem hohlen Scheppern an den Aluminiummast. Es klang wie eine weit entfernte Glocke.

Ich hatte fast eine Stunde lang dagesessen und aus dem Fenster gestarrt, als der Raum hinter mir auf einmal vor lauter Hektik zu explodieren schien.

»Wo ist dieser Mitchell?« hörte ich den Sheriff schreien. »Ist er schon wieder nach Hause?«

»Nein, da sitzt er.« Ich drehte mich um und sah, wie einer der Polizisten mit dem Finger auf mich zeigte.

Collins und der Junge mit dem Bauerngesicht griffen nach ihren Hüten und Jacken und rannten zur Tür. Alle redeten und schrien durcheinander, und ich verstand nicht, was vorging.

»Collins«, brüllte der Sheriff. »Sweeney. Nehmt Mr. Mitchell mit, damit er die Leiche identifiziert.«

»Die Leiche?« fragte ich.

»Es macht Ihnen doch hoffentlich nichts aus?« fragte der Sheriff. »Es wäre eine große Hilfe für uns.«

»Was soll mir nichts ausmachen?«

»Wir haben da jemanden, der Ihrer Beschreibung entspricht, aber wir brauchen eine Bestätigung, daß es wirklich Baxter ist«, sagte er und zeigte auf den Jungen mit dem Bauerngesicht und Collins. »Die beiden werden Sie mitnehmen.«

Ich griff nach meinem Parka, blieb dann aber abrupt stehen. »Könnte ich vielleicht vorher schnell meine Frau anrufen?« fragte ich. »Nur, damit sie weiß, wo ich bin.«

»Natürlich«, sagte er mit einem verständnisvollen Blick und scheuchte einen seiner Leute beiseite, damit ich mich zum Telefonieren an Lindas Schreibtisch setzen konnte.

Ich nahm den Hörer ab und wählte.

Auf dem Schreibtisch stand ein Foto des Ehepaars Jenkins. Ich wandte mich ab und blickte zum Fenster hinaus, aber nicht rasch genug. Wo mochte Linda jetzt sein? Wahrscheinlich zu Hause. Bestimmt würde sie nie vergessen, was sie an diesem Tag gesehen hatte: die Leiche ihres Mannes im Schnee. Ich wurde sehr müde bei diesem Gedanken, und mein Herz wurde taub.

Genau wie heute morgen meldete sich Sarah gleich beim ersten Klingeln.

»Ich bin's«, sagte ich. »Ich bin immer noch auf der Wache.«

»Alles okay?«

»Carl ist tot. Der Kerl vom FBI hat ihn erschossen.«

»Ich weiß«, sagte sie. »Das hab' ich im Radio gehört.«

»Aber wie es scheint, haben sie ihn erwischt. Sie wollen mich jetzt hinbringen, damit ich sagen kann, ob er's wirklich ist.«

»Und wo ist das, wo sie dich hinbringen wollen?«

»Weiß ich nicht. Soviel ich weiß, ist er tot.«

»Tot?«

»Sie haben ›Leiche‹ gesagt. Ich soll die Leiche identifizieren.«

»Haben sie ihn erschossen?«

»Ja, so hat es geklungen. Ich weiß nichts Genaues.«

»Ach, Hank«, flüsterte sie. »Dann wäre ja alles gut.«

»Sarah«, sagte ich schnell. »Vorläufig bin ich immer noch auf der Polizeiwache.« Ich sah mich vorsichtig um, aber es schien niemand zuzuhören. Collins und der junge Polizist mit dem Bauerngesicht standen allerdings mit den Hüten in der Hand an der Tür und warteten, daß ich Schluß machte.

Sarah verstummte. Im Hintergrund hörte ich die schrille Stimme eines Mannes aus dem Radio, der irgendwas zu verkaufen versuchte. »Weißt du, wann du wieder zu Hause sein wirst?« fragte sie.

»Das kann schon noch etwas dauern.«

»Ich bin so froh, Hank.«

»Schhhh.«

»Heute abend können wir feiern. Da können wir unser neues Leben einläuten.«

»Ich muß jetzt aufhören, Sarah. Wir reden über alles, wenn ich zu Hause bin.«

Damit legte ich auf.

Der Junge mit dem Bauerngesicht saß am Steuer, und ich saß neben ihm auf dem Beifahrersitz. Wir fuhren mit hoher Geschwindigkeit und eingeschaltetem Blinklicht nach Süden. Die Temperaturen waren seit dem Vormittag deutlich gefallen, und auf den Straßen begann sich Glatteis zu bilden. Die Luft schien immer durchsichtiger und spröder zu werden, und der Horizont weiter. Ab und zu erschien blauer Himmel zwischen den rasch dahinziehenden Wolken.

»Hab' ich das richtig gehört?« fragte ich. »Hat Sheriff McKellroy von einer Leiche gesprochen?«

Der junge Polizist nickte. »Ja, genau.«

»Baxter ist also tot?«

»Mausetot«, sagte Collins von hinten. Seine Stimme klang hochzufrieden. »Regelrecht durchlöchert.«

»Wie ein Sieb«, sagte der andere.

Beide grinsten mich an. Sie waren so aufgeregt wie Schuljungen bei einem Ausflug.

»Sie haben ihn an der Autobahnauffahrt erwischt«, sagte Collins. »In der Nähe von Appleton. Er ist auf eine Streife von der Staatspolizei gestoßen. Den einen hat er ins Bein geschossen, und dann hat der andere ihn weggeputzt.«

»Vier Schüsse«, sagte der Junge.

»Drei in die Brust und einen in den Kopf.«

Der Junge warf mir plötzlich von der Seite her einen Blick zu. »Ich hoffe, das macht Ihnen nichts aus«, sagte er mit plötzlichem Ernst.

»Was soll mir daran etwas ausmachen?«

»Na, wenn Sie einen identifizieren sollen, der erschossen worden ist. Das ganze Blut und so.«

»Kopfschüsse können ziemlich häßlich sein«, sagte Collins. »Am besten sehen Sie bloß kurz hin. Stellen Sie sich vor, es wäre ein Klumpen Hackfleisch –«

Der Junge mit dem Bauerngesicht unterbrach ihn. »Sein Bruder ist vor kurzem erschossen worden«, sagte er hastig.

Collins verstummte.

»Erinnerst du dich noch an den Fall? An den Typ hier aus der Gegend, der nach Hause kam, seine Frau mit seinem Vermieter im Bett fand und durchgedreht ist?«

»Das war Ihr Bruder?« fragte mich Collins. »Der Typ, der sein ganzes Geld auf dem Rennplatz verloren hat?«

Der Junge mit dem Bauerngesicht schüttelte den Kopf. »Sein Bruder war der andere. Der Mann, der erschossen wurde, als er helfen wollte.«

Ich spürte geradezu körperlich, wie die Stimmung umschlug. Als wären wir in einen schwarzen Schatten gefahren. Der Junge mit dem Bauerngesicht beugte sich vor und stellte die Heizung ein Stückchen höher. Ein warmer Luftstrom wehte mir ins Gesicht.

»Es tut mir leid, Mr. Mitchell«, sagte Collins. »Das wußte ich alles nicht.«

Ich nickte. »Macht nichts.«

»Wie geht's denn dem Hund?« fragte der Junge und warf seinem Partner im Rückspiegel einen Blick zu. »Sein Bruder hatte einen richtig netten Hund. Mr. Mitchell hat ihn adoptiert.«

»Was für eine Rasse?« fragte Collins. Sie bemühten sich beide, ihre gute Laune wiederzufinden.

»Eine Mischung aus Schäferhund und Labrador«, sagte ich. »Aber ich mußte ihn töten.«

Keiner von beiden sagte etwas. Der Junge drehte am Radio herum.

»Er hat den Tod meines Bruders wohl nicht verkraftet. Er ist bösartig geworden. Er hat meine Frau gebissen.«

»Hunde sind so«, sagte Collins. »Sie werden sehr anhänglich und fühlen Kummer genau wie wir.«

Für den Rest der Fahrt sagte niemand mehr etwas. Der Junge konzentrierte sich aufs Fahren. Collins saß hinten und rauchte. Ich starrte durch die Windschutzscheibe hinaus auf die Straße.

Bokovsky war an einer Zahlstelle erschossen worden, als er nördlich von Appleton versuchte, auf den Ohio Turnpike zu kommen. Als er bremste, um sein Ticket aus dem Automaten zu nehmen, war ihm sein Wagen auf einem vereisten Fahrbahnstück weggerutscht und auf den Vordermann aufgefahren. Die beiden Staatspolizisten auf der anderen Seite des Mittelstreifens waren herübergekommen, als sie den Unfall bemerkten. Sie wollten bloß helfen, und wenn er die Ruhe bewahrt hätte, wäre Bokovsky wahrscheinlich ohne größere Schwierigkeiten davongekommen. Er hatte seinen blauen Wagen kurz hinter Ashenville gegen einen roten vertauscht, einen

Parka über seinen Anzug gezogen und seine Haare unter einem Hut versteckt, er sah also gar nicht so aus wie der Mann, nach dem die Polizisten suchten. Aber als er die beiden Beamten kommen sah, geriet er in Panik, stieg aus dem Wagen und zog seine Pistole.

Wir brauchten eine Weile, bis wir den Tatort erreichten. Die Auffahrt war abgesperrt, und ein Polizist leitete den Verkehr nach Westen um. Fünf oder sechs Polizeiautos standen kreuz und quer auf dem Platz vor der Zahlstelle. Ein Krankenwagen mit Sirene und Blaulicht entfernte sich gerade, als wir ankamen.

An der Auffahrt war nicht viel los: zwei Tankstellen, ein *Dairy-Queen*-Imbiß mit vernagelten Fenstern und ein Kiosk. Die Umgebung bestand aus Äckern und Wiesen, flaches, gesichtsloses Farmland.

Wir hielten am Straßenrand, stiegen aus und gingen zur Zahlstelle. Bokovskys Wagen, ein kirschroter Toyota mit Hecktür, stand mitten auf der Fahrbahn, die Türen standen weit offen. Die ganze Umgebung war mit leuchtenden gelben Bändern abgesperrt. Überall waren Staatspolizisten, aber niemand schien etwas zu tun. Der Wagen, den Bokovsky gerammt hatte, war nicht mehr da.

Neben dem Toyota sah ich eine Leiche am Boden liegen, die mit einer silbrigen Plane zugedeckt war.

Wir duckten uns unter der Absperrung weg und bahnten uns zwischen den herumstehenden Polizisten einen Weg zu der am Boden liegenden Leiche. Der Junge mit dem Bauerngesicht und ich knieten uns hin, und er schlug die Plane zurück. Collins war hinter mir stehengeblieben.

»Ist er das?« fragte er.

Ja, es war Bokovsky. Er war seitlich in den Kopf getroffen worden, unmittelbar über dem Ohr. Ich konnte das Einschußloch sehen, es war nicht größer als eine Münze. Überall war Blut: auf Bokovskys Gesicht, auf der Plane, auf der Fahrbahn, sogar auf seinen Zähnen. Sein Hemdkragen war rotgesprenkelt. Seine Augen waren weit offen und starrten überrascht zum Himmel. Ich mußte der Versuchung widerstehen, hinunterzugreifen und sie zu schließen.

»Ja«, sagte ich. »Das ist der Kerl.«

Der Junge ließ die Plane wieder fallen, und wir standen auf.

»Alles in Ordnung?« fragte er, berührte mich am Ellbogen und führte mich weg.

»Mir geht's gut«, sagte ich, und spürte zu meiner eigenen Überraschung, daß ich plötzlich breit zu grinsen begann. Ich mußte mit aller Gewalt die Zähne zusammenbeißen und die Kiefer anspannen, um mich daran zu hindern. Es mußte die Erleichterung sein, und ich war überrascht, wie stark diese Erleichterung war. Sie löschte meine Trauer über Carls Tod vollkommen aus. Seine Ermordung erschien fast wie der Preis, den man für einen Sack mit Geld zahlen muß. Eine unvermeidliche Sache. Seit dem Tag, als wir uns entschlossen, das Geld mitzunehmen, fühlte ich mich zum ersten Mal wieder ganz sicher. Sarah hatte recht: Jetzt war alles gut. Es gab niemanden mehr, der zwischen uns und dem Geld eine Beziehung herstellen konnte. Alle waren sie tot: Bokovsky und sein jüngerer Bruder, Carl und Lou und Nancy und Jacob und Sonny und Pederson auch. Alle.

Und wir hatten das Geld.

Collins ging zu seinem Streifenwagen zurück, um Sheriff McKellroy zu sagen, daß ich die Leiche identifiziert hatte, und der Junge mit dem Bauerngesicht fing ein Gespräch mit seinen Kollegen von der Staatspolizei an. Ich wollte ebenfalls zum Auto zurückkehren – es war ziemlich kalt draußen, und außerdem hätte ich mich gern gesetzt –, aber dann überlegte ich es mir anders. Ich wollte gern wissen, ob die Plastiktüte voll Geld entdeckt worden war, die ich in das Flugzeugwrack zurückgebracht hatte, und ich dachte, wenn ich in der Nähe der Polizisten blieb, würde ich vielleicht etwas darüber hören. Mit den Händen in den Taschen stellte ich mich neben die Zahlstelle und versuchte, so unauffällig wie möglich zu wirken.

Ein rothaariger Polizist machte Fotos. Er zog die silbrige Plane zurück und fotografierte Bokovskys Leiche. Er fotografierte den Toyota, die Zahlstelle und das Blut auf der Fahrbahn – alles aus verschiedenen Blickwinkeln. Obwohl die Wolken sich auflösten, war es immer noch ziemlich dunkel, und er mußte ein Blitzlicht benutzen. Die kleinen Lichtexplosionen zuckten in raschem Wechsel auf wie Sonnenstrahlen in einem schwankenden Spiegel.

Einige Minuten später tauchte ein gelber Ü-Wagen des Fernsehens auf. Auf der Seite stand in großen roten Buchstaben CHAN-

NEL THIRTEEN und darunter in Schwarz: ACTIONEWS. Sie hatten eine *Minicam* dabei und fingen an, den Tatort zu filmen. Sie versuchten, auch Bokovsky Leiche ins Bild zu bekommen, aber einer der Polizisten schickte sie weg.

Kurz nach dem Ü-Wagen traf eine dunkelbraune Limousine ein, und zwei Männer stiegen aus. Daß sie vom FBI kamen, wußte ich, sobald ich sie sah. Sie sahen genauso aus wie Bokovsky: groß und mager, kurzhaarig und hutlos. Sie trugen beide offene Mäntel, dunkle Anzüge mit dezenten Krawatten, schwarze Schuhe und Handschuhe. In der Art, wie sie sich bewegten und mit den Polizisten sprachen, lag dieselbe kühle Professionalität, dieselbe eisige Präzision und Selbstkontrolle, die Bokovsky so erfolgreich nachgeahmt hatte, als ich ihn kennenlernte. Und sie schüchterte mich auch genauso ein wie bei ihm; mein Herzschlag beschleunigte sich, meine Brust wurde eng, und ich begann auf dem Rücken zu schwitzen.

Die schreckliche Angst, ich könnte doch einen Fehler gemacht und irgendeine belastende Spur in diesem Verbrechen hinterlassen haben, ging wie ein Windhauch durch meine Gedanken. Wenn ich geschnappt wurde, das wurde mir mit Schaudern klar, dann von Männern wie diesen.

Ich sah, wie sie zu Bokovskys Leiche gingen und sich daneben hinhockten. Sie deckten ihn auf und begannen seine Taschen zu untersuchen. Einer nahm Bokovskys Kinn und drehte seinen Kopf hin und her, als wolle er sein Gesicht überprüfen. Dann ließ er es wieder los, wischte sich die Hand an der Plane ab und murmelte etwas vor sich hin. Sein Partner schüttelte den Kopf.

Nach der Leiche wandten sie sich dem Toyota zu, dann folgte eine kurze Unterredung mit einem der Staatspolizisten. Nach ungefähr einer Minute rief der Polizist den Jungen mit dem Bauerngesicht. Sie redeten ein paar Sekunden lang, dann drehte der Junge sich um und zeigte mit dem Finger auf mich.

»Mr. Mitchell?« rief einer der beiden Beamten und kam auf mich zu. »Sind Sie Hank Mitchell?«

»Ja?« sagte ich und ging ihm entgegen. »Ich bin Hank Mitchell.«

Er griff in seine Jacke, zog seine Brieftasche heraus und klappte sie auf, um mir seine Marke zu zeigen. Der Vorgang war mir höchst unbehaglich, es war, als würde ich schon verhaftet. »Mein Name ist

Renkins«, sagte der Beamte. »Ich bin vom *Federal Bureau of Investigation.*«

Ich nickte und starrte wie gelähmt auf die Dienstmarke.

»Mein Partner und ich wollten Sie fragen, ob Sie vielleicht Lust haben, mit uns zusammen in die Stadt zu fahren, damit Sie uns erzählen können, was Sie von alledem wissen.«

»Das habe ich doch alles der Polizei schon erzählt«, sagte ich. »Können die Ihnen nicht meine Aussage geben?«

»Wir würden es lieber von Ihnen selbst hören. Das verstehen Sie doch, oder?« Er lächelte mich genauso kalt an wie Bokovsky.

Ich gab keine Antwort; es war ja nur allzu offensichtlich, daß ich gar keine Wahl hatte. Jetzt kam auch noch der andere FBI-Mann. Er hatte einen schwarzen Müllsack aus Plastik unter dem Arm.

»Wir stehen da drüben«, sagte Renkins und zeigte auf ihren Wagen. Dann drehte er sich um und ging voraus.

Ich saß hinten. Renkins fuhr, und sein Partner, Agent Fremont, saß neben ihm. Von hinten sahen die beiden Männer praktisch gleich aus. Ihre Schultern waren gleich breit, ihre Köpfe ragten gleich weit über den Sitz, ihre Haare zeigten dasselbe Dunkelbraun und waren gleich lang.

Einen Unterschied gab es allerdings doch, und der war dramatisch. Fremonts Ohren waren viel zu groß für seinen Kopf. Es waren riesige, abstehende, erstaunlich weiße Ovale, und sie machten ihn verblüffenderweise auf Anhieb sympathisch. Ich konnte den Blick gar nicht davon abwenden, als wir die Autobahnauffahrt verließen. Er mußte oft deswegen gehänselt worden sein, als er noch klein war. Ich dachte sofort daran, wie Jacob wegen seines Gewichts schikaniert worden war, und spürte, wie eine Woge von Mitgefühl mich durchfuhr.

Auf dem Rücksitz des FBI-Fahrzeugs fühlte ich mich wesentlich unbehaglicher als vorn im Streifenwagen der beiden Polizisten. Es war eine ganz normale Vertreter-Limousine: schwarze Vinylsitze, kleine Aschenbecher in den Türen und ein billig aussehendes Kassettendeck im Armaturenbrett. Aber wie ich so allein auf dem Rücksitz saß, hatte ich die deutliche Empfindung, daß ich in ihrer

Obhut war, in ihrem Gewahrsam. Bei den Polizisten hatte ich dieses Gefühl überhaupt nicht gehabt.

Wir fuhren auf den rechtwinklig angelegten Landstraßen in Richtung Ashenville, erst in nördlicher, dann in östlicher und dann wieder in nördlicher Richtung, und währenddessen erzählte ich ihnen meine Geschichte. Sie ließen ein Tonbandgerät mitlaufen, schienen sich für das, was ich zu sagen hatte, aber ziemlich wenig zu interessieren. Sie stellten keine Fragen, sie drehten sich nicht zu mir um, wenn ich eine Pause machte, und nickten auch nicht, um mich zum Weiterreden zu bringen. Sie saßen einfach bloß da und starrten durch die Windschutzscheibe hinaus auf die Straße. Es war genau dieselbe Strecke, die ich vor anderthalb Stunden mit Collins und dem Jungen zurückgelegt hatte, wir fuhren an denselben Wegmarken, Häusern und Farmen vorbei. Der einzige Unterschied bestand darin, daß der Himmel jetzt blau war und die Luft klar und trocken. Die Sonne war bereits am Ende ihrer flachen, nach Westen geneigten Bahn angekommen und blinkte hell auf den Dächern weit entfernter Häuser.

Während ich redete, gelangte ich zu der Überzeugung, daß das Schweigen der beiden Beamten nur zweierlei Ursache haben konnte. Entweder hatten sie meine Geschichte längst akzeptiert und betrachteten meine Zusammenfassung lediglich als Formalität, oder sie hatten bei ihren Ermittlungen einen Hinweis entdeckt, der alles in Frage stellte, was ich erzählte, und warteten jetzt nur darauf, daß ich mich immer tiefer in Widersprüche verstrickte, ehe sie mich als Lügner, Dieb und Mörder entlarvten. Je mehr ich mich dem Ende meiner Geschichte näherte, desto langsamer wurde ich. Ich wiederholte mich, machte Pausen und versuchte mit allen Mitteln den Augenblick hinauszuzögern, wo ich herausfinden mußte, welche der beiden Möglichkeiten tatsächlich zutraf.

Aber dann kam ich unvermeidlich zum Ende.

Fremont drückte auf eine Taste und stoppte das Tonbandgerät. Dann drehte er sich zu mir um.

»Bei Ihrer Geschichte gibt es nur ein Problem, Mr. Mitchell.«

Mein Magen krampfte sich zusammen. Ich starrte auf die vorbeifliegenden Fenster hinaus und zwang mich zu warten, ehe ich etwas sagte. In einiger Entfernung sah ich eine schwarzgekleidete Vogelscheuche an einem Pfahl hängen. Sie hatte einen Strohhut auf und sah aus dieser Entfernung auf den ersten Blick wie ein richtiger Mensch aus.

»Was für ein Problem?« fragte ich.

Fremont nickte und seine Elefantenohren wackelten wie große Paddel an seinem Kopf herauf und herunter.

»Dieser Mann, dessen Leiche Sie identifiziert haben, war gar nicht vom FBI.«

Die Erleichterung, die ich bei diesen Worten verspürte, war so ungeheuer, daß sie konkrete physische Auswirkungen hatte. Auf meiner gesamten Körperoberfläche öffneten sich die Poren, und ich fing an zu schwitzen. Es war eine merkwürdige, sehr erschreckende Reaktion, so als würde man die Kontrolle über seine Blase verlieren: ein plötzliches, schwindliges Abrutschen und Fallen. Ich hatte das dringende Bedürfnis zu kichern, unterdrückte es aber. Statt dessen wischte ich mir die Stirn mit der Hand ab.

»Das verstehe ich nicht«, sagte ich, und meine Stimme klang heiserer, als ich mir gewünscht hätte. Aber Fremont schien es nicht zu bemerken.

»Sein Name war Vernon Bokovsky. Das Flugzeug mit Motorschaden, das Sie im Dezember gehört haben, hatte seinen jüngeren Bruder an Bord. Es ist in diesem Naturschutzgebiet abgestürzt.«

»Nach seinem Bruder hat er gesucht?«

Fremont schüttelte den Kopf. »Nein«, sagte er. »Danach hat er gesucht.« Er hob den Müllsack vom Boden auf und schwenkte ihn hin und her. Ich beugte mich vor, um besser zu sehen. Es war ein aufregender Moment; ich hatte das Gefühl, ein Geheimnis zu wissen.

»Einen Müllsack?« fragte ich.

»Ja, genau«, grinste Fremont. »Er hat einen Müllsack gesucht mit sehr kostbarem Müll drin.« Er hielt den Sack auf und schüttelte ihn, so daß ich das Geld sehen konnte.

Ich starrte es an, zählte innerlich bis zehn und versuchte so auszusehen, als wäre ich sprachlos vor Überraschung. »Ist das echt?« fragte ich.

»Das ist echt.« Fremont steckte eine schwarz behandschuhte Hand in den Sack, zog eins der Pakete heraus und hielt es mir vors Gesicht. »Lösegeld ist das«, sagte er. »Bokovsky und sein Bruder haben im November letzten Jahres das McMartin-Mädchen entführt.«

»Das McMartin-Mädchen?«

»Die Millionenerbin, die sie erschossen und in den See geworfen haben.«

Ich heftete meinen Blick fest auf das Geld. »Darf ich es mal anfassen? Ich habe Handschuhe an.«

Die beiden FBI-Männer lachten. »Sicher«, sagte Fremont. »Nur zu.«

Ich streckte die Hand aus, und er legte das Päckchen hinein. Mit großen Augen wog ich es in der Hand. Renkins beobachtete mich im Rückspiegel, ein freundliches Lächeln auf dem Gesicht.

»Ganz schön schwer, nicht?« fragte er.

»Ja«, sagte ich. »Wie ein kleines Buch.«

Ashenville kam in Sicht. Die Gebäude der Stadt erhoben sich wie ein niedriger Hügel am Horizont. Es sah aus wie eine Sinnestäuschung, eine Fata Morgana.

Ich gab Fremont das Geld zurück, und er ließ es in den Müllsack zurückfallen.

Während meiner Abwesenheit war Ashenville zur Tagesordnung übergegangen. Die Fernsehteams waren abgezogen, die Menschenmenge vor dem Rathaus hatte sich zerstreut, und die Stadt sah wieder genauso aus wie an jedem anderen Samstagnachmittag im Winter: leer, schläfrig und an den Rändern ein bißchen verlottert. Das einzige, was noch an die Tragödie vom Vormittag erinnerte, war die Fahne, die schlaff am Mast herabhing.

Renkins parkte am Straßenrand vor dem Rathaus, wir stiegen aus und verabschiedeten uns.

»Tut mir leid, daß Sie da reingezogen worden sind«, sagte Fremont. »Aber Sie haben uns sehr geholfen.« Wir standen auf dem Bürgersteig am Fuß der Rathaustreppe. Nur noch ein Streifenwagen war zu sehen.

»Ich verstehe immer noch nicht, was passiert ist«, sagte ich.

Renkins grinste mich an. »Ich werde Ihnen erzählen, was passiert ist«, sagte er. »Zwei Brüder haben in der Nähe von Detroit ein Mädchen entführt und dabei sieben Menschen erschossen, darunter auch das Opfer selbst. Sie sind mit einem Lösegeld von vier

Komma acht Millionen Dollar entkommen. Dann stürzte der jüngere der beiden Brüder mit dem Flugzeug in diesem Naturschutzgebiet ab. Der andere hat nach ihm gesucht und sich dabei als FBI-Agent ausgegeben, um die Hilfe der Polizei in Anspruch nehmen zu können. Als er das Flugzeug gefunden hatte, hat er Officer Jenkins erschossen.«

Sein Lächeln vertiefte sich.

»Und dann hat der Mann von der Staatspolizei *ihn* erschossen.«

»Und in diesem Sack da sind vier Komma acht Millionen Dollar?« fragte ich, als ob ich bereit wäre, es zu glauben.

»Nein«, sagte Renkins. »Das sind bloß fünfhunderttausend.«

»Wo ist denn der Rest?«

Er zuckte die Achseln und warf seinem Partner einen Seitenblick zu. »Da sind wir uns nicht ganz sicher.«

Ich ließ meine Augen abschweifen. Ein Stück weit die Straße hinauf stritten sich kreischend zwei Vögel um irgend etwas im Rinnstein. Abwechselnd versuchten sie, damit davonzufliegen, aber es war so groß, daß keiner von beiden es hoch kriegte. Ich konnte nicht erkennen, was es war.

»Da geistern also irgendwo ein paar Millionen Dollar herum?« sagte ich.

»Die tauchen schon wieder auf«, sagte Fremont.

Ich warf ihm einen prüfenden Blick zu, aber sein Gesicht war völlig ausdruckslos. Renkins betrachtete geistesabwesend die Vögel.

»Wie meinen Sie das?« fragte ich.

»Wir haben das Geld von Mr. McMartin erst zwei Stunden vor der Übergabe an die Entführer gekriegt. Wir konnten es nicht markieren, denn wir hatten Angst, die Kidnapper würden das Mädchen umbringen, wenn sie irgendwas merkten. Aber wir haben ein Team von zwanzig Mann drangesetzt, so viele Seriennummern aufzuschreiben wie möglich.« Er lächelte mich an, als ob er mir von einem tollen Streich erzählt hätte. »Am Ende hatten wir knapp fünftausend Seriennummern notiert. Jeden zehnten Geldschein haben wir erfaßt.«

Ich sagte nichts, sondern starrte ihn bloß wie betäubt an. Ich konnte einfach nicht fassen, was er da sagte.

»Früher oder später finden wir die Millionen«, sagte er. »Wir brauchen bloß zu warten, bis die ersten Scheine irgendwo auftauchen. Kein Mensch kann auf die Dauer Hundertdollarscheine ausgeben, ohne daß sich irgendwer sein Gesicht merkt.«

»Das Geld ist also gekennzeichnet«, sagte ich langsam. Ich starrte mit gerunzelter Stirn auf meine Füße herunter und versuchte, keinerlei Reaktion auf diese Nachricht zu zeigen. Ruhig, gelassen und desinteressiert wollte ich wirken. Ich konzentrierte mich mit aller Kraft auf meine Stiefel, überlegte mir genaue Farbbezeichnungen und analysierte jede Einzelheit ihrer Form, denn ich wußte, daß ich zusammenbrechen würde, wenn sich das ganze Gewicht von Fremonts Enthüllung auf mich herabsenken würde.

»Ja«, sagte er. »Darauf läuft es hinaus. Das Geld ist gekennzeichnet.«

»Verbrechen lohnt sich eben nicht«, sagte Renkins.

Braun, dachte ich, *hellbraun*. Und mit einiger Anstrengung: *bernsteinfarben*. Aber rings um diese Worte schwappte die Erkenntnis: Das Geld ist nicht zu gebrauchen.

Fremont streckte die Hand aus, und ich zwang mich, sie zu ergreifen, gab mir auch Mühe, die Festigkeit seines Händedrucks zu erwidern. Dann wiederholte ich das Ritual mit seinem Partner.

»Daß wir die Seriennummern kennen, ist natürlich vertraulich«, sagte Renkins. »Es ist unsere einzige Chance, die Leute zu fassen, die sonst noch darin verwickelt sind.«

Fremont nickte. »Wenn Sie also mit der Presse reden ...«

»Ich habe verstanden«, sagte ich.

»Sind Sie greifbar«, fragte Renkins, »falls wir Sie noch einmal brauchen?«

»Ja, natürlich«, sagte ich und zeigte hinüber zu *Raikley's* auf der anderen Straßenseite. »Da drüben arbeite ich.«

Sie sahen beide zur Futtermittelhandlung hinüber. »Wahrscheinlich müssen wir Sie gar nicht mehr behelligen«, sagte Renkins. »Es sieht ja so aus, als wäre alles geklärt.«

»Ja«, sagte ich schwach.

Terrakotta, dachte ich. *Ziegelbraun. Umbra.*

»Tut mir leid, daß Sie in die Sache verwickelt worden sind. Ist eine Tragödie, die ganze Scheißgeschichte.«

Er gab mir zum Abschied einen Klaps auf die Schulter, und dann wandten sie sich einer nach dem anderen um, gingen die Stufen zum Rathaus hinauf und verschwanden durch die Schwingtür.

Ich sah meinen Füßen zu, wie sie den Bürgersteig überquerten, die Fahrbahn betraten und zur anderen Seite gingen. Mein Auto stand ein Stück weit die Straße hinunter, meine Stiefel führten mich um das Heck herum und stoppten dann neben der Tür. Auf wunderbare Weise erschien meine Hand aus der Tasche und hielt schon den Schlüssel. Sie schloß die Tür auf, mein Körper knickte in der Mitte zusammen, ich zog gerade noch rechtzeitig den Kopf ein, dann ließ ich mich auf den Sitz sinken.

Erst jetzt, als ich in Sicherheit war, als ich in meinem Auto saß bei fest geschlossener Tür, ließ ich meinen Gedanken die nötige Freiheit, Fremonts Worte abzuwägen, sie zu absorbieren wie ein Schwamm, sich vollzusaugen an ihrer Bedeutung.

Das Geld war wertlos.

Meine erste Reaktion, die ich innerlich schon gespürt hatte, als ich noch mit Fremont und Renkins auf dem Bürgersteig gestanden hatte, war überwältigende Verzweiflung. Die blutbefleckten Leichen von Pederson, Nancy, Sonny und Jacob standen vor mir – vier Leben, die ich mit meinen eigenen Händen ausgelöscht hatte, um den Besitz des Geldes zu sichern, das jetzt gar nichts mehr wert war: Dutzende von Stapeln von buntbedrucktem Papier, mehr nicht.

Auf die Verzweiflung folgte unmittelbar Erschöpfung, wie Regen aus einer Wolke. Es war die Reaktion meines Körpers auf das Entsetzen über die eigenen Taten – eine lähmende Müdigkeit, eine innere Kapitulation und Hinnahme. Ich rutschte im Sitz zusammen, und der Kopf sank mir auf die Brust. Drei Monate lang hatte ich unter einem Knoten der Anspannung gelebt, einem Knoten, der jetzt mit einem Streich zerhauen worden war. Eine gewisse Erleichterung spürte ich auch – jetzt wußte ich zumindest, daß alles vorbei war. Ich konnte nach Hause gehen und das Geld verbrennen, das letzte Beweisstück, den letzten losen Faden.

Beweg dich!

Aus der Tiefe meines Bewußtseins erreichte mich diese Warnung, flackerte durch Verzweiflung und Erschöpfung. Irgendein Wachposten da drin schmiedete immer noch Pläne, war immer noch vorsichtig, kämpfte immer noch weiter, als wüßte er nicht, daß der Krieg längst vorbei war.

Wenn Fremont oder Renkins jetzt aus dem Fenster sehen, flüsterte er, *dann sehen sie dich hier wie benebelt sitzen. Das gäbe ihnen sicher zu denken. Laß den Motor an! Fahr los!*

Die Stimme hatte viel Kraft. Es war die Stimme der Vorsicht. Seit drei Monaten hatte ich ihr gehorcht, und ganz automatisch gehorchte ich ihr jetzt wieder, als wäre ich darauf konditioniert. Meine Hand schob den Schlüssel ins Zündschloß.

Aber dann ließ ich die Hand sinken.

An der Straßenecke hinter mir, ungefähr zwanzig Meter entfernt, war eine Telefonzelle. In ihren Plexiglasscheiben spiegelte sich das Licht der untergehenden Sonne.

Fahr los! sagte die Stimme. *Jetzt sofort!*

Ich warf einen sichernden Blick auf die Straße hinaus. Auf der anderen Seite der Kreuzung schob eine Frau ein kleines Mädchen in einem Buggy über den Bürgersteig vor der Kirche. Das Kind versuchte sich im Sitz umzudrehen, um mit seiner Mutter Blickkontakt herzustellen. Beide trugen gelbe Parkas. Ich kannte die Frau. Es war Carla Drake, die Tochter von Alex Freedman, dem Besitzer von *Freedman's Dry Cleaning.* Das kleine Mädchen hieß Lucy. Carla war mit mir auf der Highschool gewesen, in Jacobs Jahrgang, drei Klassen höher als ich. Sie nahm den Fußweg zur Kirche und verschwand im Innern.

Die Stimme wiederholte ihre Ermahnung noch dringlicher: *Fahr weg!*

Ich ignorierte die Warnung. Ich hatte das Fenster von Carls Büro gut im Blick, aber die Scheiben spiegelten das Licht, so daß ich nicht sehen konnte, ob Fremont oder Renkins mich etwa beobachteten.

Ich warf noch einmal einen Blick zurück auf die Telefonzelle und kontrollierte gleichzeitig die Straße. Niemand zu sehen.

Rasch verließ ich den Wagen.

Sarah meldete sich beim dritten Läuten.

»Hallo?«

Ich wartete einen gewichtigen, langen Moment. Als ich noch im Auto gesessen hatte, war ich der Meinung gewesen, es würde mich irgendwie erleichtern, wenn ich meine Enttäuschung jetzt sofort mit ihr teilte und einen Teil der Last, die mich bedrückte, auf sie abwälzte. Ich wollte, daß sie es wußte, damit ich sie trösten und damit ich ihr sagen konnte, daß alles gut werden würde; denn ich wußte, auf diese Weise konnte ich mich auch selbst trösten. Aber sobald ich ihre Stimme hörte, wurde mir klar, daß ich mich geirrt hatte. Ich konnte das nicht am Telefon erledigen, ich mußte bei ihr sein und die Möglichkeit haben, sie zu berühren, während ich redete.

»Hallo«, sagte ich.

»Bist du immer noch auf der Polizeiwache?« fragte sie.

»Nein. Ich bin auf der Straße. In einer Telefonzelle.«

»Dann kannst du also offen sprechen?«

»Ja, kann ich.«

»Ich hab' alles in den Nachrichten gesehen.«

Ich konnte hören, daß sie vergnügt war, und ungeheuer erleichtert. Sie dachte, es wäre vorbei mit den Sorgen, und wir wären jetzt frei. Genau das, was ich mir gewünscht hätte.

»Ja«, sagte ich.

»Jetzt haben wir's geschafft, oder? Wir sind die einzigen, die es wissen.« Sie klang völlig euphorisch. Ich erwartete fast, daß sie gleich loslachen würde.

»Ja«, sagte ich.

»Komm heim, Hank. Wir wollen feiern. Ich hab' schon alles geplant.«

Ihre Stimme war gesättigt mit Freude. Sie bohrte sich wie ein Messer in mich hinein.

»Jetzt, ab sofort, sind wir Millionäre«, sagte sie.

»Sarah –«

Sie unterbrach mich. »Wahrscheinlich ist es dir ganz egal, Hank, aber ich hab' etwas Dummes gemacht.«

»Etwas Dummes?«

»Ich hab' eine Flasche echten Champagner gekauft.«

Ich schloß die Augen und preßte den Hörer an meinen Kopf. Ich wußte genau, was jetzt kam. Ich sah es schon vor mir, bevor sie es sagte.

»Ich habe einen der Hundertdollarscheine genommen«, sagte sie.

Ich fühlte keine Panik, ich war nicht einmal überrascht. Es war mir, als hätte ich es von Anfang an, schon als ich den Sack aus dem Flugzeugwrack schubste, gewußt: Genauso würde es kommen. Es schien mir völlig gerecht, genau das hatte ich verdient. Ich legte meine Stirn an das Innere der Telefonzelle, die Plexiglasscheibe war kühl und glatt auf der Haut.

»Hank?« sagte Sarah. »Bist du jetzt wütend auf mich?«

Ich versuchte zu sprechen, aber meine Kehle war wie zugeschnürt, und ich mußte mich erst einmal räuspern. Ich war betäubt, schlaftrunken und innerlich tot.

»Warum?« fragte ich, und meine Stimme war schrecklich dünn.

»Warum was?«

»Warum hast du das Geld genommen?«

Sarah ging sofort in Abwehrhaltung. »Es schien mir irgendwie der richtige Anfang.«

»Du hast doch versprochen, daß du es nicht anfaßt.«

»Aber ich wollte als erste etwas davon ausgeben.«

Ich schwieg und suchte in Gedanken nach dem richtigen Weg durch die Situation. »Und wo?« fragte ich schließlich.

»Wo was?«

»Wo hast du den Champagner gekauft?« fragte ich.

»Das hab' ich schlau gemacht. Ich hab' ihn nicht hier in der Nähe gekauft. Ich bin zum Flughafen rausgefahren.«

»Zum Flughafen?«

»Ach, Hank. Sei doch nicht wütend.«

»Ich bin doch nicht wütend. Ich will ja nur wissen, wo.«

»Der Laden hieß *Alexander's*. Ein kleiner Schnapsladen am Highway. Direkt vor der Zufahrt zum Flughafen.«

Ich sagte nichts. Ich dachte schwerfällig und langsam über die Situation nach. Ich suchte nach einem Ausweg.

»Ich hab's ganz geschickt gemacht, Hank. Du wärst stolz auf mich gewesen. Ich hab' gesagt, ich hätte den Schein zum Geburtstag gekriegt. Ich hätte ihn lange aufbewahrt, aber jetzt seien die Banken geschlossen und ich brauchte unbedingt eine Flasche Champagner, weil meine Schwester gerade einen Heiratsantrag gekriegt hätte.«

»Hattest du Amanda dabei?«

Sarah zögerte. »Ja. Warum?«

Ich gab keine Antwort.

»Es war gar keine große Sache«, sagte sie. »Der Kassierer hat sich überhaupt nicht darum gekümmert. Er hat mir mein Wechselgeld gegeben,und damit war die Sache erledigt.«

»War sonst noch jemand im Laden?«

»Wie meinst du das?«

»Kunden? Angestellte?«

Sie dachte einen Augenblick nach. »Nein. Nur der Kassierer.«

»Wie hat er ausgesehen?«

Am anderen Ende entstand eine Pause.

»Hank«, sagte sie. »Er hat doch überhaupt nichts bemerkt.«

»Wie hat er ausgesehen?« fragte ich noch einmal mit erhobener Stimme.

»Komm laß doch. Er würde mich nicht erkennen. Es war doch keine große Sache.«

»Ich sag' ja nicht, es wär' eine große Sache. Ich will ja bloß wissen, wie der Mann aussieht.«

Sarah seufzte ärgerlich. »Groß und schwer«, sagte sie. »Schwarzes Haar, Vollbart. Breite Schultern und ein kräftiger Hals. Wie ein Footballspieler.«

»Wie alt?«

»Weiß ich nicht. Eher jung. Mitte Zwanzig vielleicht. Warum?«

»Gib nicht noch mehr aus, bevor ich zurück bin«, sagte ich und lachte ein bißchen, als ob es ein Scherz wäre.

Sarah lachte nicht. »Kommst du jetzt nach Hause?«

»Bald«, sagte ich etwas deutlicher. »Ich muß noch ein paar Dinge erledigen vorher. Dann komm' ich nach Hause.«

»Bist du böse auf mich, Hank?«

»Nein.«

»Ganz bestimmt nicht? Versprochen?«

Ich hob den Kopf und starrte auf die Kreuzung hinaus. Carla und Lucy Drake waren wieder aus der Kirche gekommen und bewegten sich langsam die Straße hinunter. Ihre Gesichter waren unter den Kapuzen ihrer Parkas verborgen. Das Kind schien zu schlafen. Weder die Mutter noch die Tochter spürten, daß ich sie beobachtete.

»Hank?« sagte Sarah.

Ich seufzte müde. »Ich verspreche dir, ich bin nicht auf dich böse«, sagte ich.

Dann verabschiedeten wir uns.

Unter dem Apparat hing ein Telefonbuch an einem Stück Draht. Ich suchte die Nummer von *Alexander's* heraus und rief an. Die Stimme eines jungen Mannes meldete sich.

»*Alexander's.*«

»Ja«, sagte ich. »Wann schließen Sie heute abend?«

»Um sechs.«

Ich warf einen Blick auf die Uhr. Genau 4:52.

»Vielen Dank«, sagte ich.

Ich war schon fast wieder bei meinem Auto, als mir etwas anderes einfiel, der erste Ansatz zu einem Plan. Ich blieb abrupt stehen und kehrte zurück in die Telefonzelle.

Ich suchte mir die Nummer der Staatspolizei.

Eine Frau meldete sich.

»Hallo«, sagte ich und versuchte meine Stimme etwas tiefer zu machen. Ich hatte gehört, daß Telefonanrufe aufgezeichnet wurden. »Ich möchte einen Verdächtigen melden.«

»Einen Verdächtigen?«

»Einen Anhalter. Ich hab' ihn in der Nähe von Ann Arbor mitgenommen, und als ich mit ihm Richtung Süden gefahren bin, hat er eine Machete herausgezogen und sie auf meinem Vordersitz geschärft.«

»Was hat er herausgezogen?«

»Eine Machete, so ein großes Buschmesser. Ich hab' ihn rausgeschmissen, und er ist auch ohne weiteres ausgestiegen. Aber dann hab' ich noch mal drüber nachgedacht, und mir überlegt: Der Kerl ist womöglich gefährlich. Und deshalb ruf ich Sie an, bloß zur Sicherheit, wissen Sie?«

»Hat er Sie mit der Machete bedroht?«

»Nein, nein, keineswegs. Ich hab' ihm gesagt, er soll aussteigen, und das hat er getan. Ich hab' mir nur gedacht, Sie würden ihn vielleicht gern überprüfen.«

»Wo haben Sie ihn denn abgesetzt?«

»Außerhalb von Toledo, in der Nähe des Flughafens. Er hat noch einen Witz gemacht und gesagt, er würde jetzt ein Flugzeug entführen mit seiner Machete.«

»Auf dem Airport Highway?«

»Ja. Vor einem Schnapsladen.«

»Können Sie ihn bitte beschreiben?«

»Ja, er war jung, vielleicht achtzehn oder so. Ziemlich dünn. Sah ein bißchen unheimlich aus, so als hätte er Drogen genommen vielleicht.«

»Ein Weißer?«

»Ja. Rote Haare, blasse Haut, Sommersprossen. Trug ein graues Sweatshirt mit so einer Kapuze.«

»Wie groß?«

»Ganz normal. Eins achtzig vielleicht.«

»Darf ich mir bitte Ihren Namen notieren?«

»Ach«, sagte ich, »lieber nicht. Wissen Sie, ich wohne in Florida und muß weiter nach Hause. Ich möchte in nichts verwickelt werden hier oben.«

»Ich verstehe«, sagte die Frau. Ihre Stimme war amtlich und knapp. »Vielen Dank für Ihren Anruf. Ich werde veranlassen, daß die Zentrale einen Streifenwagen vorbeischickt.«

Die nächsten zwanzig Minuten verbrachte ich in meinem Wagen, gleich da auf der Main Street. Vom Kirchturm schlug es fünf: erst ein kleines Glockenspiel, dann fünf schwere Schläge. Die Sonne senkte sich auf den westlichen Horizont, und der Himmel nahm einen rosa Ton an. Es war noch ein schöner Nachmittag geworden. Die Luft war so kristallklar, daß es schien, als wäre sie gar nicht da. Alle Dinge – der Kirchturm, aber auch die Autos am Straßenrand, die Schaufenster der Läden und die Parkuhren – waren schärfer umrissen als sonst. Es schien, als hätten sie dünne schwarze Linien am Rand.

Die Stadt lag still und verlassen da.

Die Chancen, daß Sarahs Hundertdollarschein aufgespürt werden konnte, standen höchstens bei 1:9, soviel war mir klar. Wahrscheinlich hätte ich es dabei belassen sollen, aber das konnte ich irgendwie nicht. Ich grübelte darüber nach, erörterte das Problem in meinem Kopf. Wenn der Polizei nur eine der Seriennummern bekannt gewesen wäre, oder zehn, oder von mir aus auch hundert, hätte ich mich anders verhalten, glaube ich, dann hätte ich's laufen lassen, wahrscheinlich. Aber die Polizei kannte fünftausend Nummern, jede zehnte, und das war zuviel. Ein solches Risiko konnte ich einfach nicht eingehen.

Fremont und Renkins kamen kurz nach fünf die Rathaustreppe herunter. Sie bemerkten mich nicht. Sie gingen nach rechts den Bürgersteig hinunter. Fremont sprach angeregt, und Renkins nickte emphatisch zu allem, was der andere sagte. Sie stiegen in ihren Wagen und fuhren nach Osten, Richtung Toledo. Wieder saß Renkins am Steuer.

Ich wartete, bis es zehn nach fünf war. Dann ließ ich den Motor an und fuhr, mit der riesigen roten Sonne im Rückspiegel, ebenfalls langsam nach Osten.

Die Fahrt zum Flughafen dauerte dreißig Minuten.

12

Das Ackerland reichte bis in die Gegend kurz vor dem Flughafen. Dann verbreiterte sich der Highway auf vier Fahrspuren und links und rechts erschienen Gebäude – kleine Läden, Videotheken und Spielhallen, Bars, billige Hotels, Billardsalons, Schnellrestaurants. Je weiter ich nach Osten kam, desto häufiger, größer und besser beleuchtet wurden sie. Der Verkehr wurde dichter, links und rechts bogen Fahrzeuge mit blinkenden Lichtern auf die Hauptstraße ein. Ich befand mich jetzt schon am Rand von Toledo, wie der Arm eines Kraken griff dieser Neon-Boulevard aus der Stadt in die Felder hinaus.

Alexander's war ein schmuddelig aussehender, bunkerähnlicher Laden mit Betonwänden und einem Flachdach. Vor dem Schaufenster war ein eisernes Gitter, und über der Tür blinkte eine Bierreklame in blau-rosa Neonbuchstaben. Auf dem Parkplatz davor stand nur ein einziger Wagen: ein schlammbespritzter schwarzer Jeep, ziemlich dicht an der Straße.

Ich fuhr erst einmal daran vorbei, und kam dann zurück.

Etwa hundert Meter weiter war eine Gärtnerei. Sie war schon zum Wochenende geschlossen und vollkommen dunkel. Ich fuhr auf den Parkplatz und stellte meinen Wagen mit der Schnauze zur Straße ab, damit ich schnell wegfahren konnte.

Auf der anderen Seite des Highways, parallel zur Straße, lief ein hoher Maschendrahtzaun, der von zwei Reihen rasiermesserscharfem Stacheldraht gekrönt wurde. Dahinter lag der Flughafen. In der Entfernung konnte ich auch den Kontrollturm und den Scheinwerfer auf seinem Dach sehen, der sich langsam drehte und sein Licht in den Abendhimmel hinaufschickte. Darunter lagen, vage rot und grün schimmernd, die Lichterketten der Rollbahnen.

Ich stieg aus, ging nach hinten und machte die Heckklappe auf. Immer noch fuhr ich Jacobs Truhe mit mir herum. Sie war das letzte gewesen, was ich aus seiner Wohnung geholt hatte, und ich wußte immer noch nicht, was ich damit tun sollte. Ich machte den Deckel auf und tastete in ihrem Inneren herum. Meine Hand berührte die Handtücher, das Angelzeug und den Baseballhandschuh, aber was ich suchte, war die kühle, glatte Klinge von Jacobs Machete.

Sie lag auf der rechten Seite, genau da, wo ich sie hingetan hatte. Ich nahm sie heraus und legte sie auf die Stoßstange. Dann durchsuchte ich die anderen Kisten. Jacobs Skimaske fand ich gleich im ersten Karton, das Sweatshirt mit der Kapuze im zweiten.

Ich tauschte meine Jacke gegen das Sweatshirt, das viel zu groß für mich war – die Ärmel hingen mir bis über die Fingerspitzen herunter und die Kapuze verhüllte mich wie eine Mönchskutte. Aber das war ja genau, was ich wollte: mein Haar und mein Gesicht so lange verstecken, bis ich im Laden stand und mich überzeugt hatte, daß keine anderen Kunden da waren. Dann konnte ich die Skimaske aufsetzen.

Ich schob mir die Machete mit dem Griff zuerst in den Ärmel. Die Spitze ruhte auf meiner rechten Handfläche, ein kleiner, stechender Schmerz. Die Skimaske steckte ich in die Tasche, dann schlug ich die Heckklappe zu und machte mich auf den Weg zu dem Laden.

Es war Viertel vor sechs, die Sonne war gerade untergegangen, und die Autofahrer machten die Scheinwerfer an.

Als ich den Parkplatz vor dem Laden betrat, donnerte gerade ein Flugzeug über mich weg. Kaum vierzig Meter über mir hingen Tonnen von Aluminium und Stahl in der Luft und ließen alles weithin erzittern. Die Landelichter warfen einen kurzen, grellen Widerschein auf den Asphalt wie ein Blitzlicht, dann schoß der riesige Vogel über den Highway. Die Turbinen heulten, die Landeklappen öffneten sich und die Räder streckten sich der Rollbahn entgegen. Ich sah zu, wie die Maschine landete.

Dann stieß ich *Alexander's* Ladentür auf. Ein Glöckchen klingelte über meinem Kopf und wies den Kassierer auf meine Anwesenheit hin. Er saß hinter einer Theke zu meiner Linken und las Zeitung. Neben ihm lief ein Radio in voller Lautstärke. Es war auf ein religiöses Erweckungsprogramm eingestellt.

»Du mußt genau darauf achten, was du hörst«, sagte die

Stimme eines Mannes. »So wie es Gottes Wort gibt, gibt es auch das Wort des Satans, und sie klingen beide gleich. Genau gleich.«

Der Kassierer blickte hoch, nickte mir zu und kehrte zu seiner Zeitung zurück. Er war genauso, wie ihn Sarah beschrieben hatte: groß, muskulös, bärtig. Er trug Jeans und ein weißes T-Shirt und eine grün-schwarze Tätowierung auf dem Oberarm, die einen Vogel im Flug zeigte.

Ich ging an ihm vorbei in die mittlere Regalreihe, wobei ich meinen rechten Arm fest an den Körper preßte, um die Machete nicht zu verlieren. Der Laden war ziemlich langgestreckt, und als ich das hintere Ende erreichte, war ich vom Eingang her nicht mehr zu sehen.

Ich nahm die Kapuze ab und schaute mich um.

Die hintere Wand bestand größtenteils aus einem großen Kühlschrank mit Glasschiebetüren, hinter denen Limonaden- und Bierbüchsen, Eisbecher und Schachteln mit Tiefkühlkost standen.

Ich ging erst nach rechts, dann nach links, um die beiden anderen Gänge zu überprüfen. Sie waren leer; außer mir war niemand im Laden.

Das Radio predigte weiter, jetzt direkt aus der Bibel: »Es ist aber ein großer Gewinn, wer gottselig ist und lasset sich genügen. Denn wir haben nichts in die Welt gebracht; darum offenbar ist, wir werden auch nichts hinausbringen. Wenn wir aber Nahrung und Kleider haben, so lasset uns genügen.«

Neben dem Gefrierschrank, in der rechten hinteren Ecke des Gebäudes, war eine halboffene Tür, die in einen dunklen Lagerraum oder dergleichen führte.

»Aber du, Gottes Mensch, fliehe solches! Jage nach der Gerechtigkeit, der Gottseligkeit, dem Glauben, der Liebe, der Geduld, der Sanftmut...«

Das hintere Ende des mittleren Regals wurde von einem Sonderangebot mit billigem Rotwein beherrscht. Sechs große Korbflaschen standen in zwei Reihen hintereinander. Darüber lag eine Plattform aus Pappe und darauf standen weitere sechs Flaschen, darüber wieder sechs und so weiter. Insgesamt fünf Stockwerke hatte der Rotweinturm, dreißig Vierliterflaschen übereinander. Sie reichten mir fast bis zum Kinn.

»Ich gebiete dir vor Gott, daß du haltest das Gebot ohne Flecken, untadelig...«

Ich holte die Skimaske heraus und zog sie mir über den Kopf. Sie roch nach dem Schweiß meines Bruders, und im ersten Augenblick mußte ich würgen. Aber als ich durch den Mund atmete, ging es besser.

»Das ist die Bibel. Das Wort Gottes. Es hat mich mal eine Hörerin angerufen...«

Ich ließ die Machete aus dem Ärmel herausgleiten.

»...die hat mich gefragt: ›Wer hat die Bibel geschrieben?‹«

Ich drehte mich um und ging langsam wieder nach vorn. Ich war erstaunlich ruhig, und diese Ruhe schien sich selbst zu verstärken, wurde stärker mit jeder Sekunde, wie es Panik in einer ähnlichen Situation getan hätte.

Der Kassierer las immer noch Zeitung. Er saß auf einem Hocker, seine Ellbogen stützten sich auf die Theke. Er war mindestens fünfzehn Zentimeter größer als ich und wahrscheinlich vierzig Kilo schwerer. Bei seinem Anblick wünschte ich, daß ich Carls Revolver mitgebracht hätte. Ich baute mich vor ihm auf, mußte aber mehrere Sekunden warten, bis er den Blick hob. Er starrte mich mit offenem Mund an, schien aber weder ängstlich noch überrascht. Ganz langsam faltete er seine Zeitung zusammen.

Ich machte eine Drohgebärde mit meiner Machete und nickte in Richtung der Registrierkasse.

Er streckte die Hand aus und drehte das Radio leiser. »Was, zum Teufel, haben Sie vor?« fragte er.

»Machen Sie die Kasse auf«, sagte ich. Die Worte kamen heiser heraus und klangen ziemlich nervös. Nicht meine, sondern seine Stimme hätte so klingen sollen.

Er lächelte. Er war gar nicht so jung, wie ich anfangs gedacht hatte; aus der Nähe sah er fast älter aus als ich selbst.

»Raus aus dem Laden!« sagte er ruhig.

Ich starrte ihn verwirrt an. Der Gestank von Jacobs Schweiß unter der Skimaske machte mich schwindlig, mir wurde allmählich bewußt, daß die Dinge keineswegs so verliefen, wie ich geplant hatte, und ich hatte das Gefühl, daß ich abstürzte. Ein harter Knoten von Übelkeit bildete sich in meinem Magen.

»Wollen Sie mich in Scheiben schneiden?« fragte er. »Wollen Sie mich mit dem Ding etwa umbringen?« Seine Stimme wurde allmählich wütend.

»Alles, was ich will, ist das Geld.«

Er kratzte die Tätowierung an seinem Arm, dann schob er nachdenklich seinen Bart in Richtung der Nase. »Okay«, sagte er. »Ich laß dir noch eine Chance. Wenn du jetzt sofort abhaust, laß ich dich gehen.«

Ich rührte mich nicht. Ich stand einfach nur da, vollkommen sprachlos.

»Hau ab, oder bleib da«, sagte er. »Noch hast du die Wahl.«

Ich hob die Machete über den Kopf und schwenkte sie, als wollte ich damit zuschlagen. Es war lächerlich, und ich wußte selbst, daß es nicht echt aussah. »Ich will Ihnen nicht weh tun«, sagte ich und meinte es als Drohung, aber es klang mehr wie eine Bitte. »Ich habe schon Leute getötet. Ich bin ein Mörder.«

Er lächelte mich an. »Du bleibst also da?«

»Geben Sie mir doch einfach das Geld.«

Er kletterte von seinem Hocker herunter und kam beinahe lässig um die Theke herum. Ich zog mich in die Mitte des Ladens zurück, wobei ich mir die Machete abwehrend vor die Brust hielt. Aber der Kassierer folgte mir gar nicht, sondern ging zur Tür, so daß ich einen Augenblick dachte, er wollte gehen. Aber statt dessen zog er einen Schlüsselbund aus der Tasche und schloß die Ladentür zu. Dabei drehte er mir ohne Zögern den Rücken zu, so als wolle er demonstrieren, wie wenig Angst er vor mir hatte.

»Hören Sie mit dem Quatsch auf«, sagte ich.

Er schob die Schlüssel in seine Tasche zurück und kam einen Schritt auf mich zu. Ich zog mich in den Mittelgang zurück. Die Machete hielt ich mit beiden Händen umklammert. Ich versuchte, bedrohlich auszusehen, um die Situation wieder unter Kontrolle zu bringen, aber ich spürte, daß es nicht funktionierte.

»Alles, was ich von jetzt an tue«, sagte er mit plötzlicher Bösartigkeit, »geschieht aus Notwehr. So wird es die Polizei sehen. Du bist hier reingekommen, hast mich mit diesem Messer bedroht und versucht zu stehlen, was mir gehört. Damit hast du dich außerhalb des Gesetzes gestellt.«

Er kam ganz langsam auf mich zu, lächelnd. Er schien die Situation zu genießen. Ich wich immer weiter vor ihm zurück.

»Ich habe dir eine Chance gelassen wegzulaufen, weil ich dachte, das ist Christenpflicht. Aber du hast ja nicht gehen wollen. Deshalb werde ich jetzt, mal ganz unabhängig von dem, was passiert, wenn die Polizei kommt, dafür sorgen, daß du so etwas nie wieder tust. Ich werde dir ein bißchen Respekt vor anderer Leute Eigentum beibringen, ja?«

Er war jetzt auch im Mittelgang und trieb mich vor sich her. Ich war ungefähr drei Meter von ihm entfernt. Ich hielt die Machete in meiner rechten Hand und wedelte immer noch ein bißchen damit herum, aber er schien es gar nicht zu merken. Er starrte in das Regal zu seiner Rechten, als ob er dort etwas suchte. Ich sah, wie er eine Büchse Erbsen herausnahm. Er wog sie in der Hand, holte dann in aller Ruhe aus und schleuderte die Büchse in meine Richtung. Sie traf mich mit einem lauten, knirschenden Geräusch auf der linken Brustseite, unmittelbar über dem Herzen. Keuchend stolperte ich zwei Schritte zurück. Es fühlte sich an, als hätte er mir eine Rippe gebrochen.

»Eine seltene Gelegenheit«, sagte er. »Es gibt nicht viele Situationen, in denen man jemandem ungestraft so weh tun kann, wie ich dir jetzt weh tun werde.«

Ich hatte keine Ahnung, was ich tun sollte. Nach meinem Plan hatte er mir einfach das Geld geben sollen. Dann hätte ich ihm gesagt, er solle sich auf den Boden legen und langsam bis hundert zählen, damit ich zum Auto hinauslaufen konnte.

»Man wird mir gratulieren«, sagte er. »Weil ich das Verbrechen in seine Schranken gewiesen habe. Einen Helden wird man mich nennen.«

Ich ging weiter rückwärts. Ich war zu dem Ergebnis gekommen, daß der Laden wahrscheinlich hinten einen Notausgang hatte. Wenn ich es bis in den Lagerraum schaffte, den ich zuvor bemerkt hatte, würde ich durch diesen Notausgang verschwinden und zu meinem Auto rennen.

Der Mann griff noch einmal ins Regal, nahm ein großes Glas Oliven heraus und schleuderte es mir an die Schulter. Von dort aus fiel es mir vor die Füße und zersplitterte auf dem Zementboden. Ein dumpfer, prickelnder Schmerz breitete sich in meinem Arm aus, und meine Finger ließen die Machete fallen, ganz ohne mein Zutun. Sie landete mitten in der Olivenpfütze. Ich mußte sie mit der linken Hand aufheben.

»Gut«, sagte ich. »Sie können das Geld behalten. Ich werde jetzt gehen.«

Er schüttelte den Kopf und lachte. »Die Chance hast du verpaßt. Die Tür war offen, jetzt ist sie zu.«

Am Ende des Ganges blieb ich irgendwo mit meinem Arm hängen. Ohne die Augen von dem Mann abzuwenden, versuchte ich, mich zu befreien. Mit einem raschen Seitenblick stellte ich fest, daß ich die Rotweinflaschen erreicht hatte. Aus der Pappe, die das dritte vom vierten Stockwerk des Rotweinturms trennte, ragte eine ausgebogene Drahtklammer heraus, und an dieser Klammer hing mein Sweatshirt fest.

Der Kassierer war nur noch zwei Meter weg. Noch ein Schritt, und er konnte mich packen. In panischer Furcht riß ich meinen Arm zurück, aber statt den Ärmel freizukriegen, zerrte ich bloß die Pappe aus dem Weinflaschenturm. Wie bei einem Zaubertrick blieben die Flaschen noch für den Bruchteil einer Sekunde in der Balance, aber dann rutschten und fielen sie alle herunter. Vor meinen Augen löste sich der ganze Turm in seine Bestandteile auf, und die Flaschen zerplatzten mit lautem, anhaltendem Krachen auf dem Zement.

Danach herrschte eine plötzliche Stille, und die Stimme des Predigers war wieder zu hören: »Gibt es einen Unterschied zwischen einer Sünde der Unterlassung und einer Sünde, die man aktiv begeht? Wird die eine mit schlimmeren Höllenqualen bestraft als die andere?«

Der Boden zu meinen Füßen war von einem schwarzen Rotweinsee bedeckt, aus dem die Scherben der Flaschen wie Inseln aufragten. Rasch ging ich rückwärts und wich bis an die Rückwand des Ladens zurück, während sich der See ausbreitete.

Der Besitzer schüttelte den Kopf und pfiff durch die Zähne. »Was glaubt du wohl, wer das bezahlt?«

Beide starrten wir auf die zertrümmerten Flaschen hinunter. Das Stück Pappe baumelte immer noch von meinem Ärmel herunter.

Ich riß es ab und ließ es auf den Boden fallen. Meine Finger kribbelten, und meine Brust schmerzte jedesmal, wenn ich Luft holte. Ich wollte in Richtung des Lagerraums flüchten, aber ich vermochte meine Beine nicht zu bewegen. Wie gelähmt stand ich mit dem Rücken an der kalten Tür des Kühlschranks.

Der Kassierer machte einen Schritt vorwärts, blieb stehen, nicht mehr als anderthalb Meter entfernt, und bückte sich nach einem abgebrochenen Flaschenhals mit scharfen Kanten, der mitten in der Pfütze lag. Dazu mußte er sich vorbeugen und sein Gewicht auf die Zehen verlagern.

Ich wußte, daß er sich den Flaschenhals als Waffe holen wollte. Sobald er wieder oben war, würde er versuchen, mir damit den Hals aufzuschneiden.

Ich warf einen Blick zur Tür des Lagerraums. Ich war ziemlich überzeugt, daß ich es schaffen konnte, wenn ich rannte. Mein Gegner war aus dem Gleichgewicht und hockte am Boden; wenn ich jetzt weglief, konnte ich ihn überraschen. Als ich mich von dem Tiefkühlschrank abstieß, dachte ich auch, daß ich weglaufen würde. Aber statt dessen trat ich, was ich gar nicht geplant hatte, auf den Mann zu. Meine Hände umklammerten die Machete wie einen Baseballschläger. Ich hob sie über den Kopf, meine Augen fest auf den Nacken des Mannes gerichtet. Dann schlug ich mit aller Kraft zu.

Erst als ich die Klinge durch die Luft pfeifen hörte, merkte ich, daß ich die ganze Zeit nur darauf gewartet hatte, daß ich das tun konnte.

Er schien zu spüren, was auf ihn zukam. Er versuchte noch aufzustehen und drehte den Körper nach rechts, um dem Schlag zu entgehen. Deshalb traf ich ihn auf der rechten Seite. Die Machete kam etwas schräg herab, traf ihn direkt unter dem Kinn und die Klinge fuhr in seine Kehle. Der Schnitt war tief, aber längst nicht so tief, wie ich gehofft hatte. Es mag brutal klingen, aber ich hatte seinen Kopf mit einem einzigen Hieb vom Rumpf trennen und alles mit einem Schlag zu Ende bringen wollen. Aber dafür war ich entweder nicht stark oder die Klinge nicht scharf genug, denn sie drang nur ungefähr fünf Zentimeter ins Fleisch und blieb dann stecken. Ich mußte sie mit einem Ruck befreien, als der Mann umfiel.

Wieder herrschte Stille im Laden.

Und in die Pause hinein sagte die Stimme des Predigers aus dem Radio: »Und Jesus sprach: *Eli, Eli, lama asabthani?* Das ist: Mein Gott, mein Gott, warum hast du mich verlassen?«

Der Kassierer lag auf dem Bauch, die Hände unter der Brust, als ob er Liegestütze machte. Es strömte ungeheuer viel Blut aus seinem Körper, viel mehr als ich darin vermutet hätte. Es schoß in dicken Strängen aus seinem Hals, rhythmisch pulsierend, und vermischte sich mit dem Wein.

Ich hatte ihm die Halsschlagader zerrissen.

»Wenn aber sogar unser Erlöser im Augenblick seines Todes an Gott zu zweifeln begann, was soll dann uns sterbliche, befleckte Menschen daran hindern, daß wir an Ihm zweifeln?«

Ich stand da und sah zu, wie er verblutete. Die Machete hielt ich von meinem Körper weg, damit kein Blut auf meine Hosen tropfte. Ich wußte, daß ich nur noch warten mußte, und ich war darüber froh. Ich war viel zu ausgelaugt und erschöpft, um noch einmal zuschlagen zu können.

»Es geht etwas schief in Ihrem Leben. Sie werden krank, verlieren Ihre Arbeit, und schon sagen Sie: Wo ist Gottes Hand bei alledem?«

Ich trat einen Schritt vor, in die Pfütze hinein, und ließ die Machete von der rechten in die linke Hand wechseln. Immer noch strömte das Blut aus dem Körper des Mannes, aber sein Körper lag still. Ich glaubte zwar nicht, daß er schon tot war, aber ich war sicher, daß es bald vorüber sein würde. In großer Klarheit dachte ich: *Du siehst zu, wie er stirbt.*

Aber dann geschah etwas Überraschendes. Ganz langsam, so, als ob er von oben an Fäden gezogen würde, erhob sich der Kassierer auf Hände und Knie.

Ich war zu erschrocken, um zurückzuweichen. Ich blieb direkt vor ihm stehen und sah erstaunt zu, ich beugte mich sogar etwas vor und legte den Kopf auf die Seite.

In einer Serie von seltsam ruckartigen, unkoordinierten Bewegungen erhob er sich auf die Füße. Schwankend stand er da, die Hände auf den Oberschenkeln, während immer noch ein Schwall von Blut aus der Wunde an seinem Hals floß. Sein T-Shirt war tiefrot davon und klebte an seinem Körper. Ich konnte die Umrisse seiner Brustwarzen unter dem Stoff sehen. Sein Gesicht war vollkommen weiß.

»Sie sagen: ›Entweder hat Gott mich verlassen, oder Er schickt mir dieses Unglück absichtlich.‹ Aber Sie wissen nicht, womit Sie dieses Unglück verdient haben. Sie sind rechtschaffen, liebevoll und treu, zuverlässig und freundlich, und doch beschließt der Herr …«

Ich machte einen Schritt rückwärts in Richtung Kühlschrank, und er hob seinen Kopf. Er starrte mich an, mit heftig zuckenden Lidern. Sein Atem machte ein glucksendes Geräusch in seiner Brust, die Lungen füllten sich mit Blut. Er griff sich mit der Hand an die Kehle.

Ich machte einen weiteren Schritt rückwärts. Ich wußte, daß ich eigentlich aus Menschlichkeit erneut hätte zuschlagen müssen, aber mir fehlte die Kraft, um die Machete zu heben. Ich war völlig erledigt.

Er versuchte zu sprechen, das heißt, sein Mund öffnete und schloß sich. Aber außer dem Gurgeln in seiner Brust brachte er nichts über die Lippen. Und dann nahm er ganz langsam, als wäre er unter Wasser, die linke Hand von der Kehle und faßte damit in das Regal neben sich. Er packte eine Flasche Ketchup am Hals und stieß sie mühsam in meine Richtung.

Sie traf mich am Bein, was aber nicht weh tat. Die Flasche fiel herunter und zerbrach in drei fast gleich große Teile. Ich starrte auf eine weitere rote Schliere im blutigen Wein auf dem Boden.

»Und dann sagen Sie: ›Die Wege des Herrn sind unerforschlich? Was soll das heißen?‹ Sie sagen: ›Ist das nicht bloß eine faule Ausrede, wenn's einem schlechtgeht und ihr Prediger wißt nicht weiter? Wer ist verantwortlich?‹ fragen Sie. ›Wo bleibt die Gerechtigkeit?‹ Sie sind wütend und finden, Sie hätten eine Antwort verdient.«

Die Hand des Kassierers kehrte zu seiner Kehle zurück. Das Blut quoll stoßweise zwischen seinen Fingern hervor, aber der Pulsschlag war schwächer geworden.

Als er zu Boden stürzte, geschah dies in Etappen und zwischen jeder schien er einen Augenblick zu zögern wie ein Schauspieler, der seine Rolle stark übertreibt. Erst fiel er auf die Knie, wobei er mit einem gräßlich knirschenden Geräusch die Scherben einer halben

Flasche unter sich zerdrückte. Dann fiel er zurück aufs Gesäß und sackte zur Seite. Sein Kopf schlug an das Unterteil des Regals und knickte weg, aber erst jetzt lösten seine Hände sich von seiner Kehle.

Und das alles erfolgte in Zeitlupe.

»Jemand sagt zu Ihnen: ›Der Herr hat's gegeben, der Herr hat's genommen.‹ Was bedeutet das für Sie?«

Ich starrte auf den Sterbenden hinunter und zählte wie bei Pederson im Kopf bis fünfzig, wobei ich zwischen jeder Zahl einmal durchatmete. Und allmählich versiegte das Blut, das aus seinem Hals quoll.

Ich schob mir die Machete in den Gürtel wie ein Pirat. Dann zog ich die Maske von meinem Gesicht. Die frische Luft war angenehm kühl auf der Haut, aber der Geruch von Jacobs Körper steckte mir trotzdem noch in der Nase. Er schien auf meinem Gesicht zu haften wie eine fettige Salbe. Ich zog mir das Sweatshirt über den Kopf. Mein Rücken triefte vor Schweiß, ich spürte, wie er mir in kleinen Bächen den Rücken hinabrann und vom Bund meiner Unterhose aufgesaugt wurde.

»Oder man sagt: ›Der Mensch plant seinen Weg, aber der Herr lenkt seine Schritte ...‹«

Ich überlegte, ob ich dem Kassierer den Puls fühlen sollte, aber beim Gedanken daran, sein Handgelenk zu berühren, wurde mir beinahe schlecht. Der Mann war tot. Das sah man schon an der Menge von Blut auf dem Boden: zusammen mit dem Rotwein, dem Ketchup und den Scherben bildete es eine riesige Pfütze, die sich von der Rückwand des Ladens bis weit den Mittelgang hinunter erstreckte. Es war eine unwirkliche, makabre Szene aus einem Alptraum.

»Oder man sagt: ›Der Herr hat alles nach seinen Plänen gestaltet, auch die Sündigen für den Tag des Unheils‹ ...«

Ich stand da und hörte der Stimme des Predigers zu. Er war irgendwo in einem Studio, und es klang, als hätte er Leute bei sich, die ab und zu ein »Amen!« oder ein »Halleluja!« beisteuerten. Außerdem gab es Hunderte, ja, wahrscheinlich Tausende von Leuten im Umkreis des Senders, in Ohio, Michigan, Indiana, Illinois, Kentucky, West Virginia und Pennsylvania, die in ihren Häusern oder Autos saßen und zuhörten. Jeder von ihnen war mit den anderen und alle waren sie mit mir verbunden, einfach durch die Stimme des Radiopredigers.

Aber sie wissen nichts, dachte ich. Sie wissen nichts von alledem hier.

Ganz allmählich spürte ich, daß ich ruhiger wurde. Mein Puls wurde langsamer, meine Hände hörten auf zu zittern. Damit, daß ich hierherkam, hatte ich beinahe alles zerstört, aber jetzt hatte ich es doch noch gerettet. Es würde alles gut werden.

Ich hob mein Hemd hoch und betrachtete meine Brust. Eine dunkelrote Blume erblühte auf meinem Brustkorb, aus der bald ein Bluterguß werden würde.

»Laßt mich vom *Schicksal* sprechen, meine Brüder und Schwestern. Was bedeutet dieses Wort für euch? Wenn ich euch sage, es ist euch vom Schicksal bestimmt, eines Tages zu sterben, würde das auch nur einer bezweifeln? Natürlich nicht. Aber wenn ich euch sagen würde, es sei euch vom Schicksal bestimmt, an einem ganz besonderen Tag, zu einer ganz besonderen Stunde zu sterben, dann würdet ihr die Köpfe schütteln und sagen, ich sei verrückt. Aber genau das ist es, was ich zu euch sage. Ich sage ...«

Ich schüttelte mich, als müßte ich mich von einer Lähmung befreien und ging rasch nach vorn zum Eingang. Ich beugte mich über die Theke und stellte das Radio ab. An der Innenseite der Tür hing ein Schild mit der Aufschrift GESCHLOSSEN. Ich drehte es um. Ich wollte auch die Beleuchtung ausschalten, aber nachdem ich eine Minute vergeblich nach dem Schalter gesucht hatte, gab ich es auf und kehrte wieder in den hinteren Teil des Ladens zurück.

Ohne die Stimme des Predigers herrschte eine ominöse Stille in dem Gebäude. Jedes Geräusch, das ich machte, hallte zwischen den Regalen wie das Rascheln von Ratten.

Ich packte den Kassierer an den Füßen und schleifte ihn in Richtung der dunklen Tür. Er war leichter, als ich gedacht hatte, ausgeblutet, aber es war immer noch äußerst schwierig. Die Leiche war sperrig, und der Boden war glitschig.

Bei jeder Bewegung pochte es in meiner Brust.

Der Nebenraum war nur ein schmales, rechteckiges Loch. Ein Mop und ein Wischeimer standen darin und ein Regal mit Putzmitteln und Lappen. Ganz hinten waren noch ein Waschbecken und eine schmutzige Toilette. Der ganze Raum stank nach Desinfektionsmitteln. Eine weitere Tür gab es nicht. Wenn ich hier reingerannt wäre, hätte ich in der Falle gesessen.

Ich zog die Leiche des Kassierers mit den Füßen zuerst in den Waschraum hinein, mußte allerdings mittendrin eine Pause einlegen, weil die Arme des Toten an der Tür hängenblieben. Ich legte sie ihm über Kreuz auf die Brust, so daß er fast aussah, als läge er schon im Sarg. Dann zog ich ihn vollends herein. Seine Beine mußte ich auf den Toilettensitz heben, weil ich sonst nicht genug Platz gehabt hätte, um die Tür zuzumachen. Brieftasche, Uhr und Schlüsselring nahm ich ihm ab und steckte sie in die Tasche.

Nachdem ich die Leiche versteckt hatte, ging ich wieder nach vorn und machte die Registrierkasse auf. Der Hundertdollarschein lag ganz unten im Schubfach, noch unter dem Plastikeinsatz mit den Münzen und kleineren Scheinen. Er war der einzige seiner Art. Ich faltete ihn zusammen und schob ihn in meine Jeans.

Auf der Theke lag ein Stapel Papiertüten. Eine davon nahm ich mir, öffnete sie und kippte den ganzen Inhalt der Kasse – Münzen, Scheine und alles andere – hinein.

Als ich die Schublade gerade wieder schließen wollte und die umliegenden Regale nach Waren absuchte, die ein Dieb mitnehmen würde, rollte plötzlich ein Wagen auf den Parkplatz von *Alexander's*. Der Anblick lähmte mich total, meine rechte Hand blieb in der Luft hängen, und ich starrte geblendet in die Scheinwerfer, deren Licht durch die Schaufensterscheiben hereinfiel.

Die Maske und das Sweatshirt lagen direkt vor mir auf der Theke. Ich griff danach und versuchte mir das Kapuzenhemd überzustreifen, aber die Ärmel waren so verwickelt, daß ich es nicht über den Kopf kriegte. Am Ende gab ich auf und hielt es mir bloß vor die Brust, als könnte ich mich auf diese Weise verstecken.

Der Motor wurde abgestellt, die Scheinwerfer erloschen und eine Frau stieg aus dem Wagen.

Ich zog die Machete aus meinem Gürtel, legte sie auf die Theke und bedeckte sie mit der Zeitung des Kassierers.

Die riesige Blut- und Weinpfütze konnte man von der Tür aus mühelos sehen, wenn man in den Mittelgang blickte. Außerdem hatte ich mit meinen blutigen Stiefeln überall rote Spuren hinterlassen, sie führten aus dem Mittelgang zur Theke und wieder nach hinten und sahen aus, als wären sie so sorgfältig auf den Boden gemalt worden wie in einer Ballettschule: grellrot und präzise, an den Rändern vor Feuchtigkeit noch etwas glänzend. Ein Gefühl von Übelkeit überfiel mich, als ich sie sah, und ein Zittern stieg in meiner Brust auf. Zum ersten Mal wurde mir klar, wie unvorsichtig ich war. Ich hatte mir gar nicht mehr überlegt, wie viele Spuren ich hinterließ.

Als die Frau zur Vordertür kam, flog wieder ein landendes Flugzeug über uns hinweg, und das Röhren seiner Triebwerke ließ das Gebäude zittern. Die Frau drehte sich danach um und duckte sich instinktiv. Sie war nicht mehr jung, sicher schon über sechzig, und elegant gekleidet – ein dunkler Pelzmantel, Perlenohrringe, schwarze hochhackige Schuhe und eine kleine, ebenfalls schwarze Handtasche. Trotz einer dicken Schicht Make-up war ihr Gesicht von deutlicher Blässe, so als wäre ihr kürzlich erst übel gewesen. Ihr Gesichtsausdruck war angespannt, sie mußte irgendwohin und hatte es eilig, weil sie schon zu spät dran war.

Sie drückte gegen die Tür und fand sie versperrt. Sie hielt ihre schwarzbehandschuhte Hand hoch, um durch die Scheibe zu spähen, und sofort fielen ihre Augen auf mich. Ich stand immer noch erstarrt an der Kasse. Die Frau sah demonstrativ auf die Uhr, dann hob sie zwei Finger, und ihr Mund formte die Worte: »Zwei ... Minuten ... vor ... sechs!«

Ich schüttelte den Kopf. »Geschlossen!« rief ich.

Eine schrille Stimme in meinem Kopf wisperte voller Verzweiflung: *Laß sie gehen*, flüsterte sie. *Sie wird sich bestimmt nicht an dich erinnern. Es sieht so aus, als würdest du zumachen. Laß sie gehen.*

Ich stemmte meine Hände auf die Theke und schüttelte heftig den Kopf. Sie sollte in ihr Auto steigen und wegfahren!

Statt dessen rüttelte sie an der Tür.

»Ich brauch' bloß eine Flasche Wein«, rief sie von draußen. Ihre Stimme schien aus großer Entfernung zu kommen, aber ich konnte sie gut verstehen. Sie erinnerte mich an jemanden, ich wußte nur nicht, an wen.

»Wir haben geschlossen!« brüllte ich noch einmal.

Sie schlug mit der Faust an die Tür. »Bitte!«

Ich sah auf meine Hände herunter und prüfte sie sorgfältig, Finger für Finger, um sicher zu sein, daß kein Blut daran klebte. Als ich wieder aufsah, stand die Frau immer noch vor der Tür, und mir wurde klar, daß sie mich dazu zwingen würde, sie hereinzulassen. Sie würde nicht gehen.

Wieder rüttelte sie an der Tür. »He, junger Mann!«

Ich wußte, wie das enden würde. Auf das, was ich jetzt tun würde, hatten die letzten drei Monate mich konditioniert. Alles das, was schon passiert war, schloß jede andere Möglichkeit aus. Ich konnte mich nicht mit halben Sachen begnügen, nur die äußerste Maßnahme kam in Betracht. Ich hatte gerade drei Stunden lang mit der Polizei und mit dem FBI geredet. Wenn die Frau sich später auch nur ungefähr an mein Aussehen erinnerte, würden die Beamten sofort wissen, daß es sich um mich handelte. Und dann würde ich verhaftet und ins Gefängnis geschickt werden. Es war mir völlig bewußt, wie entsetzlich das war, was ich dachte. Es würde das Schlimmste sein, was ich je getan hatte – schlimmer noch als der Mord an meinem Bruder. Ich wußte, ich würde es für den Rest meines Lebens bedauern, und doch entschloß ich mich, es zu tun. Es war mein freier Wille. Ich hatte Angst, ich hatte das Gefühl, in der Falle zu sitzen. Ich hatte gerade einen Mann mit einer Machete getötet. Ich hatte Blut an den Stiefeln und Blut an der Hose, und jedesmal, wenn ich Atem holte, glaubte ich, Jacob zu riechen.

Langsam kam ich hinter der Theke vor.

»Bloß eine einzige Flasche Wein!« schrie sie durch die Glasscheibe.

Ich schloß die Tür auf. Als ich die Frau hereinließ, warf ich einen Blick auf ihr Auto, um sicher zu sein, daß sie allein war. Der Wagen war leer.

»Ich brauche nicht lange«, sagte sie ein wenig atemlos. »Ich brauche bloß eine anständige Flasche Wein als Gastgeschenk.«

Sie trat ein, und ich schloß die Tür hinter ihr. Das Schloß klickte leise, als ich den Schlüssel herumdrehte.

Sie drehte sich abrupt zu mir um. »Sie verkaufen doch Wein?«

»Natürlich«, sagte ich. »Wein, Bier, Champagner...«

Sie wartete, daß ich noch etwas sagte, aber ich schwieg. Ich stand zwischen ihr und der Tür und lächelte freundlich. Jetzt, da ich mich entschieden hatte, war ich bemerkenswert ruhig. Es war genau wie bei Sonny. Ich hatte das Gefühl, eine genau vorgegebene Rolle zu spielen.

»Ja, und wo sind all diese Getränke?« fragte sie. Die blutigen Fußspuren auf dem Boden hatte sie bisher nicht bemerkt.

»Ehe ich Ihnen das sage, müssen Sie mir bitte einen Gefallen tun«, sagte ich.

»Einen Gefallen?« sagte sie verwirrt. Sie sah mich zum ersten Mal richtig an und versuchte meinen Gesichtsausdruck abzuschätzen. »Ich habe keine Zeit für Späße, junger Mann«, sagte sie, und ihr Kopf nahm eine hoheitsvolle Haltung ein wie der Kopf eines Raubvogels.

»Ich habe einen Stapel Rotweinflaschen umgeworfen«, sagte ich und zeigte nach hinten.

Sie warf einen erschrockenen Blick auf die Pfütze am hinteren Ende des mittleren Ganges. »Ach, herrjeh«, sagte sie.

»Der Mop liegt hinten im Lager ganz oben auf einem Regal«, sagte ich. »Um ihn runterzuholen, brauche ich eine Leiter, und ich wollte Sie bitten, die Leiter für mich zu halten.«

Sie starrte mich ungläubig an. »Die Leiter?«

»Ich habe Ihnen ja auch einen Gefallen getan, ich hätte Sie ja nicht reinlassen brauchen.«

»Einen Gefallen?« fauchte sie. »Sie haben vor Ladenschluß zumachen wollen, um früher nach Hause zu gehen. Ich glaube nicht, daß Ihr Boß das für einen großen Gefallen hielte.«

»Ich bitte Sie doch bloß darum, mir –«

Die Frau tippte auf ihre Uhr. »Es war zwei Minuten vor sechs! Einen Gefallen! So was hab' ich ja noch nie gehört!«

»Hören Sie«, sagte ich. »Ohne Mop kann ich das nicht aufwischen. Und ohne Ihre Hilfe komm' ich nicht an den Mop.«

»Wer hätte je gehört, daß ein Mop auf einem Regal aufbewahrt wird?«

»Ich bitte Sie doch nur um ein, zwei Minuten...«

»Hören Sie, ich bin zum Dinner eingeladen. Das sehen Sie doch!

Ich kann nicht irgendwelchen Leuten die Leiter halten, wenn ich so angezogen bin.«

»Und wenn ich Ihnen den Wein umsonst gebe?« fragte ich. »Sie können sich aussuchen, was Sie wollen. Sie müßten nur mit mir ins Lager kommen und die Leiter für mich halten.«

Sie zögerte. Nachdenkliche Falten erschienen auf ihrer Stirn. Draußen, vor dem Schaufenster, flitzten die Autos auf dem Highway vorbei, ein ständiger Strom von Scheinwerfern.

»Sie haben gesagt, Sie hätten auch Champagner?«

Ich nickte.

»Dom Pérignon?«

»Ja«, sagte ich. »Ja, natürlich.«

»Den will ich.«

»Okay«, sagte ich. »Wenn Sie den wollen, dann kriegen Sie ihn auch.« Ich ging zurück zur Theke und holte die Zeitung mit der darunter versteckten Machete. Behutsam faßte ich die Frau am Ellbogen, um sie nach hinten zu führen.

»Wenn wir den Seitengang nehmen, brauchen wir nicht durch die Pfütze.«

Sie sträubte sich nicht. Ihre Absätze hallten laut auf dem Zementboden. »Ich brauche mich doch nicht schmutzig zu machen, nicht wahr? Wenn ich irgend etwas Schmutziges anfassen muß, mache ich nicht mit.«

»Es ist alles sehr sauber«, beruhigte ich sie. »Es geht nur darum, daß die Leiter nicht umfällt.«

Wir waren jetzt im Seitengang. Meine Augen glitten über die Regale und musterten die Waren – Brot, Croutons, Salatsoßen, Toilettenpapier, Kleenex, Schwämme, Obstkonserven, Reis, Kräkker, Brezeln, Kartoffelchips.

»Ich habe nicht viel Zeit«, sagte sie, bürstete sich über den Pelzmantel und warf einen raschen Blick auf die Uhr. »Ich bin jetzt schon zu spät dran.«

Ich führte sie immer noch am Ellbogen. In der linken Hand hatte ich die Machete. Die Klinge spürte ich durch die Zeitung.

»Ich klettere nur schnell auf die Leiter, hole den Champagner, und im Nu sind Sie hier wieder raus.« Zur Untermalung schnippte ich mit dem Finger, dazu mußte ich sie allerdings loslassen.

»Das ist eine höchst ungewöhnliche Situation«, sagte sie. »Ich kann mich an nichts Derartiges erinnern.«

Daraufhin faßte ich sie wieder am Ellbogen, und sie sah mich an.

»Wissen Sie was?« sagte sie. »Ich werde hier nie wieder einkaufen. Das ist das letzte Mal, daß ich dieses Etablissement beehre. Das kommt davon, wenn man seine Kunden in Verlegenheit bringt, junger Mann. Damit schreckt man sie ab.«

Ich nickte und hörte kaum zu. Ohne daß ich wußte woher, hatte mich plötzliche Nervosität überfallen. Ich spürte, wie mir das Blut durch den Kopf pulste, als wären meine Adern zu eng. Wir näherten uns dem Ende des Gangs. Die Pfütze hatte sich vor der ganzen Hinterwand ausgebreitet und versperrte den Weg. Am Rand führten blutige Stiefelspuren entlang, und man sah auch, wo ich die Leiche des Kassierers herausgeschleift hatte.

»Da gehe ich nicht durch!«

Ich faßte sie fester am Ellbogen, schob mich hinter sie und stieß sie in Richtung des Waschraums.

»Was tun Sie da? Was erlauben Sie sich, junger Mann?«

Ich klemmte mir die zeitungsumwickelte Machete unter den Arm, packte die Frau mit beiden Händen und stieß sie in die rote Pfütze. Sie machte kleine, hüpfende Schritte, als wolle sie hindurchtanzen, und ihre Absätze klapperten auf den Fliesen.

»Das ist ungeheuerlich!« fauchte sie leise.

Es entstand eine Pause, als ich die Tür zu öffnen versuchte. Als ich meinen Blick nach unten richtete, sah ich ihre rotbespritzten Schuhe. Sie waren so klein wie die eines Kindes.

»Ich... bin... nicht... bereit...«, stotterte sie und versuchte sich meinem Griff zu entwinden, aber ich hatte ihre Pelzjacke fest in der Hand, »...mich... von...einem... gewöhnlichen...«

Endlich hatte ich die Tür offen, legte meine Hand auf ihren Rücken und stieß sie hinein. Gleichzeitig schüttelte ich die Verhüllung von der Machete. Die Zeitung flatterte in die Pfütze.

Die Frau war erstaunlich stabil auf den Beinen. Sie schien das Hindernis vor sich zu spüren, noch ehe sie erkannte, was da eigentlich lag, und gewann mit zwei schnellen Schritten ihr Gleichgewicht wieder. Mit dem rechten Fuß stand sie neben der Brust des Kassierers, mit dem linken neben dem Kopf.

Sie wollte sich zu mir umdrehen, um noch einmal zu protestieren, aber dann zog das Hindernis auf dem Boden ihren Blick an.

»Oh, mein Gott!« sagte sie.

Ich hatte es so rasch und sauber wie möglich geplant. Ich hatte sie von hinten niederschlagen wollen, mit einem einzigen kraftvollen Hieb, aber der Klang ihrer Stimme ließ mich innehalten. Erschrokken stellte ich fest, an wen sie mich erinnerte. Es war Sarahs Stimme, genau derselbe Tonfall, nur altersbedingt etwas höher. Man spürte dieselbe Bestimmtheit und Entschlossenheit hinter den Worten. *So wird Sarah mit dir sprechen, wenn sie eine alte Frau ist*, dachte ich.

Die Frau nutzte mein Zögern, um sich umzudrehen, und ihr Gesichtsausdruck – eine Mischung aus Angst, Verwirrung und Abscheu – hielt mich noch länger zurück.

»Ich verstehe nicht...«, sagte sie, verstummte dann aber und schüttelte bloß den Kopf. Der Waschraum war dunkel; Licht fiel nur durch die Tür, in der ich stand. Mein Schatten verdeckte die Frau bis zur Hälfte. Ich hielt die Machete vor meine Brust, als ob ich sie abwehren müßte.

»Was ist mit ihm?« fragte sie. Ihre Stimme zitterte etwas, war aber immer noch erstaunlich gefaßt. Ich sah zu, wie sie ihre Füße anders hinstellte, damit sie mich direkt ansehen konnte. Sie stand jetzt rittlings über dem Ladenbesitzer, und der Saum ihres Pelzmantels bauschte sich etwas auf seiner Brust.

Ich wußte, daß ich sie jetzt endlich töten mußte. Je länger ich in dem Laden zubrachte, desto mehr brachte ich mich in Gefahr. Aber eine lebenslange gute Erziehung – antworte, Junge, wenn du gefragt wirst – hinderte mich daran, die Konsequenzen aus dieser Erkenntnis zu ziehen. Ohne nachzudenken, beantwortete ich ihre Frage.

»Ich hab' ihn getötet«, sagte ich.

Sie sah auf das Gesicht des Kassierers herunter und dann wieder mich an.

»Mit dem Ding da?« fragte sie und zeigte auf die Machete.

Ich nickte. »Ja, damit.«

Daraufhin starrten wir uns etwa zehn oder fünfzehn Sekunden lang an, es kam mir aber viel länger vor. Wir warteten beide darauf, daß der andere etwas anfing.

Ich festigte meinen Griff um die Machete. Mein Gehirn schickte meinem Arm einen klaren, genauen, direkten Befehl. *Schlag zu*, sagte es zu meinem Arm. Aber der blieb in Brusthöhe, völlig reglos.

»Was sind Sie bloß für ein Mensch?« fragte die Frau schließlich.

Die Frage überraschte mich vollkommen. Ich starrte sie an und überlegte. Es schien irgendwie wichtig, ihr eine ernsthafte Antwort zu geben. »Ganz normal«, sagte ich. »Wie jeder andere auch.«

»Normal? So was kann doch nur ein Ungeheuer machen!«

»Ich habe einen guten Job. Ich hab' eine Frau und eine kleine Tochter.«

Die Frau wandte die Augen ab, als wolle sie das nicht hören. Sie bemerkte, daß ihr Mantel auf der Brust des Kassierers ruhte, und versuchte ihn wegzuziehen, aber dazu war er zu lang. Dann sah sie mich wieder an.

»Aber wie konnten Sie so etwas tun?«

»Ich mußte.«

»Sie mußten?« fragte sie, als wäre es eine absurde Idee, und musterte voller Abscheu die Waffe in meiner Hand. »Sie *mußten* ihn mit diesem Ding umbringen?«

»Ich hatte Geld gestohlen.«

»Aber das hätten Sie doch bestimmt auch gekriegt, ohne ihn deswegen gleich töten zu müssen. Sie hätten doch ...«

Ich schüttelte den Kopf. »Es war nicht von ihm. Ich hab' es in einem Flugzeug gefunden.«

»In einem Flugzeug?«

Ich nickte. »Vier Millionen Dollar.«

Jetzt hatte ich sie verwirrt, und sie vermochte mir nicht mehr zu folgen. »Vier Millionen?«

»Es war Lösegeld. Von einer Entführung.«

Sie runzelte die Stirn, als hätte sie das Gefühl, ich würde sie anlügen. »Und was hat das alles mit ihm zu tun?« fragte sie wütend und zeigte auf den Kassierer. »Oder mit mir?«

Ich versuchte es zu erklären. »Mein Bruder und ich haben jemanden umgebracht, damit er das mit dem Geld nicht erfuhr. Und dann hat mein Bruder seinen Freund erschossen, um mich zu beschützen, und ich habe die Freundin seines Freundes und dessen Vermieter erschossen, um ihn zu beschützen, aber da hat er die Nerven verloren, und ich mußte ihn ebenfalls erschießen, und dann kam der Entführer und...«

Sie starrte mich fassungslos an, und die Angst in ihrem Gesicht ließ mich aufhören. Es wurde mir bewußt, daß ich mich wie ein Wahnsinniger anhörte, wie ein Psychopath.

»Ich bin nicht verrückt«, sagte ich und versuchte, meine Stimme möglichst vernünftig klingen zu lassen. »Es ist vollkommen logisch. Es ist eben eins nach dem anderen passiert.«

Es entstand ein langes Schweigen, das schließlich vom Getöse eines Flugzeugs unterbrochen wurde, das über uns hinwegflog. Das ganze Gebäude hallte vom Toben der Triebwerke wider.

»Ich hab' alles getan, daß Sie wieder gehen«, sagte ich. »Aber Sie wollten ja nicht. Sie haben immer weiter an die Tür geklopft.«

Die Frau ließ ihre Handtasche aufschnappen, zog ihre Ohrringe ab und ließ sie hineinfallen, einen nach dem anderen. »Hier«, sagte sie und hielt mir die Handtasche hin.

Ich starrte darauf herunter, verstand aber nicht, was sie von mir wollte.

»Nehmen Sie«, sagte sie.

Mit der linken Hand nahm ich die Tasche.

»Ich hab' es nicht wegen dem Geld getan«, sagte ich. »Ich wollte bloß nicht eingesperrt werden.«

Sie gab keine Antwort. Sie wußte gar nicht, wovon ich redete.

»Es ist wie eine von diesen alten Geschichten, wo jemand seine Seele verkauft. Ich hab' etwas Böses getan, und das führte zu etwas noch Schlimmerem und immer so weiter und weiter. Und jetzt bin ich hier. Das ist jetzt das Ende.« Ich zeigte mit der Machete auf die Leiche des Kassierers. »Das ist jetzt das Schlimmste. Schlimmer kann es nicht werden.«

»Nein«, sagte die Frau und richtete sich auf, als ob sie hoffte, damit ihr Leben zu retten. »Weiter geht es jetzt nicht mehr.«

Sie streckte die Hand nach mir aus, und ich machte einen Schritt rückwärts.

»Jetzt werden wir die Sache beenden«, sagte sie. »Nicht wahr?«

Sie versuchte, meinen Blick einzufangen, aber ich schlug die Augen nieder und betrachtete die Leiche des Ladenbesitzers, die zur Decke hinaufstarrte.

»Jetzt ist Schluß«, sagte sie und machte einen Schritt vorwärts – zögernd, als ob die Kacheln, auf denen sie stand, dünnes Eis wären.

Dicht unter der Oberfläche hörte ich immer noch Sarahs Stimme in ihren Worten. Ich versuchte, mich dagegen zu wehren, aber es wollte mir nicht gelingen. Ich stand wie gelähmt, in der linken Hand hielt ich die Handtasche, in der rechten das Buschmesser.

»Ich werde Ihnen helfen«, sagte sie.

Sie war jetzt direkt neben mir und bewegte sich millimeterweise in Richtung der offenen Tür hinter mir, so als wäre ich ein kleines Tier, und sie hätte Angst, mich zu verscheuchen.

»Das kommt alles wieder in Ordnung«, versicherte sie.

Sie machte einen weiteren Schritt und stand bereits in der Tür. Ich drehte mich um und sah zu, wie sie sich entfernte.

Einen Augenblick lang dachte ich wirklich, ich würde sie gehen lassen. Ich würde mich in ihre Hände begeben, ich würde es ihr überlassen, das alles zu Ende zu bringen.

Aber dann kehrte sie mir den Rücken zu. Auf Zehenspitzen ging sie durch die Pfütze, der Laden war vor ihr, und was immer mich zurückgehalten hatte, war mit einem Schlage verflogen. Ich machte zwei große Schritte, hob die Machete über den Kopf und schlug mit aller Kraft nach ihrem Hals. Genau wie der Kassierer spürte sie offenbar, was auf sie zukam. Sie wollte sich umdrehen, sie hob ihre Hand und machte ein eigenartig quiekendes Geräusch in der Kehle, ein nervöses Kichern, das sie sofort unterdrückte, dann traf sie die Klinge und schleuderte sie in eins der Regale. Als sie zu Boden sank, polterten einige Konservenbüchsen hinter ihr her.

Ihr Todeskampf war weniger dramatisch als der des Kassierers. Sie brach einfach nur blutend in der Pfütze zusammen und war tot. Die Konservenbüchsen rollten noch ein Stückchen weit über den Boden, und als sie endlich anhielten, senkte sich eine tiefe Stille über den Laden.

Es war alles sehr still.

Es war kurz vor sieben, als ich nach Hause kam. Ich parkte draußen in der Auffahrt und ließ – aus Sorge vor der Neugier meiner

Nachbarn – die Machete und den Pelzmantel meines letzten Opfers im Wagen.

Der scharfe, tröstliche Geruch von brennendem Holz lag in der Luft, als ich zum Haus ging. Sarah hatte ein Kaminfeuer brennen.

Der Hausflur war dunkel und die Wohnzimmertür fest geschlossen. Sarah schien in der Küche zu sein. Man hörte das leise saugende Geräusch der Kühlschranktür und das Klingeln von Gläsern. Sie kam an der Tür vorbei, in ihrem Morgenmantel, mit offenen Haaren, und lächelte mir zu.

»Warte«, rief sie. »Komm erst, wenn ich's dir sage.«

Das Licht in der Küche erlosch, und ich hörte, wie Sarah ins Wohnzimmer ging. Ich stand ganz still im Flur und lauschte, die Stiefel in der einen und die Tüte mit dem geraubten Geld in der anderen Hand. Ich konnte an Sarahs Stimme erkennen, daß sie vergnügt war. Sie dachte, wir wären jetzt frei, frei und reich, und sie hatte eine kleine Feier geplant. Wie sollte ich ihr bloß sagen, daß alles ganz anders war, als sie dachte?

»Okay«, rief sie. »Jetzt kannst du kommen.«

Auf Strümpfen, mit der Geldtüte unter dem Arm, schob ich leise die Wohnzimmertür auf.

»Voilà!« sagte Sarah triumphierend.

Sie lag auf dem falschen Bärenfellteppich vor dem Kamin und schlenkerte mit den Beinen. Den Morgenmantel hatte sie ausgezogen und sich statt dessen in das Fell eingehüllt. Ansonsten war sie vollkommen nackt. Das Haar hing ihr verführerisch übers Gesicht, und ich spürte ihr Lächeln, auch ohne daß ich es sah. Der Champagner und die beiden Gläser standen links neben ihr auf dem Boden.

Alle Lampen waren dunkel. Der Raum wurde nur vom Kamin her beleuchtet, in dem ein helles Holzfeuer brannte. Der Widerschein der Flammen ließ den Spiegel auf der anderen Zimmerseite zittern, so daß man denken konnte, es pochte jemand mit der Faust von außen ans Haus. Die Vorhänge waren fest zugezogen.

Den Seesack sah ich, bevor ich das Geld sah. Er stand leer und zerknautscht am Eingang zur Küche. Das ganze Geld aus dem Flugzeug lag auf dem Fußboden, ein Päckchen neben dem anderen, und bildete einen nahtlosen grünen Teppich zu meinen Füßen. Sarah lag mit dem Bärenfell obendrauf.

»Ich sag' dir, was geplant ist«, sagte sie heiser durch ihren Schleier aus Haaren und schnippte mit dem Finger gegen die Flasche. »Wir betrinken uns ein bißchen, und dann laß ich mich von dir auf dem Geld ficken.«

Der gespielte erotische Bariton ihrer Stimme versagte bei den letzten vier Worten, und in plötzlicher Schüchternheit begann sie zu kichern. »Unser Bett ist gemacht«, sagte sie und zeigte auf die Geldpäckchen, »jetzt werden wir darauf schlafen.«

Ich rührte mich nicht. Ich stand immer noch mit Parka und Mütze im Türrahmen. Es entstand eine lange Pause, in der sie wartete, daß ich etwas sagte. Aber ich sagte nichts, mein Kopf war taub und leer.

»Möchtest du erst etwas essen?« fragte sie mit besorgtem Unterton. »Hast du überhaupt schon was gegessen?«

Sie setzte sich auf, das Bärenfell glitt von ihrer Schulter und entblößte eine ihrer Brüste.

»Im Kühlschrank ist noch etwas Hühnchen«, sagte sie.

Ich wandte mich ab, schob die Tür zu und drehte mich wieder um. Ich wußte nicht, wie ich's ihr sagen sollte. Ich suchte verzweifelt nach einem Anfang. Ich hatte das Gefühl, ich müßte etwas sehr Grausames tun.

»Wo ist denn Amanda?« fragte ich, weil mir nichts anderes einfiel.

Sarah schleuderte ihre Haare über die Schulter. »Oben«, sagte sie. »Sie schläft.« Und dann, nach einer Pause: »Warum?«

Ich zuckte die Achseln.

Sarah richtete sich noch weiter auf, stützte sich rücklings mit ihrer Hand ab und warf mir einen langen, prüfenden Blick zu. »Hank?« sagte sie. »Was ist los?«

Ich kam weiter ins Zimmer, machte dabei um das Geld einen Bogen und setzte mich hinter ihr auf den Klavierstuhl. Meine Stiefel wollte ich zunächst auf dem Boden abstellen, entschied mich dann aber dagegen und nahm sie lieber auf den Schoß, wo ich sie auf der Tüte mit dem Geld balancierte. Die Tüte knisterte hörbar unter ihrem Gewicht. Rund um die Sohlen waren die Stiefel schwarz verfärbt. Sie rochen stark nach Wein.

»Hast du getrunken?« fragte Sarah. Um mich sehen zu können,

mußte sie sich herumdrehen, und setzte sich dazu im Schneidersitz hin.

Ich schüttelte langsam den Kopf. »Das Geld ist gekennzeichnet«, sagte ich.

Sie starrte mich sprachlos an. »Du bist betrunken, Hank«, sagte sie. »Man kann es ja riechen.« Sie zog sich das Bärenfell um die Schultern und bedeckte damit ihre Brüste. Nur ihr linkes Knie ragte noch hervor, hart und bleich im Schein des Kaminfeuers, wie Marmor.

»Das Geld ist gekennzeichnet«, sagte ich noch einmal.

»Wo bist du gewesen? In einer Bar?«

»Wenn wir es ausgeben, wird man uns schnappen.«

»Du stinkst, Hank. Du stinkst fast wie Jacob.« Ihre Stimme war lauter geworden. Sie ärgerte sich. Ich war dabei, ihre Feier zu ruinieren.

»Ich habe keinen Tropfen getrunken, Sarah. Ich bin völlig nüchtern.«

»Ich kann es doch riechen.«

»Das sind nur meine Hosen und meine Stiefel«, sagte ich und hielt ihr die Stiefel unter die Nase. »Die sind voller Rotwein.«

Sie starrte meine Stiefel an und die dunklen Spritzer auf meinen Jeans. Sie glaubte mir nicht. »Und wo hast du dich so dreckig gemacht?« fragte sie.

»Am Flughafen draußen.«

»Am Flughafen?« Sie sah mich an, als erzählte ich Märchen. Sie verstand überhaupt nichts.

»Das Geld ist gekennzeichnet, Sarah. Sie werden uns aufspüren, wenn wir es ausgeben.«

Sie starrte mich an, und der Ärger verschwand allmählich von ihrem Gesicht. Ich merkte, wie sie die Einzelheiten in ihrem Kopf hin und her schob, und wie sie nacheinander an die richtige Stelle fielen.

»Das Geld ist nicht gekennzeichnet, Hank. Das würde man sehen.«

Ich gab keine Antwort. Ich wußte, das war nicht mehr nötig. Sie hatte verstanden.

»Wie kann es denn gekennzeichnet sein?« fragte sie.

In Gedanken ging ich alles noch einmal durch, was ich getan hatte, seit ich die Frau umgebracht hatte. Ich war müde und benommen und hatte ständig das Gefühl, ich hätte etwas Entscheidendes vergessen.

»Du leidest unter Verfolgungswahn«, sagte Sarah. »Wenn das Geld gekennzeichnet wäre, dann hätte das in der Zeitung gestanden.«

»Die Leute vom FBI haben's mir selbst gesagt.«

»Vielleicht hatten sie dich im Verdacht und wollten dich damit einschüchtern.«

Ich lächelte und schüttelte traurig den Kopf.

»Es hätte bestimmt etwas in der Zeitung gestanden, Hank. Da bin ich ganz sicher.«

»Nein«, sagte ich. »Es ist eine Falle. Damit wollen sie die Leute fangen, die das Geld haben. Sie haben sich die Seriennummern notiert, ehe sie das Lösegeld rausgaben, und jetzt müssen die Banken jeden Schein melden, der bei ihnen auftaucht. Sobald du anfängst, das Geld auszugeben, werden sie anfangen, nach dir zu suchen.«

»Das ist doch unmöglich. Das sind achtundvierzigtausend Scheine.«

»Sie haben nicht alle Nummern notiert. Bloß ungefähr fünftausend.«

»Fünftausend?«

Ich nickte.

»Dann ist der Rest ja noch gut?«

Ich merkte, worauf sie hinauswollte, und schüttelte den Kopf. »Sarah, du kannst ja die guten von den anderen nicht unterscheiden. Jedesmal, wenn wir einen Schein ausgeben, besteht eine Chance von 1:10, daß seine Nummer notiert ist. Das können wir nicht riskieren.«

Das Feuer warf zuckende Schatten über ihr Gesicht, während sie darüber nachdachte. »Ich könnte mir Arbeit bei einer Bank suchen«, sagte sie. »Da könnte ich die Liste stehlen.«

»Bei einer normalen Bank haben sie so eine Liste nicht. Die gibt es nur bei den Zentralbanken.«

»Dann müßte ich eben da die Arbeit suchen. In Detroit gibt es doch so eine, nicht wahr?«

Ich seufzte. »Hör auf damit, Sarah. Es ist vorbei. Du machst es nur schwerer für uns.«

Stirnrunzelnd betrachtete sie ihren Geldteppich. »Einen hab' ich schon ausgegeben«, sagte sie. »Heute abend.«

Ich griff in meine Jeans, zog den zerknitterten Geldschein heraus und hielt ihn ihr hin.

Sie starrte ihn sekundenlang an. Dann wanderten ihre Augen zu meinen Stiefeln. »Hast du ihn umgebracht?«

Ich nickte. »Es ist alles vorbei, Liebste.«

»Wie hast du es gemacht?«

Ich erzählte es ihr. Ich erzählte ihr von meinem Anruf bei der Polizei wegen dem angeblichen Anhalter mit der Machete, und ich erzählte ihr, wie mich der Kassierer bedroht hatte, als ich ihm das Geld wieder abnehmen wollte. Ich erzählte ihr, wie ich ihn mit der Machete getroffen hatte, und hob sogar mein Hemd hoch, um ihr den Bluterguß zu zeigen. Aber sie konnte nichts sehen, dazu war es zu dunkel. Sie unterbrach mich, noch ehe ich zu der Frau kam.

»Oh, Gott!«, sagte sie. »Wie konntest du das nur tun?«

»Ich hatte keine andere Wahl. Ich mußte den Hunderter wieder zurückholen.«

»Du hättest ihn doch einfach da lassen können.«

»Der Mann hätte sich bestimmt an dich erinnert, Sarah. Er hätte sich an das Baby und an deine Geschichte erinnert. Die hätten uns bestimmt gefunden.«

»Er wußte doch nicht, wer ich –««

»Bei Jacobs Begräbnis warst du im Fernsehen zu sehen. Wenn der Mann dich beschrieben hätte, hätte sich auch jemand erinnert. Dann hätten sie nur noch eins und eins zusammenzählen müssen.«

Sie dachte ein paar Sekunden lang nach. Das Bärenfell war wieder von ihrer Schulter geglitten, aber sie achtete nicht darauf.

»Du hättest doch mit fünf Zwanzigern hingehen und dir das Geld zurückgeben lassen können«, sagte sie. »Du hättest ja sagen können, der Schein hätte sentimentale Bedeutung für dich.«

»Sarah«, sagte ich. »Ich hatte keine Zeit, mir lange Geschichten auszudenken oder nach Hause zu fahren und entsprechende Scheine zu holen. Ich mußte da hin, ehe der Kerl seinen Laden zumachte.« Allmählich verlor ich die Geduld.

»Du hättest ja zur Bank gehen können.«

»Die Banken sind heute geschlossen.«

Sie wollte noch etwas anderes sagen, aber ich hatte genug.

»Es ist egal«, sagte ich. »Es ist schon passiert.«

Sie starrte mich an und hatte den Mund noch geöffnet, um etwas zu sagen. Dann schloß sie ihn langsam und nickte.

»Ist gut«, flüsterte sie.

In der nächsten Minute sprach keiner von uns. Wir dachten beide darüber nach, wo wir jetzt standen, und was wir als nächstes tun würden. Eins der Holzscheite im Kamin brach auseinander und löste einen Sprühregen von Funken und eine winzige, kaum wahrnehmbare Hitzewelle aus. Ich hörte die Uhr ticken.

»Zumindest sind wir nicht erwischt worden«, sagte Sarah.

Ich erwiderte nichts.

»Ich meine, es ist ja nicht das Ende der Welt.« Sarah zwang sich zu einem Lächeln. »Wir stehen einfach wieder am Anfang. Wir können die Ferienwohnung verkaufen, wir können den Flügel verkaufen ...«

Bei der Erwähnung des Ferienhauses spürte ich einen scharfen Schmerz in der Brust. Es war, als hätte mich ein Pfeil getroffen. Ich fuhr mir mit den Fingerspitzen über das Brustbein. Das Ferienhaus hatte ich völlig verdrängt.

»Wir haben einige böse Dinge getan«, sagte Sarah, »aber nur, weil wir mußten. Wir sind da so hineingeraten, und eins führte immer zum anderen.«

Ich schüttelte den Kopf, aber Sarah tat so, als hätte sie es nicht bemerkt.

»Das Entscheidende«, sagte sie, »das einzige, was wirklich zählt, ist die Tatsache, daß wir nicht gefaßt worden sind.«

Sie versuchte, den Dingen eine positive Seite abzugewinnen. Das war ihre Methode, mit Katastrophen fertig zu werden. Normalerweise bewunderte ich diese Fähigkeit, sie machte es ja auch für mich leichter, aber jetzt erschien es mir zu einfach. Ich hatte das Gefühl, sie nahm die Dinge zu leicht, vergaß dabei, was wir wirklich getan hatten. Neun Leute waren getötet worden. Sechs davon hatte ich selbst umgebracht. Es schien undenkbar, war aber wirklich geschehen. Eben das aber wollte Sarah nicht wahrhaben. Sie versuchte zu verschleiern, daß diese Menschen wegen uns gestorben waren, wegen unserer Pläne, unserer Gier und unserer Ängste. Sie wollte den Konsequenzen einer solchen Erkenntnis ausweichen, sie wollte die Beschädigung vermeiden, die uns das zufügen würde. Aber schon damals wußte ich, daß wir nicht ausweichen konnten.

»Die können wir nicht zurückgeben«, sagte ich.

Sarah sah mich verblüfft an, so als wäre sie überrascht, mich sprechen zu hören. »Was?«

»Der Flügel war ein Sonderangebot«, sagte ich, griff hinter mich und schlug auf eine Taste im oberen Bereich. »Den nehmen sie nicht zurück.«

Sarah zuckte die Achseln. »Wir setzen eine Anzeige in die Zeitung und verkaufen ihn selbst.«

»Ein Ferienhaus hab' ich auch nicht gekauft«, sagte ich und schloß müde die Augen. Als ich sie wieder öffnete, starrte sie mich verwirrt an.

»Das war ein Schwindel. Man hat mich betrogen. Um das Geld bin ich geprellt worden.«

»Ich –«, begann sie. »Wovon redest du?«

»Das war gar keine Auktion. Diese Leute haben bloß meinen Scheck genommen und sind dann verschwunden. Das Ferienhaus existiert gar nicht.«

Sarah schüttelte den Kopf, machte den Mund auf, um etwas zu sagen, klappte ihn dann wieder zu.

Schließlich sagte sie: »Wie ist das passiert?«

Ich ordnete die Stiefel auf meinem Schoß anders. Sie waren jetzt hart und steif, das Blut war getrocknet. »Keine Ahnung.«

»Hast du es der Polizei gemeldet?«

Ich lächelte. »Sarah, mach keine Witze!«

»Du läßt es dir einfach wegnehmen?«

Ich nickte.

»Unsere gesamten Ersparnisse?«

»Ja«, sagte ich. »Alles.«

Sie hob ihren rechten Arm zum Gesicht und berührte ihre Stirn mit dem Handrücken. In den Fingern hielt sie immer noch eins von den Geldpäckchen. »Jetzt sitzen wir hier fest«, sagte sie, »nicht wahr? An Umziehen ist nicht mehr zu denken.«

Ich schüttelte den Kopf. »Wir haben ja Arbeit. Wir können wieder anfangen zu sparen.«

Ich versuchte, sie zu trösten, aber schon als ich den Mund aufmachte, spürte ich das volle Gewicht ihrer Worte. An einem einzigen Tag waren wir von Millionären zu Armenhäuslern geworden. Wir hatten gerade noch $ 1878 auf der Bank; das war praktisch nichts. Morgen schon mußten wir die nächsten Raten für das Haus und die Autos bezahlen. Und die Rechnungen für Gas, Wasser, Telefon und Strom. Wir mußten die Konten unserer Kreditkarten ausgleichen. Wir mußten Geld für Essen und Kleidung ausgeben. Von jetzt an würde es schwer für uns sein, jeden Tag würden wir uns nach der Decke strecken müssen. Wir waren arm; wir waren das, was ich mir, seit ich achtzehn war, immer wieder geschworen hatte, nie zu sein: Wir waren wie meine Eltern.

Und aus Fort Ottawa würden wir nicht mehr herauskommen; bis wir genug Geld für ein größeres Haus zusammengespart hatten, mußten wir schon an Amandas Ausbildung denken oder ein neues Auto oder unsere Altersvorsorge. Wir würden für immer hierbleiben müssen, und die Erinnerungen an das, was wir getan hatten, würden mit uns hierbleiben. Es würde uns nie gelingen, sie zu vertreiben. Die schreckliche Last der Erinnerung würde uns in jedem Winkel des Hauses auflauern und anklagen. Der Fußboden unter unserem Bett würde immer der Platz bleiben, wo wir den Geldsack versteckt hatten, das Gästezimmer würde immer der Raum bleiben, wo Jacob seine letzte Nacht verbracht hatte, die Küche würde der Ort bleiben, wo wir den Babytragesack mit Geld vollgestopft hatten, und der Flügel unser Lotterbett, auf dem wir unser neues Leben mit einem trunkenen Liebesakt hatten einweihen wollen.

Wir kehrten keineswegs wieder zum Anfang zurück, wie Sarah gesagt hatte. Unser früheres Leben war dahin, wir hatten es an dem Tag aufgegeben, als wir das Geld zum ersten Mal sahen, wir hatten es nicht mal gemerkt. Und wir würden es nie mehr wiederbekommen, auch wenn wir noch so alt wurden.

»Noch haben wir das Geld«, sagte Sarah. Sie hielt mir eins der Päckchen hin.

»Das ist nichts wert. Das ist nur Papier.«

»Das ist unser Geld.«

»Wir müssen es verbrennen.«

»Verbrennen?« fragte sie, als wäre sie überrascht. Sie nahm das Paket auf den Schoß und zog sich das Bärenfell wieder über die Schulter. »Wir können es doch nicht verbrennen. Das meiste ist doch gutes Geld.«

»Und meine Stiefel muß ich auch loswerden«, sagte ich und hielt sie ins Licht. »Wie soll ich sie bloß beseitigen?«

»Ich werde nicht zulassen, daß du das Geld verbrennst, Hank.«

»Und die Champagnerflasche, die du gekauft hast, muß auch weg. Und seine Brieftasche, seine Uhr und seine Schlüssel.«

Sie schien mich nicht zu verstehen. »Wir können doch einfach abhauen«, sagte sie. »Wir hauen ab und geben unterwegs unser Geld aus. Wir können außer Landes gehen, nach Südamerika, nach Australien oder sonst irgendwohin. Wir können wie Gesetzlose leben, wie Bonnie und Clyde.« Ihre Stimme verlor sich. Sie starrte unglücklich auf die Geldpakete, die im Kaminfeuer glänzten. »Das meiste davon ist doch immer noch gut«, flüsterte sie.

»Und eine Handtasche«, sagte ich. »Und ein Pelzmantel.«

»Wenn wir lange genug warten, vergessen sie das mit den Nummern vielleicht. Wir könnten es doch aufheben, bis wir alt sind.«

»Wie kann ich bloß einen Pelzmantel loswerden?«

Sarahs Blick kehrte zu mir zurück und konzentrierte sich auf mein Gesicht. »Einen Pelzmantel?«

Ich nickte. Mir war etwas schwindlig. Ich hatte seit dem Frühstück nichts mehr gegessen. Ich war so müde und hungrig, daß mein ganzer Körper mir weh tat. Vorsichtig betastete ich den Bluterguß auf meiner Brust, um festzustellen, ob nicht doch eine Rippe angeknackst war.

»Woher hast du einen Pelzmantel?«

»Eine alte Frau«, sagte ich. »Sie kam in den Laden, als ich noch da war.«

»Oh, Gott«, flüsterte Sarah mit angehaltenem Atem. »Oh, Hank.«

»Ich hatte meine Maske abgenommen. Ich hab' versucht, sie wegzuschicken, aber sie wollte nicht gehen.«

Oben, direkt über unseren Köpfen, fing das Kind an zu weinen.

Ich starrte quer durchs Zimmer ins Feuer. Mein Verstand irrte haltlos herum, und ich hatte das Gefühl, ihm nicht trauen zu können. Aus irgendeinem Grund mußte ich plötzlich an die Leiche des Piloten im Flugzeug denken, den jüngeren Bruder von Vernon Bokovsky, und daran, wie stark mein Bedürfnis gewesen war, ihn zu berühren. Dann wieder sah ich mich bei *Alexander's*. Ehe ich gegangen war, hatte ich versucht, meine Stiefelabdrücke vom Boden zu wischen, aber dabei hatte ich das Blut nur verschmiert. Es war immer röter und röter geworden, hatte zunehmend alles Schwarze verloren und bald regelrecht rosa ausgesehen. Dann tauchte Jacob vor meinem inneren Auge auf: Er stand mit seiner roten Jacke und blutiger Nase im Schnee und weinte über Dwight Pedersons Leiche. Und als dieses Bild allmählich verblaßte, überfiel mich eine plötzliche, frostige Vorahnung. Jetzt wurden nicht nur finanzielle Schulden fällig. Ich würde mir Rechenschaft ablegen müssen, ich würde Erklärungen suchen müssen, und es würden Dinge in meinem Leben zurückbleiben, neben denen der Verlust des Geldes so gut wie bedeutungslos war.

Es ist uns nichts geblieben, dachte ich. Die Worte stiegen ungebeten in meinem Kopf auf. *Es ist uns nichts geblieben.*

»Oh, Gott«, flüsterte Sarah noch einmal.

Ich stellte die Stiefel auf den Klavierstuhl, stand auf und ging um den Geldteppich herum zum Kamin. Sarah beobachtete mich.

»Hank«, sagte sie.

Ich zog das Schutzgitter weg und warf mit einer raschen Bewegung die Tüte mit dem geraubten Geld in die Flammen.

»Laß es uns behalten«, sagte Sarah. »Wir können doch einfach abwarten und sehen, was passiert.«

Die Tüte fing sofort Feuer und krümmte sich dabei zur Faust. Als das Papier in Flammen aufging, glitten die Münzen heraus und fielen klingelnd auf den Zementboden unter den Holzscheiten. Ein rußgeschwärzter Vierteldollar rollte sogar bis auf die Backsteinumrandung heraus. Ich schubste ihn mit dem Fuß zurück in die Glut.

»Hank«, sagte Sarah. »Ich werde nicht zulassen, daß du es verbrennst.«

Amandas Weinen war lauter geworden. Sie brüllte jetzt in voller

Lautstärke, und ihre Schreie hallten die Treppe herunter. Wir ignorierten es beide.

»Sarah, es bleibt uns nichts anderes übrig. Das Geld ist der letzte Beweis gegen uns.«

»Nein«, sagte sie mit zitternder Stimme. »Tu's nicht.« Sie war den Tränen nahe.

Ich hockte mich vor das Feuer und spürte, wie die Hitze meine Poren öffnete. »Ich hab' von Anfang an gesagt, ich würde es verbrennen, wenn die Dinge außer Kontrolle gerieten«, sagte ich. »Erinnerst du dich?«

Sie gab keine Antwort.

Ich griff nach hinten, bis ich eins der Geldpäckchen fand, nahm es auf und warf es ohne hinzusehen in den Kamin. Es dauerte ziemlich lange, bis es verbrannte. Die Scheine waren so dicht gepackt, daß sie zunächst nur am Rand Feuer fingen. Die Schrift wurde schwarz und färbte die Flammen grün. Ich tastete nach dem nächsten Päckchen und warf es auf das erste. Mir wurde klar, daß es sehr lange dauern würde, das Geld zu verbrennen. Und danach würde ich noch die Asche loswerden müssen. Sollte ich sie im Garten vergraben oder lieber das Klo runterspülen? Und dann noch die Stiefel, Jacobs Machete, Skimaske und Sweatshirt, die Handtasche, den Pelzmantel und den Schmuck von der Frau, Uhr, Schlüssel und Brieftasche des Kassierers.

Ich hörte ein Rascheln hinter mir. Sarah sammelte Geldpäckchen ein.

Amanda schrie immer noch, aber ihre Stimme schien jetzt entfernter. Sie war nur noch eine Geräuschkulisse, wie Straßenverkehr draußen vor dem Fenster.

Ich drehte mich zu Sarah um. Sie saß, das Bärenfell um ihren Körper gehüllt, zusammengekauert da, so daß sie aussah wie eine alte indianische Squaw. Sie starrte an mir vorbei ins Feuer.

»Bitte«, sagte sie.

Ich schüttelte den Kopf. »Wir müssen es tun, Sarah. Wir haben keine andere Wahl.«

Sie hob das Gesicht, und ich sah, daß sie weinte. Ihre Haut war voller Tränen, und eine dünne Haarsträhne klebte auf ihrer Wange. Das Bärenfell fiel ihr von der Schulter und enthüllte ihren Schoß.

Mehr als zwanzig Päckchen hatte sie dort gesammelt, als ob sie hoffte, das Geld vor den Flammen bewahren zu können.

»Aber was haben wir denn noch, ohne das Geld?« fragte sie schluchzend.

Ich gab keine Antwort. Ich beugte mich nur vor und löste ihre Hände mit sanfter Gewalt ganz langsam von den Geldscheinen. Einzeln nahm ich die Päckchen aus ihrem Schoß und warf sie ins Feuer.

»Es wird alles gut«, log ich, um sie zu trösten. »Du wirst sehen, es wird alles wieder wie früher.«

Vier Stunden brauchte ich, um das Geld zu verbrennen.

Epilog

Am Sonntag wurde die Titelseite der *Blade* vom Mord an Sheriff Carl Jenkins beherrscht. Das Flugzeug, der Beutel mit der halben Million und Bokovskys Leiche waren im Bild zu bewundern. Über das Blutbad bei *Alexander's* dagegen stand nichts in der Zeitung. Die Leichen waren erst morgens kurz nach fünf entdeckt worden und mußten deshalb bis zu den Abendnachrichten warten.

Der Name der alten Dame war Diana Lionel. Sie hatte gerade ihren Sohn zum Flugplatz gebracht und war auf dem Weg zu einer Dinnerparty in Perrysburg gewesen. Als sie nicht erschienen war, hatten die Gastgeber bei ihr zu Hause angerufen, und als sich dort niemand meldete, hatten sie die Polizei informiert. In den frühen Morgenstunden hatte dann ein Streifenpolizist ihren Wagen auf dem Parkplatz vor *Alexander's* entdeckt. Er hielt an, um der Sache nachzugehen, spähte dabei auch in den immer noch hellerleuchteten Laden und entdeckte die blutigen Schmierspuren, die ich auf dem Boden hinterlassen hatte, als ich meine Fußabdrücke wegzuwischen versucht hatte.

Außer ihrem Sohn, der Rechtsanwalt in Boston war, hatte die alte Dame noch eine Tochter und vier Enkel. Ihr Mann war schon seit sieben Jahren tot, woran er gestorben war, stand nicht im Nachruf. Der Name des Kassierers war Michael Morton. Er hatte Eltern in Cincinnati, aber weder Frau noch Kinder und auch keine Geschwister.

Die Polizei veröffentlichte aufgrund der Beschreibung, die ich ihnen am Telefon gegeben hatte, ein Phantombild des mutmaßlichen Mörders. Es sah genauso aus, wie man sich einen jungen rauschgiftsüchtigen Herumtreiber vorstellt. Der Sohn der alten Dame veröffentlichte in allen größeren Zeitungen Floridas Anzeigen, in denen er darum bat, daß der unbekannte Zeuge sich melden möge, der die Polizei auf den Mann mit der Machete hingewiesen hatte. Daraufhin meldeten sich gleich mehrere Zeugen und führten die Untersuchung noch mehr in die Irre. Nach der Beerdigung der alten Dame und des Kassierers verschwand der Fall aus den Nachrichten.

Nachdem ich das Geld verbrannt hatte, kippte ich die Asche in die Toilette und spülte sie weg. Den Rest der Sachen – den Seesack, die Machete, die Skimaske, das Sweatshirt, Handtasche, Schmuck und Pelzmantel der alten Dame, Uhr, Schlüssel und Brieftasche des Kassierers – habe ich noch. Ich hatte mir damals vorgenommen, alles irgendwo im Wald zu vergraben, in einer großen Grube voll Löschkalk, wenn der Boden aufgetaut wäre, aber jetzt ist es schon fünfeinhalb Jahre her und ich habe immer noch nichts unternommen. Ich glaube also nicht, daß ich es noch tun werde. Ich habe alles oben auf dem Dachboden in Jacobs Truhe versteckt. Es ist gefährlich, ich weiß, sogar verrückt, aber wenn es je so weit kommen sollte, daß die Polizei mit einem Haussuchungsbefehl vor der Tür steht, dann kann sie von mir aus gleich etwas Entscheidendes finden, damit alles rasch vorbei ist.

Ein paar Monate nach den Morden las ich in der Zeitung, daß Byron McMartin das FBI im Zusammenhang mit der Entführung seiner Tochter wegen Fahrlässigkeit verklagt habe, aber wie der Fall entschieden wurde, habe ich nie erfahren.

Vor zwei Jahren haben wir noch ein Kind gekriegt, einen Jungen. In einem Anfall von Reue, so muß man es wohl nennen, habe ich vorgeschlagen, ihm den Namen meines Bruders zu geben, und Sarah, die vielleicht von der Geburt noch etwas geschwächt war, stimmte mir überraschenderweise zu. Manchmal tut es mir leid, aber keineswegs so oft, wie man denken könnte. Wir rufen ihn allerdings Jack und nicht Jacob.

Sechs Wochen nach der Geburt ihres Bruders, im Juni, hatte Amanda den Unfall. Wir hatten im Garten ein kleines, aufblasbares Planschbecken aus Plastik für sie aufgestellt, und in der kurzen Zeit, die ich brauchte, um eben mal im Haus auf die Toilette zu gehen, schaffte sie es, kopfüber ins Wasser zu fallen und so weit die Orientierung zu verlieren, daß sie nicht wieder aufstehen konnte. Als ich zurückkam, lag sie mit blauen Händen und Lippen bewußtlos im Wasser. Sarah solle einen Krankenwagen rufen, schrie ich, dann stürzte ich mich auf Amanda. Ich versuchte es mit Herzmassage und Mund-zu-Mund-Beatmung, wie ich es im Fernsehen gesehen hatte, und als die Sanitäter kamen, hatte ich das Kind tatsächlich wiederbelebt.

Die Sanitäter brachten sie ins Krankenhaus, und dort blieb sie zwei Wochen lang. Das Gehirn war durch Sauerstoffmangel geschädigt, aber die Ärzte waren sich nicht sicher, wie schwer. Sie empfahlen, Amanda zur Untersuchung nach Columbus zu schikken, wo es eine Klinik gab, die auf so etwas spezialisiert war, aber unsere Versicherung war nicht bereit, das zu bezahlen. Als das in Ashenville bekannt wurde, fing die Gemeinde von *St. Jude's* an, für uns Geld zu sammeln. Am Schluß hatten sie dreitausend Dollar zusammen, was für einen Klinikaufenthalt von einem Monat reichte. Alle, die gespendet hatten, unterschrieben auf einer großen bunten Karte, auf der sie unserer Tochter gute Besserung wünschten. Ruth Pederson und Linda Jenkins hatten auch unterschrieben.

Was die Ärzte in der Klinik erreicht haben, ist schwer zu sagen, aber sie schienen sehr zufrieden mit dem Ergebnis. Sarah und ich haben längst eingesehen, daß Amanda nie ganz gesund werden wird, aber die Ärzte reden immer noch von der Genesungskraft junger Menschen und von plötzlichen, spontanen, fast wunderbaren Heilungen in ähnlichen Fällen. Sie sagen uns, wir sollten die Hoffnung nicht aufgeben, aber Amandas körperliche Entwicklung hat sich in einem Maße verlangsamt, daß man von Stillstand sprechen muß. Sie sieht immer noch aus wie das zweieinhalbjährige Mädchen, das ich an jenem Nachmittag aus dem Wasser gezogen habe. Ihre Arme und Beine sind immer noch schrecklich dünn, und ihr großer, runder Kopf scheint immer noch ungeduldig darauf zu warten, daß der Körper darunter zu wachsen beginnt. Ihre Sprache entwickelt sich nicht, ihre Koordination ist schlecht, und ihre Kontrolle über Stuhlgang und Blase erratisch. An Jacobs Teddybär hängt sie immer noch, und sie mag nirgendwo ohne ihn hingehen. Manchmal zieht sie den Mechanismus mitten in der Nacht auf, so daß ich zu den Klängen von *Frère Jacques* aus dem Schlaf hochfahre. Amanda schläft jetzt im ehemaligen Gästezimmer, in Jacobs altem Bett.

Sarah betrachtet den Unfall mit erstaunlichem Fatalismus. Mehrfach schon hat sie angedeutet, daß sie Amandas Behinderung als eine Form der Strafe für unsere Verbrechen betrachtet, und mir ist völlig klar, daß die Art und Weise, in der sie Jack bewacht und bemuttert, nur damit zu erklären ist, daß sie fürchtet, auch ihm könnte etwas Ähnliches zustoßen.

Ich arbeite immer noch in der Futtermittelhandlung, in der gleichen Position. Ich habe ein paar Gehaltserhöhungen gekriegt, aber die reichten gerade zum Ausgleich der Inflation. Sarah geht wieder in die Bibliothek, inzwischen ganztags, weil wir das Geld brauchen. Die Ersparnisse, die wir mühsam angesammelt hatten, sind durch Amandas Unfall gleich wieder aufgebraucht worden.

Wahrscheinlich werden Sie wissen wollen, womit wir unsere Tage verbringen und wie wir leben können mit dem, was wir getan haben. Sarah und ich sprechen niemals über diese Dinge, weder über die Morde noch über das Geld. Selbst wenn wir allein sind, tun wir so, als wäre nichts von alledem geschehen. Manchmal habe ich zwar das Bedürfnis, darüber zu reden, aber niemals mit Sarah. Ich würde gern mit Fremden darüber sprechen, mit irgendwelchen Leuten, die mir vielleicht objektiv sagen könnten, was sie darüber denken, was ich getan habe. Ich habe nicht das Bedürfnis zu beichten – darum geht es mir gar nicht –, aber ich würde gern alles einmal Schritt für Schritt mit jemand Unparteiischem durchgehen, um vielleicht auf diese Weise herauszufinden, wo ich fehlgegangen bin, und den Punkt zu bestimmen, von dem an alles unvermeidlich war.

Die Kinder werden von alledem nie etwas erfahren, und darin liegt ein gewisser Trost.

Es gibt auch Tage, an denen ich überhaupt nicht an unsere Verbrechen denke, aber die sind sehr selten und die Zeiten dazwischen sind lang. Manchmal, wenn ich an sie denke – wenn ich mich mit erhobener Machete bei *Alexander's* oder mit der Schrotflinte in der Hand vor Lous Haus stehen sehe –, kommen sie mir vollkommen unwirklich vor, so als wäre das alles eigentlich nie passiert. Aber tief im Innersten weiß ich natürlich, daß alles so war. Ich weiß, wessen ich fähig bin. Sie werden das wahrscheinlich nie wissen, es sei denn, Sie haben so etwas selbst schon erlebt, waren in einer ähnlichen Situation, mußten sich auf ähnliche Weise entscheiden.

Eine Zeitlang habe ich häufig geträumt, ich ließe die alte Frau weglaufen, so daß sie mit ihrem Wagen davonfahren konnte. Aber diese Träume hab' ich jetzt nicht mehr.

Da wir nie darüber reden, weiß ich auch nicht, was Sarah heute über das alles denkt. Ich habe nur ein paar Hinweise und Andeutungen. Daß sie zugestimmt hat, als ich unseren Sohn nach meinem Bruder nennen wollte, zum Beispiel. Einmal habe ich sie auf dem Dachboden gefunden, wo sie mit dem blutverschmierten Pelz der alten Dame auf Jacobs Truhe saß und vor sich hingrübelte. Ich glaube, daß ihre Gefühle ganz ähnlich wie meine sind. Ich glaube, sie hat auch das Gefühl, daß wir nicht leben, sondern bloß verwirrt und hohl von einem Tag zum anderen dahinvegetieren und ohne allzuviel Erfolg versuchen, nicht an das zu denken, was geschehen ist.

Wenn es besonders schlimm wird, zwinge ich mich immer, an Jacob zu denken. Ich versuche ihn mir so vorzustellen, wie er an dem Tag gewesen ist, als er mit mir zur alten Farm unseres Vaters hinausfuhr. Er trägt seine grauen Flanellhosen, seine Lederschuhe und seine grellrote Jacke. Es sieht so aus, als müsse er frieren mit seinen kurzgeschnittenen Haaren und ohne Hut, aber er scheint es nicht zu bemerken. Er dreht sich hierhin und dorthin und zeigt, wo alles gestanden hatte: die Scheune, der Geräteschuppen und die Silos für das Getreide. In der Entfernung höre ich Vaters Windmühle knarren. Immer wieder und wieder kehre ich zu dieser Szene zurück, denn ich muß jedesmal weinen, wenn ich daran denke. Und wenn ich weine, habe ich, trotz allem das Gefühl, daß ich ein Mensch bin.

Elizabeth George bei Blanvalet

Gott schütze dieses Haus
Roman. 384 Seiten

Auf Ehre und Gewissen
Roman. 480 Seiten

Keiner werfe den ersten Stein
Roman. 448 Seiten

Mein ist die Rache
Roman. 416 Seiten

Denn bitter ist der Tod
Roman. 448 Seiten

Denn keiner ist ohne Schuld
Roman. 672 Seiten

GOLDMANN

Lisa Tuttle

Geschichten, die von Frauen handeln. Und von Angst. Stories, die unter die Haut gehen. Romane von Lisa Tuttle, der modernen Queen des Horrors. Leise. Eindringlich. Außergewöhnlich und beklemmend realistisch.

Gefangen 8089

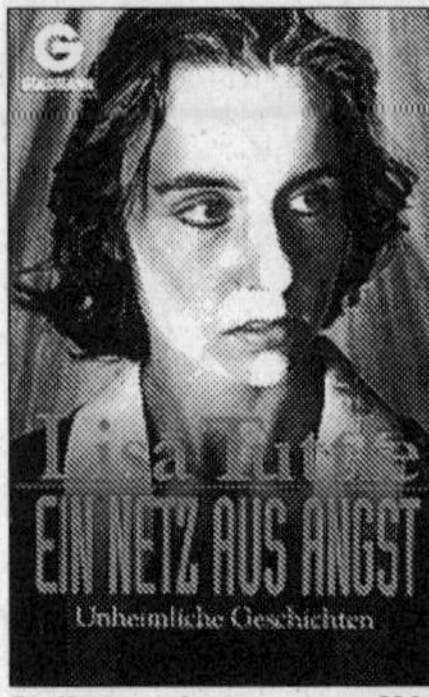

Ein Netz aus Angst 8106

Hexenmond.
Frauen schreiben Horror 8085

Gabriel 8093

Goldmann · Der Taschenbuch-Verlag

GOLDMANN

Menschen auf Abwegen

Lorenzo Carcaterra,
Mein Vater, der Mörder 42403

Eunice Chapman,
Spur ins Nichts 42401

Mike Gallagher,
Ein eiskalter Engel 42456

Isaak Jones,
»Ich bin der Fänger im Roggen« 42402

Goldmann · Der Taschenbuch-Verlag

GOLDMANN

Wilbur Smith

Wie keinem anderen gelingt es Wilbur Smith, dramatische Ereignisse mit intensiver Naturbeobachtung, aktuelle Anliegen mit packenden Geschichten zu vereinen. Als Sohn einer alten britischen Siedlerfamilie kam Smith schon früh in Berührung mit dem Kontinent, dem fast alle seine Bücher gewidmet sind: Afrika.

Das Lied der Elephanten, Roman 42368

Tara, Roman 9314

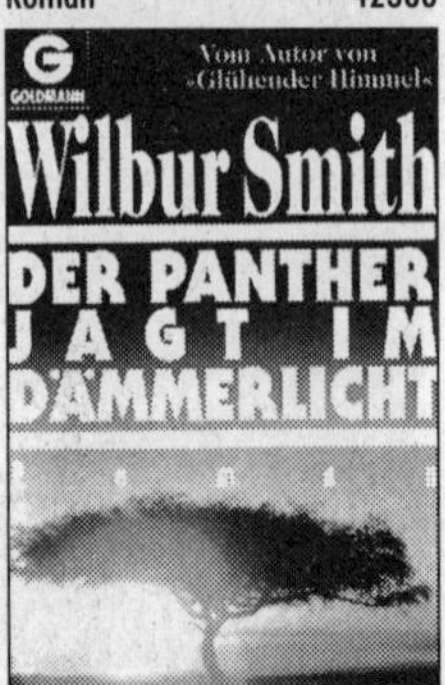

Der Panther jagt im Dämmerlicht, Roman 42047

Wenn Engel weinen, Roman 9317

Goldmann · Der Taschenbuch-Verlag

GOLDMANN

Frauen lassen morden

»Marlowes Töchter« (Der Spiegel) *schreiben Spannung mit Pfiff, Intelligenz und dem sicheren Gefühl dafür, daß die leise Form des Schreckens die wirkungsvollere ist.*

Liza Cody, Schweres Geschütz, Roman 42171

Elisabeth George, Auf Ehre und Gewissen, Roman 41350

Gillian B. Farell, Auf immer und ewig, Roman 42291

Doris Gercke, Moskau meine Liebe, Roman 9973

Goldmann · Der Taschenbuch-Verlag

GOLDMANN

Tödlich. Teuflisch. Erotisch.

Die neue Generation des Horrors. Nancy A. Collins. Douglas Clegg. Peter James. Richard Laymon. Originell und anspruchsvoll, grell und provokativ, psychologisch präzise und atemabschnürend realistisch.

David Wiltse,
Der Wille zu töten 8111

Nancy A. Collins, Der Todeskuß der Sonja Blue 8103

Douglas Clegg,
Nimmerland 8113

Robert Vito, Das große Horror-Lesebuch II 42019

Goldmann · Der Taschenbuch-Verlag

GOLDMANN

Bestseller

Tom Clancy und Sidney Sheldon, Utta Danella und Danielle Steel, Heinz G. Konsalik und Marie Louise Fischer, Colleen McCullough und Gillian Bradshaw, Charlotte Link und Irina Korschunow – internationale Weltbestseller garantieren Spannung und Unterhaltung auf höchstem Niveau.

Joy Fielding,
Lauf, Jane, lauf! 41333

Anne Perry,
Das Gesicht des Fremden 41392

Mary McGarry Morris,
Eine gefährliche Frau 41237

Ruth Rendell,
Stirb glücklich 41294

Goldmann · Der Bestseller-Verlag

GOLDMANN TASCHENBÜCHER

Das Goldmann Gesamtverzeichnis erhalten Sie im Buchhandel oder direkt beim Verlag.

Literatur · Unterhaltung · Thriller · Frauen heute
Lesetip · FrauenLeben · Filmbücher · Horror
Pop-Biographien · Lesebücher · Krimi · True Life
Piccolo Young Collection · Schicksale · Fantasy
Science-Fiction · Abenteuer · Spielebücher
Bestseller in Großschrift · Cartoon · Werkausgaben
Klassiker mit Erläuterungen

* * * * * * * * * * *

Sachbücher und Ratgeber:
Gesellschaft / Politik / Zeitgeschichte
Natur, Wissenschaft und Umwelt
Kirche und Gesellschaft · Psychologie und Lebenshilfe
Recht / Beruf / Geld · Hobby / Freizeit
Gesundheit / Schönheit / Ernährung
Brigitte bei Goldmann · Sexualität und Partnerschaft
Ganzheitlich Heilen · Spiritualität · Esoterik

* * * * * * * * * * *

Ein Siedler-Buch bei Goldmann
Magisch Reisen
ErlebnisReisen
Handbücher und Nachschlagewerke

Goldmann Verlag · Neumarkter Str. 18 · 81664 München

Bitte senden Sie mir das neue kostenlose Gesamtverzeichnis

Name: ______________________

Straße: ______________________

PLZ / Ort: ______________________